KB071191

오르부아르

오르부아르

피에르 르메트르 장편소설

임호경 옮김

열린책들

Cet ouvrage a bénéficié du soutien des Programmes d'aide
à la publication de l'Institut français.
이 책은 프랑스 문화원으로부터 발행 비용의 일부를 지원받았습니다.

Au revoir là-haut
by Pierre Lemaitre

이 책은 실로 꿰매어 제본하는 정통적인 사철 방식으로 만들어졌습니다.
사철 방식으로 제본된 책은 오랫동안 보관해도 손상되지 않습니다.

아내 파스칼린에게 바친다

사랑하는 나의 아들 빅토르를 위하여

신께서 우릴 다시 만나게 해주시길 바라는
하늘에서 만나요.
나의 사랑하는 아내여, 천국에서 다시 봐요…….

1914년 12월 4일
장 블랑샤르가 마지막으로 남긴 글

1918년 11월

1

이 전쟁이 곧 끝나리라 믿었던 사람들은 모두가 오래전에 죽었다. 다름 아닌 전쟁으로 죽었다. 그래서 곧 휴전이 될 거라는 10월의 소문에 알베르는 매우 회의적이었다. 그는 이 소문들을, 독일 놈들 총알은 얼마나 흐물흐물한지 물러 터진 배처럼 군복 위에서 뭉개져 버린다고 주장하여 프랑스 연대들을 웃음바다로 만들곤 하던 전쟁 초기의 프로파간다만큼도 신뢰하지 않았다. 지난 4년 동안 독일군 총알을 맞고 웃다가 죽어 버린 친구들을 무수히 보아 온 터다.

그는 휴전이 가까워졌음을 믿으려 들지 않는 자신의 태도가 일종의 미신이라는 것을 잘 알고 있었다. 평화를 바랄수록 그것을 예고하는 소식들을 믿지 않으려 했는데, 그래야만 마가 끼는 것을 막을 수 있기 때문이다. 문제는 날이 갈수록 이런 소식들이 빈번히 날아들고, 전쟁이 정말로 끝난다는 소리가 사방에서 들리기 시작했다는 점이다. 심지어는 몇 해 전부터 전선에서 비척대던 나이 많은 병사들을 동원 해제할 필요가 있다는, 좀처럼 믿기지 않는 소리도 들렸다. 마침내 휴전 협정

체결이 타당성 있는 얘기가 되자, 가장 비관적인 이들의 마음 속에도 이제는 살아서 빠져나갈 수 있다는 희망이 고개를 쳐들기 시작했다. 그 결과, 더 이상 아무도 공격에 그렇게 열을 내지 않았다. 163 보병 사단이 뫼즈 강 저편으로 진격하게 될 거라는 얘기가 있었다. 적들과 한판 붙겠다고 떠드는 이들이 아직도 있긴 했지만, 전반적으로는, 다시 말해서 알베르와 그의 친구들이 포함된 하바리들 대부분은, 플랑드르에서 연합군이 승리하고 릴을 탈환하고 오스트리아군이 패주하고 터키군이 항복한 이후로는, 장교들처럼 그렇게 흥분해 날뛰지 않았다. 성공적으로 끝난 이탈리아군의 공세, 영국군과 미군이 각각 투르네와 샤티용에서 거둔 승리…… 이제는 승리가 눈앞에 다가왔음이 느껴졌다. 부대원들 대부분은 몸을 사리기 시작했고, 두 부류의 사람들을 나누는 구분선이 확연히 느껴졌는데, 하나는 군장을 꾸려 놓고 느긋이 앉아 담배를 피우거나 편지를 쓰면서 전쟁이 끝나기만을 기다리고 싶은 알베르 같은 이들이요, 다른 하나는 마지막 남은 시간 동안 조금이라도 더 독일 놈들과 치고받고 싶어 안달하는 이들이었다.

이 구분선은 장교들과 나머지 모든 사람들을 나누는 그것과 정확히 일치했다. 〈항상 그랬지, 뭐〉라고 알베르는 속으로 삐죽댔다. 윗대가리들은 협상 테이블에서 칼자루를 쥐기 위해, 최대한의 땅을 확보해 두기를 원한다. 30미터만 더 정복하면 이 전쟁의 결과가 완전히 바뀐다고, 어제 죽는 것보다 오늘 죽는 게 더 값진 일이라고 주장하지 않는 게 오히려 이상한 사람들 아닌가.

도네프라델 중위가 바로 그런 사람이었다. 모두가 그에 대해 말할 때면 이름과 귀족 성에 붙이는 de와 〈오네〉와 연결 부호를 생략하고 그냥 〈프라델〉이라고 불렀고,[1] 이게 그의 신경을 건드린다는 걸 잘 알고 있었다. 그를 이렇게 부를 수 있었던 것은, 당사자가 감정을 드러내지 않는 것을 무엇보다도 중요시했기 때문이다. 아마도 귀족으로서의 반사 작용이었으리라. 알베르는 그를 좋아하지 않았다. 어쩌면 그가 미남이기 때문이었는지도 모른다. 훤칠한 키, 늘씬하고 세련된 몸매, 구불구불하고 풍성한 흑갈색 머리칼, 쭉 뻗은 콧날, 멋들어진 선으로 이어지는 얄따란 입술. 또 눈은 새파란 색이었다. 알베르에게는 정말이지 밥맛없게 느껴지는 면상이었다. 여기에다가 항상화가 나 있는 듯한 기색이었다. 페이스를 조절할 줄 모르는 조급한 유형의 사내였다. 가속하든지 아니면 정지하든지, 둘 중 하나였다. 그는 항상 가구를 밀 때처럼 한쪽 어깨를 불쑥 내밀고 나아갔고, 누군가에게 다가올 때는 후다닥 달려왔으며, 의자에 앉을 때도 급작스럽기 이를 데 없었다. 이게 그의 평소 리듬이었다. 그것은 정말이지 기묘하기까지 한 혼합이었다. 그의 귀족적인 거동에서는 지독하게 문명화된 모습과 근본적인 난폭함이 동시에 느껴졌던 것이다. 바로 이 전쟁이 그렇듯이 말이다. 프라델 중위가 이 전쟁판에서 그토록 편안함을 느끼는 것은 아마도 이 때문이었으리라. 또 그런 성격과 체격이라면 조정 경기와도, 어쩌면 테니스와도 잘 어울리리라.

또 한 가지 알베르가 싫어하는 것은 그의 체모였다. 그는 온몸이 검은 털로 덮여 있었다. 털은 심지어 손가락 위에도 나 있

---

[1] 도네프라델의 원어는 d'Aulnay-Pradelle로 de는 귀족의 성 앞에 붙이는 소사(小辭)요, -는 연결 부호다.

었고, 목젖 바로 아래의 옷깃 밖으로도 수북했다. 평화 시에는 뭔가 수상쩍은 인상을 주지 않기 위해 하루에도 몇 차례씩 면도를 했으리라. 물론 이런 걸 좋아하는 여자들도 있다. 이런 남성적이고, 거칠고, 수컷스럽고, 뭔가 스페인적인 분위기가 느껴지는 이런 털들을 말이다. 세실만 하더라도……. 뭐, 굳이 세실 때문이 아니라도, 알베르는 프라델 중위를 좋아할 수가 없었다. 무엇보다도 알베르는 그를 경계하고 있었다. 그가 공격하는 걸 좋아했기 때문이다. 적진을 향해 돌진하고, 공격하고, 정복하는 것을 그는 정말로 좋아했다.

그런데 얼마 전부터 그는 평소보다도 풀이 죽어 있었다. 휴전 가능성이 그의 사기를 땅에 떨어뜨렸고, 애국적 열정에 불타던 그를 김빠지게 만들었다. 전쟁이 끝날지도 모른다는 생각이 프라델 중위를 절망에 빠뜨리고 있었다.

그는 사뭇 불안스럽게 느껴지는 초조감을 내비치곤 했다. 장병들의 미적지근한 태도가 너무도 답답했던 것이다. 참호 안을 성큼성큼 돌아다니면서, 한 번만 더 일제 사격을 퍼부으면 적들을 박살 내는 최후의 일격이 될 것이라고 아무리 열정적으로 설명해도 소용없었다. 돌아오는 것은 아주 조그맣게 투덜거리는 소리뿐이었고, 병사들은 군화 위로 꾸벅꾸벅 졸며 간간히 고개를 끄덕일 뿐이었다. 그것은 단지 죽는다는 두려움만이 아니라, 하필 지금 죽어야 하는가 하는 생각이었다. 막판에 죽는 것은 맨 처음에 죽는 거나 마찬가지야, 세상에 이보다 더 멍청한 일은 없지, 이게 알베르의 지론이었다.

그런데 지금 바로 그 일이 일어나려 하고 있었다.

지금까지는 휴전에 대한 기대감 속에 평온한 나날이 흘러가고 있었는데, 별안간 모든 게 미쳐 돌아가기 시작했다. 지금 독일 놈들이 뭘 하고 있는지 최대한 가까이 접근하여 알아보라는 명령이 떨어진 것이다. 독일군이 무얼 하고 있을지는 꼭 장군이 아니더라도 알 수 있는 일이었다. 그들도 프랑스군처럼 전쟁이 끝나기만을 목 빠지게 기다리고 있을 것 아닌가? 하지만 어찌됐든 알아보러 가야 한다는 거였다. 이때부터 일들이 어떻게 흘러갔는지 정확히 재구성할 수 있는 사람은 아무도 없다.

이 정찰 임무를 수행할 인물로 프라델 중위는 루이 테리외와 가스통 그리조니에를 선발했다. 왜 어린애 하나와 늙은이 하나를 골랐는지는 알 수 없는 일이었다. 패기와 노련함을 결합시키고 싶었던 것일까? 어쨌든 이런 자질들은 쓸데없는 것이 되고 말았으니, 둘 다 임무를 부여받은 지 반 시간도 못 되어 죽어 버린 것이다. 애초부터 아주 멀리까지 갈 필요도 없었다. 북동쪽으로 뻗은 저지선을 약 2백 미터쯤 따라가다가, 절단기로 철조망을 툭툭 자르고 두 번째 철조망 울타리까지 기어간 다음, 저쪽을 한번 둘러보고는 특기할 만한 것이 전혀 없는 게 확실하므로 아무 문제가 없다고 말하며 돌아오기만 하면 되었다. 두 병사는 적진에 가까이 다가가는 것이 조금도 걱정되지 않았다. 최근의 상태를 감안하면, 설사 독일 놈들이 그들을 발견한다 해도 그냥 한번 쳐다보고 돌아가도록 놔둘 것이고, 이건 그저 일종의 여흥으로 끝날 것이기 때문이었다. 그런데 문제는 최대한 몸을 낮게 굽히고 나아가던 두 관측병이 마치 토끼처럼 사격을 당했다는 사실이다. 총성이 세 번 울렸고, 긴 침묵이 뒤를 이었다. 적들이 일을 깨끗이 처리했다는 뜻이었다. 이쪽에서는 즉시 두 병사를 찾으려고 해보았으나, 그들이 북쪽으로 떠났던 관계로 쓰러진 정확한 지점을 확인할 수 없었다.

알베르 주위에서는 모두가 숨을 멈추었다. 그러고는 고함소리가 터져 나왔다. 개자식들! 독일 놈들이 그렇지! 더러운 새끼들! 야만족들! 등. 게다가 죽은 것은 어린애 하나와 노인네 하나였다. 그렇다고 해서 달라지는 것은 아무것도 없었지만, 모두의 머릿속에서는 독일 놈들은 단지 두 명의 프랑스 병사를 죽이는 것으로 그치지 않고, 그들과 함께 두 상징을 도살해 버린 것이다. 한마디로 맹렬한 분노가 들끓어 올랐다.

그로부터 몇 분 후, 후방에 있는 포병이 도저히 상상할 수 없는 신속함으로 독일군 방어선에 75구경 포들로 일제 사격을 퍼붓기 시작했다. 도대체 어떻게 정보를 입수했는지 신기할 따름이었다.

그다음에는 정해진 수순이었다.

독일군은 응사했다. 프랑스군 쪽에서는 병사들을 전원 집합시키는 데 많은 시간이 필요치 않았다. 저 멍청한 새끼들에게 뜨거운 맛을 보여 줘야 했다. 1918년 11월 2일이었다. 그때는 아직 몰랐지만, 전쟁이 끝나기까지 채 열흘도 남지 않은 때였다.

게다가 〈죽은 자들의 날〉[2]에 공격을 하려 하고 있었다. 상징들에 그렇게 집착하는 것은 아니지만…….

자, 우린 또 이렇게 완전 무장을 하고서, 교수대(참호를 빠져나갈 때 사용하는 사다리를 이렇게 불렀다. 그 후에 일어날

2 프랑스의 명절로 11월 2일에 가까운 이들의 무덤을 국화 등의 꽃으로 장식하며 추모한다.

일을 염두에 둔 것이리라)에 기어 올라가 적진을 향해 대가리를 들이대고 돌진할 채비를 하고 있군, 하고 알베르는 생각했다. 한 줄로 선 병사들은 팽팽히 긴장해 침도 제대로 삼키지 못했다. 알베르는 줄에 세 번째로 서 있었는데, 그의 앞에 있는 베리와 젊은 페리쿠르는 빠진 사람이 없는지 확인이라도 하듯 뒤돌아봤다. 시선이 마주치자 페리쿠르는 미소를 지어 보였다. 금방이라도 우스갯소리를 늘어놓을 것 같은, 아이처럼 해맑은 미소였다. 알베르도 미소를 지어 보이려 해 봤으나, 잘 되지가 않았다. 페리쿠르는 자기 위치로 돌아갔다. 모두가 공격 명령을 기다리고 있었고, 극도의 흥분이 손에 만져질 듯 느껴졌다. 독일 놈들의 만행에 분개한 프랑스 병사들은 이제 자신의 분노에 집중하고 있었다. 그들 위로 포탄들은 하늘을 가르며 양방향으로 쌕쌕 지나가고 참호 속까지 들썩일 정도로 땅을 뒤흔들고 있었다.

알베르는 베리의 어깨 너머로 쳐다보았다. 프라델 중위가 한 조그만 전초에 올라서서 쌍안경으로 적진을 심각하게 관찰하고 있었다. 알베르도 늘어선 줄의 자기 위치로 돌아갔다. 이렇게 요란하지만 않았어도, 알베르는 지금 프라델에게 무슨 고민이 있는지 한 번쯤 생각해 볼 수 있었을 것이다. 하지만 고막을 찢는 듯한 날카로운 소리가 계속되고, 머리에서 발끝까지 부르르 떨리게 만드는 거센 폭발이 이어지는 상황에서 어떻게 집중할 수 있단 말인가?

현재로서는 병사들이 공격 명령을 기다리는 중이다. 이 틈을 이용해 이 알베르에 대해 알아보는 것도 나쁘지 않으리라.

알베르 마야르. 호리호리한 체구에, 약간 느릿하고도 조심스러운 성격의 친구다. 말이 별로 없고, 숫자에 강하다. 전쟁이 일어나기 전에는 위니옹 파리지엔 은행의 한 지점에서 출납원으로 일했다. 그 일을 별로 좋아하지는 않았지만, 어머니 때문에 붙어 있었다. 아들이 딱 하나뿐인 마야르 부인은 높으신 분들을 흠모해 왔다. 그러니 당연한 일이었다. 가만, 우리 알베르가 은행장이 된다? 오, 그래……? 그녀는 곧바로 열광하기 시작했다. 그 애처럼 〈머리가 좋으면〉 얼마 안 가 꼭대기까지 올라가리라 확신한 것이다. 권위에 대한 이러한 극단적인 취향은 체신부 부국장의 보좌관으로 근무하면서 행정부의 위계질서를 우주의 은유로 받아들였던 그녀의 아버지에게서 비롯된 것이었다. 마야르 부인은 세상의 우두머리들을 예외 없이 좋아했다. 그들의 자질이 어떠하든 출신 배경이 어떠하든 상관하지 않았다. 그녀는 클레망소, 모라스, 푸앵카레, 조레스, 조프르, 브리앙[3] 등의 사진을 간직하고 있었다. 루브르 박물관에서 제복 차림의 경비원 일개 조를 이끌던 남편을 잃은 이후로, 이 거물들은 그녀에게 엄청난 느낌으로 다가왔던 것이다. 알베르는 은행 일에 큰 열정을 느끼지 못했지만, 그녀가 떠드는 말들을 잠자코 듣고만 있었다. 어머니와는 그러는 게 상책이었다. 하지만 그도 나름대로 계획을 세우기 시작하고 있었다. 그는 떠나고 싶었고, 통킹[4]으로 가고 싶었다. 사실 아주 막연한 동경에 불과했지만, 어쨌든 이 회계직을 떠나 다른 일을 하고 싶었다. 하지만 알베르는 그렇게 행동이 빠른 친구가 아니었다. 어떤 일에든 시간이 필요했다. 그리고 아주 빨리 세

3 20세기 초반에 대통령, 수상 등 고위직을 역임한 프랑스 정치가들.
4 프랑스 식민지 시대의 베트남 북부를 지칭하는 지명.

실이 생겼다. 그는 곧바로 열정에 사로잡혔다. 세실의 눈, 세실의 입, 세실의 미소, 그다음에는 물론 세실의 젖가슴, 세실의 엉덩이……. 이러니 어떻게 다른 걸 생각할 수 있겠는가?

오늘날의 우리에게 키 173센티미터의 알베르 마야르는 그다지 크게 느껴지지 않겠지만, 당시로서는 꽤 괜찮은 체격이었다. 한때 그는 아가씨들의 시선깨나 받았다. 특히 세실이 그를 주목했다. 사실은…… 알베르가 항상 세실을 쳐다봤는데, 그런 식으로 얼마가 지나자 누군가 자기를 뚫어질 듯 쳐다보고 있다는 걸 느낀 그녀가 알베르의 존재를 깨닫게 되었고, 이번에는 자기 쪽에서 그를 쳐다보게 된 것이다. 그의 얼굴에는 어딘지 애처로운 데가 있었다. 솜 전투 때 총알이 그의 오른쪽 관자놀이를 스치고 지나갔다. 그는 오싹했지만 다행히 무사했고, 덕분에 얻게 된 괄호 모양의 흉터는 눈을 옆쪽으로 살짝 늘려 놓았고, 그를 뭔가 멋있어 보이게 해주었다. 그다음 휴가 때 세실이 몽상에 잠기고 매혹된 표정을 하고, 검지 끝으로 흉터를 어루만져 주었지만 그의 기분은 별로 나아지지 않았다. 어렸을 때, 동그랗고 창백한 얼굴과 무겁게 늘어진 눈꺼풀 때문에 알베르는 슬픈 피에로처럼 보였다. 마야르 부인은 아이가 빈혈이라고 생각하고는, 자신의 음식을 줄이면서까지 알베르에게 고기를 먹였다. 알베르가 아무 상관이 없다고 골백번 설명해 봤지만, 마야르 부인은 그렇다고 해서 생각을 바꿀 사람이 아니었다. 자기 생각이 틀리는 것을 끔찍이도 싫어하는 그녀는 항상 어떤 예들을 찾아내고, 이유들을 찾아냈다. 심지어 편지에서까지 몇 년 전에 있었던 일들을 다시 들추어내는, 정말로 견디기 힘든 여자였다. 이 때문에 알베르가 전쟁 초반부터 입대한 것이 아닌가 의심이 들 정도다. 입대 소식을 접한 마야르 부인은 찢어질 듯 비명을 질러 댔다. 하지만 워낙에 과장이 심한 여자라서, 그게 진짜 두려움 때문인지 아니면 연극을 하는 건지 분간할 수 없었다. 이렇게 소리를 질러 대던 그녀는 이내 진정되었다. 전쟁에 대한 개념이 매우 고전적이었기 때문에, 알베르가 그 〈좋은 머리로〉 얼마 안 가서 두각을 나타내고 진급을 거듭하리라 확신하게 되었던 것이다. 마야르 부인의 머릿속에서 알베르는 앞장서서 돌격하고, 영웅적인 행동을 하고, 대번에 장교가 되고, 대위가 되고, 소령이 되고, 어쩌면 장군까지 되었다. 전쟁에서 이런 일은 흔히 있는 일 아닌가? 알베르는 어머니가 떠드는 말을 들으며 묵묵히 짐을 꾸렸다.

세실은 사뭇 달랐다. 그녀는 전쟁을 무서워하지 않았다. 우선 참전은 〈애국자로서의 의무〉(그녀가 이런 말을 하는 것을 한 번도 들은 적이 없는 알베르는 깜짝 놀랐다)이며, 또 거의 형식적인 절차에 불과하므로 무서워할 이유가 없다는 거였다. 다들 그렇게 얘기한단다.

알베르는 약간 의심이 일었지만, 따지고 보면 세실에게는 마야르 부인과 같은 구석이 있었다. 그녀에겐 상당히 확고한 몇 가지 생각이 있었다. 그녀의 말에 따르면, 전쟁은 오래가지 않을 거였다. 알베르도 거의 그렇게 믿게 되었다. 세실은 그 손으로, 그 입으로, 그 모든 것들로 알베르에게 그 어떤 말이라도 할 수 있었다. 그녀를 모르는 사람은 이해 못 할 거야, 하고 알베르는 생각하곤 했다. 우리에게 이 세실은 그저 예쁘장한 아가씨일 뿐이다. 하지만 그에게는 훨씬 대단한 것이었다. 세실의 모공 하나하나가 어떤 특별한 분자로 이루어져 있었고,

숨결에서도 특별한 향기가 났다. 그녀는 눈동자가 파랬는데, 우리에게는 아무런 의미도 없지만, 알베르에게 이 눈은 아득한 심연이요, 천 길 낭떠러지였다. 자, 그녀의 입이 우리 알베르에게 어떤 의미가 있는지, 잠시 그의 입장이 되어 보자. 이 입은 알베르에게 너무도 뜨겁고도 달콤한, 가슴이 터질 듯이 황홀한 키스들을 해주었고, 입안으로는 침을 흘려보내 열정적으로 들이마실 수 있게 해주었다. 이런 놀라운 것들을 할 수 있는 세실은 단지 세실만은 아니었다. 그녀는 무엇인고 하면…… 그리하여 그녀는 전쟁은 한 입 거리밖에 안 된다고 주장할 수 있었고, 알베르는 자신이 세실의 그 한 입 거리가 될 수 있기를 너무도 간절히 꿈꿔 왔었다…….

물론 이제 그는 상황을 전혀 다르게 판단하고 있었다. 그는 전쟁이란 실제 총알들이 날아다니는 거대한 로또판일 뿐이고, 여기서 4년 동안 살아남는 것은 거의 기적임을 잘 알고 있었다.

그리고 종전이 코앞으로 다가온 이 시점에 생매장되어 끝난다면, 솔직히 세상에 이보다 한심한 일은 없을 거였다.

하지만 바로 그 일이 지금 일어나려 하고 있었다.

우리의 알베르가 생매장될 위기에 처한 것이다.

그의 어머니 말마따나 〈재수가 없어서〉 말이다.

프라델 중위는 병사들을 향해 몸을 돌렸다. 그의 시선은 좌우에서 마치 그를 메시아처럼 주목하고 있는 맨 앞 병사들에 박혔다. 그는 고개를 끄덕이고는 숨을 깊이 들이마셨다.

몇 분 후, 알베르는 포탄들과 쌕쌕거리는 탄환들이 비처럼 쏟아지는 세상의 종말 같은 배경 속을 달리고 있다. 몸을 약간 굽히고 목은 바짝 움츠린 채, 있는 힘을 다해 무기를 움켜쥐고 있지만 걸음은 무겁기 그지없다. 요 며칠 비가 많이 내린 까닭에 군화 밑의 땅은 몹시도 질척거린다. 주위의 어떤 이들은 도취하기 위해, 혹은 용기를 내기 위해 미친 듯 고함을 질러 댄다. 또 어떤 이들은 반대로 알베르처럼 잔뜩 긴장하여 배는 돌처럼 딱딱해지고 목구멍은 바짝바짝 타들어 가는 것을 느끼며 앞으로 나아간다. 모두가 결정적인 분노로, 복수의 일념으로 무장하고서 적을 향해 돌진한다. 사실 이것은 휴전의 전망이 낳은 역효과인지도 모른다. 그동안 너무나도 고통을 받아 온 그들은 전쟁이 이렇게 끝나려는 것을, 이렇게 많은 친구들이 죽었고 이렇게 많은 적들이 살아 있는 상태로 끝나려는 것을 보고는 모조리 학살해 버리고 싶은, 이번에는 완전히 끝장을 내버리고 싶은 욕구에 사로잡혔다. 누구든 사정없이 쑤셔 버리리라.

심지어는 죽음의 공포에 사로잡힌 알베르마저도 누구든 걸리는 대로 죽여 버릴 작정이다. 그런데 도중에 장애물이 적지 않아, 그는 달리면서 오른쪽으로 방향을 틀지 않을 수 없다. 처음에는 프라델 중위가 정해 놓은 선을 따라갔지만, 쌕쌕거리며 날아오는 탄환들이며 포탄들 앞에서는 어쩔 수 없는 노릇이다. 게다가 그의 바로 앞에서 전진하던 페리쿠르가 총알 한 발을 맞고 풀썩 쓰러지며 나뒹굴어 하마터면 발에 걸릴 뻔했기에 더욱 그렇다. 아슬아슬하게 그를 뛰어넘은 알베르는 균형을 잃은 채로 수 미터를 더 달리다가 늙은 그리조니에의 시체와 마주친다. 예상치 못한 죽음으로 이 최후의 살육극을 촉발시킨 바로 그 병사다.

주위를 씽씽 날아다니는 탄환들에도 불구하고, 그가 이렇게 뻗어 있는 것을 본 알베르는 걸음을 딱 멈춘다.

알베르는 그의 외투를 알아본다. 그는 항상 이 옷깃의 단춧구멍에 어떤 빨간 것을 달고 다니며 〈이게 내 훈장이야〉라고 농담하곤 했기 때문이다. 그리조니에는 그리 똑똑한 사람은 아니었다. 약간 투박한 면이 있었지만, 심성은 착해서 모두가 그를 좋아했다. 의심할 바 없이 그리조니에다. 커다란 머리통은 진흙 속에 쑤셔 박혀 있고, 몸의 나머지 부분들은 팔다리가 제멋대로 춤을 추며 쓰러진 듯한 모습이다. 그 바로 옆에서 막내 루이 테리외를 발견한다. 마찬가지로 부분적으로 진흙 속에 파묻힌 루이 테리외는 마치 태아처럼 몸을 잔뜩 웅크린 자세다. 이렇게 어린 나이에, 이런 자세를 하고서 죽어 있는 모습을 보니 정말로 마음이 짠하다…….

대체 왜 그랬는지 알 수 없지만, 어떤 직감 때문일까, 알베르는 늙은이의 어깨를 잡아 옆으로 힘껏 민다. 시체는 기우뚱 무겁게 돌아가 배를 땅에 깔고 털썩 엎어진다. 몇 초가 지나서야 알베르는 비로소 이해한다. 그러고는 그 이해된 진실이 얼굴을 거세게 후려친다. 적진을 향해 나아갈 때는 등짝에 총알 두 발을 맞고 죽지는 않는 법이다…….

그는 시체를 성큼 넘어서 몇 발짝을 더 옮긴다. 몸은 여전히 숙인 채인데, 몸을 구부리든 똑바로 세우든 총알이 찾아오는 건 마찬가지라는 점에서 이해하기 어려운 행동이다. 어쨌든 마치 늘 하늘에 대한 두려움 속에서 전쟁을 치러 온 것처럼 반사적으로 몸을 바짝 웅크린다. 이제 그는 어린 루이 앞에 있다. 루이는 꼭 쥔 두 주먹을 입가에 붙이고 있는데, 이러고 있으니 스물두 살의 그가 기막힐 정도로 어려 보인다. 얼굴은 온통 진

흙에 덮여 잘 보이지 않는다. 알베르는 그의 등만 보고 있다. 총알 한 발. 늙은이의 등짝에 박힌 두 발과 합하면 모두 세 발이다. 아까 들은 총성도 세 발, 여기도 세 발, 딱 들어맞는다.

다시 몸을 일으킨 알베르는 아직도 얼이 빠져 있다. 이것이 의미하는 바로 인해서 말이다. 휴전이 며칠 남지 않은 시점에서 병사들은 독일 놈들을 건드리고 싶은 마음이 별로 없었다. 병사들을 밀어붙일 유일한 방법은 그들의 분노를 돋우는 것이었다. 이 두 사람이 등짝에 총을 맞았을 때 프라델은 과연 어디에 있었던가?

맙소사…….

머리가 멍해진 알베르가 몸을 돌리다가 본 것은 몇 미터 떨어진 곳에서 그 무거운 군장이 허용하는 최대한의 속도로 자기를 향해 달려들고 있는 프라델 중위의 모습이다.

그의 동작은 단호하고, 고개는 꼿꼿하다. 특히 알베르의 눈에 들어오는 것은 중위 특유의 그 맑고도 똑바른 시선이다. 완전히 결의에 차 있는 눈빛이다. 갑자기 모든 것이, 모든 이야기가 선명히 이해된다.

이 순간, 알베르는 자기가 죽는다는 걸 깨닫는다.

몇 걸음 옮겨 보려 하지만 아무것도 움직이지 않는다. 두뇌도, 다리도 꼼짝하지 않는다. 이 모든 게 너무 빨리 진행되고 있다. 앞에서 말했듯이, 알베르는 동작이 빠른 친구가 아니다. 프라델은 성큼성큼 단 세 걸음만에 알베르 앞에 이른다. 바로 옆에는 포탄에 파인 커다란 구덩이 하나가 아가리를 벌리고 있다. 알베르의 가슴 한복판에 중위의 어깨가 꽂히자 숨이 턱 막힌다. 다리가 휘청하고 균형을 잡으려 해보지만 결국에는 큰 대 자를 하고서 뒤로, 구덩이 속으로 떨어져 내린다.

몸이 포탄 구덩이 속으로 마치 슬로 모션처럼 빠져 들어감에 따라 알베르의 눈에 프라델의 얼굴이, 야심과 확신과 도발이 어른거리는 그의 시선이 점점 멀어져 가는 게 보인다.

구덩이 밑바닥에 이른 알베르는 주렁주렁 달린 군장에도 멈추지 못하고 데굴데굴 구른다. 그러다가 두 다리가 소총에 걸리고, 간신히 몸을 일으킨 그는 즉시 경사진 흙 면에 몸을 바짝 붙인다. 마치 자신의 소리가 들렸을까, 들켰을까 두려워 황급히 문에 등을 기대어 보는 사람처럼. 발뒤꿈치를 땅에 박고 선(진흙땅은 비누처럼 미끄럽다) 그는 가쁜 숨을 가라앉히려 애쓴다. 단편적이고 무질서한 생각들은 프라델 중위의 얼음 같은 시선으로 끊임없이 되돌아간다. 위쪽에서는 전투가 한층 치열해진 듯, 하늘에는 꽃줄 같은 포연이 가득하다. 희뿌연 하늘은 푸르스름한, 혹은 주황색의 후광들로 훤해진다. 양방향에서 날아오는 포탄들은 귀를 먹먹하게 하는 끊임없는 굉음 속에, 파공음들과 폭발음들이 뒤얽히는 뇌성 속에 장대비처럼 쏟아진다. 알베르는 눈을 들어 본다. 저 위, 구덩이 언저리에 마치 죽음의 천사처럼 버티고 선 프라델 중위의 우뚝한 실루엣이 보인다.

알베르는 굉장히 오랫동안 낙하한 기분이다. 사실은 두 사람 사이의 거리는 약 2미터 남짓이다. 아마 그 정도도 되지 않을 것이다. 하지만 그 차이는 엄청나다. 프라델 중위는 두 다리를 벌리고, 두 손은 요대 위에 굳건히 얹은 자세로 저 위에 있다. 그의 뒤로는 전쟁터의 희미한 불빛들이 간헐적으로 번득인다. 그는 느긋하게 구덩이 밑바닥을 내려다본다. 입가에 희미한 미소를 머금고서 알베르를 응시한다. 여기서 알베르를 꺼내 주기 위해 손가락 하나 까딱하지 않을 것이다. 생각이 여기에 미치자 알베르는 숨이 탁 막히면서 피가 거꾸로 솟는다. 그는 소총을 붙잡고, 미끄러지고, 가까스로 다시 균형을 잡고, 거총을 하는데, 이렇게 마침내 총구를 구덩이 언저리 쪽으로 올렸을 때는 더 이상 아무도 보이지 않는다. 프라델이 사라진 것이다.

알베르 혼자만 남았다.

그는 소총을 내려놓고 다시 한 번 힘을 내본다. 여기서 기다리고 있으면 안 된다. 곧바로 이 구덩이를 기어올라 프라델을 뒤쫓아 가서 그의 등짝에 총을 쏘거나 모가지에 달려들어야 하리라. 아니면 다른 사람들에게 가서 모든 사실을 밝히든지, 소리를 지르든지, 정확히는 알 수 없지만 여하튼 뭔가를 해야 하리라. 하지만 그는 극심한 피로감을 느낀다. 갑자기 온몸에 힘이 쭉 빠져 버린 것이다. 이 모든 게 너무도 부질없기 때문이다. 마치 짐을 내려놓은 듯한, 이제 한계에 다다른 듯한 기분이다. 저 위로 올라가 보고 싶다 해도 그러지 못할 것이다. 전쟁이 끝날 참인데, 이렇게 구덩이 밑바닥에 갇혀 있다. 그는 무너지듯 주저앉으며 두 손으로 얼굴을 감싼다. 상황을 제대로 분석해 보려 하지만, 방금 전의 투지는 갑자기 녹아내렸다. 마치 셔벗처럼. 세실이 너무나도 좋아하는 셔벗, 그녀가 새끼 고양이처럼 이를 갈게 만드는, 그런 그녀를 꼭 껴안고 싶게 만드는 그 레몬 맛 셔벗……. 그러고 보니, 세실에게서 마지막으로 편지를 받은 게 언제였던가? 이 또한 힘 빠지는 일이다. 아무에게도 얘기하지 않았지만, 세실이 보내는 편지는 갈수록 짧아지고 있다. 전쟁이 곧 끝날 것이기 때문에, 그녀는 이미 전쟁이 완전히 끝난 것처럼, 더 이상 긴말할 필요가 없는 것처럼 편지를 쓴다. 가족이 있는 사람들은 경우가 다르다. 그들에겐 노상 편지가 날아오지만, 세실밖에 없는 그로서는…… 물론 어머니가 있긴 하지만, 어머니는 그 무엇보다 피곤한 존재다. 세실의 편지는 그녀와 나누는 대화와도 비슷하다. 마치 자기가 그를 대신하여 모든 걸 결정할 수 있는 것처럼…… 이 모든 것들이, 더는 떠올리고 싶지 않은 그 모든 친구들의 죽음과 더불어, 지금까지 그를 쇠진시키고 갉아먹어 왔다. 이런 낙담의 순간들을 겪어 보지 않은 것은 아니나, 이번에는 아주 상황이 안 좋다. 하필이면 그가 젖 먹던 힘까지 필요로 하는 바로 그 순간에 닥친 것이다. 왜인지는 알 수 없지만, 그 안의 무언가가 갑자기 탁 풀려 버렸다. 배 속에서 그게 느껴진다. 거대한 피로감과도 비슷하며, 돌덩이처럼 무거운 것. 어떤 끈덕진 거부, 무한히 소극적이고도 착 가라앉은 무언가이다. 무언가의 끝 같은 것이다. 처음 입대했을 때, 많은 이들이 그랬듯 알베르도 전쟁을 나름대로 상상해 보면서, 위급한 순간이 닥치면 죽은 척하기만 하면 된다고 은밀하게 생각했다. 그냥 풀썩 쓰러져 버리리라. 혹은 좀 더 그럴듯하게 심장에 정통으로 총알을 맞은 듯한 표정을 지으며 세찬 비명을 내지르리라. 그러고 나서는 꼼짝 않고 누워서 주위가 조용해지기만을 기다리리라. 밤이 되면 어떤 전우의 시체에까지, 진짜로 죽은 시체에까지 기어가서는 신분증을 훔쳐 내리라. 그런 다음에는 파충류처럼 살금살금 몇 시간이고 걸으리라. 어둠 속에서 누군가의 목소리가 들리면 움직임을 멈추고서 숨을 돌려 가면서. 이렇게 조심조심

나아가다 보면 어떤 도로를 발견할 거고, 그 길을 따라 북쪽으로(버전에 따라서는 남쪽으로) 쭉 올라가리라. 걸으면서 새로운 신분을 몽땅 외워 놓으리라. 그러다가 어느 길 잃은 분대와 마주치게 되는데, 이들을 이끄는 거구의 중사는……. 요컨대, 알베르는 보다시피 은행 출납원치고는 꽤나 몽상적인 친구다. 아마도 마야르 부인의 말도 안 되는 생각들에 적잖은 영향을 받았으리라. 전쟁 초기에 이런 감상적인 상상을 하는 사람은 알베르 말고도 많이 있었다. 그는 상상 속에서 홍색과 청색 군복을 멋지게 차려입은 군대가 밀집 대형을 이루고 겁에 질린 적군을 향해 전진하는 광경을 보곤 했다. 병정들의 번쩍이는 총검들이 전방으로 겨누어진 가운데, 간간히 보이는 포연들을 통해 적군의 패주를 확인할 수 있었다. 사실 알베르는 스탕달식[5]의 전쟁을 기대했던 것인데, 그가 실제로 떨어진 곳은 50개월 동안 매일 천 명씩 죽어 나간, 무미건조하고도 야만적인 살육극의 한복판이었다. 이에 대해 조금 알기 위해서는, 몸을 약간 높여서 구덩이 주위의 풍경을 한번 둘러보는 걸로 충분하다. 수풀이 완전히 자취를 감췄고, 수천 개의 포탄 구덩이가 뻥뻥 뚫려 있으며, 그 역한 냄새에 온종일 속이 울렁거리는 수백 구의 썩어 가는 시체가 어지러이 널려 있는 땅이다. 총성이 조금이라도 잦아들라 치면 산토끼만 한 쥐들이 시체들 사이를 사납게 뛰어다니며 구더기들이 시식하고 남은 것들을 두고 파리들과 다툰다. 이 모든 것을 알베르는 익히 알고 있는데, 엔에 있을 때 들것병이었기 때문이다. 신음하거나 고래고래 비명을

5 나폴레옹 시대 이탈리아를 배경으로 한 스탕달의 소설 『파르마의 수도원 *La Chartreuse de Parme*』(1839)을 암시하는 말.

지르는 부상병들이 더 이상 보이지 않을 때 알베르는 모든 종류의 시체들을, 부패의 모든 단계들을 보여 주는 시체들을 수거했다. 그는 이 분야에 빠삭했다. 매번 심장이 곤두서는 느낌이었던 그로서는 참으로 불쾌한 작업이었다.

잠시 후면 흙에 파묻혀 생매장될 이 남자는 정말로 운이 없는 것이, 그에겐 폐쇄 공포증 성향이 조금 있는 것이다.

아주 어렸을 때, 그는 어머니가 방을 나가면서 문을 닫아 버릴지도 모른다는 생각에 구역질을 하곤 했다. 그는 아무 말도 하지 않고 가만히 누워 있었다. 그렇잖아도 골치 아픈 일들이 너무 많다고 노상 설명하는 어머니를 힘들게 하고 싶지 않아서였다. 하지만 밤과 어둠에 그는 질겁했다. 심지어는 나중에, 그러니까 그리 오래되지 않은 과거에, 세실과 이불 속에 있을 때도 그랬다. 이불을 머리끝까지 덮으면 숨이 탁 막히고 공황감이 엄습해 왔다. 게다가 세실이 이따금 두 다리로 그의 몸을 꽉 죄곤 했기에 더욱 그랬다. 어떻게 하는지 보려고 이런다고, 세실은 깔깔대며 말했다. 요컨대 질식사는 그가 가장 무서워하는 죽음일 것이다. 다행히 그는 지금 여기에 대해 생각하지는 않고 있다. 지금 그를 기다리고 있는 일에 비하면, 세실의 매끄러운 허벅지에 갇히는 것은 머리통이 이불 밑에 있다 해도 오히려 천국이라 할 수 있다. 만일 그 생각을 한다면, 알베르는 차라리 죽고 싶으리라.

사실 이때 죽는 것이 오히려 나을 수도 있는데, 바로 그 끔찍한 일이 일어날 참이기 때문이다. 하지만 지금 당장은 아니다. 잠시 후에 그가 있는 구덩이에서 몇 미터 떨어진 곳에서 결정적인 포탄 한 발이 폭발하여 높직한 흙기둥이 담벼락처럼 허물어져 그를 완전히 덮어 버리면, 그에겐 살 시간이 얼마 남지 않게 될 것이다. 그러나 그 얼마 되지 않은 시간은 자기에게 정말로 무슨 일이 닥칠 것인지 깨닫기에는 충분히 긴 시간일 것이다. 그러면 알베르는 뒷다리를 잡아 올린 실험실 쥐들이나 도살당할 소, 돼지들이 느낄 야성적인 생존 욕구에, 일종의 원초적인 저항 본능에 휩싸이리라……. 죽고 싶다는 생각이 들기 위해서는 좀 더 기다려야 할 것이다. 그의 허파가 공기를 찾다가 새하얗게 될 때까지, 그의 몸이 빠져나가려고 필사적으로 몸부림치다가 완전히 탈진해 버릴 때까지, 그의 머리가 폭발 직전에 이를 때까지, 그의 정신이 광기에 사로잡힐 때까지, 또……. 자, 뒤에 일어날 일은 그만 얘기하기로 하자.

알베르는 고개를 돌려 다시 한 번 위쪽을 올려다본다. 그러고 보니 그렇게 멀리에 있는 것은 아니다. 문제는 알베르에게는 너무 멀다는 사실이다. 그는 남은 힘을 끌어모아 본다. 저기로 기어 올라가 이 구덩이에서 빠져나가는 일만 생각하려 해본다. 그는 다시 군장과 소총을 챙겨 들고는, 지쳤음에도 불구하고 비탈을 기어오르기 시작한다. 쉽지가 않다. 발이 진흙 위로 쭉쭉 미끄러진다. 손가락을 흙에 박아 보고, 디딜 곳을 만들기 위해 발끝으로 있는 힘을 다해 차보지만 속절없이 다시 떨어져 내린다. 총과 배낭을 집어 던져 무게를 줄여 본다. 옷을 전부 벗어야 한다 해도 주저 없이 그리하리라. 그는 경사진 흙벽에 배를 깔고 다시 기어오르기 시작한다. 그 움직임은 마치 쳇바퀴 속의 다람쥐 같아서, 손발로 연신 허공을 긁으면서 계속 제자리로 되돌아온다. 그는 끙끙대고 신음하다가, 결국에는 거세게 울부짖는다. 공황감이 엄습한다. 그는 눈물이

30

솟구치는 걸 느끼며 주먹으로 점토 벽을 쾅쾅 두드린다. 빌어먹을, 저 위 언저리는 그리 멀지 않은데, 팔만 뻗으면 거의 닿을 듯한데, 군화 밑창은 찍찍 미끄러지고, 1센티미터를 오르면 곧바로 그만큼 밀려 내려온다. 그는 고함친다. 이 엿 같은 구덩이에서 나가야 해! 그리고 그렇게 할 생각이다. 그래, 언젠가는 죽을 수 있다. 하지만 지금은 아니다. 이건 너무 바보 같은 일이다. 그는 여기서 빠져나가, 필요하다면 독일군 진영에까지라도 들어가서 프라델 중위를 찾아내어 죽여 버릴 것이다. 그 개자식을 죽일 생각을 하니 불끈 힘이 솟는다.

이때 서글픈 생각이 떠오르고, 그는 잠시 할 말을 잃는다. 4년이 넘는 세월 동안 독일 놈들이 그를 죽이려고 애써 왔는데, 이제 그는 어느 프랑스 장교의 손에 죽어 가는 것이다.

빌어먹을!

알베르는 무릎을 꿇고 앉아 배낭을 연다. 내용물을 죄다 꺼내고, 수통은 다리 사이에 내려놓는다. 군용 외투를 미끄러운 흙 면에다 펼치고, 손에 잡히는 모든 것을 퍽퍽 흙에 박아 일종의 아이젠으로 삼으리라. 이렇게 생각하며 몸을 돌리는 바로 그 순간, 그의 머리 위 수십 미터 상공에 포탄이 날아드는 소리가 들린다. 갑자기 불안감에 휩싸인 알베르는 고개를 쳐든다. 4년 동안 그는 75밀리미터 포탄과 95밀리미터 포탄을, 또 105밀리미터 포탄과 120밀리미터 포탄을 구별하는 법을 배웠다. 그런데 이놈은 약간 헷갈린다. 아마도 구덩이의 깊이 때문에, 혹은 거리가 좀 있어서 그럴 것이다. 포탄은 다른 놈들보다는 더 낮고 흐릿하게, 약하게 부릉거리며 자신의 존재를 예고하더니, 초강력 드릴이 돌아가는 듯한 소리로 끝을 맺는다. 알베르의

머릿속에 〈이게 뭐지?〉라는 생각이 떠오르는 순간, 어마어마
한 폭발음이 천지를 울린다. 급작스러운 경련에 사로잡힌 대
지는 부르르 떨며 거대하고도 음산한 소리로 으르렁대다가,
마침내 하늘 높이 일어선다. 아마 화산이 이러하리라. 그 거센
충격에 중심을 잃은 알베르는 깜짝 놀라며 위를 올려다본다.
갑자기 사방이 컴컴해졌기 때문이다. 그런데 거기. 하늘이 있
어야 할 곳에 약 10여 미터 높이의 거대한 갈색 흙의 물결이
마치 슬로 모션처럼 펼쳐지는 게 보인다. 그 일렁이는 능선은
그가 있는 쪽으로 서서히 휘어지면서, 곧 쏟아져 내려 그를 덮
칠 준비를 하고 있다. 자갈, 흙덩어리, 그리고 갖가지 잔해들이
거의 나른하게까지 느껴지는 여우비처럼 후두두 떨어져 내리
며 임박한 도착을 예고한다. 알베르는 몸을 움츠리고 숨을 멈
춘다. 이렇게 해서는 절대로 안 된다고, 오히려 몸을 쭉 일으켜
세워야 한다고, 흙에 매몰되어 죽은 모든 이들이 말할 것이다.
알베르가 하늘에서 일렁거리며 떨어질 때와 장소에 대해 망설
이고 있는 듯한 흙의 장막을 응시하고 있는, 마치 정지한 듯한
순간이 약 2~3초간 이어진다.

잠시 후면 저 흙의 너울이 무너져 내려 알베르를 완전히 덮
어 버릴 것이다.

평소의 알베르의 모습은, 그림으로 비유해 보자면, 틴토레
토가 그리는 초상화와 비슷하다. 선명한 입매, 주걱턱, 그리고
활처럼 휜 눈썹 때문에 돋보이는 어둡고도 움푹한 눈언저리,
그리고 항상 침울한 표정이었다. 그런데 이 순간, 시선을 하늘
로 돌려 죽음이 다가오는 것을 바라보는 그의 모습은 오히려
성 세바스티아누스를 닮았다. 얼굴의 윤곽은 갑자기 늘어지

고, 얼굴 전체가 고통과 공포로 일그러진다. 또 신에게 애원하는 듯한 표정도 엿보이는데, 그게 아무 쓸모없는 것이, 알베르는 평생 아무것도 믿지 않았을 뿐 아니라, 지금 어떤 고난이 닥쳤다고 해서 뭔가를 믿기 시작할 리는 없기 때문이다. 설사 그에게 시간이 있더라도 말이다.

흙의 너울이 엄청난 기세로 그를 덮치기 시작한다. 이제 알베르가 한 방에 죽어 모든 게 끝났다고 생각할 수도 있으리라. 하지만 현실은 더 끔찍하다. 자갈들과 돌덩이들이 우박처럼 쏟아져 내리는가 싶더니 곧이어 흙이 덮치는데, 처음에는 천으로 덮이는 것처럼 느껴지다가 갈수록 묵직해진다. 알베르의 몸은 그대로 땅에 못 박힌다.

그의 위로 흙이 쌓여 가면서 몸은 점점 더 고정되고, 눌리고, 압축되어 간다.

빛이 꺼진다.

모든 것이 멈춘다.

새로운 세계의 질서가 자리 잡는다. 더 이상 세실이 없는 세계다.

공황감이 밀려들기 직전에 그가 첫 번째로 느낀 것은 전쟁의 소음이 뚝 멈춰 버렸다는 사실이다. 하느님이 경기 종료 휘슬을 분 듯, 갑자기 모든 것이 입을 다물어 버린다. 물론 그가 조금만 더 주의를 기울인다면, 멈춘 것은 아무것도 없고, 단지 그를 덮어 꽉 죄고 있는 흙의 두께로 인해 거의 들리지 않을 정도로 걸러지고 약화되었을 뿐이라는 사실을 깨달을 것이다. 물론 전쟁이 끝나 가고 있다는 사실이 알베르에게는 그 무엇보다도 중요하기 때문에 전쟁이 아직도 계속되는지 알기 위해 소리들에 귀를 기울여 볼 수도 있겠지만, 지금 그러고 있기에는 다른 문제들이 너무도 많다.

꿍음이 사라지자마자 알베르는 공포에 사로잡힌다. 〈난 지금 땅 밑에 있어.〉 그가 중얼거리지만, 이것은 아주 추상적인 생각에 불과하다. 그가 〈난 생매장됐어〉 하고 중얼거렸을 때에야 상황은 끔찍하게 구체적으로 다가온다.

그리고 이 재앙의 규모를, 자신을 기다리고 있는 죽음의 종류를 가늠했을 때, 자신이 숨 막혀서, 질식해서 죽게 된다는 사실을 깨달았을 때, 알베르는 완전히 이성을 상실한다. 머릿속에서 모든 게 들끓어 오르고, 고함을 내지르는데, 이 쓸데없는 비명으로 조금 남은 산소마저 허비해 버린다. 〈나는 땅에 묻혔어〉라고 끝없이 되뇌고, 이 소름 끼치는 사실에 점점 더 정신이 빠져드는 탓에 눈을 뜰 생각도 못 한다. 다만 어떻게든 몸을 움직이려고 애써 볼 뿐이다. 그에게 남은 모든 힘은, 그의 공포에서 솟구쳐 나오는 모든 것은 근육의 노력으로 변환된다. 그는 버둥거리고 몸부림을 친다. 믿을 수 없는 에너지를 뽑아낸다. 하지만 이 모든 게 헛수고다.

그러다 갑자기 노력을 멈춘다.

자신이 손을 움직였다는 사실을 깨달았기 때문이다. 아주 조금이지만, 그래도 움직였다. 그는 숨을 죽인다. 질척거리는 점토질의 흙은 아까 우수수 떨어져 내리며 팔과 어깨와 목덜미 부근에 일종의 보호벽을 만들어 놓았다. 지금 그가 석고상처럼 굳어져 있는 세계는 군데군데에 몇 센티미터의 틈을 남겨 준 것이다. 사실 그의 머리 위에 쌓인 흙은 그리 많지 않을 것이다. 한 40센티미터 정도? 하지만 그는 그 아래에 있고, 이 흙의 층은 그를 마비시키고, 그 어떤 움직임도 불가능하게 하고, 사망 선고를 하기에 충분한 두께다.

주위에서 땅이 부르르 떨린다. 위쪽, 저 멀리에서 전쟁은 아직도 진행 중이고, 포탄들은 계속 대지를 흔들고 있다.

알베르는 눈을 뜬다. 우선은 아주 살며시 떠본다. 밤이지만, 완전한 암흑은 아니다. 거미줄처럼 가느다란, 희끄무레한 빛줄기들이 미약하게 새어 들어오고 있다. 극도로 창백한, 생명과는 거의 무관한 희미한 빛이다.

그는 억지로 밭은 숨을 쉬어 본다. 두 팔꿈치를 몇 센티미터가량 벌리고, 발들을 조금 뻗어 흙을 저쪽으로 밀어 내는 데 성공한다. 조심조심해 가면서, 또 밀려오는 공황감에 맞서 싸우면서, 얼굴을 빼내어 숨을 쉬려 해본다. 곧바로 흙덩이 하나가 마치 물방울이 터지듯 퍼륵 무너져 내린다. 즉각적인 반사작용으로 모든 근육들이 팽팽해지고, 몸이 바짝 움츠러든다. 하지만 다른 일은 일어나지 않는다. 이렇게 얼마나 시간이 흘렀던가? 공기가 서서히 희박해지는 것을 느끼면서, 다가오는 죽음은 과연 어떤 것일지를 상상하고 있는, 산소가 부족하다는 것은, 그 상태를 직접 이해하게 된다는 것은, 혈관들이 풍선처럼 하나하나 터져 버린다는 것은, 마치 부족한 공기를 찾기라도 하듯 두 눈을 터질 듯이 부릅뜬다는 것은 과연 어떤 것일지 상상하고 있는, 이 불안정한 균형 상태 속에서 말이다. 그는 공기를 아끼려고 애쓰면서, 또 생각하지 않으려고, 자신의 현재 모습을 생각하지 않으려 애쓰면서, 1밀리미터 1밀리미터씩 손을 내밀어 앞쪽을 더듬는다. 그러자 손가락들 아래에 뭔가가 느껴진다. 희끄무레하던 빛이 좀 더 진해졌지만 주위를 분간할 정도는 아니다. 무언가 물컹한 것에, 흙도 아니고 진흙도 아니고, 거의 보드랍기까지 하며 우둘투둘한 것에 손가락이 닿는다.

이것이 무엇인지를 깨닫는 데는 약간의 시간이 필요하다.

눈이 점차 어둠에 적응하면서, 그는 자기 앞에 있는 것이 무엇인지 파악한다. 끈적거리는 점액이 흘러나오는 어마어마한 입술, 거대하고 싯누런 이빨들, 녹아내리는 푸르스름한 커다란 눈깔…….

구역질 나는 거대한 말 대가리, 괴물처럼 흉측한 말 대가리다.

알베르는 화들짝 놀라며 움찔한다. 머리통이 흙벽에 퍽 부딪히고, 이 통에 다시 목덜미로 흙이 무너져 내린다. 그는 자신을 보호하기 위해 어깨를 웅크리고, 모든 움직임과 호흡을 멈춘다. 이렇게 몇 초가 흐른다.

포탄이 땅에 구멍을 내면서 전장의 땅속에서 썩어 가던 무수한 말들 중 한 마리를 파내었고, 그 대가리를 알베르 앞에 던져 놓은 것이다. 그들은 이렇게 마주하고 있다. 젊은 남자와 죽은 말이 거의 입 맞출 듯 가까이에 있다. 흙이 무너져 내린 덕에 양손이 조금 자유로워졌지만, 흙더미가 너무나 무거워 흉곽을 꽉 조인다. 그는 힘겹게 살살 숨을 쉬어 보지만 허파는 벌써 견딜 수 없는 상태가 되었다. 솟구쳐 오르는 눈물을 막을 수가 없다. 그는 우는 것은 죽음을 받아들이는 것이나 마찬가지라고 중얼거린다.

아니, 되는 대로 놔두는 게 나으리라. 이제 그렇게 많은 시간이 남은 것 같지 않으니까.

죽을 때 우리의 삶 전체가 주마등처럼 한순간에 주르륵 펼쳐진다는 얘기는 사실이 아니다. 하지만 영상들이 떠오른 것은 사실이다. 그리고 아주 오래된 영상들도 떠오른다. 예를 들면 그의 아버지, 그 얼굴이 얼마나 또렷하고 정확한지, 그가 이 땅속에 함께 있는 듯한 느낌이다. 아마도 곧 그들이 함께 이 땅속으로 돌아갈 것이기 때문이리라. 아버지는 그와 같은 나이의 젊은 모습이다. 서른 몇 살인데, 여기서 중요한 것은 이 〈몇 살〉이다. 박물관 경비원 차림에 콧수염에는 왁스를 발랐는데, 식기장 위의 사진에서처럼 웃음기 없는 얼굴이다. 알베르는 숨이 턱 막힌다. 허파가 아파 오고, 몸이 경련하듯 씰룩거리기 시작한다. 차분하게 생각하려고 해보지만 아무 소용이 없이 혼란스럽기만 하다. 끔찍한 죽음의 공포가 배 속에서 올라온다. 자신도 모르게 눈물이 주르륵 흐른다. 마야르 부인은 책망하는 시선으로 그를 노려본다. 정말이지 알베르는 구제 불능이야! 칠칠치 못하게 구덩이에 떨어지다니, 세상에 어떻게 그럴 수가 있어? 전쟁이 끝나기 직전에 죽다니……. 좋아, 그건 그렇다 쳐. 하지만 흙에 파묻혀서, 다시 말해서 이미 죽어 버린 사람의 자세로 죽다니! 아, 그게 바로 알베르야! 항상 다른 사람 같지 못하고, 늘 조금씩 모자라는 애였지! 어쨌든 전쟁에서 죽지 않았다면, 얘가 대체 뭐가 됐을까? 마야르 부인은 마침내 미소 짓는다. 알베르의 죽음으로 최소한 집안에 영웅이 하나 생겼고, 그것도 그렇게 나쁘진 않은 것이다.

알베르의 얼굴이 새파랗게 질리고, 관자놀이가 상상하기 힘든 속도로 고동친다. 몸속 혈관들이 죄다 터져 버릴 기세다. 그는 세실을 부른다. 그녀의 다리 사이에 들어가고 싶다. 견딜 수 없을 정도로 꽉 조여지고 싶다. 하지만 세실의 모습은 그에게까지 와 닿지 못한다. 마치 너무 멀리 있어서 올 수 없는 것 같고, 이것이 그를 가장 가슴 아프게 한다. 지금 그녀를 볼 수 없다는 것이, 그녀가 옆에 있지 않다는 것이. 이제는 그녀의 이름만이 남아 있다. 왜냐면 지금 그가 빠져드는 세계에는 몸이 없고, 다만 말들만이 있기 때문이다. 그는 그녀에게 함께 가자고 애원하고 싶다. 죽는 것이 소름 끼치도록 무섭다. 하지만 부질없는 짓이다. 그는 그녀 없이 홀로 죽어야 한다.

그렇다면 안녕, 천국에서 다시 봐. 아주 오랜 시간이 지난 후에. 안녕, 나의 세실.

그러고는 세실의 이름도 지워져 버리고, 대신 프라델 중위의 얼굴이 그 참아 줄 수 없는 미소와 함께 나타난다.

알베르는 발버둥을 친다. 허파는 공기를 채우기가 점점 더 힘들어지고, 억지로 숨을 쉬면 쉭쉭 소리가 난다. 기침이 나오기 시작하고, 배는 끊어질 듯 경직된다. 이제 더 이상 공기가 없다.

그는 말 대가리를 부여잡는다. 살덩이들이 자꾸만 손가락 사이로 빠져나가는 그 미끌미끌한 주둥이를 간신히 붙잡은 알베르는 그 커다랗고 누런 이빨들을 틀어쥐고는 초인적인 노력으로 아가리를 쫙 벌리고, 그 속에 남은 한 줌의 썩은 숨결을 허파 가득 들이마신다. 이렇게 그는 몇 초 동안 더 목숨을 부지할 수 있게 된다. 속이 뒤집히고, 구토를 하고, 온몸이 다시 격하게 떨리지만, 그는 실낱만큼의 산소를 찾아 다시 몸을 뒤집으려 해본다. 희망은 없다.

흙은 너무도 무겁고, 빛도 거의 사라졌다. 땅 위에서 계속 비처럼 쏟아지는 포탄들에 박살 나는 대지의 경련들만이 느껴지다가, 결국엔 더 이상 아무것도 감지되지 않는다. 아무것도. 단 한 번의 헐떡임을 제외하고는.

그러고 나서는 깊은 평화가 그를 감싼다. 그는 눈을 감는다.

어떤 불편한 느낌에 사로잡히고, 심장은 딸깍 무너져 내리고, 이성은 꺼져 버리고, 그는 어둠 속으로 잠겨 든다.

병사 알베르 마야르는 죽은 것이다.

2

　단호하고도 거칠고도 원초적인 사내, 도네프라델 중위는 황
소처럼 저돌적으로 적진을 향해 내달리고 있었다. 아무것도
두려워하지 않는 이런 모습이 정말이지 대단하게 느껴지는 건
사실이었다. 그러나 이러한 모습 뒤에 사람들이 생각하는 것
만큼 엄청난 용기가 숨어 있는 것은 아니었다. 그의 두려움 없
는 행동은 그가 특별히 영웅적이어서가 아니라, 자기는 여기
서 죽지 않는다고 확신하고 있었기 때문이다. 그는 확신했다.
이 전쟁은 자기를 죽이기 위한 게 아니라, 자기에게 기회를 주
기 위한 것이라고.

　급작스레 시작된 113고지 공격전에서 그가 이토록 맹렬한
결의를 보인 것은, 물론 그가 독일인들을 상상을 초월할 정도
로, 거의 형이상학적으로까지 증오하기 때문이기도 했지만,
또한 이제 종전이 가까워지고 있으므로 이 훌륭한 전쟁을 이
용해 기회를 잡을 시간이 얼마 남지 않았기 때문이기도 했다.

　알베르와 다른 병사들은 어렴풋이 느끼고 있었다. 이 친구
가 몰락한 시골 귀족의 모든 면을 갖추고 있다는 것을. 도네프

라델 가는 일련의 주식 실패와 파산으로 완전히 거덜 난 집안이었다. 조상들이 누리던 옛적의 영광으로부터 그가 물려받은 것이라곤 폐허에 가까운 가문의 대저택 라살비에르, 그럴듯한 이름, 아주 먼 조상 한둘, 막연하게 아는 사람 몇몇, 그리고 세상에서 다시 한자리 차지해야 한다는 광기에 가까운 욕구였다. 그는 자신의 어려운 상황을 억울하게 느꼈다. 귀족 사회의 위계상에서 자신의 위치를 회복하는 것이 그의 근본적인 야심이요, 모든 것을 희생할 준비가 되어 있는 무서운 강박 관념이었다. 그의 아버지는 남은 돈을 다 날려 버린 후, 어느 시골 호텔에서 심장에 총을 쏴 자살했다. 소문에 따르자면, 그의 어머니는 상심하여 1년 후에 죽었다고 한다. 어쨌든 형제도 자매도 없는 중위는 도네프라델 집안의 마지막 후손이었고, 이러한 상황은 그에게 강한 위기감을 불어넣었다. 그가 죽으면 그 뒤로는 아무도 없는 것이다. 아버지가 끝없이 실패하는 것을 보고 자란 그는 집안 재건의 책임이 자기에게 있다는 확신을 아주 일찍부터 갖게 되었고, 그럴 만한 의지와 재능도 있다고 굳게 믿었다.

더구나 그는 상당한 미남이었다. 물론 상상력이 없는 사람들이 좋아할 타입이었지만, 어쨌든 여자들은 그를 갈망했고, 남자들은 질투했다. 이게 그의 가치에 대한 확실한 증거였다. 누구든 말할 것이다. 저 정도 외모와 저만한 이름을 가졌으니 이제 출세만 하면 완벽하다고. 이게 바로 그의 생각이었고, 심지어는 그의 유일한 계획이기도 했다.

이제 좀 더 쉽게 이해가 될 것이다. 모리외 장군이 열렬히 원하는 이 공격 작전을 실현하려고 그가 왜 그렇게 아등바등했는지를. 참모진에게 이 113고지는 눈엣가시 같은 존재였다. 매일 매일 당신을 비웃고 있는 듯한 지도상의 조그만 점 하나…….
보기만 해도 입맛이 싹 달아나는 것…….

프라델 중위는 이런 종류의 집착에 사로잡혀 있지는 않았지만, 그 역시 이 113고지를 절실히 원했다. 왜냐하면 지금 그는 지휘부의 말단인데, 전쟁은 속절없이 끝나 가고, 몇 주 후면 두각을 나타낼 기회가 더 이상 없을 거였기 때문이다. 사실 3년만에 중위가 되었으니, 그것만 해도 벌써 대단한 일이었다. 여기에다가 혁혁한 무공을 한 건만 추가한다면 게임은 끝이었다. 그는 대위로 제대하리라.

프라델은 자신이 사뭇 만족스러웠다. 부하들을 113고지 점령전에 뛰어들게 하기 위해서는, 그들의 친구 두 명을 독일군이 냉혹하게 죽여 버렸다고 믿게 해야 할 필요가 있었다. 그럼 분명히 그들은 분노에 휩싸이고 복수를 원하게 되리라. 이것이야말로 천재적인 한 수 아닌가.

이렇게 공격전을 시작한 뒤 그는 한 특무 상사에게 제1차 공격을 이끄는 임무를 맡기고 약간 뒤처져 있었는데, 합류하기 전에 처리해야 할 자질구레한 일이 하나 있었기 때문이었다. 그러고 나서는 적진을 향해 치고 올라가, 그 힘차고도 날렵한 달음박질로 모든 사람을 추월해 일착으로 도착해서는 독일 놈들을 걸리는 대로 도살할 수 있으리라.

공격 명령이 떨어지고 병사들이 돌격을 시작했을 때부터, 그는 병사들이 엉뚱한 쪽으로 향하는 것을 막기 위해 오른쪽으로 어느 정도 떨어진 지점에 있었다. 그런데 확 꼭지를 돌게 하는 일이 발생했다. 어떤 녀석 하나가, 이름이 뭐더라, 침울한 얼굴에 항상 울음을 터뜨릴 것 같은 눈빛을 한 저 녀석이, 맞아, 마야르라고 했지, 하여튼 그놈이 저쪽 오른쪽에 멈춰 서는 것이다. 아니 저 병신 같은 놈이 어떻게 참호에서 나와 저기까지 갔지?

프라델은 그가 동작을 딱 멈추더니 뒤로 돌아와 무릎을 굽히고는, 놀란 표정으로 늙은 그리조니에의 시체를 미는 것을 보았다.

공격이 시작됐을 때부터 프라델은 그 시체를 지켜보고 있었다. 무슨 일이 있어도 최대한 빨리 그 시체를 처리해야 했다. 지금 뒤쪽 오른편에 처져 있는 것도 바로 이 때문이었다. 혼자서 조용히 일을 처리하기 위해서.

그런데 저 머저리 같은 병사가 달리다가 별안간 늙은이와 어린 녀석의 시체 두 구를 우두커니 들여다보고 있는 게 아닌가?

프라델은 즉시 돌진했다. 앞에서도 말했듯이, 황소처럼. 알베르 마야르는 벌써 몸을 일으켰다. 이 발견으로 충격을 받은 기색이었다. 프라델이 달려드는 것을 본 마야르는 무슨 일이 일어나게 될지 깨닫고 도망치려 했지만, 그의 공포는 중위의 분노보다 빠르지 못했다. 무슨 일이 일어나고 있는지 알아차릴 쯤 프라델은 이미 앞에 다가와 있었고, 어깨로 그의 명치에 세찬 일격을 가했다. 그대로 포탄 구덩이에 떨어진 병사는 바닥까지 데굴데굴 뒹굴었다. 뭐, 2미터 정도밖에 안 되는 깊이이긴 하지만, 저기서 기어 나오려면 힘깨나 들 것이고, 그때까지 프라델은 문제를 해결해 놓을 거였다.

그렇게 문제를 깨끗이 없애 버리고 나면 아무런 뒤탈이 없으리라.

구덩이 언저리에 선 프라델은 바닥에 누워 있는 병사를 내려다보면서 어떡해야 할지 잠시 망설이다가, 아직 시간이 충분하다는 생각에 마음을 가라앉힌다. 그리고 몸을 돌려 몇 미터 가량을 되돌아간다.

늙은 그리조니에는 고집스러운 얼굴을 하고는 땅바닥에 누워 있다. 상황의 변화가 가져온 이점도 없지 않으니, 마야르가 뒤적이는 통에 늙은이의 시체가 어린 루이 테리외와 가까워져 일이 한결 수월해진 것이다. 프라델은 보는 사람이 없는지 확인하려고 주위를 한번 둘러본다. 세상에, 이런 아수라장이 또 있을까! 프라델은 이번 공격으로 아군의 병력 손실이 상당했음을 확인한다. 그러나 이곳은 전쟁터다. 쓸데없는 감상에 빠질 필요는 없다. 프라델 중위는 안전핀을 뽑은 수류탄 하나를 두 시체 사이에 침착하게 내려놓는다. 그대로 30여 미터를 달려가 안전한 곳에 몸을 숨기고 두 귀를 막는 순간, 두 죽은 병사의 몸을 산산조각 내는 폭발음이 느껴진다.

이로써 이 세계 대전에서 전사자가 두 명 줄었다.

동시에 실종자가 두 명 늘었다.

이제는 저쪽 구덩이 속에 있는 그 머저리 같은 병사를 처리할 차례다. 프라델은 두 번째 수류탄을 꺼내 든다. 수류탄이라면 빠삭하다. 두 달 전, 그는 투항한 독일군 열댓 명을 집합시켜 둥글게 서게 했다. 포로들은 서로 의문에 찬 시선을 나눴고, 아무도 그의 의도를 알아채지 못했다. 그는 수류탄을 폭발 2초 전에 둘러선 포로들 가운데로 휙 던졌다. 전문가의 솜씨였다. 4년 동안 페탕크[6]를 연마한 경험이 고스란히 녹아 있는……

6 프랑스 고유의 놀이로 테니스공만 한 쇠구슬을 던지는 일종의 구슬치기다.

그래, 정확성 하나는 인정하지 않을 수 없다. 그 친구들은 자기들 발밑에서 무슨 일이 일어나는지 미처 깨달을 새도 없이 그대로 발할라로 떠나 버렸다. 개새끼들, 이제 가서 발키리들[7] 좀 주무를 수 있을 거야…….

이것이 그의 마지막 수류탄이다. 이걸 사용하고 나면 독일군 참호에 던질 수류탄이 없다. 유감이지만, 하는 수 없는 일이다.

바로 그 순간, 포탄 하나가 터지며 거대한 흙기둥이 일어나더니 다시 우르르 허물어져 내린다. 프라델은 더 자세히 보기 위해 발돋움을 한다. 구덩이가 완전히 덮여 버렸다!

오, 기가 막힌 타이밍이다. 이제 녀석은 저 속에 있다. 머저리 같은 새끼!

덕분에 프라델은 수류탄 한 발을 아낄 수 있게 되었다.

그는 다시 조급하게 최전방을 향해 달리기 시작한다. 빨리가서 독일 놈들과 한바탕 붙어야 한다. 놈들에게 멋진 작별의 선물을 안겨 주리라.

---

7 발할라는 북유럽 신화에서 전장에서 명예롭게 죽은 전사들의 영혼이 가는 일종의 낙원이다. 발키리는 전사들을 선택해 발할라로 데려가는 동시에, 거기서 전사들에게 향응을 베푸는 아름다운 여인들이다. 19세기 이후 독일은 통일 독일의 정체성을 확립하기 위해 북유럽 신화의 요소들을 적극 이용했다.

3

페리쿠르는 달리다가 픽 거꾸러졌다. 탄환이 그의 다리를 박살 낸 것이다. 그는 짐승 같은 비명을 내지르며 진흙탕에 나뒹굴었다. 견딜 수 없는 통증이 느껴졌다. 그는 비명을 지르며 몸을 비틀면서 사방으로 뒹굴었다. 두 손으로 허벅지 부분을 꽉 누르고 있었는데, 다리가 제대로 보이지 않아 포탄 파편에 완전히 잘려 버린 건 아닌가 하는 생각이 들었다. 그는 필사적으로 다리를 들어 올리려고 애썼고, 다리를 들고 나자 칼로 자르는 듯한 통증에도 안도의 한숨을 내쉬었다. 다리는 온전히 붙어 있었다. 그는 다리를 끝까지 살펴보았다. 무릎 바로 아래쪽이 뭉개져 있었다. 붉은 피가 찍찍 솟구쳤다. 발끝을 조금 움직여 보았다. 지옥과도 같은 고통이 느껴지긴 했지만, 그래도 움직이긴 했다. 폭발음에 귀가 멍멍하고, 탄환은 쌕쌕 날아다니고, 유산탄은 공중에서 꽝꽝 터져 댔지만, 그에게는 오로지 〈내 다리를 건졌어〉라는 생각뿐이었다. 외다리가 되는 게 끔찍하게 싫었던 그는 마음을 놓았다.

사람들은 그를 종종 〈꼬마 페리쿠르〉라고 부르곤 했는데,

이게 거꾸로 그를 놀리는 말이었던 것이, 그는 1895년에 태어난 남자치고 엄청난 거구였기 때문이다. 신장 183센티미터, 아실지 모르겠는데, 당시에는 굉장했다. 더구나 키가 이렇게 크면 말라 보이는 게 보통인데, 그는 열다섯 살 때부터 몸집이 이랬다. 사립 학교에서 친구들은 그를 〈거인〉이라고 불렀는데, 여기에 항상 좋은 뜻만 담겨 있는 건 아니었다. 그는 그다지 사랑받지 못했던 것이다.

에두아르 페리쿠르, 이상하게도 항상 운이 좋은 녀석.

그가 다니던 학교에서는 모두가 그와 같았다. 다시 말해서 모두가 아무런 일도 일어날 수 없는 부잣집 아이들, 수 세대에 걸친 유복한 조상들을 통해 쌓아 온 확신과 자신감으로 탄탄히 무장하고서 삶에 들어온 부잣집 자제들이었다. 그런데 에두아르는 다른 아이들만큼 삶이 쉽지가 않았으니, 왜냐면 이 모든 것들 외에도 그에게는 운이 좋다는 특징이 있었기 때문이다. 사람들은 모든 것을 용서해 줄 수 있다. 재산이 많은 것도, 재주가 많은 것도 용서할 수 있지만, 행운만큼은 아니다. 운까지 좋다면, 그건 너무 불공평하지 않은가?

사실 그의 운은 뛰어난 자기 보존 감각에서 나온 거였다. 상황이 너무 위험해지면, 사태가 위협적으로 흘러가기 시작하면, 무언가가 그에게 경고를 해줬다. 이 예민한 촉각 덕분에 그는 미리 필요한 조치를 취하여 큰 피해 없이 위기를 빠져나갈 수 있었던 것이다. 물론 에두아르 페리쿠르가 1918년 11월 2일에 한쪽 다리가 피떡이 된 꼬락서니로 진흙탕에 뻗어 있는 광경을 보고, 이제는 일이 꼬이는 쪽으로 운이 바뀌었다고 생각할 수도 있으리라. 하지만 꼭 그런 것은 아니다. 왜냐면 그는 다리를 보전할 것이기 때문이다. 남은 일생 동안 절뚝거리며 다니긴 하겠지만, 어쨌거나 두 다리로 걸을 것이다.

그는 재빨리 요대를 풀어 지혈대로 만들어 다리를 꽉 조였다. 그러고는 이 힘든 작업에 기진맥진하여 긴장을 풀고 땅바닥에 드러누웠다. 통증이 조금 가라앉았다. 잠시 여기에서 쉬어야 할 것 같은데, 위치가 마음에 들지 않았다. 언제라도 포탄이 떨어질 수도 있었으며, 더 심한 경우에는……. 당시에 나돌던 소문으로는 밤마다 독일군들이 참호에서 기어 나와 칼로 부상병들의 숨통을 끊어 버린다는 거였다.

에두아르는 근육의 긴장을 풀어 볼 양으로 진흙 속에서 목덜미를 쭉 뻗어 보았다. 서늘한 감각이 느껴졌다. 이제 뒤에 있는 풍경이 뒤집혀 보였다. 마치 야외에 놀러 나와 나무들 아래 누워 있는 기분이었다. 어떤 아가씨와 함께……. 사실, 어떤 아가씨와도 그런 일을 해본 적은 없었다. 지금까지 그가 살아오면서 만난 아가씨가 있다면, 다만 미술 학교 근처의 사창가 여자들이었다.

그러나 더 추억을 더듬어 올라갈 여유가 없었으니, 프라델 중위의 길쭉한 실루엣이 문득 눈에 들어왔기 때문이다. 조금 아까, 에두아르가 땅에 쓰러져 고통에 데굴데굴 구르다가 정신을 차려 지혈을 하는 동안, 다른 사람들은 모두 독일군 방어선을 향해 달려가고 있는데, 프라델 중위만은 마치 전쟁이 멈추기라도 한 듯 저기 10여 미터 뒤에서 꼼짝 않고 서 있는 것이다.

에두아르에게는 저쪽에 있는 중위의 모습이 거꾸로, 그리고 옆모습으로 보인다. 중위는 요대에 두 손을 얹고 발밑을 내려다보고 있다. 개미집 위로 몸을 굽힌 곤충학자 같다. 굉음이 진동하는 가운데서도 눈 하나 깜짝 안 한다. 너무도 차분한 모습이다. 그러고 나서, 마치 볼일이 끝난 것처럼, 혹은 더 이상 관계가 없어진 것처럼 — 아마도 관찰을 마친 것이리라 — 사라져 버린다. 공격 작전이 한창 진행 중인데 장교가 딱 멈춰서서 발치를 내려다보고 있는 것은 너무도 놀라운 일이어서 에두아르는 한순간 고통마저 잊어버린다. 뭔가 비정상적인 게 있다. 하기야 에두아르의 한쪽 다리가 뭉개져 버린 것도 놀라운 사실이긴 하다. 지금까지 생채기 하나 없이 그 긴 전쟁을 치러 온 그가 한쪽 다리가 육회가 된 꼴로 땅바닥에 못 박혀 있는 이 상황도 뭔가 잘못된 것이긴 하다. 하지만 그는 결국은 일개 병사이고, 지금 상당히 치열한 전투가 진행 중이라는 사실을 감안하면, 부상을 당했다는 것은 그렇게 별스러운 일은 아니다. 반면, 어떤 장교가 쏟아지는 포화 속에서 한가로이 자기 발밑을 내려다보고 있다는 것은…….

페리쿠르는 다시 근육의 긴장을 풀고 털썩 등을 땅에 대고 누운 다음, 무릎 주위, 그러니까 즉흥적으로 동여맨 지혈대 바로 윗부분을 두 손으로 꽉 누르며 크게 숨을 쉬어 본다. 몇 분 후, 그는 억제할 수 없는 호기심에 이끌려 몸을 일으키고 조금 전에 프라델 중위가 서 있던 장소를 다시 쳐다보는데…… 아무 것도 없다. 장교는 어디론가 사라져 버렸다. 이제 공격 전선은 더욱 전진하여, 포탄이 터지는 지점은 수십 미터나 멀어져 있다. 에두아르는 더 이상 다른 것에 신경 쓰지 않고 부상에만 집중할 수도 있다. 예를 들어, 구조의 손길을 기다리는 편이 나을지 아니면 부상당한 몸을 끌고서 뒤쪽으로 물러가는 편이 나을지 생각해 볼 수도 있었지만 그러는 대신에 그는 수면 위로 튀어 오른 잉어처럼 몸을 젖혀 아까의 그 장소에 시선을 고정시킨다.

마침내 그는 마음을 정한다. 그러자 굉장히 힘들어진다. 그는 등을 땅에 대고 기어가려고 팔꿈치에 힘을 준다. 오른쪽 다리에는 감각이 없고, 오직 두 팔의 힘으로만 움직인다. 왼쪽 다리는 다만 디디는 역할만 할 뿐이고, 오른쪽 다리는 마치 죽은 것처럼 진탕 위로 질질 끌려온다. 1미터를 이동하는 데 초인적인 노력이 필요하다. 이유도 모르는 채로 이렇게 하고 있다. 이유를 말해 보라면 못 할 것이다. 문제는 저 프라델이 모두가 싫어하는, 정말로 위협적인 인간이라는 사실이다. 그가 하는 행동들을 보고 있노라면, 군인에게 진정한 위험은 적이 아니라 상관이라는 격언이 실감 난다. 정치와는 거리가 먼 에두아르는 이런 것이 시스템의 본질이라고 생각하지는 못하지만, 그래도 이 진실을 어렴풋이 알고는 있었다.

그러다 갑자기 동작을 딱 멈춘다. 7~8미터 정도 기어갔을 때, 상상치도 못한 구경의 포탄 하나가 떨어진 듯 끔찍한 폭발이 그를 땅에 못 박는다. 어쩌면 땅에 누워 있어서 폭발이 더욱 강하게 느껴진 것인지도 모른다. 몸이 바짝 경직되고, 막대처럼 단단하게 굳어지고, 뻣뻣해진다. 심지어는 오른쪽 다리까지 팽팽하게 긴장한다. 발작이 일어난 간질 환자 같다. 그의 시선은 몇 분 전에 프라델이 서 있던 장소에 아직 고정되어 있는데, 거대한 흙기둥 하나가 마치 분노에 찬 파도와도 같은 기세로 공중 높이 치솟는다. 얼마나 가까워 보이는지 금방이라도 자기를 덮쳐 파묻어 버릴 것 같은 느낌이 드는 순간, 흙기둥은 마치 식인귀의 한숨처럼 음산하고 섬뜩한 소리를 내며 다시 떨어져 내린다. 폭발들, 날아드는 탄환들, 하늘에서 피어나는 조명탄들은 지금 그의 옆에서 무너져 내리는 이 흙의 벽에 비하면 아무것도 아니다. 뻣뻣이 마비된 그는 눈을 꼭 감아 버리고, 몸 아래서는 땅이 진동한다. 그는 바짝 웅크리면서 호흡을 멈춘다. 그리고 다시 정신을 차렸을 때, 아직 살아 있다는 걸 확인하고 나니 기적의 주인공이라도 된 기분이다.

솟구쳤던 흙더미가 모두 떨어져 내렸다. 곧바로, 참호 속의 커다란 쥐처럼, 스스로도 설명할 수 없는 에너지를 발휘하여 그는 다시금 기어가기 시작한다. 여전히 등으로 기어서, 가슴이 그를 부른 지점까지 간신히 올라가고, 거기서 마침내 이해하게 된다. 흙의 파도가 무너져 내린 곳에 이르자 바슬바슬하게까지 보이는 흙 위로 강철 조각 하나가 삐죽 솟아 있다. 겨우 몇 센티미터에 불과하다. 그것은 총검의 끝부분이다. 확실하다. 저 밑에 병사가 묻혀 있는 것이다.

매몰되는 것이 여기서는 흔한 일이다. 에두아르도 들어 본 적은 있지만, 직접 본 적은 없었다. 소속 부대에는 대개 삽이나 곡괭이로 무장한 공병들이 있어서, 이렇게 갇힌 사람들을 구해 주곤 했다. 하지만 항상 너무 늦게 도착했기 때문에, 구조된 사람들의 얼굴은 새파랬고, 눈은 충혈되어 있었다. 에두아르의 뇌리에 프라델의 그림자가 잠시 스치지만, 지금은 깊이 생각할 겨를이 없다.

움직여! 빨리!

몸을 뒤집어 엎드리자마자 에두아르는 울부짖는다. 부상당한 다리에서 부글부글 피거품이 이는 상처가 다시 벌어지면서 땅에 짓눌린 것이다. 목쉰 비명을 채 마치기도 전에, 그는 손가락을 매의 발톱처럼 오므리고 미친 듯이 땅을 긁기 시작한다. 만약 저 아래에 벌써 공기가 부족해지기 시작했다면, 손으로는 턱도 없을 것이다……. 오래지 않아 에두아르는 이 사실을 깨닫는다. 얼마나 깊이 묻혀 있을까? 뭔가 흙을 긁을 만한 것이라도 있다면……. 페리쿠르는 몸을 오른쪽으로 돌려 본다. 시체가 몇 구 보일 뿐, 아무것도 굴러다니지 않는다. 도구가 될 만한 것은 정말로 아무것도 없다. 유일한 해결책은 이 총검을 꺼내어 땅을 파는 것인데, 그러려면 시간이 얼마나 걸릴지 알 수 없다. 이 친구가 자신을 부르고 있다는 느낌이 든다. 물론 그가 깊숙이 묻혀 있지 않더라도, 그가 울부짖는다 하더라도, 이렇게 소란스러운 전장에서 그 소리가 들릴 리 없다. 상상일 뿐이다. 에두아르의 머리가 들끓어 오른다. 지금이 얼마나 위급한 상황인지 알고 있다. 매몰된 사람은 즉시 꺼내지 못하면 죽어서 나오게 된다. 솟아 나온 총검의 양옆을 손가락으로 긁어내면서, 에두아르는 혹시 아는 사람일까 생각한다. 같은 소대 친구들의 이름이, 그 얼굴들이 머릿속을 줄지어 지나간다. 이런 상황에 어울리지 않는 생각이다. 구해 내고 싶은 이 친구가 얘기를 나눠 본 누구였으면, 평소 좋아하던 사람이었으면 하고 바라는 것이다. 이런 생각이 작업에 박차를 가한다. 그는 연신 좌우를 살피며 누군가 도와줄 사람이 없는지 찾아보지만, 아무도 없다. 손가락이 쓰려 오기 시작한다. 총검 양옆을 10센티미터 가량 파내는 데 성공했지만 총검을 흔들어 보니 단단한 이빨처럼 꿈쩍도 안 한다. 힘이 쭉 빠진다. 이 짓을 시작한 지 얼마나 됐을까? 2분? 3분? 아마 이 친구는 이미 죽었을 것이다. 부자연스러운 자세 때문에 양쪽 어깨가 뻐근해지기 시작한다. 이런 식으로는 오래갈 수 없어……. 일종의 회의감 같은 것이 엄습한다. 힘이 떨어지는 게 느껴지고, 한 동작 한 동작이 피곤하고, 숨이 차고, 팔 근육이 뻣뻣해지고, 쥐가 난다. 에두아르는 주먹으로 땅을 쾅쾅 두드린다. 그러다 갑자기, 그는 확실히 느낀다. 움직였다! 곧바로 눈물이 솟구친다. 그는 정말로 흐느끼면서 총검의 끝을 두 손으로 밀었다가 있는 힘을 다해 다시 잡아당긴다. 계속 밀었다 당겼다 하면서 얼굴을 뒤덮은 눈물을 팔뚝으로 닦아 내는데, 어느 순간 총검이 헐거워진다. 흔드는 걸 중단하고 다시 땅을 파헤치다가, 손을 푹 집어넣어 총검을 끌어당겨 본다. 총검이 움직이기 시작하자 그는 만세를 외친다. 총검을 뽑아내고 에두아르는 믿을 수 없다는 듯이, 이런 물건을 처음 본다는 듯이 잠깐 들여다보다가 이내 세차게 메어꽂고, 고함을 지르고 으르렁대면서 땅을 퍽퍽 쑤셔 댄다. 그는 무뎌진 칼날로 커다랗게 원을 그은 다음, 칼을 수평하게 흙 밑에 밀어 넣어 들어 올리고 그 흙을 손으로 쓸어 낸다. 얼마 동안이나 이렇게 하고 있었을까? 다리의 통증이 점점 심해진다. 자, 됐다, 드디어 뭔가 보이기 시작한다. 손으로 더듬어 보자 어떤 천이, 단추 하나가 만져진다. 그는 미친놈처럼 진짜 사냥개처럼 맹렬히 땅을 파헤치고, 다시 한 번 더듬어 보는데 이번에는 군복 상의 같은 게 만져진다. 그는 두 손을, 두 팔을 집어넣어 본다. 아까 그 흙기둥이 구덩이 속으로 무너져 내린 듯 정확히 알 수 없는 여러 가지 것들이 느껴진다. 그러다 손이 철모의 반들반들한 표면에 닿고, 철모의 테두리를 따라가다 보니 손가락 끝에 걸리는 것이 있다. 그 친구다. 〈이봐!〉 에두아르는 여전히 흐느끼며 악, 악, 소리를 질러 대는데 두 팔은 자신도 통제하지 못하는 어떤 힘에 의해 움직이는 것처럼 맹렬히 작업을 하고 흙을 쓸어 내기를 계속한다. 드디어 병사의 머리가 나타난다. 30센티미터도 안 되는 깊이에, 마치 잠든 것 같은 모습이다. 잘 아는 얼굴이다. 근데 이름이 뭐였더라? 그는 죽었다. 비통함에 에두아르는 동작을 멈추고, 바로 아래에 있는 이 친구를 망연히 내려다본다. 짧은 순간 에두아르는 자신이 죽어 있는 것 같은, 마치 자신의 주검을 내려다보고 있는 것 같은 느낌에 사로잡히고, 이것이 너무나도 큰, 너무나도 큰 아픔을 안겨 준다…….

흐느끼면서, 에두아르는 시체의 나머지 부분을 꺼낸다. 이제는 일이 빨리 진행되어 어깨가, 몸통이, 그리고 허리까지 나타난다. 그런데 병사의 얼굴 앞에 말 대가리가 하나 있는 게 아닌가! 정말로 희한하네, 어떻게 이렇게 얼굴을 마주한 채로 파문힐 수 있지? 에두아르는 속으로 중얼거린다. 눈물을 흘리면서도 이걸 어떻게 그리면 좋을까 생각하는데, 그로서도 어쩔 수 없이 드는 생각이다. 만일 일어설 수 있다면 다른 자세를 취할 수 있다면 일이 한결 빠르겠지만, 이런 식으로도 그는 해내고 있다. 그는 큰 소리로 아주 바보 같은 말을 지껄인다. 송아지처럼 꺽꺽 울면서 〈걱정 마!〉라고, 마치 상대가 자기 말을 들을 수 있기라도 한 듯이. 시체를 꼭 끌어안고 싶고, 누가 듣는다면 창피하게 느껴질 말들을 늘어놓는다. 사실 그는 자기 자신의 죽음을 슬퍼하고 있는 것이다. 지난날의 두려움을 떠올리며 울고 있는 것이다. 이제야 비로소 고백하건대, 부상만 입은 어떤 병사가 죽은 자신을 내려다보게 될까 봐 얼마나 무서웠던가! 이제 전쟁이 끝나 가고, 전우 위에 펑펑 쏟아 내는 이 눈물은 그의 젊음이, 그의 삶이 흘리는 눈물이다. 그는 운이 좋았다. 이제 불구가 된 그는 다리 하나만으로 남은 생을 살아가야 한다. 괜찮은 결과다. 그는 살아 있는 것이다. 그는 힘을 내어 큰 동작으로 시체를 완전히 꺼낸다.

이제야 사내의 성이 떠오른다. 마야르. 이름은 안 적이 없다. 사람들은 그를 그냥 〈마야르〉라고 불렀다.

그리고 한 가닥 의혹이 떠오른다. 에두아르는 마야르 가까이에 얼굴을 댄다. 지금 천지 사방이 쾅쾅 터져 대는 이 세상을 조용히 만들고 귀를 기울여 보고 싶은데, 왜냐하면 이 사람이 정말로 죽었을까 하는 생각이 들기 때문이다. 에두아르는 시체 옆에 누워 있다. 이런 자세로는 결코 쉽지가 않지만 할 수 있는 대로 따귀를 쳐본다. 하지만 마야르의 머리는 아무 힘없이 픽픽 돌아갈 뿐이다. 의미 없는 짓이다. 이 병사가 완전히 죽은 건 아닐지도 모른다는 상상은 아주 나쁜 생각, 에두아르를 한층 고통스럽게 만들 뿐인 아주아주 나쁜 생각이다. 하지만 그 의혹이, 그 의문이 떠오르자 그는 기어코 확인하고 싶어지는데, 정말이지 지켜보기 힘든 광경이다. 우린 그에게 소리치고 싶다. 이봐! 그만해! 자넨 최선을 다했다고! 에두아르의 두 손을 살짝 붙잡고, 꼭 쥐고, 더 이상 움직이지 못하게, 그렇게 흥분하지 못하게 하고 싶다. 떼를 쓰는 아이를 달래는 말들을 들려주고 싶고, 눈물이 다 마를 때까지 꼭 안아 주고 싶다. 부드럽게 토닥이며 재워 주고 싶다. 문제는 지금 에두아르의 주위에 올바른 길을 가르쳐 줄 사람이 아무도 없다는 사실이다. 당신도 없고 나도 없다. 게다가 마야르가 정말로 죽은 게 아닐지도 모른다는 생각은 그냥 나온 게 아니다. 에두아르는 전에 한 번 보았다. 어디서 들은 건지도 모른다. 죽은 줄 알았던 병사가 다시 살아났다는, 멈췄던 심장이 다시 뛰기 시작했다는 최전방의 전설, 증인은 아무도 없는 그런 이야기들 중의 하나를 말이다.

이런 생각을 하면서, 이건 정말로 믿을 수 없는 일인데, 에두아르는 통증에도 불구하고 성한 쪽 다리를 딛고 몸을 일으켜 세운다. 일어나면서 그는 다친 오른쪽 다리가 뒤로 축 늘어지는 것을 보지만, 그것은 두려움과 기진맥진함과 고통과 절망이 뒤섞인 뿌연 안개 속에서 보일 뿐이다.

그는 짧은 순간 몸을 벌떡 튕긴다.

그리고 약 1초 동안 한쪽 다리로 선다. 왜가리 같은 자세이며, 불가사의한 균형이다. 그는 아래쪽으로 시선을 던지고는, 짧지만 깊은 숨을 들이마신 다음, 온 체중을 실어 알베르의 가슴 위로 거세게 넘어진다.

빠직 하는 불길한 소리가 난다. 갈비뼈가 뭉개지고 부러지는 소리다. 거친 신음 소리가 들린다. 그의 밑에서 땅이 뒤집어지고 에두아르는 마치 의자에서 떨어지듯 미끄러져 내려간다. 하지만 출렁 솟구친 것은 땅이 아니라 몸을 뒤집은 마야르다. 그는 오장육부를 쏟아 낼 듯 토하더니 또 캑캑 기침하기 시작한다. 에두아르는 자기 눈을 믿을 수가 없다. 눈물이 솟구친다. 에두아르가 과연 운 좋은 친구라는 것을 당신도 인정하지 않을 수 없을 것이다. 마야르는 계속 토하고, 에두아르는 그의 등을 힘차게 두드려 주면서 울고 또 웃는다. 이제 그는 여기에 앉아 있다. 이 황폐한 전장에, 뒈져 버린 어떤 말 대가리 옆에,

피투성이가 된 한쪽 다리는 거꾸로 꺾인 채로, 탈진하여 실신하기 직전의 상태로, 죽은 자들의 나라에서 돌아와 껵껵 토하고 있는 이 친구와 함께…….

전쟁의 결말로는 과히 나쁘지 않다. 멋진 그림이다. 하지만 이게 마지막 그림은 아니다. 알베르 마야르가 어렴풋이 의식을 회복하면서 옆으로 구르며 목이 쉬도록 기침하고 있을 때, 몸을 꼿꼿이 세운 에두아르는 하늘에 대고 욕설을 퍼붓는다. 다이너마이트 막대를 시가처럼 피우듯이 말이다.

이때 접시만큼이나 커다란 포탄 파편 하나가 그를 향해 날아온다. 상당한 두께에, 현기증 나는 속도다.

아마도 신들이 보낸 대답이리라.

4

두 사람이 산 자의 세계에 돌아온 방식은 사뭇 달랐다.

오장육부를 다 토해 내며 죽은 자들의 세계에서 귀환한 알베르는 포탄과 탄환 들이 날아다니는 어느 하늘 가운데서 어렴풋이 의식을 회복했는데, 이것이 그가 진짜 삶으로 돌아왔다는 신호였다. 그는 아직 알지 못했지만, 프라델 중위가 시작하고 지휘한 공격 작전은 벌써 끝나 가고 있었다. 이 113고지는 아주 쉽게 점령됐다고 말할 수 있다. 격렬한, 하지만 그리 길지 않은 저항 후 적군은 투항했고 포로가 되었다. 처음부터 끝까지 그 전 과정이 하나의 요식 행위에 불과했던 이 작전을 통해 서른여덟 명의 전사자와 스물여덟 명의 부상자(독일 놈들은 계산에 포함되지 않았다), 그리고 두 명의 실종자가 발생했다. 다시 말해서 매우 훌륭한 결과였다.

들것병들이 전장에서 그들을 발견했을 때, 알베르는 에두아르 페리쿠르의 머리를 자기 무릎 위에 올려놓고, 구조대가 〈환각에 빠진 것 같다〉고 묘사한 상태에서 흥얼흥얼 노래를 부르며 그를 재우고 있었다. 알베르는 늑골 전체에 금이 가고 부러지는 골절상을 입었지만, 폐에는 별 이상이 없었다. 극심한 고통을 호소했지만, 결국 이는 그가 살아 있다는 신호라는 점에서 좋은 징조였다. 하지만 그리 건강한 상태는 아니었고, 설사 그가 원했다 하더라도, 의문스러운 상황에 대해 생각해 보는 일은 나중으로 미룰 수밖에 없었을 것이다. 예를 들어, 그 어떤 기적에 의해, 그 어떤 높으신 뜻의 은총에 의해, 그 어떤 이해할 수 없는 우연에 의해, 그의 심장이 정지한 지 불과 몇 초 만에 페리쿠르 병사가 달려와 그 매우 개인적인 기법의 소생술을 시도하게 되었을까? 현재로서 그가 말할 수 있는 것은, 온몸이 떨리고 경련하고 삐걱거리긴 하지만 어쨌든 목숨은 건졌다는 사실뿐이었다.

의사들은 그를 붕대로 칭칭 동여맨 뒤, 거기까지가 의술의 한계라고 선언하고는 그를 한 커다란 공동 병실로 옮겼다. 죽어 가는 병사들, 중상자들, 각양각색의 부상자들이 그럭저럭 함께 지내는 곳으로, 그나마 가장 성한 자들은 몸에 부목을 댄 채 붕대 틈으로 패를 노려보며 카드놀이를 하곤 했다.

113고지 점령 작전 덕분에 지난 몇 주 동안 휴전을 기다리며 가벼운 잠에 빠져 있던 야전 병원은 활동을 재개했다. 전투가 크게 파괴적이진 않았던 까닭에 거의 4년 동안 보기 힘들었던 정상 리듬을 회복할 수 있었다. 덕분에 수녀 간호사들이 갈증으로 죽어 가는 병사들을 조금이나마 돌볼 수 있게 되었고, 의사들은 완전히 죽지는 않은 병사들의 치료를 어쩔 수 없이 포기하는 일을 겪지 않아도 됐다. 72시간 동안 자지 못한 외과의들이 대퇴골과 경골과 상박골을 톱질하다가 쥐가 나서 몸을 뒤트는 일도 더 이상 없었다.

에두아르는 도착하자마자 두 차례의 응급 수술을 받았다. 오른쪽 다리는 여러 군데가 골절되었고 인대와 힘줄도 완전히 망가져, 남은 생을 절뚝거리며 살게 될 터였다. 가장 중요한 수술은 얼굴 상처에 박힌 이물질들을 낱낱이 제거하는 일이었다(병원 장비가 허용하는 범위에서). 또 각종 백신을 접종하고, 기도를 확보하고, 가스 괴저를 막고, 감염을 방지하기 위해 부상 부위를 상당 부분 절제해 냈다. 나머지, 말하자면 중요한 처치들은 보다 시설이 좋은 후방 병원에 맡길 생각이었다. 그리고 또 거기서는, 만일 부상병이 죽지 않는다면, 특수 시설로 보내는 방안을 고려하리라.

에두아르를 긴급 후송하라는 명령이 떨어졌고, 후송을 기다리는 동안 수없이 되풀이되고 와전되면서 금세 병원 안에 퍼지게 된 이야기의 주인공인 알베르는 그의 전우 곁에 있어도 좋다는 허락을 받았다. 다행히도 이 부상병을 개인 병실에 배치할 수 있었다. 건물의 남쪽 끝 특별 구역에 있는 이 병실에서는 죽어 가는 이들이 끊임없이 발하는 신음 소리에 시달리지 않아도 되었다.

에두아르는 아무런 변화가 없는 듯하다가 갑자기 차도를 보이기를 반복했다. 알베르는 이 혼란스럽고도 고달픈 회복 과정을 이해하지도 못한 채 그저 무력하게 지켜보는 수밖에 없었다. 그는 이따금 에두아르에게서 자신이 제대로 이해했다고 생각되는 표정이나 몸짓들을 포착하곤 했지만, 그것들은 너무도 순식간이어서 표현할 수 있을 만한 말을 찾아내기도 전에 사라져 버렸다. 앞서도 말했거니와, 알베르는 그렇게 빠릿빠릿한 친구가 아니었고, 이번에 겪은 사건도 그를 크게 바꿔 놓지는 못했다.

에두아르는 부상 때문에 엄청나게 고통스러워했다. 얼마나 고래고래 소리를 지르고 심하게 발버둥을 쳐대는지 침대에 단단히 묶어 놓아야만 했다. 그때서야 알베르는 깨달았다. 건물 끝에 있는 이 병실을 내준 것은 부상병의 편의를 위해서가 아니라, 다른 이들이 온종일 그의 신음 소리에 시달려야 하는 일을 피하기 위해서였다는 사실을. 4년 동안이나 전쟁을 치르고 나서도 그의 순진함에는 그야말로 바닥이 없었다.

에두아르는 울부짖었다. 신음에서 흐느낌으로, 흐느낌에서 포효로 변하는 그 비명은 고통과 광기의 극한에 처한 사람이 표현할 수 있는 모든 음역을 몇 시간 사이에 펼쳐 보였고, 몇 시간 내내 그 소리를 들으며 알베르는 두 손을 뒤틀었다.

은행의 상관 앞에서는 조금도 자기 권리를 주장하지 못하던 알베르는 에두아르의 열성적인 변호인이 되어 〈이 친구가 맞은 포탄 파편은 지금 이 친구 눈에 들어간 티끌과는 아무 관계가 없다고요!〉라는 식으로 따지고 들곤 했다. 알베르는 자신이 나름대로 잘하고 있고, 설득력이 있다고 생각했다. 사실 남들에게는 불쌍해 보일 뿐이었지만, 어쨌든 그걸로 충분했다. 후송을 기다리는 동안 할 수 있는 것은 거의 다 해보았기 때문에 젊은 외과의는 에두아르의 통증을 가라앉히기 위해, 최소한의 용량을 사용하고 그것도 차츰 줄여 간다는 조건하에, 모르핀을 투여하는 방안을 받아들였다. 에두아르에게는 전문적이고 조속한 치료가 필요했기 때문에, 그가 여기에 더 오래 머물 일은 없었다. 후송이 급선무였다.

　모르핀 덕분에 에두아르의 느린 회복은 전보다는 기복 없이 이루어졌다. 그의 의식이 처음 느낀 것은 추위, 더위, 분간하기 힘든 메아리, 누구인지 알 수 없는 목소리 같은 아주 흐릿한 것들이었다. 그중 가장 견디기 힘든 것은 가슴께부터 시작해서 몸 윗부분 전체로 퍼져 나가는 격렬한 통증이었다. 심장의 고동과 하나가 되어 파도처럼 끊임없이 밀려오는 이 통증은 모르핀의 효과가 감소함에 따라 끔찍한 형벌이 될 것이었다. 머리는 공명판처럼 울렸고, 밀려드는 파도 하나하나는 항구에 도착하는 배의 구명대들이 부두에 부딪힐 때 나는 소리와도 비슷한 둔중한 충격음으로 끝나곤 했다.

　다리도 느껴졌다. 어느 유탄이 짓뭉개 놓은, 그리고 알베르 마야르를 구하러 가다가 스스로 한층 망가뜨려 놓은 오른쪽 다리 말이다. 하지만 이 통증도 약의 효과로 흐릿해졌다. 여전히 다리가 붙어 있는 것 같은 아주 어렴풋한 느낌만 있었는데, 사실이었다. 망가지긴 했지만, 제1차 세계 대전에서 돌아온 다리치고는 (어쨌든 부분적으로는) 아직 기능할 수 있는 다리였다. 일어난 일들에 대한 그의 의식은 잡다한 이미지들 아래 잠겨 오랫동안 흐려져 있었다. 에두아르는 그때까지 그가 보고, 알고, 듣고, 느낀 모든 것들이 응축되어 질서도 선후도 없이 끊임없이 이어지는 혼돈스러운 꿈속에 살고 있었다.

　그의 머릿속에서는 현실과 데생들과 회화 작품들이 한데 뒤섞였다. 마치 삶이란 것이 그의 상상의 미술관 속에 추가된 멀티미디어 작품에 지나지 않은 듯이 말이다. 보티첼리의 덧없는 아름다움들이며 카라바조의 작품에서 도마뱀에 물린 소년의 얼굴에 갑작스레 떠오르는 두려움 등은, 볼 때마다 그 엄숙한 얼굴이 가슴을 뒤흔들었던 마르티르 가의 과일행상 여인, 혹은 이유는 알 수 없지만 약간 붉은빛이 감돌던 아버지의 부착식 칼라에 뒤이어 나타나곤 했다.

일상의 평범한 것들과 히로니뮈스 보스의 그림 속 인물들과 나신들과 광폭한 전사들로 채워진 이 단색화의 한가운데, 쿠르베의 「세상의 기원」이 불쑥 출현했다. 그는 단 한 번 이 그림을 본 적이 있다. 부모님의 친구 집에서, 몰래 숨어서. 자세히 얘기하자면, 전쟁이 발발하기 훨씬 전, 그가 열한 살이나 열두 살 정도 되었을 무렵이다. 그는 아직 성 클로틸드 사립 학교에 다니고 있었다. 에두아르는 힐페리히와 크레테나의 딸 성 클로틸드를 못 말리는 화냥년으로 상상하여, 갖가지 체위로 그려 놓았다. 숙부 고데지실에게 꿰뚫리고, 클로비스에게는 개같은 자세로 범해지고 493년 무렵에는 부르군트 왕의 그것을 빠는 동시에 뒤로는 랭스의 대주교 레미에게 공략당하고…….[8] 이 그림 덕분에 그는 세 번째로 정학을 당했고, 이는 바로 퇴학으로 이어졌다. 하지만 상당히 공들인 작품이라는 것을 모두가 인정했으며, 심지어는 너무나 디테일이 살아 있어서 그 어린 나이에 어디서 모델들을 구했을까 궁금해질 정도였다. 미술을 매독 환자의 타락한 활동 정도로 여기는 그의 아버지는

8 Clotilde(475~545). 부르군트 왕 힐페리히 2세의 딸이며, 서유럽을 재통일한 메로빙거 왕조의 초대 왕인 클로비스의 아내다. 어려서부터 신앙심이 깊어 끈질긴 노력 끝에 이교도였던 클로비스를 기독교로 개종시켜 서유럽에 기독교가 뿌리를 내리는 데 큰 역할을 했다고 전한다.

아랫입술을 꽉 깨물었다. 사실, 성 클로틸드에 다니기 이전에도 에두아르의 삶은 그다지 평온하지 못했다. 특히 아버지와의 관계가 그랬다. 에두아르는 항상 그림을 통해 자신을 표현했다. 다니는 학교마다 그를 가르치는 교사들은 예외 없이 어느 날 1미터 높이의 캐리커처로 교실 칠판에 등장했다. 누가 보나 에두아르 페리쿠르의 솜씨였다. 아버지의 인맥으로 겨우 들어간 학교생활에 집중되어 있던 그의 영감은 해가 감에 따라 차츰 새로운 주제들을 중심으로 재편됐다. 그의 〈성서적 시기période sainte〉라고 부를 만한 이 시기의 정점은 유디트로 분장한 음악 교사 쥐스트 양이 수학 교사 라퓌르스 씨와 헷갈릴 정도로 닮은 홀로페르네스[9]의 잘린 머리를 탐욕스럽게 흔들어 보이는 그림이었다. 이 두 사람이 그렇고 그런 사이라는 것은 모르는 사람이 없었다. 이 감탄스러운 참수 장면으로 상징된 두 교사가 결별하기까지 두 사람을 소재로 한 에두아르의 연재 만평 덕분에 사람들은 칠판에서, 벽에서, 종이 위에서 상당수의 외설적인 작품들을 감상할 수 있었다. 교사들조차 압수한 그림들을 교장에게 넘기기 전에 자기네끼리 돌려 볼 정도였다. 이제 누구든지 교정을 지나가는 후줄근한 수학 선생을 보면 그 위로 입이 딱 벌어지는 남근을 지닌 음탕한 호색한의 모습을 떠올리게 되었다. 이때 에두아르는 겨우 여덟 살이었다. 이 성서적 장면 덕분에 아이는 높은 사람들에게 불려 다녔다. 하지만 면담이 상황을 호전시키지는 못했다. 교장이

---

9 유디트는 『구약 성서』의 외경인 「유디트서」의 주인공으로, 아시리아 장수 홀로페르네스가 이스라엘에 침략하여 나라가 위기에 처하자 미모를 미끼로 그에게 접근해 술에 취하게 한 후 목을 잘랐다고 한다.

손가락 끝으로 그림을 흔들며 노한 어조로 유디트를 언급하자 아이는 대꾸했다. 물론 이 여자가 참수된 이의 머리채를 쥐고 있긴 하지만 이 머리가 쟁반에 담겨 있기 때문에 여기서는 유디트보다는 살로메로, 그리고 홀로페르네스보다는 세례 요한으로 보는 게 더 적절하지 않을까요……? 에두아르에겐 이런 현학적인 구석도 있었고, 이처럼 반사적으로 재주를 부리려 드는 성향은 사람들을 상당히 짜증 나게 만들었다.

상상력과 창의성이 넘쳐 흐른 그의 위대한 영감의 시기, 가히 〈개화기(開花期)〉라고 부를 만한 시기가 그가 자위를 하기 시작할 때였다는 사실에는 이론의 여지가 없다. 이제 그의 벽화에는 교직원 전체가 등장했고(덕분에 잡역부들까지 학교 간부들로서는 매우 굴욕적으로 느껴지는 모종의 위엄을 획득하게 되었다) 등장인물이 불어나면서 그림에서도 독창적인 성적 조합들이 늘어났다. 사람들은 웃음을 터뜨렸다. 물론 이 에로틱한 상상력 덕분에 아이의 삶에 약간 의문을 품지 않을 수 없었지만 말이다. 그리고 좀 더 사려 깊은 이들은 이 그림들에서, 음, 그러니까…… 〈좀 수상쩍은〉 관계들에서 염려스러운 성향을 감지하곤 했다.

에두아르는 항상 그림을 그렸다. 사람들을 놀라게 할 기회가 있으면 결코 놓치는 법이 없는 에두아르를 못 말리는 별종 정도로 여겼지만, 성 클로틸드가 랭스 대주교에게 비역질당하는 그림은 정말로 학교를 화나게 했다. 또 그의 부모도 성이 났다. 그의 아버지는 이번에도 추문을 막아 보려고 돈을 써봤다. 그러나 학교 측은 요지부동이었다. 다른 건 몰라도 이 비역질이라는 주제만큼은 타협의 여지가 없었다. 모두가 에두아르에게 등을 돌렸다. 그의 그림들에 한껏 들뜬 몇몇 친구들, 그리고 누나 마들렌을 제외하고는. 마들렌은 재밌어 죽으려고 했다. 랭스 대주교가 클로틸드를 범한다는 것은 그렇게까지 웃기진 않았다. 뭐, 그건 옛날이야기니까. 하지만 교장 위베르 영감의 얼굴을 이런 식으로 한번 상상해 보니까……. 마들렌도 이 성 클로틸드 학교의 여학생부를 나왔고, 교장의 얼굴을 잘 기억하고 있었던 것이다. 그녀는 에두아르의 대단한 배짱에, 그의 끊임없는 불손함에 연신 웃음을 터뜨렸다. 마들렌은 에두아르의 머리칼을 마구 헝클어뜨리는 장난을 몹시 좋아했다. 하지만 이를 위해서는 에두아르가 순순히 몸을 굽혀야 했으니, 왜냐면 나이는 어려도 덩치는 누나보다 훨씬 컸기 때문이다. 에두아르가 고개를 숙이면 마들렌은 동생의 더부룩한 머리에 두 손을 집어넣고 두피를 마구 문질러 대는데, 그 기세가 얼마나 세찬지 그는 웃으면서도 살려 달라고 외쳐야 했다. 아버지가 절대로 보아서는 안 될 광경이었다.

다시 에두아르 이야기로 돌아오자면, 큰 부자인 부모 덕에 결국에는 교육을 잘 마쳤지만, 그 과정에서 원만하게 이뤄진 것은 아무것도 없었다. 페리쿠르 씨는 이미 전쟁이 일어나기 전에 엄청난 돈을 벌었다. 그는 위기를 겪으면 재산이 더 불어나는, 위기마저 그를 위해 존재하는 것처럼 느껴지는 유형의 인물이었다. 어머니 쪽 재산에 대해서는 할 말이 없었다. 그것은 언제부터 바다에 소금이 있었느냐고 묻는 것만큼이나 쓸데없는 짓이었다. 하지만 어머니는 젊은 나이에 심장병으로 죽었기 때문에 아버지 혼자서 모든 걸 이끌어야 했다. 사업에 정신이 없었던 그는 아이들의 교육을 사립 학교들과 교사들과 가정 교사들에게 일임했다. 그의 입장에서는 일종의 직원들이었던 셈이다. 에두아르는 모든 사람이 평균 이상이라고 인정하는 두뇌, 심지어는 그가 다니는 미술 학교의 교수들도 입을 딱 벌리는 천부적 재능, 그리고 뻔뻔스럽게까지 느껴지는 행운의 소유자였다. 여기에 무얼 더 바랄 수 있었겠는가? 그가 항상 도발적으로 행동한 것은 어쩌면 이 때문이었는지도 모른다. 무슨 짓을 해도 괜찮고, 모든 문제가 결국은 해결되리라는 걸 알면 움츠러들 이유가 없는 것이다. 자기가 말하고 싶은 것을 마음껏 말해도 된다. 더구나 그리하면 안심도 된다. 위험에 빠지면 빠질수록, 보호 장벽의 크기를 가늠할 수 있으니까. 사실, 페리쿠르 씨는 아들을 모든 상황에서 구해 냈지만, 그것은 결국 자신을 위한 것이었다. 자신의 이름이 더럽혀지는 걸 원치 않았기 때문이다. 하지만 이것은 끊임없이 도발하고, 스캔들을 즐기는 아들 때문에 결코 쉽지 않은 일이었다. 결국 아버지는 아들의 운명과 미래에 대한 관심을 잃었고, 에두아르는 이를 이용해 미술 학교에 들어갈 수 있었다. 그를 사랑하고 보호해 주는 누나, 입만 열면 저놈은 내 자식이 아니라고 말하는 지극히 보수적인 아버지, 여기에다가 부인할 수 없는 재능까지 지닌 에두아르는 성공에 필요한 요소를 거의 다 갖춘 셈이었다. 뭐, 이제는 다들 감을 잡았겠지만 이 이야기는 꼭 그런 식으로 흘러가진 않을 것이나, 이게 전쟁이 끝나 가고 있을 즈음의 그의 객관적인 상황이다. 그 형편없이 망가진 다리만 빼놓고 말이다.

그를 돌보고 그의 속옷을 갈아입히는 동안, 알베르는 이 모든 것들에 대해 아는 바가 전혀 없었다. 그가 확실히 아는 단 한

가지는 1918년 11월 2일, 에두아르 페리쿠르의 인생 궤도가, 그게 어떤 것이었든 간에, 갑자기 방향을 틀었다는 사실이다.

그리고 그의 오른쪽 다리 따위는 별로 문젯거리도 안 될 거라는 사실도.

알베르는 종일 친구 에두아르 곁에서 시간을 보내며 자원하여 간호 보조로 일했다. 간호사들이 하는 일이라곤 감염 위험을 예방하고, 관을 통해 음식물(우유에 으깬 달걀이나 육즙을 혼합한 것)을 주입하는 정도였고, 나머지는 모두 알베르 몫이었다. 에두아르의 이마를 젖은 천으로 닦아 주거나 보석 세공사와도 같은 조심스러움으로 물을 먹이지 않을 때는, 악취가 진동하는 방수 시트를 갈았다. 입을 앙다물고 얼굴을 돌리고 코를 틀어막고 다른 곳을 보면서도, 이 일의 정확성에 친구의 미래가 달려 있을지도 모른다고 생각하며 기꺼이 고역을 감수했다.

그는 두 가지 일에만 집중하고 있었다. 첫째는 늑골을 조금도 들어 올리지 않고 호흡하는 방법을 찾는 일이었고(결국 찾아내지 못했다), 둘째는 구급차가 오기만을 기다리며 친구 곁을 지키는 일이었다.

이렇게 하면서 그는 희미하게나마 의식이 돌아올 때면 상체를 조금 일으키고 누워 있는 에두아르 페리쿠르에게서 눈을 떼지 않았다. 하지만 배경으로는 항상 프라델 중위 그 못된 놈의 영상이 떠올랐다. 그는 프라델과 마주치게 되면 어떻게 할 것인가를 무수히 상상했다. 전장에서 자기에게 달려들던 프라델의 모습이 보였고, 포탄 구덩이로 빨려 들듯 떨어지던 때가 거의 물리적으로까지 느껴졌다. 하지만 오랫동안 집중하는 것이 쉽지 않았는데, 아직은 정신이 정상 능력을 회복하지 못한 모양이었다.

그래도 의식이 돌아오고 얼마 되지 않아 떠오르는 한 가지가 있었다. 누군가 날 죽이려고 했어…….

이상하긴 했지만, 말이 안 되는 얘기는 아니었다. 결국 세계 대전이라는 것은 한 대륙 안에서 만인이 만인을 죽이려는 시도일 뿐이지 않은가? 문제는 누군가 개인적으로 그를 노렸다는 사실이었다. 에두아르 페리쿠르를 보고 있노라면, 공기가 점점 희박해지고 분노가 들끓어 오르던 그 순간이 떠올랐다. 이틀 후, 그도 살인자가 될 준비가 되어 있었다. 4년 동안이나 전쟁을 치렀으니, 이제 그럴 때도 되지 않았는가.

혼자 있을 때는 세실을 생각했다. 그녀가 전보다 한층 멀어진 것처럼 느껴졌고, 너무도 그리웠다. 빽빽하게 이어지는 사건들이 알베르를 다른 삶 속으로 집어 던졌지만, 세실이 없으면 그 어떤 다른 삶도 가능치 않았기에, 그는 그녀와의 추억을 곱씹고 그녀의 사진을 들여다보면서 셀 수도 없는 그녀의 완벽한 부분들을 하나하나 음미했다. 눈썹, 코, 입술, 그리고 턱, 그리고 세실의 그 기가 막힌 입……. 어떻게 이런 게 존재할 수 있을까……. 누군가 그녀를 훔쳐 가리라. 어느 날 누가 와서 그녀를 빼앗아 가리라. 아니면 그녀가 제 발로 떠나가리라. 그녀는 깨닫게 되리라. 알고 보니 알베르가 별 볼 일 없는 녀석이라는 사실을. 나에 비하면 그녀는…… 그 어깨 하나만 해도……. 이런 생각이 들 때면 알베르는 죽을 것만 같았고, 몇 시간 동안 지독한 슬픔에서 헤어날 수 없었다. 결국 이런 꼴이 되려고 이 개고생을 했던가. 그는 종이 한 장을 꺼내 그녀에게 편지를 써 보려 했다. 그녀에게 이 모든 이야기를 들려줘야 할 것인가. 하지만 지금 그녀가 기다리는 것은 딱 하나 아니던가. 이 모든 일들을 더 이상 듣지 않는 것, 결국 이 지긋지긋한 전쟁을 끝내 버리는 것이 그녀가 원하는 단 한 가지 아닌가.

세실이나 어머니에게 쓸 내용을 생각하거나(먼저 세실에게, 그리고 시간이 나면 어머니에게) 간호 보조 일에 열중하지 않을 때면, 알베르는 깊은 상념에 잠기곤 했다.

예를 들면 함께 묻혀 있던 말 대가리가 종종 생각났다. 이상하게도 시간이 감에 따라 말 대가리는 그 흉물스러운 성격을 잃어 갔다. 심지어는 살아남기 위해 들이마셨던, 말 대가리에서 뿜어져 나오던 그 역한 공기마저도 더 이상 혐오스럽거나 메스껍게 느껴지지 않았다. 구덩이 언저리에 서 있던 프라델의 영상이 사진처럼 선명하게 나타날수록, 세세한 부분까지 간직하고 싶은 말 대가리는 스르르 녹아내리며 그 색채와 윤곽을 상실해 갔다. 집중하려고 애써 봤지만 그 이미지는 스러져 갔고, 왠지 불안한 상실감이 들었다. 전쟁은 끝나 가고 있었다. 지금은 결산의 시간이 아니고, 참극의 현장 한가운데 앉아 있는 끔찍한 현재의 시간이었다. 4년 동안 기관총 탄환 밑을 웅크리고 다닌 끝에, 말 그대로 다시 일어서지 못하고 평생을 어깨에 보이지 않는 무게를 지고 걸어가야 하는 사람들처럼, 알베르는 뭔가가 다시는 돌아오지 못한다는 것을 분명히 느끼고 있었다. 바로 평온한 마음이었다. 여러 달 전부터, 솜 전투에서 처음으로 부상을 당한 이후로, 밤마다 유탄에 맞을까 봐 겁에 질려, 전장에 널린 부상병들을 수거하러 다니던 들것병 시절의 그 끝없는 밤들을 보낸 이후로, 특히나 매몰되어 죽었다가 살아난 이후로, 그는 날카롭고, 거의 손에 만져질 듯한, 규정하기 힘든 두려움이 자기 안에 들어와 살고 있다는 것을 알고 있었다. 여기에 매몰의 파괴적인 효과들이 더해졌다. 무언가가 아직 땅속에 남아 있었다. 그의 몸은 다시 땅 위로 올라왔지만, 뇌의 일부는 그곳에 갇혀 공포에 질려, 아직 저 땅 밑에 남아 있었던 것이다. 이 경험은 그의 살에, 몸짓에, 시선에 흔적을 남겼다. 병실만 벗어나면 불안감에 사로잡혀, 그는 희미한 발소리에도 귀를 세우고, 문을 열기 전에는 고개를 내밀어 문밖을 살피고, 벽에 바짝 붙어 다니고, 누군가 따라온다고 생각하고, 대화할 때는 상대의 얼굴을 유심히 관찰하고, 만일에 대비해 항상 출구 가까이에 머물곤 했다. 어떤 상황에서도 바짝 긴장한 그의 눈은 끊임없이 좌우를 오갔다. 에두아르의 머리맡에서도 숨 막히는 병실 분위기에 창밖을 내다봐야 했다. 항상 경계를 풀지 않았으며 모든 것이 의심의 대상이었다. 그는 평온한 마음이 떠나 버렸고, 평생 돌아오지 않으리라는 것을 알았다. 이제 그는 이 동물적인 불안 속에서 살아가야 했다. 어느 순간 질투에 사로잡힌 자신을 발견하고는, 이제는 이 새로운 병에 적응해야 한다는 것을 깨달은 사람처럼. 이 발견은 그를 너무나도 슬프게 했다.

모르핀이 효과를 보였다. 용량이 점차로 줄어들기는 했지만 에두아르는 당분간 대여섯 시간마다 앰풀 하나씩을 투여받을 수 있었다. 덕분에 더 이상 고통으로 몸부림치지도 않았고, 애절한 신음과 듣는 이의 피를 얼어붙게 하는 비명으로 병실을 울리는 일도 없었다. 그는 꾸벅꾸벅 졸고 있지 않을 때면 멍하게 있었는데, 그래도 아물지 않은 상처들을 긁어 댈지 모르기 때문에 침대에 묶어 놓아야 했다.

이 일이 있기 전에 알베르와 에두아르는 한 번도 어울린 적이 없었다. 서로 얼굴 정도는 알고, 마주치기도 하고, 인사도 나누고, 또 여기저기에서 희미한 미소를 건넨 적도 있지만, 그뿐이었다. 에두아르 페리쿠르는 다른 수많은 사람들과 마찬가지로 가까우면서도 끔찍하게 낯선 전우 중의 하나일 뿐이었다. 하지만 지금 그는 알베르에게 하나의 수수께끼이자 미스터리였다.

그들이 도착한 다음 날, 알베르는 약간의 외풍에도 문 한 짝이 삐걱거리며 어중간하게 열리곤 하는 목제 붙박이장의 하단에 에두아르의 소지품이 놓여 있는 것을 보았다. 누구든 방에 들어와서 슬그머니 집어 갈 수도 있는 상황이었다. 알베르는 그것을 안전한 곳에 숨겨 두기로 마음먹었다. 개인적인 물건들이 들어 있을 천 배낭을 집어 들면서, 알베르는 이 일을 좀 더 일찍 챙기지 못한 이유가 그 속을 뒤져 보고 싶은 유혹을 이겨 내지 못할 것 같았기 때문이라는 사실을 솔직히 인정해야 했다. 배낭을 뒤지지 않은 것은 에두아르를 존중해서였다. 하지만 다른 이유도 있었다. 자신의 어머니가 떠올랐던 것이다. 마야르 부인은 자녀의 물건을 마구 뒤져 대는 타입이었다. 어린 시절 내내, 알베르는 별것도 아닌 비밀들을 숨겨 보려고 별의별 수를 다 써봤지만, 마야르 부인은 늘 결국에 그것들을 찾아내서는 알베르 앞에 흔들어 보이며 비난과 질책을 폭포수처럼 쏟아 내곤 했다. 그게 잡지 『릴뤼스트라시옹』에서 오려 낸 사이클 선수의 사진이든, 시화집을 보고 베낀 세 줄의 시든, 아니면 쉬는 시간에 수비즈라는 친구에게서 따낸 구슬 네 개와 왕구슬 하나든 상관없었다. 마야르 부인은 각각의 비밀을 하나의 배신 행위로 간주했다. 특별히 감이 좋은 날이면 마야르 부인은 이웃이 알베르에게 준 베트남 통킹의 명물 〈암석 위의 나무〉 사진이 인쇄된 그림엽서를 흔들면서 이 세상 자식들의 불효막심함과 자기 아들의 특별한 이기주의와, 그리고 이 고생에서 벗어나기 위해 빨리 불쌍한 자기 남편을 따라가고 싶은 간절한 염원 등을 주절주절 떠들곤 했다.

이런 가슴 아픈 추억들은 알베르가 에두아르의 배낭을 연거의 직후, 고무줄 하나를 두른 딱딱한 표지의 수첩 한 권을 발견한 순간 어디론가 사라져 버렸다. 한눈에 봐도 여기저기 가지고 다닌 것 같고, 파란 색연필로 그린 스케치들로 채워진 수첩이었다. 어떤 것은 재빨리 휘갈겨 그렸고, 또 어떤 것은 고약한 비처럼 촘촘하고 가는 선들로 짙은 음영을 표현한 그 그림들에 단박에 매혹된 알베르는 얼빠진 얼굴로 삐걱거리는 붙박이장 앞에 주저앉았다. 백여 점에 달하는 스케치들은 모두가 이곳, 전선의 참호 속에서 그린 것들이었다. 편지를 쓰고, 파이프를 피우고, 농담에 웃음을 터뜨리고, 공격을 준비하고, 먹고 마시는 병사들의 모습 등, 온갖 종류의 일상적인 순간들이었다. 휙 그은 선 하나는 피곤에 전 젊은 병사의 옆모습이 되고, 줄 세 개를 그으면 퀭한 눈의 탈진한 얼굴이 되는데, 하나같이 가슴이 먹먹해지는 모습들이었다. 별생각 없이 그은 듯한 아무것도 아닌 선 하나도, 연필의 사소한 움직임 하나하나도 핵심을, 공포와 비참을, 기다림을, 낙담을, 또 탈진을 포착하고 있는 이 수첩은 가히 〈숙명의 선언문〉이라 할 만한 것이었다.

수첩을 뒤적이면서 알베르는 가슴이 꽉 조여 왔다. 이 모든 것 안에 죽은 이는 하나도 없었기 때문이다. 부상자도 없었다. 시체 한 구 보이지 않았다. 오직 산 자들만이 있었다. 이게 더욱 끔찍한 이유는, 이 모든 그림들이 절규하듯 외치는 것이 단 하나였기 때문이다. 〈이 사람들은 조금 있으면 죽을 것이다.〉

그는 몹시 심란해진 마음으로 에두아르의 물건을 정리했다.

5

모르핀에 대한 젊은 의사의 의견은 확고했다. 이런 식으로 계속할 순 없어요. 이런 종류의 마약은 습관화되고, 몸에 해가 될 수 있어요. 이걸 항상 쓸 순 없죠, 아뇨, 이제 곧 중단해야 해요. 수술 바로 다음 날부터 그는 용량을 줄여 왔다.

서서히 회복하는 중인 에두아르는 조금씩 의식이 돌아오면서 다시금 극심한 고통을 느끼기 시작했고, 알베르는 도대체 언제 그가 파리로 후송될 건지 걱정이 되었다.

젊은 의사에게 물어보자, 그는 자긴들 어떻게 알겠냐는 듯 두 팔을 으쓱 들어 올린 다음, 목소리를 낮추어 말했다.

「지금부터 서른여섯 시간 안에 조치되지 않는다면⋯⋯. 진작 후송됐어야 할 사람인데, 나도 이해가 안 돼요. 순서가 계속 뒤로 밀리는 문제가 있어서⋯⋯. 하지만 계속 여기 남아 있는 건 정말로 좋지 않아요.」

의사의 표정에서 깊은 우려가 느껴졌다. 알베르는 덜컥 겁이 났고, 이때부터 그의 목표는 단 하나였다. 최대한 빨리 전우가 후송되게끔 하는 것.

이를 위해 그는 쉴 새 없이 뛰어다녔다. 예를 들어, 병원이 한결 한가해졌음에도 여전히 다락의 생쥐들처럼 복도를 뛰어다니는 수녀들에게 가서 물어보았다. 그러나 아무런 소득을 얻지 못했다. 여기는 야전 병원이었다. 다시 말해, 진정한 책임자가 누구인지부터 시작해, 뭔가를 알아내는 것이 거의 불가능한 장소였다.

그는 시간만 나면 에두아르의 머리맡으로 돌아와서 이 청년이 다시 잠들 때까지 기다렸다. 나머지 시간은 주요 병동으로 통하는 복도들이며 사무실들에서 보냈다. 심지어는 시청까지 찾아갔다.

한번은 이런 일들을 하다가 돌아왔는데, 병실 앞 복도에 두명의 병사가 서서 기다리고 있었다. 깨끗한 군복, 말끔히 면도한 얼굴, 몸 주위를 후광처럼 감싼 자신감…… 모든 것이 이들이 사령부에서 나온 병사들임을 말해 주고 있었다. 첫 번째 병사가 알베르에게 봉인된 문서 하나를 전달하는 동안, 두 번째 병사는 짐짓 무게를 잡으려는 듯 권총집에 한 손을 척 올려놓고 있었다. 알베르는 이들에 대해 느낀 반사적인 경계심이 그렇게 근거 없는 것만은 아니라는 생각이 들었다.

「이 안에 들어갔었소.」첫 번째 병사가 사과하듯이 말하며 엄지로 병실을 가리켰다.

「하지만 그냥 바깥에서 기다리기로 했소. 냄새가 얼마나 고약…….」

알베르는 황급히 병실로 들어갔고, 뜯기 시작했던 서신을 들어가자마자 떨어뜨리며 에두아르 쪽으로 달려갔다. 여기에 도착한 이후 처음으로 이 청년은 거의 눈을 뜨고 있었다. 두 손은 아직 묶인 듯 이불에 가려 보이지 않았지만, 아마도 수녀가 해준 것인 듯, 등에 베개 두 개를 받치고 앉아서는 고개를 끄덕끄덕하면서 목쉰 소리로 뭐라고 꿍얼대는데, 그 소리는 결국 갸르륵거리는 소리로 끝나곤 했다. 이렇게 묘사하니 크게 나아진 게 없어 보일지도 모르겠지만, 지금까지 알베르 앞에 있던 것은 격렬한 경련으로 울부짖거나, 혼수상태에 가까운 잠에 빠져 있는 몸뚱이에 불과했다. 그런데 지금은 상태가 훨씬 나았다.

알베르가 의자에 앉아 잠을 잔 요 며칠 동안 두 사람 사이에 어떤 은밀한 교감이 있었는지는 알 수 없다. 하지만 알베르가 침대 언저리에 손을 올려놓자마자 에두아르는 줄로 묶인 두 손을 불쑥 뻗어 겨우겨우 알베르의 손목을 붙잡더니 부서져라 꽉 쥐는 거였다. 이 동작에 담긴 모든 의미를 그 누가 다 말할 수 있을까. 여기에는 전쟁에서 부상을 입고 자신의 상태를 알지 못하는, 그리고 고통이 너무나도 엄청나기에 그 고통의 정확한 지점도 제대로 짚어 내지 못하는 스물세 살 청년이 느끼는 그 모든 두려움과 안도감, 그 모든 부탁들과 질문들이 함축되어 있었다.

「오, 자네 깨어났군!」 알베르는 최대한으로 열광적인 목소리를 내어 말했다.

이때 뒤에서 울리는 누군가의 음성이 그를 소스라치게 했다.

「같이 가봐야 할 것 같소……」

알베르는 몸을 돌렸다.

병사가 바닥에서 서신을 주워 알베르에게 내밀었다.

그는 의자에 앉아 거의 네 시간을 기다렸다. 자기처럼 하찮은 병사가 모리외 장군에게 불려 올 이유들을 모두 생각해 보기에 충분한 시간이었다. 무공 훈장에서부터 에두아르의 상태에 이르기까지, 그 목록을 열거하는 것은 각자의 상상에 맡긴다.

이 몇 시간에 걸친 사색의 결과는 복도 저쪽에서 프라델 중위의 길쭉한 실루엣이 나타나는 것을 본 순간 무너져 버렸다. 장교는 그의 눈을 똑바로 응시하면서, 어깨를 으쓱거리며 그가 있는 쪽으로 걸어왔다. 알베르는 딱딱한 공 같은 것이 목구멍에서부터 위장까지 내려가는 게 느껴졌고, 견디기 힘든 메스꺼움이 올라왔다. 속도만 다를 뿐, 그를 포탄 구덩이에 밀어뜨렸을 때와 똑같은 움직임이었다. 중위는 알베르 옆에 이를 때까지 그에게서 시선을 떼지 않더니, 거기서 휙 몸을 돌려서는 장군 부관실에 노크하고는 곧바로 그 안으로 사라져 버렸다.

알베르가 이 상황을 이해하기 위해서는 얼마간의 시간이 필요했지만, 그럴 시간은 없었다. 다시 문이 열리더니 누군가 악을 쓰듯 그를 호명한 것이다. 알베르는 휘청거리는 몸으로, 아마도 임박한 승리를 자축하는 듯, 코냑과 시가 냄새가 물씬 풍기는 지성소 안으로 걸어 들어갔다.

모리외 장군은 무척 노령으로 보였고, 아들 세대와 손자 세대 전체를 죽음으로 내몬 그 노인네들과도 비슷해 보였다. 조프르와 페탱에 니벨, 갈리에니, 루덴도르프[10]를 합친 모습, 그

---

10 조제프 조프르(1852~1931), 필리프 페탱(1856~1951), 로베르 니벨(1856~1924), 조제프 갈리에니(1849~1916)는 모두 제1차 세계 대전 당시 프랑스군을 이끈 고위 장성들이며, 에리히 루덴도르프(1865~1937)는 당시 독일군의 총사령관이다.

게 바로 모리외다. 물개처럼 축 늘어진 긴 콧수염, 눈곱 낀 불그스름한 눈, 깊게 파인 주름, 그리고 자신의 중요성에 대한 확고한 믿음.

알베르는 몸이 돌처럼 굳어 있다. 장군이 지금 정신을 집중하고 있는지, 아니면 졸고 있는지 알 수 없다. 쿠투조프[11]가 연상되는 모습이다. 그는 책상 뒤에 앉아서 수북이 쌓인 서류들에 몰두해 있다. 앞쪽, 그러니까 알베르 맞은편에는 프라델 중위가 장군을 등진 채로 눈썹 하나 까딱 않고서 알베르를 머리에서 발끝까지 천천히, 그리고 집요하게 응시하고 있다. 두 다리를 벌리고 뒷짐을 쥔 그는 마치 사열이라도 하듯 몸을 좌우로 천천히 흔든다. 알베르는 그 메시지를 이해하고, 곧바로 자세를 바로잡는다. 허리가 끊어질 정도로 상체를 뒤로 젖혀 차렷 자세를 취한다. 무거운 침묵이 흐른다. 마침내 늙은 물개가 고개를 쳐든다. 알베르는 상체를 더 젖혀야 할 것처럼 느낀다. 이렇게 계속하다간 결국에는 서커스 곡예사들처럼 뒤로 한 바퀴 재주넘기를 해야 할 것이다. 평소대로라면 장군은 편히쉬어를 명해야 하겠지만, 천만에, 장군은 알베르를 뚫어지게 쳐다보다가, 크흠 헛기침을 하고는 다시 어떤 서류 쪽으로 눈을 내린다.

「마야르 병사.」 장군은 또박또박 발음한다.

알베르는 〈넷, 장군님!〉 혹은 뭔가 이와 비슷하게 대답해야할 테지만, 장군이 아무리 천천히 말해도 알베르에겐 너무 **빠**르게 느껴질 것이다. 장군은 그를 쳐다본다.

---

11 Kutuzov(1745~1813). 러시아를 침공한 나폴레옹을 격퇴한 러시아의 장군. 톨스토이의 소설 『전쟁과 평화』에서 그를 상세히 묘사하고 있다.

「여기에 보고서가 하나 있는데……」 그가 다시 말을 잇는다. 「지난 11월 2일, 자네의 부대가 공격 작전을 펼쳤을 때 자네는 고의로 임무를 회피하려고 했어.」

이건 알베르가 전혀 예상치 못했던 거다. 별의별 상상을 다 해봤지만, 이건 아니었다. 장군은 보고서를 읽는다.

「자네는 〈의무를 회피하기 위해 포탄 구덩이에 몸을 숨겼어〉……. 이 공격 작전에서 자네의 전우 서른여덟 명이 목숨을 잃었어. 조국을 위해서 말이야. 마야르 병사, 자네는 형편없는 자야. 그리고 내 솔직한 심정을 말하자면…… 자넨 개자식이야.」

알베르는 가슴이 얼마나 답답하고 무거운지 울음을 터뜨리고 싶은 심정이다. 이 전쟁이 끝나기를 그 오랜 세월을 바라왔건만, 결국 이런 식이라니…….

모리외 장군은 여전히 그를 똑바로 주시한다. 그는 이 비겁한 행위를 정말로 한심하게 생각한다. 그야말로 수치스러움 그 자체라 할 이 실망스러운 병사를 못마땅하게 생각하며 그는 결론을 내린다.

「하지만 탈주 행위는 내 소관이 아니야. 난 단지 전쟁을 할 뿐이지. 무슨 말인지 알겠나? 마야르 병사, 자넨 군법 회의 소관이야. 전시 평의회 소관이라고.」

알베르의 차렷 자세가 흔들린다. 바지를 따라 쭉 뻗은 두 손이 덜덜 떨리기 시작한다. 죽음이다. 탈주의 이야기, 혹은 전장에서 벗어나기 위해 스스로에게 상해를 입힌 자들의 이야기는 모두가 알고 있다. 새로울 것 없는 이야기들이다. 전시 평의회는 화제의 대상이었다.[12] 특히 페탱이 돌아와 그 난장판 가운데 약간의 질서를 회복시킨 1917년에는. 그때 총살형을 선고받은 사람이 부지기수다. 탈주에 있어 군법 회의는 추호도 타협하지 않았다. 실제로 처형된 자는 많지 않았지만, 모두가 정말로 죽었다. 그리고 매우 빨리 죽었다. 신속함은 처형의 필수 요소 중 하나였다. 알베르에게는 살날이 사흘 남았다. 기껏해야.

설명해야 한다. 순전히 오해라고. 하지만 알베르를 노려보는 프라델의 얼굴 때문에, 알베르는 그 어떤 말도 꺼낼 수 없다.

이로써 그는 알베르를 두 번째로 죽인 셈이다. 생매장을 당하고도, 물론 아주 운이 좋아야겠지만, 살아남을 수 있다. 하지만 전시 평의회는……

어깨 위로 식은땀이 주룩 흐르고, 이마에서 흘러내리는 땀방울에 시야가 흐려진다. 그는 한층 심하게 떨기 시작하더니 급기야는 오줌을 지린다. 거기 선 채로, 아주 천천히. 장군과 중위는 그의 바지 앞섶 부근의 얼룩이 확대되면서 발쪽으로 내려오는 것을 지켜본다.

뭔가를 말해야 한다. 알베르는 할 말을 찾아보지만 아무 생각도 나지 않는다. 장군은 다시 공세를 취한다. 장군인 그는 이 〈공세〉에 매우 익숙하다.

「도네프라델 중위는 자네가 포탄 구덩이에 몸을 던지는 것을 분명히 봤다고 보고했네. 안 그런가, 프라델?」

「분명히 봤습니다, 장군님. 네, 물론입니다.」

「자, 마야르 병사?」

---

12 프랑스의 전시 평의회Conseil de Guerre는 제1차 세계 대전 중 1914년 창설되어 1917년에 폐지되었다. 명령 불복종, 자해, 탈주, 비겁 행위, 반란 등의 죄목으로 2천4백여 명의 병사들이 사형 선고를 받았다. 6백여 명이 총살되고, 나머지는 강제 노역형으로 감형되었다고 한다.

알베르가 한마디도 하지 못하는 것은 할 말을 찾지 못해서
가 아니다. 그는 더듬거린다.

「그게 아니라……」

장군의 눈썹이 꿈틀 올라간다.

「뭐야? 그게 아니라고? 그럼 자네는 공격 작전에 끝까지 참
여했나?」

「어, 아니요…….」

그는 〈아닙니다, 장군님〉이라고 대답해야 했지만, 이런 상
황에서 그런 것까지 생각하기란 불가능하다.

「자넨 공격에 참여하지 않았어!」 장군은 주먹으로 책상을
쾅 내리치며 고함을 지른다. 「자넨 포탄 구덩이 안에 있었단
말이야. 그런가, 그렇지 않은가?」

이제 대화가 쉽지 않을 것 같다. 게다가 장군은 또다시 주먹
으로 책상을 내리친다.

「마야르 병사, 그런가, 그렇지 않은가?」

스탠드, 잉크병, 압지 등 모든 것이 일제히 튀어 오른다. 프
라델의 시선은 오줌 얼룩이 사무실의 닳아 빠진 양탄자 위로
서서히 확대되어 가는 알베르의 발치에 꽂혀 있다.

「그렇습니다. 하지만…….」

「물론 그랬겠지! 프라델 중위가 자네를 분명히 봤단 말이
야. 안 그런가, 프라델?」

「네, 분명히 봤습니다, 장군님.」

「하지만 자네의 비겁함은 응분의 보상을 받지 못했어, 마야
르 병사…….」

장군은 보복을 암시하듯 검지를 치켜든다.

「심지어는 자신의 비겁함 때문에 죽을 뻔하기까지 했지! 걱정 마! 조만간 확실하게 보답받게 될 테니 말이야!」

살다 보면 언제나 진실의 순간들이 있게 마련이다. 물론 드물긴 하지만. 병사 알베르 마야르의 삶에 있어서는, 지금이 바로 그 순간이다. 그 진실의 순간이 그의 모든 신념을 압축하고 있는 다음의 한 문장에 담겨 있다.

「억울합니다!」

대담한 말이다. 감히 설명을 하려 들다니. 모리외 장군은 언짢은 표정을 지으며 손을 홱 저어 그의 입을 막아 버릴 수도 있다. 그런데……. 장군은 고개를 숙인다. 뭔가를 생각하는 기색이다. 프라델은 이제 알베르의 코끝에 대롱대롱 맺혀 있는, 차렷 자세로 돌처럼 굳어 있는 그가 감히 닦아 내지도 못하는 눈물방울을 쳐다본다. 방울은 애처롭게 매달려 흔들리다가 마침내는 길게 늘어지지만, 그대로 똑 떨어져 버리지는 못한다. 알베르는 요란하게 코를 들이마신다. 방울은 파르르 떨리지만 여전히 떨어지지 않는다. 장군만 그 멍한 상념에서 깨어났을 뿐이다.

「허나, 자네의 전투 기록은 그리 나쁘지 않단 말이야……. 참, 이해 못 하겠군!」 그는 정말 알 수 없다는 듯 어깨를 으쓱하며 결론을 내린다.

지금 뭔가가 일어나고 있다. 하지만 그게 뭘까?

「마이 기지…….」 장군은 읽어 내려간다. 「마른 기지…… 크흠…….」

장군은 서류 위로 고개를 숙이고, 알베르에게는 그의 성긴 백발과 그 사이사이로 드러나는 분홍빛 머리통밖에 보이지 않는다.

「솜 전투에서 부상당하고……. 크흠…… 아, 엔에서도! 들것병, 크흠, 아…….」

알베르는 물에 젖은 앵무새처럼 머리를 푸르르 흔든다.

코에 달린 방울이 마침내 떨어져 내린다. 방울이 바닥에 부딪혀 부서지는 순간, 알베르의 머릿속에 진실이 반짝 떠오른다. 그렇다, 이건 다 뻥이다!

장군은 지금 내게 겁을 주고 있을 뿐이다.

알베르의 뉴런들이 사방팔방으로 움직인다. 역사를, 요즘 일어나는 일들을, 지금 자신의 상황을 여러모로 따져 본다. 장군이 눈을 들어 그를 볼 때, 그는 이미 알고 있다. 당국자의 대답은 예상대로다.

「마야르, 자네의 전적을 참작하겠네.」

알베르는 코를 훌쩍거린다. 프라델은 한 방 맞은 얼굴이다. 그는 장군에게 보고서를 올렸다. 아무도 앞일을 장담할 수 없으니까. 만약 성공한다면 거북스러운 증인 알베르를 없애 버릴 수 있다. 하지만 시기를 잘못 택했으니, 요즘은 총살하는 일이 없는 것이다. 그러나 프라델은 훌륭한 플레이어다. 그냥 고개를 숙이고 속으로 분을 삭인다.

「이봐, 자넨 1917년엔 괜찮았단 말이지!」 장군이 다시 말을 잇는다. 「하지만 이건…….」

그는 몹시 괴로운 표정으로 어깨를 으쓱 올린다. 그의 머릿속에서 모든 게 망가지는 소리가 들리는 듯하다. 군인에게 있어서 전쟁이 끝난다는 것은 최악의 일이다. 모리외 장군은 방법을 찾아보고, 머리를 쥐어짜 보았으리라. 하지만 명백한 사실을 인정하지 않을 수 없었다. 이 멋진 군무 이탈의 케이스가 손안에 들어왔음에도 불구하고, 휴전이 며칠 남지 않은 이 시점에서 총살형을 집행하기란 불가능한 것이다. 이런 건 더 이상 세상의 관심사가 아니다. 아무도 받아들이지 않으리라. 비생산적이기까지 하다.

알베르의 생명은 별것도 아닌 것에 달려 있다. 그가 총살형을 당하지 않는 것은 그게 요즘 유행이 아니기 때문이다.

「고맙습니다, 장군님.」 알베르가 또박또박 말한다.

모리외는 이 말을 체념한 듯 받아들인다. 다른 때 같으면 장군에게 고맙다고 하는 것은 모욕이나 다름없었을 것이다. 하지만 이제는…….

사건은 종결되었다. 모리외는 지치고 울적한 표정으로 — 그로서는 참담한 패배일 터! — 손을 휙 내젓는다. 자, 가보게.

그런데 이 알베르가 대체 무슨 정신인 걸까? 도무지 알 수 없는 일이다. 방금 전에 총살형을 간신히 모면한 것으로 부족하단 말인가?

「장군님, 한 가지 청원 드릴 게 있습니다.」 그가 말한다.

「아, 그래? 뭔데? 뭔데?」

기이하게도 장군은 청원을 받자 기분이 좋아진다. 자기에게 뭔가를 부탁한다는 것은 자기가 아직도 쓸모 있는 존재라는 의미이므로. 그는 무슨 일인지 묻듯이, 그리고 격려하듯이 두 눈썹을 꿈틀 올린다. 그러면서 기다린다. 알베르 옆에 있는 프라델은 바짝 긴장하여 몸이 딱딱하게 굳어 버리는 느낌이다. 마치 몸의 성분 자체가 바뀌어 버린 것처럼.

「장군님, 조사를 한 건 부탁드리고 싶습니다.」 알베르가 다시 말한다.

「아, 이런! 조사! 그래, 뭐에 관한 건데? 제기랄!」

왜냐면 장군은 청원을 좋아하는 것만큼이나 조사는 끔찍이도 싫어하기 때문이다. 그는 군인인 것이다.

「두 병사에 관한 것입니다, 장군님.」

「그 병사들이 뭐가 문제인가?」

「사망했습니다, 장군님. 사망 원인을 알아보면 좋을 것 같습니다.」

모리외는 눈썹을 찌푸린다. 그는 수상쩍은 죽음을 좋아하지 않는다. 전쟁에서는 투명하고, 영웅적이고, 결정적인 죽음을 원한다. 바로 이런 이유 때문에 부상자들을 그럭저럭 참아내긴 하지만, 속으로는 별로 좋아하지 않는다.

「잠깐, 잠깐……」 모리외가 염소처럼 떨리는 목소리로 말한다. 「좋아……, 그 친구들이 누구지?」

「병사 가스통 그리조니에와 루이 테리외입니다, 장군님. 우린 그들이 어떻게 죽었는지 알고 싶습니다.」

여기서 〈우리〉는 상당한 배짱이 필요한 표현으로, 아주 자연스럽게 튀어나왔다. 그러고 보면 알베르가 그렇게 만만한 친구는 아니다.

모리외는 묻는 듯한 시선으로 프라델을 쳐다본다.

「113고지에서 실종된 병사들입니다, 장군님.」 중위가 대답한다.

알베르는 경악한다.

알베르는 전장에서 그들을 보았다. 물론 죽긴 했지만, 시체는 온전히 거기에 있었다. 그는 노병의 시체를 밀어 보기까지

86

했다. 탄환 두 발이 남긴 상흔이 아직도 생생하게 떠오른다.

「그럴 리가 없는데요······.」

「이런 빌어먹을! 자네 그들이 실종되었다고 하지 않았나? 어, 프라델?」

「실종되었습니다, 장군님. 확실합니다.」

「그렇다면,」 장군이 거칠게 내뱉는다. 「앞으론 실종자들 가지고 귀찮게 하지 마, 어?」

질문이 아니라 명령이다. 그의 얼굴이 분노로 시뻘게져 있다.

「뭐야, 이 엿 같은······.」 그는 혼자서 웅얼거린다.

하지만 그는 약간의 지원이 필요하다.

「어, 프라델?」 그는 갑자기 묻는다.

그는 중위를 증인으로 삼는다.

「물론입니다, 장군님. 앞으론 실종자들을 가지고 엿 먹이는 일은 절대로 없을 겁니다.」

「에이!」 장군은 알베르를 노려보며 내뱉는다.

프라델도 그를 쳐다본다. 지금 이 개자식의 얼굴에 보일 듯 말 듯 떠오르는 것이 혹시 미소가 아닐까?

알베르는 포기한다. 이제 그가 원하는 것은 단 하나, 이 전쟁이 끝나서 빨리 파리로 돌아가는 것이다. 가능하다면 성한 몸으로. 이 생각으로 에두아르가 떠오른다. 늙다리 장군에게 경례를 하고(뒤꿈치를 모으지도 않고, 하마터면 일을 마치고 귀가하는 인부처럼 관자놀이에 검지 하나만 슬쩍 대고 말 뻔했다), 프라델의 시선에서 벗어나기가 무섭게 그는 부모들이나 가질 수 있는 어떤 직감에 사로잡혀 복도를 내달린다. 그리고 숨이 턱 끝까지 차올라 병실 문을 왈칵 연다.

에두아르는 자세는 바꾸지 않았지만, 알베르가 다가오는 소리를 듣자마자 잠에서 깨어난다. 그는 손가락 끝으로 침대 옆 창문을 가리킨다. 아닌 게 아니라 이 방은 현기증이 날만큼 악취가 심하다. 알베르는 창문을 반쯤 연다. 에두아르는 눈으로 그를 쫓는다. 젊은 부상병은 계속 요구한다. 손가락을 움직여 〈좀 더〉 혹은 〈아니, 그것보단 덜〉, 〈조금만 더〉라고 신호한다. 알베르는 지시에 따라 창문을 조금 더 여는데, 이게 무슨 뜻인지 깨달았을 때는 이미 늦고 만다. 말을 해보려 애쓸수록 알아들을 수 없는 소리만 나는 것을 들으며 에두아르는 그 이유를 알고 싶었던 것이다. 이제 그는 창유리에 비친 자신의 모습을 본다.

포탄 파편은 그의 하악골 전체를 날려 버렸다. 코 아래로는 휑하니 아무것도 없다. 목구멍, 입천장, 위쪽 치아가 훤히 드러나 있고, 아래쪽에는 진홍색 살덩이들의 마그마 같은 것이 보이는데, 가장 안쪽에 있는 것은 아마도 성대인 듯하고, 혀는 더 이상 없으며, 식도는 축축한 빨간 구멍을 이루고 있다.

에두아르 페리쿠르는 스물세 살이다.

그는 기절한다.

6

　다음 날, 새벽 4시경, 알베르가 침대에 깔아 놓은 방수 시트를 갈려고 잠시 결박을 풀자 에두아르는 창밖으로 뛰어내리려 했다. 하지만 침대에서 내려올 때 힘이 없는 오른쪽 다리 때문에 균형을 잃고 바닥에 나뒹굴었다. 에두아르는 엄청난 의지를 발휘하여 간신히 몸을 일으켰다. 마치 유령을 보는 듯했다. 그는 무겁게 절뚝거리며 창문까지 갔고, 빠질 듯 튀어나온 눈을 하고는 두 손을 내밀며 서러움과 고통에 찬 절규를 터뜨렸다. 알베르는 에두아르를 부둥켜안고 함께 흐느껴 울며 그의 목덜미를 쓰다듬어 주었다. 알베르는 에두아르에 대해 어머니 같은 따스한 애정을 느끼고 있었다. 그는 지루한 기다림을 달래기 위해 에두아르에게 이런저런 얘기를 해주며 대부분의 시간을 보냈다.

　「모리외 장군 말이야.」 알베르는 자기가 겪은 일을 들려주었다. 「알고 보니 정말 머저리 같은 작자더라고. 그딴 게 장군이라니! 글쎄, 날 전시 평의회에 보내려고 하잖아! 그리고 프라델 그 개자식 있잖아…….」

알베르는 계속 지껄였지만 에두아르의 시선이 너무도 흐릿해 과연 조금이라도 이해하고 있는지 알 길이 없었다. 모르핀 용량을 줄인 뒤로 에두아르는 오랫동안 깨어 있는 일이 많았고, 그 탓에 알베르는 아무리 기다려도 시행되지 않는 후송에 대해 알아보러 갈 기회를 놓치곤 했다. 에두아르는 한번 신음하기 시작하면 멈추는 법이 없었다. 그의 목소리는 간호사가 달려와 주사 한 방을 놔줄 때까지 한없이 높아지기만 했다.

그다음 날 이른 오후, 이번에도 아무런 성과 없이 돌아와 보니 — 후송 계획이라도 있는 건지 아닌지 알아낼 수 없었다 — 에두아르는 다시금 죽을 듯이 울부짖고 있었다. 그는 끔찍한 고통에 몸부림치고 있었고, 훤히 뚫린 시뻘건 목구멍에 괴어 있던 고름이 흘러나오는 게 군데군데 보였으며, 갈수록 견디기 힘들어지는 악취가 풍겨 나오고 있었다.

알베르는 즉시 병실을 나와 수녀 간호사들이 있는 사무실까지 달려갔다. 아무도 없었다. 그는 복도에 대고 〈여기 누구 없어요?〉라고 소리쳤다. 누구도 대답하지 않았다. 곧바로 그곳을 떠나던 그가 갑자기 걸음을 멈췄다. 그리고 온 길을 되돌아가기 시작했다. 아냐, 난 못 해……. 하지만……? 그는 복도를 좌우로 살폈다. 친구의 울부짖음이 아직도 귀에 쟁쟁했고, 이게 그를 도왔다. 그는 살그머니 방에 들어갔다. 그게 어디에 있는지는 이제 알고 있었다. 오른쪽 서랍에서 열쇠를 꺼내어 유리장을 열었다. 주사기 하나, 알코올, 그리고 모르핀 앰풀 몇 개……. 이건 군수품 절도 행위였다. 들키면 끝장이다. 모리외 장군의 벌건 낯짝이 만져질 듯 가까이 다가왔고, 프라델 중위의 악의에 찬 그림자가 그 뒤를 따랐다……. 그럼 에두아르는

누가 돌보지? 그는 불안감에 사로잡혀 자문했다. 하지만 아무
도 나타나지 않았고, 알베르는 훔친 것을 배에다 부여안고, 땀
범벅이 되어 사무실을 나왔다. 잘하고 있는 건지는 알 수 없었
지만, 에두아르의 고통은 갈수록 심해지고 있었다.

첫 번째 주사는 완전히 모험이나 다름없었다. 수녀들이 하는
걸 옆에서 여러 번 지켜보긴 했지만, 그걸 직접 한다는 것은…….
방수 시트, 코를 찌르는 악취, 그리고 이제는 주사까지……. 그
는 주사기를 준비하며 생각했다. 이 친구가 창문으로 뛰어내
리지 못하게 붙잡는 것만도 그리 쉽진 않았어……. 배설물을
닦아 주고, 호흡을 도와주고, 주사를 놔주고, 도대체 내가 지
금 뭐하고 있는 거지?

알베르는 주사를 놓는 동안 누가 들어오지 못하게 병실 문
고리 밑에 의자를 하나 밀어 넣었다. 그리고 일은 괜찮게 진행
되었다. 용량을 잘 맞췄다. 수녀가 다음에 투여할 양을 고려해
야 했다.

「아주 잘 됐어! 두고 봐, 조금만 있으면 훨씬 나아질 거야!」

아닌 게 아니라 상태가 한결 나아졌다. 에두아르는 안정되
어 잠들었다. 그가 자고 있는 동안에도 알베르는 계속 말을 걸
었다. 그러면서 그 허깨비 같은 후송 문제를 생각했다. 그리고
마침내 문제의 근원으로 올라가야 한다는 결론에 도달했다.
부대의 인사과 말이다.

「이렇게 자네가 가만히 있을 때는 나도 이렇게 하기가 좀 그
래……」 알베르가 설명했다. 「하지만 얌전히 있어 줄지 확실
치 않기 때문에……」

그는 내키지 않는 마음으로 에두아르를 침대에다 묶어 놓고

는 밖으로 나왔다.

병실을 나오자마자 연신 뒤를 돌아보면서, 최대한 사람들의
눈에 띄지 않게끔 벽에 바짝 붙어 뛰기 시작했다.

「아, 이거야 원!」 사내는 짜증을 냈다.

그의 이름은 그로장이었다. 인사과 사무실은 바늘구멍만 한
창이 하나 뚫려 있고, 가죽띠로 묶은 서류 뭉치들로 금방이라
도 무너질 듯한 선반들이 있는 조그만 방이었다. 서류들, 목록
들, 보고서들로 뒤덮인 두 개의 책상 중 하나에 앉아 있는 그로
장 하사는 오만상을 찌푸렸다.

그는 커다란 장부 하나를 펼치고는 니코틴에 찌들어 갈색이
된 검지로 목록을 훑어 내리며 투덜댔다.

「여길 거쳐 간 부상병들이 어디 한둘이냐고! 자네야 알 턱이
없겠지만…….」

「아니요.」

「아니라니?」

「나도 안다고요.」

그로장은 장부에서 눈을 떼고 그를 뚫어지게 쳐다봤다. 알
베르는 실수를 깨닫고 이를 어떻게 만회하나 생각하고 있는
데, 그로장은 벌써 다시 고개를 숙이고 조사에 열중하고 있다.

「에이 씨! 들어 본 이름인데…….」

「그러시겠죠.」 알베르가 말했다.

「그래, 당연하지, 도대체 어디 있는 거야, 그 빌어먹을 부상
병…….」

갑자기 그가 꽥 소리쳤다.

「찾았다!」

그는 방금 승리를 거두었고, 이 사실은 곧 그의 표정으로 나타났다.

「페리쿠르, 에두아르! 그럴 줄 알았어! 여기 있잖아! 아, 여기 있을 줄 알았다니까!」

뒤집힌 장부를 알베르에게 내밀면서, 그는 굵은 검지로 페이지 하단에 밑줄을 쫙 그었다. 자기가 맞았다는 것을 증명하고 싶은 것이다.

「그래서요?」 알베르가 물었다.

「그러니까 자네 친구는 등록됐단 말이야.」

그는 〈등록됐다〉는 단어를 강조해 말했다. 자기가 그렇다면 그런 거니까, 더 이상 얘기하지 말라는 듯이.

「그렇다고 했잖아! 똑똑히 기억하고 있다고. 내가 치매인 줄 알아? 제기랄!」

「그래서요?」

뿌듯해하며 눈을 감았던 사내가 다시 눈을 떴다.

「여기에 등록됐고(그는 검지로 장부를 탁탁 쳤다), 그다음에는 후송 허가서를 작성하지.」

「그럼 후송 허가서는 어디로 갑니까?」

「병참과로. 차량은 그쪽에서 관리하니까.」

이제 알베르는 또다시 병참과 사무실로 돌아가야 했다. 거기는 벌써 두 번이나 다녀왔다. 그곳엔 허가서도, 신청서도, 에두아르의 이름으로 된 그 어떤 서류도 없었다. 정말이지 환장할 지경이었다. 알베르는 시계를 봤다. 이 일은 나중에 다시 알아보기로 하고, 우선은 에두아르에게로 돌아가 봐야 했다. 그

에게 마실 것을 줘야 했다. 물을 많이 마셔야 한다는 게 의사
들의 권고였다. 돌아가려고 몸을 돌리는데, 문득 어떤 생각이
떠올랐다. 아니, 가만 있어 봐……? 그는 속으로 중얼거렸다.
만일…….

「후송 허가서는 하사님이 병참과에 가져다주나요?」

「그래.」 그로장이 대답했다. 「아니면 누가 와서 찾아가거나.
경우에 따라 달라.」

「그럼 페리쿠르의 허가서는, 누가 가져갔는지 혹시 기억해
요?」

알베르는 어떤 대답이 나올지 이미 알고 있었다.

「알지. 어떤 중위야. 이름은 잘 모르지만.」

「키 크고, 마르고…….」

「맞아.」

「…… 파란 눈?」

「아, 맞아, 맞아!」

「그 개자식!」

「그건 잘 모르겠고.」

「허가서를 하나 다시 작성하려면 오래 걸리나요?」

「그런 건 이름하여 사본이라고 하지.」

여기서부터는 그로장의 전공 분야였다. 그는 잉크병을 척
끌어다 놓고, 펜대를 하나 잡더니 하늘을 향해 들어 올렸다.

「뭐, 까짓것 잠깐이면 돼!」

병실은 살 썩는 냄새로 눈이 따가울 정도였다. 에두아르를
정말로 조속히 후송해야만 했다. 프라델의 전략이 먹혀들고

있었다. 싹 쓸어 버리는 전략 말이다. 알베르는 그나마 아슬아슬하게 군사 평의회를 피할 수 있었지만, 에두아르에게는 공동묘지가 위험스럽게 가까워 오고 있었다. 이렇게 몇 시간만 더 지나면, 그는 산 채로 썩어 버리리라. 프라델 중위는 자신의 영웅적 행동에 대한 증인이 너무 많은 게 싫은 거였다.

알베르는 후송 허가서 사본을 직접 병참과에 제출했다.

내일 전에는 안 돼, 그들이 대답했다.

천 년처럼 느껴지는 시간이었다.

젊은 의사는 병원을 떠났다. 누가 그를 대신하게 될지는 아직 알 수 없었다. 알베르가 모르는 외과의들이며 기타 의사들이 많았는데, 그중 하나가 병실에 들렀다. 그는 마치 그럴 필요가 없다는 듯 오래 머무르지 않았다.

「후송은 언제 하는가?」 그가 물었다.

「지금 진행 중입니다. 후송 허가증 때문에요. 원래 대장에 등록되어 있는데…….」

의사는 알베르의 말을 끊었다.

「언제? 이런 상태로 가다간…….」

「내일이라고 하던데요…….」

의사는 회의적인 표정으로 천장을 올려다보았다. 이런 일을 꽤 겪어 본 듯했다. 그는 이해했다는 듯 고개를 끄덕였다. 뭐, 하는 수 없지……. 그는 고개를 돌려 알베르의 어깨를 툭툭 쳤다.

「그리고 환기를 좀 시키라고.」 의사가 병실을 나가며 말했다. 「냄새가 너무 지독해!」

다음 날, 알베르는 병참과 사무실 앞에 새벽부터 진을 쳤다.

가장 큰 걱정거리는 도중에 프라델 중위와 마주치는 거였다. 에두아르의 후송을 방해하고, 더한 짓도 할 수 있는 자였다. 무슨 일이 있어도 그의 눈에는 띄지 말아야 했다. 또 에두아르는 최대한 빨리 이곳을 떠나야 했다.

「오늘이야?」 알베르가 물었다.

병참과의 사내는 알베르를 좋게 보았다. 이렇게 자기 친구를 돌보는 건 굉장한 일이란다. 남의 일 같은 것은 콧방귀도 안 뀌고, 오직 자기 몸만 챙기는 놈들이 널려 있는 요즘 같은 세상에 말이다. 응? 아니, 오늘은 아냐. 안됐지만 나도 어쩔 수 없어. 하지만 내일은 돼.

「내일 몇 시인지 알아?」

그는 잡다한 서류들을 한참 동안 들여다보았다.

「내 생각으론…….」 그는 서류에서 눈을 떼지 않고 말했다. 「다른 수거 지점들 — 미안하네, 우린 이런 식으로 말해 — 을 감안하면, 구급차는 오후 초면 여기 도착할 것 같아.」

「정말이지? 확실한 거지?」

알베르는 그의 말에 매달리고 싶었다. 좋아, 내일이야. 그러면서도 자신을 책망했다. 어떻게 이렇게 굼뜰 수가 있는가? 왜 더 일찍 눈치채지 못했는가? 에두아르가 좀 덜 멍청한 친구를 만났더라면, 진작 호송되었을 텐데 말이다.

그래, 내일엔 가는 거다.

에두아르는 이제 잠을 자지 않았다. 알베르가 다른 병실들을 돌아다니며 모아 온 베개들에 몸을 기대고 침대에 앉아서는, 몇 시간이고 몸을 흔들거리면서 듣는 이의 가슴을 후비는 애처로운 신음 소리를 냈다.

「많이 아파? 응?」 알베르는 묻곤 했다.

하지만 에두아르는 한 번도 대답하지 않았다. 당연한 일이지만.

창문은 항상 반쯤 열어 놓았다. 알베르는 언제나 그 앞에서 잤다. 의자에 앉아, 또 다른 의자에 두 발을 올렸다. 담배도 엄청나게 피웠다. 졸지 않고 에두아르를 지켜보기 위함이었지만, 악취를 덮으려는 목적도 있었다.

「자넨 진짜 행운이야……. 이젠 냄새를 못 맡잖아…….」

에두아르는 웃고 싶을 때 대체 어떻게 할까? 턱뼈가 없어진 사람이 킬킬대고 웃을 일이 자주 있지는 않겠지만, 그래도 궁금한 것은 어쩔 수가 없었다.

「의사가 그러는데…….」 알베르는 조심스레 말을 꺼냈다.

새벽 2시, 혹은 3시 정도 되었으리라. 후송은 오늘로 예정되어 있었다.

「의사 말이, 저쪽으로 가면 보철물을 해줄 거래.」

그는 하악골 보철물을 하면 어떤 변화가 오는 건지 전혀 몰랐고, 지금 이런 말을 해주는 게 과연 좋은 일인지도 확실치 않았다.

하지만 이 말이 에두아르를 깨운 것 같았다. 그는 고개를 끄덕끄덕하면서, 갸르륵 갸르륵 하는 축축한 신음을 발했다. 그러면서 어떤 손짓을 했다. 알베르는 그가 왼손잡이라는 사실을 이때 처음 알았다. 그러자 에두아르의 크로키 수첩이 생각나면서, 어떻게 왼손으로 그런 굉장한 그림들을 그렸나 하는 순진한 의문이 떠올랐다.

어쨌든 그림을 그려 보라고 좀 더 일찍 권해 볼 걸 그랬다.

「수첩 줄까?」

에두아르는 그를 쳐다봤다. 그렇다, 그는 수첩을 달라고 했다. 하지만 그림을 그리려는 건 아니었다.

한밤중의 기괴한 장면이었다. 에두아르의 그 시선……. 한쪽이 뭉텅 떨어져 나가고, 퉁퉁 붓고, 시뻘건 생살이 드러난 얼굴 한가운데 박힌 그 커다란, 표정이 그득한, 그 무서울 정도로 강렬한 눈빛……. 알베르는 깜짝 놀랐다.

에두아르는 침대 위에서 간신히 수첩을 들고서, 힘없이, 글씨를 쓸 줄 모르는 사람처럼, 커다란 글자들을 서툴게 그어 나간다. 연필이 마치 혼자서 움직이는 것처럼 보인다. 알베르는 끄트머리가 종잇장 밖으로 삐쳐 나가곤 하는 글자들을 쳐다본다. 피곤해서 쓰러질 지경인데, 이건 너무 시간이 오래 걸린다. 에두아르는 어마어마한 노력 끝에 한두 글자를 쓰고, 알베르는 그가 쓰려고 하는 단어를 추측해 보려 한다. 에두아르는 사력을 다해 한 글자, 또 한 글자를 쓰고, 마침내 단어 하나를 완성하지만, 이 한 단어만으론 아직 아무런 뜻이 없고, 알베르는 유추해 보는 수밖에 없는데, 이게 엄청나게 오래 걸리고, 에두아르는 곧 탈진하여 픽 쓰러져 버린다. 그런데 한 시간도 못 되어 다시 몸을 일으켜 수첩을 잡는다. 마치 어떤 급박함이 그의 몸을 붙잡아 흔들고 있는 것 같다. 알베르는 머리를 부르르 흔들고는 즉시 의자에서 일어나 담배를 한 대 피운다. 그렇게 잠을 쫓고 다시 수수께끼 풀이를 시작한다. 한 글자, 한 글자, 한 단어, 한 단어…….

그리고 새벽 4시경, 드디어 감을 잡았다.

「그래서, 파리로 돌아가고 싶지 않다고? 그럼 어딜 가고 싶은 건데?」

게임이 다시 시작된다. 에두아르는 흥분한 기색이고, 애꿎은 수첩에다 신경질을 부린다. 종이 위에 글자들이 솟아나는데, 지나치게 큰 탓에 오히려 알아보기 힘들다.

「진정해, 진정하라고.」 알베르가 그를 달랜다. 「걱정 마, 우린 해낼 수 있으니까.」

하지만 확신은 서지 않는다. 지독히 어려운 작업이기 때문이다. 어쨌든 그는 끈질기게 달라붙는다. 새벽이 밝아 올 즈음, 그는 에두아르가 집에 돌아가고 싶어 하지 않는다는 것을 확인하게 된다. 맞아? 에두아르는 수첩에다 〈응〉이라고 쓴다.

「그건 당연한 거야!」 알베르가 설명한다. 「처음에는 이런 꼴을 사람들에게 보이고 싶지 않은 게 당연하지. 누구나 조금 창피한 건 마찬가지야. 다 그런 거라고. 자, 나만 하더라도 말이야, 솜 전투에서 여기에 총을 맞았을 때, 난 한동안 세실이 날 외면할 거라고 생각했어. 정말이야! 부모님은 자네를 사랑해. 계속 사랑해 줄 거야, 왜냐면 전쟁에서 부상당했으니까. 아무 걱정 말라고!」

이 허튼소리는 에두아르를 달래 주기는커녕, 오히려 신경을 건드린다. 목구멍에서 괴성이 부글거리는 폭포수처럼 터져 나오고, 얼마나 몸을 움직여 대는지 알베르는 계속 이러면 다시 묶어 놓겠다고 위협해야 한다. 에두아르는 참아 보지만, 여전히 흥분된, 심지어는 화까지 치민 상태다. 사람들이 다툴 때 식탁에서 식탁보를 낚아채듯, 알베르의 손에서 수첩을 휙 낚아챈다. 그리고 그 서예 같은 글쓰기를 다시 시도하는 동안, 알베르는 담배 한 대를 피워 물고는 에두아르의 말에 대해 생각해 본다.

에두아르가 이런 모습을 보이기를 원치 않는다면, 그건 아마 에두아르에게도 〈세실〉이 있기 때문이리라. 포기가 쉽지 않다는 것을 알베르도 잘 안다. 알베르는 자기 생각을 신중하게 얘기해 본다.

에두아르는 글쓰기에 잔뜩 집중한 채 고개를 휙 저어 이 의견을 무시한다. 자기에게 세실 따위는 없다는 뜻이다.

하지만 누나는 있단다. 그에게 누나가 있다는 것을 이해하는 데도 한참이 걸린다. 이름을 읽어 내는 것은 불가능하다. 별로 중요한 일은 아니니까, 그냥 넘어가기로 하자.

하지만 누나 때문도 아니란다.

하기야 그건 별로 중요한 일이 아니다. 에두아르의 동기가 무엇이든 간에 그를 설득해 봐야 한다.

「그래, 충분히 이해해.」 알베르는 말을 잇는다. 「하지만 나중에 보면 알겠지만, 보철물을 하면 아주 달라질 거라고.」

에두아르는 흥분하고, 다시 통증이 밀려오고, 결국 소통의 시도를 내려놓고 미친놈처럼 울부짖기 시작한다. 알베르는 참을 만큼 참아 보지만, 결국 한계에 다다른다. 포기하고 에두아르에게 모르핀 주사를 한 방 더 놔준다. 에두아르는 꾸벅꾸벅 졸기 시작한다. 요 며칠 사이에 참 많이도 맞았다. 이러고도 살아남을 수 있었던 것은 무쇠같이 튼튼한 몸을 가진 덕이다.

아침이 되어 옷을 갈아입히고 음식을 먹이는(알베르는 배운 대로 한다. 식도에 고무관을 삽입하고, 조그만 깔때기에다 위장이 뒤집히지 않도록 아주 천천히 음식을 흘려 넣는다) 시간이 되었을 때, 에두아르는 다시 흥분하기 시작한다. 일어나려고 하고, 잠시도 가만히 있으려 하지 않아서 알베르는 난감하기 그지없다. 청년은 수첩을 잡아 들고는 어젯밤만큼이나 알아보기 힘든 글자들을 몇 개 그린 뒤, 연필로 종이를 탁탁 두드린다. 알베르는 해독해 보려 하지만, 도무지 알 수가 없다. 그는 눈썹을 찌푸린다. 이게 무슨 글자지? E? B? 그러다 더 이상 견디지 못하고 폭발한다.

「이봐, 난 아무것도 할 수 없어! 자네가 왜 집에 돌아가려 하지 않는지 모르겠지만, 어쨌든 간에 그건 내 능력 밖의 일이야. 미안하지만 난 정말 아무것도 해줄 수가 없어! 알겠어?」

그러자 에두아르는 알베르의 팔을 붙잡더니 믿기지 않는 강한 힘으로 꽉 움켜쥔다.

「아야야, 아프다고!」 알베르는 비명을 지른다.

에두아르는 손톱까지 박았던 것이다. 끔찍이도 아프다. 에두아르는 힘을 풀더니 두 팔로 알베르의 어깨를 감싸 자기에게로 와락 잡아당기면서 비명을 토하며 대성통곡하기 시작한다. 알베르는 이런 비명 소리를 들은 적이 있다. 어느 서커스에서였다. 어느 날, 세일러복을 입고 자전거를 타는 조그만 원숭이들이 눈시울이 뜨거워질 정도로 애절하게 깩깩대는 거였다. 듣는 이의 가슴을 찢어 놓는 깊은 슬픔이었다. 에두아르에게 일어난 일은, 앞으로 보철물을 하게 되든 아니든, 너무도 결정적이며, 너무도 돌이킬 수 없는 일인 것이다…….

알베르는 그저 이렇게 말한다. 울지 마, 울지 마……. 그가 할 수 있는 일은 다만 이것뿐이다. 그저 바보 같은 말 몇 마디뿐이다. 에두아르의 슬픔은 제어할 수도, 억누를 수도 없는 것이다.

「그래, 집에 돌아가고 싶지 않단 말이지? 그래, 알았어.」 알베르가 말한다.

에두아르가 머리를 기울이면서 자신의 목에 기대는 게 느껴진다. 싫어, 그는 집에 돌아가고 싶지 않다고 한다. 그는 되풀이한다. 아니, 싫어, 난 집에 돌아가고 싶지 않아.

알베르는 에두아르를 안고 생각한다. 전쟁 내내 모든 이가 그랬듯 에두아르도 살아남아야겠다는 생각 하나뿐이었겠지. 이제 전쟁이 끝나고 이렇게 살아 있는데, 이제는 사라져 버릴 생각만 하고 있구나. 이제 살아남은 이들마저 죽어 버리는 것 말고는 다른 희망이 없으니, 세상에 이게 무슨 낭비냐고……!

사실, 이제 알베르는 알고 있다. 에두아르에겐 더 이상 자살할 힘조차 없다는 것을. 그건 이미 물 건너갔다. 그가 만일 첫째 날에 창밖으로 몸을 던졌다면 모든 게 해결되었을 것이다. 슬픔, 눈물, 시간, 앞으로 오게 될 끝없는 시간, 이 모든 것들이 거기서, 야전 병원의 저 안마당에서 끝나 버렸을 것이다. 하지만 그 기회는 지나가 버렸고, 그는 결코 용기를 내지 못할 것이다. 삶이라는 형벌을 선고받은 것이다.

그리고 이건 알베르의 잘못이다. 처음부터 모든 게 그의 잘못이다. 모든 게……. 가슴이 부서질 것 같다. 울음이 터질 것 같다. 그 고독감! 지금은 에두아르 삶의 모든 자리를 알베르가 차지하고 있다. 그는 에두아르가 의지할 수 있는 유일한 존재다. 청년은 그에게 자신의 삶 전체를 내맡겼다. 왜냐하면 그 삶을 저 혼자 짊어질 수도, 훌훌 벗어 버릴 수도 없기 때문에.

알베르는 그저 놀랍고 황망하기만 하다.

「그래.」 그는 우물거린다. 「내가 한번 알아볼게…….」

별생각 없이 한 말에 에두아르는 마치 전기 충격이라도 받은 듯 고개를 벌떡 처든다. 비어 있는 것처럼 느껴지는 얼굴이다. 코도 없고, 입도 없고, 뺨도 없다. 꼬챙이처럼 완전히 꿰뚫어 버리는 이글거리는 시선만 있을 뿐이다. 알베르는 덫에 걸렸다.

「내가 한번 알아볼게…….」 그는 바보처럼 반복한다. 「내가 어떻게든 해볼게…….」

에두아르는 그의 손을 꽉 붙잡고 눈을 감는다. 그러고는 쌓아 놓은 베개들 위로 천천히 목을 옮긴다. 진정되긴 했지만 통증은 여전하다. 나직이 신음을 흘린다. 기도 위쪽에 큼직한 피거품들이 부글거리며 올라온다.

내가 어떻게든 해볼게.

〈쓸데없는 말〉은 알베르의 삶을 이루는 한 축이다. 살아오면서 열정에 휩싸여 바보 같은 일에 뛰어든 게 모두 몇 번이나 될까? 그 답은 어렵지 않다. 좀 더 충분히 생각해 볼걸, 뒤늦게 후회할 때마다 그랬다. 보통 알베르는 그의 후한 마음과 순간의 실수 때문에 사서 고생을 하긴 하지만, 그의 성급한 약속은 비교적 사소한 것들이었다. 하지만 지금은 사정이 전혀 다르다. 한 사람의 인생이 걸린 것이다.

알베르는 에두아르의 두 손을 어루만지고 그를 쳐다보면서 다독인다.

그런데 끔찍하게도 그의 얼굴이 좀처럼 생각나지가 않는다. 그가 〈페리쿠르〉라고만 불렀던 사내, 늘 웃고 농담하고 수첩에다 뭔가를 그리곤 하던 그 친구의 얼굴이 말이다. 떠오르는 건 다만 그의 옆모습과 뒷모습뿐이다. 113고지를 공격하기 직전의 옆모습과 뒷모습은 생각나지만, 얼굴은 전혀 생각나지 않는다. 지금 이 순간 페리쿠르의 얼굴이 이쪽을 향해 있건만, 아무것도 떠오르지 않는다. 지금 이 모습, 이 피투성이의 뻥 뚫린 구멍이 그의 기억을 완전히 삼켜 버렸다. 이 사실에 그는 절망한다.

이때 수첩이 놓여 있는 시트 위로 시선이 향한다. 조금 전까지 좀처럼 읽어 낼 수 없었던 그 단어가 불현듯 완벽하게 이해된다.

〈아버지.〉

이 단어가 그를 안개 속에 빠뜨린다. 알베르 자신의 아버지는 오래전부터 선반 위에서 누렇게 변색된 한 장의 사진에 불과하다. 하지만 아버지가 너무 일찍 죽은 것이 원망스럽게 느껴지는 것만 보더라도, 살아 있는 아버지와의 관계는 한층 어려울 거라는 생각이 든다. 사정을 알아보고 이해해 보고 싶어도 너무 늦어 버렸다. 이미 에두아르에게 〈내가 어떻게든 해볼게〉라고 약속해 버렸잖은가. 자기가 대체 무슨 뜻으로 그런 말을 했는지 알 수 없다. 알베르는 잠들기 시작하는 친구를 내려다보면서 곰곰이 생각해 본다.

에두아르는 사라져 버리고 싶단다. 좋다. 하지만 살아 있는 병사를 어떻게 사라지게 할 수 있는가? 알베르는 중위가 아니고, 이런 일에 대해선 아무것도 모른다. 이런 경우에 어떻게 해야 하는지 전혀 아는 바가 없다. 새로운 신분이라도 만들어야 하나?

알베르는 그렇게 빠릿빠릿하진 않지만 회계원이었다. 다시 말해서 논리적이다. 그의 생각은 이렇게 돌아간다. 만일 에두아르가 사라지길 원한다면, 그에게 어떤 죽은 병사의 신분을 주어야 해⋯⋯. 바꿔치기를 해야 해⋯⋯.

그리고 그 방법은 딱 하나다.

인사과.

그로장 하사가 근무하는 사무실.

알베르는 이러한 행위에 뒤따를 결과들을 생각해 본다. 군사 평의회에 회부되는 것을 아슬아슬하게 모면한 그가 지금 — 과연 성공할 수 있을지는 모르겠지만 — 문서를 위조하고, 살아 있는 자를 희생시키고, 죽은 자를 부활시키려 하고 있는 것이다.

이번에는 총살형이다. 더 생각할 것도 없다.

에두아르는 기진하여 쓰러져 조금 전에 잠이 들었다. 알베르는 벽시계를 힐끗 쳐다본 다음, 일어나 옷장 문을 연다.

그리고 에두아르의 배낭에 손을 집어넣어 그의 병역 수첩을 꺼낸다.

곧 정오다. 4분 남았다. 3분, 2분⋯⋯. 알베르는 행동을 개시한다. 벽에 바짝 붙어 복도를 따라가서는 인사과 사무실에 노크를 하고, 대답도 기다리지 않고 문을 연다. 서류가 산더미처럼 쌓인 그로장의 책상 위에 정오 1분 전에 이른 하사의 얼굴이 보인다.

「어이, 안녕하세요?」 알베르가 인사를 건넨다.

짐짓 명랑하게 너스레를 떨어 본 것이다. 하지만 정오가 다 되어 꼬르륵거리는 배 앞에서 명랑하게 구는 전략이 통할 가능성은 별로 없다. 그로장은 나지막이 투덜거린다. 대체 또 뭐하러 온 거야? 게다가 이 시간에……. 알베르는 〈정말 고마워요〉라고 말한다. 그로장 같은 친구에겐 이런 게 먹힌다. 그는 한쪽 궁둥이를 들어 올리고 장부를 덮으려 하고 있었지만, 〈고맙다〉는 말은 전쟁이 시작된 이후로 정말이지 처음 들어 본다. 그는 어떻게 반응해야 할지 모르고 우물거린다.

「뭐, 그 정도야…….」

알베르는 이 틈을 놓치지 않고 연타를 날린다.

「사본을 써주실 생각을 해서…… 정말로 고마워요. 친구를 오늘 오후에 후송하기로 했어요.」

그로장은 그제야 정신을 차리고 일어나서는 잉크로 얼룩진 바지에 손을 쓱쓱 닦는다. 감사의 말에 기분이 좋아진 건 사실이지만, 아무리 그래도 지금은 점심시간 아닌가. 알베르는 공격에 들어간다.

「친구 두 명을 더 찾고 있는데요…….」

「아…….」

그로장은 재킷을 걸친다.

「도대체 그 친구들이 어떻게 됐는지 모르겠어요. 이쪽에 가면 그들이 실종됐다고 하고, 저쪽엘 가면 부상을 입었다, 후송되었다 하고…….」

「나도 잘 몰라!」

그로장은 알베르 앞을 지나 문 쪽으로 향한다.

「장부에 적혀 있을 것 같은데…….」 알베르가 조심스럽게 말해 본다.

그로장은 문을 왈칵 열어젖히며 말한다.

「점심 먹고 나서 다시 들르라고. 그때 함께 찾아보지.」

알베르는 마치 굉장한 아이디어가 떠오르기라도 한 듯이 눈을 커다랗게 뜬다.

「아, 바쁘시면 점심 드시러 가신 동안에 제가 대신 찾아봐 드릴 수도 있어요.」

「안 돼! 그러지 말라는 지시를 받았어. 난 그렇게 못 해.」

그는 알베르를 밀치고 문을 열쇠로 잠근 다음, 꼼짝 않고 서 있는다. 알베르의 존재가 껄끄럽다는 뜻이다. 알베르는 〈감사합니다, 그럼 조금 있다 봐요〉라고 말하고는, 터덜터덜 복도를 따라 걷는다. 한두 시간 후면 에두아르가 후송된다. 알베르는 두 손을 맞잡아 뒤틀면서 〈빌어먹을, 빌어먹을, 빌어먹을〉을 연발한다. 무력감에 힘이 쭉 빠진다.

그렇게 몇 미터를 가다가 못내 아쉬운 마음에 뒤를 돌아본다. 그로장은 여전히 복도에 버티고 서서는 그가 멀어져 가는 것을 지켜보고 있다.

마당 쪽으로 나오다가, 어떤 생각 하나가 움튼다. 조금 전 그로장의 모습이 떠오른 것이다. 뭔가를 기다리는 것처럼 사무실 앞에 버티고 서 있었는데…… 대체 뭘 기다린단 말인가? 머릿속에 반짝 답이 떠오른 순간, 알베르는 벌써 몸을 돌려 결연히 걷기 시작한다. 빨리 가야 한다. 건물 정문 앞에 이르자 저쪽에 군인 하나가 보인다. 알베르의 몸이 오싹 얼어붙는다. 프라델 중위다. 다행히도 그는 이쪽을 보지 못하고 그냥 지나쳐 간다. 다시 정신을 추스르는 알베르의 귀에 구내식당으로 향하는 수많은 사람들의 발소리, 웃음소리, 고함 소리, 목소리들이 들린다. 알베르는 그로장의 사무실 앞에 멈춰 서고, 문틀

위를 더듬어 열쇠를 찾아내고, 열쇠를 잡아 열쇠 구멍에 밀어 넣고, 한 바퀴 돌려서 문을 열고, 안으로 들어간 다음 곧바로 문을 닫는다. 그는 포탄 구덩이 속에서 그랬듯 문짝에 등을 기대고 선다. 그의 앞에 장부들이 보인다. 족히 몇 톤은 될 듯싶은 장부들이 바닥에서 지붕까지 켜켜이 쌓여 있다.

은행에서 근무할 때, 그는 종종 이런 종류의 문서들, 그러니까 접착 라벨들이 붙어 있고, 시간이 지날수록 흐릿해지는 청색 잉크로 제목을 적어 넣은 문서들을 다뤄야 했다. 지금 그는 단 25분 안에 필요한 장부들을 찾아내야 했다. 속을 바짝바짝 졸이면서 그는 자신도 모르게 문 쪽을 연신 흘깃거렸다. 어느 순간에고 문이 덜컥 열리면서 누군가 들어올 것만 같았다. 그 경우 무슨 말을 해야 할지는 자신도 전혀 몰랐다.

12시 반, 그는 작업에 필요한 세 종류의 장부를 한데 모을 수 있었다. 그 각각에는 사망자 명단이 각기 다른 사람이 쓴, 그리고 벌써부터 퇴색되어 오래된 것처럼 느껴지는 — 이 장부들 위에서 이름들은 정말이지 빨리도 죽어 버린다! — 글씨들로 줄줄이 이어지고 있었다. 찾을 시간이 아직 20분 정도 남은 것 같은데, 여기서 그 못 말리는 성격이 발동하여 망설이기 시작했다. 무엇을 선택하든 지금 그게 뭐가 그리 중요하단 말인가? 〈자, 아무거나 고르자고!〉 그는 중얼거렸다. 그러면서 괘종시계와 문을 흘깃 쳐다보는데, 그것들이 엄청나게 팽창해 마치 방 전체를 차지해 버리는 것만 같았다. 그는 침대에 홀로 묶여 있는 에두아르를 생각했다.

12시 42분.

지금 그의 눈앞에는 아직 가족에게 통보되지 않은 병원 내 사망자들의 장부가 놓여 있었다. 명단은 10월 30일에 멈춰 있었다.

　불리베, 빅토르. 1891년 2월 12일생. 1918년 10월 24일 사망. 통고 대상자는 디종에 거주하는 부모.

　이 순간에 알베르의 머릿속에 밀려든 것은 두려움이나 죄책감이라기보다는 아주 신중하게 행동해야 한다는 생각이었다. 친구의 운명이 전적으로 자신에게 달려 있기 때문에 자기 일을 할 때처럼 아무렇게나 해서는 안 된다는 것을 잘 알고 있었다. 이 일은 적절하고도 효율적으로 처리되어야 했다. 에두아르에게 사망한 병사의 신분을 부여한다면, 그 병사는 다시 살아나게 된다. 그리되면 그의 부모는 그를 기다리리라. 또 그의 소식을 물어 오리라. 조사가 이루어질 거고, 어렵지 않게 문제의 시발점으로 거슬러 올라오게 되리라…… 알베르는 공문서 위조죄(그로서는 존재조차 모르는 여러 다른 죄목들이 더해지리라)가 발각될 경우 에두아르와 자신에게 닥칠 결과들을 상상하며 머리를 부르르 흔들었다.

　알베르는 떨기 시작했다. 그는 전쟁이 일어나기 전에도 걸핏하면 이런 반응을 보이곤 했다. 두려움에 사로잡히면 마치 오한이 난 것처럼 덜덜덜 몸을 떠는 것이다. 그는 시계를 쳐다보았고, 시간은 빨리도 지나가고 있었다. 그는 장부 위로 두 손을 맞잡고 뒤틀어 댔다. 그러면서 책장을 휘휘 넘겼다.

　뒤부아, 알프레드. 1890년 9월 24일생. 1918년 10월 25일 사망. 자녀가 둘 있는 기혼자이며, 가족은 생푸르생에 거주.

　이런! 아, 어떻게 한다……? 사실 에두아르에게 아무것도 약속한 게 없었다. 〈내가 한번 알아볼게〉라고 말했는데, 이런 말은 분명한 약속이라기보다는 그냥……. 알베르는 머릿속으로 적절한 표현을 찾으면서 손으로는 계속 책장을 넘겼다.

에브라르, 루이. 1892년 6월 13일생. 1918년 10월 30일 사망. 통고 대상자는 툴루즈에 거주하는 부모.

자, 또 이 모양이다! 그는 충분히 숙고하지 않고, 결과도 생각하지 않고, 그저 선의로만 가득하여 미친놈처럼 덜컥 일을 벌인다. 그리고 나면……. 어머니의 말이 옳았다…….

구주, 콩스탕. 1891년 1월 11일생. 1918년 10월 26일 사망. 기혼. 주소지는 모르낭.

알베르는 눈을 들어 올린다. 심지어는 벽시계조차 그의 적인지 리듬을 빨리한다. 그럴 수밖에 없는 것이 벌써 1시다. 굵은 땀방울 두 개가 장부 위로 떨어져 내린다. 알베르는 흘깃 문을 보면서 압지를 찾지만, 압지는 보이지 않고, 그는 그냥 페이지를 넘긴다. 문이 금방이라도 왈칵 열릴 것 같다. 그러면 무슨 말을 해야 하나?

그런데 갑자기 그게 나타났다. 자, 이거야!

외젠 라리비에르. 1893년 11월 1일생. 1918년 10월 30일 사망. 외젠은 생일 바로 전날, 스물다섯의 나이로 죽었다. 통고 대상은 영세민 구호청.

알베르에게 이건 기적이 아닐 수 없다. 부모는 없고 행정 기관만 있단다. 다시 말해서 이 외젠에겐 아무도 없는 것이다.

조금 아까 병역 수첩들이 들어 있는 상자들을 눈여겨보았던 알베르는 몇 분 만에 라리비에르의 병역 수첩을 찾아낸다. 고맙게도 정리를 아주 잘 해놓은 덕분이다. 1시 5분. 그로장은 어깨가 떡 벌어지고 배도 불룩하게 나온 육중한 체격으로, 식탐깨나 있어 보이는 친구다. 그러니 너무 겁먹을 필요가 없다. 1시 반 이전에는 구내식당을 나오지 않을 테니까. 그래도 빨리 끝내야 한다.

병역 수첩에는 라리비에르의 인식표 반쪽이 부착되어 있다. 나머지 반쪽은 시체에 남아 있으리라. 혹은 묘비로 세운 십자가에 못으로 박혀 있을지도. 어찌 됐든 상관없는 일이다. 외젠 라리비에르의 사진은 어느 평범한 청년처럼 보였다. 하악골을 떼어 낸다면 누구인지 알아보기 힘들어질, 그런 종류의 얼굴이다. 알베르는 병역 수첩을 호주머니에 집어넣는다. 그리고 다른 두 개를 무작위로 집어 들어 다른 호주머니에 넣는다. 병역 수첩 하나가 분실되는 것은 사고이지만, 여러 개가 없어지는 것은 이 개판인 군대와 더 어울리는 일이라서 사람들은 크게 신경 쓰지 않고 넘어갈 것이다. 알베르는 서둘러 두 번째 장부를 펼치고, 잉크병을 열고, 펜대를 집어 들고, 손이 떠는 걸 멈추기 위해 숨을 한번 크게 들이마신 다음, 〈에두아르 페리쿠르〉라고 기입하고는 그 뒤에 〈1918년 11월 2일 전사〉라고 쓴다. 그런 뒤에 에두아르의 병역 수첩을 사망자 상자에다 집어넣는다. 제일 위쪽에. 그의 신원과 군번이 새겨진 인식표 반쪽과 함께. 1~2주 후면 에두아르의 가족은 아들이, 형제가 전장에서 숨졌다는 사실을 통고받게 되리라. 이 용도의 서식지(書式紙)는 일종의 마스터키인 셈이다. 거기다 사망자 이름만 하나 써 넣으면 된다. 아주 쉽고도 편리하다. 뒤죽박죽인 전쟁들에도 행정은 조만간에 따라오게 마련이다.

1시 15분.

나머지 작업은 금방 끝난다. 그는 그로장이 일하는 것을 보았고, 원부장(原簿帳)[13]이 어디에 있는지 알고 있다. 그는 확인해 본다. 현재 사용되고 있는 원부장에서는 에두아르의 후송에 관련된 사본 발급이 마지막으로 적혀 있다. 알베르는 쌓여있는 원부장들의 맨 밑에서 한 번도 쓰지 않은 새 원부장을 빼낸다. 일련번호를 일일이 확인해 보는 사람은 아무도 없다. 맨밑에 깔린 원부장에서 양식 한 장이 없어진 사실이 발견되기전에 전쟁은 이미 끝나 있으리라. 아니, 그 사실이 발견되려면또 다른 전쟁이 시작되어야 하리라……. 그는 눈 깜짝할 사이에 외젠 라리비에르의 이름으로 후송 허가서 사본을 한 장 작성한다. 마지막으로 직인을 찍을 때 자신의 온몸이 땀에 흥건히 젖어 있다는 걸 깨닫는다.

그는 재빨리 장부들을 정리하고, 뒤에 아무것도 남긴 게 없는지 방 안을 한번 둘러본 다음, 문에 귀를 붙인다. 멀리서 나는 소음 외에는 아무 소리도 들리지 않는다. 그는 방을 나와문을 잠그고 문틀 위에 열쇠를 올려놓은 다음, 벽에 바짝 붙어그곳을 떠난다.

이로써 에두아르 페리쿠르는 프랑스를 위해 죽었다.

그리고 외젠 라리비에르는 죽은 자들 가운데서 부활했다.이제 살면서 오래도록 이 사실을 기억하리라.

에두아르는 제대로 숨을 쉬지 못하고 몸을 사방으로 뒤틀고 있었다. 손목과 발목을 끈으로 묶어 놓지 않았더라면 침대의 이쪽 끝에서 저쪽 끝까지 데굴데굴 굴렀으리라. 알베르는

13 허가증, 영수증, 수표 따위를 떼어 주고 그 원부는 보관하는 양식철.

그의 어깨와 손을 붙잡고 끊임없이 말했다. 모든 걸 다 얘기해 주었다. 이제 네 이름은 외젠이야, 이 이름이 마음에 들었으면 좋겠어, 재고로 남아 있는 게 이것뿐이어서 말이야……. 물론 우스갯소리였다. 하지만 이 친구가 웃을 수 있으려면……. 알 베르는 좀처럼 그 궁금증을 떨쳐 버릴 수가 없었다. 나중에 이 친구가 정말로 웃고 싶어지면 과연 어떻게 할까……?

그리고 마침내 그게 도착했다.

알베르는 금방 알아챘다. 시커먼 연기를 내뿜는 호송차 한 대가 마당에 들어와 섰다. 에두아르를 다시 묶어 놓을 틈도 없 이 알베르는 문으로 달려갔다. 한 걸음에 네 계단씩 뛰어 내려 와서는, 서류 하나를 손에 들고서 주위를 두리번거리는 남자 간호사를 불렀다.

「후송 때문에 왔나?」 알베르가 물었다.

사내는 안도한 듯했다. 그의 동료인 운전수도 두 사람에게 로 왔다. 그들은 나무틀에 천을 감은 들것 하나를 들고 저벅저 벅 층계를 올라와, 알베르를 따라 복도에 들어섰다.

「미리 경고해 두겠는데,」 알베르가 말했다. 「안에 냄새가 좀 날 거야.」

뚱뚱한 들것병은 어깨를 으쓱했다. 그런 것엔 익숙하다는 뜻이었다. 그는 문을 열었다.

「정말로 그렇군……」 그는 미간을 찌푸렸다.

사실은 알베르조차도 어딜 갔다가 돌아올 때면 살이 썩는 악취에 숨이 막힐 지경이었다.

그들은 들것을 바닥에 내려놓았다. 책임자인 듯 보이는 뚱 뚱한 친구는 침대 머리맡에 서류를 내려놓고는 침대를 한 바퀴 돌았다. 그들은 조금도 꾸물대지 않았다. 하나는 다리를, 다른 하나는 머리를 붙잡고, 〈하나, 둘, 셋에〉…….

〈하나〉, 그들은 힘을 쓰기 위해 한 번 반동을 주었다.

〈둘〉, 그들은 에두아르를 간신히 들어 올렸다.

〈셋〉, 두 간호사가 부상병을 들것에 내려놓기 위해 번쩍 들어 올리는 순간, 알베르는 머리맡에 놓인 사본을 라리비에르 것으로 바꿔치기했다.

「이 친구에게 투여할 모르핀 가져왔어?」

「걱정 마셔, 필요한 건 다 있으니까.」 왜소한 친구가 대답했다.

「자, 이것 받게.」 알베르는 덧붙였다. 「이 친구 병역 수첩이야. 내가 자네에게 별도로 주는 거야. 이 친구 소지품이 분실될 경우를 대비해서. 무슨 말인지 알겠지?」

「걱정 마셔.」 상대는 병역 수첩을 받으며 되풀이했다.

그들은 층계 아래에 이르러 마당으로 나왔다. 에두아르는 멍하니 허공을 응시하며 고개를 힘없이 까닥거리고 있었다. 알베르는 호송차에 올라와 그의 위로 몸을 굽혔다.

「자, 외젠, 힘을 내! 다 괜찮아질 거야!」

알베르는 울음이 터져 나올 것만 같았다. 그의 뒤에서 들것병이 재촉했다.

「이봐, 이젠 가봐야 한다고!」

「알았어, 알았어.」 알베르가 대답했다.

그는 에두아르의 두 손을 꼭 잡았다. 그는 영원히 잊지 못할 것이다. 이 순간, 축축하게 젖어 자기를 뚫어지게 응시하고 있는 에두아르의 두 눈을.

알베르는 그의 이마에 키스했다.

「곧 다시 보자고, 응?」

그는 호송차에서 내렸고, 차 문이 닫히기 전에 소리쳤다.

「내가 보러 갈게!」

알베르는 손수건을 찾으며 고개를 들어 올렸다. 3층의 한 열린 창에서 프라델 중위가 유유히 담배 케이스를 꺼내며 이 모든 광경을 내려다보고 있었다.

그러고 있는 사이에 트럭은 출발했다.

트럭은 병원을 떠나며 시커먼 연기를 내뿜었고, 연기는 공장의 안개처럼 공기 중에 머물며 트럭의 뒷부분을 가려 버렸다. 알베르는 다시 건물 쪽으로 고개를 돌렸다. 프라델은 사라지고 없었다. 3층 창문은 닫혀 있었다.

한 줄기 바람이 불어와 연기를 쓸어 갔다. 마당은 텅 비어 있었다. 알베르의 마음도 횅했고, 무거운 절망감만 가득했다. 그는 훌쩍거리며 손수건을 꺼내려 호주머니 속을 더듬었다.

「이런 젠장!」 그가 내뱉었다.

에두아르에게 크로키 수첩을 돌려주는 것을 깜빡했던 것이다.

다음 날부터, 알베르의 머릿속에 새로운 고민거리가 하나 생겨서는 그를 가만히 놔두질 않았다. 만일 내가 죽었다면, 나는 세실이 달랑 공식 통지서 한 장만 받길 원하겠는가? 〈아무개가 전사했소〉라고 한마디 하고 끝나는, 그런 형식적이고도 기계적인 통지서를? 어머니는 논외로 치자. 어머니는 받은 게 뭐가 됐든 그 위에 눈물을 한 바가지 쏟아부은 후 액자를 해서는 거실에다 걸어 놓을 사람이니까.

가족에게 알릴지 말지는, 그가 배낭 밑바닥에서 병역 수첩을 다시 발견했을 때부터 그를 괴롭혀 왔다. 에두아르의 새로운 신원을 구하려고 갔을 때 훔친 수첩이었다.

루이 에브라르의 병역 수첩이었다. 1892년 6월 13일생이라는 병사였다.

알베르는 이 병사가 전사한 날이 잘 기억나지 않았다. 당연히 전쟁이 끝나기 전의 며칠 사이겠지만, 그게 정확히 언제였는지……. 그래도 통고해야 할 부모가 툴루즈에 거주한다는 사실은 생각났다. 아마도 남쪽 지방의 억양으로 말하는 친구였으리라. 몇 주 후, 몇 달 후, 아무도 그의 자취를 찾을 수 없을 것이므로, 그의 병역 수첩이 없을 것이므로, 그는 실종된 걸로 여겨질 것이고, 그러면 루이 에브라르는 끝나 버리고 만다. 마치 그가 세상에 존재하지 않았던 듯이 말이다. 그의 부모마저 세상을 떠나 버리면, 루이 에브라르를 기억해 줄 사람이 누가 남아 있을 것인가? 이 모든 허망한 실종자들은 알베르가 또 몇을 더 만들어 내기에는 벌써 너무도 많지 않은가? 그리고 그 답답한 울음을 끝낼 수 없는 가엾은 부모들…….

그러므로 한쪽에다는 외젠 라리비에르를, 또 한쪽에는 루이 에브라르를, 그 가운데에다는 에두아르 페리쿠르를 놓고 이 모두를 알베르 마야르 같은 병사에게 준다면 그를 완전한 슬픔에 빠뜨릴 수 있으리라.

그는 에두아르 페리쿠르의 가족에 대해 아무것도 몰랐다. 서류상으로는 주소지가 어떤 부자 동네에 위치해 있다는 게 그가 아는 전부였다. 하지만 아들의 죽음 앞에서는 부자든 아니든 간에 크게 달라질 게 없었다. 전우의 편지가 가족이 받게 되는 첫 번째 편지인 경우가 많았다. 왜냐하면 행정이란 사람을 죽음으로 보내는 일에는 급하게 구는 만큼, 사망했을 경우 그것을 알리는 일에 있어서는…….

그는 편지를 쓰고 싶었고, 어떻게 써야 할지도 알 것 같았지만, 그게 거짓말이라는 생각을 떨칠 수가 없었다.

멀쩡히 살아 있는 아들을 죽었다고 말하여 사람들에게 아픔을 안겨 주는 일이었다. 어떻게 해야 하나? 쓰자니 거짓말이요, 안 쓰자니 두고두고 후회가 될 것 같았다. 이러한 딜레마는 몇 주 동안이고 사라지지 않을 것 같았다.

그가 마침내 결정을 내린 것은 크로키 수첩을 뒤적이면서였다. 그는 그것을 머리맡에 두고서 항상 들여다보곤 했다. 이렇게 그 그림들은 그의 삶의 일부가 되었지만, 수첩은 그의 것이 아니었다. 돌려주어야 했다. 그는 마지막 페이지들, 그러니까 며칠 전에 두 사람이 대화를 나눌 때 글을 썼던 페이지들을 최대한 세심히 뜯어냈다.

그는 자신의 글솜씨가 별로라는 것을 알고 있었다. 하지만 어느 날 아침, 용기를 냈다.

선생님, 사모님,
저는 두 분의 아드님인 에두아르의 전우인 알베르 마야르라고 하오며, 지난 11월 2일 그가 전투 중에 사망했다는 소식을 너무도 안타까운 마음으로 전해 드립니다. 두 분께서는 곧 공식 통지서도 받게 되시겠지만, 저는 그가 조국을 수호하기 위해 적을 향해 돌격하다가 영웅적인 죽음을 맞이했다고 말씀드릴 수 있습니다.
에두아르는 제게 크로키 수첩 한 권을 맡기고는, 만일 자기에게 무슨 일이 일어나면 두 분께 전해 드리라고 부탁했습니다. 여기 그 수첩을 보내 드립니다.

지금 그는 한 아담한 공동묘지에 다른 전우들과 함께 안식하고 있으니 두 분께선 마음 놓으시기 바라오며, 그가 지금 있는 곳에서 편히 쉴 수 있도록 모든 점에 세심한 주의가 기울여졌음을 알려 드리는 바입니다.

저는…….

7

　나의 친애하는 친구, 외젠…….

　아직도 검열이 존재하는지, 편지들이 뜯기고 읽히고 감시되
는지 알 수 없었다. 하지만 알베르는 미심쩍은 마음에 조심하
는 편을 택하여, 그를 새 이름으로 불렀다. 그런데 에두아르에
게 이 〈외젠〉은 낯설지 않은 이름이었다. 그것은 기이하게까
지 느껴지는 운명의 장난이었다. 그는 별로 이런 것들을 생각
하고 싶지 않았지만, 자신도 모르게 추억들이 떠오르곤 했다.
　과거에 외젠이라는 이름을 가진 소년을 두 명 알았던 것이
다. 첫 번째는 저학년 때였는데, 야윈 체격에 주근깨가 났고,
목소리가 모깃소리 같아 무슨 말을 하는지 알아들을 수가 없
는 아이였다. 하지만 정말로 중요한 사람은 이 애가 아니라 다
른 애였다. 그들은 에두아르가 부모 몰래 다니던 미술 수업에
서 만났고, 에두아르는 그와 많은 시간을 함께 보냈다. 어차피
에두아르는 모든 것을 몰래 해야 하는 처지였다. 다행히도 그
에겐 누나 마들렌이 있었고, 그녀는 항상 모든 것을, 적어도 해

결할 수 있는 모든 것을 해결해 줬다. 연인 사이였던 외젠과 에 두아르는 함께 미술 학교 입시를 준비했는데, 재능이 모자랐 던 외젠은 낙방했다. 그러고 나서 그들은 헤어져 소식이 끊겼 고, 에두아르는 1916년에 그의 사망 소식을 들었던 것이다.

　나의 친애하는 친구, 외젠,
　소식을 전해 줘서 정말로 고마워. 하지만 말이야, 넉 달 전 부터 자넨 그림들만 보내올 뿐, 말 한 마디, 글 한 줄 없군…….
아마 글 쓰는 걸 싫어하기 때문이겠지. 그래, 난 이해해. 하지 만 말이야…….

무슨 말을 해야 할지 몰랐기 때문에 그림을 그리는 게 훨씬 간단했다. 사실, 자기 마음에 달려 있는 문제이기 때문에 아무 것도 쓰지 않을 수도 있었지만, 이 알베르라는 친구는 너무도 선의로 가득했고, 나름대로 최선을 다했다. 에두아르는 그를 책망하고 싶은 마음이 조금도 없었다……. 하지만……. 아무리 그렇다고는 해도 약간의 앙금이 있었다. 결국 그를 구하려다 가 지금 이 꼴이 돼버린 것 아닌가. 전적으로 자의로 한 일이 맞긴 하지만, 글쎄 어떻게 말해야 할까, 지금 느껴지는 이 감정 을, 이 억울한 심정을 어떻게 표현해야 할지 알 수 없었다…….
이건 누구의 잘못도 아니었고, 모두의 잘못이었다. 하지만 누 군가는 이 상황을 책임져야 했다. 만일 생매장될 위기에 처한 이 마야르 병사가 없었더라면 그는 지금 성한 몸으로 집에 있 을 거였다. 이런 생각이 밀려들 때면 그는 서럽게 흐느꼈다. 터 져 나오는 울음을 억누를 수 없었다. 어차피 이곳에선 많이들

울어 댔다. 이 시설은 갖가지 사연의 울음들이 모여드는 곳이었다.

고통과 번민과 슬픔이 잠시 잦아들면 그는 상념에 빠져들었고, 그럴 때면 알베르 마야르의 모습은 지워지고 대신 프라델 중위가 나타났다. 에두아르는 알베르가 장군과 면담하고, 전시 평의회 회부를 아슬아슬하게 모면한 일에 대해서는 아무것도 이해할 수 없었다. 그 일은 그가 후송되기 전날, 그가 진통제에 취해 아무 정신이 없을 때 일어났다. 몇 가지 기억이 나는 것들도 어렴풋하고 여기저기 구멍이 뚫려 있었다. 반면, 한 가지 또렷이 기억나는 게 있었는데, 그것은 빗발치는 탄환들 한가운데서 꼼짝 않고 서서 발밑을 내려다보다가 어디론가 멀어져 가는 프라델 중위의 옆모습과 우르르 무너져 내리는 그 거대한 흙벽의 영상이었다……. 비록 이유는 알 수 없었지만, 자기에게 일어난 일에 프라델의 책임이 있다는 것만은 분명했다. 누구라도 당장에 분노가 들끓어 오를 일이었다. 하지만 전장에서는 한 친구를 구하기 위해 몸 안의 용기를 모두 끌어모을 수 있었던 그에게 지금은 한 방울의 에너지도 남아 있지 않았다. 그는 자신의 생각들을 어떤 맥 빠진 이미지들, 어떤 먼 곳에 있는 이미지들처럼 바라봤다. 자신과는 간접적인 관계밖에 없고, 분노나 희망 같은 것들은 들어설 자리가 없는 그런 이미지들 말이다.

에두아르는 끔찍이도 의기소침해 있었다.

……정말이지, 자네가 어떻게 사는지 이해하는 게 항상 쉽지만은 않아. 배고플 때 제대로 먹고나 있는지, 의사들과 조

금이라도 대화를 나누는지, 또 내가 바라던 대로 드디어 이식 수술을 받게 됐는지조차도 모르겠단 말이야. 설마 그런 게 있을까 하는 마음도 들었지만 어쨌든 자네에게 들려준 그 이식 수술 얘기 말이야.

이식 수술……. 그것은 이미 끝난 얘기였다. 알베르는 크게 오해를 하고 있었다. 수술에 대한 알베르의 관점은 순전히 이론적이었다. 지난 몇 주일 동안 병원에서 한 일이라곤 감염 방지를 위한 조처들과 담당 외과의 모드레 교수가 〈회반죽으로 개칠하기〉라고 부르는 것 말고는 없었다. 트뤼뎅 가에 위치한 롤랑 병원의 외과 과장이며 정력이 넘치는 빨간 머리 거구, 모드레 교수는 에두아르를 여섯 차례나 수술했다.

「이제 자네와 난 아주 친한 사이가 돼버렸어!」

매번 교수는 수술의 이유들과 한계들을, 그리고 이 수술이 〈전체적 전략 가운데서 어느 지점에 위치하는지〉를 상세히 설명해 줬다. 그는 괜히 군의관이 아니었다. 생사가 오가는 응급 진료소들에서, 심지어 때로는 참호들 속에서 행해진 수백 번의 절단 수술과 절제 수술의 결실이라 할 수 있는 흔들림 없는 신념을 가진 사내였다.

에두아르는 얼마 전에야 마침내 거울을 볼 수 있도록 허락받았다. 목젖과 기도의 입구, 그리고 그 앞에 기적적으로 보전된 한 줄의 치아만 남아 있는 시뻘건 살덩어리에 불과한 부상병을 인계받았던 간호사들과 의사들에게 에두아르의 현재 모습은 사뭇 고무적인 것이었다. 그들은 매우 낙관적인 얘기들을 주고받곤 했지만, 그들의 만족감은 자신이 어떤 꼴이 됐는지를 처음으로 보게 된 사람들이 사로잡히는 무한한 절망감 앞에서 일순간에 무색해졌다.

따라서 앞으로의 일에 대해 얘기해 줄 필요가 있었다. 이는 환자들의 사기 진작을 위해 필수적이었다. 에두아르를 다시 거울 앞에 세우기 몇 주 전부터 모드레는 입만 열면 이렇게 말했다.

「이렇게 생각하게나. 지금의 자네 모습은 장차의 자네 모습 과는 전혀 관계가 없다고 말이야.」

그는 〈전혀〉라는 말을 강조했다. 엄청나게 강조했다.

하지만 이런 말은 에두아르에게 별로 효과가 없는 것 같았 고, 그럴수록 의사는 더욱 열변을 토했다. 물론 이 전쟁이 상상 을 초월할 정도로 참혹했던 것은 사실이다. 하지만 꼭 나쁜 점 들만 있는 것은 아니다. 좋은 점들도 있다. 예를 들면 이 전쟁 덕분에 악안면 수술 분야에서 장족의 발전을 이룰 수 있지 않 았던가…….

「심지어는 어마어마한 발전이라고 할 수 있지!」

그는 에두아르에게 기계 요법상의 치아 보철물이며 강철 줄 기들이 장착된 석고 두상 등, 중세적 분위기가 물씬 느껴지긴 하지만 사실은 정형 의학의 첨단 발명품인 각종 장치들을 보 여 주었다. 사실 이것들은 일종의 미끼였고, 지금 모드레는 능 란한 전술가답게 에두아르를 대상으로 일종의 작전을 벌이고 있는 거였다. 결국에는 다음의 제안을 할 수 있게끔 점차로 포 위망을 좁혀 가는 작전이었다.

「뒤푸르망텔 이식술!」

두피 한 줄을 떼어 내어 그것을 얼굴 아랫부분에 붙여 벌어진 상처를 졸라맨다는 거였다.

모드레는 이런 식으로 대충 수선된 부상병들을 찍은 사진 몇 장을 보여 주었다. 사진을 본 에두아르의 머릿속에는 이런 생각이 떠올랐다. 제기랄! 군인들이 면상을 완전히 박살 낸 친구를 하나 군의에게 데려다주면, 군의는 그걸로 아주 그럴듯한 땅난쟁이[14]를 하나 만들어 놓는군…….

에두아르의 대답은 아주 간단했다.

「싫어요.」그는 대화 노트에 커다란 글씨로 이렇게 썼다.

그러자 모드레는 그다지 내키지 않는 마음으로 보철물들에 대해 — 이상하게도 모드레는 보철물을 별로 좋아하지 않았다 — 얘기했다. 경질 고무, 경금속, 알루미늄 등, 그에게 새 턱뼈를 달아 주기 위한 모든 게 구비되어 있단다. 또 뺨은 어떻게 할 거냐면……. 에두아르는 끝까지 들어 보지도 않고 커다란 노트를 집어 들어서는 다시 휘갈겼다.

「싫어요.」

「뭐? 싫다고?」외과의가 되물었다. 「뭐가 싫다는 건데?」

「다 싫어요. 난 이대로 있을 거예요.」

모드레는 이해한다는 표정으로 지그시 눈을 감았다. 부상자들은 처음 몇 달 동안은 이런 태도를 보이곤 한다. 즉 외상 후 우울증의 결과로 나타나는 거부 반응인 것이다. 시간이 가면 차츰 사라질 행동이었다. 모습이 괴물같이 망가져도 조만간에 이성을 되찾는 것이 우리네 삶인 것이다.

하지만 넉 달 동안 수없이 설명하고 권고했고, 다른 사람들

14 서구의 전설 등에 등장하는 난쟁이. 땅속에 거주하며 광산업 등을 한다고 알려져 있다. 불어로는 gnome, 영어로는 dwarf.

같으면 피해를 최소화하기 위해 외과의들의 손에 자신을 맡겼을 때가 되었음에도 라리비에르 병사는 요지부동이었다. 그냥 이런 상태로 남아 있겠다는 거다.

이렇게 말하는 그의 눈은 흐릿하면서도 고집스레 고정되어 있었다.

다시 정신과 의사들을 부르는 수밖에 없었다.

하지만 자네 그림들을 보고 난 그래도 핵심은 이해한 것 같아. 지금 있는 병실은 전번 병실보다 크고 넓은 것 같던데? 그리고 정원에 보이는 것들은 나무야? 물론 자네가 거기서 아주 행복하진 않겠지만, 여기서는 내가 자넬 위해 할 수 있는 게 아무것도 없기 때문에 이러는 거야. 난 지금 끔찍한 무력감을 느끼고 있다네.

귀여운 마리카미유 수녀님을 그린 크로키를 보내 줘서 고마워.

지금까지 뒷모습과 옆모습만 보여 주었는데, 이젠 왜 자네가 이런 식으로 그녀를 독차지하려 하는지 이유를 알 것 같아. 그녀가 아주 예쁘기 때문이잖아, 안 그래, 이 몹쓸 사람아! 솔직히 말하자면 나도 우리 세실이 없었더라면…….

사실 병원에 수녀는 전혀 없었고, 아주 따뜻하고 동정심으로 가득한 민간인 여자들만 있었다. 하지만 매주 편지를 두 통씩이나 보내는 알베르에게 뭔가 얘기할 거리가 필요했다. 에두아르가 처음 그린 그림들은 매우 서툴렀다. 손이 벌벌 떨리고 눈도 잘 보이지 않았으니 당연한 일이었다. 게다가 거듭되는 수술로 통증이 그를 떠나지 않았다. 그런데 대충 스케치한 사람의 옆모습을 보고 알베르는 그게 〈어떤 젊은 수녀〉라고 믿었다. 그럼 수녀라고 하지 뭐, 어쨌거나 상관없잖아……. 에두아르는 이렇게 생각하고는 그녀를 〈마리카미유〉라고 불렀다. 그는 편지들을 통해 알베르란 사람에 대해 모종의 관념을 갖게 된 터라, 이 상상의 수녀에게 그가 좋아할 유형의 얼굴을 부여하려 했던 것이다.

이 두 남자는 둘 다 죽었다가 살아났다는 공동의 이야기로 이미 맺어진 사이였음에도 불구하고 서로를 잘 몰랐고, 그들의 관계는 자기기만과 유대감과 원망과 반감과 형제애 등이 뒤섞인 지극히 복잡한 것이었다. 에두아르는 알베르에게 모호한 원한을 느끼고 있었지만, 이는 그가 다른 신분을 찾아 주어 집에 돌아가지 않게 해주었다는 사실로 인해 상당히 완화되어 있었다. 그는 더 이상 에두아르 페리쿠르가 아닌 자신이 이제 어떻게 될 것인지 조금도 알 수 없었지만, 어쨌든 그 어떤 삶도 이런 꼴을 하고서 아버지를 마주해야 해야 하는 것보다는 나았다.

세실에 대해 말하자면, 그녀에게서 편지를 한 장 받았다네. 그녀도 이 전쟁의 끝자락이 몹시 길게 느껴진다는군. 우린 내가 돌아가면 좋은 시간을 보내자고 약속하긴 하지만, 그녀의 어투로 짐작하건대 그녀도 이 모든 것에 슬슬 지쳐가는 모양이야. 처음에는 지금보다 훨씬 자주 우리 어머니를 찾아가곤 했다네. 하지만 지금 덜 찾아간다고 해서 그녀를 원망하진 못하겠어. 자네에게도 말했지만, 우리 어머닌 정말이지 골치 아픈 여자거든.

　그 말 대가리 그림, 정말 고마워. 내가 자넬 많이도 귀찮게 했지……. 정말로 잘 그린 것 같아. 눈깔도 툭 튀어나오고 입은 반쯤 벌어진 것이 아주 생생하게 묘사되었어. 그런데 말이야, 이건 좀 바보 같은 생각인데, 난 이 짐승의 이름이 뭐였을지 궁금해지곤 해. 마치 녀석에게 이름을 붙여 주고 싶은 사람처럼 말이야.

　알베르를 위해 이 말 대가리 그림을 몇 번이나 그려야 했던가? 알베르는 항상 뭔가가 불만이었다. 대가리 폭이 너무 좁아, 이쪽으로 너무 돌아갔어, 아니, 오히려 이쪽으로, 눈은 좀 더……. 글쎄 어떻게 말해야 할까, 아니, 아니, 이건 아니야……. 다른 사람 같았으면 집어치우라고 말했겠지만, 에두아르는 이 친구에게 자기를 구해 준 그 말 대가리를 되찾아 보존하는 것이 대단히 중요한 일임을 느끼고 있었다. 또 이 요구 아래에 에두아르 자신과 관련된 어떤 모호하고도 깊은 또 다른 의미가 감춰져 있다는 걸 느꼈지만, 그게 정확히 뭔지는 알 수 없었다. 그는 이 일에 매달려, 알베르가 미안하다, 고맙다를 연발해 가며 편지마다 서툴게 늘어놓는 지시 사항들에 따르려 애쓰며 크로키를 수십 장 그렸다. 결국 지쳐서 포기하려고 하는데, 문득 머릿속에 다빈치의 그림이 떠올랐다. 그의 기억에 따르면 다빈치가 기마상을 제작하기 위해 모델로 사용한, 황적색 연필로 그린 말 대가리 스케치였다. 알베르는 이 크로키를 받아 들고는 좋아서 어쩔 줄을 몰라 했다.

　그리고 그가 보내온 편지를 읽은 에두아르는 이 그림이 알베르에게 어떤 의미를 갖는지를 마침내 이해했다.

친구에게 말 대가리 그림을 그려 주고 연필을 내려놓은 그는 다시는 연필을 잡지 않으리라 결심했다.

다시는 그림을 그리지 않으리라.

여기서는 시간이 한없이 늘어지고 있어. 납득할 수 있겠어? 지난 11월에 평화 조약이 체결됐고 지금은 벌써 2월인데, 우린 여전히 제대하지 못하고 있다는 사실을? 우리가 아무 일도 하지 않은 게 벌써 몇 주째인데…… 사람들은 이 상황을 설명하려고 온갖 소리들을 늘어놓지만, 뭐가 정말이고 뭐가 거짓말인지 알 수가 없다네. 이곳에선 마치 전선에서처럼 소식들보단 소문들이 더 빨리 퍼져 나가니까 말이야. 얼마 안 있으면 파리 사람들이 『르 프티 주르날』[15]을 챙겨 들고서 랭스 근처의 격전지에 소풍도 갈 것 같은데, 여기서는 주변 상황이 우리 상태처럼 갈수록 나빠지는 가운데 푹푹 썩어 가고 있다네. 정말이지 가끔은 차라리 빗발치는 총알 아래에 있던 때가 더 낫지 않았나 하는 생각마저 들어. 그땐 적어도 우리가 무언가를 하고 있다는, 전쟁에서 이기는 데 기여하고 있다는 느낌이 들었으니까. 외젠, 이런 사소한 것들로 가여운 자네에게 불평을 늘어놓는 내가 좀 부끄럽기도 해. 자넨 내가 얼마나 행복한 줄도 모르고서 징징대고 있다고 생각하겠지. 그래, 자네 생각이 옳을 거야. 우린 얼마나

15 *Le Petit Journal*. 프랑스의 보수적인 일간지(1863~1944). 19세기 말에서 제1차 세계 대전 무렵까지 『르 프티 파리지앵*Le Petit Parisien*』, 『르 마탱*Le Matin*』, 『르 주르날*Le Journal*』 등과 함께 4대 일간지 중 하나였다.

이기적인 존재들인지.

　이렇게 편지를 뒤죽박죽으로 써놓고 나니(학교 다닐 때도 그랬지만 난 조리 있게 글을 쓰는 데는 젬병이야), 나도 그림을 시작해 보는 게 낫지 않을까 하는 생각이 든다…….

에두아르는 어떤 종류의 성형 수술도 거부하며, 최대한 빨리 민간인의 삶으로 복귀하기를 요망한다는 내용의 글을 써서 모드레 교수에게 올렸다.

「이런 몰골을 하고서?」

의사는 불같이 화를 냈다. 한 손에 에두아르의 편지를 쥔 그는 다른 손으로는 그의 어깨를 꽉 잡아 거울 앞에 세웠다.

에두아르는 그가 아는 얼굴의 특징들이 마치 뭔가에 가려진 듯이 사라져 버린 그 부풀어 오른 마그마를 오랫동안 쳐다보았다. 온통 구겨진 살덩이들은 퉁퉁하고 희뿌연 쿠션이 되어 있었다. 얼굴의 중앙에 난 그 구멍은 피부 조직들을 잡아당겨 뒤집어 놓는 작업을 통해 부분적으로 축소되어 전보다는 좀 멀어 보이긴 했지만, 색깔은 여전히 시뻘건 일종의 분화구처럼 보였다. 묘기를 부려 자신의 볼과 아래턱을 완전히 삼켜 버린, 하지만 본래의 모습으로 돌아가지는 못하는 어떤 서커스 곡예사의 얼굴 같았다.

「네.」에두아르가 고개를 끄덕였다. 「이 몰골로요.」

8

 와글대는 소리가 끊이지 않는다. 수천 명의 병사들이 이곳에 몰려오고, 또다시 몰려오고, 머물고, 형언할 수 없는 혼란 가운데 밀려들고, 또 우글우글 쌓여 가고 있다. 동원 해제 센터는 발 디딜 틈 없이 사람들로 꽉 차 있다. 한꺼번에 수백 명씩 문밖으로 풀어 놓아야 하는 상황인데, 아무도 어떻게 해야 할 바를 몰라 허둥대고, 지시 내용들은 중구난방이고, 체계는 끊임없이 바뀐다. 기진맥진하고 불만에 찬 병사들은 조그마한 정보에도 귀를 쫑긋 세우는데, 그럴 때면 즉시 커다란 물결이 퍼지듯 웅성거림이 일고, 고함이 터져 나오고, 위협적인 분위기가 드리워진다. 하사관들은 군중 사이로 성큼성큼 걸어다니며 지친 목소리로 소리친다. 〈나도 자네들만큼이나 아는 게 없어! 내가 대체 무슨 말을 해주길 원하는 거야?〉 바로 그때, 야유의 휘파람 소리가 들리고, 모든 이들의 고개가 그쪽으로 돌아가고, 격앙된 감정들은 방향을 바꾼다. 저쪽 한구석에서 어떤 친구가 뭐라고 거칠게 항의하는데, 〈신분증을 제시하라고? 이런 빌어먹을, 도대체 무슨 신분증이야?〉라고 하는 소리만

들리고, 이어서 〈엉? 뭐라고? 병역 수첩?〉 하고 외치는 다른 목소리도 들린다. 이에 모두가 반사적으로 자신의 가슴팍이나 바지 뒤쪽의 호주머니를 더듬어 보면서, 눈빛으로 서로에게 묻는다. 〈에이, 우라질, 지금 네 시간째 이러고 있는 거야!〉, 〈불평하지 마, 난 사흘째라고!〉 또 〈이봐, 군화 받는 곳이 어디라고 했지?〉라고 묻는 소리도 들린다. 하지만 이제는 큰 사이즈만 남은 모양이다. 〈그럼 어떻게 하라는 거야?〉 어떤 친구가 극도로 흥분해 악을 쓴다. 겨우 일병에 불과한 이런 친구가 어느 대위에게 마치 직원을 대하듯 한다. 화가 머리끝까지 치민 그는 〈어떻게 하란 말이오, 엉?〉이라고 계속 다그친다. 장교는 목록이 적힌 장부에 고개를 처박고 이름들에 체크 표시를 해 나간다. 일병은 씩씩거리며 몸을 휙 돌리고 뭐라고 알아들을 수 없는 말을 웅얼대는데, 〈썩을 놈……〉이라는 단어만 귀에 들어온다. 대위는 아무것도 듣지 못한 척하지만, 얼굴은 시뻘겋게 달아오르고 손은 파르르 떨린다. 하지만 이런 것마저도 하도 사람이 많아 마치 바다의 포말처럼 군중 속에 묻혀 버린다. 벌써 두 친구가 서로 어깨에 주먹질을 하며 다투고 있다. 〈야, 이 자식아, 이건 내 군복이야!〉 첫 번째 친구가 고래고래 소리 지르니 두 번째 친구는 〈이런 젠장, 살다 보니 별꼴을 다 당하네!〉라고 맞받는다. 하지만 그는 곧바로 포기하고 가버린다. 한번 해본 거고, 또 해볼 것이다. 매일매일 도둑질이 얼마나 많이 일어나는지, 특별 전담 사무실이 하나 필요할 지경이야. 아니, 절도 종류에 따라 하나씩 열어야겠지. 정말 끔찍해! 안 그래……? 수프를 배급받으려 줄을 선 친구들은 이런 말들을 주고받는다. 수프는 미지근하다. 처음부터 그랬다. 도무지 이해가 안 된다. 커피는 뜨거운데 수프는 차갑다. 처음부터 그랬다. 나머지 시간, 즉 줄을 서지 않을 때는 정보를 얻으려 해 본다(〈하지만 마콩행 열차가 있다고 표시돼 있지 않소?〉 하고 어떤 친구가 묻는다. 〈맞아, 표시돼 있지만 열차는 없어. 그래, 내가 무슨 말을 하길 바래?〉).

어제 드디어 열차 한 대가 파리로 떠났다. 1천5백 명 정도를 실어 나를 수 있는 마흔일곱 칸의 객차에 2천 명을 넘게 욱여넣었다. 시루 속의 콩나물들 같은 신세지만 그래도 마냥 행복해 하는 그 모습들이라니! 유리창들은 박살이 났고, 하사관들이 달려와 〈기물 파괴〉 운운했고, 덕분에 병사들은 내려야 했고, 벌써 열 시간이나 출발이 지연된 열차는 다시 한 시간을 서 있어야 했고, 떠나는 이들과 남아 있는 이들이 와글와글 떠들어 대는 가운데 비로소 열차가 움직이기 시작했다. 그리고 허허벌판에 허옇게 피어오른 기차 연기만 남게 되었을 때, 사람들은 뭔가 정보를 건져 보려고 줄을 선 병사들 사이를 돌아다니며 조금이라도 안면이 있는 사람을 눈으로 찾아보았고, 똑같은 질문들을 되풀이했다. 어느 부대가 동원 해제 됐소? 일이 대체 어떤 순서로 진행되는 거요? 제기랄, 여기엔 지휘하는 사람도 없는 거요? 있다, 하지만 뭘 지휘한단 말인가? 뭐가 뭔지 아는 사람은 하나도 없다. 무작정 기다릴 뿐이다. 병사들의 절반은 군용 외투를 입은 채로 땅바닥에 누워 잠을 잤다. 잠자리는 차라리 참호 안이 더 넓었다. 뭐, 비교할 수는 없는 일이지만, 여기엔 쥐는 없지만 몸에 붙어 온 이들이 득실댄다. 한 병사가 소리친다. 〈빌어먹을! 언제 집에 가게 될 건지, 편지로 가족에게 알려 줄 수가 있어야지!〉 주름이 깊게 파이고 눈빛이 흐릿한 이 늙은 병사의 불평에서는 체념의 빛이 느껴진다. 사람들은 임시 열차 한 대가 올 거라고 생각했다. 그리고 열차가 왔는데, 기다리고 있던 320명의 친구들을 데려가는 대신에 2백 명을 더 데리고 왔다. 이 신참들을 어디다 수용해야 할지 알 수 없다.

군종 사제 하나가 길게 늘어선 병사들의 줄을 뚫고 지나가려 하다가 몸이 부딪혀서는, 마시던 커피를 반이나 땅에다 쏟는다. 이를 본 한 조그만 친구가 한쪽 눈을 찡긋하면서 〈저런, 하나님께서 신부님께 그렇게 친절하지 않으시네요!〉라고 낄낄댄다. 사제는 이를 꽉 깨물고 벤치에서 빈자리를 하나 찾으려 한다. 벤치를 추가로 가져다 놓는다고는 하는데, 그게 언제인지는 아무도 모른다. 어쨌든 그때까지는 자리 쟁탈전이 치열하다. 사제는 간신히 자리를 하나 찾아내는데, 병사들이 좁혀 앉아 준 덕분이다. 장교 같으면 어림도 없는 일이지만, 그래도 사제는······.

군중은 알베르의 불안감에 좋지 않은 것이었다. 그는 24시간 내내 바짝 긴장해 있었다. 어디를 가든 이 사람 저 사람과 몸이 부딪히고 거칠게 떠밀렸다. 사람들이 소란스레 떠들어대는 소리, 고함치는 소리는 끔찍이도 불안하고 불길한 느낌으로 다가왔다. 그는 끊임없이 소스라쳤고, 하루의 반은 뒤를 돌아보며 살았다. 이따금, 마치 갑판의 승강구가 닫힌 것처럼, 주위의 군중이 내는 소음이 뚝 그치고, 대신 지하에서 포탄이 터지는 것 같은 둔중하고도 흐릿한 메아리들이 귀에 들렸다.

이런 환청은 그가 대형 홀의 저쪽 끝에서 프라델 대위의 모습을 보게 된 이후로 더욱 잦아졌다. 대위는 그가 가장 좋아하는 자세, 즉 뒷짐을 지고 두 발을 벌려 떡 버티고 선 자세를 하고는, 다른 사람들의 저열함이 유감스럽긴 하지만 그것으로 인해 영향 받는 일은 조금도 없는 이의 차가운 표정으로, 이 모든 한심한 광경을 바라보고 있었다. 이런 그의 모습을 다시 생각하며 알베르는 눈을 들어 주위의 병사들을 불안스레 둘러보았다. 그는 프라델 대위에 대해 에두아르에게 얘기하고 싶지 않았지만, 그는 마치 악령처럼 도처에 있는 듯한 느낌이었다. 항상 어딘가에, 아주 가까운 어딘가에, 언제든 그를 덮칠 준비를 하고서 떠돌고 있는 것 같았다.

그래, 자네 생각이 옳을 거야. 우린 얼마나 이기적인 존재들인지 몰라.
이렇게 편지를 뒤죽박죽으로 써놓고 나니…….

「알베르!」

왜냐면 지금 우리는 모두 머릿속도 뒤죽박죽이기 때문이라네. 이런…….

「이런 빌어먹을! 야, 알베르!」

얼굴이 시뻘게진 중사는 알베르의 어깨를 움켜쥐고는, 게시판을 가리키며 마구 흔들었다. 알베르는 흩어진 종이들을 황급히 모아서 접었다. 그러고는 소지품들을 대충 수습하면서, 행여 잃어버릴 새라 신분증을 가슴에 꼭 품은 채로, 길게 줄을 서서 기다리고 있는 수많은 병사들을 뚫고 허겁지겁 달려갔다.

「자넨 사진과 별로 닮지 않았는데…….」

군경[16]은 느긋하면서도(배는 풍만한 느낌이 들 정도로 불룩했는데, 4년 동안 어떻게 그렇게 살을 찌울 수 있었는지 신기할 따름이었다) 의심이 많은 40대였다. 의무감으로 충만한 사내였다. 의무감, 그것은 시절을 타는 것이다. 예를 들어 그것은 정전 후에 훨씬 빈번히 마주치는 것이었다. 그리고 알베르는 만만한 먹잇감이었다. 그는 더 이상 악착스럽지 않았다. 단지 빨리 집에 돌아가서, 푹 자고 싶은 마음뿐이었다.

「알베르 마야르…….」 군경은 병역 수첩을 자세히 뜯어보면서 다시 말했다.

그는 알베르의 몸이 투명하기라도 한 듯 그를 물끄러미 쳐다보았다. 그 얼굴에는 의심의 빛이 가득했다. 그는 알베르의 얼굴을 관찰하면서 자신의 진단을 굳혀 가고 있었다. 〈그래, 사진과 닮지 않았어.〉 게다가 4년 전에 찍은 사진은 퇴색하고 닳아 있었다……. 바로 그거잖아, 나처럼 완전히 시들고 닳아 버린 친구에겐 딱 어울리는 사진 아냐? 알베르는 속으로 중얼거렸다. 하지만 담당자는 그런 식으로 생각하지 않았다. 요즘은 온갖 사기꾼들이 너무도 많은 것이다. 그는 고개를 끄덕이면서, 서류와 알베르의 얼굴을 번갈아 쳐다보았다.

「이건 예전에 찍은 사진이에요.」 알베르가 조심스럽게 말해 보았다.

군경은 의심이 많고 좀스러운 공무원이긴 했지만, 〈예전〉이라는 개념만큼은 명확하게 이해하고 있었다. 모든 사람에게

16 민간 치안 유지를 수행하는 특수 부대 군경대의 대원. 프랑스에서는 치안 업무를 경찰과 군경대가 분담하고 있다.

이 〈예전〉은 전적으로 명백한 관념이었다. 그렇긴 해도.

「오, 그래.」군경은 다시 말했다. 「자네가 알베르 마야르라고. 그래, 난 그렇게 믿고 싶어. 하지만 문제는 지금 이 마야르가 두 명이란 말씀이야.」

「알베르 마야르가 두 명이라고요?」

「아니. 〈A. 마야르〉가. 그리고 이 A는 알베르일 수 있지.」

군경은 이 추론을 자랑스러워하는 것 같았다. 마치 자신의 예리함을 뽐냈다고 생각하는 듯했다.

「맞아요.」알베르가 말했다. 「하지만 그건 알프레드도 될 수 있어요. 앙드레도 될 수 있고요. 또 알시드도 가능하죠.」

군경은 그를 올려다보면서 커다란 고양이처럼 두 눈을 찌푸렸다.

「그렇다면 왜 이게 알베르는 못 되는데?」

물론이다. 이 반박할 수 없는 논리에 알베르는 할 말이 없었다.

「그렇다면 그는 어디 있나요? 그 다른 마야르 말입니다.」그가 물었다.

「아, 바로 그게 문제야. 그는 그저께 떠났어.」

「이름도 모르는 사람을 떠나 보냈단 말입니까?」

군경은 눈을 감았다. 이렇게 간단한 일을 시시콜콜 설명해야 한다는 게 너무도 피곤했으므로.

「그자 이름을 알았는데, 지금은 몰라. 관련 서류가 어제 파리로 올라갔단 말이야. 떠난 사람들에 대해서 내가 아는 건 이 목록뿐이라고. 여기에(그는 성(姓)들이 죽 기재된 종행을 손가락으로 단호하게 가리켰다) 〈A. 마야르〉가 있다고!」

「그 서류들을 다시 찾지 못한다면, 난 혼자 남아서 전쟁을 해야 한단 말입니까?」

「이게 나 혼자 일 같으면, 자넬 통과시키겠어. 하지만 위에서 벼락이 떨어진단 말이야, 자네도 알잖아⋯⋯. 잘못된 사람을 장부에 올리면, 그 책임을 뒤집어쓰는 건 바로 나라고! 자넨 사기꾼들이 얼마나 득실거리는지 상상도 못 할 거야. 요즘 인간들이 서류를 얼마나 잘 잃어버리는지 알아? 급료 적립 통장[17]을 잃어버리고는 돈을 두 번이나 받아 처먹는 놈들이 얼마나 많은지 아냐고!」

「그게 그렇게 심각한 일인가요?」

군경은 자기 앞에 있는 자가 빨갱이라는 사실을 불현듯 깨달은 것처럼 눈썹을 잔뜩 찌푸렸다.

「이 사진을 찍고 나서 난 솜 전투에서 부상당했어요.」 알베르는 분위기를 좀 누그러뜨려 보려고 설명했다. 「사진과 좀 다른 건 아마 그 때문일 거예요⋯⋯.」

자신의 혜안을 발휘할 기회를 얻게 되어 신이 난 군경은 사진과 얼굴을 번갈아 가며 자세히 살폈다. 그 두 지점을 오가는 속도가 갈수록 빨라지더니 결국 〈흠, 그럴 수 있겠네〉라고 선언했다. 하지만 아직 다 끝난 것은 아니라는 게 느껴졌다. 뒤에서는 다른 병사들이 술렁대기 시작했다. 불평하는 소리가 아직은 조그맣게 들리고 있었지만, 얼마 안 있으면 와글와글 떠들어 대리라⋯⋯.

「무슨 문제가 있나?」

이 목소리에 알베르는 몸이 얼어붙었다. 마치 확 퍼지는 독

17 제1차 세계 대전 복무 중에 군인의 급료가 적립되었던 통장. 이렇게 적립된 급료는 제대할 때 한꺼번에 지급되었다.

가스처럼 부정적인 파동을 발산하는 목소리였다. 먼저 요대 하나가 알베르의 시야에 들어왔다. 그는 몸이 덜덜 떨리는 게 느껴졌다. 바지에다 오줌을 지리면 안 돼…….

「에, 그러니까…….」 군경은 병역 수첩을 내밀며 말했다.

알베르는 마침내 고개를 들었고, 도네프라델 대위의 맑으면 서도 표독한 시선이 비수처럼 꽂혀 오는 걸 느꼈다. 여전한 갈 색 머리에 온몸을 뒤덮은 털……. 엄청난 존재감을 뿜어내는 프라델은 알베르를 계속 응시하면서 병역 수첩을 받아 들었다.

「〈A. 알베르〉가 두 명 있어서 말이죠.」 군경이 말을 이었다.

「그리고 전 이 사진을 보니 확신이 안 서서…….」

프라델은 여전히 서류는 보지 않고 있었다. 알베르는 자기 의 신발 쪽으로 시선을 깔았다. 자신도 어쩔 수 없었다. 그 시 선을 도저히 감당할 수 없었던 것이다. 다시 5분이 흘렀고, 그 의 콧등에 송골송골 땀방울이 맺히기 시작했다.

「이자는 내가 알아.」 프라델이 내뱉었다. 「난 이자를 잘 알 고 있어.」

「아, 그런가요.」 군경이 말했다.

「이자는 분명히 알베르 마야르야.」

프라델이 말하는 속도는 끔찍이도 느렸다. 각각의 음절에 온 체중을 싣는 것처럼.

「…… 여기엔 의심의 여지가 없어.」

대위가 방문하자 모든 이들이 곧바로 잠잠해졌다. 병사들은 일식이 일어난 것처럼 모두가 입을 다물었다. 프라델은 사람 을 얼어붙게 만드는 무언가를, 자베르[18]같이 무언가를 뿜어내 는 자였다. 아마도 지옥에는 이런 모습의 간수들이 있으리라.

전에는 얘기하기를 망설였는데 말이야, 그래도 얘기해 주겠네. 도네프라델의 소식을 알게 됐어. 글쎄, 무슨 일이 있었는지 알아? 대위로 승진했다네! 그러고 보면 전쟁에선 병사보다도 개자식이 되는 게 나은 것 같아. 그리고 지금 여기에 있어. 동원 해제 센터에서 한 부서를 지휘하고 있지……. 내가 그자와 다시 마주치고 나서 어떤 꿈을 꿨는지 자넨 상상도 못 할 거야.

「우린 서로 아는 사이야. 그렇지 않은가, 알베르 마야르 병사?」

알베르는 마침내 눈을 들었다.

「네, 중위…… 아니 대위님. 아는 사이입니다.」

군경은 더 이상 아무 말도 하지 않고, 그저 직인들이며 장부들을 들여다보는 데 몰두했다. 분위기에서는 불건전한 파동이 가득 느껴졌다.

「특히 자네의 영웅적 행동에 대해 잘 알고 있지, 알베르 마야르 병사.」 프라델은 오만한 미소를 희미하게 머금으며 또박또박 말했다.

그의 시선은 알베르의 발끝에서 머리끝까지 쭉 훑은 다음, 다시 알베르의 얼굴로 돌아왔다. 그는 잔뜩 뜸을 들이고 있었다. 알베르는 마치 모래늪 위에 서 있는 듯, 발밑의 땅이 서서히 꺼지는 느낌이 들었다. 엄습하는 두려움에 맞서고자 알베르가 입을 열었다.

「그…… 그게 바로…… 전쟁의 좋은 점이죠.」 그는 더듬거리

18 빅토르 위고의 소설 『레미제라블』에 등장하는 인물로, 장발장을 집요하게 추적하는 냉혹한 경찰.

며 말했다.

그들 주위에 깊은 정적이 내려앉았다. 프라델은 질문을 대신하여 고개를 옆으로 살짝 기울였다.

「전쟁에서 우리는…… 진정한 본성을 드러내게 되니까요.」 알베르가 힘들게 말을 끝맺었다.

프라델의 입술에 보일 듯 말 듯한 미소가 떠올랐다. 어떤 상황에서는 그것은 어떤 기계 장치처럼 단지 수평으로 길게 늘어나는 한 가닥 실일 뿐이었다. 알베르는 왜 자기가 이렇게 불안한지 이유를 비로소 깨달았다. 프라델 대위는 눈을 깜빡거리지 않았다. 절대로 그러는 법이 없었고, 이 때문에 그의 시선이 그렇게 집요하고도 날카롭게 보이는 거였다. 〈이 짐승은 눈물도 없나 봐〉, 알베르는 생각했다. 그는 침을 꿀꺽 삼키고 눈을 깔았다.

꿈속에서 이따금 나는 그자를 죽이고, 또 총검으로 찔러 버리곤 한다네. 때로는 자네와 내가 같이 있는데, 그러면 그자는 아주 괴로운 시간을 보내게 되지. 정말이라고! 또 때로 난 전시 평의회에 회부되고, 결국에는 총살형을 선고받아 사수들을 마주하게 돼. 원래는 내가 눈가리개 하는 걸 거부하고 용감한 모습을 보여야 옳겠지. 하지만 반대로 난 가려 달라고 말하는데, 왜냐면 사수는 단 한 사람, 바로 그자이기 때문이야. 그자는 날 조준하면서 그 자신만만한 얼굴로 역겨운 미소를 짓거든……. 잠에서 깨어나도 난 여전히 그자를 죽이는 꿈을 꿔. 하지만 이 개자식의 이름이 떠오를 때마다, 난 무엇보다도 내 불쌍한 친구, 자네를 생각한다네. 그래 알아, 내가 자네에게 이런 얘기를 하면 안 된다는 걸…….

군경은 목청을 가다듬었다.
「으흠……. 뭐, 대위님께서 이 사람을 아신다면야…….」
주위가 다시 시끌벅적해졌다. 그 소리는 처음엔 조심스럽게
시작하더니 점차로 커져 갔다.
알베르는 얼굴을 들었다. 프라델은 사라졌고, 군경은 벌써
장부 위에 고개를 숙이고 있었다.

아침부터 사람들은 끊임없이 이어지는 와글거림 속에서 모
두가 악을 써댔다. 동원 해제 센터는 고함과 욕지거리로 진동
했다. 그러다 해 질 녘이 되면 이 죽어 가는 거대한 몸뚱이는
갑자기 힘이 쭉 빠져 버리는 듯했다. 창구들은 닫히고, 장교들
은 저녁 식사를 하러 떠나고, 기진맥진한 하사관들은 자루 위
에 걸터앉아 미지근한 커피를 습관적으로 후후 불어 댔다. 행
정용 탁자들은 모두가 치워졌다. 다음 날까지는.
오지 않은 기차들에 대한 기대는 이제 접어야 했다.
오늘도 허무하게 흘러갔다.
어쩌면 내일은…….

그렇긴 하지만 기다리는 일은 전쟁이 끝났을 때부터 해온
일이야. 이곳은 조금은 참호와 비슷하다고 할 수 있지. 이곳
엔 적이 하나 있어. 눈에 보이진 않지만 어디서나 그 무거운
존재가 느껴지는 적. 우리의 삶은 그것에 달려 있지. 적, 전
쟁, 행정, 군대, 이 모든 것들은 다 똑같아. 우리가 전혀 이해

하지 못하는 것들, 그리고 아무도 막을 수 없는 것들이지.

곧 밤이 되었다. 벌써 식사를 마친 이들은 소화를 시키면서
덧없는 몽상에 잠겼고, 어떤 이들은 담배를 피워 물었다. 악다
구니를 부리며 난리를 쳐댔지만 아무런 소득도 거두지 못한
하루에 이제는 피곤해졌기 때문일까, 사람들은 마음이 보다
느긋하고 관대해지는 걸 느꼈다. 모든 것이 잠잠해진 지금, 그
들은 모포를 나누고, 남은 빵이 있으면 다른 이에게 주었다.
신발을 벗어 놓기도 했다. 어쩌면 불빛 때문인지 모르지만 얼
굴들이 훨씬 움푹해 보였다. 모두가 늙어 버린 것이다. 이 모든
진 빠지는 날들과 이 끝없는 과정에 지쳐 버린 그들은, 도대체
이놈의 전쟁은 끝날 줄을 모른다고 서로에게 푸념하곤 했다.
어떤 이들은 카드놀이를 시작했다. 잠시 후면 그들은 치수가
너무 작은, 하지만 교환하지 못한 군화들을 놓고 내기를 걸게
될 것이다. 사람들은 낄낄댔고, 우스갯소리들을 나눴다. 마음
들은 몹시 울적했다.

…… 불쌍한 외젠, 이게 바로 이 전쟁이 끝난 꼬락서니라
네. 집으로 돌려보내지도 못한 기진맥진한 친구들이 널려
있는 거대한 기숙사 같은 꼬락서니야. 따뜻한 말 한마디 해
주는 사람, 손 한번 잡아 주는 사람 하나 없어. 신문은 우리
에게 화려한 개선문을 약속했지만, 결국 우린 사방에서 찬
바람이 들이치는 곳에 짐짝들처럼 쌓여 있는 신세가 되고
말았지. 〈감격에 겨운 프랑스가 드리는 감사의 인사〉(내가
『르 마탱』지에서 읽은 구절인데, 정말로 한 자도 빼놓지 않

고 그대로 옮긴 거야)는 어딜 가나 마주치는 까다로운 행정 절차들로 둔갑해 버렸고, 우리에게 급료 52프랑 주는 것에도 벌벌 떨고, 의복과 수프와 커피 지급에도 인색하기 짝이 없지. 우릴 도둑 취급하고 있어.

「내가 고향에 돌아가면 말이야.」 한 친구가 담배에 불을 붙이며 말했다. 「굉장한 잔치가 벌어질 거야.」

아무도 대꾸하지 않았다. 모든 이의 머릿속에 회의감이 감돌았다.

「자네 고향이 어딘가?」 누군가 물었다.

「생비기에드술라주.」

「아…….」

그게 어디인지 아는 사람은 아무도 없었지만, 이름 자체는 너무나 포근했다.

…… 오늘은 이만 쓸게. 친구, 난 항상 자네를 생각하고, 또 빨리 자네를 보러 가고 싶어. 내가 파리에 돌아가면 제일 먼저 달려가겠어. 아, 물론 세실을 만난 다음에 갈 건데, 이건 자네도 이해하겠지? 몸조리 잘 해. 그리고 괜찮으면 편지도 좀 써 보내고. 그림으로 보내도 좋아. 그림들을 모두 간직하고 있어. 누가 알아? 자네가 위대한 화가가 되면, 그러니까 유명한 화가가 되면, 부자가 될 수도 있잖아.

힘찬 악수를 보내며,

알베르가

체념 속에 긴 밤을 보내고 난 아침, 사람들은 다시 기지개를 켰다. 동이 트자마자 하사관들은 벌써 게시물들을 망치로 탕탕 두드려 박고 있었다. 이틀 후인 금요일에 열차가 있다는 것을 확인하는 내용이었다. 열차 두 편이 파리로 떠난단다. 사람들은 자신의 이름과 친구들의 이름을 찾았다. 알베르는 옆구리를 때리는 팔꿈치들을 견뎌 가며, 발등을 밟혀 가며 뒤편에서 기다렸다. 마침내 길을 뚫고 게시판까지 간 그는 검지로 리스트 하나를, 그리고 두 번째 리스트를 훑어 내려갔다. 그렇게 세 번째 리스트에 이르니, 마침내 있었다. 알베르 마야르, 나다! 밤차…….

금요일, 22시 출발.

후송 증명서에 직인을 받고, 모두가 함께 역까지 가려면 적어도 한 시간은 일찍 출발해야 하리라. 그는 세실에게 편지를 쓰려다가 곧바로 생각을 바꿨다. 이런 잘못된 발표에 속은 게 어디 한두 번이었던가?

다른 많은 병사들과 마찬가지로 그도 안도감을 느꼈다. 이 발표 내용이 번복될 수도 있었지만, 심지어는 잘못 발표된 것일 수도 있었지만, 어쨌든 기분은 좋았다.

알베르는 잠시 갠 날씨를 즐기기 위해, 편지를 쓰고 있는 한 파리 출신 친구에게 소지품을 맡겼다. 밤새 비는 그쳤고, 날씨는 좋아질 기미를 보이고 있었다. 사람들은 서로의 의견을 묻기도 하고, 구름을 쳐다보며 저마다의 예상을 내놓기도 했다. 그리고 이런 아침을 맞을 때면 근심거리가 태산임에도 어쨌든 살아 있다는 것이 좋은 거라고 느끼곤 했다. 수용소를 경계 짓기 위해 두른 울타리를 따라 여느 날과 마찬가지로 벌써 수십여 명의 병사들이 늘어서서는, 일이 어떻게 돼가는지 보려고 온 마을 사람들, 소총을 한번 만져 보고 싶어 하는 아이들, 그리고 어디서 튀어나왔는지 대체 어떻게 여기까지 왔는지 알 수 없는 면회객들과 이런저런 얘기를 나누고 있었다. 다시 말해서 사람다운 사람들과 말이다. 이렇게 가축들처럼 갇혀 울타리를 사이에 두고 진짜 인간들과 얘기를 나누는 것은, 조금 웃기는 일이었다. 담배는 얼마간 남아 있었다. 알베르는 담배 없이는 못 산다. 또 피로 탓에 잠자리에서 후딱 일어나지 못하고 짧은 외투 속에서 꾸물대는 병사들이 꽤 많았던 까닭에, 운 좋게도 따뜻한 음료를 낮보다 쉽게 얻을 수 있었다. 알베르는 울타리에 다가가 담배를 피우고 커피를 홀짝거리며 거기서 꽤 오랜 시간을 보냈다. 머리 위로 흰 구름들이 휙휙 지나가고 있었다. 그는 수용소 입구까지 거닐면서, 여기저기에서 다른 병사들과 몇 마디씩 나누었다. 하지만 정보를 듣는 일은 가급적 피했다. 자신을 부를 때까지 차분하게 기다리리라 마음먹은 것이다. 이제는 더 이상 뛰어다니고 싶지 않았다. 결국에는 자기를 집으로 돌려보내지 않겠는가? 세실은 마지막 편지에서, 돌아오는 날을 알게 되면 메시지를 남기라며 전화번호를 하나 알려주었다. 이 번호를 알게 된 이후로 손가락이 근질거리다 못해 불이 날 지경이었다. 당장이라도 전화를 걸어서 세실과 얘기하고 싶었다. 빨리 집에 가고 싶어 미치겠다, 빨리 너와 함께 있고 싶어서 미치겠다고 말하고 싶었다. 하지만 이 번호는 아망디에 가의 모퉁이에서 철물상을 운영하는 몰레옹 씨 집 전화로, 단지 전갈을 남길 수 있는 번호일 뿐이었다. 아니 그보다도, 통화할 수 있는 전화기는 어디서 찾아낸단 말인가? 그러니 도중에서 꾸물대지 말고 곧바로 집으로 돌아가는 게 훨씬 빠를 거였다.

울타리에는 꽤 많은 사람들이 모여 있었다. 알베르는 두 번째 담배에 불을 붙이고 근처를 어정거렸다. 인근 도시의 사람들이 와서 병사들과 얘기를 나누고 있었다. 처량한 얼굴들이었다. 여자들은 아들을, 남편을 찾는다며 팔을 쭉 뻗어 사진들을 내밀었다. 모래사장에서 바늘 찾기가 따로 없었다. 아비들은 뒤에 머물러 있었다. 몸부림을 치고, 질문하고, 조용한 투쟁을 계속해 가고, 또 아침마다 아직 남아 있는 실낱같은 희망을 안고 다시 일어나는 것은 언제나 여자들이었다. 사내들은 희망의 끈을 놓은 지 이미 오래였다. 질문을 받은 병사들은 고개를 끄덕이며 애매하게 대답했다. 사진들은 모두가 비슷비슷했다.

누군가의 손이 그의 어깨를 덥석 움켜쥐었다. 알베르는 고개를 돌렸다. 그 즉시 속이 울렁거리고 심장이 미친 듯이 쿵쾅댔다.

「아, 마야르 병사! 자넬 찾아 헤맸어!」

프라델은 알베르의 팔 밑에 한 손을 넣어서는 홱 잡아당겨 걷게 했다.

「날 따라와!」

알베르는 더 이상 프라델의 지휘를 받는 신분이 아니었지만, 권위에 압도되어 배낭을 바짝 끌어안고는 허겁지겁 그의 뒤를 따랐다.

그들은 울타리를 따라 걸었다.

젊은 여자는 그들보다 나이가 어려 보였다. 스물일곱? 아니면 스물여덟? 아주 예쁘진 않지만 꽤 매력적이라고 알베르는 생각했다. 사실은 뭐라고 단언하기 힘든 용모였다. 입고 있는 재킷은 흰 담비 모피인 듯했으나, 확실치 않았다. 한번은 세실이 그들로서는 감히 범접할 수 없는 어떤 상점의 쇼윈도에 걸린 이런 외투들을 가리킨 적이 있었는데, 그때 그는 가게에 들어가 그 코트를 한 벌 사줄 수 없는 것이 몹시 괴로웠다. 젊은 여자는 모피 재킷과 짝을 이루는 방한용 토시를 끼고, 클로슈 모자를 쓰고 있었다. 단순하면서도 빈티가 나지 않게 입을 줄 아는 여자였다. 상냥해 보이는 얼굴로, 짙은 색의 커다란 눈에는 꼬리쪽에 미세한 잔주름이 잡혀 있었고, 속눈썹은 새까맣고도 길었으며, 입은 자그마했다. 그래, 분명 빼어난 미인은 아니었지만, 괜찮게 꾸미고 있었다. 그리고 강단깨나 있는 여자라는 게 금방 느껴졌다.

그녀는 격앙되어 있었다. 장갑 낀 손으로 종이 한 장을 꺼내더니 펼쳐서 알베르에게 내밀었다.

알베르는 불안감을 숨기려고 종이를 받아 읽는 척했지만, 사실 그럴 필요가 없었다. 그게 뭔지 잘 알고 있었기 때문이다. 통지서였다. 〈전장에서 입은 부상의 결과로〉, 〈프랑스를 위해 전사〉, 〈가까운 곳에 안장〉 같은 표현들이 눈에 들어왔다.

「이 아가씨께서는 전사한 자네의 전우 한 명에게 관심이 있으시네.」 대위가 차갑게 설명했다.

젊은 여자는 알베르에게 두 번째 종이를 내밀었다. 그는 종이를 떨어뜨릴 뻔하다가 간신히 붙잡았고, 여자는 〈오!〉하고 조그맣게 탄성을 발했다.

자신이 쓴 글이었다.

선생님, 사모님,

저는 두 분의 아드님인 에두아르의 전우인 알베르 마야르라고 하오며, 지난 11월 2일 그가 전투 중에 사망했다는 소식을 너무도 안타까운 마음으로 전해 드립니다…….

그는 종이들을 젊은 여자에게 돌려주었고, 그녀는 차갑고도 부드럽고도 굳센 손을 내밀어 악수를 청했다.

「전 마들렌 페리쿠르라고 해요. 에두아르의 누나예요…….」

알베르는 고개를 끄덕였다. 에두아르와 여자는 서로 많이 닮았다. 특히 눈매가. 그들은 둘 다 어떻게 말을 이어 가야 할지 몰랐다.

「…… 유감입니다.」 알베르가 말했다.

「아가씨께서는,」 프라델이 설명했다. 「모리외 장군의 추천을 받아 날 찾아오셨네……. (그는 그녀 쪽으로 고개를 돌렸다) 장군께선 부친과 매우 가까운 사이시죠? 그렇지 않습니까?」

마들렌은 긍정의 뜻으로 고개를 끄덕이면서도 시선은 여전히 알베르를 향해 있었다. 알베르는 모리외라는 이름을 듣자 심장이 덜컥 내려앉았다. 그는 이 일이 대체 어떻게 끝나게 될까 불안스레 자문하면서 본능적으로 엉덩이 근육을 꽉 조이고 방광에 온 신경을 집중했다. 프라델, 모리외……. 악몽이 다시 시작되려 하고 있었다.

「그러니까 페리쿠르 양께서는,」 대위는 말을 이었다. 「가엾은 동생분의 무덤에 묵념을 하고 싶어 하시네. 하지만 그가 어디에 묻혔는지를 모르시기 때문에…….」

도네프라델 대위는 병사의 어깨에 손을 무겁게 내려놓고는 자기를 보게 했다. 전우애가 넘치는 제스처로 보일 수도 있는 행동이었다. 마들렌은 이자를 아주 인간적인 사람으로 생각하리라. 은근하면서도 위협적인 미소를 지으며 알베르를 응시하고 있는 이 개쓰레기 같은 대위를 말이다. 알베르는 속으로 모리외라는 이름을 페리쿠르라는 이름에, 또 〈부친과 가까운 사이〉라는 표현에 연결시켜 보았다……. 대위는 이들과의 관계에 공을 들이고 있고, 그 또한 아주 잘 알고 있는 진실을 밝히는 것보다는 이 아가씨에게 도움을 주는 편이 자기에게 유리하다고 판단하고 있다는 것을 어렵지 않게 알 수 있었다. 그는 알베르를 에두아르 페리쿠르의 죽음에 대한 거짓말 속에 가둬 버렸고, 그의 행동을 가만히 관찰해 보면 여기서 이득을 얻을 수 있는 한 결코 비밀을 누설하지 않으리라는 것을 충분히 짐작할 수 있었다.

페리쿠르 양은 알베르를 그냥 쳐다보는 게 아니라, 엄청난 희망을 품고 그의 얼굴을 살피고 있었고, 마치 그가 말할 수 있게끔 돕기라도 하듯 눈썹을 찌푸렸다. 그는 아무 말 없이 고개만 불안하게 흔들었다.

「여기서 먼가요?」 그녀가 물었다.

아주 예쁜 목소리였다. 그래도 알베르가 아무 대답이 없자,

「아가씨께서는」 프라델 대위는 참을성 있게 또박또박 말했다. 「여기에서 멀리 있느냐고 묻고 계시네. 자네가 이분의 동생, 에두아르를 안장한 공동묘지 말이야.」

마들렌은 눈으로 대위에게 물었다. 혹시 이 병사는 바보가 아닌가요? 지금 자기에게 하는 말을 이해하고 있나요? 그녀는 손에 쥔 편지를 약간 구겼다. 그녀의 시선은 대위에서 알베르

에게로, 또 알베르에게서 대위에게로 이동했다.

「꽤 멉니다……」 알베르는 그냥 이렇게 말해 버렸다.

마들렌은 안도의 표정을 지었다. 〈꽤 멀다〉는 것은 너무 멀지는 않다는 뜻이었다. 어쨌든 이 병사는 그 장소를 기억하고 있다는 얘기였다. 그녀는 비로소 숨을 쉬기 시작했다. 마침내 소식을 아는 사람을 찾아낸 것이다. 그녀가 여기까지 오기 위해 얼마나 고생을 했을지는 묻지 않아도 알 수 있었다. 그녀는 미소를 짓지는 않았다. 그럴 상황은 아니었다. 하지만 그녀는 이제 차분해져 있었다.

「그곳에 어떻게 가는지 설명해 줄 수 있나요?」

「아, 그게……」 알베르는 황급히 대답했다. 「그리 쉽지가 않아요. 그게 말입니다, 그곳은 황량한 허허벌판이라서……. 기준이 될 만한 것도 없고……」

「그렇다면 우릴 그곳으로 데려다줄 수 있나요?」

「지금요?」 알베르는 불안하게 물었다. 「그게……」

「아, 아뇨! 지금 당장은 아니에요!」

얼결에 이렇게 대답한 마들렌 페리쿠르는 곧바로 후회하며 입술을 깨물었고, 도움을 청하듯 프라델 대위를 쳐다보았다.

그리고 아주 이상한 일이 일어났다. 지금 이게 뭘 의미하는지 모두가 깨달은 것이다.

너무 성급히 해버린 말 한마디는, 그걸로 끝이었다. 그리고 상황은 완전히 바뀌었다.

언제나 그렇듯, 가장 신속히 반응한 이는 프라델이었다.

「페리쿠르 양께선 동생분의 무덤에서 묵념을 올리고 싶으시다네. 무슨 말인지 알겠지……」

그는 한 음절 한 음절 힘주어 말했다. 마치 그 음절들 각각이 정확하고도 독립적인 의미를 담고 있는 것처럼.

묵념을 올린다. 오, 물론 그렇겠지. 하지만 왜 당장은 아닌데? 왜 기다려야 하는 건데?

왜냐면, 그녀가 원하는 대로 하기 위해선, 약간의 시간이, 그리고 특히나 크나큰 조심성이 필요하기 때문이었다.

그러니까 지난 수개월 동안, 유가족들은 전선에서 매장된 병사들의 유해를 요구해 왔다. 우리의 아이들을 돌려주시오! 하지만 어쩔 방도가 없었다. 왜냐면 사방이 그것 천지였기 때문이다. 이 나라의 북부 전체와 동부 전체가 가매장한 무덤들로 뒤덮여 있었다. 죽은 자는 오래 기다릴 수 없을 뿐 아니라 금방 부패하기 때문에, 또 쥐들이 들끓기 때문에 후다닥 파서 만든 무덤들 말이다. 휴전 협정이 체결된 이후로 유가족들은 아우성을 쳤지만, 정부는 요지부동, 거부의 입장을 고수했다. 그리고 알베르도 가만히 생각해 보면 이 편이 논리적이라고 느꼈다. 정부가 유해를 개인적으로 발굴하는 것을 허용한다면 어떻게 되겠는가? 며칠만 지나면 삽과 곡괭이로 무장한 수십만의 유가족들이 몰려와 이 나라 땅의 반을 파헤쳐 놓고(그 광경을 한번 상상해 보라), 부패 중인 무수한 시체들을 운반할 거고, 여러 날 동안 역들은 관으로 북새통을 이룰 거고, 그렇잖아도 파리에서 오를레앙까지 가려면 일주일이나 기다려야 하는 기차들은 그 관들로 발 디딜 틈조차 없어질 거였다. 이건 말도 안 되는 얘기였다. 그래서 애초부터 안 된다고 한 거였다. 하지만 유가족들로선 받아들이기 힘들었다. 이제 전쟁은 끝났지 않은가? 그들은 이해할 수 없었고, 끈덕지게 요구했다. 그러나 병사들을 제대시키는 일조차 제대로 처리하지 못하고 쩔쩔매는 정부로서는 어떻게 20만, 30만, 아니 심지어는 40만, 어쩌면 헤아릴 수조차 없는 전사자들을 다시 파내고 운반해야 할지 난감할 뿐이었다. 정말이지 너무도 골치 아픈 문제였던 것이다.

그래서 사람들은 그저 슬픔에 잠길 뿐이었고, 부모들은 나라 전체를 가로질러 와, 어디인지도 알 수 없는 허허벌판에 세워진 무덤들 앞에서 묵념을 올리고는 선뜻 발길을 돌리지 못했다.

이것은 가장 체념한 사람들의 경우였다.

왜냐면 다른 종류의 사람들이 있었기 때문이다. 무능한 정부에 놀아나고 싶지 않은 반항적이고, 까다롭고, 고집스러운 사람들 말이다. 바로 에두아르의 가족의 경우였다. 페리쿠르 양은 동생의 무덤에 묵념을 하러 온 게 아니었다.

그녀는 동생을 찾으러 왔다.

그녀는 동생의 유해를 발굴해 가져가려고 왔다.

알베르도 이런 이야기들을 들은 적이 있었다. 유해 발굴과 관련된 밀거래가, 이 일을 전문으로 하는 사람들이 있다는 거였다. 트럭 한 대, 삽 한 자루, 곡괭이 한 자루, 그리고 약간의 배짱만 있으면 되는 일이었다. 밤중에 그 장소를 찾아가서는 후딱 해치운다는 거였다.

「자, 마야르 병사, 언제 가능하겠나?」 프라델 대위가 다시 말을 이었다. 「아가씨께서 동생분의 무덤에 가서 묵념을 올리려면 말이야.」

「내일은 어떨까요…….」 알베르가 기운 없는 목소리로 제안했다.

「네.」 젊은 여자가 대답했다. 「내일. 아주 좋아요. 전 자동차로 가겠어요. 거기까지 가는 데 얼마나 걸릴까요?」

「글쎄요. 한두 시간……? 어쩌면 그보다 더 걸릴 수도……. 몇 시에 출발하시겠어요?」 알베르가 물었다.

마들렌은 머뭇거렸다. 그리고 대위도 알베르도 아무런 말이 없자 이렇게 제안했다.

「저녁 6시쯤 데리러 올게요. 어떻게 생각하시죠?」

어떻게 생각하느냐고?

「묵념을 밤중에 올리십니까?」 그가 물었다.

불쑥 튀어나와 버린 말이었다. 도저히 참을 수가 없었다. 하지만 비겁한 짓이었다.

그는 곧바로 후회했다. 마들렌이 눈을 내리깐 것이다. 하지만 그의 질문이 거북해서 그런 게 아니었다. 아니, 그녀는 속으로 계산하고 있었다. 이 여자는 젊지만 매우 현실적이었다. 또 부자였으므로 — 흰 담비 모피며 작은 모자며 가지런한 치아 등을 보면 금방 알 수 있는 사실이다 — 상황을 구체적으로 파악하면서, 이 병사의 협조를 얻으려면 대가로 얼마를 제안해야 좋을지를 생각하고 있는 거였다.

알베르는 울컥했다. 내가 이런 일을 가지고 돈을 받아먹을 사람으로 보이다니……. 그녀가 입을 열기도 전에 그는 말했다.

「좋습니다. 내일 뵙죠.」

그는 돌아서서 숙소 쪽으로 향했다.

9

이런 얘기를 다시 꺼내서 정말 미안해……. 하지만 자네
마음이 정말로 분명해야 하네. 때때로 우리는 화가 나서, 실
망해서, 혹은 상심해서 덜컥 결정을 내려 버리곤 하지. 우린
종종 감정에 휩쓸리거든. 내가 지금 무슨 말 하는지 잘 알 거
야. 사실 나도 이젠 어떻게 해야 할지 잘 모르겠지만, 이번에
도 어떻게 방도를 찾아낼 수 있을 거야……. 한 방향으로 한
일은 분명히 그 반대 방향으로도 할 수 있을 거란 말이야.
자네를 압박하는 것은 아니고 그냥 부탁하는 건데, 부모님
을 한번 생각해 보게. 확신하는데, 그분들이 자넬 이런 상태
로 다시 보게 되면, 이전보다 더 많이는 아니더라도 최소한
이전만큼은 사랑해 주실 거야. 자네 부친이 분명히 선량하
고도 헌신적인 분이시리라 생각해. 그분이 자네가 살아 있
다는 걸 알게 되면 얼마나 기뻐하실지 한번 생각해 봐. 자넬
압박하고 싶진 않아. 결국엔 자네가 원하는 대로 될 테지만,
그래도 내 생각으론, 아주 신중하게 따져 봐야 할 일들이 있
는 법이야. 일전에 누나 마들렌을 그려서 보내 준 적 있었지.

아주 호감 가는 여성분이더군. 한번 생각해 봐. 자네가 죽었다는 소식을 들었을 때 누나 마음이 얼마나 아팠을지를, 또 이제 누나가 얼마나 놀라운 기적을 맛보게 될지를……

이렇게 써봐도 아무 소용없는 일이었다. 편지가 언제 도착할지도 알 수 없었다. 2주가 걸릴 수도 있고, 4주가 걸릴 수도 있었다. 또 어차피 엎질러진 물이었다. 알베르의 편지들은 순전히 자기 자신에게 하는 말이었다. 그는 에두아르가 신분을 바꾸도록 도와준 것을 후회하지는 않았지만, 이 일을 끝까지 밀고 나가지 못할 경우, 구체적으로 상상하기조차 두려운 암담한 결과들이 오리라는 것을 느끼고 있었다. 그는 군복 상의로 몸을 감싸고 바닥에 누웠다.

하지만 밤이 깊도록 잠을 이루지 못하고, 예민하고도 불안한 마음으로 뒤척이기를 계속했다.

꿈에서 그들은 시체 한 구를 파냈는데, 마들렌 페리쿠르는 곧바로 그게 자기 동생이 아님을 알아챘다. 너무 크거나 너무 작거나 했다. 때로는 금방 알아볼 수 있는 얼굴을 하고 있었다. 늙은 군인의 얼굴이었다. 또 어떤 때는 말 대가리가 달린 몸뚱이가 나오기도 했다. 여자는 알베르의 팔을 붙잡고 따졌다. 〈내 동생을 어떻게 한 거죠?〉 물론 도네프라델 대위도 가만히 있지 않았다. 그의 눈동자의 청색은 얼마나 강렬한지 마치 횃불처럼 알베르의 얼굴을 비췄다. 그의 음성은 모리외 장군의 목소리였다. 〈그래, 맞아!〉 그가 벼락같이 고함쳤다. 〈그 동생분을 대체 어떻게 한 건가, 마야르 병사!〉

그가 새벽녘에 잠이 깬 것은 악몽 때문이었다.

센터는 아직 곤한 잠에 빠져 있는데, 알베르의 상념은 커다란 홀의 어둠과 동료들의 무거운 숨소리, 그리고 지붕을 때리는 빗방울 소리와 어울리며 점점 더 암울하고도 우울하고도 위협적인 양상을 띠어 갔다. 그는 지금까지 해온 일을 후회하진 않았지만, 더 이상은 계속할 수가 없었다. 거짓말뿐인 그 편지를 작은 손으로 구기던 그 여자의 영상이 자꾸만 떠올랐다. 지금 내가 하고 있는 일이 과연 인간적이라고 할 수 있을까? 하지만 모든 걸 되돌리는 게 아직도 가능할까……? 이 일을 되돌려야 할 이유만큼이나 계속해 나가야 할 이유도 많아 보였다. 왜냐면 선의로, 혹은 마음이 약해서 한 거짓말을 덮겠다고 이제 다른 시체들을 파낼 수는 없는 노릇 아닌가? 하지만 만일 시체를 파내지 않는다면, 모든 사실을 밝힌다면, 나는 기소된다……. 그는 구체적으로 어떤 형벌을 받게 될지 몰랐지만, 어쨌든 이건 심각한 일이었고, 모든 것이 엄청난 무게로 다가왔다.

마침내 날이 밝았지만, 그는 이 끔찍한 딜레마를 해결할 결단의 순간을 끊임없이 뒤로 미룰 뿐, 여전히 마음을 정하지 못하고 있었다.

그를 깨운 것은 옆구리에 가해진 한 방의 세찬 발길질이었다. 그는 깜짝 놀라 벌떡 일어나 앉았다. 외치는 소리, 분주하게 움직이는 소리들이 벌써 홀 전체에 가득한 가운데, 알베르는 영문을 모르고 주위를 두리번거리고 있는데, 갑자기 하늘에서 뚝 떨어진 듯 그의 얼굴 몇 센티미터 앞에서 딱 멈춘 것이 하나 있었으니, 바로 싸늘하고도 매서운 프라델 대위의 얼굴이었다.

　대위는 한동안 알베르를 응시했다. 그런 뒤에 기가 차다는 듯 한숨을 내쉬더니 따귀 한 대를 날렸다. 알베르는 본능적으로 방어 자세를 취했다. 프라델은 미소를 지었다. 큼지막한, 하지만 도무지 그 의미를 알 수 없는 미소였다.

　「자, 마야르 병사. 살다 보니 정말 별일이 다 있구먼……. 그래, 자네 친구 에두아르 페리쿠르가 죽었다고? 진짜로 충격 먹었어! 왜냐면 내가 마지막으로 그 친구를 본 것은…….」

　그는 희미한 기억을 떠올리려 애쓰는 것처럼 눈썹을 찌푸렸다.

　「…… 맞아, 그 친구가 막 후송된 군사 병원에서였지. 그런데 그때 말이야, 그 친구는 아주 쌩쌩했거든? 물론 한창 때 얼굴이라곤 할 수 없었지. 솔직히 말하자면, 약간 찌그러져 있었어. 그 친구는 포탄을 이빨로 막으려고 했나 본데, 별로 신중치 못한 행동이었어. 내 의견을 한번 물어봤어야지 말이야……. 하지만 그 모습을 보고서 그 친구가 곧 죽을 거라고 생각한다…… 아냐, 그런 생각은 한 번도 내 머리를 스친 적이 없었어……. 하지만 의심의 여지없이 그는 죽었고, 또 자네는 개인적으로 편지를 써서 가족에게 그 사실을 알려 주기까지 했지. 정말이지 완벽한 문체로 말이야, 마야르…….」

　〈마야르〉라는 이름을 발음할 때면, 그는 항상 마지막 음절인 〈~야르〉를 기분 나쁜 방식으로 강조하곤 했는데, 이런 방식은 이 이름에 뭔가 하찮게 느껴지는, 특히나 뭔가 경멸적으로 느껴지는 어감을 부여했고, 〈마야르〉는 〈개똥〉이나 그와 비슷한 무언가의 동의어처럼 들리곤 했다.

　그는 목소리를 낮추어 말하기 시작했다. 마치 치미는 화를 억누르려 애쓰는 사람처럼 조그맣게 속삭이고 있었다.

「난 페리쿠르 병사가 어떻게 됐는지 모르겠고, 또 알고 싶지도 않아. 하지만 모리외 장군은 내게 그의 가족을 도와주라는 임무를 내렸고, 따라서 나로서는 당연히 궁금한 게…….」

마지막 문장은 어떤 질문과도 비슷하게 들렸다. 지금까지 알베르는 입을 열 수 없었고, 프라델 대위는 그럴 기회를 줄 생각이 없는 듯 보였다.

「마야르 병사, 두 가지 해결책이 있어. 첫째는 진실을 말하고, 이 사안을 결산하는 거야. 만일 진실을 말하면, 자넨 아주 고약한 처지에 놓이게 돼. 신분 도용……. 자네가 어떤 재주를 부렸는지는 잘 모르겠지만, 어쨌든 자넨 철창행이고, 내가 장담컨대 최소 15년은 썩어야 해. 또 그렇게 되면 113고지와 관련된 자네의 그 조사 위원회 건도 다시 시작해야 하고……. 한마디로, 자네에게나 나에게나 이건 가장 나쁜 해결책이야. 또다른 해결책도 있지. 지금 우리에게 죽은 병사 하나를 내놓으라 하고 있으니, 죽은 병사를 하나 내주는 거야. 그럼 깨끗이 종결되는 거지. 자, 자네 생각을 얘기해 봐.」

알베르는 대위가 한 말의 앞부분조차도 아직 소화시키지 못한 상태였다.

「글쎄 잘 모르겠는데요…….」 그는 더듬거렸다.

이런 상황에서 마야르 부인은 폭발하곤 했다. 〈으이그, 정말 알베르답다, 알베르다워! 결정을 내려야 할 때면, 자기도 사내라는 걸 보여 줘야 할 때면, 그냥 흐물흐물 없어져 버리지. 글쎄 잘 모르겠는데요…… 생각해 봐야겠는데요…… 그런 것 같은데요…… 물어봐야겠는데요……. 자, 알베르! 어서 결정을

내리라고! 너처럼 그렇게 물렁하게 살아서야…… 등등.〉

프라델 대위는 마야르 부인과 닮은 구석이 있었다. 하지만 결단을 내리는 데 있어서는 그녀보다 빨랐다.

「자네가 할 일을 가르쳐 주겠어. 그렇게 뭉그적대지 말고 빨리 움직여서, 오늘 저녁까지 〈에두아르 페리쿠르〉로 검인된 시체 한 구를 페리쿠르 양에게 내주는 거야. 내 말 알아듣겠어? 그렇게 하루 열심히 뛰고 나면 자넨 무사히 떠날 수 있어. 하지만 빨리 머릴 짜내라고! 만일 감방 가는 게 소원이라면 내가 발 벗고 도와줄 테니까.」

알베르는 동료들에게 문의해 보았고, 그들은 들판에 있는 공동묘지 몇 군데를 알려 주었다. 이를 통해 그는 알고 있던 사실을 확인할 수 있었다. 가장 큰 공동묘지는 약 6킬로미터 떨어진 피에르발에 있었다. 그곳이 선택의 폭이 가장 넓을 거였다. 그는 걸어서 그곳에 갔다.

어느 숲 언저리에 위치한 그곳에는 여기저기에 무덤이 수십 개씩 모여 있었다. 처음에 사람들은 무덤들을 반듯하게 줄을 맞춰 배치하려고 노력했지만, 전쟁이 공동묘지에 너무 많은 시신들을 공급하는 통에 나중에는 시신들이 도착하는 순서에 따라 아무렇게나 파묻는 수밖에 없었다. 이렇게 사방에 흩어진 무덤들 중 어떤 것들에는 십자가가 있었고, 어떤 것들에는 없었으며, 또 쓰러진 십자가들도 있었다. 여기엔 누군가의 이름이 적혀 있었다. 그리고 저쪽엔 〈어느 병사〉라고 나무 판에 칼로 새겨 놓았다. 이렇게 〈어느 병사〉라고만 적어 놓은 것만 수십 개였다. 또 어떤 무덤들에는 빈 병에 병사의 이름을 적은 쪽지를 넣어 흙에다 거꾸로 꽂아 놓았는데, 나중에 누군가가 그 아래 누가 묻혀 있는지 알고 싶어 할 경우를 위한 거였다.

피에르발 공동묘지에서 알베르는 그 한없이 머뭇거리는 성격답게 하나를 고르기 위해 몇 시간이고 가매장한 무덤들 사이를 어정거릴 수도 있었지만, 결국에는 이성의 말을 따랐다. 〈에라 모르겠다. 시간도 늦어져 가고 동원 해제 센터까지 돌아가려면 길이 꽤 되니까, 그냥 아무거나 결정해 버리자.〉 이렇게 중얼거리고 고개를 돌리니 아무것도 적히지 않은 십자가 하나가 눈에 들어왔고, 그는 〈좋아, 저거다〉라고 했던 것이다.

그는 울타리에서 떼어 낸 널빤지에서 조그만 못 몇 개를 빼냈다. 또 돌덩이 하나를 찾아내어 에두아르 페리쿠르의 인식표 반쪽을 못으로 박아 놓았다. 그런 다음, 위치를 확인하고는 몇 걸음 물러서서 마치 결혼식 날의 사진사처럼 전체적인 효과를 살펴보았다.

그러고 나서 발길을 돌렸는데, 두려움과 죄책감으로 마음이 한없이 괴로웠다. 왜냐면 그는 천성적으로 — 그게 선의에 의한 것일지라도 — 거짓말과는 거리가 먼 사람이었기 때문이다. 그는 그 아가씨와 에두아르를 생각했다. 또 어쩌다가 에두아르 행세를 하게 된 그 이름 없는 병사를 생각했다. 이제 누구도 그를 찾지 못하리라. 지금까지는 단지 확인되지 못했을 뿐인 병사가 이제는 완전히 사라지게 된 것이다.

공동묘지에서 멀어지고 동원 해제 센터와 가까워짐에 따라, 단기적인 위험들이 떠오르며, 마치 첫 번째 조각이 다른 조각들을 넘어뜨리는 도미노들처럼 머릿속에서 차례로 이어졌다. 이게 만일 묵념만 하고 마는 일이라면 아무 문제없이 지나가겠지……. 누나에겐 동생의 무덤이 필요한 거고, 난 그녀에게 무덤을 하나 주는 거야. 그게 동생의 것이든, 다른 사람의 것이든 아무 상관없어, 중요한 건 마음이니까. 하지만 이제 그 무덤을 파게 되면 문제는 훨씬 복잡해져. 구덩이 속을 파헤치면 거기서 대체 뭐가 나올지 알 수 없잖아. 그래, 신원은 아니라고 쳐. 어느 죽은 병사, 그건 그냥 어느 죽은 병사일 뿐이니까. 하지만 그를 땅 위로 끄집어냈을 때 과연 무엇을 발견하게 될까? 어떤 개인적 물건? 어떤 신체적 특징? 혹은, 보다 간단히 말해서, 너무 작거나 너무 큰 몸?

하지만 이미 선택은 끝났고, 그는 〈좋아, 저거다〉라고 말했고, 이로써 일은 끝나 버린 것이다. 좋게든 나쁘게든 말이다. 알베르는 이미 오래전부터 행운 따위는 믿지 않았다.

알베르는 기진맥진한 상태로 센터에 돌아왔다. 파리 행 열차를 타기 위해서는, 열차를 절대로 놓치지 않기 위해서는(그러기 위해선 그 열차가 정말로 와야 하겠지만……), 늦어도 저녁 9시까지는 돌아와야 했다. 센터는 벌써부터 들끓어 오르고 있었다. 몇 시간 전부터 짐을 꾸려 놓은 수백 명의 사내들이 벼룩들처럼 흥분해 소리 지르고, 노래하고, 기쁨에 겨워 고래고래 외치고, 서로의 등을 두드려 댔다. 하사관들은 불안한 기색으로 예고된 호송 열차가 오지 않으면(세 번에 한 번 꼴로 그랬으므로) 어떻게 해야 하나를 고민하고 있었다…….

알베르는 막사를 나왔다. 문턱에서 하늘을 올려다보았다. 제발 오늘 밤은 캄캄해야 할 텐데.

프라델 대위는 활력이 넘쳐흘렀다. 마당의 수탉이 따로 없었다. 빳빳하게 다림질한 군복, 반들반들하게 왁스 칠한 장화…….
여기에 광을 낸 훈장들만 더하면 완벽했을 것이다. 몇 걸음 옮
기는가 싶었는데 벌써 10미터 전방에 와 있었다. 알베르는 꼼
짝도 못했다.

「이봐, 가자고!」

저녁 6시가 지나 있었다. 소형 트럭 뒤에 리무진 한 대가 공
회전을 하고 있었다. 밸브 돌아가는 소리가 희미하게 들렸고,
머플러에서는 부드러운 느낌마저 주는 연기가 흘러나왔다. 이
런 차의 타이어 한 개를 살 돈이면, 알베르는 족히 1년은 살 수
있을 거였다. 그는 자신이 가난하고도 처량하게 느껴졌다.

대위는 트럭 옆에서 걸음을 멈추지 않고 승용차까지 똑바로
걸어갔다. 차 문이 부드럽게 닫히는 소리가 들렸다. 그녀는 모
습을 드러내지 않았다.

운전석에 시큼한 땀 냄새를 풍기는 털보가 앉아 있는 트럭
은 3만 프랑짜리 베를리에 CBA 모델로, 반짝반짝한 새 차였
다. 이 사업이 돈이 좀 되는 모양이었다. 털보는 이 일에는 베
테랑이고, 오직 자신의 판단만을 믿는 사람이라는 게 곧바로
느껴졌다. 그는 열린 차창으로 알베르를 머리에서 발끝까지
쭉 훑어보더니, 차 문을 열고 트럭에서 뛰어내려서는 그를 한
쪽으로 데리고 갔다. 그는 엄청난 악력으로 알베르의 팔을 꽉
잡았다.

「자네도 같이 가면 이 일에 끼게 되는 거야. 무슨 말인지 알
겠어?」

알베르는 대답 대신 고개를 끄덕였다. 리무진이 있는 쪽으
로 고개를 돌려 보니, 머플러는 여전히 그 애무하는 듯한 흰 연

기를 내뿜고 있었다. 빌어먹을! 그 개 같은 세월을 보낸 알베르에게 저 우아한 연기는 얼마나 잔인한 것인지!

「근데 말이야……」 운전수가 속삭였다. 「자넨 저 사람들에게서 얼마나 받아?」

알베르는 이런 사내에게는 사심 없는 행위가 오히려 수상쩍게 보일 수 있겠다는 느낌이 들었다. 그는 속으로 재빨리 계산했다.

「3백 프랑.」

「이런 바보!」

하지만 털보의 목소리에는 만족감이 어려 있었다. 영악하게 처신했다는 만족감 말이다. 그의 좁쌀만 한 속은 자신이 성공하는 것만큼이나 상대가 실패하는 것을 보는 데에서 더없는 만족감을 느끼는 것이다. 그는 리무진이 있는 쪽으로 상체를 돌렸다.

「안 보여? 몸에 고급 모피를 휘감고, 비단에다 방귀를 뀌고 사는 사람들이야! 자네가 4백 프랑까지 올리는 것은 누워서 떡 먹기였다고! 아니 5백까지도 가능했어!」

자칫하면 자신이 흥정한 내용까지 밝힐 기세였다. 하지만 결국 신중함을 되찾은 운전수는 그의 팔을 놓았다.

「자, 가자고! 꾸물대면 안 돼.」

알베르는 승용차 쪽으로 고개를 돌렸다. 그녀는 여전히 차 안에 있었다. 무심한 태도였다. 내려서 인사를 하고, 감사의 뜻을 표하기에 그는 일개 고용인, 아랫것일 뿐이었다.

그는 차에 올랐고, 트럭이 출발했다. 리무진도 움직이기 시작했다. 거리를 두고 멀찍이서 따라오는 것은 군경이 나타나

검문을 당하게 될 경우 그대로 트럭을 추월하여, 아무에게도 보이지도 알려지지도 않은 채로 사라져 버리기 위함이었다.

세상이 완전히 어두워졌다.

트럭 전조등의 노란 불빛이 도로를 밝혔지만, 차 안에서는 자기 발도 보이지 않았다. 알베르는 대시보드에 손을 올려놓고는 차창으로 바깥을 자세히 살피며 〈우회전〉, 혹은 〈이쪽으로〉 같은 말들로 길을 인도했다. 처음에는 길을 잃을까 봐 두려웠는데, 이 두려움은 공동묘지에 가까워질수록 더욱 커졌다. 그는 결심했다. 만일 일이 틀어지면 그대로 튀어 숲 속으로 도망가리라. 운전수는 날 잡으러 달려오지 않을 거다. 그대로 트럭에 시동을 걸어 다른 일들이 기다리고 있는 파리로 돌아가겠지.

반면 프라델 대위는 능히 그를 쫓아올 수 있는 자였다. 저 개자식은 아주 뛰어난 반사 신경을 보여 준 바 있지 않은가? 아, 어떻게 한다……? 알베르는 오줌이 몹시 마려워졌고, 있는 힘을 다해 참았다.

트럭은 마지막 언덕을 올라갔다.

공동묘지는 길 가장자리에서부터 벌써 시작되고 있었다. 운전수는 약간의 조작을 통해 트럭을 내리막길에 주차시켰다. 다시 출발할 때는 크랭크 핸들을 돌릴 필요도 없이 바퀴 밑의 받침돌들만 치우면 그대로 시동이 걸리도록 해놓은 것이다.

엔진이 멈추자 기묘한 정적이 내려앉았다. 마치 외투 하나가 머리 위로 풀썩 떨어져 내린 듯한 느낌이었다. 곧바로 대위가 차 문을 열고 나타났다. 트럭 운전수는 공동묘지 입구로 가서 망을 볼 것이었다. 그동안 그들은 땅을 파고, 땅속에 있는 것을 꺼내고, 트럭에서 관을 내려 거기다 유해를 넣으면 이 일은 끝날 거였다.

페리쿠르 양의 리무진은 펄쩍 뛰어나올 태세로 어둠 속에 웅크리고 있는 야수처럼 보였다. 그녀는 차 문을 열고 나타났다. 아주 작은 모습이었다. 알베르에게는 그녀가 전날보다 더 어리게 느껴졌다. 대위는 그녀를 부축해 주려는 제스처를 취했으나, 그가 미처 입을 열 틈도 없이 그녀는 단호한 걸음으로 나아왔다. 이런 장소와 이런 시간에, 그녀의 존재는 너무도 기괴한 것이어서 세 남자는 아무 말도 할 수 없었다. 그녀는 머리를 까딱하여 출발을 신호했다.

그들은 걷기 시작했다.

운전수는 삽 두 자루를 들었고, 알베르는 커다란 방수포 접은 것을 힘겹게 메고 갔다. 그 위에다 파낸 흙을 쌓아 놓으면 구덩이를 다시 메울 때 작업이 훨씬 신속해질 거였다.

밤의 어스름 속, 봉긋봉긋 솟은 수십 개의 무덤들이 오른쪽, 왼쪽에서 나타났다. 마치 거대한 두더지들이 파헤쳐 놓은 밭을 나아가는 기분이었다. 대위는 성큼성큼 걸었다. 죽은 자들과 함께 있으면 늘 의기양양해지는 친구였다. 그 뒤로 젊은 처녀 마들렌이 알베르와 운전수 사이에서 종종걸음을 쳤다. 마들렌⋯⋯. 알베르가 좋아하는 이름이었다. 그의 할머니 이름이 바로 마들렌이었다.

「어디지?」

벌써 한참 동안 걷고 있다. 길 하나를 걸었고, 또 하나를 걸었다. 질문을 던진 사람은 대위다. 그는 신경질적으로 몸을 홱 돌린다. 속삭이고 있지만, 목소리에는 역정이 잔뜩 묻어 있다. 그는 빨리 이 일을 끝내고 싶은 마음뿐이다. 알베르는 열심히 찾는다. 팔을 들어 한쪽을 가리켰다가 그게 틀렸음을 깨닫고, 현재의 위치를 파악하려 애쓴다. 그는 곰곰이 생각해 본다. 아냐, 이쪽은 아냐.

「맞아, 저쪽이에요.」 마침내 그가 말한다.

그들은 마치 어떤 의식에 참석 중인 사람들처럼 아주 나지막하게 말한다.

「이봐, 좀 서두르란 말이야!」 대위는 짜증을 낸다.

드디어 그들은 거기에 이르렀다.

십자가에 조그만 인식표 하나가 걸려 있다. 에두아르 페리쿠르.

남자들은 뒤로 물러서 준다. 페리쿠르 양이 앞으로 나온다. 그녀는 조용히 흐느낀다. 운전수는 이미 삽들을 내려놓고는 망을 보러 떠났다. 이제 사방이 캄캄해져 서로의 모습이 잘 보이지 않는다. 처녀의 가냘픈 형태만 분간될 뿐이다. 사내들은 그녀의 뒤에서 예의상 고개를 숙였지만, 대위는 불안한 기색으로 사방을 두리번거린다. 그다지 편안하게 느껴지는 상황은 아니다. 알베르가 먼저 나선다. 한 손을 뻗어 마들렌 페리쿠르의 어깨에 살며시 올려놓는다. 그녀는 몸을 돌려 그를 쳐다보고, 무슨 뜻인지 이해하고 뒤로 물러선다. 대위는 알베르에게 삽 한 자루를 건네고, 자기도 한 자루를 잡는다. 처녀는 멀찌감치 물러선다. 땅을 파기 시작한다.

물기를 머금은 무거운 흙이라서 삽질이 빨리 되지 않는다. 잠시도 쉴 틈이 없는 전선에서는 시체가 깊이 묻히는 법이 없었다. 때로는 너무도 얕게 묻힌 탓에 다음 날만 돼도 쥐들이 찾아내곤 했다. 조금만 삽질하면 뭔가가 나올 것이다. 극도로 불안해진 알베르는 자주 삽질을 멈추고 귀를 쫑긋 세운다. 거의 죽어 버린 어떤 나무 가까이에 역시 긴장했는지 몸을 꼿꼿이 세우고 있는 페리쿠르 양의 모습이 분간된다. 그녀는 불안스레 담배를 피우고 있다. 그녀 같은 여자가 담배를 피운다는 사실에 알베르는 적이 놀란다. 프라델은 힐끗 돌아보더니, 이봐, 여기서 한없이 꾸물대고 있을 거야? 하고 쏘아붙인다. 삽질이 다시 시작된다.

땅속에 있는 시체에 삽날을 부딪치지 않도록 조심해서 파려니 시간이 꽤 걸린다. 퍼낸 흙은 방수포 위에 높직이 쌓여 간다. 알베르 머릿속에 의문이 스친다. 페리쿠르 가족은 이 시체를 가져가서 대체 뭘 하려는 걸까? 집 정원에다 파묻으려고? 지금처럼 밤중에?

그는 동작을 멈춘다.

「오케이!」대위는 휘익, 휘파람을 불면서 몸을 굽힌다.

그는 이렇게 말할 때 목소리를 바짝 낮춘다. 그녀에게 들리게 하고 싶지 않은 것이다. 시체의 뭔가가 나타났는데, 정확히 무엇인지는 알 수 없다. 마지막 삽질은 꽤 까다롭다. 아무것도 망가뜨리지 않으려면 시체 아래의 땅을 파야 하기 때문이다.

작업하는 것은 알베르다. 프라델은 참을성 없이 재촉해 댄다.

「왜 이리 꾸물대!」그는 나지막하게 속삭인다. 「이젠 아무 문제도 없어! 빨리!」

삽날이 수의로 사용된 상의의 한 자락에 걸리고, 그 즉시 훅하고 끔찍한 악취가 올라온다. 장교는 곧바로 고개를 돌려 버린다.

알베르도 한 걸음 뒤로 물러선다. 하지만 전쟁 중에, 특히 들것병이었을 때, 시체 썩는 냄새를 수도 없이 들이마셨던 그가 아니었던가? 그리고 에두아르와 함께 입원했을 때는 또 어떠했던가? 갑자기 그가 떠오르니……. 알베르가 고개를 들자, 멀찌감치 떨어져 있음에도 손수건으로 코를 감싸고 있는 그녀의 모습이 보인다. 저 아가씬 정말로 동생을 사랑하나 봐……! 이렇게 생각하고 있는데 프라델이 그를 거칠게 밀치면서 구덩이를 빠져나간다.

성큼성큼 걸어 젊은 숙녀의 옆으로 간 그는 그녀의 어깨를 잡아서는 무덤에서 등을 돌리게 한다. 이제 알베르 혼자 시체 냄새 진동하는 구덩이 속에 있다. 그녀는 저항한다. 싫다고 고개를 저으며 무덤에 다가오려고 한다. 알베르는 몸이 바짝 굳어서는 도대체 어떻게 해야 좋을지 망설인다. 그를 내려다보는 프라델의 우뚝한 실루엣이 너무도 많은 것들을 떠오르게 하기 때문이다. 별로 깊지는 않지만, 이렇게 다시 구덩이 속에 있게 되니, 차가워진 날씨에도 불구하고 공포의 식은땀이 배어나온다. 이렇게 구덩이 속에 있고 대위는 위에 딱 버티고 서 있으니까 자신이 곧 흙에 덮여 생매장될 것 같은 느낌이 드는 것이다. 몸이 떨리기 시작한다. 하지만 그는 다시 그의 친구를, 그의 에두아르를 생각했고, 이를 악물고 몸을 굽혀 다시 작업을 시작한다.

정말이지 이런 짓들은 일하는 이의 가슴을 찢어지게 한다. 그는 삽날 끝으로 조심스럽게 긁는다. 질척거리는 흙이 분해에 적합하지 않을 뿐 아니라 시체를 군복으로 제대로 싸놓은 탓에 부패가 더뎌졌다. 진흙 덩어리들이 달라붙어 있는 천 아래로 옆구리가 나타난다. 누리끼리한 갈비뼈에 썩어 가는 거무스름한 살점들이 붙어 있는 게 보인다. 그 속에는 구더기들이 우글거리는데, 아직도 먹을 게 꽤 많이 남아 있기 때문이다.

위에서 외마디 비명이 울린다. 알베르는 고개를 쳐든다. 여자가 격하게 흐느끼고 있다. 대위는 그녀를 달래 주지만, 알베르에게는 어깨 너머로 짜증 난 눈짓을 보낸다. 빨리 해! 뭘 기다리고 있는 거야?

알베르는 삽을 내려놓고 구덩이를 나와 달리기 시작한다. 가슴은 말할 수 없이 참담하다. 이 모든 것들이 너무도 끔찍하게 느껴진다. 이 불쌍한 죽은 병사. 다른 이들의 고통을 가지고 장사하는 저 트럭 운전수. 빨리 끝낼 수만 있다면 보다시피 관에다 어떤 시체라도 처넣을 준비가 되어 있는 저 대위……. 그리고 진짜 에두아르. 형편없이 망가진 몰골로 시체처럼 악취를 풍기며 병실에 묶여 있던 에두아르……. 생각하면 너무도 힘 빠지는 일이다. 그렇게 죽어라 싸운 결과가 고작 이거란 말인가?

그가 오는 것을 본 운전수는 안도의 한숨을 내쉰다. 그는 트럭 짐칸의 방수포 뒷문을 들어 올리고, 끝이 구부러진 쇠막대 하나를 집어 안쪽에 있는 관의 손잡이에 걸고는 힘껏 자기 쪽으로 당긴다. 이 모든 게 순식간에 이루어진다. 그러고 나서 운전수는 앞에서, 알베르는 뒤에서 관을 들고 무덤 쪽으로 향한다.

알베르는 숨이 턱턱 막힌다. 왜냐면 이 일에 이력이 난 사내의 걸음이 너무 빠르기 때문이다. 알베르는 최선을 다해 종종

걸음을 치지만, 손잡이를 놓쳐 관 밑에 깔릴 뻔한 게 한두 번이 아니다. 결국 그들은 도착한다. 그곳에선 지독한 악취가 진동하고 있다.

참나무로 되어 있고, 도금한 손잡이들이 달려 있으며, 뚜껑에는 단철 십자가를 붙여 놓은 멋들어진 관이다. 좀 이상한 느낌이 든다. 물론 공동묘지는 관을 위한 장소이긴 하지만, 이런 배경에서 이런 관은 너무 호화롭지 않은가? 전쟁통에 흔히 볼 수 있는 종류가 아니다. 몸통에 총알 구멍이 뚫려 익명으로 죽어 가는 젊은이들보다는 푹신한 침대에 누워 죽는 부르주아들에게 더 어울리는 관이다. 알베르는 이 멋진 철학적 성찰을 미처 끝내지 못한다. 주위에서는 이 일을 빨리 끝내 버리기 위해 정신이 없다.

그들은 관 뚜껑을 들어 옆에다 내려놓는다.

운전수는 유해가 있는 구덩이로 성큼 내려가서는 몸을 숙여 맨손으로 군복의 끝부분을 잡고 들어 올린다. 그러고는 도움 줄 사람을 눈으로 찾는데, 그 눈길은 당연히 — 그 말고 또 누구겠는가? — 알베르에게로 향한다. 알베르는 한 걸음 나아가서는 마찬가지로 구덩이로 내려가는데, 그 즉시 두려움으로 머리가 휑해진다. 그가 공포에 질려 있는 게 한눈에 보이는 듯, 운전수가 묻는다.

「어이, 괜찮겠어?」

그들은 함께 몸을 숙인다. 시체 썩는 악취를 얼굴 전체로 받으며 천을 붙잡고는 영차! 하고 용을 쓴다. 그렇게 한 번, 다시 한 번 반동을 준 다음, 시체를 번쩍 들어 무덤 언저리에 올려놓는다. 철썩 하는 음산한 소리가 울린다. 그들이 거기 올려놓은 것은 그렇게 무겁지 않다. 썩고 남은 것은 채 어린아이의 무게도 못 된다.

운전수는 곧바로 구덩이 밖으로 올라가고, 알베르는 그의 뒤를 따를 수 있어 너무도 기쁘다. 두 사람은 다시 군복의 귀퉁이를 잡아 그 모든 것을 관 속에다 집어 던지는데, 이번에는 좀 더 무딘 철퍽 소리가 난다. 알베르가 제대로 알아차릴 틈도 없이 운전수는 벌써 관 뚜껑을 닫아 놓았다. 작업 중에 흘린 뼈 몇 개가 구덩이 안에 남아 있을 터이나, 할 수 없는 일이다. 어쨌든 이 시체로 하게 될 일을 위해서는 이걸로 충분하다고 운전수와 대위는 생각하고 있는 듯하다. 알베르는 페리쿠르 양의 시선을 찾아보지만, 그녀는 벌써 자기 차로 돌아가 있다. 그녀가 방금 겪은 그 힘든 일을 생각하면 어떻게 뭐라고 할 수 있겠는가? 지금 그녀의 동생은 구더기 뭉치로 변해 있는 것이다.

여기서는 너무 요란할 것이므로 못질은 나중에, 도로에서 할 것이다. 운전수는 뚜껑을 꽉 고정시키고 악취가 트럭 안에 퍼지는 것을 막기 위해, 일단은 폭이 넓은 직물 끈 두 개로 관을 칭칭 감아 놓았다. 그런 다음 그들은 신속히 온 길을 되돌아갔다. 알베르 혼자서 관 뒤쪽을 잡았고, 다른 두 사람은 앞에 섰다. 그동안 담뱃불을 붙여 놓은 대위는 걸으면서 유유히 담배를 빨았다. 알베르는 탈진한 상태였고, 특히나 허리가 아팠다.

관을 트럭 뒤 칸에 싣기 위해 운전수는 대위와 함께 앞쪽을 잡고, 알베르는 여전히 뒤쪽을 잡는다. 정말이지 거기가 그의 자리인 모양이다. 그들은 들어 올리고, 또다시 〈영차〉를 한 다음, 관을 안쪽까지 밀어 넣는다. 철판 바닥이 긁히는 소리가 조금 크게 울리지만, 이젠 다 끝났고 여기서 꾸물대지 않을 것이다. 그들 뒤에서 리무진이 부릉거린다.

여자의 흐릿한 실루엣이 그에게 다가온다.

「고마워요.」 그녀가 말한다.

알베르는 뭔가를 말하려고 한다. 하지만 미처 그럴 틈도 없이 그녀는 그의 팔을, 손목을, 아니 손을 잡더니 그 안에다 지폐 몇 장을 슬그머니 밀어 넣고는 두 손으로 다시 오므려 준다. 이 간단한 동작에 알베르의 마음은 말할 수 없이 참담해진다…….

그녀는 벌써 자기 차로 향하고 있다.

운전수는 관이 사방으로 돌아다니지 않게끔 짐칸 가로장에 밧줄로 묶어 놓고, 프라델 대위는 알베르에게 신호를 한다. 그는 공동묘지 쪽을 가리킨다. 빨리 구덩이를 메워야 한다. 파헤친 상태로 놔두면 군경들이 오고, 조사가 시작된다. 마치 그게 필요하기라도 한 듯이.

알베르는 삽을 집어 들고 묘지들 사이로 뛰어간다. 하지만 문득 이상한 생각이 들어 뒤를 돌아본다.

그만 혼자 남았다.

저쪽, 30여 미터 떨어진 도로 쪽에서 멀어져 가는 리무진의 엔진 소리가, 그리고 뒤이어 내리막길에서 트럭이 움직이기 시작하는 소리가 들린다.

1919년 11월

10

널찍한 소파에 몸을 묻은 앙리 도네프라델은 팔걸이 위에 오른쪽 다리를 척 올려놓고서, 아주 오래 묵은 코냑이 담긴 거대한 유리잔을 손끝으로 천천히 돌리고 있었다. 그는 이쪽저쪽의 대화에 귀를 기울이면서도 짐짓 무관심한 표정을 짓고 있었는데, 이는 자기가 〈세상사에 빠삭한 친구〉라는 것을 보여 주기 위함이었다. 그는 이런 종류의 약간 속된 표현들을 좋아했다. 할 수만 있었더라면 서슴없이 비속한 표현들까지 사용하고, 감히 불쾌한 표정을 내비칠 수도 없는 사람들 앞에서 상스러운 말들을 마구 쏟아 내며 짜릿한 희열을 느꼈을 것이다.

그러기 위해서는 아직 5백만 프랑이 더 필요했다.

5백만 프랑만 있으면, 무슨 짓을 한다 해도 세상에 무서울 게 없는 것이다.

프라델은 일주일에 세 번씩 조케 클럽[19]에 왔다. 이곳이 특별히 재미있어서가 아니라 — 클럽의 수준은 기대했던 것에

19 프랑스의 사교 클럽으로, 1834년에 창설된 이래로 프랑스의 최상류 귀족과 부르주아들만이 가입할 수 있었던, 폐쇄적이고도 명성 있는 클럽이다.

비하면 약간 실망스럽게 느껴졌다 ── 이곳이 그가 열망해 마지않는 사회적 신분 상승의 상징이었기 때문이다. 호화로운 거울들, 벽지들, 양탄자들, 금박 장식들, 세련되고 품격 있는 직원들, 그리고 입이 쩍 벌어지는 거액의 연회비는 그에게 만족감을 안겨 주었고, 이 만족감은 거기서 얻을 수 있는 무수한 만남의 기회들로 인해 몇 배로 증폭되었다. 그는 넉 달 전에 여기에 들어왔는데, 그를 마뜩잖은 눈으로 바라보는 클럽의 핵심 인사들 때문에 겨우겨우 입회했다. 하지만 졸부들을 죄다 불합격시킨다면, 지난 수년간의 대참사도 있고 하여 클럽이 휑해져 버릴 거였다. 또 프라델은 무시하기 힘든 후원자를 몇 사람 등에 업고 있었다. 우선 그의 장인은 부탁을 거절하기 힘든 사람이었고, 그와 교분이 있는 모리외 장군의 손자는 방탕하고도 상당히 퇴폐적인 젊은 친구이긴 했지만, 인맥 하나는 대단했다. 고리 하나를 거부하는 것은 연결된 사슬 전체를 잃게 되는 일, 말도 안 되는 소리였다. 특히나 요즘처럼 사람이 부족한 때에는 가끔은 이런 것들도 받아들일 줄 알아야 하는 법이다……. 적어도 도네프라델은 이름 하나는 번드르르했다. 심보가 좀 도둑놈 같았다고는 하지만, 어쨌든 유서 깊은 집안이었다. 그래서 그는 결국 받아들여졌다. 그리고 클럽의 현 회장인 들라로슈푸코 씨는 항상 돌격하는 듯한 걸음걸이로 홀을 가로지르는, 볼 때마다 돌개바람을 연상시키는 이 건장한 젊은이가 들어오면 클럽의 풍경을 연출하는 데 나쁠 게 없겠다고 생각했다. 승자에겐 언제나 추한 구석이 있다는 격언도 있지만, 좀 거만한 친구였다. 한마디로 꽤나 상스러운 인물이었지만, 어쨌거나 영웅이었다. 그리고 훌륭한 사교 모임에서는 예쁜 여자들뿐 아니라 영웅이 몇 사람 정도 있어야 하는 법이다. 그 나이대의 사내는 팔 하나나 다리 하나, 혹은 그 두 가지 모두가 없는 경우가 허다한 이 시절에, 이런 친구는 클럽 분위기를 아주 근사하게 꾸며 주지 않겠는가?

지금까지 도네프라델은 이 전쟁이 그저 만족스럽기만 했다. 그는 제대하자마자 남는 군수품을 매입하여 되파는 사업에 뛰어들었다. 프랑스 차량 혹은 미국 차량 수백 대, 엔진, 트레일러, 수천 톤의 목재, 철판, 방수포, 각종 도구, 고철, 부품……. 요컨대 이 나라가 더 이상 사용하지 않게 되어 처분해야 할 필요성이 생긴 모든 것들이 그의 손을 거쳐 갔다. 프라델은 물건들을 통째로 매입해서는 이를 철도 회사, 운송 회사, 영농 기업 등에 팔아 치웠다. 수입은 아주 짭짤했는데, 우선은 이런 군수품 관리 분야는 매수와 수수료와 뇌물에 극도로 취약했기 때문이요, 둘째는 현장에 가면 트럭 한 대 가격에 세 대를, 또 2톤 가격으로 5톤을 그냥 들고 올 수 있기 때문이었다.

모리외 장군의 비호와 국가적 영웅으로서의 위상은 도네프라델이 여기저기를 쉽게 뚫을 수 있게 해주었으며, 참전 용사 전국 연맹(이 단체는 지난번에 정부가 파업 노동자들을 해산시키는 것을 도움으로써 그 유용성을 증명해 보였다)에서의 그의 역할은 더 많은 후원자들을 가져다주었다. 덕분에 그는 대규모의 군수품 처분 매매 계약을 따낼 수 있었고, 대출받은 몇만 프랑으로 이것들을 통째로 사들이고, 또 되판 후에는 수십만 프랑의 수입을 올리곤 했다.

「어이, 잘 있었나!」

레옹 자르댕볼리외였다. 유능하지만 태어날 때부터 왜소한 친구였다. 보통 사람들보다 키가 10센티미터는 더 작았다. 중요하다고도 할 수 있고 별것 아니라고도 할 수 있는 차이였지만 그로서는 끔찍한 차이였고, 그는 무엇보다도 세상의 인정을 받기 위해 안간힘을 썼다.

「음, 앙리, 잘 있었나!」 그는 어깨를 굼틀 돌리면서 대답했다. 이러면 키가 더 커 보인다고 믿는 친구였다.

자르댕볼리외에게 있어서 도네프라델을 성이 아닌 이름으로 부를 수 있다는 것은, 그걸 위해서라면 부모라도 팔아먹을 수 있는(그는 실제로 그렇게 했다) 더없이 짜릿한 일이었다. 이놈은 다른 사람의 말투를 흉내 내면 자기도 그 사람처럼 되는 줄 아는 모양이군……. 앙리는 그에게 대충 손을 내밀며 생각했다. 그러고 나서 긴장한 목소리로 나지막이 물었다.

「그래, 어떻게 됐나?」

「아직 아무것도 몰라.」 자르댕볼리외가 대답했다. 「아직 새어 나온 소식이 없어.」

프라델은 분노에 찬 눈썹을 꿈틀 올렸다. 그는 아랫사람들에게 무언의 메시지를 보내는 재능이 탁월했다.

「그래, 알아.」 자르댕볼리외가 사과했다. 「안다고…….」

프라델은 끔찍이도 조급했다.

몇 달 전, 정부는 전선에 묻힌 병사들의 유해를 발굴하는 일을 사기업들에 맡기기로 결정했다. 그들이 세운 프로젝트는 〈가능한 최대 규모의 공동묘지를 가능한 최소한의 숫자로 조성할 것〉을 권고하는 장관령에 따라, 유해들을 몇 군데의 거대한 군사 묘지에 한데 모은다는 거였다. 병사들의 유해는 사방에 널려 있었다. 전선에서 몇 킬로미터 떨어진 곳에, 혹은 전선에서 수백 미터 떨어진 곳에 임시로 만들어진 공동묘지들에, 다시 말해서 이제는 농업에 돌려주어야 할 땅들에 말이다. 벌써 몇 해 전부터, 아니 거의 전쟁이 시작됐을 때부터, 유가족들은 자식들의 무덤에서 묵념할 수 있게 해달라고 요구해 왔다. 묘소들을 한데 모은다는 이 계획은 언젠가 원하는 유가족들에게 병사의 시신을 돌려줄 가능성을 배제하진 않았지만, 영웅들이 〈전사한 전우들 곁에서〉 쉴 수 있게 될 이 거대한 공동묘지들이 일단 조성되고 나면 유가족들의 분노를 가라앉힐 수 있으리라고 정부는 기대하고 있었다. 또 이를 통해 시신을 개별적으로 처리할 경우 국가 재정에 부담을 지우는 일을 피할 수 있을 거였고, 또 엄청난 비용이 예상되어 독일이 부채를 지불하기 전까지 국고가 텅 비어 있을 상황에서는 정말 골칫거리가 아닐 수 없는 위생상의 문제들도 덜 수 있을 거였다.

공동묘지를 만든다는 도의적이고도 애국적인 대사업은 돈이 되는 온갖 종류의 일거리들을 낳았다. 예를 들어 수십만 개의 관을 제조해야 했으니, 대부분의 병사들은 그냥 군복으로만 감싸인 맨몸으로 흙 속에 묻혔기 때문이었다. 또한 삽으로 땅을 파헤쳐 수십만 구의 시신을 파내야 했고(이때 최대한 신중히 작업해야 한다고 장관령은 명시하고 있다), 그렇게 발굴한 유해들을 관에 담아 트럭으로 역까지 운반해야 했으며, 목적지인 군사 묘지에 다시 매장해야 했다…….

만일 프라델이 이 공공사업 계약의 일부분을 따올 수만 있다면, 그가 부리는 중국인들은 시체당 단 몇 상팀의 급료로 수만 구의 시체를 파낼 것이고, 그의 차량들은 수만 구의 썩어 가는 유해를 실어 나를 것이며, 세네갈인들은 이 모든 것을 반듯

반듯하게 줄이 맞춰진, 그리고 아주 높은 가격으로 팔리는 멋진 십자 묘비로 장식된 묘지들에 파묻을 것이다. 그렇게 할 수만 있다면 라살비에르 성을, 밑 빠진 독처럼 돈이 들어가는 그 골칫거리를 3년 안에 완전히 개축할 수 있을 것이다.

시체 한 구당 80프랑을 번다고 치고, 거기서 원가 25프랑가량을 제하고 계산할 때, 프라델은 250만 프랑의 수익을 기대할 수 있었다.

그리고 만일 관련 부처에서 수의 계약으로 주문을 몇 개 받으면, 그쪽에 찔러주는 돈을 제한다 하더라도 수익은 거의 500만 프랑에 달할 거였다.

그야말로 세기의 계약이었다. 전쟁이 산업에 가져다주는 이점은 한두 가지가 아닌 것이다. 심지어는 전쟁이 끝난 후에도 말이다.

부친이 국회 의원인 자르댕볼리외를 통해 이 모든 정보를 얻게 된 프라델은 용의주도하게 움직였다. 제대하자마자 그는 프라델&Co사를 설립했다. 자르댕볼리외와 모리외의 손자는 각기 5만 프랑과 그들의 소중한 인맥을 가져왔고, 프라델은 혼자서 40만 프랑을 투자했다. 사장이 되기 위해. 그리고 수익의 80퍼센트를 먹기 위해.

공개 입찰 위원회는 이날 모여서 벌써 열네 시간째 비공개회의 중이었다. 프라델은 미리부터 위원들과 접촉하고 커미션을 15만 프랑이나 찔러 넣는 등, 만반의 준비를 해놓았다. 세 명의 위원은(그중 둘은 프라델의 수하나 다름없었다) 다양한 제안들 중에서 하나를 선택하게 될 거였다. 다시 말해서 이들은 프라델&Co사가 최상의 견적서를 제출했으며, 또 이 회사가 군사 묘지 관리국 보관소에 제출한 관 견본이 조국을 위해 산화한 프랑스 병사들의 존엄과 국가의 재정에 가장 부합하다는 매우 공정한 결론을 내리게 될 거였다. 그 덕분에 프라델은 여러 개의 구역을, 아니 만일 모든 게 잘 돌아가면 10여 개의 구역을 맡을 수 있을 거였다. 어쩌면 그 이상일 수도 있었다.

「연금부 일은 어떻게 돼가고 있지?」

자르댕볼리외의 좁다란 얼굴에 큼지막한 미소가 번졌다. 여기엔 준비된 대답이 있었다.

「그쪽은 다 된 거나 마찬가지야.」

「그래, 그건 나도 알아!」 프라델은 부아가 치미는 걸 느끼며 내뱉었다. 「내 질문은 그게 〈언제〉냐는 거야!」

지금 프라델이 신경 쓰는 것은 입찰 위원회의 심의만이 아니었다. 연금부 산하의 호적, 상속 및 군사 묘지 관리국은 긴급을 요하거나 필요하다고 판단되는 경우, 공공사업권을 수의로 부여할 권한이 있었다. 경쟁을 통하지 않고서 말이다. 이 경우 프라델&Co사에게는 완전히 독점적인 상황이 열리는 거고, 그들은 단가를 원하는 만큼, 다시 말해서 시체 한 구당 130프랑까지 올릴 수 있을 거였다…….

프라델은 짐짓 초연한 척했다. 위대한 정신의 소유자들은 극도로 긴장된 상황에서도 그러하니까. 하지만 속으로는 엄청나게 흥분해 있었다. 이번에도 자르댕볼리외는 제대로 대답하지 못했다. 그의 미소가 사그라졌다.

「잘 모르겠어…….」

그는 얼굴이 창백해졌다. 프라델은 시선을 돌렸다. 꺼져 버리라는 뜻이었다. 자르댕볼리외는 주춤주춤 물러서다가 조케 클럽의 한 회원을 발견한 척하고는, 처량한 몰골로 드넓은 홀의 저쪽 끝으로 황급히 이동했다. 그 멀어져 가는 뒷모습을 지켜보는 프라델의 눈에 그의 높은 구두 굽이 눈에 들어왔다. 저 친구는 저렇게 작은 키 콤플렉스에 매여 있는 게 문제야. 저렇지만 않다면 보다 냉정해질 수 있을 거고, 그러면 나름 똑똑한 친구인데 말이야. 흠, 안됐어……. 하지만 프라델이 그의 계획을 위해 자르댕볼리외를 끌어들인 것은 그의 〈똑똑함〉이 필요해서가 아니었다. 자르댕볼리외에게는 가치를 따질 수 없는 장점이 둘 있었다. 하나는 국회 의원인 부친이요, 다른 하나는 땡전 한 푼 없지만(그렇지 않았다면 왜 저따위 난쟁이를 택했겠는가?) 뇌쇄적인 미모의 약혼녀였다. 짙은 갈색 머리와 요염한 입술의 소유자인 그녀와 자르댕볼리외는 몇 달 후에 결혼할 계획이었다. 처음 소개를 받았을 때, 프라델은 느꼈다. 이 아가씨는 현실적으로는 이익이지만, 자기 같은 미인으로선 창피하기 그지없는 이 혼사로 무척 괴로워하고 있다는 것을. 그녀는 모종의 복수를 필요로 하는 종류의 여자, 자르댕볼리외의 살롱에서 걸어가는 모습으로 판단컨대(프라델은 자기는 말[馬]에 대해서도 그렇지만 이 방면에서는 틀려 본 적이 없다고 말하곤 했다), 잘만 요리하면 복잡한 절차를 거칠 필요조차 없는 여자라는 걸 장담할 수 있었다.

프라델은 다시 코냑 잔을 물끄러미 들여다보면서, 앞으로 어떤 전략을 사용해야 좋을지, 지금까지 무수히 생각해 온 그 문제에 다시 빠져들었다.

그 많은 관들을 제작하려면 상당수의 전문 업체들에게 하청을 주어야 할 터인데, 국가와의 계약은 이를 엄격히 금하고 있었다. 하지만 모든 게 정상대로 진행된다면 아무도 자세히 살펴려 들지 않을 거였다. 왜냐면 눈감아 줘야 할 이유가 모두에게 있기 때문이었다. 중요한 것은 — 이 점에 있어서 여론은 전적으로 일치했다 — 이 나라가 수효는 적지만 아주 커다란 군사 묘지들을 부끄럽지 않은 시일 내에 갖추는 거였다. 그러면 모두가 이 전쟁을 나쁜 기억의 하나로 마침내 정리할 수 있게 되리라.

그리고 프라델은 조케 클럽의 그 누구도 입도 벙긋 못 하는 가운데, 마음껏 코냑 잔을 흔들어 대고 또 꺽꺽 트림할 권리를 얻게 될 거였다.

이런 생각들에 몰두해 있었던 탓에 그는 자기 장인이 들어오는 것도 보지 못했다. 그가 자신의 실수를 깨달은 것은 특별한 정적 때문이었다. 주교가 성당에 입장했을 때와도 비슷한, 갑작스럽고도 먹먹하고도 파르르한 정적이었다. 그가 깨달았을 때는 너무 늦은 뒤였다. 노인네 앞에서 계속 이런 방만한 자세로 앉아 있는 것은 용서받지 못할 불손함이었다. 그렇다고 해서 황급히 자세를 바꿀 수도 없는 노릇이었다. 그건 자기가 이 노인네에게 종속되어 있음을 만천하에 시인하는 꼴이니까. 두 가지 나쁜 해결책 중 하나를 선택해야 하는 상황이었다. 프라델은 도발 대신 그가 느끼기에 가장 참을 만한 모욕을 택했다. 그는 있지도 않은 어깨 위의 먼지를 터는 척하며, 최대한 무심한 동작으로 몸통을 뒤로 돌렸다. 그 바람에 오른쪽 발이 자연스럽게 땅에 끌리는 순간, 소파 위에 몸을 벌떡 곧추세우며 아무렇지도 않은 듯한 표정을 지었다. 속으로는 이 상황을 복수해야 할 일의 목록에 추가해 넣으면서.

페리쿠르 씨는 호인 같은 느긋한 걸음걸이로 조케 클럽 홀 안으로 들어왔다. 그는 사위가 벌이는 쇼를 전혀 눈치채지 못한 체하면서, 이 일을 언젠가 돌려받아야 할 빚의 하나로 기억해 두었다. 그는 테이블 사이를 지나면서 이 사람 저 사람에게 마치 너그러운 군주처럼 힘을 뺀 손을 척 내밀기도 하고, 어느 총독처럼 기품 있는 어조로 참석자들의 이름을 부르기도 했다. 안녕하시오, 내 친구 발랑제……. 아, 프라피에, 당신도 오셨구려……. 안녕하시오, 고다르……. 혹은 〈아니…… 내 착각이 아니라면, 혹시 그대는 팔라메드 드샤비뉴가 아니시오?〉라는 식으로 가끔씩 나름의 유머를 섞어 가면서 말이다. 그러다가 프라델 앞에 이르렀을 때는, 내가 네놈 속을 다 안다는 듯 눈꺼풀을 스르르 내리기만 했다. 그렇게 수수께끼 같은 표정을 한 번 지은 다음, 다시 계속 홀을 가로질러 벽난로까지 가서는, 두 팔을 활짝 벌리며 과장된 만족감을 드러냈다.

그가 고개를 돌려 사위의 등짝을 쳐다보았다. 일부러 고른 전략적인 위치였다. 이렇게 내가 등 뒤에서 주시하는 걸 느끼면 성질깨나 나리라……. 이렇게 그들이 주거니 받거니 수를 쓰는 걸 보고 있노라면, 이 두 사내가 벌이는 게임은 이제 막 시작되었을 뿐이고, 앞으로 파란만장하게 전개되리라는 걸 가히 짐작할 수 있었다.

두 사람 간의 반감은 자연스럽고도, 조용하고도, 거의 차분하다시피 한 것이었다. 그것은 아주 오래갈 증오를 예고하고 있었다. 페리쿠르 씨는 프라델이 악당이라는 걸 대번에 알아챘지만, 마들렌의 열광을 막을 수는 없었다. 이걸 뭐라고 설명하기는 힘들었지만, 두 남녀가 함께 있는 모습을 1초만 보고 있으면 앙리가 그녀를 아주 즐겁게 해주고 있으며, 그녀는 그걸로 만족하지 않고 이 사내를 원하고 있다는 걸, 끔찍하게 원하고 있다는 걸 깨달을 수 있었다.

페리쿠르 씨는 티는 내지 않았지만 나름의 방식으로 자기 딸을 사랑했고, 만일 그녀가 앙리 도네프라델 같은 자에게 홀딱 빠지는 멍청한 짓만 하지 않았다면, 그녀가 행복해하는 모습을 보고 자신도 그저 행복했을 거였다. 막대한 부를 지닌 마들렌 페리쿠르는 많은 남자의 탐욕의 대상이었고, 용모는 보기에 흉하지 않은 정도였지만 사내들이 벌 떼처럼 달려들었다. 그녀는 바보가 아니었다. 죽은 어머니처럼 성마르고도 성깔 있는 성격으로, 그렇게 쉽게 감정에 휩쓸리고 유혹에 넘어가는 여자가 아니었다. 전쟁이 일어나기 전, 마들렌은 그녀가 얼굴은 예쁘지 않지만 지참금만큼은 아주 예쁘다고 생각하고 흑심을 품는 나부랭이들을 한눈에 알아보았다. 또 그들을 돌려보내는 은근하고도 효율적인 방법도 알고 있었다. 이렇게 여러 차례 청혼을 받다 보니 자신감이 생겼는데, 이 자신감이 너무 커진 모양으로, 전쟁이 발발했을 때는 스물다섯 살이었고, 동생의 끔찍한 상을 당했을 때는 어느덧 서른이었다. 그리고 벌써 노화가 시작되고 있었다. 어쩌면 이 때문인지도 몰랐다. 그녀는 앙리 도네프라델을 3월에 만나서 7월에 결혼해 버린 것이다.

남자들은 그녀가 왜 그처럼 열광하는지 이해할 수 없었다. 앙리에게 뭐가 그리 대단한 게 있단 말인가? 물론 괜찮은 녀석이라는 건 인정하지만, 그래도 좀……. 이게 바로 남자들이었다. 왜냐면 여자들은 아주 잘 알아보았기 때문이다. 여자들은 그 거동이며, 그 물결치는 고수머리며, 그 빛나는 눈이며, 그 딱 벌어진 어깨며, 그 살결이며…… 아, 세상에! …… 그 모든 것들을 홀린 듯 쳐다보았고, 마들렌 페리쿠르가 왜 그것들을 맛보고 싶어 하는지, 그리고 맛본 뒤에는 왜 그렇게 환한 얼굴이 되는지 이해하고 있었다.

페리쿠르 씨는 애초부터 자기가 이길 수 없는 게임이라고 판단하고는 오래 우기지 않았다. 그는 보다 신중하게 제한선을 그어 놓는 것으로 만족했다. 부자들 사이에서 이것은 〈결혼 계약서〉라고 불린다. 마들렌은 이에 대해 별 할 말이 없었다. 반면, 미남 사위는 가족의 공증인이 작성한 초안을 발견하고는 오만상을 찌푸렸다. 두 남자는 말없이 서로를 노려보기만 했다. 그게 현명한 행동이었으니까. 마들렌은 그녀 재산의 유일한 소유자로 남게 되고, 결혼 후에 취득하는 모든 것에 대해서는 공동 소유자가 될 거였다. 그녀는 아버지가 앙리에 대해 의심을 품고 있으며, 이 계약서가 그 구체적인 증거라는 걸 이해했다. 그 정도의 재산이 있으면 신중함은 제2의 천성이 되는 법이다. 그녀는 남편에게 미소를 지으며 이래 봤자 달라지는 건 아무것도 없다고 설명했다. 하지만 프라델은 이게 모든 걸 바꿔 놓았다는 걸 잘 알고 있었다.

우선 그는 자신이 속았다는, 이 모든 노력에도 불구하고 정당한 보상을 받지 못했다는 느낌이 들었다. 그의 친구들을 보면, 많은 경우에 결혼이 모든 것을 해결해 주지 않았던가? 그것을 얻기가 쉽지 않을 때도 있고, 아주 세심하게 작업을 해야 하지만, 일단 거기에 이르고 나면 두둑한 곗돈을 탄 것처럼 마음 내키는 대로 하고 살 수 있는 것이다. 그런데 그의 결혼은

186

아무것도 바꿔 놓지 못했다. 물론 생활 수준은 달라졌다. 거기에 대해선 할 말이 없다. 그는 분명히 덕을 보았고, 왕족처럼 살게 되었다. 다시 말해서 앙리는 분수에 맞지 않게 살고 있는 가난뱅이였다(그는 10만 프랑에 가까운 개인 돈을 금방 써버렸다. 결혼 후 곧바로 가문의 저택 보수에 쏟아부은 것인데, 워낙에 무너져 가는 집이라 손봐야 할 데가 한둘이 아니어서 밑 빠진 독에 물 붓기였다).

앙리는 재산을 얻지 못했다. 하지만 실패한 결혼은 결코 아니었다. 우선, 이 결혼은 신경 쓰이던 113고지 사건에 종지부를 찍어 주었다. 이 일이 다시 튀어나온다 해도(잊었다고 믿었던 옛날 일들이 가끔 그러하듯이) 이젠 더 이상 걱정할 게 없었다. 왜냐면 그는 간접적이나마 부자이고, 또 권세 있고 명망 높은 집안에 연결된 몸이었기 때문이다. 마들렌 페리쿠르와의 결혼은 그를 거의 건드릴 수 없는 존재로 만든 것이다.

또 그는 엄청난 특권을 얻게 되었으니, 다름 아닌 가족의 인맥이었다. (그는 페리쿠르 씨의 사위요, 데샤넬 씨와 가까운 관계요, 푸앵카레 씨와 도데 씨,[20] 그리고 기타 무수한 유력 인사들과 친구 사이였다). 그리고 그의 투자는 처음부터 만족스러운 결과를 가져왔다. 몇 달 후에는 장인의 얼굴을 똑바로 쳐다볼 수 있게 될 거였다. 지금 그는 딸내미의 몸을 즐기며 그의 인맥을 충분히 이용해 먹고 있었으며, 모든 게 그가 바라는 대로 진행된다면 3년 후에는 노인네가 조케 클럽의 끽연실에 들

---

20 폴 데샤넬(1855~1920)은 프랑스공화국의 제11대 대통령, 레몽 푸앵카레(1860~1934)는 프랑스 수상을 역임한 정치가, 레옹 도데(1867~1941)는 언론인이자 작가이다.

어올 때 지금보다도 한층 여유 있게 건들거릴 수 있으리라.

페리쿠르 씨는 사위가 어떻게 부를 축적하는지 알고 있었다. 발 빠르고도 효율적인 녀석이라는 데에는 의심의 여지가 없었다. 단 몇 달 만에 회사 세 개를 차렸고, 백만 프랑에 가까운 수익을 올린 것이다. 이런 점에서 보자면 그는 지금 이 시대에 걸맞은 인물이라고 할 수 있었으나, 페리쿠르 씨는 이러한 성공을 본능적으로 경계하고 있었다. 이런 식의 수직 상승은 신용할 수 없는 것이다.

지금 페리쿠르 씨 주위에는 여러 사람이 모여 있었다. 모두가 그의 고객들이었다. 거부(巨富)의 주위에는 언제나 신하들이 몰려들기 마련이다.

프라델은 원숙한 솜씨를 발휘하는 장인의 모습을 지켜보았다. 그리고 찬탄을 금치 못하며 마음속에 교훈을 하나하나 새겨 넣었다. 의심의 여지가 없었다. 저 고집불통 영감탱이는 수완 하나는 끝내줬다. 얼마나 여유가 넘치는가! 그는 충고와 허가와 권고의 말들을 아낌없이(물론 그럴 사람에게만) 분배하고 있었다. 주변 사람들은 그가 충고하면 그것은 명령이고, 의문을 표시하면 금지라는 것을 알고 있었다. 그는 당신에게 무언가를 거절한다고 해서 절대로 화를 낼 수 없는, 그런 종류의 사람이었다. 왜냐면 당신에게 남은 것까지 거둬 갈 수 있는 사람이기 때문이었다.

바로 이때, 마침내 라부르댕이 끽연실에 들어왔다. 땀을 뻘뻘 흘리고 손에는 손수건을 쥐고 있었다. 프라델은 안도의 한숨이 터져 나오는 걸 억눌렀다. 그런 다음 코냑을 단숨에 들이켜고는 벌떡 일어나 그의 어깨를 잡아 옆방으로 끌고 갔다. 이미 땀을 한 바가지나 쏟은 라부르댕은 또다시 프라델 옆에서 그 짧고 뚱뚱한 다리로 종종걸음을 쳐야 했다.

라부르댕은 멍청함 덕분에 출세한 인물이었다. 그의 멍청함은 예외적인 끈질김의 형태로 나타났다. 이 끈질김은 정치의 영역에선 이론의 여지없는 미덕이었지만, 그의 끈질김은 의견을 바꿀 능력이 없음과 상상력의 전무함의 결과일 뿐이었다. 이 어리석음은 편리한 것으로 명성이 높았다. 한마디로 보잘것 없고, 거의 언제나 우스꽝스러운 라부르댕은 어느 자리에나 박아 놓을 수 있는 인간, 무슨 일을 시켜도 마소처럼 충성을 다하는 그런 종류의 인간이었다. 똑똑하지 못하다는 점만 빼면 대단한 장점이 아닐 수 없었다. 그는 모든 게 얼굴에 드러났다. 순진함, 식탐, 비겁함, 하찮음, 그리고 무엇보다도 육욕. 그는 음담패설을 입에 달고 다녔고, 모든 여자에게 탐욕이 가득한 시선을 던졌다. 특히 젊은 하녀들에게 그랬는데, 그들이 몸을 돌리기만 하면 엉덩이를 주물렀고, 전에는 일주일에 세 번이나 사창가를 드나들기도 했다. 여기서 〈전에는〉이라는 표현을 쓴 것은, 점차로 그의 소문이 그가 구청장으로 있던 구의 바깥까지 퍼지게 되어, 뭔가 간청할 것이 있는 여자들이 구름처럼 몰려들었기 때문이다. 이에 그는 상근 일수를 두 배로 늘렸고, 그의 주위엔 허가서 한 장, 특혜 하나, 서명 하나, 직인 하나의 대가로 사창가까지 갈 필요가 없게 해줄 준비가 되어 있는 여자들이 언제나 한둘은 있었던 것이다. 라부르댕이 행복하다는 것은 한눈에 보였다. 배나 불알이나 모두 빵빵하게 차 있었고, 항상 다음번 식탁과 다음번 엉덩이들을 덮칠 준비가 되어 있었다. 그가 구청장으로 선출될 수 있었던 것은 유력 인사 몇 사람 덕분이었는데, 그중에서도 페리쿠르 씨는 왕이었다.

「자, 이제 당신은 입찰 위원회 위원으로 임명될 거야.」 어느 날 프라델이 알렸다.

라부르댕은 위원회나 심의회 같은 것에 들어가는 걸 무척이나 좋아했다. 이는 자신이 대단한 인물이라는 증거였기 때문이다. 또 위원직을 맡으라고 사위가 거의 명령조로 말하고 있지만, 그 뒤에는 분명히 페리쿠르 씨가 있을 터였다. 그는 정확히 이행해야 할 지시 사항들을 큼직한 글자로 꼼꼼하게 적었다. 지시 사항을 모두 전한 뒤, 프라델은 메모지를 가리키며 말했다.

「이제 이것은 깨끗이 없애 버리라고! 설마 이걸 백화점 쇼윈도에다 진열할 생각은 아니겠지?」

라부르댕에게 이것은 악몽의 시작이었다. 임무를 제대로 수행하지 못할까 겁이 난 그는 며칠 밤을 새우며 지시 사항들을 하나하나 암기했다. 하지만 반복해 외울수록 헷갈렸다. 결국 위원직은 형극의 길이 되었고, 위원회는 이름만 들어도 이가 갈리는 것이 되어 버렸다.

그날, 그는 이 위원회에 참석하여 가진 것 이상의 에너지를 사용했다. 생각을 하느라 머리를 쥐어짜고 여러 가지 말들을 하고 나니, 나올 때는 그야말로 녹초가 되어 있었다. 하지만 행복했으니, 제대로 임무를 완수했기 때문이었다. 돌아오는 택시 안에서 그는 〈여보게, 이게 내 자랑은 아니지만, 일이 어떻게 됐는가 하면 말일세……〉 같은, 자기가 느끼기에 〈아주 멋진〉 문장들을 흐뭇하게 곱씹었다.

「콩피에뉴는 몇 개요?」 프라델이 다짜고짜 물었다.

방 문이 닫히자마자 키 큰 청년은 입을 열 틈도 주지 않고 라부르댕을 뚫어질 듯 응시했다. 라부르댕은 이런 상황을 전혀 예상치 못했다. 다시 말해서, 늘 그렇듯 여기 오기 전에 아무 생각도 없었다.

「어 그러니까, 어…….」

「몇 개냐고!」 프라델이 소리쳤다.

라부르댕은 머리가 멍해졌다. 콩피에뉴……. 그는 손수건을 떨어뜨리고, 황급히 호주머니를 뒤져 4분의 1로 접은 쪽지를 하나 찾아냈다. 위원회 심의 결과를 적어 놓은 쪽지였다.

「콩피에뉴…….」 그는 더듬거렸다. 「자, 콩피에뉴가 몇 개인고 하면…….」

모든 게 답답하기만 한 프라델은 더 이상 참을 수 없었다. 라부르댕의 손에서 쪽지를 홱 낚아채서는, 몇 걸음 저쪽으로 가면서 시선을 숫자에 못 박았다. 콩피에뉴는 관 1만 8천 개, 랑 공병 관구는 5천 개, 콜마르 광장은 6천 개, 낭시와 뤼네빌 공병 관구는 8천 개……. 여기에다 베르됭, 아미앵, 에피날, 랭스 등등의 것들도 남아 있었다. 예상을 뛰어넘는 결과였다. 프라델은 만족한 미소를 감출 수 없었고, 라부르댕은 이를 놓치지 않았다.

「우린 내일 오전에 다시 모이네.」 구청장이 덧붙였다. 「그리고 토요일에도!」

그는 그토록 하고 싶었던 말을 할 수 있는 순간이 왔음을 느꼈다.

「여보게, 이게 내 자랑은 아니지만…….」

하지만 문이 홱 열리면서 누군가가 〈앙리!〉 하고 외쳤다. 그 옆에선 사람들이 흥분하여 떠드는 소리가 들렸다.

프라델은 나갔다.

살롱의 저쪽 끝, 벽난로 근처에 한 무리의 사람들이 모여서 소란을 떨어 댔고, 당구실, 끽연실 등 여기저기에서 사람들이 계속 몰려들고 있었다.

프라델은 탄성들이 터지는 것을 들었고, 불안하다기보다는 호기심 어린 마음으로 눈썹을 찌푸리며 몇 걸음을 더 옮겼다.

그의 장인이 바닥에 주저앉아 있었다. 벽난로의 받침대 부분에 등을 기대고, 두 다리는 앞으로 쭉 뻗었으며, 눈을 감은 얼굴은 밀랍같이 창백했고, 오른손은 마치 내장이라도 빼내려는 듯 혹은 꼭 붙잡고 있으려는 듯 가슴팍 부분, 조끼 위에서 바짝 오므라져 있었다. 〈소금을 가져와!〉 하고 누군가 소리쳤다. 〈환기를 시켜!〉 다른 누가 외쳤고, 웨이터장은 모두들 비키라고 하면서 달려왔다.

도서실에 있던 의사가 성큼성큼 걸어서 도착했다. 무슨 일이오……? 그의 차분함은 인상적이었다. 사람들은 자리를 내주면서도 더 잘 보려고 목을 쭉 내밀었다. 블랑슈 박사는 맥박을 짚으며 말했다.

「이보시오, 페리쿠르! 대체 무슨 일이오?」

그러고 나서 프라델 쪽으로 슬쩍 고개를 돌렸다.

「당장 차를 한 대 부르시오. 상태가 몹시 심각해.」

프라델은 신속히 홀을 나왔다.

세상에, 이런 날이 다 있다니!

그가 억만장자가 된 날에, 장인이 죽은 것이다.

믿기지 않는 행운이었다.

11

　알베르는 머릿속이 텅 비어 있었다. 생각이 좀처럼 이어지지가 않았고, 이 일이 어떻게 흘러갈지 상상해 보는 것도 불가능했다. 혼란스러운 느낌들을 정리하려고 해봤으나 허사였다. 다만 뚜벅뚜벅 걸으며 호주머니 속의 칼날을 기계적으로 만져 볼 뿐이었다. 시간이 흐르고, 지하철역들과 거리들을 차례로 지나갔지만, 조리 있는 생각은 한 조각도 떠오르지 않았다. 그는 자신이 하는 일이 옳다고 믿지 않았지만, 그럼에도 불구하고 그걸 하고 있었다. 무슨 짓이라도 할 준비가 되어 있었다.

　그놈의 모르핀……. 처음부터 골치 아픈 문제였다. 에두아르는 모르핀 없이는 살 수 없었다. 그래도 지금까지는 알베르가 그의 필요를 채워 줄 수 있었다. 이번에는 서랍 바닥을 닥닥 긁어 봤지만, 필요한 액수는 더 이상 만들어지지 않았다. 그래서 그의 친구가 그 끝없는 고통의 나날을 보낸 끝에, 제발 자신을 죽여 이 견딜 수 없는 고통에서 해방시켜 달라고 애원했을 때, 그 못지않게 지친 알베르는 거기서 딱 생각을 멈춰 버렸다. 그는 식칼을, 아무거나 잡히는 대로 하나 집어 들었다.

그리고 마치 자동인형처럼 건물을 내려와 지하철을 타고 버스 티유까지 가서는, 스텐 거리 쪽에 있는 그리스인들의 동네로 들어갔다. 그는 에두아르를 위해 모르핀을 구할 거였다. 필요하다면 살인이라도 할 준비가 되어 있었다.

그리스인을 발견했을 때 마침내 생각이 돌아왔다. 그는 서른 살가량의 사내로, 한 걸음 옮길 때마다 헐떡거리고, 또 11월의 쌀쌀한 날씨에도 땀을 줄줄 흘리며 팔자걸음을 하고 있는 모습이 코끼리나 코뿔소 같은 동물을 연상시켰다. 알베르는 그의 거대한 뱃살이며, 모직 스웨터 아래서 묵직이 출렁이는 비대한 가슴이며, 황소처럼 굵은 목덜미며, 축 늘어진 볼 등을 겁에 질려 바라보았다. 자신의 칼로는 어림도 없겠다는 생각이 들었다. 칼날 길이가 적어도 15센티미터는 되어야 하리라. 아니면 20센티미터……. 상황이 썩 좋지가 않았고, 장비가 변변찮다는 생각은 사기를 바닥에 떨어뜨렸다. 〈이그, 항상 그 꼴이지!〉라고 그의 어머니는 말하곤 했다. 〈도대체가 무슨 준비 하나 제대로 해놓는 게 없어! 어떻게 그렇게 뻔한 걸 예상하지 못하냔 말이야, 이 불쌍한 녀석아!〉 이렇게 말하면서 그녀는 하나님더러 내 말이 옳지 않느냐는 듯 천장을 올려다보았다. 그녀의 새 남편(그냥 그렇게 부르는 거였다. 그들은 결혼하지 않은 사이였지만, 마야르 부인에겐 모든 것을 정상화하는 재주가 있었다) 앞에서는 아들에 대한 푸념을 더욱 늘어놓았다. 사마리텐 백화점의 한 매대 팀장인 의붓아버지는 말없이 자기 구두끈을 살피고만 있었지만, 화난 표정은 똑같았다. 그들 앞에 있으면 설사 덤빌 힘이 있다 해도 자신을 제대로 변호할 수가 없었다. 왜냐면 그들 말이 옳다는 걸 갈수록 느껴가고 있었기 때문이다.

모두 하나가 되어 그를 공격하는 것 같았다. 정말이지 힘든 시기였다.

약속 장소는 생사뱅 거리 모퉁이에 있는 남성용 공중화장실 근처였다. 알베르는 일이 어떤 식으로 진행되는 건지 전혀 몰랐다. 그는 이 그리스인을 한 카페의 공중전화로 접촉했다. 친구의 친구를 통해 전화번호를 얻어 연락한다고 자신을 소개했다. 그리스인은 아무 질문도 하지 않았다. 하기야 아는 프랑스 단어가 채 스무 개도 되지 않는 것 같았다. 이름은 안토나풀로스였다. 하지만 모두가 그를 풀로스라고 불렀다. 심지어는 그 자신도 그렇게 불렀다.

「나, 풀로스요.」 그가 도착하면서 말했다.

엄청난 몸집의 사람답지 않게 걸음이 놀라울 정도로 빨랐다. 짧은 보폭의 걸음은 눈에 보이지 않을 정도였다. 이렇게 짧은 칼에 이렇게 민첩한 친구라니…… 정말이지 알베르의 계획은 허술하기 짝이 없었다. 그리스인은 주위를 한번 둘러본 다음, 알베르의 팔을 붙잡고는 공중화장실로 데리고 갔다. 물청소를 하지 않은 지가 몇 년은 된 듯, 공기가 숨을 쉴 수 없을 정도였으나 풀로스는 아무렇지도 않은 듯했다. 이 악취로 포화된 장소가 일테면 그의 대기실인 모양이었다. 폐쇄된 공간을 무서워하는 알베르에게는 이중의 고문이 아닐 수 없었다.

「돈은?」 그리스인이 물었다.

그는 지폐를 보고 싶어 했고, 눈짓으로 알베르의 호주머니를 가리켰다. 둘의 몸이 맞닿을 정도로 비좁은 공간에 함께 있으니 한층 가소롭게 느껴지는 칼이 들어 있는 줄도 모르고 말이다. 알베르는 몸을 살짝 옆으로 돌리고 다른 호주머니를 벌려 그 안의 20프랑짜리 지폐를 내보였다. 풀로스는 좋다고 고개를 끄덕였다.

「다섯 개.」그가 말했다.

전화로 이미 합의 본 바였다. 그리스인은 나가려고 몸을 돌렸다.

「잠깐!」알베르는 외치면서 그의 소매를 잡았다.

풀로스는 동작을 멈추고 불안한 눈으로 그를 쳐다봤다.

「더 필요해…….」알베르가 속삭였다.

그는 이렇게 말하며 과장된 손짓을 곁들였다(그는 외국인들과 대화할 때, 마치 그들이 귀머거리이기라도 한 듯 종종 이랬다). 풀로스는 굵은 눈썹을 찌푸렸다.

「열두 개.」알베르가 말했다.

그는 지폐 다발들을 모두 보여 주었다. 하지만 그걸로 3주를 더 버텨야 하기 때문에 쓸 수 없는 돈이었다. 풀로스의 눈이 반짝 빛났다. 그는 손가락으로 알베르를 가리키며 고개를 끄덕였다.

「좋아, 열두 개. 기다려!」

그는 나가려 했다.

「싫어!」알베르가 그를 멈춰 세웠다.

구역질 나는 악취가 가득하고, 1분 1분 지날수록 불안감이 더해지는 이 비좁은 공중화장실을 벗어날 수 있다는 생각에 그의 어조는 강해졌다. 지금 그의 유일한 전략은 어떻게 해서든 이 그리스인을 따라가는 거였다.

풀로스는 안 된다고 고개를 저었다.

「그래, 알았어…….」알베르는 마치 그냥 가버리려는 듯, 결연한 얼굴로 걸음을 옮겼다.

그리스인은 그의 소매를 붙잡고는 잠시 망설였다. 알베르에게는 사람의 마음을 짠하게 하는 뭔가가 있었다. 그런데 때로는 이게 그의 강점이었다. 그는 비참해 보이기 위해 억지로 표정을 꾸밀 필요가 없었다. 민간인으로 복귀한 지 여덟 달이 지났지만, 그는 여전히 제대복을 걸치고 다녔다. 제대할 때 군복한 벌과 52프랑 중에서 하나를 선택할 수 있었다. 그는 추웠기때문에 군복을 택했다. 사실 정부는 낡은 군복을 급하게 염색한 것을 이런 식으로 제대병들에게 떠넘긴 거였다. 바로 그날저녁, 비가 내리자 염료가 줄줄 흘러내리기 시작했다. 처량하기 이를 데 없었다! 알베르는 되돌아가서 옷 대신 52프랑을 받겠다고 말했지만, 너무 늦었다, 그러니 미리 잘 생각해야지! 하는 대답만 돌아왔다.

그는 수명의 반은 지난 군화와 군용 모포 두 장도 간직했다. 이 모든 것은 그에게 흔적을 남겼다. 단지 염료의 흔적만은 아니었다. 많은 제대병들이 그렇듯, 그의 얼굴에서는 낙담과 피로의 그늘이, 기가 꺾이고 체념한 듯한 무언가가 느껴졌다.

그리스인은 그 퀭한 얼굴을 보더니 결국 생각을 바꿨다.

「자, 빨리!」그가 속삭였다.

이때부터 알베르는 미지의 영역으로 들어가는 거였다. 그는 이제 자기가 어떤 식으로 행동해야 할지 전혀 몰랐다.

두 남자는 스덴 거리를 거슬러 올라가 살라르니에 골목길에 이르렀다.

「기다려!」

알베르는 주위를 살폈다. 인적이 없었다. 저녁 7시가 지났고, 백여 미터 떨어진 어느 카페의 등불이 유일한 불빛이었다.

「여기서!」

단호한 명령이었다.

그리고 그리스인은 대답을 기다리지도 않고 멀어져 갔다.

그는 수차례 고개를 돌려 고객이 얌전히 제자리에 붙어 있는지 확인하곤 했다. 알베르는 멀어지는 그의 뒷모습을 멀거니 바라보고 있었지만, 그리스인이 갑자기 오른쪽으로 돌자 그도 뛰기 시작했다. 그렇게 풀로스가 사라진 지점을 눈에서 떼지 않은 채 골목길을 최대한 빨리 달려 도달한 곳은 주방 냄새가 역하게 풍기는 어느 낡은 아파트 건물이었다. 알베르는 문을 밀어 열고는 복도로 들어갔다. 어느 반지하 공간으로 통하는 계단 몇 개가 보였고, 그는 그곳으로 내려갔다. 더러운 격자 유리창 하나를 통해 거리의 가로등 불빛이 희미하게 흘러들고 있었다. 그리스인이 보였다. 그는 몸을 웅크리고서 벽에다 만들어 놓은 수납공간 속을 왼손으로 뒤지는 중이었다. 그는 수납공간을 막는 데 사용하는 조그만 나무 문짝 하나를 가까운 곳에 두었다. 달려 내려온 알베르는 단 1초도 머뭇거리지 않고 지하실을 가로지른 다음, 나무 문을, 생각보다 훨씬 무겁게 느껴지는 그 나무 문을 두 손으로 들어 올려 그리스인의 머리에 내리쳤다. 쿵 하는, 묵직한 타격음이 울렸다. 풀로스의 몸이 허물어졌다. 그때서야 알베르는 자기가 무슨 짓을 했는지 깨달았고, 너무나도 무서운 나머지 그대로 멀리 도망쳐 버리고 싶었다…….

　하지만 그는 마음을 다잡았다. 그리스인이 죽었을까?

알베르는 몸을 굽히고 귀를 기울여 보았다. 풀로스는 거칠게 호흡하고 있었다. 그가 중상을 입었는지는 알 수 없지만, 어쨌든 머리통에서 피가 흘러나오고 있었다. 알베르는 실신에 가까운 멍한 상태에서 두 주먹을 꼭 쥐고 〈자, 어서! 어서!〉라고 되풀이했다. 그는 몸을 숙이고 수납공간에 팔을 넣어 판지로 된 신발 상자 하나를 꺼냈다. 세상에! 기적이 따로 없었다! 상자는 20밀리그램과 30밀리그램짜리 앰풀들로 가득 채워져 있었다. 알베르는 오래전부터 용량을 가늠할 줄 알았다.

　상자를 닫고 몸을 일으키는데, 풀로스의 팔이 커다란 원을 그리는 게 언뜻 눈에 들어왔다……. 이 그리스인은 적어도 장비는 제대로 갖출 줄 알았다. 단추를 누르면 예리한 칼날이 튀어나오는 진짜 나이프였다. 칼날은 알베르의 왼손을 베었는데, 얼마나 빨랐는지 순간적으로 불에 닿은 것처럼 화끈한 감각만 느껴졌다. 알베르는 몸을 돌렸고, 다리를 쳐들어 발꿈치로 그리스인의 관자놀이를 가격했다. 그리스인의 머리통은 쿵 소리를 내며 다시 벽에 부딪혔다. 알베르는 신발 상자를 놓지 않은 채로 아직도 칼을 쥐고 있는 풀로스의 손을 군화발로 마구 짓이겼다. 그런 다음, 상자를 내려놓고 다시 두 손으로 나무 문을 집어 들어 머리통을 미친 듯이 내리쳤다. 그는 동작을 멈췄다. 힘이 들어서, 또 무서워서 헐떡대고 있었다. 깊은 상처가 난 왼손에서는 피가 철철 흐르고, 군복에는 커다란 얼룩이 번지고 있었다. 피를 보자 더욱 겁에 질렸다. 그때서야 통증이 느껴졌고, 응급 처치를 해야 한다는 생각이 들었다. 그는 지하실을 뒤져 먼지투성이 천 조각 하나를 찾아내어 왼손을 꽉 동여매었다. 그러고는 마치 잠든 야생 동물에 접근하듯이 불안한 마음으로 그리스인에게 다가가 그 위로 몸을 숙여 보았다. 무거운 호흡 소리가 규칙적으로 들렸다. 의심의 여지없이 대단히 단단한 머리통이었다. 그런 뒤에 알베르는 상자를 옆구리에 끼고 덜덜 떨면서 건물을 빠져나왔다.

이 정도로 상처를 입은 몸으로는 지하철이나 전차를 타는 것은 포기해야 했다. 그는 임시로 동여맨 붕대와 군복의 핏자국을 그럭저럭 숨기고는 바스티유에서 택시를 잡아타는 데 성공했다.

택시 기사는 그와 거의 비슷한 나이였다. 그는 운전을 하면서, 속옷처럼 창백한 얼굴로 좌석 끄트머리에 앉아서 팔로 복부를 꽉 누르면서 흔들거리고 있는 손님을 의심스러운 눈으로 오래도록 관찰했다. 기사의 불안감은 이 폐쇄된 공간 속에서 통제하기 힘든 불안감을 느낀 알베르가 자기 멋대로 차창을 열자 더욱 커졌다. 손님이 자기 차 안에서 토할지도 모른다는 생각마저 들었다.

「어디가 아픈 건 아니겠죠?」

「아뇨, 아뇨.」 알베르는 남아 있는 힘을 모두 짜내어 대답했다.

「만약 아프시면 여기서 내리셔야 하거든요!」

「오, 아뇨, 아뇨!」 알베르는 고개를 저었다. 「난 단지 피곤할 뿐이오.」

대답에도 불구하고 기사의 의심은 커져만 갔다.

「돈은 분명히 갖고 있겠죠?」

알베르는 호주머니에서 20프랑짜리 지폐 한 장을 꺼내어 그에게 보여 주었다. 기사는 안심했지만, 잠시뿐이었다. 그는 이런 일에 익숙했고, 비슷한 경험이 있었고, 이것은 그의 택시였다. 하지만 그는 비열한 것까지 포함하여 천생 장사꾼이었다.

「미안해요, 엉! 내가 이렇게 말하는 것은 댁 같은 사람들은 자주……」

「나 같은 사람이라니, 그게 누구요?」 알베르가 물었다.

「음, 내 말은, 제대한 친구들 말이오, 뭐, 아시겠지만……」

「그럼 당신은 제대하지 않았단 말이오?」

「아뇨, 난. 나는 여기서 전쟁을 했어요. 난 천식이 있는 데다가 한쪽 다리가 다른 쪽 다리보다 짧아 가지고……」

「그래도 전장에 나간 친구들이 꽤 될 거요. 심지어는 한쪽 다리가 다른 쪽보다 훨씬 짧아져서 돌아온 친구들도 있고.」

기사는 그를 아주 고깝게 생각했다. 제대병들은 항상 이렇다니까! 끊임없이 전쟁 이야기를 하면서 뻐겨 대고, 언제나 모든 사람들을 훈계하려 들지. 이제는 그놈의 영웅들이 슬슬 지겨워진다니까! 진짜 영웅들은 전사했어! 미안하지만 그 사람들이야말로 영웅들, 진짜 영웅들이라고! 그리고 말이야, 어떤 친구가 참호에서 겪은 일들에 대해 너무 떠들어 대면 의심해 보는 게 좋아. 그중 대부분은 전쟁 내내 사무실에서 시간을 보냈을 거니까.

「왜요? 우리도 의무를 다하지 않았을 거 같아서?」 기사가 되물었다.

우리가 후방에서 겪은 삶에 대해, 모든 게 결핍된 그 힘들었던 시간에 대해 제대병들이 대체 뭘 알아……? 알베르는 이런 말들을 지겹도록 들었다. 그들이 덧붙이는 당시의 석탄 가격이며 빵 가격(이런 정보들이 가장 쉽게 기억되었다) 등과 함께 거의 외우다시피 할 정도였다. 그는 제대하자마자 깨달을 수 있었다. 조용히 살고 싶으면 승자의 휘장 따위는 서랍 속에 넣어 두는 편이 낫다는 것을.

택시는 마침내 그를 시마르 가 모퉁이에 내려 주었다. 12프랑을 청구한 기사는 알베르가 팁을 줄 때까지 떠나지 않고 기다렸다.

이 동네에는 러시아인들이 바글댔지만, 의사는 프랑스인으로, 이름은 마르티노였다.

알베르가 그를 알게 된 것은 지난 6월, 에두아르의 첫 번째 발작 때였다. 에두아르가 의료 기관들을 전전하는 동안 어떻게 모르핀을 구할 수 있었는지는 알 수 없었지만, 어쨌든 그는 모르핀에 끔찍이도 익숙해져 있었다. 알베르는 그를 설득하려 해보았다. 이 사람아, 지금 넌 위험한 길로 접어들고 있어. 이런 식으로 계속할 수는 없는 노릇이라고. 몸도 좀 생각하면서 살아야 해…… 에두아르는 아무 말도 들으려 하지 않았다. 이식 수술을 거부했던 때만큼이나 고집을 부렸다. 알베르는 이해할 수 없었다. 그는 이렇게 말했다. 내가 포부르생마르탱 거리에서 복권을 파는 앉은뱅이를 알고 있는데 말이야, 그 사람이 샬롱의 페브리에 병영에 입원했었대. 그 사람 말로는 지금 거기서 안면 이식 수술을 해주는데, 그 수술을 받은 친구들이 물론 그렇게 꽃미남이 되는 건 아니지만, 그래도 사람답게 보이게 된다는군…… 하지만 소귀에 경 읽기였다. 계속 고개만 저어 대면서, 주방 식탁 위에 카드 패를 늘어놓고 점을 치며 콧구멍으로 담배만 피울 뿐이었다. 그는 늘 끔찍한 악취를 내뿜었다. 뻥 뚫린 목구멍 전체가 노출되어 있으니 당연한 일이었다. 또 깔때기로 술을 퍼마셨다. 알베르는 중고 음식물 저작기를 하나 구해 주었다(그것의 원주인이었던 친구는 수술 후 이식 부위가 붙지 않아 사망했다는데, 정말이지 이런 행운이 또 없었다!). 덕분에 삶이 약간 나아지긴 했지만, 그럼에도 모든 게 엉망이었다.

에두아르가 롤랭 병원에서 나온 것은 6월 초였는데, 퇴원하고 며칠 후부터는 우려스러운 불안 증상들을 보이기 시작했다. 머리에서 발끝까지 바르르 떠는가 하면, 땀을 비 오듯 흘리고, 얼마 먹지도 않는 음식을 토해 버리는 거였다……. 알베르는 어떻게 해야 할지 알 수 없었다. 모르핀 결핍으로 인한 최초의 발작들은 너무도 격렬하여 그는 에두아르를 침대에 묶어 놓고(지난해 11월, 병원에서 했던 것처럼. 전쟁이 끝나 봤자 무슨 소용인가?), 집주인들이 그의 고통을(또 그들 자신의 고통을) 덜어 주겠다고 죽이러 달려올까 무서워 문틈을 꼭꼭 메워 놓아야 했다.

에두아르의 몰골은 섬뜩할 정도였다. 꼭 귀신이 깃든 해골 같았다.

가까이에 사는 의사 마르티노는 1916년에 참호 속에서 113회의 절단 수술을 집도했다고 말하는 차갑고도 냉담한 사람으로, 집에 와서 모르핀 주사를 놓아 주는 걸 승낙했다. 덕분에 에두아르는 약간 진정되었다. 또 그를 통해 알베르는 그들의 공급자가 된 바질과 접촉할 수 있었다. 약국과 종합 병원과 개인 병원 등을 털고 다니는 게 분명한 이 친구는 의약품 전문으로, 필요한 게 있으면 어떤 것이든 찾아다 주었다. 얼마 후, 알베르에게 엄청난 행운이 찾아왔는데, 바질이 앰풀 한 무더기를 처분해 버리고 싶다며 몽땅 사 가라고 제의했던 것이다. 일종의 창고 정리 빅 세일이었다.

알베르는 주사의 횟수와 양을 날짜와 시간과 함량과 함께 종이에 꼼꼼히 적어 놓았다. 이 모든 것은 에두아르가 용량을 조절할 수 있게끔 돕기 위해서였고, 또 나름대로 훈계도 늘어놓았지만, 별 소용이 없었다. 어쨌든 이 무렵 에두아르의 상태는 조금 나아졌다. 알베르가 그 많은 수첩과 연필들을 가져다주었음에도 더 이상 그림을 그리지는 않았지만, 전보다는 덜 울었다. 주워다 놓은 디방[21]에 드러누워 온종일 멍하니 시간을 보내는 것 같았다. 그리고 나서 9월 말에 재고가 바닥이 났을 때, 에두아르는 조금도 나아진 게 없었다. 6월에는 하루에 60밀리그램이 필요했는데, 3개월 후에는 90밀리그램이었다. 알베르는 끝이 보이지 않는 심정이었다. 에두아르는 여전히 방 안에 처박혀, 의사 표현을 거의 하지 않고 살고 있었다. 알베르는 돈을 구하러 쉴 새 없이 뛰어다녔다. 모르핀을 구해야 할 뿐만 아니라 집세도 내고 먹을 것과 석탄도 사야 했기 때문이다. 새 옷은 너무 비싸서 꿈도 꾸지 못했다. 돈은 현기증 나는 속도로 사라져 버렸다. 알베르는 가능한 모든 것을 전당포로 가져갔고, 그가 우편 관련 잡일을 해주는 시계방의 뚱뚱한 여사장 모네스티에 부인과 동침하기까지 했다. 그 대가로 그녀가 급료를 좀 더 보태 주었으니까……. (이건 그의 생각이었다. 그는 희생자처럼 굴었지만 여섯 달 가까이 여자 없이 살아야 했던 그로서는 이 기회가 그렇게 불만스럽지만은 않은 게 사실이었다……. 모네스티에 부인은 거추장스럽기만 할 뿐인 거대한

21 등받이와 팔걸이가 없는 휴식용의 긴 의자.

젖가슴의 소유자였지만 사람이 착했고, 남편을 속이기는 했지만 그렇게 인색하진 않았다. 그녀의 남편은 무공 훈장을 받지 못한 자들은 모두가 어딘가 안전한 곳에 숨어 있던 놈들이었다고 떠들어 대는 후방의 머저리였다.)

돈의 대부분은 물론 모르핀 구입에 들어갔다. 모르핀 가격은 하늘 높은 줄 모르고 치솟았으니, 모든 게 그랬기 때문이다. 다른 것들과 마찬가지로 이 마약도 그 가격이 평균 생계비에 맞춰 책정되었다. 알베르가 유감스럽게 여긴 것은, 인플레이션을 억제하기 위해 110프랑짜리 〈국민복〉을 내놓은 정부가 이와 동시에 5프랑짜리 모르핀 〈국민 앰풀〉을 내놓지 않았다는 점이었다. 또 〈국민 빵〉, 혹은 〈국민 석탄〉, 〈국민 신발〉, 〈국민 월세〉, 그리고 심지어는 〈국민 일자리〉도 내놓을 수 있지 않았을까……? 알베르는 이런 식으로 생각하다가 결국에는 빨갱이가 되는 게 아닌가 하는 생각이 들었다.

은행은 그를 다시 받아 주지 않았다. 국회 의원들이 이 나라는 〈우리의 소중한 병사들에게 경의와 감사의 빚을 지고 있노라〉고 가슴에 손을 얹고 선언하던 시절은 이미 저만치에 있었다. 알베르에게 날아온 편지에는 이 나라 경제는 그를 다시 채용할 형편이 못 된다, 그러기 위해선 〈이 혹독했던 전쟁의 52개월 동안 본행에 크나큰 봉사를 해주신 분들을〉 해고해야 하기 때문이라고 설명하고 있었다.

알베르는 돈을 구하기 위해서 모든 시간을 일하는 데 바쳐야 했다.

바질이 호주머니에는 마약이 가득하고, 팔뚝엔 약사의 피가 흠뻑 젖어 있는 상태로 체포된 사건이 있고 나서 상황은 대단히 복잡해졌다.

졸지에 공급자를 잃은 알베르는 수상쩍은 술집들을 전전하고, 여기저기에서 주소를 물어보았다. 결국 모르핀 구하기는 그렇게 어려운 일은 아니라는 걸 알게 되었다. 생계비가 계속 치솟고 있었던 까닭에 파리는 각종 밀매의 중심지가 되어 있었다. 여기선 찾을 수 없는 게 없었고, 알베르는 그리스인을 찾아냈던 것이다.

마르티노 의사는 상처를 소독한 다음 봉합했다. 알베르는 지독한 아픔을 참기 위해 이를 악물었다.

「괜찮은 칼이었구먼.」 의사는 이렇게 한마디 했을 뿐이었다.

그는 묻지도 따지지도 않고 문을 열어 주었다. 그는 4층의, 텅 빈 거나 다름없는 한 아파트에 살고 있었다. 이 아파트는 항상 커튼이 쳐 있었고, 사방에는 부서진 책 궤짝들이 널려 있고, 벽의 그림들은 뒤집혀 걸려 있었으며, 가구는 한쪽 구석에 놓인 안락의자 하나가 전부였다. 현관 복도는 형편없는 의자 두 개를 마주 놓아 대기실로 사용하고 있었다. 병원용 침대 하나와 수술 도구들이 있는 안쪽의 작은 방이 아니었다면 이 의사를 공증인으로 볼 수도 있었으리라. 그가 알베르에게 요구한 치료비는 조금 전의 택시비보다도 쌌다.

나오면서 왜지 모르지만 세실이 생각났다.

그는 집까지 걸어서 가기로 했다. 몸을 좀 움직이고 싶었다. 세실, 과거의 삶, 과거의 희망들……. 조금은 어리석은 향수에 빠져드는 자신이 바보같이도 느껴졌지만, 이렇게 신발 상자를 옆구리에 끼고 왼손은 붕대로 칭칭 감은 꼴을 하고서, 너무나도 빨리 추억이 되어 버린 이 모든 것들을 생각하며 거리를 걷고 있노라니 스스로가 무국적자처럼 느껴졌다. 그리고 이날 저녁부터는 불한당이었고, 어쩌면 살인자일지도 몰랐다. 이 끝없는 추락이 도대체 어떻게 끝나게 될지 알 수 없었다. 어떤 기적이 일어나지 않고서는……. 아니, 그것도 아니었다. 제대한 이후로 기적이 한두 번 일어났지만, 그것들은 모두가 악몽이 되어 버렸기 때문이다. 자, 지금 알베르가 생각하고 있는 세실을 한번 예로 들어 보자. 그녀와의 관계에서 가장 힘들었던 순간은 그의 의붓아버지가 가져다준 기적에서 기인했다. 그는 마땅히 경계했어야 했다. 은행에서 거절당한 이후, 그는 일거리를 찾고 또 찾았다. 온갖 것을 다 해보았고, 심지어는 쥐 박멸 운동에 참여하기까지 했다. 그의 어머니는 쥐 한 마리 잡아서 25상팀을 받아 가지고 어느 세월에 돈을 모으겠냐고 비아냥댔다. 그리고 돈을 모으기는커녕 쥐에게 물리기만 했을 뿐이다. 놀랄 것도 없지 뭐. 뭣 하나 변변하게 하는 게 있어야지. 저러니 제대한 지 석 달이 다 돼가는데, 아직도 땡전 한 푼 없잖아. 뭐? 세실에게 선물을 해? 나도 세실, 걔 마음 이해한다니까. 솔직히 말이지, 저렇게 예쁘고 섬세한 세실이 쟤한테서 대체 어떤 미래를 느낄 수 있겠느냐고……. 만약 자기가 세실이었다면 똑같이 했을 거라는 게 마야르 부인의 얼굴에 써 있었다. 그렇게, 항상 모두들 얘기는 하지만 정부가 지급할 능력이 없는 제대 수당을 목 빠지게 기다리며, 잡일들로 석 달을 그럭저럭 버틴 끝에 마침내 기적이 일어났다. 그의 의붓아버지가 사마리텐 백화점의 엘리베이터 보이 자리를 얻어 준 것이다.

    원래 백화점 경영진은 〈고객들을 고려해서〉 보여 줄 훈장이 더 많은 퇴역병을 원했지만, 우선은 아쉬운 대로 알베르를 채용했다.

그는 멋진 격자문 엘리베이터를 운전하면서 각 층마다 고객들에게 층수를 알렸다. 아무에게도 말하지 않았지만(친구 에두아르에게만 편지로 썼을 뿐이다), 그는 이 일이 썩 내키지 않았다. 이유는 그도 잘 몰랐다. 그리고 그 이유를 깨닫게 된 것은 6월의 어느 오후, 엘리베이터 문이 열리며 어깨가 딱 벌어진 어떤 젊은 친구와 함께 세실이 나타났을 때였다. 그들은 세실이 마지막으로 편지를 보내고, 그가 그냥 〈알았어〉라고만 답변을 한 이후로 처음 보는 거였다.

그 첫 1초가 그의 첫 번째 실수였다. 알베르는 그녀를 알아보지 못한 척하며 엘리베이터 조작에 몰두했다. 세실과 그녀의 남자 친구는 맨 꼭대기 층까지 올라갔다. 층마다 서며 계속되는 그 과정이 한없이 길게 느껴졌다. 각 매장을 알리는 알베르의 목소리는 쉬어서 잘 나오지 않았다. 정말이지 끔찍한 시간이었다. 세실의 새 향수 냄새를 어쩔 수 없이 맡아야 했다. 우아하고도 세련된 냄새, 돈 냄새가 느껴지는 냄새였다. 젊은 사내에게서도 돈 냄새가 났다. 그는 젊었다. 그녀보다도 젊었다. 충격적이었다.

더 수치스러운 것은 그녀와의 만남이라기보다는 우스꽝스러운 제복 차림을 보인 거였다. 오페레타에 나오는 어떤 병정처럼 술이 달린 견장을 한 꼴을 말이다.

세실은 눈을 아래로 깔았다. 창피해하고 있다는 것이 한눈에 보였다. 손을 마주 비비면서 발끝을 내려다보고 있었다. 딱 벌어진 어깨의 젊은 친구는 이 현대 기술의 경이에 황홀해진 듯,

감탄 어린 눈으로 엘리베이터를 구석구석 살펴보고 있었다.

알베르에게는 포탄 구덩이에 생매장되었을 때를 제외하곤 몇 분의 시간이 이처럼 길게 느껴진 적이 없었다. 그리고 이 두 사건 사이에서 설명하기 힘든 유사성도 느껴지는 것도 사실이었다.

그녀는 속옷 매장에서 남자 친구와 함께 내렸고, 그들은 눈길 한 번 나누지 않았다. 알베르는 1층에서 엘리베이터를 버리고 나와서는 제복을 벗어 던지고 급료 정산도 요청하지 않은 채 백화점을 떠나 버렸다. 덕분에 일주일의 근무가 헛수고가 되고 말았다.

며칠 후, 하인 같은 일을 하고 있는 그의 모습이 언짢았는지 세실은 약혼반지를 돌려주었다. 우편으로. 그는 당장 되돌려 보내고 싶었다. 지금 누굴 적선하는 건가? 비록 하인의 제복을 차려입긴 했지만, 내가 그렇게까지 불쌍해 보였단 말인가……? 하지만 너무도 힘든 시기였고, 카포랄 담배 한 갑[22]이 1프랑 50상팀이고 석탄값이 말도 안 되는 가격으로 치솟는 이런 때에는 절약하지 않으면 안 되었다. 그는 반지를 전당포로 가지고 갔다. 휴전 이후로 전당포는 〈시립 신용 금고〉라는 명칭으로 불렸다. 그게 좀 더 현대적으로 느껴지긴 했다.

만일 그가 포기하지만 않았다면 거기서 찾아와야 할 물건이 한둘이 아니었다.

이런 일이 있은 후, 알베르는 샌드위치 맨 이상의 일거리를 찾아낼 수 없었다. 커다란 광고판을 하나는 앞에, 다른 하나는

22 1910년에 발매된 골루아즈Gauloises 담배의 하나로, 필터가 없는 강한 맛으로 서민들이 즐겨 피웠다.

뒤에 메고 거리를 돌아다녀야 했는데, 무겁기가 마치 죽은 당나귀 같았다. 거기엔 사마리텐 백화점의 가격이나 드 디옹부통 자전거의 품질을 자랑하는 포스터 따위가 붙어 있었다. 알베르는 무엇보다도 세실과 다시 마주치게 될까 두려웠다. 사육제 의상 같은 제복 차림만도 끔찍한데, 캄파리 술 포스터로 몸을 감싼 모습을 보이게 된다면 그건 도저히 견뎌 낼 수 없을 것 같았다.

차라리 센 강에 몸을 던지는 게 나으리라.

12

페리쿠르 씨는 혼자 있는 게 확실하다고 생각되자 다시 눈
을 떴다. 그 소동이라니⋯⋯. 조케 클럽 인간들은 모두가 흥분
해서 날뛰고⋯⋯. 사람들 보는 앞에서 기절한 것만도 충분히
창피스러운 일이 아니었던가.

그러고 나서 마들렌, 사위 놈, 침대 발치에서 초조하게 손을
맞잡고 비틀어 대는 가정부, 홀에서 끊임없이 울려 대는 전화
벨 소리⋯⋯. 또 블랑슈 박사의 점적제, 알약들, 사제 같은 목
소리, 그 끝없이 늘어놓는 잔소리⋯⋯. 그는 아무것도 찾아내
지 못했으면서 심장, 과로, 스트레스, 파리의 공기 등 그야말
로 제멋대로 지껄여 댔다. 이런 자가 의과 대학에 폼 잡고 앉아
있는 게 세상이다.

페리쿠르 가는 몽소 공원이 내려다 보이는 커다란 저택을
소유하고 있었다. 페리쿠르 씨는 건물 대부분을 딸에게 넘겼
고, 그녀는 결혼 후에 남편과 함께 거주하는 3층을 취향에 맞
게 다시 꾸몄다. 페리쿠르 씨 자신은 맨 꼭대기 층에 살았다.
그곳엔 방이 여섯 칸이나 있었지만, 실제로 그는 아주 널찍한

방 하나(서재 겸 사무실이기도 했다), 그리고 조그맣지만 남자 하나 쓰기에는 충분한 욕실 하나만을 사용했다. 그로서는 집 전체가 이 아파트로 요약될 수도 있었다. 아내가 죽은 이후로 그는 1층에 있는 어마어마한 식당 외에는 거의 아무 곳에도 발을 들여놓지 않았다. 손님을 대접할 일이 있다 해도, 만일 집에 그가 혼자만 산다면, 모든 걸 부아쟁 레스토랑에서 치러 버리면 아무 문제없을 거였다. 그의 침대는 짙은 녹색 휘장으로 가려진 알코브[23] 안에 있었는데, 여기에 여자를 들이는 법이 없었고, 그 일을 위해서라면 다른 곳으로 갔다. 이곳은 그 혼자만의 장소였기 때문이다.

쓰러진 그를 데리고 오자, 마들렌은 오랜 시간 참을성 있게 그의 옆에 앉아 있었다. 그리고 마침내 그녀가 그의 손을 잡자 그는 참지 못하고 이렇게 말했다.

「무슨 초상집에서 밤새는 것 같구나?」

다른 사람 같았으면 별소리 다 한다고 책망했겠지만, 그녀는 그저 미소 짓기만 했다. 그들이 이처럼 오랫동안 단둘이 같이 있는 기회는 아주 드물었다. 그래, 얘가 그렇게 예쁜 얼굴은 아니야, 그는 속으로 중얼거렸다. 이제 아버지도 늙으셨어, 이건 딸의 생각이었다.

「자, 전 이제 그만 가겠어요.」 그녀는 일어서며 말했다.

그녀는 초인종 끈을 가리켰고, 그는 시선으로 대답했다. 그래, 알았다, 너무 걱정 말거라. 그녀는 유리잔과 물병과 손수건과 알약을 확인했다.

「불 좀 꺼다오.」 그가 부탁했다.

23 침실 벽을 파서 침대를 들여 넣는 공간.

하지만 그는 딸이 떠난 것을 곧바로 후회하기 시작했다.

몸 상태는 한결 나아졌지만(조케 클럽에서의 실신 사건은 이미 추억일 뿐이었다), 예고 없이 찾아와 그를 쓰러뜨렸던 그 이상한 기운이 다시 느껴진 것이다. 아랫배 쪽에서 일어나서는 가슴을 가득 메우면서 어깨까지, 아니 머리에까지 올라가는 느낌이었다. 심장은 터질 듯 고동쳤다. 마치 비좁은 곳에 갇힌 것처럼. 페리쿠르는 초인종 끈을 찾았지만, 이내 포기해 버렸다. 그는 죽지 않는다고, 그의 마지막 시간은 아직 오지 않았다고 무언가가 말하고 있었다.

방 안은 어둑했다. 그는 책장들이며, 그림들이며, 양탄자의 문양들 따위를 마치 처음 보는 것처럼 쳐다보았다. 주위에 있는 모든 것들이, 아주 세세한 것까지도 갑자기 새롭게 보였고, 그만큼 자신은 늙게 느껴졌다. 가슴속이 견딜 수 없을 정도로 꽉 죄어 오더니 급기야는 눈물이 솟아올랐다. 그는 흐느끼기 시작했다. 눈물이 줄줄 흘러내리며, 여태껏 한 번도 경험해 본 기억이 없는 — 아니, 아이 때 그랬던가? — 슬픔이, 그에게 기묘한 해방감을 가져다주는 어떤 슬픔이 차올랐다. 그는 부끄러움도 잊은 채 눈물이 철철 흘러내리게 놔두었다. 그것은 위안처럼 달콤한 느낌이었다. 그는 침대 시트 자락으로 얼굴을 닦고 다시 숨을 크게 쉬어 보았지만, 아무 소용이 없었다. 눈물은 계속해서 흘러내리고, 가슴속의 꽉 조이는 느낌도 여전했다. 치매가 오는 거야, 그는 별 확신 없이 중얼거렸다. 그는 베개에 기대어 몸을 일으켜서는 머리맡 탁자에서 손수건을 집어 든 다음, 머리를 이불 속에 집어넣으며 코를 풀었다. 사람들이 그가 우는 소리를 듣고는 불안해하며 달려오는 걸 원치 않았기 때문이다. 이렇게 울고 있는 꼴을 그들이 본다? 그럴 순 없는 일이었다. 당연히 싫었다. 그 나이의 사내가 엉엉 우는 것은 품위 없는 짓이었고, 무엇보다도 혼자 있고 싶었다.

가슴이 꽉 죄는 느낌은 약간 풀어졌지만, 호흡은 아직도 답답했다. 조금씩 눈물이 진정되면서 대신 속이 텅 빈 것 같은 느낌이 들었다. 기진맥진했지만 잠은 오지 않았다. 페리쿠르 씨는 원래 잠을 잘 자는 사람이었다. 평생을 그래 왔고, 심지어는 가장 힘든 상황에서도 그랬다. 예를 들어 아내가 죽었을 때, 그는 밥은 먹지 않았지만 잠은 아주 깊이 잤다. 그는 그런 사람이었다. 하지만 아내를 정말로 사랑했었다! 모든 장점을 다 갖춘 훌륭한 여자였다. 더구나 그 젊은 나이에 죽다니 그건 너무 억울하지 않았던가⋯⋯! 아니, 정말이지, 잠이 오지 않는 것은 평소엔 없는 일이었고, 그 같은 사람에겐 불안스럽기까지 한 일이었다. 아니야, 이건 심장 문제가 아니야(페리쿠르 씨는 속으로 중얼거렸다), 블랑슈, 그 멍청이 같으니⋯⋯! 이건 불안증이었다. 뭔가 무겁고도 위협적인 것이 그의 위에 떠돌고 있었다. 그는 자신의 일들에 대해, 오후에 있었던 미팅들에 대해 생각해 보며 원인을 찾아보았다. 하루 종일 컨디션이 별로 좋지 않았다. 사실은 오전부터 기분이 안 좋았다. 하지만 그 주식 중개인과 얘기한 것 때문에 그런 것은 아니었다. 거기에는 화를 낼 만한 게 없었다. 대단한 게 전혀 없었다. 이건 그가 노상 하는 일이었고, 주식 중개인으로 말할 것 같으면, 30년 동안 사업을 해오면서 수십 명을 갈아 치웠다. 매달 마지막 금요일에는 결산 회의가 열리는데, 여기서는 은행가, 중개인 등 모든 사람이 페리쿠르 씨 앞에서 차렷 자세로 도열한다.

차렷 자세.

이 표현에 그의 가슴이 무너져 내렸다.

왜 그렇게 자신이 힘든지를 깨달은 순간, 눈물이 다시금 쏟아졌다. 그는 이불을 꽉 문 채로 억누른 울음을, 분노와 절망에 찬 울음을 길게 토했다. 가슴이 끔찍이도 아팠다. 자신이 이런 아픔을 느낄 수 있으리라고는 상상치도 못했던 엄청난 아픔이었다. 이제 다시는……. 그다음 말은 생각나지도 않았다. 감당할 수 없는 어마어마한 절망감에 생각이 흐물흐물 녹아내려 깡그리 사라져 버린 것 같았다.

그는 아들의 죽음을 슬퍼하는 것이었다.

에두아르는 죽었다. 에두아르는 정확히 바로 이 순간에 죽은 것이다. 그의 귀여운 아이, 그의 아들. 그가 죽은 것이다.

그의 생일날에는 그를 생각하지도 않았다. 그의 영상이 바람처럼 언뜻 스쳐 갔을 뿐이다. 하지만 그렇게 모든 게 조금씩 쌓여서는 이날, 이렇게 폭발해 버렸다.

그의 죽음은 정확히 1년 전의 일이었다.

페리쿠르 씨의 아픔이 이토록이나 격렬한 것은 이제야 비로소 에두아르가 그에게 존재하기 시작했기 때문이었다. 그는 자신이 아들을 얼마나 — 은근히, 내키지 않은 마음으로 — 사랑했는지 불현듯 깨달았다. 이제 다시는 아들을 볼 수 없다는 그 용납할 수 없는 현실을 의식한 날에야 이걸 깨달은 것이다.

아냐, 사실은 이것도 전부가 아니야……. 흘러내리는 눈물과 꽉 쥔 가슴, 그리고 목구멍에 박힌 칼날 같은 무언가가 그에게 말했다.

더 견디기 힘든 것은, 아들의 사망 소식을 듣고 모종의 해방감을 느꼈다는 죄책감이었다.

그는 밤새도록 잠을 이루지 못했다. 아이였던 에두아르의 모습이 보이기도 하고, 너무나도 깊이 파묻혀 있어 마치 처음 겪는 일처럼 느껴지는 추억들에 미소 짓기도 했다. 이 모든 것들에는 아무런 순서도 없었고, 에두아르가 아기 천사로 분장했던 것이(하지만 진지한 구석이라곤 전혀 없는 녀석은 거기에다 루시퍼의 귀를 덧붙였다. 그때가 한 여덟 살이나 되었던가?) 그림들 때문에 사립 학교 교장과 면담했던 일보다 이전이었는지 확실치 않았다. 아, 그림들! 얼마나 창피스러웠던지! 하지만 재주 하나는 일품이었지.

페리쿠르 씨는 간직하고 있는 게 아무것도 없었다. 장난감 하나, 크로키 한 점, 유화 한 점, 수채화 한 점 남은 게 없었다. 아무것도 없었다. 어쩌면 마들렌이 갖고 있을까? 아니, 그는 절대로 물어볼 용기를 내지 못할 거였다.

그렇게 끝없는 추억과 회한 속에 밤이 지나갔다. 어디서나 에두아르의 모습이 나타났다. 꼬마 에두아르, 소년 에두아르, 장성한 에두아르…… 그리고 그 웃음…… 아, 그 웃음……! 마냥 쾌활하기만 한 그 성격…… 행실이 그렇지만 않았더라도…… 그렇게 끊임없이 도발을 즐기는 성향만 아니었더라도…… 무절제를 언제나 끔찍하게 여겼던 페리쿠르 씨는 아들 때문에 그렇게 행복하지만은 않았다. 그의 이런 성향은 아내로부터 온 거였다. 그는 그녀의 재산과 결혼하면서(그녀는 방직 계통 재벌인 드마르지 집안 출신이었다) 동시에 그녀가 몸담은 문화도 얼마간 물려받았는데, 이 문화 속에서 어떤 것들은 재앙처럼 여겨졌다. 예를 들면 예술가들 말이다. 하지만 페리쿠르 씨는 당시 아들의 예술가적 기질에까지 결국에는 익숙해져 있었다. 시청이나 정부를 위해 그림을 그려서 인생에서 뭔가를 이루는 사람들이 꽤 있지 않은가? 아니, 페리쿠르 씨가 아들에게서 결코 용서할 수 없었던 것은 녀석이 하고 다니는 짓들이라기보다는, 그 녀석 자체였다. 에두아르의 목소리는 너무 높았고, 체격은 너무 가냘팠고, 항상 옷차림에만 신경을 썼고, 몸짓은 너무……. 그렇다, 누구라도 어렵지 않게 알 수 있는 사실이었으니, 녀석은 정말로 여성적이었다. 페리쿠르 씨는 마음속 깊은 곳에서라도 이 말을 해본 적이 없었다. 그는 친구들 앞에서도 아들 때문에 수치심을 느꼈는데, 그들의 입술 위에서 그 혐오스러운 단어들을 읽을 수 있었기 때문이다. 그는 나쁜 사람이라기보다는 끔찍이도 상처 입은 사람, 모욕감을 느끼는 사람이었다. 그의 아들은 자신으로서는 정당하다고 느껴지는 그의 희망들에 대한 살아 있는 모욕이었다. 이것은 그가 누구에게도 한 번도 털어놓은 적 없는 사실인데, 그는 딸이 태어나자 크나큰 실망감을 맛보았다. 그는 한 남자가 아들을 원하는 것은 당연하다고 생각했다. 아비와 아들 사이에는 은밀하고도 긴밀한 동맹 관계가 존재하지 않는가? 아비가 토대를 닦아 이를 물려주면, 아들은 그걸 받아 결실을 맺는 것, 이게 바로 까마득한 옛날부터 계속되어 온 삶의 방식이 아니던가?

마들렌은 아주 귀여운 아이였고, 그는 금방 딸을 사랑하게 되었지만, 그래도 초조하기는 마찬가지였다.

고대하는 아들은 생기지를 않았다. 유산을 몇 번 했고(끔찍한 일들이었다), 세월은 흘러갔고, 그 때문에 페리쿠르 씨는 성격까지 급해져 갔다. 그러다가 에두아르가 등장했다. 마침내. 그는 아들의 탄생을 순전히 자기 의지의 결실이라고 믿었다. 그리고 아내는 얼마 후에 죽었는데, 그는 이를 또 다른 징표로 여겼다. 처음 몇 해 동안, 그는 아들의 교육에 얼마나 정성을 쏟았던가! 얼마나 큰 희망을 품었으며, 아들의 존재는 얼마나 그의 마음을 부풀게 했던가! 그러고는 실망이 찾아왔다. 에두 아르가 여덟 살인가 열 살인가 되었을 때, 그는 명백한 사실을 인정해야 했다. 실패였다. 페리쿠르 씨는 인생을 다시 시작할 수 없을 만큼 늙은 나이는 아니었지만, 자존심 때문에 그걸 거부했다. 실패를 인정하는 것을 거부했다. 그는 쓰라린 좌절감 과 원한 속에 갇혀 들었다.

그런데 이제 아들이 죽고 나니(그가 어떻게 죽었는지도 몰 랐고, 물어본 적도 없었다) 스스로에 대한 책망이 올라오고 있 었다. 아들에게 내뱉은, 이제는 돌이킬 수 없는 그 모든 가혹한 말들, 그 닫아 버린 문들, 그 차갑게 닫아 버린 얼굴들, 그 냉정 히 닫아 버린 손들……. 페리쿠르 씨는 아들에게 모든 걸 닫아 버렸고, 단지 그가 가서 죽을 전쟁만을 남겨 놓았던 것이다.

아들의 사망 소식을 듣고도 그는 한마디도 하지 않았다. 그 때의 광경이 떠올랐다. 넋을 잃은 마들렌의 모습. 그는 그녀의 어깨를 잡고, 모범을 보여 주었다. 품위를 지켜. 마들렌, 품위 를 지켜야지. 그때 그는 그녀에게 말할 수 없었다(아니, 이것은 그 자신도 모르는 진실이었다). 이 죽음은 그가 끊임없이 스스 로에게 던지곤 했던 그 물음, 나 같은 사람이 어떻게 이런 아들 을 견뎌 낼 수 있을까 하는 물음에 대한 대답이었다는 사실을. 이제는 다 끝난 것이다. 에두아르의 죽음은 그동안의 물음에 대한 답이 되었다. 정의가 실현된 것이다. 세상은 균형을 되찾고, 바로 선 것이다. 그는 아내의 죽음이 부당하다고 생각했다. 죽기에는 너무 젊은 사람이 아니었던가. 하지만 그보다도 젊은 나이로 죽은 아들에 대해서는 이런 생각이 떠오르지 않았다…….

다시 울음이 터져 나왔다.

눈물도 말라 버렸군. 그는 중얼거렸다. 난 마음이 말라붙은 놈이야……. 그는 자신도 이 세상에서 사라져 버리고 싶었다. 생전 처음으로 자신이 아닌 다른 사람이고 싶었다.

아침이 되었고, 밤을 꼬박 새운 그는 기진맥진했다. 얼굴은 슬픔으로 그늘져 있었다. 하지만 그가 슬픔을 내비친 적이 한 번도 없었으므로, 마들렌은 무슨 일인지 이해하지 못하고 그저 겁만 먹었다. 그녀는 아버지의 위로 고개를 숙였다. 그는 그녀의 이마에 키스를 했다. 형언할 수 없는 감정이 그를 사로잡았다.

「나, 일어나련다.」 그가 말했다.

마들렌은 항의하려 했다. 하지만 그 낙심한, 그러나 결연한 얼굴 앞에서 감히 입을 열지 못하고 물러갔다.

한 시간 후, 페리쿠르 씨는 거처에서 나왔다. 말끔히 면도하고 정장까지 갖춰 입었으나, 아무것도 먹은 게 없었고, 마들렌은 그가 약도 건드리지 않은 걸 보았다. 그는 쇠약한 상태였고, 어깨는 축 처지고, 낯빛은 새하얬다. 그는 외투 차림이었다. 하인들은 그가 홀의 의자에 앉아 있는 것을 보고 깜짝 놀랐다. 방문객들이 잠시 머무르다 갈 때 옷을 올려놓곤 하는 의

자였다. 그는 거기 앉아서 마들렌을 향해 손을 쳐들었다.

「자동차를 가져오라고 해라. 같이 좀 나가자.」

이 몇 마디의 말에 담겨 있는 그 많은 의미들……. 마들렌은 지시를 내린 다음, 자기 방으로 달려가 옷을 갈아입고 돌아왔다. 잿빛 외투 아래로는 검정 실크 트윌 블라우스를 입었고, 머리에도 검은색 클로슈 모자를 썼다. 나타난 딸의 모습을 보고 페리쿠르 씨는 생각했다. 얘는 날 사랑하는군……. 다시 말해서 그녀는 그의 마음을 이해한다는 뜻이었다.

「가자…….」 그가 말했다.

보도에 이른 그는 운전기사에게 물러가라고 일렀다. 그가 직접 운전하는 것이 자주 있는 일은 아니었다. 그는 혼자 있고 싶은 때를 제외하곤 운전을 별로 좋아하지 않았다.

지금까지 그는 공동묘지에 딱 한 번 갔었다. 아내가 죽었을 때였다.

심지어는 마들렌이 전선으로 가서 동생의 시신을 수습해 와서는 가족묘에 안장했을 때에도 페리쿠르 씨는 꼼짝도 하지 않았다. 동생을 〈돌아오게 하고〉 싶어 한 것은 마들렌이었고, 그는 시신이 없어도 상관없었다. 그의 아들은 조국을 위해 죽어 애국자들과 함께 묻혔으니, 이건 완전히 정상적인 일이었다. 하지만 마들렌은 찾아오기를 원했다. 그는 엄하게 설명했다. 〈자기 같은 위치에 있는 사람으로서〉 자기 딸이 전적으로 금지된 일을 하게 놔두는 것은 절대로 있을 수 없는 일이라고. 그가 〈전적으로〉나 〈절대로〉 같은 부사들을 나열하는 것은 결코 좋은 신호가 아니었다. 그렇지만 마들렌은 위축되지 않고 대꾸했다. 할 수 없죠. 내가 가서 하겠어요. 만일 무슨 일이 일

220

어나면 아빠 모르는 일이었다고 대답하시면 돼요. 그럼 전 그렇다고 시인하고, 모든 책임을 지겠어요……. 이틀 후, 그녀는 한 장의 봉투 속에서 그녀에게 필요한 돈과 모리외 장군에게 전하는 은밀한 부탁이 적힌 쪽지를 발견했다.

그녀는 밤중에 모두에게 지폐를 돌렸다. 묘지 경비원들에게, 장의사 인부들에게, 그리고 운전수에게. 한 인부가 가족묘 문을 연 다음, 둘이서 함께 관을 내리고 다시 문을 닫았다. 마들렌은 잠시 묵념을 했는데, 누군가 자꾸만 그녀의 팔꿈치를 거세게 쥐었다. 왜냐하면 지금은 야밤중이고, 이러고 있을 때가 아니었기 때문이다. 이제 동생이 여기 묻혔으니 원하면 언제든 찾아올 수 있고, 지금은 사람들의 눈길을 끄는 행동은 삼가는 편이 나았다.

페리쿠르 씨는 이 모든 것에 대해 아무것도 몰랐고, 이에 대해 물어본 적도 전혀 없었다. 공동묘지로 향하는 자동차 안, 말이 없는 딸 옆에 앉은 그는 간밤에 한참 동안 생각했던 그 모든 것들을 다시 생각해 보았다. 아무것도 알고 싶어 하지 않았던 그가 오늘은 설사 과도해 보이는 한이 있어도, 아주 작은 부분까지 다 알아보고 싶었다……. 아들 생각을 하자마자 자신도 모르게 울음이 터져 나오려 했다. 곧바로 위엄을 회복할 수 있었지만.

에두아르를 가족묘에 안치하기 위해선, 먼저 녀석을 땅에서 파내야 했겠지……. 이 생각에 페리쿠르 씨의 가슴이 꽉 메어 왔다. 그는 죽어 누워 있는 에두아르의 모습을 상상해 보려 했으나, 그때마다 떠오르는 것은 넥타이를 매고 반들거리는 구두를 신은 정장 차림에, 촛불에 둘러싸여 있는 민간인 사망자의 모습뿐이었다. 무슨 이런 말도 안 되는……. 그는 자신이 불만스러워 고개를 저었다. 그는 현실로 돌아왔다. 그렇게 여러 달이 지난 후에 시체는 어떤 모습이 되어 있었을까? 그것을 어떻게 처리했을까? 시체에 대한 상식적인 얘기들이며 이미지들이 생각나는 가운데, 떠오르는 질문이 하나 있었다. 간밤에 그숱한 질문들 가운데 유일하게 빠뜨렸던 질문, 지금껏 한 번도 제기하지 않았다는 게 스스로도 놀라운 질문이었다. 왜 나는 아들이 나보다 먼저 죽었다는 사실에 한 번도 놀라지 않았을까? 사실 정상적인 일은 아니었다. 페리쿠르 씨는 쉰일곱 살이었다. 그는 부자였다. 또 세상의 존경을 받고 있었다. 그는 그어떤 전쟁에서도 싸우지 않았다. 하는 일마다 성공했다. 심지어는 결혼도 성공했다. 그런데 살아 있었다. 그는 자신이 부끄러웠다.

기이하게도 마들렌이 선택한 것은, 자동차 안의 바로 이 순간이었다. 그녀는 차창 밖에 지나가는 거리들을 바라보면서 그의 손 위에 말없이 자기 손을 올려놓았다. 마치 자기는 다 이해한다는 듯이. 얘는 나를 이해해……. 이 생각에 마음이 조금 나아졌다.

그리고 그 사위 놈……. 마들렌은 동생이 죽은(하지만 아들이 어떻게 죽었는지에 대해서도 그는 아는 바가 전혀 없었다…….) 곳까지 가서 시신을 찾아왔는데, 그때 프라델과 함께 돌아와서는 그해 여름에 결혼했다. 그런데 지금 페리쿠르 씨의 머릿속에서는 — 일이 일어난 당시에는 전혀 의식하지 못했던 건데 — 어떤 기이한 등가 관계가 맺어지고 있었다. 다시 말해서 그는 어쩔 수 없이 사위로 받아들여야만 했던 이 사내의 등장을 아들의 죽음에 결부시키고 있었던 것이다. 설명하기 힘든 느낌이었다. 마치 이 사내가 자기 아들의 죽음에 책임이 있기라도 한 듯이 말이다. 바보 같은 생각이었지만, 자신도 어쩔 수 없었다. 하나가 죽었을 때 다른 하나가 출현했으니, 원인과 결과의 관계가 기계적으로, 다시 말해서 그로서는 아주 자연스럽게 성립하는 거였다.

마들렌은 어떻게 도네프라델과 만나게 되었는지를 아버지가 납득할 수 있게끔 설명하려 해보았다. 그가 얼마나 상냥하고도 세심하게 자길 돌봐 주었는지를 말이다. 페리쿠르 씨는 눈과 귀를 닫아 버렸다. 아무 말도 들으려 하지 않았다. 왜 딸애는 다른 남자가 아닌 하필 이자와 결혼했단 말인가? 이것은 그에게는 전적인 수수께끼였다. 그는 자기 아들의 삶에 대해서도, 죽음에 대해서도 아무것도 이해할 수 없었다. 그리고 사실은 자기 딸의 삶에 대해서도, 그녀의 결혼에 대해서도 아무것도 이해하지 못했다. 인간적인 차원에서 그는 정말로 아무것도 이해할 수 없었다. 공동묘지 경비원은 오른팔이 없었다. 그와 마주치며 페리쿠르 씨는 생각했다. 난 마음이 불구자야······.

공동묘지는 벌써 사람들로 북적거렸다. 노점상들이 신바람을 내고 있는 것을 노련한 사업가인 페리쿠르 씨는 놓치지 않았다. 한철 맞은 국화꽃이 단으로, 다발로 수백 개씩 팔리고 있었다. 특히나 올해에는 정부의 권고에 따라 추모제가 〈죽은 자들의 날〉, 11월 2일의 같은 시각에 프랑스 각처에서 거행되기 때문에 더욱 그랬다. 나라 전체가 일제히 묘지로 찾아가 추모하기로 되어 있었다. 준비가 한창인 것을 페리쿠르 씨는 리무진 안에서 보았다. 장식 띠들을 걸어 놓고, 울타리들을 설치하고, 민간인 복장의 군악대 몇 사람은 묵음으로 연습 중이고, 보도도 말끔히 물청소를 해놨고, 마차들과 자동차들은 치워 놓았다. 이 모든 것을 지켜보는 페리쿠르 씨에겐 아무런 감흥도 없었다. 그의 슬픔은 순전히 개인적인 것일 뿐이었다.

그는 차를 입구 앞에다 세워 놓았다. 아버지와 딸은 팔짱을 끼고서 가족묘를 향해 천천히 걸어갔다. 화창한 날이었다. 차갑고도 밝은 노란 햇빛에 벌써 오솔길 양편의 무덤들을 뒤덮은 꽃들이 더욱 예쁘게 보였다. 페리쿠르 씨와 마들렌은 빈손으로 왔다. 두 사람 모두 꽃을 살 생각을 하지 못했다. 입구에서 얼마든지 살 수 있었는데도.

가족묘는 조그마한 돌집으로, 전면의 합각머리에는 십자가 하나가 박혀 있었고, 징이 박힌 철문의 위쪽에는 〈페리쿠르가〉라고 써 있었다. 그 양쪽에는 안치된 이들의 이름이 새겨졌는데, 그의 부모 이름으로 시작되고 있었다. 그의 집안은 부상한 지 채 1세기가 안 되는 신흥 부호 가문이었다.

페리쿠르 씨는 외투 호주머니에 두 손을 찌른 채 모자도 벗지 않았다. 그런 것은 아예 생각하지도 않았다. 온통 아들 생각뿐이었다. 다시 눈물이 핑 돌았다. 아직도 눈물이 남아 있다는 게 신기할 정도였다. 어린 에두아르의 모습들과 청년 에두아르의 모습들도 다시 떠올랐고, 아들의 웃음이며 고함 소리 등 그가 미워했던 모든 것들이 또다시 끔찍이도 그리워졌다. 지난밤, 그는 오랫동안 잊고 있었던 장면들이 다시 떠오르는 걸 보았다. 에두아르의 어린 시절로 거슬러 올라가는 장면들이었다. 당시 그는 아들의 진정한 기질에 대해 아직은 의심만 품고 있었고, 보기 드문 완숙함이 느껴지는 그의 그림들 앞에서 적당하고도 절제된 만족감을 스스로에게 허용하곤 했었다. 그 그림들도 몇 장 떠올랐다. 에두아르는 이 시대의 영향을 받은 아이였고, 그의 상상력은 이국적인 이미지들, 기관차들, 비행기들로 가득했다. 페리쿠르 씨는 어느 날 전속력으로 달리는 자동차를 사실적으로 포착한 크로키를 보고 깜짝 놀란 적이 있었다. 페리쿠르 씨 자신조차도 자동차를 이런 모습으로 본 적이 한 번도 없었다. 이 스케치는 분명히 종이 위에 고정되어 있건만, 도대체 무엇 때문에 이 자동차는 빠르다 못해 날고 있는 느낌마저 주는 것일까? 그저 신비스러울 따름이었다. 에두아르는 고작 아홉 살이었다. 그의 그림들에는 항상 움직임이 넘쳐 났다. 꽃들도 살랑거리는 바람을 상기시켰다. 페리쿠르 씨는 수채화 한 점이 생각났다. 역시 꽃들을 그린 그림이었는데, 이 방면에 대해선 아무것도 모르는 그에게는 그저 아주 섬세한 꽃잎의 꽃들일 뿐이었다. 그런데 아주 특이한 배경 가운데 묘사된 이 그림 가운데, 비록 미술에는 무지했지만, 뭔가 독창적인 게 있다는 걸 깨달았던 것이다. 그 그림들은 다 어떻게 되었을까? 혹시 마들렌이 보관하고 있을까? 하지만 그것들을 다시 보고 싶지는 않았다. 그냥 기억 속에 간직하고 싶었다. 그 이미지들이 그의 기억 밖으로 나오는 게 싫었다. 이렇게 기억 속에서 다시 꺼낸 것들 중에서, 특히 어떤 얼굴이 자꾸만 떠올랐다. 에두아르는 이 얼굴을 아주 많이, 그리고 여러 방식으로 그렸는데, 그가 특별히 좋아하는 특징들이 빈번히 나타나서 페리쿠르 씨는 〈독특한 스타일이 있다〉는 게 바로 이런 걸 말하는 건가 자문하기도 했었다. 그것은 한 청년의 아주 청순한 얼굴이었다. 도톰한 입술, 조금 길면서도 힘찬 콧날, 턱

225

을 쪼개는 깊은 보조개 하나, 그리고 무엇보다도 초점도 웃음기도 없는 기이한 시선……. 이제는 표현할 말이 생각났으니, 이 모든 걸 말해 주고 싶었다……. 하지만 누구에게 말해 준단 말인가?

마들렌은 조금 떨어진 어떤 무덤에 흥미를 느끼는 척, 몇 걸음을 옮겨 페리쿠르 씨를 혼자 있게 해주었다. 그는 손수건을 꺼내어 눈가를 훔쳤다. 그는 아내의 이름을 읽었다. 레오폴딘 페리쿠르, 마르지 출신.

에두아르의 이름은 없었다.

이 사실을 발견한 그는 경악했다.

물론 아들은 여기에 없는 것으로 되어 있기 때문에 그의 이름을 새길 수는 없는 노릇이었다. 이는 당연한 사실이었다. 하지만 페리쿠르 씨에게 이것은 마치 아들의 공식적인 죽음을 운명이 최종적으로 승인해 주지 않는 듯한 느낌으로 다가왔다. 그가 프랑스를 위해 전사했다고 알리는 서류를, 양식에 따른 통지서를 분명히 받긴 했지만, 그의 이름을 써둘 권리조차 없는 이 무덤은 대체 뭐란 말인가? 그는 이 문제를 여러 각도로 생각해 보았고, 또 중요한 것은 이게 아니라고 자신을 설득하려고도 해봤지만, 뭔가 꺼림칙한 느낌을 좀처럼 떨칠 수가 없었다.

죽은 아들의 이름을 읽는 것, 〈에두아르 페리쿠르〉를 읽는 것은, 도무지 그 이유는 알 수 없었지만, 갑자기 절대적인 중요성을 띠게 되었다.

그는 고개를 천천히 가로저었다.

마들렌이 돌아와 그의 팔을 잡았고, 두 사람은 귀갓길에 올랐다.

그는 그의 건강에 운명이 걸려 있는 사람들이 걸어 오는 전화들을 받느라 토요일을 보냈다. 〈그래 회장님, 이제 괜찮으십니까?〉 혹은 〈자네 때문에 우리가 얼마나 겁이 났는지 아는가?〉 하는 식이었다. 그는 짤막하게 대답했다. 모든 사람에게 이것은 모든 게 다시 정상으로 돌아왔다는 신호였다.

페리쿠르 씨는 휴식을 취하고, 달인 약을 마시고, 블랑슈 박사가 처방한 약 몇 개를 먹으며 일요일을 보냈다. 또 각종 문서도 정리했는데, 그러던 중에 우편물 가까이에 있는 은쟁반에서 여성스러운 종이로 포장된 꾸러미 하나를 발견했다. 바로 마들렌이 그를 위해 준비한 것으로, 그 안에는 수첩 한 권과 벌써 오래전에 받은, 이미 개봉된 편지 하나가 들어 있었다.

곧바로 그것을 알아본 그는 차를 한 모금 삼킨 다음, 그것을 집어 들어 읽어 보았고, 다시 한 번 읽어 보았다. 그의 눈은 에두아르의 전우가 그의 죽음을 묘사한 부분에 오랫동안 머물렀다.

…… 승리를 위해 절대적으로 중요한 한 독일군 진지를 공격하는 과정에서 일어났습니다. 종종 공격 최선봉에 서곤 하던 귀하의 아드님은 심장에 탄환을 정통으로 맞고 즉사했습니다. 조금의 고통도 없이 숨졌다고 분명히 말씀드릴 수 있습니다. 조국 방어야말로 최고의 의무라고 늘 말하곤 하던 귀하의 아드님은 기쁘게도 영웅적인 죽음을 맞은 것입니다.

페리쿠르 씨는 수많은 은행들과 식민지 회사들과 기업체들을 이끄는 사업가였고, 따라서 아주 의심이 많은 사람이었다. 그는 상황에 맞추어 적당히 말을 바꾼, 그리고 특별히 유가족을 위로하기 위해 마구 찍어 내는 석판화와도 비슷한 이 뻔한 전설을 단 한마디도 믿지 않았다. 에두아르의 전우의 글씨는 아주 멋들어지긴 하지만, 사용한 필기구는 파란 색연필이었고, 종이는 벌써부터 바래기 시작하고 있었다. 다시 말해서 이 글은 꾸민 티가 역력했고 아무도 믿지 않을 엉성한 거짓말처럼 곧 지워져 버릴 운명인 것이다. 그는 편지를 접어 다시 봉투에 넣은 다음, 서랍에 정리해 넣었다.

그러고 나서 수첩을 펼쳤다. 수첩은 너덜너덜했고, 마분지로 된 표지를 묶어 둔 고무줄은 느슨해져 있었다. 마치 탐험가의 항해 일지처럼 지구를 세 바퀴는 돈 것 같은 몰골이었다. 페리쿠르 씨는 이게 아들의 그림들이라는 것을 금방 깨달았다. 전선의 병사들을 그린 거였다. 그는 수첩 전체를 뒤적거려 볼 수는 없다는 것을, 여기 묘사된 현실과 자신의 끔찍한 죄책감을 대면하기 위해서는 시간이 좀 필요하다는 것을 알고 있었다. 그의 시선은 한 병사의 모습 위에 멈췄다. 완전 군장에 철모를 쓰고 두 다리를 활짝 벌려 앞으로 쭉 뻗고 앉아 있는데, 기진맥진한 모양으로 어깨는 축 처지고 고개는 조금 옆으로 기울어져 있었다. 콧수염만 없다면 어쩌면 에두아르일 수도 있겠군……. 내가 얼굴을 보지 못한 요 몇 해 동안 녀석이 전쟁을 치르느라 많이 늙은 걸까? 많은 병사들이 그러하듯, 녀석도 콧수염을 기른 걸까? 가만, 그런데 내가 몇 번이나 녀석에게 편지를 썼던가……? 그림들을 모두 파란 색연필로 그렸는데, 그렇다면 그릴 거라곤 이것밖에 없었단 말인가? 마들렌이 그 애에게 소포를 보내기로 되어 있지 않았던가? 생각이 여기에 미치자 그는 자신이 역겨워졌다. 자기 여비서 중 하나에게 〈내 아들에게 소포 좀 하나 보내 주시오……〉라고 말했던 게 기억났기 때문이다. 1914년 여름에 전사한 아들을 하나 둔 여자로, 하얗게 얼어붙은 얼굴로 사무실에 돌아온 그녀의 모습이 아직도 기억에 생생했다. 전쟁 내내 그녀는 마치 자기 아들처럼 에두아르에게 소포를 보냈다. 그녀는 간단히 〈제가 소포를 준비했어요〉라고만 말했고, 그러면 페리쿠르 씨는 감사를 표한 다음, 종이 한 장을 집어 거기다가 〈에두아르야, 잘 지내거라〉라고 쓰곤 했다. 그러고 나서는 어떻게 서명해야 할지 몰라 잠시 망설이곤 했는데, 〈아빠〉는 격에 맞지 않고, 〈페리쿠르〉는 우스꽝스러웠기 때문이다. 그래서 그냥 이니셜을 적어 놓곤 했다.

그는 탈진해 널브러진 그 병사를 다시 한 번 들여다보았다. 아들이 실제로 겪은 일들은 영원히 알 수 없으리라. 다만 다른 이들의 이야기들(예를 들어 사위의 이야기)로 만족해야 하리라. 그 영웅적인, 하지만 에두아르의 전우가 쓴 편지만큼이나 허위로 가득한 이야기들 말이다. 그가 에두아르에 대해 얻을 수 있는 것은 오직 이 거짓말뿐, 다른 것은 영원히 알지 못하리라. 모든 게 죽어 버린 것이다. 그는 수첩을 덮어 상의 안주머니에 집어넣었다.

드러내지는 않았지만, 마들렌은 아버지가 보인 반응에 적이 놀랐다. 갑작스러운 공동묘지 방문, 너무나도 뜻밖이었던 그 눈물……. 에두아르와 아버지 사이에 가로놓인 깊은 골짜기는 그녀에겐 언제나 태초부터 존재해 온 어떤 지질학적 여건처럼 느껴졌다. 이 두 남자는 거대한 해일을 일으키지 않고서는 맞닿을 수 없는 상이한 대륙판에 위치한 두 대륙과도 같았다. 그녀는 모든 것을 다 겪고, 다 보아 왔다. 에두아르가 성장함에 따라, 처음에는 아버지 쪽의 의혹과 불신에 불과했던 것이 반감과 거부와 분노와 부인(否認)으로 발전하는 것을 본 것이다. 에두아르는 그 반대 방향으로 움직였다. 처음에는 애정에 대한 요구와 보호받고자 하는 욕구에 지나지 않았던 것이 점차로 수없는 도발들과 폭발들로 변해 갔다.

다시 말해서 선전 포고로 말이다.

왜냐면 에두아르가 죽음을 맞은 이 전쟁은 결국 이 가족 안에서, 독일인처럼 딱딱한 이 아버지와 놀기 좋아하고, 무모하고, 또 매력적인 이 아들 간에 아주 일찍부터 발발했다고 말할 수 있기 때문이다. 이 전쟁은 양 진영의 불안감을 드러내는 조심스러운 병력 이동(에두아르가 여덟 살이나 아홉 살 되었을 때였다)으로 시작되었다. 아버지는 처음에는 걱정을 했고, 그 다음에는 혼자 속을 썩었다. 2년 후, 아들이 자라나자 더 이상 조금도 의심할 수 없게 되었다. 이에 그는 차갑고도 쌀쌀맞고도 경멸적인 아버지가 되었고, 에두아르는 선동적으로, 반란적으로 변해 갔다.

그러고 나서 부자 간의 골은 갈수록 깊어져 결국에는 침묵이, 마들렌으로서는 정확히 언제부터였다고 말할 수 없는 침묵이 들어섰다. 두 사람이 더 이상 아무 얘기도 나누지 않고, 아니 더 이상 싸우거나 대립하지도 않고 무관심을 가장한 채 서로에 대한 적개심만 불태우는 상태가 된 것이다. 그녀는 소규모 충돌들이 이어지는 잠재적 내전 상태에 있던 이 분쟁 가운데서 이 결정적인 전환점이 언제였는지 알기 위해, 기억을 아주 오래전까지 더듬어 봤지만 찾아낼 수 없었다. 아마도 어떤 계기가 된 사건이 있었을 것이나, 그게 뭔지 알 수 없었다. 어느 날 — 에두아르가 열두 살이나 열세 살 되었을 것이다 — 그녀는 아버지와 아들이 자신을 통해서만 소통한다는 사실을 깨달았다.

그녀는 일종의 외교관 역할을 하며 청소년기를 보냈다. 어쩔 수 없는 두 철천지원수 사이에서 매사 중재에 나서야 했고, 둘의 푸념을 들어줘야 했고, 적개심을 가라앉혀야 했고, 끊임없이 이는 주먹다짐의 욕구를 미연에 잠재워야 했다. 이렇게 두 남자에 매여 있다 보니 그녀는 자신이 추해졌다는 사실조차 알아차리지 못했다. 정말로 못생긴 것은 아니고 그냥 평범한 정도였지만, 그녀 나이에 평범하다는 것은 다른 많은 여자들에 비해 덜 예쁘다는 것을 의미한다. 눈부시게 아름다운 처녀들에게 둘러싸이게 되는 일이 잦은(부유한 남자들은 귀여운 아이들을 쑥쑥 낳아 줄 예쁜 여자들과 결혼하는 법이다) 마들렌은 어느 날 그 시시한 외모가 확연히 드러났다. 그녀가 열여섯 살이나 열일곱 살 정도 되었을 때였다. 그녀의 아버지는 그녀의 이마에 건성으로 키스를 했고, 쳐다볼 때도 자세히 보지 않았다. 이 집에는 그녀에게 어떻게 해야 하는지, 어떻게 몸을 꾸며야 하는지 말해 주는 여자가 없었다. 그녀 혼자서 짐작하고, 다른 여자들을 관찰하여 모방해야 했지만, 결과는 항상 그녀들만 못했다. 이때부터 벌써 그녀는 매사에 별로 의욕이 없었다. 그녀는 자신의 젊음이, 자신의 아름다움일수도 있었던 것이, 아니 적어도 자신의 개성이 허무하게 녹아내리는 것을, 구름처럼 흩어지는 것을 느끼고 있었다. 관심을 가져 주는 사람이 아무도 없기 때문이었다. 돈은 있었다. 페리쿠르 집안에서 돈이 부족한 일은 없었다. 심지어는 돈이 모든 것을 대신하기까지 했기 때문에 마들렌은 화장해 주는 사람을 사고, 매니큐어 관리사를 사고, 미용사를 사고, 재단사를 샀다. 필요 이상으로 샀다. 마들렌은 추녀는 아니었지만, 사랑을 못 받는 처녀였다. 욕망 어린 눈으로 자기를 봐주길 원하는 남자, 행복한 여성이 되기 위해 필요한 약간의 자신감을 심어 줄 수 있는 유일한 남자는 너무도 바빴다. 그는 머릿속이 사업들로, 쓰러뜨려야 할 적들로, 주식 시세들로, 정치적 영향력을 행사하는 일들로, 또 거기에다 무시해 버려야 할 아들의 일로(꽤나 시간을 잡아먹는 일이었다) 꽉 차 있어서, 〈아, 마들렌, 너 거기 있었구나! 내가 못 봤다. 자, 살롱으로 좀 가거라. 난 할 일이 있어!〉라고 말하곤 했다. 그녀가 머리 모양을 바꾼 것도, 새 드레스를 입은 것도 모르고서 말이다.

이 말로만 사랑해 주는 아버지 옆에는 또 에두아르가 있었다. 넘쳐흐르는 에두아르. 열 살, 열두 살, 열다섯 살, 갈수록 못 말리는 에두아르. 섬뜩한 에두아르, 어릿광대 에두아르, 배우 에두아르, 미친놈 에두아르, 도무지 한계를 모르는 에두아르, 이글거리는 불덩이 같은 에두아르, 창의력 덩어리 에두아르……. 그가 벽들에다 그려 놓은 1미터 높이의 그림들을 보고 하인들과 하녀들은 얼굴을 붉히며 웃음을 터뜨렸고, 복도를 지나갈 때는 웃음을 참느라 주먹을 꽉 깨물었다. 발기한 자기 물건을 두 손으로 움켜쥐고 있는 악마의 형상으로 묘사된 페리쿠르 씨의 얼굴이 믿을 수 없을 만큼 정확하고도 사실적이었기 때문이다. 마들렌은 고개를 절레절레 흔들고는 곧바로 도장공들을 불렀다. 귀가한 페리쿠르 씨가 집에 인부들이 있는 것을 보고 놀라면, 마들렌이 설명했다. 아빠, 별일 아니에요. 집안일 하다가 조그만 사고가 있었어요. 그녀는 열여섯 살이었다. 아버지는 대답했다. 얘야, 고맙다! 자기가 모든 걸 다 할 수는 없는 노릇, 누군가 집안을 돌보고 있다는 사실에 너무도 마음이 놓인 것이다. 왜냐면 그는 별의별 수를 다 써봤지만 결국 실패했기 때문이다. 보모, 가정 교사, 집사, 침식을 제공받고 집안일 도와주는 처녀……. 하지만 모두가 떠나 버렸으니, 세상에 이렇게 끔찍한 삶이 어디 있는가! 에두아르, 이 아이는 뭔가 악마적인 데가 있어, 정말이지 얘는 정상이 아니라고! 〈정상〉, 페리쿠르 씨가 특별히 집착하는 단어였으니, 그에게는 없는 부자 관계를 묘사하는 말이었기 때문이다.

에두아르에 대한 페리쿠르 씨의 적개심은 너무도 깊어졌는데, 그 이유는 마들렌도 충분히 이해할 수 있었다. 에두아르는 이 모든 것들에도 불구하고 계집애 같은 면이 있었던 것이다. 그녀가 그를 〈정상적으로〉 웃도록 훈련시킨 적이 대체 몇 번이었던가? 이런 훈련들은 눈물로 끝나기 일쑤였다. 페리쿠르 씨의 적개심이 너무도 커진 나머지, 마들렌은 이 두 대륙이 한 번도 마주치지 않은 것을 다행으로 여기게 되었다. 차라리 그편이 나았다.

에두아르의 사망 소식이 전달됐을 때, 그녀는 페리쿠르 씨가 묵묵히 안도하는 것을 받아들였다. 우선은 아버지가 이제 그녀에게 남은 전부였기 때문이고(보다시피 그녀에겐 마리아

볼콘스키[24] 같은 구석이 있었다), 그다음에는 전쟁이 끝났기 때문이었다. 좋지 않게 끝났지만, 끝난 것은 끝난 거였다. 그녀는 에두아르의 시신을 찾아오고 싶은 마음을 오랫동안 속에만 담고 있었다. 그가 몹시 그리웠다. 그가 마치 외국에 있는 것처럼 그렇게 멀리 있는 것을 생각하면 속이 뒤집혔다. 하지만 정부가 반대하기 때문에 찾아오는 것은 불가능했다. 그녀는 오랫동안 고심했고(이번에도 그녀는 꼭 아버지처럼 행동했다), 마침내 결심이 섰을 때는 아무도 그녀를 막을 수 없었다. 그녀는 정보를 수집하고, 은밀히 필요한 조치를 취하고, 사람들을 구하고, 여행을 준비한 뒤, 아버지의 뜻에 맞서, 그러고 나서는 아버지의 허락 없이 동생이 사망한 곳에 가서 그 시신을 찾아왔고, 언젠가 자신도 묻히게 될 곳에 동생을 안치했다. 그러고 나서는 이 과정에서 만나게 된 미남 대위 도네프라델과 결혼했던 것이다. 뭐, 결혼은 자기가 알아서 하는 거니까.

하지만 아버지가 조케 클럽에서 쓰러진 일, 그러고 나서 평소답지 않게 낙심해 있던 것, 또 그가 한 번도 가지 않았던 묘지에 가겠다고 갑작스럽고도 뜻밖으로 결정한 일, 그리고 그 눈물까지를 이어서 생각해 본 마들렌은 아버지가 마음이 걸렸다. 그리고 가슴이 아팠다. 전쟁은 끝났고, 이제 원수들은 서로 화해할 수 있게 되었지만, 문제는 그중 하나가 죽었다는 사실이다. 심지어는 평화마저도 쓸모없게 되었다. 1919년 11월, 이달에 집안 분위기는 몹시 침울했다.

오전이 끝나갈 즈음, 마들렌은 위층으로 올라가 아버지의

24 톨스토이의 소설 『전쟁과 평화』에 나오는 인물.

서재 문에 노크했고, 생각에 잠겨 우두커니 창가에 서 있는 아버지를 발견했다. 행인들은 국화꽃을 들고 있었고, 군악대 연주의 메아리가 여러 차례 들렸다. 그가 이렇게 생각에 잠겨 있는 것을 보고 마들렌은 기분 전환도 시켜 줄 겸, 함께 점심을 들자고 제안했다. 그는 승낙했지만 별로 시장해 보이지 않았고, 차려 온 음식에도 전혀 손을 대지 않았다. 음식을 물린 그는 약간 찌푸린 얼굴로 물 반 잔을 마셨다.

「그런데 말이다……」

마들렌은 냅킨으로 입가를 닦은 후, 그에게 의문에 찬 시선을 던졌다.

「네 동생의 친구라는 사람. 그러니까……」

「알베르 마야르요?」

「음, 아마 그랬었지……」 페리쿠르는 마치 지나가는 얘기를 하듯 건성으로 말했다. 「그 사람한테……」

마들렌은 알겠다는 듯 미소를 지었고, 용기를 북돋아 주듯이 고개를 끄덕였다.

「감사를 표했죠. 네, 물론이에요.」

페리쿠르 씨는 입을 다물었다. 자기가 어렴풋이 느끼는 것을 자기보다도 먼저 이해한 것처럼 구는 딸의 이런 태도는 정말이지 짜증스럽기 이를 데 없었다. 이런 일을 당할 때면 자기도 니콜라이 볼콘스키[25]처럼 화를 내고 싶은 심정이었다.

「아니, 내가 하고 싶은 말은, 어쩌면 우리가 그 사람을……」

「초대할 수 있겠죠.」 마들렌이 대꾸했다. 「네, 물론이에요. 아주 좋은 생각이에요.」

25 톨스토이의 소설 『전쟁과 평화』에 나오는 인물. 마리아 볼콘스키의 아버지.

그들은 오랫동안 입을 다물고 있었다.

「물론, 그걸 꼭······.」

마들렌은 재미있다는 듯 한쪽 눈썹을 살짝 올렸고, 이번에
는 아버지가 말을 끝맺기를 기다렸다. 이사회에서는 속눈썹의
움직임만으로 사람들의 말을 끊어 버릴 수 있는 페리쿠르 씨
였다. 그런 사람이 자기 딸 앞에서는 제대로 문장을 끝내지도
못하는 것이다.

「물론이죠, 아빠.」 그녀는 미소를 지으며 말을 이었다. 「그
걸 동네방네 소문낼 필요는 없겠죠.」

「다른 사람하곤 관계없는 일이니까.」 페리쿠르 씨가 못 박
았다.

그가 〈다른 사람〉이라는 표현을 쓰면, 그것은 〈네 남편〉이
라는 뜻이었다. 마들렌도 알고 있었지만 별로 개의치 않았다.

그는 일어나 냅킨을 내려놓고는 딸에게 엷게 미소 지은 다
음, 방을 나가려고 했다.

「아, 그러고 말이다······.」 그는 갑자기 사소한 일이 생각난
것처럼 잠시 걸음을 멈추며 말했다. 「라부르댕을 불러 줄 수
있겠니? 나 좀 보러 오라고 해라.」

그가 이런 식으로 말할 때는 뭔가 긴급한 일이 있다는 뜻이
었다.

두 시간 후, 페리쿠르 씨는 화려하다 못해 위압감이 들 정도
인 대응접실에서 라부르댕을 접견했다. 구청장이 들어왔지만
페리쿠르 씨는 그를 맞지도 않았고, 악수를 청하지도 않았다.
그들은 선 채로 있었다. 라부르댕의 얼굴은 환하게 빛났다. 언

제나처럼 허겁지겁 달려온 그는 벌써 봉사할 준비가, 뭔가 쓸모 있는 모습을 보일 준비가 되어 있었다. 몸과 마음을 아낌없이 제공하고 있었다. 아, 차라리 이 몸이 화류계 여인이었다면 얼마나 좋을까……!

「이보게…….」

항상 이런 식으로 시작되었다. 라부르댕은 벌써 들떠 있었다. 자기를 필요로 하고 있고, 자기는 도울 것이다! 페리쿠르 씨는 사위가 자신의 인맥을 이용해 먹고 있으며, 라부르댕이 최근에 군사 묘지 건을 다루는 입찰 위원회에 들어갔다는 사실을 알고 있었다. 그는 이 건을 자세히는 지켜보지 않고 관련 정보를 입수하는 것으로 만족하고 있었으나, 그 핵심은 파악하고 있었다. 어차피 알아야 할 필요가 있을 때는 라부르댕이 모든 걸 말해 줄 터였다. 그리고 지금 이 구청장은 만반의 준비가 되어 있었다. 오늘 초대받은 것이 이 문제 때문이라고 확신하고 있었다.

「당신들의 그 추모 기념비 프로젝트 말이오.」 페리쿠르 씨가 물었다. 「그거, 어디까지 진행됐소?」

놀란 라부르댕은 자신도 모르게 딱 소리를 내며 그 멍청해 보이는 빨간 입술을 헤 벌렸다.

「회장님…….」

그는 모든 사람을 〈회장님〉이라고 불렀다. 왜냐면 지금은 모두가 무언가의 회장님이므로. 그것은 이탈리아의 〈도토레 dottore〉라는 만능 호칭과도 같은 거였고, 라부르댕은 간단하고도 편리한 해결책들을 좋아했다.

「회장님, 그러니까 회장님께 모든 걸 말씀드리자면…….」

그는 당황해 어쩔 줄 몰랐다.

「바로 그거요!」 페리쿠르 씨가 격려하듯 말했다. 「내게 다 말해 보시오. 그럼 더 좋소.」

「에 그러니까…….」

라부르댕은 거짓말을 하기에는 상상력이 부족했다. 엉성한 거짓말조차도 할 수 없었다. 그래서 그는 불쑥 내뱉었다.

「그러니까 지금으로선……. 아무 결론에도 이르지 못했습니다!」

너무도 골치 아픈 사안이었다.

벌써 1년 가까이 이 프로젝트는 그를 괴롭히고 있었다. 내년에 파리의 개선문에 무명용사 하나를 안장하기로 되어 있었는데, 모든 사람이 이게 아주 좋은 일이긴 하지만 충분치는 않다고 느끼기 때문이었다. 구민들과 각종 참전 용사 협회들은 기념비를 원했다. 모두가 기념비를 요구했고, 구의회에서 표결되었던 것이다.

「담당자들까지 임명했는데도요!」

다시 말해서, 라부르댕이 사안을 심각하게 여기고 있다는 뜻이었다.

「하지만 회장님, 장애물이 너무 많아요, 장애물이! 회장님은 상상도 못 하실 겁니다!」

그는 정말로 어려움이 많은 듯, 숨까지 헐떡이고 있었다. 우선 기술적인 난제들이 산적해 있었다. 기부금을 걷어야 하고, 기념물 설계를 위한 공모전을 열어야 하고, 또 그에 따른 심사위원단을 구성해야 하고, 부지를 찾아내야 하는데 적당한 장소가 아무 데도 없었다. 그리고 산정된 프로젝트 비용도 엄청났다.

「이런 거 만들려면 돈이 장난 아니게 든다고요!」

토론은 끝없이 이어졌고, 항상 지체되는 것이 있었다. 어떤 이들은 이웃 구(區)의 것보다 더 웅장한 기념비를 원했고, 추모 동판이나 벽화 얘기를 꺼내는 사람도 있었다. 모두가 나서서 한마디씩 내놓았고, 자기 경험을 바탕으로 주장을 펼쳤다……. 이 끝없는 말싸움과 논쟁에 지친 라부르댕은 주먹으로 책상을 쾅 내리쳤다. 그런 다음, 모자를 뒤집어쓰고는 자신을 좀 위로해 주고자 사창가로 떠났다.

「왜냐면 그게 무엇보다도 돈 문제거든요……. 회장님께서도 모르시지 않겠지만, 우리 재정이 바닥이 나서요. 따라서 모든 게 구민의 기부금에 달려 있어요. 하지만 얼마나 모을 수 있을까요? 기념비의 반을 만들 수 있는 돈을 모았다고 가정한다면, 그 나머지는 어떻게 구하죠? 그럼 우린 빼도 박도 못하게 되는 거예요!」

그는 페리쿠르 씨에게 그 비극적인 결과를 가늠해 보게 하려는 듯 잠시 침묵했다.

「사람들에게 이렇게 말할 순 없는 노릇이잖아요. 〈자, 당신 돈을 다시 가져가시오. 이 프로젝트는 끝났소〉라고요. 무슨 말인지 이해하시겠어요? 또 걷은 돈이 충분치 못해서, 유권자들 앞에다 우스꽝스러운 것을 세워 놓는다면, 그건 정말 최악이 아니겠어요? 무슨 말인지 이해하시겠어요?」

페리쿠르 씨는 완전히 이해하고 있었다.

「맹세컨대,」 이 너무도 무거운 과업에 쓰러지기 일보 직전의 라부르댕이 결론을 내렸다. 「이건 겉으로는 간단해 보이는데요, 사실은 끔, 찍, 한, 일입니다.」

그는 다 설명했다. 그러고는 바짓단 앞쪽을 걷어 올렸는데, 그 동작은 이제 뭔가를 마시고 싶다는 뜻이었다. 페리쿠르 씨는 자신이 이자를 얼마나 경멸하는지를 실감하고 있었지만, 당사자는 간혹 사람을 깜짝 놀라게 하는 행동을 보이는 사내였다. 예를 들어 이런 질문이었다.

「그런데 말입니다, 회장님……. 대체 그건 왜 물으시는 거죠?」

바보들은 때로는 아주 뜻밖의 면을 보이곤 한다. 이건 그렇게 어리석지 않은 질문이었으니, 왜냐하면 페리쿠르 씨는 그 구에 살지 않았기 때문이다. 그렇다면 왜 이 추모 기념비 건에 끼어든단 말인가? 이 질문은 라부르댕 같은 인물이 하기엔 너무 적확하고도 명석한 것, 다시 말해서 이것이 어쩌다가 우연히 튀어나온 생각이라는 증거였다. 만일 상대가 똑똑한 사람이었다 해도 페리쿠르 씨는 결코 속마음을 털어놓지 않았을 것이다. 하물며 이런 바보 앞에서는 절대로 그럴 수가 없었다……. 그리고 설사 원했다 하더라도, 설명하기엔 너무 긴 이야기였다.

「선행을 한번 하고 싶소.」 그는 무뚝뚝하게 말했다. 「당신네의 그 기념비, 내가 비용을 대겠소. 전부 다.」

라부르댕은 입을 딱 벌리고 눈을 끔뻑였다. 아…… 네……. 네…….

「적당한 장소를 하나 찾으시고.」 페리쿠르 씨가 말을 이었다. 「필요하다면 싹 밀어 버리고. 멋있게 지어야 하지 않겠소? 돈은 필요한 만큼 쓰시오. 공모전을 개최하고, 심사 위원단을 구성하시오. 하지만 돈은 내가 대는 고로, 결정은 내가 하겠소. 그리고 이 사안의 홍보에 대해선…….」

페리쿠르 씨는 은행가로 커온 사람이었고, 재산의 반은 주식에서, 다른 반은 다양한 기업체에서 나온 거였다. 그가 정치계에 입문하는 것은 그리 어려운 일이 아니었을 것이다. 그의 동료들 중 혹하여 정치에 뛰어들었다가 아무것도 건지지 못한 사람이 한둘이 아니었다. 그의 성공은 그의 수완에 기반을 두고 있었고, 그는 선거 같은 불확실하고도, 때로는 멍청하기 이를 데 없는 상황에 좌우되는 것을 싫어했다. 더구나 그에겐 정치적 기질이 없었다. 그러기 위해선 무엇보다도 강한 에고가 있어야 하는데, 그에게 중요한 것은 오직 돈이었다. 그리고 돈은 어둠을 좋아했다. 페리쿠르 씨는 은밀함을 미덕으로 여기는 사람이었다.

「홍보에 대해 말하자면, 물론 난 그걸 원하지 않소. 자선단체가 됐든, 협회가 됐든, 당신이 원하는 대로 아무거나 만드시오. 필요한 돈은 내가 댈 테니까. 지금부터 1년을 주겠소. 내년 11월 11일에 준공식을 거행했으면 하오. 그 위에 이 구에서 출생한 모든 전사자들의 이름을 새겨서 말이오. 무슨 말인지 알겠소? 모두 다 말이오.」

너무 많은 정보를 한꺼번에 전달받은 라부르댕이 내용을 소화하기 위해서는 시간이 좀 필요했다. 그가 간신히 모든 내용을 얼기설기 연결하여, 이제 자기가 무슨 일을 해야 하는지, 또 분부대로 후딱후딱 거행하지 않아 회장님께서 얼마나 답답해하고 계신지를 깨달았을 때, 페리쿠르 씨는 벌써 그에게 손을 내밀고 있었다. 당황한 라부르댕은 오해하고는 자기도 손을 내밀었지만 허공만 찌르고 말았으니, 페리쿠르 씨가 그의 어깨를 툭툭 치고 자기 거처로 돌아가 버렸기 때문이다.

깊은 생각에 잠긴 페리쿠르 씨는 창 앞에 서서 거리를 멍하니 내려다보았다. 에두아르는 가족묘에 이름을 새기지 못했다. 뭐, 어쩌겠는가?

그렇다면 기념비를 하나 지으리라. 그에게 어울리는 기념비를 말이다.

거기에 그의 이름이 새겨지리라. 그를 둘러싼 다른 모든 전우들과 함께.

장소는 아담한 광장이 좋으리라.

그가 태어난 구의 한복판에 있는.

13

비가 억수같이 쏟아졌다. 알베르는 왼손은 붕대로 칭칭 감고 신발 상자를 옆구리에 낀 상태로 울타리의 문을 열었다. 그러자 문설주까지 달린 문짝, 바퀴, 찢어진 마차 덮개, 부서진 의자 등, 도대체 어떻게 여기까지 오게 되었는지, 또 어디에 쓰일 것인지 알 수 없는 잡동사니들이 잔뜩 쌓여 있는 조그만 마당이 나타났다. 마당은 진흙 천지였지만, 알베르는 체스판 형태로 깔린 포석들의 도움을 빌릴 생각조차 없었다. 최근의 홍수 탓에 포석들의 사이가 너무나 벌어져 발을 더럽히지 않으려면 곡예사처럼 펄쩍펄쩍 뛰어야 했기 때문이다. 마지막 것이 숨을 거두신 이후로 그에겐 더 이상 고무장화가 없었다. 하기야 이렇게 유리 앰풀이 가득한 상자를 들고서 무용수 같은 걸음을 옮기기 위해서는……. 그는 까치발로 마당을 가로질러 조그만 건물에 이르렀다. 이 건물 2층은 개조되어 월세 2백 프랑에 임대되고 있었다. 파리의 일반적인 집세에 비하면 공짜나 다름없는 가격이었다.

여기에 입주한 것은 지난 6월, 에두아르가 민간인 삶에 복귀하고 얼마 되지 않아서였다.

　그날, 알베르는 병원에 가서 에두아르를 데리고 왔다. 돈은 별로 없었지만 큰마음을 먹고 택시를 잡았다. 전쟁이 끝난 이후로 각양각색의 불구자들을(전쟁은 이 영역에 있어서도 모두의 상상을 뛰어넘었다) 질리도록 구경할 수 있는 시절이었지만, 얼굴 한복판이 뻥 뚫려 가지고 뻣뻣한 다리로 절뚝거리고 다니는 이 골룸의 출현에 러시아인 택시 기사는 기겁을 했다. 매주 친구를 보러 병원에 찾아갔던 알베르 자신도 그 모습에 입을 딱 벌렸다. 바깥에 나오니 병원 안에 있을 때와는 또 달랐던 것이다. 동물원의 동물을 거리 한복판에 데리고 나온 느낌이랄까. 그들은 돌아오는 동안 한마디도 나누지 않았다.

　에두아르는 아무 데도 갈 데가 없었다. 이 무렵 알베르는 외풍이 들이치는 7층의 조그만 지붕 밑 방에 살고 있었다. 복도에는 공용 화장실과 찬물이 나오는 수도가 있어서 대야에 물을 받아 세수를 했고, 여력이 생길 때마다 공중목욕탕으로 가서 몸을 씻었다. 방에 들어온 에두아르는 방 모양에는 눈길도 주지 않은 채 창가의 의자에 앉아 거리와 하늘을 바라보았다. 그러고는 오른쪽 콧구멍으로 담배를 피우는 거였다. 그 순간 알베르는 깨달았다. 에두아르는 더 이상 여기서 움직이지 않을 것이고, 얼마 안 가 자신의 일상은 이 짐 덩어리를 중심으로 돌아가게 되리라는 사실을.

　동거 생활은 곧바로 힘겨워졌다. 에두아르의 거대하고도 깡마른 — 그보다 더 마른 것이라곤 지붕 위를 돌아다니는 회색 고양이뿐이었다 — 몸뚱이 하나만으로도 방은 꽉 찼다. 한 사람 지내기에도 비좁은 방이었다. 두 사람이 있으니 거의 참호

만큼이나 혼잡스러웠다. 의욕이 떨어졌다. 에두아르는 바닥에 모포 한 장을 깔고 그 위에서 잤으며, 뻣뻣한 다리를 앞으로 쪽 뻗고 창 쪽에 시선을 고정한 채로 온종일 담배만 피워 댔다. 외출하기 전에 알베르는 그가 혼자서 먹을 수 있게끔 음식 재료, 피펫, 고무 판, 깔때기 등을 준비해 놓곤 했다. 에두아르는 음식에 손을 댈 때도 있고, 그러지 않을 때도 있었다. 하루 종일 멍하니 한곳에 붙어 있었다. 삶을 상처의 피처럼 흘려보내고 있는 모습이었다. 이렇게 불행한 삶과 가까이서 지내는 것은 너무나 힘든 일이어서, 알베르는 온갖 핑계를 꾸며 내어 밖으로 나가곤 했다. 사실 대중음식점 부이용 뒤발에 가서 저녁 식사를 하는 것에 불과했지만, 그렇게 음산한 누군가와 마치 혼잣말하듯이 대화해야 한다는 것은 정말이지 너무도 우울한 일이었다.

알베르는 겁이 났다.

그는 에두아르에게 장차의 일에 대해 물어보았다. 앞으로 어디 가서 살 생각이야? 하지만 수없이 시작된 이런 식의 대화는 에두아르가 낙담하는 모습을 보는 순간 끝나 버렸다. 이 절망적인 그림 가운데 살아 있는 유일한 부분인 눈은 축축해졌고, 겁에 질린 시선은 완전한 무력감을 표현하고 있었다.

알베르는 이제 자기가 에두아르를 전적으로 책임져야 한다는 사실을 받아들였다. 당분간은, 그러니까 그의 상태가 나아져 삶의 의욕을 되찾아 다시 어떤 계획을 세우게 될 때까지 말이다. 알베르는 이 회복 기간을 개월 단위로 추산했다. 달이 올바른 단위가 아니라는 것을 상상조차 하기 싫었다.

그는 종이며 물감 같은 것을 사다 주었고, 에두아르는 얼핏 고맙다는 표시를 하긴 했지만, 꾸러미를 열어 보는 일은 없었다. 그에겐 치사한 식객, 혹은 남을 이용해 먹는 인간 같은 모습은 전혀 느껴지지 않았다. 그저 욕망도 욕구도 없는, 심지어는 생각조차도 없는 것 같은 텅 빈 껍데기였을 뿐이다. 만일 알베르가 더 이상 기르기 싫어진 개나 고양이처럼 그를 어느 다리 밑에 묶어 놓고서 뒤도 돌아보지 않고 달아났다 해도, 그는 원망조차 하지 않았을 것이다.

알베르는 〈신경 쇠약증〉이라는 말을 알고 있었다. 그는 이에 대해 여기저기에 물어보았고, 이를 통해 〈멜랑콜리〉, 〈우울증〉, 〈만성 우울〉 같은 단어들도 알게 되었지만, 이 모든 것들은 큰 도움이 되지 못했다. 본질적인 것은 그의 눈 아래에 있었다. 에두아르는 죽음을 기다리고 있었고, 그게 언제 오게 될지는 모르지만, 그것만이 유일한 출구였다. 그에게 있어서 죽음은 어떤 변화라고도 할 수 없었다. 그것은 그저 한 상태에서 다른 상태로의 이행, 더 이상 보이지 않게 되었다가 죽은 날에야 사람들을 놀라게 하는 그 조용하고도 거동이 자유롭지 못한 노인네들이 그러하듯 체념 어린 인내로써 받아들이는 그런 것이었다.

알베르는 그에게 끊임없이 얘기했다. 다시 말해서 그는 퀴퀴한 방 안의 늙은이처럼 혼자 얘기했다.

「이것 봐, 난 그래도 운이 좋은 편이야.」 그는 에두아르에게 줄 달걀과 고기 수프를 섞으며 말했다. 「대화할 때 항상 반박하기만 좋아하는, 그런 기분 나쁜 인간을 만날 수도 있었잖아?」

그는 친구를 한번 웃겨 보려고 별의별 얘기를 다 해봤다. 왜냐하면 친구의 상태가 호전되기를 바랐을 뿐 아니라, 첫날부터 그에게 수수께끼로 남아 있던 것, 즉 〈에두아르가 웃고 싶어지는 날, 그는 과연 어떻게 할까?〉라는 의문에 대한 해답을 얻고 싶었기 때문이다. 최상의 경우에 에두아르는 목구멍이 떨리는 아주 날카로운 소리, 마치 새가 끽끽대는 것 같은 소리를 냈다. 듣는 이를 몹시 불편하게 만들어, 어떤 음절에서 막혀 버린 말더듬이를 위해 단어를 일러 주듯이 옆에서 도와주고 싶은 마음이 드는 소리, 아주 신경에 거슬리는 소리였다. 다행히도 에두아르는 이런 소리를 많이 내지는 않았으니, 그에게는 이게 무엇보다도 피곤한 일인 모양이었다. 하지만 알베르는 이 웃음의 문제를 좀처럼 떨쳐 버릴 수가 없었다. 그리고 그가 생매장되었던 이후로 갖게 된 강박에 가까운 생각은 이것만이 아니었다. 긴장과 불안과 앞으로 다가올 일들에 대한 걱정 외에도, 끊임없이 머릿속에 굴러다니는 강박 관념들이 있었다. 예를 들면 그 죽어 버린 말의 대가리를 복원시키려는 강박 관념 같은 것 말이다. 그는 에두아르의 그림을 비싼 비용을 들여 액자를 해 걸었다. 방의 유일한 장식물이었다. 친구가 다시 작업을 시작하도록 격려하기 위해, 혹은 그냥 단순히 그가 소일거리를 갖기를 바라는 마음에서 알베르는 이따금 그림 앞에 서서 호주머니에 두 손을 찌르고 과장된 감탄을 터뜨리곤 했다. 정말로, 정말로, 자넨 재능이 있어! 자네 스타일이 아주 잘 나타나 있어! 만일 자네가 마음만 먹는다면……. 하지만 아무 소용이 없었다. 에두아르는 다시 담배 한 대에 불을 붙여 오른쪽 혹은 왼쪽 콧구멍으로 빨았고, 창밖 풍경을 온통 차지하고 있는 함석지붕들과 굴뚝들의 광경에 빠져들었다. 그는 어떤 것에도 의욕이 없었다. 병원에 있었던 몇 달 동안에도 아무런 계획도 세우지 않았고, 다만 의사들과 외과의들의 권고에 맞서는 데 대부분의 에너지를 사용했다. 이는 단지 그가 새로운 상태를 거부했기 때문만이 아니라, 그 새로운 상태를 얻고 난 다음 날을, 그 미래를 상상할 수 없었기 때문이었다. 포탄이 터지면서 시간도 멈춰 버린 것이다. 에두아르는 적어도 하루에 두 번은 시간을 울리는 고장 난 괘종시계보다도 못했다. 이제 스물네 살이 된 그는 부상을 입은 지 1년이 지났지만 과거의 모습과 조금이라도 닮은 모습으로 돌아가지 못했고, 그 어떤 것도 복구하지 못했다.

그는 오랫동안 말을 못 했고, 맹목적인 저항의 자세로 뻣뻣이 굳어 있었다. 구부리고, 웅크리고, 뒤틀린 상태로 발견되어 마치 석상이 되어 버린 듯 그 자세가 계속 유지된다는 다른 병사들처럼 말이다. 이 전쟁이 발명해 낸 것들은 그저 놀랍기만 했다. 그의 거부의 에너지는 모드레 교수라는 형태로 나타났다. 그가 생각하기에 모드레는 환자보다는 의학과 외과술의 발전에 더 관심이 많은 더러운 작자였다. 옳기도 하고 틀리기도 한 생각이었지만, 에두아르는 그런 미묘한 차이를 인정하지 않았다. 머리 한복판에 구멍이 난 그는 옳고 그름을 차분하게 따지고 있을 기분이 아니었던 것이다. 그는 모르핀에 집착했고, 모르핀을 처방받기 위해 모든 에너지를 다 쏟았다. 애원하기, 속이기, 요구하기, 시늉하기, 훔치기 등등, 그에게 걸맞지 않은 온갖 계책들을 다 써가면서. 그는 결국 모르핀이 자신을 죽이게 될 거라고 생각했지만, 조금도 개의치 않고 항상 더 많은 양을 원했다. 그리고 모드레 교수는 그가 이식 수술, 보철물, 보조 기구 등 모든 것을 거부하는 데 지쳐 결국 그를 쫓아

내기에 이르렀다. 우린 저런 친구들을 위해 이 개고생을 하고, 또 외과학의 최신 성과들을 제공하는데, 저들은 현재 상태로 남아 있겠다고 고집을 부리고, 또 우리가 자기들에게 포탄을 던진 사람들인 것처럼 우릴 쳐다보고 있어……. 정신과 동료 의사들에게는(라리비에르 병사는 정신과 의사를 벌써 여럿 만났지만, 고집불통, 아무 대답도 하지 않았다) 이런 부상병들의 고집스러운 거부를 설명하는 이론들이 있었다. 하지만 이론 따위에는 무관심한 모드레 교수는 어깨만 으쓱할 뿐이었다. 그는 자신의 시간과 의술을 그렇게 고생할 만한 가치가 있는 친구들에게 쏟아붓고 싶었다. 하여 에두아르에게 눈길 한 번 주지 않고 퇴원 허가서에 서명했다.

에두아르는 극소량의 모르핀만 허용하는 처방전과 외젠 라리비에르 병사의 명의로 된 한 뭉치의 서류를 들고 병원을 나왔다. 몇 시간 후, 그는 친구의 콧구멍만 한 방의 창가 의자에 앉아 있었고, 종신형을 선고받고 자기 감방에 들어온 사람처럼, 어깨 위로 온 세상의 무게를 느끼고 있었다.

생각을 제대로 이어 갈 수는 없었지만, 에두아르는 알베르가 일상생활에 대해 얘기하는 것을 들으면서 정신을 집중하려고 해봤다. 그래, 물론이지, 돈 문제를 생각해야 해……. 맞아, 이제 난 어떻게 되는 건가……? 이 시체 같은 커다란 몸뚱이를 가지고 어떻게 해야 하지……? 하지만 이런 단편적인 생각들 이상으로 사고를 전개하는 것은 불가능했다. 그의 정신은 마치 체의 구멍들로 물이 빠지듯 한순간에 사라져 버렸다. 다시 정신을 차려 보면 벌써 저녁이 되어 있었고, 일을 나갔던 알베르가 들어오곤 했다. 혹은 아직 대낮이었고, 몸은 주사를 놔달라고 아우성을 쳤다. 그래도 노력을 해봤다. 앞으로 어떻게 될 건지 생각하려고 해봤지만 허사였고, 주먹을 꽉 쥐어 봤지만 소용이 없었다. 그의 사고는 액체처럼, 조그만 틈새라도 있으면 새어 나가 금방 사라져 버렸고, 대신 어지러운 상념들만 끝없이 계속되었다. 그의 과거가 순서도 선후도 없이 강처럼 흘러갔다. 자주 떠오르는 것은 어머니였다. 어머니와의 추억들 중에서 남은 것은 별로 없었지만, 그래도 몇 개가 떠오르면 그는 거기에 집요하게 매달렸다. 그 어렴풋한 기억들은 어떤 감각들에 응축되어 있었다. 그가 다시 찾으려 해봤던 어떤 사향 내 나는 향수, 퐁퐁 쿠션과 미용 크림과 브러시 등이 놓인 핑크빛 화장대, 저녁때 어머니가 그의 위로 몸을 굽히면 그가 꽉 움켜쥐곤 하던 새틴의 보드라운 감촉, 혹은 마치 비밀을 보여주듯 그에게로 몸을 기울이며 뚜껑을 열어 보여 주던 금으로 된 메달 목걸이……. 반면 어머니의 목소리는 전혀 떠오르지 않았고, 어머니가 한 말들과 어머니의 눈빛도 마찬가지였다. 그의 어머니는 그가 알았던 다른 모든 사람들처럼 그의 기억 속에서 녹아 없어져 버린 것이다. 그는 망연자실했다. 그가 얼굴을 잃고 난 이후로, 다른 모든 얼굴들도 지워져 버렸다. 어머니의 얼굴도, 아버지의 얼굴도, 친구들의 얼굴도, 연인들의 얼굴도, 교사들의 얼굴도, 마들렌의 얼굴도……. 마들렌도 많이 생각났다. 얼굴이 보이지 않는 그녀에게서 남은 것은 그녀의 웃음이었다. 그는 이보다 더 빛나는 웃음소리를 들은 적이 없었다. 전에 그는 이 웃음소리를 듣기 위해 별짓을 다 했다. 어려운 일도 아니었다. 그림 한 장, 얼굴을 우스꽝스럽게 찌푸리기, 하인의 캐리커처(하인들도 웃었는데, 에두아르에게 악의

가 없다는 걸 잘 알았기 때문이다)……. 하지만 무엇보다도 분장이 효과가 있었다. 그는 변장에 대해 과도한 애착과 함께 비할 바 없는 재능을 가지고 있었는데, 얼마 안 가서 이것은 변태적인 분장으로 발전했다. 그가 화장을 하고 나타나면 마들렌의 웃음은 어색하게 변했다. 그녀 자신 때문에 그런 것은 결코 아니었다. 〈아빠 때문이야, 아빠가 보시면 뭐라고 하시겠어?〉 그녀는 아주 사소한 것들까지 신경을 쓰려고 했다. 때로는 그녀의 통제를 벗어나는 상황이 발생했고, 이럴 때면 저녁 식사는 무겁고도 냉랭한 시간이 되곤 했는데, 예를 들어 에두아르가 마스카라 지우는 것을 깜빡한 척하며 식당으로 내려오기 때문이었다. 페리쿠르 씨는 그걸 보자마자 벌떡 일어서서 냅킨을 내려놓고는 아들에게 당장 식탁을 떠나라고 명령했다. 그럴라 치면 에두아르는 〈엉, 뭐지? 내가 또 무슨 잘못을 했지?〉 라고 짐짓 기분이 상한 척 소리쳤지만, 웃는 사람은 아무도 없었다.

자신의 얼굴까지 포함해 모든 얼굴들이 사라져 버린 그에게는 아무 얼굴도 남지 않았다. 얼굴 없는 세계에서 무엇에 집착할 수 있으며, 무엇과 싸울 수 있겠는가? 이제 그에게 세상은 머리가 잘린, 그리고 그 보상으로 몸뚱이들은 그의 아버지의 육중한 실루엣처럼 몇 배로 커진 실루엣들만이 들어찬 우주가 된 것이다. 어린 시절의 감각들이 물방울들처럼 솟아올랐다. 때로는 아버지와 접촉할 때 이는 두려움과 감탄의 감정이 뒤섞인 전율이, 때로는 어른들끼리 대화를 나누면서, 그리고 그로서는 아무것도 이해할 수 없는 이야기를 하면서 그를 증인으로 세우기라도 하듯 〈아들아, 안 그러냐?〉라고 미소를 지으며 말하던 방식이 떠올랐다. 그의 상상력은 빈약해져 몇 개의 고정된 이미지들로 환원된 것 같았다. 그래서 이따금 그의 아버지는 그림책에 나오는 식인귀처럼 거대하고 짙은 그림자를 앞세우고 나타나곤 했다. 그리고 아버지의 그 등짝! 그가 아버지만큼 성장하여, 아버지보다도 커지기 전까지는 어마어마해 보이던 그 널찍하고도 무시무시한 등짝, 그리고 지금은 그 하나만으로 무관심과 경멸과 역겨움을 너무나도 잘 보여 주는 그 등짝⋯⋯.

한때 에두아르는 아버지를 증오했지만, 그 감정은 지나갔다. 두 남자는 상호적인 경멸 속에 자리 잡은 것이다. 에두아르의 삶은 무너지고 있었으니, 자신을 지탱하기 위한 증오조차도 상실했기 때문이다. 이것은 그가 패배한 또 하나의 전쟁이었다.

이미지들과 괴로운 생각들을 곱씹는 가운데 나날이 흘러갔고, 알베르는 나갔다 들어오기를 반복했다. 의논해야 할 일이 있을 때는(알베르는 항상 의논하고 싶어 했다) 에두아르는 몽상에서 빠져나왔다. 시간은 벌써 저녁 8시가 넘어 있었고, 그는 불도 켜지 않은 채로 앉아 있었다. 알베르는 집에 돌아오면 개미처럼 부산을 떨어 댔고, 또 활기차게 얘기했는데, 자주 나오는 주제는 돈 때문에 겪는 어려움에 대한 거였다. 자기는 정부가 극빈층을 위해 설치한 빌그랭 염가점에 매일 달려가는데, 거기선 물건이 깜짝할 사이에 사라져 버린다고 투덜대곤 했다. 모르핀 가격은 결코 입 밖에 꺼내지 않았다. 나름대로 에두아르를 생각해서였다. 주로 일반적인 돈 문제에 대해 얘기했는데, 그 어조는 나중에 농담으로 삼을 수 있을 일시적인 격정거리에 대해 이야기하듯 거의 유쾌하기조차 했다. 마치 전선에서 병사들이 스스로를 안심시키기 위해 이따금 전쟁을 군 복무의 한 형태에 불과한 것, 결국에는 좋은 추억으로 남게 될 어떤 고역처럼 얘기하듯이 말이다.

알베르가 생각하기에 경제적인 문제는 잘 해결될 거였고, 한시적인 문제에 불과했다. 에두아르의 상이군인 연금이 나오면 재정적 부담이 덜고, 친구의 생활비로 충당할 수 있을 거였다. 조국을 위해 삶을 희생하고, 앞으로 영원히 정상적인 활동을 할 수 없게 된 병사, 전쟁에서 승리하여 독일을 무릎 꿇게 한 이들 중의 하나…… 이것은 알베르가 끝없이 떠들어 대는 주제였다. 여기에 그는 제대 수당, 군인 적립금, 상이군인 수당, 상이군인 연금 등등을 덧붙였다.

에두아르는 고개를 저었다.

「뭐라고? 아니라고?」 알베르가 물었다.

아, 맞아, 에두아르가 필요한 절차를 밟았을 리가 없지. 신청 서류를 쓴 적도, 보낸 적도 없잖아.

「이봐, 걱정 말라고. 내가 다 알아서 할 테니까.」

에두아르는 다시 고개를 저었다. 그리고 알베르가 여전히 이해하지 못하자, 그는 대화용 석판을 집어 들고는 분필로 썼다. 〈외젠 라리비에르〉.

알베르는 미간을 찌푸렸다. 그러자 에두아르는 일어나 배낭에서 꾸깃꾸깃 구겨진 인쇄물 한 장을 꺼냈다. 제목은 〈수당 및 연금 신청을 위한 구비 서류〉였고, 그 아래로는 심의 위원회에 제출해야 할 서류 목록이 적혀 있었다. 알베르의 시선은 에두아르가 빨간 밑줄을 그어 놓은 항목들 위에 멈췄다. 부상

및 질병의 원인 증명서-징집처와 의무실이 발행한 최초 의료 기록 명세서-후송 허가증-최초 입원 증명서······.

머리를 망치로 한 대 얻어맞은 느낌이었다.

하지만 이건 명백한 사실이었다. 외젠 라리비에르라는 이름을 가진 사람 중에서 113고지에서 부상을 입고 입원한 것으로 등재된 이는 한 명도 없었다. 그렇다면 후송된 뒤 부상으로 사망한 에두아르 페리쿠르라는 인물과 파리로 이송된 외젠 라리비에르라는 인물에 대한 기록은 존재하겠지만 행정적으로 조금만 조사를 해보면 이 이야기는 앞뒤가 맞지 않고, 입원한 부상병 에두아르 페리쿠르는 이틀 후에 병원을 나와 트뤼덴 가의 롤랭 병원에 이송된 외젠 라리비에르와 동일인이 아니라는 사실이 밝혀질 것이었다. 요구 서류들을 제출하는 것은 불가능했다.

에두아르는 신원을 바꿨기 때문에 아무것도 증명할 수 없었고, 따라서 아무런 보상도 받을 수 없는 것이다.

만일 조사가 더 위로 올라간다면, 다시 말해 장부들과 위조들과 허위 기재 사실에까지 이른다면, 연금은커녕 감옥행이었다.

전쟁을 겪으면서 알베르의 영혼은 불행에 익숙해졌다. 하지만 이번에는 너무나도 상심하여 이 상황이 너무도 억울하게 느껴졌다. 아니, 지금까지 한 일을 부정하고 싶은 생각마저 들었다. 〈내가 대체 무슨 짓을 한 거지?〉라고 그는 머리가 핑 도는 것을 느끼며 속으로 중얼거렸다. 제대한 이후로 속에서 부글부글 끓고 있던 분노가 갑자기 폭발하면서 그는 벽에다 머리를 쾅 찧었고, 그 바람에 말 그림 액자가 떨어지며 유리가 반으로 쪼개졌다. 머리가 멍해진 알베르는 바닥에 주저앉았고,

2주가 넘게 이마에 혹을 달고 다녀야 했다.

에두아르는 다시 눈시울이 축축해졌다. 그런데 알베르 앞에서 너무 울어서는 안 되었던 것이, 그 무렵 알베르도 그의 개인적 상황 때문에 걸핏하면 눈물을 흘렸기 때문이다. 그의 심정을 이해하는 에두아르는 그냥 친구의 어깨에 손을 올려놓기만 했다. 너무나도 미안했다.

한 명은 편집증이고 한 명은 장애인인 이 두 남자는 이내 다른 거처를 필요로 하게 되었다. 알베르의 예산은 가소로운 것이었다. 신문들은 독일이 전쟁 중에 파괴한 모든 것에 대한, 다시 말해서 이 나라의 거의 절반에 대한 배상금을 지불할 거라고 계속 떠들어 댔다. 그게 언제가 될지는 모르지만 현재의 상황은 암담하기만 했다. 물가는 계속 치솟고, 각종 연금과 수당은 지급되지 않고, 운송 체계는 혼란스럽고, 생필품 공급은 들쑥날쑥했다. 밀매가 성행했다. 많은 이들이 임시방편으로 살아갔고, 쓸 만한 것들을 교환했다. 각자는 아는 누군가를 통해 또 다른 누군가와 연결되었으며, 요령들과 주소들을 주고받았다. 이렇게 하여 알베르는 막다른 거리인 페르 가 9번지에 있는 어느 집 앞에 이르게 되었다. 마당에 과거에는 창고였지만 지금은 잡동사니를 쌓아 두는 광으로 쓰는 조그만 건물 한 채가 있었는데 그 위층은 비어 있었다. 허술했지만 널찍했고, 천장이 높지 않기 때문에 석탄 난로의 열이 구석구석 잘 퍼졌다. 또 바로 아래층에 물이 나왔으며, 커다란 창문이 두 개, 찢어진 가운데 부분을 굵은 실로 대충 수선한, 양치기 처녀들과 양들이 그려진 칸막이도 하나 있었다.

트럭이 너무 비쌌기 때문에 알베르와 에두아르는 손수레에

짐을 실어 이사를 했다. 9월 초였다.

새 집주인 벨몽 부인은 1916년에 남편을, 그리고 1년 후에는 남동생을 잃었다. 그녀는 아직 젊었고, 어쩌면 예쁘다고 할 수도 있었지만, 너무도 마음고생을 많이 해서 그런지 그렇게 느껴지진 않았다. 그녀는 딸 루이즈와 함께 살고 있었는데, 이제 〈두 젊은 남자〉와 함께 살게 되어 안심이 된다고 말했다. 이 막다른 거리의 커다란 집에 혼자 살며 뭔가 문제가 생겨도 모두가 노인네뿐인 현재의 세 세입자들에게는 아무것도 기대할 수 없는 상황이었기 때문이다. 그녀는 월세와 여기저기에서 가정부 일을 하여 번 돈으로 근근이 살아갔다. 그 나머지 시간에는 창문 뒤에 꼼짝 않고 앉아서는, 과거에 그녀의 남편이 쌓아 놓은, 그리고 지금은 쓸모없게 되어 마당에서 녹슬어 가는 잡동사니들을 바라보며 지냈다. 알베르가 창문 밖으로 몸을 내밀어 보면 언제나 그녀의 모습이 보였다.

그녀의 딸 루이즈는 아주 약삭빠른 계집애였다. 열한 살인 그녀의 눈은 고양이 같았고, 얼굴은 헤아릴 수도 없는 주근깨로 덮여 있었다. 그리고 놀라운 구석이 있는 아이였다. 바위틈에 솟아나는 샘물처럼 활기에 넘치다가도, 순식간에 깊은 생각에 잠기며 목판화 같은 모습으로 굳어지곤 했다. 말수가 별로 없어서, 알베르가 그 애의 목소리를 들어 본 것은 딱 세 번뿐이었다. 또 미소를 보이는 일도 없었다. 그렇긴 하지만 그녀는 정말로 예뻤다. 만일 이런 식으로 계속 자라난다면 나중에 주위에서 사내들이 주먹질깨나 벌이리라. 알베르는 이 아이가 어떻게 에두아르의 마음을 사로잡았는지 전혀 이해할 수 없었다. 보통 그는 아무도 보고 싶어 하지 않았지만, 루이즈는 그

무엇도 막을 수 없는 아이였다. 처음부터 그녀는 층계 아래에
딱 붙어서 기웃거렸다. 아이들, 특히 여자아이들이 호기심이
많다는 것은 누구나 아는 사실이다. 어머니가 그녀에게 새 입
주자에 대해 말해 주었을 것이다.

「그 사람을 돌보는 친구가 내게 말해 줬는데, 그렇게 보기
좋은 얼굴은 아닌 것 같더라. 얼마나 이상한지 절대로 외출하
지 않을 정도래.」

그런데 이런 얘기보다 열한 살 먹은 여자아이의 호기심을
자극하는 것은 없었다. 저러다 곧 지치겠지 뭐……, 알베르는
생각했다. 하지만 천만의 말씀이었다. 아이는 층계 위쪽까지
올라와서는 문 가까이에 있는 계단에 앉아 기다리다가 조금만
기회가 생기면 안을 들여다보곤 했고, 이를 보다 못한 알베르
는 결국 문을 활짝 열어 놓기에 이르렀다. 아이는 문턱에 서서
입을 똥그랗게 벌리고 눈을 휘둥그레 뜨면서도 아무 소리도
내지 않았다. 아닌 게 아니라 에두아르의 얼굴은 정말로 볼만
했다. 뻥 뚫린 구멍 하며, 실제보다 두 배는 커 보이는 위쪽의
치아, 세상에 다시없는 몰골이었다. 알베르는 에두르지 않고
이렇게 말하기도 했다. 〈이봐, 자네 모습은 정말로 무서워, 이
런 얼굴을 본 사람은 아무도 없을 거야, 자넨 적어도 사람들의
관심은 끌겠어.〉 그가 이런 말을 하는 것은 에두아르가 이식
수술을 받아들이기를 바라는 마음에서였지만, 빌어먹을, 아무
효과가 없었다. 알베르는 자기 말에 대한 증거로 에두아르의
모습을 보자마자 겁에 질려 문밖으로 달아나는 아이를 가리
켰다. 당사자는 태연하게 한쪽 콧구멍을 막은 채로 다른 쪽 콧
구멍으로 다시 담배 한 모금을 깊이 빨아들이기만 했다. 연기

를 내뿜을 때도 같은 구멍을 사용했는데, 왜냐하면 목구멍을 사용하면 알베르가 질색을 했기 때문이다. 이봐, 에두아르, 이건 정말 아니야, 난 정말 못 견디겠어, 솔직히 말하자면 겁이 난다고, 정말이지 폭발하는 분화구 같다니까, 거울을 한번 보면 자네도 느낄 거야, 등등……. 알베르는 6월 중순에야 친구를 받아들였는데, 벌써 두 사람은 오래된 부부처럼 행동하고 있었다. 매일매일이 몹시 힘들었고 돈도 항상 부족했지만, 이러한 어려움들은 마치 용접을 하듯 두 남자를 더욱 가깝게 만들었다. 알베르는 친구의 불행을 지극히 가슴 아파했고, 〈저 친구가 날 도우러 오지만 않았어도……. 그것도 전쟁이 끝나기 불과 며칠 전에……〉라는 생각을 좀처럼 떨치지 못했다. 에두아르는 에두아르대로 알베르가 두 사람의 삶을 혼자서 짊어지느라 얼마나 힘들까 생각했고, 그 짐을 조금이라도 덜어 주려고 집안일을 하기 시작했다. 정말로 이들은 부부처럼 된 것이다.

어린 루이즈는 도망가고 나서 며칠 후에 다시 나타났다. 알베르의 생각으로는 에두아르의 기괴한 모습이 그녀에게 강력한 마력을 행사하는 듯했다. 그녀는 커다란 방의 문턱에서 잠시 못 박힌 듯 서 있었다. 그러더니 예고도 없이 에두아르에게 다가와서는 그의 얼굴에 검지를 뻗었다. 이에 에두아르는 무릎을 꿇더니 — 알베르는 정말이지 에두아르와 같이 지내다 보니 별 희한한 것을 다 본다는 생각이 들었다 — 계집애가 손가락으로 그 커다란 심연의 언저리를 따라서 만져 보도록 놔두는 거였다. 그녀는 숙제를 하는 것처럼 골똘하고도 진지한 모습이었다. 마치 프랑스 국토의 형태를 알아보기 위해 연필로 지도의 윤곽을 꼼꼼히 따라가 보는 것 같았다.

바로 그 순간부터 두 사람의 관계가 시작되었다. 루이즈는 학교에서 돌아오기가 무섭게 에두아르의 집으로 올라갔다. 그녀는 그를 위해 여기저기서 전전날, 혹은 전 주의 일간지들을 가져다주었다. 그때부터 신문을 읽고, 기사를 오려 스크랩하는 것이 에두아르의 유일한 소일거리가 되었다. 알베르는 에두아르가 오려 낸 기사들을 보관하는 서류철을 들춰 보았는데, 전사자, 추모 집회, 실종자 명단 등에 관련된 우울한 내용들뿐이었다. 에두아르는 파리에서 발행되는 일간지들은 읽지 않고, 지방지들만 읽었다. 루이즈는 무슨 수를 썼는지는 모르지만 늘 그것들을 구해다 주었다. 에두아르는 거의 매일 『웨스트 에클레르』, 『주르날 드 루앙』, 혹은 『레스트 레퓌블리캥』 등의 지난 신문들을 한 아름 받을 수 있었다. 그가 카포랄을 피우면서 기사를 오리는 동안, 루이즈는 주방 식탁에 앉아 숙제를 하곤 했다. 루이즈의 어머니는 여기에 아무런 반응을 보이지 않았다.

9월 중순의 어느 날, 알베르는 샌드위치 맨의 피곤한 일과를 마치고 귀가했다. 그는 오후 내내 광고판을 짊어지고(한쪽에는 분홍알약[26]의 광고 문구 〈잠시만 할애하시면 모든 걸 바꿀 수 있습니다!〉가, 그 반대쪽에는 쥐베닐 코르셋의 〈프랑스 전역에 2백여 지점!〉이 적혀 있었다) 바스티유와 레퓌블리크 사이의 대로를 뚜벅뚜벅 걸었다. 그는 들어오면서 에두아르가

---

26 분홍알약(영어로는 Pink Pills)은 1886년 영국 의사 윌리엄 프레더릭 잭슨이 특허를 내어 19세기 말에서 20세기 초에 판매되던 일종의 영양제로, 빈혈 치료와 피로 회복에 좋다고 한다.

오토만 소파에 누워 있는 것을 보았다. 이 낡아 빠진 소파는 몇 주 전에 그가 발견하여 친구(솜 전투 때 알게 된 친구로, 그에게 남은 유일한 생존 수단인 외팔로 죽을 힘을 다해 짐 실은 손수레를 끌며 근근이 살아가고 있었다)의 손수레를 이용하여 가져온 물건이었다.

한쪽 콧구멍으로 담배를 피우는 에두아르는 마스크를 쓰고 있었다. 코 밑에서 시작하여 목에 이르기까지 얼굴 아랫부분 전체를 덮어, 그리스 비극 배우의 턱수염과도 비슷해 보이는 진청색의 마스크였다. 짙으면서도 반들거리는 청색 위에는 건조시키기 전에 반짝이를 뿌린 듯, 미세한 금빛 점들이 흩어져 있었다.

알베르는 깜짝 놀란 표정을 지었다. 에두아르는 〈자, 내 모습 어때?〉라고 묻듯이 손으로 과장된 제스처를 지어 보였다. 기묘한 느낌이었다. 그를 알고 나서 처음으로, 알베르는 에두아르에게서 인간다운 표정을 본 것이다. 사실 그는 달리 대답할 수가 없었다. 그의 모습은 아주 괜찮았다.

이때 왼쪽에서 숨죽인 소리가 들렸다. 고개를 돌려 보니, 층계 쪽으로 쪼르르 달려 사라지는 루이즈의 뒷모습이 눈에 들어왔다. 그때까지 그는 그녀가 웃는 소리를 들어 본 적이 없었다.

마스크들은 루이즈처럼 그의 곁에 남았다.

며칠 후, 에두아르는 커다랗게 미소 짓는 입이 그려진 새하얀 마스크를 썼다. 그걸 쓰고 있으니 위쪽의 웃음기 있는 반짝이는 두 눈과 어울려 마치 이탈리아 연극의 배우, 스가나렐 혹은 팔리아초[27]처럼도 보였다. 이때부터 에두아르는 신문 읽기를 마치면 종이 반죽을 개어 백묵처럼 새하얀 마스크들을 만들었고, 그 위에 루이즈와 함께 색칠을 하거나 장식을 하곤 했다. 처음에는 단순한 장난이었던 것이 이내 본격적인 일과가 되었다. 이 의식을 집전하는 대사제라 할 수 있는 루이즈는 인조 보석, 진주, 천 조각, 색이 있는 펠트, 타조 깃털, 인조 뱀 가죽 등, 자기가 그날 찾아낼 수 있었던 것들을 가지고 왔다. 신문 말고도 이 모든 잡동사니를 사방을 뛰어다니며 구해 오는 것은 보통 일이 아닐 거였고, 만일 알베르에게 하라면 어디로 가야 할지조차 모를 거였다.

에두아르와 루이즈는 마스크를 만들며 시간을 보냈다. 에두아르는 같은 것을 두 번 쓰는 법이 없었고, 새로운 마스크에 밀려난 예전의 마스크들은 동족들과 함께 벽에 걸렸다. 사냥한 동물의 대가리로 만든 기념품들, 혹은 가장무도회 용품 상점에 진열된 의상들처럼.

알베르가 신발 상자를 옆구리에 끼고 층계 아래에 도착한 것은 저녁 9시가 다 되어서였다.

그리스인에게 베인 왼손은 마르티노 의사가 매준 붕대에도 불구하고 지독하게 아팠다. 복잡 미묘한 심경이었다. 어쨌거나 애써 구한 이 상자 덕분에 이제 조금 쉴 수 있게 되었다. 모르핀을 구하러 돌아다니는 일은 그처럼 감성이 풍부하고 마음이 여린 사람에게는 너무도 힘들고 너무도 고통스러운 일이었던 것이다……. 동시에 그는 지금 친구를 스무 번은 죽이고, 자신은 백 번은 죽일 수 있는 것을 가져왔다는 생각을 떨칠 수

27 스가나렐은 몰리에르의 연극에 나오는 한 인물이고, 팔리아초는 이탈리아어로 유랑 극단의 광대를 뜻한다.

없었다.

몇 걸음을 옮긴 그는 해체된 세발자전거를 덮은 먼지투성이 방수포를 벗겨 내고, 그 짐칸을 아직도 채우고 있는 잡동사니를 한쪽으로 민 다음, 그 안에다 그의 귀중한 상자를 집어넣었다.

돌아오는 길에 재빨리 계산을 해봤다. 만일 에두아르가 현재의 용량에 (사실 그것도 상당히 높았다) 만족한다면, 그들은 거의 여섯 달은 걱정 없이 지낼 수 있을 거였다.

14

 앙리 도네프라델은 저 앞쪽, 자동차 냉각 장치 마개 위를 장식하고 있는 황새와 옆에 앉아 있는 비대한 몸집의 뒤프레를 자신도 모르게 연결 지었다. 이 둘 사이에 어떤 비슷한 점이 있어서가 아니었다. 오히려 둘은 서로의 대척점에 있었고, 그래서 앙리는 이들을 서로 대조해 보고 있었던 것이다. 만일 그 뾰족한 끝부분이 땅에까지 늘어진 그 거대한 날개가 아니었더라면, 혹은 우아하기 이를 데 없는 그 날렵한 목과 그 단호한 부리만 아니었더라면, 이 비행 중인 황새는 청둥오리와도 흡사했으리라. 하지만 황새는 더 거대했으며……. 더……(앙리는 적당한 표현을 찾았다) 〈궁극적〉이었다. 이 〈궁극적〉이란 말이 무슨 뜻인지는 오직 신만이 이해하리라. 그리고 날개의 저 줄무늬……! 그는 속으로 찬탄하며 중얼거렸다. 마치 깃발과도 같지 않은가……. 그리고 뒤쪽으로 살짝 휘어진 저 긴 다리들이며……! 마치 황새가 차 앞쪽에서 공기를 가르면서, 도로를 스치지도 않으면서, 척후병처럼 길을 트고 있는 것 같지 않은가……! 황새에 대한 프라델의 감탄은 끝이 없었다.

황새에 비하면 뒤프레는 정말로 육중하고도 비대한 존재였다. 척후병은 될 수 없었다. 보병이 딱 맞았다. 저 보병대 특유의 면모하며……. 보병대 스스로가 〈충직〉, 〈충성〉, 〈의무〉 등, 엿 같은 말로 포장하고 있는 그 특징들 말이다.

앙리가 보기에 세상은 두 종류로 구분되었다. 하나는 죽을 때까지 뼈 빠지게, 그리고 맹목적으로 일하면서 그날그날을 불쌍하게 연명해 가는 마소 같은 존재들이고, 다른 하나는 모든 것을 가질 자격이 있는 엘리트들이다. 그들의 〈개인적 요소들〉 때문에 말이다. 앙리는 어느 날 이 표현을 군사 보고서에서 읽은 후, 너무도 마음에 들어 자신의 것으로 삼았다.

뒤프레는, 부지런하고 하잘것없고 우직하고 재능이 없고 명령이 떨어지기만을 기다리고 있는 이 뒤프레 상사는, 첫 번째 범주에 기가 막히게 들어맞는 자였다.

이스파노 수이자사에서 H6B모델[28](6기통 엔진, 135마력, 시속 137킬로미터!)을 장식하려고 선택한 이 황새는 조르주 기느메르가 지휘한 그 유명한 전투 비행 중대를 상징하고 있었다. 기느메르는 앙리와 같은 등급의 인물이었으나, 한 가지 차이는 기느메르는 죽어 버린 반면 앙리는 여전히 살아 있다는 사실이었고, 이는 앙리가 이 공군의 영웅보다 우월하다는 분명한 증거였다.

한쪽에는 뒤프레가 있었다. 지나치게 짧은 바지 차림에 무릎 위엔 서류철을 올려놓고서, 파리에서 출발했을 때부터 물결무늬 호두나무로 만든 대시보드를, 수입의 대부분을 라살비에

28 H6 자동차는 스페인의 자동차 제조사인 이스파노 수이자가 1919년부터 1929년까지 생산한 모델이다.

르 성의 보수에 집중하겠다는 앙리의 결심에 대한 유일한 위반이었던 그 호화로운 대시보드를 보면서 조용히 감탄하고 있는 뒤프레가 있었다. 그리고 다른 쪽에는 앙리 도네프라델, 페리쿠르 씨의 사위요, 세계 대전의 영웅이요, 서른 살의 백만장자요, 지금 성공의 정점에 올라서서 시속 110킬로미터가 넘는 속도로 오를레아네 지방의 도로를 질주하고 있으며, 벌써 개한 마리와 닭 두 마리를 치어 죽인 앙리 도네프라델, 그 자신이 있었다. 이것들 역시 마소와 같은 부류의 짐승들이다…….결국 모든 게 이 둘로 환원된다. 쌩쌩 날아다니는 것들, 그리고 돼져 버리는 것들.

뒤프레는 프라델 대위 밑에서 군 복무를 했는데, 대위는 그가 제대하자마자 거의 주워 가다시피 채용을 했고, 그때의 쥐꼬리만 한 임시 봉급이 곧바로 정식 봉급이 되어 버렸다. 농사꾼 출신이라 자연 현상들에 순종하는 게 몸에 밴 그는 이 민간적 종속 관계 역시 당연한 현실의 연장으로 받아들였다.

오전이 끝나 갈 즈음에 그들은 도착했다.

앙리는 30여 명의 직공들이 감탄 어린 눈으로 바라보는 가운데 그 위엄 있는 리무진을 주차했다. 마당 한가운데다 말이다. 여기서 누가 대장인가를 보여 주기 위해서였다. 대장은 지휘하는[29] 존재고, 따라서 〈고객〉이라는 명칭으로 불리기도 한다. 혹은 〈왕〉으로 불리기도 하는데,[30] 결국에는 다 같은 말이다.

---

29 원문에 쓰인 commander에는 〈지휘하다〉와 〈주문하다〉의 두 가지 뜻이 있다.
30 〈고객은 왕이다〉라는 격언을 빗댄 말.

라발레 목공소는 3세대 동안 빌빌대다가 천우신조로 전쟁이 터져 활짝 핀 기업이었다. 프랑스군이 수백 킬로미터에 달하는 참호와 교통호들을 짓는데 필요한 가로대, 버팀목, 기둥 등을 납품할 수 있었던 것이다. 그 결과 열세 명에 불과하던 직공이 마흔 명으로 늘어났다. 가스통 라발레에게도 고급 승용차가 있었지만, 여기는 파리가 아니기 때문에 중요한 일이 있을 때만 꺼내 쓰곤 했다.

앙리와 라발레는 마당에서 인사를 나눴다. 앙리는 뒤프레를 소개하지 않았다. 나중에 〈이것은 뒤프레와 처리하시오〉라는 말만 할 거고, 라발레는 고개를 돌려 그들 뒤에서 따라오는 관리 이사에게 고개를 한 번 까닥하여 정식 소개를 대신할 거였다.

라발레는 작업장에 들르기 전에 가벼운 간식을 대접하고 싶어 했다. 그는 커다란 작업장들 오른편에 위치한 자기 집 현관 앞을 가리켰다. 앙리는 거절하려고 손을 막 저으려 하다가, 저쪽에서 앞치마를 두르고 손님들을 기다리며 머리를 빗고 있는 한 젊은 아가씨를 발견했다. 라발레는 자기 딸 에밀리엔이 가벼운 식사를 준비했다고 덧붙였다. 앙리는 결국 받아들였다.

「간단하게 합시다.」

군사 묘지 관리국에 제출한 화려한 관 견본을 제작한 곳이 바로 이 작업장이었다. 최상급의 참나무로 만든, 60프랑짜리 멋진 관이었다. 일단 입찰 위원회의 눈을 끄는 데는 성공했으므로, 이제는 본론으로, 다시 말해서 실제로 인도될 관들로 넘어갈 수 있었다.

프라델과 라발레는 뒤프레와 특별히 예전용 작업복을 갖춰 입은 작업반장을 대동하고 주(主)작업장을 시찰하고 있었다.
그들은 나란히 늘어놓은 관들 앞을 지났다. 전사한 병사들처
럼 뻣뻣하게 누워 있는 그 관들은 한눈에도 견본에 비해 품질
이 떨어지는 것들이었다.

「우리의 영웅들께서는…….」 라발레는 가운데께에 놓인 밤
나무 관 모델에 손을 올리면서 점잔을 빼며 입을 열었다.

「그거 가지고 잡소리 하지 마시오!」 프라델이 그의 말을 끊
었다. 「30프랑 이하로는 뭐가 있소?」

결국 가까이서 본 사장의 딸내미는 못생긴 편이었고(머리를
아무리 열심히 빗어도 절망적으로 촌티가 났다), 백포도주는
너무 달착지근했으며, 같이 나온 음식은 도저히 먹을 수 없는
것들이었다. 라발레는 아프리카의 국왕이 방문하기라도 하는
것처럼 프라델을 맞을 준비를 했고, 직공들은 계속 그를 힐끔
거리며 팔꿈치로 서로를 쿡쿡 찔러 댔지만, 앙리에겐 이 모든
게 짜증만 날 뿐, 빨리 이 일을 해치우고 싶었다. 게다가 오늘
저녁 식사는 파리에서 하고 싶었다. 한 친구가 지난주에 마주
친 보드빌[31] 여배우 레오니 플랑셰를 소개시켜 주겠다고 약속
했던 것이다. 끝내주는 여자라는 소문이 자자한데, 그게 사실
인지 직접 확인해 보고 싶어 몸이 근질거렸다.

「하지만, 어……. 30프랑짜리는 그전에 얘기했던 게 아닌데
요…….」

「전에 얘기했던 것과 앞으로 얘기할 것은」 프라델이 말했다.
「별개의 문제요. 자, 그럼 얘기를 다시 처음으로 돌립시다. 이것
말고도 할 일이 산더미처럼 많으니까, 빨리빨리 해치우자고!」

31 노래와 춤 따위가 가미된 경가극(經歌劇).

「하지만 프라델 씨…….」

「도네프라델이요.」

「아, 뭐 그러시다면…….」

앙리는 그를 뚫어지게 노려봤다.

「에 그러니까, 도네프라델 씨…….」 라발레가 분위기를 좀 가라앉히려는 듯한, 거의 가르치는 듯한 어조로 다시 말을 이었다. 「물론 그 가격대 물건도 있어요.」

「그렇다면 그걸로 하겠소.」

「…… 하지만 그게 가능하지가 않아요.」

프라델은 짐짓 깜짝 놀라는 표정을 지어 보였다.

「운송 문제 때문입니다, 사장님!」 목공소 사장은 이 방면의 권위자 같은 어조로 선언했다. 「이게 만일 이 근처의 공동묘지까지만 가는 일이라면 아무 문제가 없겠지만, 사장님의 관들은 아주 먼 곳으로 가야 하지 않나요? 여기서 콩피에뉴와 랑까지 갑니다. 그러고 나서 기차에서 내려 조립해 시신 발굴 장소까지 옮기고, 또 그러고 나서 군사 묘지까지 다시 운송되어야 하는데, 이게 정말로 먼 길이란 말이에요…….」

「여기서 뭐가 문제인지 모르겠는데?」

「30프랑에 판매하는 것은 포플러 나무로 되어 있어요. 내구성이 아주 약하죠! 중간에 뒤틀리고, 부서지고, 심지어는 폭삭 내려앉을 수도 있어요. 왜냐면 그건 원래가 사람 손으로 취급하게 되어 있는 물건이니까요. 최소한 너도밤나무 정도는 돼야 합니다. 40프랑짜리죠. 사실 그것도 싼 가격이에요. 다량으로 주문하니까 그 값이지, 실제론 45프랑짜리입니다.」

앙리는 왼쪽으로 고개를 돌렸다.

「이건 뭐요?」

그들은 그쪽으로 다가갔다. 라발레는 너털웃음을 터뜨렸다. 진짜라기엔 너무 소리가 큰 웃음이었다.

「에그……. 그건 자작나무예요.」

「값이 얼마나 되죠?」

「36프랑이요…….」

「그리고 이건요?」

앙리는 가장 저급해 보이는 관 하나를 가리켰다. 라발레가 형편없이 생각하는 나무로 된 모델들 바로 앞에 있는 거였다.

「그건 소나무고요.」

「얼마죠?」

「에……. 33…….」

좋았어. 앙리는 관에 손을 올려놓고는 마치 경주마를 두드려 주는 것처럼 톡톡 두드렸다. 뭔가 감탄하고 있다는 느낌마저 주는 모습이었으나, 그 감탄의 대상이 목공품의 품질인지, 가격의 저렴함인지, 아니면 그 자신의 천재성인지 알 길이 없었다.

라발레는 자신의 전문가적 식견을 보여야 할 때라고 생각했다.

「한 말씀 드리자면 말입니다, 이 모델은 용도에 적합하다고 볼 수 없어요. 보시다시피…….」

「용도?」 앙리가 말을 끊었다. 「무슨 용도 말이오?」

「운송 문제 말입니다, 사장님! 이번에도 운송 문제 때문이에요. 결국 다 그 문제죠.」

「이것들은 조립이 안 된 상태로 발송할 거요. 출발할 때는 아무 문제없는 거죠?」

「네, 출발할 때는…….」

「그리고 현지에 도착하면 조립될 거고. 그때도 문제없죠?」

「물론 없습니다. 하지만 제가 여기서 다시 말씀드리고 싶은
데, 이것들을 다루기 시작할 때부터가 문제예요. 트럭에서 내
려 땅에다 놓고, 발굴 장소까지 옮겨서 시신을 관에 넣고…….」

「무슨 말인지 알겠소. 하지만 그때부터는 더 이상 당신 문제
가 아니오. 당신은 물건을 인도하기만 하면 끝이오. 안 그런
가, 뒤프레?」

앙리가 관리 이사에게 고개를 돌린 이유는 그것이 그의 문
제였기 때문이다. 앙리는 뒤프레의 대답을 기다리지 않았다.
라발레는 다시 반론을 펼치려 했다. 이건 우리 회사의 명예가
걸린 일이다, 또……. 그가 막 입을 열려고 하는데 앙리가 가로
막았다.

「33프랑이라고 했소?」

목공소 사장은 급히 수첩을 꺼냈다.

「주문 수량을 감안하면 30프랑이면 될 것 같은데, 안 그렇
소?」

라발레는 호주머니에서 연필을 찾고 있었다. 연필을 찾는
동안 또 관당 3프랑이 깎인 것이다.

「아뇨, 아뇨, 아뇨!」 그가 소리쳤다. 「수량을 감안해서 33프
랑인 겁니다!」

이 점에 있어서만큼은 라발레가 한 발짝도 양보하지 않을
거라는 게 느껴졌다. 가슴을 딱 내밀고 버티고 선 그 모습만
하더라도.

「30프랑? 아니, 그건 절대로 안 됩니다!」

그의 키가 갑자기 10센티미터는 커진 것 같았다. 시뻘게진 얼굴에 쥐고 있는 연필이 달달 떨리고 있는 것이, 3프랑을 지키기 위해서라면 이 자리에서 죽임을 당해도 끄떡 않을 위인이었다.

앙리는 한참 동안 고개를 끄덕였다. 흠 그렇군, 그렇군, 그렇군…….

「좋소.」마침내 그가 입을 열었다.「좋아요, 33프랑으로 합시다.」

이 갑작스러운 항복에 라발레는 자기 귀를 믿을 수 없었다. 그는 수첩에 이 숫자를 써 넣었다. 예상치 못한 승리에 그는 몸이 부르르 떨리며 맥이 탁 풀리면서 두려운 생각마저 들었다.

「그런데 말이야, 뒤프레…….」앙리는 미간을 찌푸리며 다시 말했다.

라발레, 뒤프레, 작업반장, 이 모두의 몸들이 다시금 굳었다.

「콩피에뉴와 랑에 보낼 것은 170센티미터짜리가 맞나?」

입찰 대상의 사이즈는 다양했다. 190센티미터부터 시작해서(이 크기는 몇 개 안 되었다) 180센티미터(수백 개 정도)를 거쳐 170센티미터로 내려오는데, 이게 거의 대부분을 차지했다. 160센티미터나 150센티미터 같은 보다 작은 관들도 있긴 했다.

뒤프레는 고개를 끄덕였다. 170센티미터, 네 맞습니다.

「170센티미터짜리가 33프랑이라고 했죠.」프라델이 이번에는 라발레에게 물었다.「그렇다면 150센티미터짜리는 얼마요?」

사람들은 이 새로운 접근 방식에 깜짝 놀랐고, 아무도 이 예정보다 길이가 짧은 관들이 구체적으로 무엇을 의미하는지 감을 잡을 수 없었다. 이 사정을 생각해 본 적 없는 목공소 사장은 계산을 해봐야 했다. 그는 수첩을 다시 펼치고는 복잡한 비례 계산을 시작했는데, 그게 시간이 엄청나게 걸렸다. 사람들은 기다렸다. 여전히 소나무 관 옆에 붙어 있는 앙리는 더 이상 관을 어루만지지는 않았지만, 마치 새로 들어온 아가씨와 언젠가 짜릿한 시간을 가지리라 생각하는 것처럼 관을 지그시 내려다보고 있었다.

라발레는 마침내 눈을 들었는데, 이 순간 프라델의 꿍꿍이가 뭔지 비로소 이해가 됐다.

「30프랑입니다…….」 그는 하얗게 질린 음성으로 말했다.

「아하…….」 그는 입을 반쯤 벌린 채로 생각에 잠겼다.

각자는 이 일의 실제적인 결과들을 상상하기 시작했다. 키가 160센티미터인 죽은 병사를 150센티미터짜리 관에 집어넣는다……. 작업반장의 머릿속에서는 죽은 이의 머리를 턱이 가슴에 닿도록 굽혀야 하는 상황이 떠올랐다. 뒤프레의 생각으로는 시신을 모로 뉘여 다리를 약간 굽히는 편이 나았다. 한편 가스통 라발레는 아무것도 생각나지 않았다. 그는 같은 날 솜 전투에서 두 조카를 잃었고, 가족은 그들의 유해를 돌려 달라고 요구했으며, 그는 몸소 참나무 원목으로 커다란 십자가와 도금한 손잡이로 장식된 관들을 제작한 바 있었다. 그는 어떤 방식으로든 이렇게 작은 관들에 그 큰 시신들을 욱여넣는 것을 도저히 상상할 수가 없었다.

프라델은 만일을 대비해 알아 두고 싶어 지나가는 김에 물어보는 사람처럼 말했다.

「여보시오, 라발레. 1미터 30짜리 관은 대략 얼마 정도 될 것 같소?」

한 시간 후, 그들은 원칙적인 합의를 보았다. 매일 2백 개의 관이 오를레앙 역으로 떠날 거였다. 단가는 28프랑으로 내려갔다. 프라델은 이 협상에 지극히 만족했다. 덕분에 이스파노수이자를 구입한 비용을 메울 수 있었으니까.

15

운전기사가 다시 한 번 와서는 알렸다. 사모님, 차가 기다리고 있으니, 죄송하지만 내려와 주실 수 있으십니까? 마들렌은 〈고마워요, 에르네스트, 곧 갈게〉라는 뜻으로 그에게 살짝 손짓을 하고는, 아쉬워하는 목소리로 말했다.

「이본, 난 나가 봐야겠어. 미안해……」

이본 자르댕볼리외는 손을 내저었다. 오케이, 오케이, 오케이……. 하지만 일어나기는커녕 꿈쩍도 하지 않았다. 그 정도로 착한 여자는 아니었다. 여기서 이렇게 떠날 수는 없었다.

「언니, 언니 남편 정말 기가 막힌 남자야!」 그녀는 찬탄하며 다시 말했다. 「언닌 정말 운이 좋아!」

마들렌 페리쿠르는 조용히 미소 짓고 손톱을 담담하게 내려다보면서 속으로는 〈못된 년〉 하고 내뱉었다. 그러고는 간단히 이렇게 대답했다.

「뭘, 너도 너 쫓아다니는 남자들 많으면서……」

「오, 나……?」 이본은 짐짓 체념한 표정을 지으며 대꾸했다.

그녀의 오빠 레옹은 남자로서는 지나치게 왜소했지만, 이본은 꽤 예뻤다. 물론 쟤를 예쁘게 보려면 창녀 같은 여자들을 좋아하는 취향이어야 하겠지…… 하고 마들렌은 속으로 덧붙였다. 천박하고도 조급해 보이는 큼직한 입은 곧바로 음란한 상상을 불러일으켰다. 남자들의 이런 상상은 틀린 게 아니야, 스물다섯 살의 이본은 벌써 로터리 클럽 회원들 절반과 놀아났으니까……. 여기서 마들렌은 과장하고 있었다. 〈로터리 클럽의 절반〉은 약간 지나친 생각이었다. 하지만 그녀가 이렇게 심하게 구는 것은 충분히 이해할 수 있었다. 이본이 앙리와 같이 잔 지 보름밖에 되지 않았는데, 벌써 이렇게 쇼를 즐기고자 남자의 집으로 득달같이 달려온 것이다. 정말이지 부끄럼도 모르는 행동이었다. 그녀의 남편을 유혹해서 같이 잔 것(그건 별로 어려운 일이 아니었다)보다도 훨씬 더 저급한 행동이었다. 앙리의 다른 정부들은 보다 참을성 있게 굴었다. 자기들의 승리를 음미하고 싶어 몸이 근질거렸겠지만, 적어도 적당한 기회가 생기기를 기다리거나, 우연히 마주친 것처럼 가장했다. 그다음에는 모두가 똑같았다. 하나같이 미소를 짓고 아양을 떨어 대면서 신나게 쏟아 냈다. 〈아, 네 남편은 정말 괜찮은 남자야! 네가 얼마나 부러운지 모르겠어!〉 그전 달에 그런 여자들 중 하나는 심지어는 이런 말까지 했었다. 〈조심해라, 얘. 잘못하면 누가 그 사람을 채 갈지도 모르니까……!〉

벌써 몇 주일 동안 마들렌은 앙리를 거의 보지 못하고 지냈다. 여행이며 약속이 얼마나 많은지 아내의 친구들을 덮칠 시간도 별로 없을 정도였다. 정부 주문 건으로 눈코 뜰 새가 없었다.

집에 들어오면 밤이 이슥했고, 그녀는 그의 위에 몸을 실었다.

그는 아침 일찍 일어났다. 그가 일어나기 직전에 그녀는 다시 그의 위에 몸을 실었다.

그 나머지 시간에는 그가 다른 여자들 위에 몸을 싣고, 끊임없이 나다니고, 밖에서 집에다 전화를 걸고, 메시지들을, 다시 말해서 거짓말들을 남겼다. 그가 바람을 피운다는 것은 만인이 아는 바였다(그가 뤼시엔 도르쿠르와 함께 있는 모습이 사람들의 눈에 띈 5월 말부터 벌써 소문이 나돌기 시작했다).

이러한 상황은 페리쿠르 씨를 힘들게 했다. 딸이 결혼하겠다고 하자, 〈넌 불행하게 될 거야〉라고 경고했었다. 하지만 아무 소용없었고, 딸은 손을 아버지의 손 위에 올려놓았고, 그걸로 끝이었다. 그는 허락했다. 어쩌겠는가?

「자, 가봐, 언니.」 이본이 킥킥거렸다. 「이젠 보내 줄게.」

용무를 마쳤기 때문이었다. 마들렌의 얼굴 위에서 굳어진 미소를 보는 것으로 충분했다. 메시지는 전달된 것이다. 이본은 좋아 죽으려고 했다.

「와줘서 고마워.」 마들렌은 일어서며 말했다.

이본은 다시 손을 저었다. 뭘, 천만에, 천만에……. 그들은 볼 키스를 나눴다. 맞댄 것은 광대뼈였고, 피차의 입술은 허공에 머물렀다. 난 가볼게. 다음에 봐. 이의의 여지없이 이 계집애는 가장 더러운 년이었다.

이 예상치 못한 방문 때문에 시간이 많이 지체되었다. 마들렌은 커다란 괘종시계를 쳐다보았다. 저녁 7시 반……. 어쩌면 잘된 일인지도 몰랐다. 지금 가면 그를 볼 가능성이 더 많을 테니까.

자동차가 그녀를 페르 가의 입구에 내려놓은 것은 저녁 8시가 넘어서였다. 몽소 공원에서 마르카데 가로 넘어가면, 단지 구(區) 하나가 바뀌는 게 아니었다. 세계 전체가 바뀌었다. 고급 주택가에서 천민들의 거리로의, 럭셔리한 세계에서 하루살이 삶으로의 변화였다. 페리쿠르 가의 개인 저택 앞에는 보통 패커드 트윈 식스 한 대, 혹은 v8엔진의 캐딜락51 한 대가 세워져 있었다. 그런데 여기서 마들렌이 울타리의 벌레 먹은 판자들 사이로 발견한 것은 내려앉은 손수레들과 낡아 빠진 타이어들이 널려 있는 광경이었다. 그녀는 별로 질색하지 않았다. 어머니 쪽으로는 리무진적인 면을 물려받았지만, 평범한 편이었던 아버지 쪽으로는 수레적인 면을 물려받았기 때문이다. 또 두 집안 양쪽에서 빈곤이 까마득한 옛적의 일이라 할지라도, 마들렌의 역사 가운데는 결핍과 불편이 존재했고, 이런 것들은 청교도주의나 봉건 제도처럼 세대가 여러 번 바뀌어도 그 흔적이 완전히 사라지지 않는 법이다. 한편 운전기사 에르네스트는(페리쿠르 집안에서 에르네스트라는 첫 번째 기사 이후로, 운전기사는 모두 에르네스트라고 불렀다) 마들렌이 멀어져 가자 오만상을 찌푸리며 마당을 바라보았다. 그의 집안이 운전기사 일에 종사한 지 두 세대밖에 되지 않았던 것이다.

마들렌은 울타리를 따라가 대문의 초인종을 울린 뒤, 한참 동안 기다렸다. 마침내 나이를 가늠할 수 없는 한 여인이 나타나자 알베르 마야르 씨를 만나고 싶다고 말했다. 여인은 선뜻 이해되지 않아 멍하니 서 있었다. 지금 자기 앞에 서 있는 이 세련되고도 화사한 젊은 여자, 그 가루분의 향기가 아련한 추억처럼 다가오는 이 곱게 단장한 여자와 알베르 마야르가 좀처럼 매치가 되지 않았던 것이다. 마들렌은 〈마야르 씨〉라고 다시 한 번 말해야 했다. 여자는 아무 말 없이 왼편 저쪽에 있는 마당을 가리켰다. 마들렌은 고개를 끄덕인 다음, 집주인과 에르네스트가 지켜보는 가운데 벌레 먹은 대문을 힘껏 열었다. 그러고는 조금도 망설이지 않고 진흙땅을 성큼성큼 걸어가 조그만 창고 건물의 입구에 이르러 그 안으로 사라졌다. 하지만 거기서 그녀는 걸음을 딱 멈췄는데, 위쪽에서 누군가가 내려오는지 층계가 흔들렸기 때문이다. 위쪽을 올려다본 그녀는 빈 석탄 양동이를 손에 든 마야르 병사를 알아보았다. 그 역시 계단을 내려오다가 〈어? 이게 뭐야?〉라고 말하며 딱 멈춰 서는 거였다. 공동묘지에서 그 가련한 에두아르의 시신을 파내던 날처럼 얼이 빠진 모습이었다.

알베르는 입을 반쯤 벌리고 돌처럼 굳어졌다.

「안녕하세요, 마야르 씨.」 마들렌이 인사를 건넸다.

그녀는 불안에 떨고 있는 이 창백한 얼굴을 잠시 관찰했다. 전에 그녀의 친구 하나가 항상 달달 떠는 조그만 개 한 마리를 가지고 있었다. 병이 아니고, 원래 그랬다. 24시간 내내 머리끝에서 발끝까지 달달 떨던 녀석은 어느 날 심장 마비로 죽었다. 알베르를 보니 곧바로 그 개가 생각났다. 그녀는 아주 부드러운 목소리로 말했다. 마치 그가 이 상황에 놀라 울음을 터뜨리며 지하실로 도망가 버릴까 걱정되기라도 한 듯이. 그는 아무 말 없이 침만 꿀꺽 삼키며 춤을 추듯 양발을 땅에서 번갈아 떼었다. 그는 불안한, 아니 겁에 질리기까지 한 기색으로 층계 위쪽을 향해 고개를 돌렸다. 등 뒤에서 뭔가가 올까 봐 끊임없이 걱정하는 것 같은 그 모습, 그 끊임없이 두려워하는 모습을 마들렌은 전에도 본 적 있었다. 작년, 공동묘지에서 알베르는 벌써 극도로 당황해 얼이 빠진 모습을 보였던 것이다.

앞에는 층계 아래에 딱 버티고 서 있는 마들렌 페리쿠르, 뒤에는 죽은 걸로 되어 있지만 위층에서 앵무새처럼 파란 깃털로 장식된 녹색 마스크 아래의 콧구멍으로 담배를 피우고 있는 그녀의 동생, 이 두 사람 사이에 오도 가도 못하게 끼여 버린 알베르는 여기서 벗어날 수만 있다면 자기 인생의 10년이라도 내놓았을 것이다. 정말이지 샌드위치 맨은 그에게 딱 맞는 역할인 모양이었다. 그는 자기가 젊은 여인에게 아직 인사도 하지 않았다는 사실을 깨닫고 석탄 양동이를 마치 행주 버리듯 던져 버렸다. 그리고 시커먼 손을 내밀다가 곧바로 사과를 하며 손을 등 뒤로 숨기고는 마지막 몇 계단을 내려왔다.

「전에 보내 주신 편지에 주소가 남아 있었어요.」 마들렌이 부드러운 목소리로 설명했다. 「그래서 거길 찾아가 보니까, 어머니께서 이곳을 알려 주셨죠.」

그녀는 미소 지으며 마치 어떤 중산층 아파트를 가리키듯 창고며 마당이며 층계 등을 가리켰다. 알베르는 한마디도 할 수 없는 상태로 고개만 끄덕였다. 그녀는 자기가 신발 상자를 열고 있을 때 올 수도 있었고, 거기서 모르핀 앰풀을 꺼내는 모습을 발견할 수도 있었다. 아니, 어쩌다가 에두아르가 직접 석탄을 가지러 내려왔다면 어떻게 되었을까……. 이런 일들로 우리는 운명이란 게 얼마나 엿 같은지를 알게 되는 것이다.

「네…….」 알베르는 지금 어떤 질문에 대답하는지조차 모르는 채로 그냥 대답했다.

사실 그는 〈아뇨, 아뇨, 난 당신을 위로 모실 수 없습니다,

음료도 대접할 수 없습니다, 그건 불가능합니다〉라고 말하고 싶었다. 마들렌 페리쿠르는 그가 무례하다고 생각하지는 않고, 다만 그가 놀라서, 당황해서 이런 태도를 보이는 거라고 이해했다.

「사실은 말이죠.」 그녀가 말을 꺼냈다. 「제 부친께서 당신과 인사를 나누고 싶어 하세요.」

「저를요? 왜요?」

그는 자신도 모르게 긴장된 목소리로 외치듯이 반문했다. 마들렌은 당연한 일 아니냐는 듯 어깨를 으쓱했다.

「왜냐면 당신은 제 동생의 마지막 순간을 함께하셨으니까요.」

그녀는 변덕을 받아 주어야 하는 어떤 노인네의 요구를 전하듯, 부드럽게 미소 지으며 이렇게 말했다.

「네, 물론 그렇죠…….」

이제 겨우 정신을 좀 차린 알베르가 원하는 것은 단 하나였다. 에두아르가 불안해져서 내려오기 전에 그녀가 떠나는 거였다. 아니면 저 위에서 그녀의 목소리를 듣고, 그에게서 몇 미터 떨어진 곳에 누가 있는지를 알아차리는 거였다.

「알았습니다…….」 그가 덧붙였다.

「내일, 괜찮으세요?」

「오, 아뇨! 내일은 안 돼요!」

마들렌 페리쿠르는 그가 너무나도 격렬하게 대답하는 데에 놀랐다.

「그러니까 제 말은」 알베르가 사과하듯 말을 이었다. 「다른 날이요. 왜냐면 내일은…….」

그는 왜 다음 날 그녀의 초대를 받아들일 수 없는지 설명해 보라면 할 수 없었을 것이다. 단지 정신을 좀 차리고 싶었을 뿐이다. 한순간 그는 자신의 어머니와 마들렌 페리쿠르 사이에 어떤 대화가 오갔을지 상상해 보았고, 얼굴이 창백해졌다. 부끄러웠다.

「그럼 언제 시간이 되세요?」 여자가 물었다.

알베르는 다시 층계 위쪽으로 고개를 돌렸다. 마들렌은 저 위에 어떤 여자가 있어서 지금 자신의 존재가 거북한 것이라 생각했고, 더 이상 폐를 끼치고 싶지 않았다.

「그럼 토요일 어때요?」 마들렌이 제안했다. 「함께 저녁 식사를 하시죠!」

그녀는 마치 방금 이 생각이 떠올랐고, 너무나도 좋은 시간을 보낼 것이 기대된다는 듯이, 명랑하다 못해 거의 조급하기까지 한 어조로 말했다.

「어……」

「좋아요.」 그녀가 결론을 내렸다. 「저녁 7시, 괜찮으세요?」

「어……」

그녀는 미소를 지어 보였다.

「아버님께서 아주 좋아하실 거예요.」

이 작은 사교적 의식이 끝나고 둘은 잠시 머뭇거렸다. 마치 추모의 시간처럼 느껴지는 이 짧은 순간은 그들이 처음 만났던 때를 떠오르게 했다. 그때 두 사람은 서로를 모르는 채로 끔찍하고도 금지된 것을 공유하고 있었다. 그 비밀, 한 죽은 병사의 시신을 파내어 불법적으로 운송했던 바로 그 일 말이다……. 그런데 그 시체는 어디다 가져다 놓았을까? 알베르는 입술을 깨물며 궁금해했다.

「우린 쿠르셀 대로에 살아요.」 마들렌은 다시 장갑을 끼며 말했다. 「프로니 가로 들어가는 모퉁이니까, 찾기 쉬울 거예요.」

알베르는 고개를 끄덕였다. 저녁 7시, 좋아, 프로니 가, 찾기 쉽겠군. 토요일. 침묵이 감돌았다.

「자, 마야르 씨, 전 이젠 가야겠어요. 정말로 감사해요.」

그녀는 반쯤 돌아서다가 다시 그에게로 몸을 돌려 눈을 뚫어지게 응시했다. 이런 엄숙한 표정은 그녀에게 잘 어울렸지만, 그녀를 실제보다 더 나이 들어 보이게 했다.

「아버지는 그 일의 세부적인 점에 대해선 전혀 모르세요……. 무슨 말인지 이해하시겠죠……. 그러니…….」

「물론이죠.」 알베르가 급히 대답했다.

그녀는 감사하는 눈빛으로 미소를 지었다.

알베르는 그녀가 다시금 그의 손에 지폐를 밀어 넣을까 봐 두려웠다. 침묵하는 조건으로 말이다. 이 생각에 모욕감을 느낀 그는 몸을 돌려 다시 층계를 올라갔다.

층계참에 이르러서야 자기가 석탄도, 모르핀 앰풀도 가져오지 않았다는 사실이 생각났다.

그는 심란한 마음으로 다시 내려갔다. 좀처럼 생각이 정리되지 않았고, 에두아르의 집에 초대된다는 것이 무슨 의미인지 가늠이 되지 않았다.

걱정으로 가슴이 답답해지는 걸 느끼며 긴 삽으로 양동이를 채우기 시작하는데, 거리에서 다시 출발하는 리무진의 부드러운 엔진 소리가 들렸다.

16

　에두아르는 눈을 감았다. 근육이 서서히 이완되는 걸 느끼
며 안도의 한숨을 길게 내쉬었다. 그는 손에서 떨어지려 하는
주사를 아슬아슬하게 잡아서는 가까이에 내려놓았다. 손은
아직도 떨리고 있었지만, 조인 듯 답답하던 가슴은 벌써 풀리
기 시작했다. 주사를 맞고 나면 텅 비어 버린 느낌으로 오랫동
안 쭉 뻗어 있곤 하는데, 잠이 오는 경우는 드물었다. 둥둥 떠
있는 것 같은 상태로, 불안감이 마치 멀어져 가는 배처럼 서서
히 물러갔다. 그는 바다에 관련된 것들에 관심을 가진 적이 없
었고, 여객선을 보아도 몽상에 잠기는 일이 없었다. 하지만 행
복의 앰풀 안에는 원래 그런 것이 들어 있는 듯, 앰풀이 가져다
주는 이미지들은 그로서는 설명할 수 없는 해양의 색조를 띠
는 경우가 많았다. 앰풀은 사람을 그것들의 세계 안으로 빨아
들인다는 점에서 석유 등이나 묘약이 든 병과도 같았다. 주사
기와 바늘이 그에게는 한낱 외과 기구, 하나의 필요악에 불과
하다면, 앰풀은 생생하게 살아 있었다. 그는 빛을 향해 손을
쭉 뻗고서 그 투명한 앰풀을 바라보곤 했는데, 그 안에 보이는

것들은 말로 표현할 수가 없었다. 수정구라 한들 이보다 더 우월한 힘과 더 풍부한 상상력을 지니고 있을까? 그는 거기서 많은 것을 얻어 냈다. 휴식, 평안, 위안……. 그의 나날의 대부분은 더 이상 시간이 무겁게 느껴지지 않는 이 불확실하고도 뿌연 상태 속에서 지나갔다. 만일 혼자였다면 마치 기름으로 된 바다 위에서 서핑을 하는 듯한(이런 해양의 이미지들은 멀리서, 다시 말해서 그가 태어나기 전의 양수로부터 오는 게 틀림없었다) 둥둥 뜬 상태에 머물기 위해 연이어 주사를 놓았을 것이나, 알베르는 매우 신중한 사람이었다. 그는 매일 에두아르에게 꼭 필요한 용량만을 남겨 놓았고, 모든 것을 적어 놓았다. 그리고 저녁에 돌아오면 마치 초등학교 선생처럼 페이지를 넘기며 일정표며 투여량을 소리 내어 읽어 주었다. 에두아르는 그가 하고 싶은 대로 하게 놔두었다. 루이즈가 마스크를 마음대로 만들도록 놔두듯이. 결국 자기를 돌보려고 그러는 거니까.

에두아르는 가족에 대해선 별로 생각하지 않았지만, 다른 사람들보다는 마들렌을 많이 생각했다. 그녀에 대해선 꽤 많은 추억들이 있었다. 터지려는 폭소를 꾹 참던 것, 문가에서 보내던 미소, 그의 머리통을 긁어 주던 구부린 손가락들, 그리고 그들의 공모 의식. 그녀를 생각하면 가슴이 무거웠다. 동생의 사망 소식을 듣고, 누군가를 잃은 여자들이 다 그렇듯 그녀도 상심했으리라. 하지만 그러고 나서는 시간, 그 위대한 의사가 온다……. 사람들은 결국 누군가의 죽음에 익숙해지는 법이다.

거울에 비친 에두아르의 모습과 비교할 만한 것은 아무것도 없었다.

죽음은 거기에 있었다. 항상 거기서 그의 상처들을 다시 아프게 벌리고 있었다.

그리고 마들렌 외에 또 누가 남았던가? 친구 몇 명이 있는데, 이들 중에 살아남은 사람은 과연 몇이나 될까? 심지어는 그 자신, 운 좋기로 유명한 에두아르마저도 이 전쟁에서 죽었는데, 다른 사람들은 말해 무엇하랴……. 또 아버지가 있었지만, 그에 대해선 아무 할 말이 없었다. 그는 여전히 그 퉁명스럽고도 음울한 낯으로 사업에 열중하고 있을 테고, 아들의 사망 소식에도 그리 오래 일을 중단하지는 않았을 것이다. 다만 차에 올라타 에르네스트에게 〈증권 거래소로 가세!〉 혹은 〈조케 클럽으로 가세!〉라고 말했으리라. 증권 거래소엔 결정해야 할 사안들이 있고, 조케 클럽에선 각종 선거를 준비해야 했으므로.

에두아르는 외출하는 법이 없었고, 온종일 이 아파트 안에서, 이 비참한 가난 속에서 시간을 보냈다. 아니, 〈비참한 가난〉이란 좀 심한 말이고, 지금 그를 의기소침하게 만드는 것은 여유가 없는 이 초라한 삶, 이 쪼들리는 삶이었다. 사람은 모든 것에 익숙해지기 마련이라고 말들을 하지만, 천만에, 에두아르는 익숙해지지 못했다. 그는 그럴 만한 힘이 있을 때는 거울 앞에 서서 자기 얼굴을 들여다보곤 했다. 아니, 아픔은 조금도 줄어들지 않았다. 그는 이 턱뼈도 혀도 없이 활짝 노출된 목구멍에서 뭔가 사람다운 것을 결코 찾아낼 수 없을 거였다. 저 어마어마한 이빨들……. 살은 다시 단단해지고, 상처는 불로 지져 놓았지만, 그 휑하니 뚫려 버린 구멍이 주는 격렬한 아픔은 이전 그대로였다. 아마도 이식 수술의 효용은 바로 이것이리라. 추함을 줄이는 게 아니라, 체념하게 해주는 것이리라. 가난도 마찬가지였다. 그는 아주 유복한 환경에서 태어났다. 거기서 사람들은 셈을 하지 않았으니, 돈은 중요하지 않았기 때문이다. 그가 돈 쓰기를 좋아했던 적은 한 번도 없었지만, 학교 친구들 중에서 펑펑 돈을 쓰는 아이들을 본 적은 있다……. 하지만 돈을 많이 쓰지는 않더라도, 주위 세계는 언제나 드넓었고, 편안했고, 안락했고, 방들은 널찍했고, 의자들은 푹신했고, 음식은 풍성했고, 의복은 모두 값비싼 것들뿐이었다. 그런데 지금은 어떠한가? 마루가 삐걱거리는 이 방, 이 잿빛 창문, 쥐똥만큼 태우는 석탄, 이 형편없는 포도주……. 이 삶에서는 모든 게 초라하기만 했다. 경제는 전적으로 알베르가 짊어지고 있었는데, 그에겐 책망할 게 아무것도 없었다. 그는 앰풀들을 구해 오려고 뼈 빠지게 고생하고 있었다. 그가 어떻게 하고 있는지는 잘 모르지만, 아마도 돈깨나 쏟아붓고 있으리라. 정말로 착한 친구였다. 그런데 때로는 가슴이 너무 아렸다. 그 헌신……. 게다가 한 번도 불평하거나 비난하는 적이 없고, 항상 명랑한 얼굴만 보였다. 자기도 속으로는 불안하면서 말이다. 두 사람이 앞으로 어떻게 될지는 아무도 모를 일이었다. 하지만 만일 이런 상태가 계속된다면, 그들의 앞날에는 전혀 희망이 없었다.

에두아르는 죽은 고깃덩어리 같은 존재에 불과했지만, 앞날을 두려워하지는 않았다. 그의 삶은 운명이 던진 주사위 한 방에 무너져 버렸고, 그 추락은 모든 것을, 심지어는 두려움마저 앗아 간 것이다. 그의 마음을 실제로 짓누르는 유일한 감정은 슬픔이었다.

그런데 얼마 전부터 뭔가 나아진 게 있었다.

어린 루이즈는 마스크들로 에두아르의 시름을 잊게 해주었다. 또 알베르만큼이나 부지런해 개미처럼 지방지들을 모아다가 그에게 가져다주었다. 그의 나아진 기분, 아직은 너무 미약하여 드러내기를 삼가는 이 나아진 기분은 바로 이 신문들, 아니 이 신문들이 떠오르게 한 어떤 생각들 덕분이었다. 하루하루 지남에 따라 아주 깊은 곳에서 흥분이 솟아오르는 게 느껴졌고, 생각하면 할수록 이 흥분이 어린 시절 캐리커처나 변장이나 말썽 같은 못된 짓을 준비할 때 느끼던 그 희열과 비슷하다는 것을 느꼈다. 이제는 그 무엇도 더 이상 소년기의 그 환호작약하고도 폭발적인 성격을 가질 수 없었지만, 그의 뱃속 깊은 곳에서 〈뭔가〉가 돌아오고 있다는 게 느껴졌다. 그는 머릿속으로도 감히 이 〈기쁨〉이라는 단어를 선뜻 발음할 수 없었다. 그것은 순간적이고 신중하고 간헐적인 기쁨이었다. 그가 조각조각 떠오른 생각들을 대략 올바른 순서로 정리하는 데 성공했을 때, 정말 믿을 수 없게도 그는 현재의 에두아르를 잊어버리고 전쟁이 일어나기 전의 에두아르로 돌아와 있었다…….

그는 마침내 일어섰고, 다시 호흡과 균형을 되찾았다. 주삿바늘을 소독한 다음, 주사기를 조그만 양철 상자에 세심하게 정리해 놓고는 다시 닫아 선반 위에 올려놓았다. 위치를 가늠하느라 위쪽을 살피면서 의자 하나를 옮겨 놓는, 뻣뻣한 다리 때문에 어렵사리 의자 위로 올라섰다. 그런 다음, 팔을 뻗어 천장에 붙은 뚜껑문을 밀어서 열었다. 그 뚜껑문 위에는 사람이 똑바로 서 있기도 힘든, 그리고 다섯 세대에 걸친 거미줄과 석탄 가루들이 잔뜩 쌓여 있는 지붕 밑 공간이 있었다. 거기서 그는 조심스럽게 자루 하나를 꺼냈다. 그의 보물인 대형 데생 북 한 권을 싸놓은 자루였다. 이 데생북을 가져다준 이는 루이 즈였는데, 대체 무얼 주고 이걸로 바꿔 왔는지는 풀리지 않는 수수께끼였다.

그는 오토만 소파에 자리를 잡고는 연필을 깎았다. 깎으면 서 나오는 부스러기는 하나도 남김없이 종이 위에만 떨어지도 록 조심하면서. 이 종이도 접어서 마찬가지로 자루 속에 보관 하고 있었다. 비밀은 감춰야 하는 법이므로……. 언제나 그렇듯 그는 먼저 앞의 몇 장을 뒤적여 보았다. 완성된 작업을 볼 때마 다 만족감을 느꼈고, 힘이 솟았다. 벌써 열두 장이나 완성되어 있었다. 병사들, 여자 몇몇, 아이 하나……. 특히나 병사들……. 부상당한 병사, 승리한 병사, 죽어 가는 병사, 무릎을 꿇은 병 사, 누워 있는 병사, 여기서는 한쪽 팔을 쭉 뻗었고……. 그는 이 쭉 뻗은 팔에 큰 자부심을 느꼈다. 아주 훌륭하게 묘사되었 다. 그가 미소를 지을 수만 있었더라도…….

그는 작업을 시작했다.

이번에는 어떤 여자였다. 서 있는 자세로 젖가슴을 드러낸 여자. 그런데 젖가슴을 드러내야 할까? 아니다. 그는 다시 스 케치를 했다. 젖가슴을 덮어 버렸다. 그는 다시 연필을 깎았다. 좀 더 뾰족한 연필심과 덜 우둘투둘한 종이가 필요하리라. 탁 자의 높이가 적당치 않은 탓에 무릎을 꿇고 그려야 했다. 경사 판이 하나 있으면 좋겠는데……. 이 모든 불만들은 사실은 좋 은 신호들이었으니, 그에게 작업하고 싶은 마음이 있다는 뜻 이었기 때문이다. 그는 머리를 들었고, 거리를 두고 보기 위해 종이를 멀리 놓았다. 시작이 괜찮다. 여자는 서 있고, 옷의 주름들도 괜찮게 표현되었다. 주름의 표현이 가장 어렵다. 모든 의미가 주름과 시선에 집중되어야 한다. 바로 여기에 비밀이 있다. 이런 순간들에 에두아르는 거의 회복되어 있었다.

그의 생각이 틀리지 않다면, 큰돈을 벌게 될 거였다. 올해가 끝나기 전에. 알베르는 깜짝 놀라리라.

그리고 놀라는 사람은 그 친구 하나만이 아니니라.

17

「앵발리드[32]에서 형편없이 의식을 치른다는군! 장난도 아니고 말이야!」

「그래도 포슈 대원수[33]가 참석한다잖아요?」

이번에는 앙리가 발끈하여 얼굴이 벌개져서 돌아섰다.

「포슈? 그래서 어쨌다는 건데?」

그는 팬티 바람으로 넥타이를 매는 중이었다. 마들렌은 웃음을 터뜨렸다. 팬티 바람으로 저렇게 성을 내고 있는 꼴이라니……. 근육질의 다리가 멋지긴 했다. 그는 넥타이를 마저 매기 위해 다시 거울 쪽으로 돌아섰고, 팬티 아래로 둥글고도 힘찬 엉덩이가 두드러졌다. 마들렌은 그가 약속에 늦은 게 아닌

---

32 파리 7구에 위치한 복합 건물. 원래는 17세기에 루이 14세가 부상 군인을 위한 병원으로 건립한 것으로, 지금은 군사 박물관, 현대사 박물관, 전쟁 영웅 안장지인 앵발리드 교회 등이 모여 있다. 특히 나폴레옹 묘가 있는 곳으로 유명하다.

33 Ferdinand Foch(1851~1929). 프랑스의 장군. 제1차 세계 대전 때 제9군 사령관으로서 마른 전투를 승리로 이끌었고, 연합군 총사령관에 임명되어 독일군 대공세를 막고, 연합군의 반격을 지휘했으며, 독일과의 휴전 협정 때는 연합군 대표로 서명했다.

지 생각했다. 그리고 그런 것은 조금도 중요하지 않다고 결론을 내렸다. 그녀에겐 시간이 있었다. 심지어는 두 사람 몫까지 있었다. 시간이라면 인내심이나 끈질김만큼이나 많이 갖고 있었다. 그리고 그는 자기 애인들에게 충분히 많은 시간을 들이고 있지 않은가……? 그녀는 그의 뒤로 다가갔다. 그는 그녀가 다가오는 것은 느끼지 못하고, 단지 그녀의 손만 느꼈다. 팬티 속에 들어와 목표물을 정확히 찾아낸 아직 차가운 그 손, 애교스럽고도 나른하고도 집요한 그 손만 말이다. 마들렌은 그의 등에 머리를 착 붙이고는 애교스럽고도 달착지근하게 야한 어조로 말했다.

「자기야, 좀 과장이 심하네……. 그래도 명색이 포슈 대원수인데…….」

앙리는 잠시 생각할 시간을 갖기 위해 넥타이를 마저 매었다. 사실 이미 충분히 생각해 본 바로, 지금은 타이밍이 좋지 않았다. 벌써 어제저녁만 해도……. 그리고 지금, 오늘 아침엔 정말로……. 그에겐 여력이 있었고, 그건 문제가 아니었다. 하지만 어떤 시기에는 — 바로 요즘 같은 때인데 — 그녀는 마치 허기가 찾아드는 것처럼 걸핏하면 그에게 달라붙었다. 그로서는 가정의 평화를 유지하는 길이었다. 여기서 의무를 치르고 나면 다른 곳에서, 다른 쾌락들을 즐길 수 있었다. 밑질 것 없는 장사였다. 다만 그게 너무 고역이었다. 그녀의 은밀한 체취에 좀처럼 적응이 되지 않았다. 이런 것은 인력으론 어쩔 수 없는 일, 그녀도 충분히 이해해 줄 수 있는 일이었으나, 그녀는 때로는 마치 황후처럼 굴었고, 그는 자기 자리를 지키기 위해 전전긍긍하는 하인 꼴이 되어야 했다. 솔직히 본질적으로 불쾌한 일이라곤 할 수는 없었고, 적어도 그 일에 열중하고 있는 순간만큼은……. 하지만 자기가 모든 걸 결정하고 싶은데, 마들렌은 반대로 항상 주도권을 쥐었다. 마들렌은 〈포슈 대원수잖아……〉라고 되풀이했다. 그녀는 앙리에게 별로 생각이 없다는 걸 알았지만, 그래도 멈추지 않았다. 그녀의 손은 뜨거워졌고, 그녀는 그의 몸이 게으르지만 힘센 구렁이처럼 펼쳐지는 것을 느꼈다. 결코 거절하는 법이 없는 그는 이번에도 거절하지 않았다. 그것은 갑자기 치밀어 올랐다. 그는 몸을 돌려 그녀를 번쩍 들어 올려서는 침대 모퉁이에 눕혔다. 넥타이도 신발도 벗지 않은 채였다. 그녀는 그가 몇 초 동안이나마 더 머물도록 갈고리 같은 손가락으로 그를 꽉 붙잡았다. 그는 그렇게 있다가 몸을 일으켰고, 그걸로 끝이었다.

「아, 반면에 말이야, 그놈의 대혁명 기념일은 얼마나 성대하게 치르는지!」

그는 거울 앞으로 돌아왔다. 할 수 없군, 넥타이를 다시 매는 수밖에……. 그는 말을 이었다.

「대혁명 기념일에 대전의 승리를 축하하다니, 정말 살다 보니 별 해괴한 일을 다 보겠어……! 그리고 휴전 기념일에는 레쟁발리드에서 철야 행사를 벌인다니! 그 꽉 막히다시피 한 장소에서 말이야!」

그는 이 표현이 무척 마음에 들었다. 그는 더 정확한 표현을 찾아보려고 와인을 입속에서 굴리며 맛을 테스트하듯 단어들을 요리조리 굴려 보았다. 그래, 〈꽉 막힌 장소에서의 기념식〉! 이 표현을 한번 시험해 보고 싶었던 그는 고개를 돌리고는 짐짓 성난 어조로,

「그래, 대전 기념식을 꽉 막힌 장소에서 한단 말이야?」

괜찮았다. 그녀는 드디어 몸을 일으켰다. 이제는 네글리제 차림이었다. 화장은 그가 떠나고 나면 할 거고, 지금은 급할 게 없었다. 그동안 옷이나 정리할 것이었다.

그녀는 가벼운 실내 슬리퍼를 신었고, 앙리는 계속 쏟아 내었다.

「이제 기념식들이 빨갱이들 손에 넘어갔다고, 안 그래?」

「그만해요, 앙리.」 마들렌은 옷장을 열며 덤덤하게 말했다. 「날 피곤하게 하지 말아요.」

「상이군인들도 그놈들 장단에 같이 놀아나고 있어! 나한테는 말이야, 우리가 영웅들에게 경의를 표할 수 있는 날은 딱 하루, 11월 11일[34]이야! 그리고 심지어는 이런 말도 할 수 있는데…….」

마들렌은 역정이 나서 그의 말을 끊었다.

「앙리, 그런 얘기는 그만 집어치워요! 그게 대혁명 기념일이 됐든, 만성절이 됐든, 성탄절이 됐든, 어떤 날이 됐든, 전혀 관심이 없다는 걸 잘 아니까.」

그는 돌아서서 그녀를 위아래로 훑어보았다. 여전히 팬티 차림으로. 하지만 그녀는 이번에는 웃지 않았다. 그녀도 그를 똑바로 쳐다보았다.

「나도 알아요.」 그녀가 말을 이었다. 「참전 용사 협회, 각종 클럽, 기타 등등 청중들 앞에서 공연하기 전에 먼저 연습해 볼 필요가 있다는 걸……. 하지만 난 당신의 코치가 아니에요! 자, 그러니 그 분노와 열변일랑 거기에 관심 있는 사람들에게나

34 제1차 세계 대전 휴전 기념일.

293

가져다줘요. 그리고 난 좀 가만히 놔두고!」

그녀는 다시 자기 일을 시작했다. 그녀의 손도, 음성도 조금도 떨리지 않았다. 그녀는 종종 이런 식으로 쌀쌀맞게 말해 버린 다음, 더 이상 거기에 대해 생각하지 않았다. 꼭 그녀의 아버지처럼. 정말로 한 켤레의 양말처럼 닮은 부녀였다. 앙리는 화를 내지 않고, 그냥 바지를 입었다. 사실 그녀의 말에는 조금도 틀린 게 없었다. 그에겐 만성절이나 휴전 기념일이나……. 대혁명 기념일은 조금 달랐다. 그는 이 국경일과 계몽 사상가들과 대혁명과 그 모든 것들에 대한 특별한 증오심을 공공연히 표출하곤 했다. 그건 그가 이런 문제에 대해 어떤 생각이 있어서가 아니라, 그가 보기에 귀족이라면 응당 가져야 할 자연스러운 태도였기 때문이었다.

그리고 그는 졸부 페리쿠르 집안에 살고 있기 때문이었다. 이 집 노인네는 드마르지 집안의 여자, 다시 말해서 실꾸리 도매상의 후손에 불과한 여자와 결혼했는데, 아주 다행스럽게도 돈으로 산 소사[35]는 남자들 쪽으로만 이어지는 덕분에 페리쿠르는 그냥 페리쿠르로 남았다. 저희들이 도네프라델 가문만큼의 가치를 갖게 되려면 다섯 세기는 더 기다려야 하리라. 아니, 다섯 세기가 지나고 나면 재산은 사라진 지 오래고, 이 앙리가 재건할 도네프라델 가문 사람들은 라살비에르 성의 살롱에서 계속 귀빈들을 접대하고 있으리라. 바로 그렇기 때문에 지금은 — 벌써 9시다 — 서두르지 않으면 안 되었다. 정오 전까지 성관의 개수 현장에 가 있어야 하고, 다음 날은 오전 내내 인부들에게 지시를 내리고, 작업 상황을 확인하고(이런 인간

---

35 드마르지에서 귀족의 이름 앞에 붙는 드de를 말함.

들은 항상 뒤에 붙어 있어야 하는 법!), 견적서에 대해 따지고, 가격을 낮춰야 했다. 돈이 꽤 들어간 7백 평방미터의 기와지붕이 완성됐고, 이제는 서쪽 몸채 공사에 착수했는데, 모든 걸 다시 올려야 하므로, 더 이상 기차도 바지선도 없는 고장에서 석재를 구하러 멀리까지 뛰어다녀야 했다. 이 모든 비용을 치르려면 땅속에서 영웅들깨나 파내야 하리라!

나가기 전에 키스를 나눠야 할 때가 왔을 때(그는 그녀와 입맞추는 것은 별로 좋아하지 않았으므로 그냥 이마에다 키스하곤 했다), 마들렌은 그의 넥타이 매듭을 형식적으로나마 바로잡아 주었다. 그녀는 한 걸음 뒤로 물러나 감탄 어린 눈으로 그를 바라보았다. 그 더러운 년들이 그렇게 달라붙는 것도 무리가 아니었다. 남편은 너무도 잘생긴 것이다. 그는 예쁜 아이들을 만들어 주리라.

18

페리쿠르 집안에 초대된 일은 한시도 알베르의 뇌리를 떠나지 않았다. 이 일 말고도 신원을 변조한 일 때문에 한 번도 마음이 편한 적이 없었다. 심지어는 꿈까지 꾸곤 했다. 경찰이 그를 찾아내고 체포하여 투옥하는 꿈이었다. 꿈속에서 감옥에 갇혔을 때 무엇보다도 슬펐던 것은 더 이상 에두아르를 돌봐 줄 사람이 없다는 사실이었다. 동시에 안도감이 느껴지기도 했다. 에두아르가 이따금 그에게 은근한 원한을 품는 것과 마찬가지로, 그 역시 자신의 삶을 꽁꽁 묶어 놓는 에두아르가 원망스럽게 느껴지곤 했던 것이다. 에두아르가 퇴원하게 해달라고 요구한 이후로, 그리고 그들이 아무런 연금도 받을 수 없다는 것을 알게 된 실망스러운 일을 겪고 나서, 알베르는 적어도 그들의 삶이 앞으로 계속 이어질 수 있는 정상적인 흐름을 회복했다는 느낌을 받았다. 그런데 페리쿠르 양의 느닷없는 출현과 그를 밤낮으로 괴롭히는 이 초대로 인해 이런 느낌마저 갑자기 불투명해졌다. 왜냐하면 이제 그는 에두아르의 부친과 함께 저녁 식사를 하고, 아들이 죽은 것처럼 코미디를 하고, 마치 배달부에게 하듯 손에 지폐를 밀어 넣지 않을 때는 그저 착하게만 보이는 그의 누이의 시선을 감당해야 했기 때문이다.

알베르는 이 초대가 가져올 결과들을 끝없이 생각해 보았다. 만일 페리쿠르 집안 사람들에게 에두아르가 살아 있다고 고백한다면(아니면 어쩌겠는가?) 어떻게 되는가? 더 이상 집에 발을 들여놓고 싶어 하지 않는 친구를 억지로 끌고 가야 할 것 아닌가? 이는 그를 배신하는 행위였다. 그리고 말인데, 도대체 왜 에두아르는 집에 돌아가지 않으려 한단 말인가, 빌어먹을! 이런 집안이라면 알베르는 감지덕지할 거였다. 누이가 없는 그는 이런 누나가 있으면 너무도 좋을 것 같았다. 작년에 병원에서 에두아르의 말을 들어준 게 분명히 잘못이었다는 생각이 들었다. 그때 에두아르는 절망에 사로잡혀 그랬던 것이고, 그의 말을 따라서는 안 되었지만……. 어쩌겠는가, 엎질러진 물을…….

만일 그가 진실을 고백한다면, 지금 어디인지 알 수 없는 곳에서 잠들어 있는 그 이름 없는 병사에 대해서는 뭐라고 말해야 하나? 또 그는 어찌 될 것인가? 아마도 페리쿠르 집안의 가족묘에 이장했을 텐데, 그들이 계속 거기에 놔두려 하겠는가?

그들은 당국에 알릴 거고, 그러면 이 모든 일의 책임은 알베르에게 떨어지리라! 심지어 페리쿠르 집안 사람들은 그 불쌍한 무명 병사를 떨쳐 버리기 위해 알베르더러 다시 파내라고 할 수도 있을 텐데, 그러면 그 유해를 대체 어떻게 처리한단 말인가? 잘못하면 군사 서류상의 공문서 위조 사실까지 드러날 수도 있으리라.

또 페리쿠르 집안에 가서 그의 부친과 누이를, 그리고 어찌면 다른 가족들까지 만나면서 에두아르에게는 아무 말도 하지 않는다면, 이것은 정말로 신의 없는 짓이었다. 그가 이 사실을 알게 되면 어떻게 반응하겠는가?

하지만 그에게 이것을 말해 주는 것도 일종의 배신이 아니던가? 에두아르는 친구가 자신이 의절한 가족들과 함께 저녁 시간을 보내고 있다는 것을 알면서 혼자 슬픔에 잠겨 있어야 하리라! 더 이상 그들을 보려 하지 않는다는 것은 결국 그들과 의절하겠다는 뜻 아닌가?

편지를 써서 다른 일이 생겨 못 가게 되었다고 핑계를 대면 어떨까? 하지만 다른 날짜를 제안하겠지. 어떤 사정 때문에 불가능하다고 둘러댄다면? 그러면 사람을 보낼 것이고, 에두아르를 발견하게 될 수도 있다…….

알베르는 이런 생각들에서 빠져나올 수가 없었다. 모든 게 뒤엉켰고, 끊임없이 악몽을 꾸었다. 거의 자는 법이 없는 에두아르는 한밤중에 한쪽 팔꿈치에 몸을 괴고 몸을 일으켰다. 불안해진 그는 친구의 어깨를 붙잡고 흔들어 깨워서는, 대체 무슨 일이냐는 듯이 대화용 수첩을 내밀면, 알베르는 아무 일도 아니라고 손짓을 하곤 했다. 하지만 악몽은 계속되었고, 에두아르와는 달리 그는 잠을 안 자고는 못 견디는 사람이었다.

그는 이렇게 복잡한 생각들을 무수히 한 끝에 마침내 결정을 내렸다. 그는 페리쿠르 집안에 갈 거였다(그렇지 않으면 그들은 다시 찾아오리라). 그리고 진실을 감추고 그들이 원하는 대로 해주리라. 에두아르가 어떻게 죽었는지 얘기해 주리라. 자, 그는 이렇게 할 거고, 그 뒤에는 다시는 그들을 보지 않으리라.

그런데 문제는 그가 전에 보냈던 편지 내용이 잘 생각나지 않는다는 것이었다! 그는 기억을 더듬어 보았다. 그때 어떤 얘기들을 꾸며 냈었지? 어떤 영웅적인 죽음? 소설에 나오는 것처럼 가슴에 총탄을 맞고? 그렇다면 어떤 상황에서? 더구나 전에 페리쿠르 양은 그 프라델, 개자식을 통해 그를 찾아왔었다. 그자는 무슨 말을 했을까? 분명히 자기에게 유리하게 얘기했으리라. 그런데 만일 알베르의 버전이 프라델에게서 들은 버전과 어긋난다면 그들은 둘 중 누굴 믿겠는가? 사기꾼으로 몰리지는 않을까?

문제를 제기하면 할수록 그의 생각과 기억은 점점 더 뒤엉켰고, 또다시 악몽이 찾아왔다. 마치 식기장 속에 쌓여 있다가 한밤중에 유령들이 와서 흔들어 대는 접시들처럼 말이다.

또 옷에 관한 난처한 문제도 있었다. 지금 같은 상태로 페리쿠르 집안에 간다는 것은 예의 없는 행동이었다. 그의 가장 좋은 옷이라 해도 서른 걸음 떨어진 곳에서도 불결한 냄새가 느껴질 정도였다.

쿠르셀 대로에 가기로 최종 결정을 내릴 경우를 대비해 단정한 정장 한 벌을 구해 보았다. 그가 찾아낸 한 벌이란 샹젤리제 대로 아래쪽에서 샌드위치 맨으로 함께 일하는, 그보다 키가 조금 작은 한 동료의 것이었다. 바지는 최대한 아래쪽으로 내려야 했는데, 그러지 않으면 광대처럼 보일 수도 있었다. 셔츠는 두 벌이 있는 에두아르의 것을 빌리려 하다가 그만뒀다. 만일 그의 가족이 알아본다면? 결국 그는 동료에게 셔츠도 빌렸다. 당연히 그에겐 너무 작고, 장식 단춧구멍은 약간 벌어져 있었다. 마지막으로 신발도 골치 아픈 문제였다. 그에게 맞는 것을 좀처럼 구할 수 없었다. 지금 있는 것으로 어떻게든 해보려고 생각했지만, 낡아 빠진 그의 군화는 닳아 없어질 정도로 왁스칠을 해도 조금도 산뜻해 보이지도, 점잖아 보이지도 않았다. 그는 온갖 궁리를 다 해보다가 결국에는 새 구두 한 켤레를 샀다. 모르핀 구입 예산이 줄어들어 숨통이 조금 트였기에 가능해진 일이었다. 멋진 구두였다. 바타 구두점에서 32프랑에 샀다. 꾸러미를 가슴에 끌어안고 상점을 나오면서 그는 제대한 이후로 솔직히 새 구두를 사 신고 싶은 마음이 있었음을 인정하지 않을 수 없었다. 왜냐면 그는 항상 누군가의 우아함을 그가 얼마나 멋진 구두를 신었나를 보고 판단해 왔기 때문이다. 낡은 정장이나 외투는 용납할 수 있었다. 하지만 남자의 멋은 그의 구두로 평가되는 법, 이것만큼은 확실하게 해야 했다. 그가 산 구두는 밝은 갈색 가죽으로 되어 있었고, 이 구두를 신는 것만이 이 소동 가운데서 느낀 유일한 기쁨이었다.

알베르가 칸막이 뒤에서 나오자 에두아르와 루이즈는 고개를 들었다. 새 마스크 하나를 막 끝낸 참이었다. 상아빛 바탕에 약간 오만하게 내민 예쁜 분홍빛 입을 그려 넣었고, 뺨 위쪽에 붙인 창백한 낙엽 두 장이 눈물방울 같은 윤곽을 그리고 있었다. 하지만 전체적으로는 조금도 슬프게 보이지 않았고, 세상에서 벗어나 자신에게 집중하고 있는 사람 같은 느낌을 주었다.

하지만 진정한 볼거리는 이 마스크가 아니라 칸막이 뒤에서 나온 알베르의 행색이었다. 결혼식에 가는 정육점 점원의 모습이라고나 할까?

에두아르는 친구가 누군가 여자를 만나러 가는 것이라 생각하고는, 가슴이 짠해졌다.

애정 문제는 이 두 젊은이가 — 당연한 일 아니겠는가? — 종종 농담하곤 하는 주제였다. 하지만 고통스러운 주제이기도 했으니, 두 사람 모두 여자 없는 청년들이었기 때문이다. 모네스티에 부인과 이따금 은밀히 동침하는 것은 알베르에게 결국 즐겁다기보다는 괴로운 일이 되고 말았다. 왜냐하면 그럴수록 자기에게 정상적인 사랑이 결여되었음이 더욱 절실히 느껴지기 때문이었다. 그는 그녀와 동침을 중단했고, 그녀는 알베르를 조금 붙들어 보다가 결국엔 더 이상 붙잡지 않았다. 그는 상점, 버스 안 등, 여기저기서 예쁜 아가씨들과 마주치는 일이 많았다. 전쟁 통에 사내들이 많이 죽은 탓에 약혼자가 없는 경우가 부지기수였다. 그 때문에 여자들은 희망을 품고 기다리고, 또 주위를 살펴보고 있었지만, 알베르 같은 남자는 절대 아니었다. 눈을 씻고 봐도 승자 같은 모습은 없고, 비렁뱅이처럼 낡아 빠진 구두와 염색 물감이 줄줄 흘러내리는 군용 재킷 차림을 하고서 암고양이처럼 불안스럽게 뒤를 힐끔거리는 알베르 같은 사내는 매력적인 혼처는 아니었다.

또 설사 극빈자 같은 그의 옷차림을 그다지 역겨워하지 않는 아가씨를 만난다 해도, 과연 어떤 미래를 약속할 수 있는가? 그녀에게 이렇게 말할 수 있는가? 〈자, 우리 집에 와서 같이 살아요. 난 지금 턱이 떨어져 나간 어떤 상이용사와 같이 살고 있는데, 그는 밖으로 나가는 일이 없고, 모르핀 주사를 맞고, 카니발 마스크들을 쓰고 지내죠. 하지만 겁낼 것 없어요. 그래도 우린 하루 생활비가 3프랑이나 되고, 우리의 프라

이버시를 지켜 줄 칸막이도 있으니까요…….〉

게다가 알베르는 소심한 사람이라서, 기회가 저절로 생기지 않는 한…….

하여 그는 모네스티에 부인에게로 돌아갔으나, 이 여자에게도 자존심이 있었다. 등신 같은 사내와 결혼했다고 해서 최소한의 자긍심까지 포기해야 할 이유는 없는 것이다. 그런데 그녀의 이 자긍심은 쉽게 변하는 것이었다. 그녀에게 더 이상 알베르가 필요하지 않게 된 것은, 사실은 그녀의 새 점원이 그 짓을 대신 해주고 있었기 때문이었다. 알베르가 기억하는 한, 그가 수일치의 급료를 포기했던 그날, 사마리텐 백화점 엘리베이터에서 세실과 같이 있던 것을 보았던 청년과 기이하게도 닮은 친구였다. 또 그 짓을 해야 한단 말인가…….

어느 날 저녁, 그는 이 모든 것을 에두아르에게 털어놓았다. 그는 자기도 결국 여자들과의 정상적인 관계를 포기할 수밖에 없노라고 말하면 에두아르가 좋아하리라고 생각했지만, 상황이 그렇지 않았다. 알베르는 다시 시작할 수 있지만, 에두아르는 아니었다. 알베르는 아직도 어떤 아가씨를 만날 수 있는 일이었다. 아니면 젊은 과부라도 만날 수 있었다. 그런 여자들은 — 물론 그들이 너무 눈이 높지 않아야 하겠지만 — 사방에 널려 있었다. 눈을 크게 뜨고 찾아보면 될 일이었다. 하지만 에두아르가 여자를 좋아한다고 해도, 세상 그 어느 여자가 에두아르 같은 남자를 원하겠는가? 이 대화는 두 사람 모두를 아프게 했다.

그런데 알베르가 별안간 이렇게 멋지게 차려입고 나타난 것이다!

루이즈는 휘익 하고 감탄의 휘파람을 불며, 몸을 숙인 알베르의 넥타이 매듭을 고쳐 주었다. 두 사람은 그에게 농담을 던졌다. 에두아르는 자신의 두 허벅지를 탁탁 두드리고는, 열광한 듯 엄지손가락을 치켜 올리며 목구멍 깊은 곳으로 끼익 하는 소리를 냈다. 루이즈도 가만히 있지 않았다. 손으로 입을 가리고 웃으면서 〈알베르, 이러니까 정말로 괜찮아요……〉라고 말했다. 성숙한 여자나 할 수 있는 말이었는데, 이 꼬마가 지금 몇 살이더라? 하지만 지나치게 쏟아지는 칭찬은 그의 자존심을 조금 상하게 했다. 특히나 지금의 상황에서는 악의 없는 농담에도 마음이 아팠다.

그는 빨리 집을 나와 버리고 싶었다. 또 아직 생각해 볼 필요도 있었다. 그렇게 생각해 보다가 시간에 쫓기면 그 논리가 어떠하든 간에 페리쿠르 집안에 가야 할지 말지를 몇 초 만에 후딱 결정해 버리리라.

지하철을 타고, 나머지 길은 걸어서 갔다. 그런데 가면 갈수록 속이 불안해졌다. 러시아인들과 폴란드인들이 득실거리는 그의 동네를 벗어나자, 보통 길 세 개를 합친 것만 한 너비에, 높직하고도 위엄 있는 건물들이 늘어선 널찍한 대로가 나타났다. 그리고 몽소 공원 앞에 이르니, 〈찾기 쉬울 것〉이라는 페리쿠르 양의 말대로, 페리쿠르 집안의 거대한 저택이 금방 눈에 띄었다. 그 앞에는 고급 승용차 한 대가 세워져 있었고, 나무랄 데 없는 제복과 제모 차림의 운전기사 한 사람이 마치 경주용 말을 다루듯 정성스레 자동차에 광을 내고 있었다. 알베르는 심장이 조여들 정도로 주눅이 들었다. 그는 급한 사람처럼 저택 앞을 그대로 지나쳐 버렸다. 그러고는 주변의 다른 길들로 한 바퀴 빙 돌아 공원에 돌아와서는, 저택의 전면이 비스듬히 보이는 한 벤치에 앉았다. 그는 완전히 얼이 빠져 있었다. 심지어는 에두아르가 여기서 태어났고, 저 집에서 자랐다는 게 상상이 되지 않았다. 이건 다른 세계였다. 그리고 자신은 오늘 상상하기조차 힘든 엄청난 거짓말을 품고 여기 온 것이다. 자신은 일종의 범죄자였다.

대로에서는 여자들이 마치 무슨 바쁜 일이라도 있는 양 호들갑을 떨며 마차에서 내렸고, 꾸러미들을 한 아름 든 하인들이 그들을 따라 아파트 건물 안으로 들어갔다. 뒷문들 앞에는 배달 차들이 서 있고, 운전수들은 직무를 부여받은 뻣뻣한 하인들과 얘기를 나누고 있었다. 야채가 담긴 바구니들이나 빵 바구니 등을 엄격한 눈으로 살피는 모습을 보고 있노라면 그들이 주인을 대리하고 있음을 알 수 있었다. 조금 떨어진 보도에는 성냥개비처럼 늘씬하고 우아한 아가씨 둘이 서로 팔짱을 끼고 공원 철책을 따라 웃으며 지나가고 있었다. 대로의 모퉁이에서는 두 남자가 인사를 나누고 있었다. 겨드랑이에 신문을 끼고 실크해트를 벗어 든 채로, 곧 다시 뵙겠습니다 등의 인사말을 나누는 남자들은 판사들처럼 보였다. 남자 중 하나는 세일러복 차림의 사내아이 하나가 굴렁쇠를 돌리며 달려가자 옆으로 비켜 주었고, 나지막이 외치며 꼬마를 따라 급히 뛰어온 보모는 신사들에게 사과를 했다. 이어 꽃집 차 한 대가 도착해 꽃다발들을 내렸다. 결혼식을 너끈히 치를 수 있을 정도의 양이었지만, 매주 있는 정기 배달일 뿐이었다. 집에 방이 너무 많아서요, 늘 손님들이 들락거리니까 준비를 해놔야죠, 사실 돈이 엄청나게 들어가긴 해요(하지만 그들은 웃으며 말했다), 이렇게 꽃을 많이 사는 것은 재미있는 일이죠, 우린 손님 맞기를 좋아한답니다……. 알베르는 마치 전에 수족관의 유리를 통해 거의 물고기처럼 보이지도 않는 이국적인 물고기들을 바라봤던 것처럼 이 모든 사람들을 바라보고 있었다.

그리고 아직도 두 시간 가까이 기다려야 했다.

그는 망설였다. 그냥 이렇게 벤치에 앉아 있을 것인가, 아니면 다시 지하철을 탈 것인가? 하지만 어딜 가겠다는 건가? 전에는 바스티유와 레퓌블리크 사이의 대로를 좋아했었다. 하지만 앞뒤로 광고판을 걸머지고 돌아다니게 된 이후로 그곳은 더 이상 예전 같지 않았다. 그는 공원을 이리저리 거닐었다. 그러다 어느새 약속한 시간이 지나 버렸다.

이 사실을 깨달았을 때, 그의 불안 지수가 올라가기 시작했다. 7시 15분, 그는 땀에 흠뻑 젖어 땅에다 시선을 못 박은 채 뚜벅뚜벅 걸어 멀어져 가다가 다시 돌아오기를 반복했지만, 7시 20분이 되어도 여전히 결정을 못 내렸다. 7시 30분경에 다시 저택 앞의 보도를 지나게 된 그는 그냥 집에 돌아가기로 결심했다. 하지만 그를 부르러 찾아온다면? 이번에는 여주인과는 달리 마구잡이로 행동하는 운전기사를 보낸다면? 오만 가지 이유들이 다시 그의 머릿속에서 싸움을 벌이기 시작했는데, 이게 어떻게 된 일인지는 모르겠으나, 그는 저택 현관의 여섯 계단을 올라가 초인종을 누른 뒤 양쪽 구두를 반대쪽 종아리에 문질러 닦고 있는 자신을 발견했다. 드디어 문이 열렸다. 가슴속에서 심장이 미친 듯 벌렁대는 가운데, 천장이 성당만큼이나 높고, 사방에 거울들이 번쩍거리는 홀 안에 그가 들어와 있었다. 모든 게 기가 막혔다. 심지어는 갈색 커트 머리의 하녀마저도 기가 막혔다. 그 입술이며, 그 눈이며, 세상에, 눈이 부실 지경이었다. 부잣집에서는 심지어는 가난한 사람들도 때깔이 좋은 모양이었다.

흑백의 커다란 타일들이 체스 패턴으로 깔린 어마어마한 현관의 양편에는 전구가 다섯 개씩 달린 입식 등 두 개가 생레미 석(石)으로 지어진 거대한 층계의 입구를 옹위하고 있었다. 두 흰 대리석 난간은 좌우에서 물결치듯 위쪽 층계참으로 올라갔고, 아르데코 스타일의 웅장한 샹들리에는 마치 하늘에서 내려오는 듯한 노란빛을 흘리고 있었다. 예쁜 하녀는 알베르를 위아래로 훑어보며 그의 이름을 물었다. 알베르 마야르입니다. 이렇게 대답하고 주위를 둘러보고 있으려니, 기묘한 안도감이 밀려들었다. 그가 아무리 노력했다 해도, 이 빌린 양복을 안 입고, 엄청나게 비싼 구두를 신고 브랜드 있는 실크해트를 쓰고 야회복이나 연미복 차림으로 왔다 해도, 그 무슨 짓을 하고 왔다 해도 지금처럼 촌티가 줄줄 흘렀으리라. 이 어마어마한 간극! 그리고 지난 며칠 동안의 그 고민, 기다리는 동안의 그 예민했던 상태……. 얼마나 웃기는 일이었던가……! 알베르는 하하하하하 웃음을 터뜨렸다. 자신 때문에, 스스로가 우스워서 웃는다는 게 눈에 보였다. 손으로 입을 가리고 터뜨리는 그 웃음은 너무도 자연스럽고도 솔직한 것이어서, 예쁜 하녀도 따라서 웃기 시작했다. 그 치아라니! 세상에, 그 웃음이라니! 심지어는 그녀의 뾰족한 분홍빛 혀까지도 기막히게 예뻤다. 그리고 그녀의 눈……. 이 눈을 들어올 때 보았던가, 아니면 지금에야 발견한 걸까? 새카맣고 반짝거리는 이 눈을 말이다. 두 사람은 자신들이 왜 웃는지도 몰랐다. 그녀는 얼굴을 붉히며, 그리고 여전히 웃으면서 고개를 돌렸다. 하지만 자기가 할 일이 있었기 때문에 왼편의 문을 열었다. 그곳은 그랜드 피아노, 높은 도자기들, 고서들이 빼곡히 꽂힌 야생 벚나무 재질의 서가, 가죽 소파 등이 있는 커다란 대기실이었다. 그녀는 그에게 방을 가리켰다. 원하는 아무 곳에나 앉아 있어도 된다는 뜻이리라. 그녀는 좀처럼 억제하지 못하는 그 웃음 때문에 〈죄송해요〉라는 말만 간신히 내뱉었다. 그는 괜찮다고 손을 들어 올렸다. 아닙니다, 아닙니다, 마음껏 웃으세요.

문은 다시 닫혔고, 그는 방에 혼자 남았다. 가서 마야르 씨가 오셨다고 알리리라. 그의 미친 듯한 웃음은 이제 진정되었다. 이 정적, 이 장중함, 이 호사스러움에 솔직히 조금 주눅 드는 게 사실이다. 그는 녹색 식물의 잎사귀들을 만져 보며 그 귀여운 하녀를 생각한다. 한번 대시해 볼까. 그녀에게? 그는 책 제목들을 읽어 보려고도 하고, 한 상감 세공 장식 위에 검지를 올려놓아 보기도 하고, 그랜드 피아노의 건반 하나를 눌러 볼까 망설이기도 한다. 그녀가 일을 마칠 때까지 기다려 본다면? 혹시 알아? 이미 남자 친구가 있을까? 그는 안락의자에 앉아 본다. 몸을 푹 묻어 본 다음, 다시 일어나고, 이번에는 보들보들한 고급 가죽 소파에 앉아 본다. 또 나지막한 탁자 위에 놓인 영국 신문들을 내려다보고, 살그머니 옆으로 밀쳐 놓곤 한다. 그 예쁜 하녀에게는 어떤 식으로 접근해야 할까? 나갈 때 귓속말을 한마디? 아니면 뭔가를 잊어버린 척 돌아와서는 다시 초인종을 누르고는 손에다 쪽지를? 하지만 그 쪽지에는 무엇을 쓴단 말인가? 내 주소……? 더구나 우산 하나 들고 오지 않은 마당에, 대체 뭐 잊어버릴 게 있다고? 그는 여전히 선 채로 『하퍼스 바자』, 『가제트 데 보자르』, 『로피시엘 들라 모드』 같은 잡지들을 몇 페이지 뒤적거리다가 긴 소파에 앉는다. 아니면 그녀가 일을 마치고 나올 때까지 기다린다? 그래, 그게 나을 거야. 조금 전처럼 또 웃게 만드는 거야……. 나지막한 탁자의 한 귀퉁이에 매끌매끌하고도 보드라운, 아주 예쁜 밝은 색의 가죽 커버로 덮인 큼직한 사진 앨범 하나가 놓여 있다. 만일 그녀를 저녁 식사에 초대해야 한다면 돈이 얼마나 들까? 아니, 그보다는 어디에 가느냐가 문제겠지……. 그는 앨범을 들어 펼쳐 본다. 부이용 뒤발 식당에 간다? 나야 괜찮지만, 숙녀를 그런 곳에 초대한다는 것은 말이 안 되지. 특히나 이렇게 대단한 집안에서 일을 하고 있는 사람인데 말이야. 아마 주방에서도 일하겠지. 식기는 모두 은으로 되어 있을 테고 말이야……. 별안간 뱃속이 서늘해진다. 곧바로 두 손이 축축해지고 미끄러워지는 것을 느끼며 그는 침을 꿀꺽 삼킨다. 토하지 않기 위해서다. 담즙 같은 쓴맛이 입안 가득히 올라온다. 앞에 결혼식 사진이 한 장 있는데, 거기엔 마들렌 페리쿠르와 도네프라델 대위가 나란히 서 있다.

그자다! 의심의 여지가 없다. 착각할 리가 없다.

그래도 한번 확인해 볼 필요가 있다. 그는 허겁지겁 페이지를 넘긴다. 거의 모든 사진에 프라델의 모습이 보인다. 잡지의 페이지만큼이나 커다란 사진들은 수많은 사람들과 꽃들로 넘쳐 나는데, 그 가운데 프라델은 멋쩍은 미소를 짓고 있다. 복권에 당첨되었는데, 그것 때문에 사람들이 법석을 떠는 것은 원치 않지만, 그래도 부러워하는 시선들을 은근히 즐기는, 그런 미소다. 그의 옆에는 환하게 웃는 페리쿠르 양이 있다. 그녀가 입은 것은 평소에는 결코 걸치지 않는, 단 하루만을 위해 구입하는 종류의 드레스다. 그리고 예복들, 연미복들, 상상을 초월하는 의상들, 등이 푹 파인 드레스, 브로치, 목걸이, 버터색 장갑…… 신혼부부는 서로 손을 꼭 잡고 있는데……. 그래, 이건 분명히 프라델이다. 이쪽에는 뷔페 음식이 상다리가 부러지게 차려져 있고, 신부 옆에 있는 사람은 아마도 아버지인 듯싶다. 페리쿠르 씨, 이 양반은 미소를 짓고 있을 때도 까칠해 보인다. 그리고 사방에 반짝이는 구두들, 옷깃에 풀을 먹인 셔츠들, 저 안쪽 휴대품 보관실의 구리 가로대에 줄지어 놓인 번들거리는 실크해트들, 그리고 앞쪽에는 피라미드 형태로 쌓아 올린 샴페인 잔들, 흰 장갑을 낀 정장 차림의 웨이터들, 왈츠, 오케스트라, 그리고 다시 양옆에 울타리처럼 늘어서서 축하하는 사람들 사이를 지나가는 신혼부부……. 알베르는 맹렬히 페이지를 넘긴다.

『르 골루아』지의 기사 한 편이 나타난다.

어느 성대한 결혼식

이 너무나도 파리적인 분위기의 행사를 우리는 많이 기다려 왔고, 여기엔 다 이유가 있었으니, 이날은 아름다움과 용기가 결합하는 날이었기 때문이다. 아직 사정을 잘 모르는 우리 독자들을 위해 좀 더 자세히 설명하자면, 이는 다름 아니라 저명한 실업가 페리쿠르 씨의 영애인 마들렌 페리쿠르 양과 애국자이자 영웅인 앙리 도네프라델의 결혼식 이야기다.

결혼식 자체는 불과 수십여 명의 가족과 친지만이 쿠앵데 주교의 감탄스러운 주례사를 듣는 특권을 누리는 가운데,

오퇴유 성당에서 간소하고도 은밀하게 거행되었다. 하지만 피로연의 장소는 달랐다. 불로뉴 숲 근처 벨에포크 스타일의 우아한 건축물과 현대적인 시설이 결합된 아르므농빌 산장 주위였다. 온종일 이곳의 테라스와 정원들과 살롱들은 가장 저명하고도 화려한 인사들로 쉴 새 없이 북적거렸다. 6백 명이 넘었다는 하객들이 이 가족의 절친한 친구이기도 한 랑방이 직접 디자인하고 선사한 웨딩드레스(얇은 망사와 새틴 소재)를 차려입은 젊은 신부의 눈부신 자태를 감상할 수 있었다. 그녀를 차지한 행운아는 유서 깊은 가문 출신의 우아한 앙리 도네프라델. 휴전 직전에 독일군에게서 탈취한 113고지 전투의 승자이자(그 많은 경탄스러운 무훈 중에 하나를 들자면), 셀 수도 없는 용맹한 행동들로 네 차례나 훈장을 수여받은 〈프라델 대위〉, 바로 그 사람이다.

페리쿠르의 절친으로 알려진 공화국 대통령 레몽 푸앵카레 씨는 몸소 조용히 방문하였으며, 의심의 여지없이 역사에 길이 남을 이 예외적인 파티를 여유 있게 즐길 수 있는 기회를 밀랑 씨와 도데 씨, 그리고 장 다냥부브레, 조르주 로슈그로스 같은 위대한 예술가들이 포함된 다른 초청 명사들에게 남겨 주고 떠났다.

알베르는 앨범을 덮었다.

그동안 프라델에 대한 증오는 자신에 대한 증오로 바뀌어 있었다. 아직도 그를 두려워하고 있는 자신이 너무도 싫었던 것이다. 프라델이라는 이름만 떠올려도 심장이 벌렁댔다. 이런 경기(驚氣)는 대체 언제까지 계속될 것인가? 1년 가까이 그 이름을 입 밖에 낸 적이 없지만, 알베르는 항상 그를 생각해 왔다. 잊는다는 것은 불가능했다. 주위를 한번 둘러보기만 하면 이 사내의 흔적이 삶의 곳곳에 남아 있음을 확인할 수 있었다. 비단 알베르의 삶만이 아니었다. 에두아르의 얼굴과 아침부터 저녁까지 그가 하는 모든 행동들, 정말로 하나도 빠짐없이 모든 것이 그 최초의 순간에서 기인했다. 세계의 종말 같은 배경 속에서 한 사내가 사나운 눈으로 정면을 응시하며 달리고 있었다. 타인의 죽음도, 생명도 조금도 중요시하지 않는 이 사내는 당황한 알베르에게 달려와 있는 힘껏 몸을 부딪쳤다. 그러고 나서 그 기적적인 구조가 있었고, 그 결과로 이제 가운데가 뻥 뚫려 버린 얼굴이 남았다. 마치 불행이 전쟁 하나로는 충분치 않은 것처럼.

알베르는 멍하니 앞을 쳐다본다. 자, 이게 바로 이야기의 결말이다. 이 결혼이 말이다.

그는 특별히 철학적인 사람은 아니었지만 자신의 삶에 대해 생각해 본다. 그리고 에두아르, 누나가 두 사람을 죽인 살인자와 아무것도 모르고서 덜컥 결혼해 버린 에두아르의 기구한 삶에 대해서도 생각해 본다.

밤중의 그 공동묘지에서의 영상들이 떠오른다. 그리고 그 전날, 흰 담비 모피 차림의 젊은 여자가 그녀의 구세주, 똑똑한 프라델 대위를 동반하고 나타났을 때의 영상들도 떠오른다. 그러고 나서 무덤으로 향하던 길…… 알베르는 땀 냄새가 시큼하고, 혓바닥으로 담배를 한쪽 입가에서 다른 쪽으로 옮기곤 하던 운전사의 옆자리에 앉았고, 페리쿠르 양과 프라델 대위는 리무진에 같이 있었다. 아, 진작 눈치를 챘어야 했는데…….

〈하지만 알베르는 아무것도 몰라요. 항상 일이 터지고 나서야 깜짝 놀라죠. 이 녀석이 언제 어른이 되기나 할지 모르겠어요. 심지어는 전쟁에 가서도 아무것도 배운 게 없다니까요! 정말이지 절망적이에요!〉

조금 전 이 결혼 사실을 발견했을 때는 심장이 현기증 나는 속도로 뛰었지만, 지금은 그의 가슴 속에서 흐물흐물 녹아내려 금방이라도 멈춰 버릴 것 같다.

목구멍에 느껴지는 이 쓰디쓴 맛……. 다시금 치미는 메스꺼움을 간신히 억누르며 그는 일어나 황급히 방을 나가려 한다.

그는 막 깨달은 것이다. 프라델이 이곳에 있다.

페리쿠르 양과 함께.

이것은 그자가 쳐놓은 함정이다. 가족과의 식사…….

알베르는 그를 총살대로 보내려 하던 모리외 장군의 방에서처럼 프라델 앞에서 식사를 하고, 그의 비수 같은 시선을 마주해야 한다. 어떻게 그 상황을 이겨 낼 수 있겠는가? 도대체 이놈의 전쟁은 언제야 끝날 것인가?

당장에 모든 걸 내던지고 이곳을 떠나야 한다. 그렇지 않으면 죽을 것이다. 또다시 죽임을 당할 것이다. 도망가야 한다.

알베르는 벌떡 일어나 뛰어서 방을 가로지른다. 그렇게 문 앞에 이르렀는데, 문이 저절로 열린다.

그의 앞에 마들렌 페리쿠르가 미소를 지으며 서 있다.

「아, 오셨군요!」 그녀가 말한다.

마치 감탄하는 듯한 목소리다. 왜? 그가 이 집을 잘 찾아와서? 용기를 내서?

그녀는 자신도 모르게 그를 머리에서 발끝까지 훑어보고,

알베르는 눈을 내리깐다. 그제야 그는 분명히 깨닫는다. 이 반들거리는 새 구두를 닳아 빠진 데다가 너무 짧기까지 한 이 양복과 매치시켜 놓으니 그야말로 최악이다. 자기는 이게 그렇게나 자랑스러웠는데……. 이게 그렇게나 갖고 싶었는데……. 이 새 구두는 그의 궁색함을 적나라하게 표현하고 있다.

그의 모든 우스꽝스러움이 여기에 집중되어 있다. 이 구두가 끔찍이도 싫다. 자신이 끔찍이도 싫다.

「자, 가시죠.」 마들렌이 청한다.

그녀는 마치 친구처럼 알베르의 팔을 잡는다.

「아버님께서 내려오실 거예요. 당신을 빨리 보고 싶어 안달이시랍니다…….」

19

「안녕하시오.」

페리쿠르 씨는 알베르가 생각했던 것보다 체구가 작았다. 사람들은 종종 힘 있는 사람들은 덩치가 클 것이라 상상하고 는 그들의 평범한 모습을 보고 놀라곤 한다. 그런데 사실은 그 들이 그렇게 평범하지만은 않다는 것을 알베르는 확인할 수 있었다. 페리쿠르 씨의 그 날카로운 시선이며, 악수를 나눌 때 아주 잠깐 동안 손을 상대의 손 안에 남겨 놓는 동작이며, 심 지어는 그 미소 같은 것을 보면 말이다……. 이 모든 것들은 결 코 흔치 않은 거였고, 비범한 자신감이 느껴지는 그는 온 존재 가 강철로 이루어진 것 같았다. 이런 사람들 가운데서 세상을 책임지는 인물이 나오고, 또 이런 사람들이 전쟁도 일으키는 것이리라. 알베르는 덜컥 겁이 났다. 어떻게 이런 사람에게 거 짓말을 할 수 있을지 막막했다. 그는 살롱의 문 쪽도 힐긋거렸 다. 거기서 언제라도 프라델 대위가 불쑥 튀어나올 것만 같았 다…….

페리쿠르 씨는 아주 정중하게 한 안락의자를 가리켰고, 그들은 각자 자리를 잡았다. 눈만 한 번 껌뻑해도 즉시 사람이 달려오게 되어 있는 것처럼, 먹을 것 등이 실린 서빙 바가 하나 그들에게로 왔다. 하인들 중에는 그 예쁜 하녀도 있었다. 알베르는 그녀를 보지 않으려고 애썼고, 페리쿠르 씨는 호기심 어린 눈으로 그를 지켜보았다.

알베르는 왜 에두아르가 집에 돌아오지 않으려 하는지 여전히 그 이유를 알지 못했다. 거기에는 뭔가 절대적인 이유가 있을 텐데 말이다. 그런데 이 페리쿠르 씨를 보니까 어렴풋이 알 것도 같았다. 그래, 이런 사람이라면 벗어나고 싶은 마음도 들겠지. 그는 어떤 특별한 합금으로 만들어진 것 같은 냉혹한 사람, 아무 희망도 품을 수 없는 사람, 마치 수류탄이나 포탄처럼 그 존재의 파편 하나만으로도 심지어는 자신도 의식하지 못하는 사이에 능히 사람을 죽일 수 있는 그런 사람이었다. 알베르의 두 다리가 그를 대신하여 말해 주고 있었다. 다리들은 일어서고 싶어 했다.

「마야르 씨, 무엇을 드시겠어요?」 마들렌이 큼지막한 미소와 함께 물었다.

그는 꿀 먹은 벙어리가 되었다. 무엇을 들겠냐고? 알 수 없었다. 특별한 일이 있을 때, 그리고 능력이 될 때 그는 칼바도스[36]를 마셨지만, 이는 부유한 집에서는 요청하지 않는 천한 음료였다. 하지만 이런 상황에서 무엇으로 칼바도스를 대체해야 하는 건지, 그는 전혀 알지 못했다.

「샴페인 한 잔은 어떨까요?」 마들렌이 그를 도와주려는 마음에서 제안했다.

36 사과를 원료로 한 독주로, 프랑스 칼바도스 지방 특산이다.

「아, 좋죠……」 발포성 음료를 끔찍이도 싫어하는 알베르가 대답했다.

손짓을 한 번 했고, 긴 침묵이 이어졌고, 집사가 얼음 통을 가지고 와서는 잔뜩 격식을 차린 채로 코르크 마개를 열었다. 페리쿠르 씨는 조급하게 손짓을 했다. 자, 자, 그냥 따라, 그러다 밤새우겠다.

「그러니까 댁께서 내 아들을 아신다고요?」 드디어 그가 알베르에게로 상체를 굽히며 물었다.

이 순간 알베르는 깨달았다. 오늘 저녁의 주제는 바로 이것이고, 다른 것은 전혀 아니라는 사실을. 페리쿠르 씨는 딸이 지켜보는 가운데 자기 아들의 죽음에 대해 이것저것 물을 것이다. 프라델은 여기에 끼지 않을 것이다. 순전히 가족끼리의 모임인 것이다. 알베르는 안도했다. 그는 테이블을, 기포들이 싸르르 올라오고 있는 자신의 샴페인 잔을 쳐다보았다. 어디부터 시작해야 하나? 무슨 얘기를 해줘야 하나? 그는 많이 생각해 왔지만, 첫마디가 좀처럼 떠오르지 않았다.

페리쿠르 씨는 잠시 의아한 표정을 짓더니 이렇게 덧붙였다.

「내 아들……. 에두아르 말이오……」

그는 이 청년이 정말로 자기 아들을 알았을까 하는 의문이 일었다. 그가 직접 편지를 썼다 하더라도, 전선에서는 일들이 어떻게 이루어지는지 알 수 없었다. 어쩌면 아무나 지명하여 전우의 가족에게 편지를 쓰게 할 수도 있는 일 아닌가? 그래서 매일 다른 병사가 편지 쓰는 사역을 맡고, 그때마다 거의 같은 내용을 반복하는 게 아닐까? 그런데 알베르의 입에서 곧바로 대답이 튀어나왔다.

「네, 네, 회장님, 회장님 아드님에 대해 얘기해 드릴 수 있습니다. 제가 아주 가깝게 지냈거든요!」

페리쿠르 씨가 아들의 죽음에 대해 알고 싶었던 것들은 얼마 안 있어 별 의미가 없어졌다. 그보단 이 제대병이 할 얘기들이 더 중요해졌는데, 그가 살아 있는 에두아르에 대해 들려주었기 때문이었다. 진창 속의 에두아르, 수프를 먹는 에두아르, 담배를 배급받는 에두아르, 저녁에 카드놀이를 하는 에두아르, 조금 떨어진 곳의 그늘에 앉아서 수첩 위로 몸을 굽히고 그림을 그리는 에두아르……. 알베르는 참호 속에서 마주치긴 했지만 자주 어울리지는 않았던 에두아르보다는 그가 상상한 에두아르를 묘사했다.

페리쿠르 씨에게 이런 이미지들은 그가 생각했던 것만큼 고통스럽지 않았다. 심지어는 좋기까지 하여 입가에 미소가 절로 떠올랐다. 마들렌은 아버지가 이렇게 진심으로 미소 짓는 모습을 오랜만에 보았다.

「이런 말씀 드리면 어떨지 모르겠지만」 알베르가 말했다. 「그 친구는 정말로 우스갯소리를 좋아했어요.」

대담해진 그는 이야기를 계속했다. 어느 날, 이런 일이 있었어요……. 어느 날은 이런 일도 있었죠……. 또 생각나는 것은……. 그렇게 어려운 일이 아니었다. 그의 전우들에게서 생각나는 좋은 추억들을 에두아르에게 가져다 붙이기만 하면 되었다.

페리쿠르 씨는 아들을 재발견하고 있었다. 아주 놀라운 얘기를 들어도(그 애가 정말로 그런 말을 했다고? 네, 바로 그렇게 말했습니다, 회장님!) 그는 이상하게 생각하지 않았으니, 사실 자신은 아들을 한 번도 제대로 안 적이 없다고 생각해 왔기 때문이었다. 따라서 그에게는 어떤 이야기라도 할 수 있었다. 실없는 이야기들, 병사들끼리 킬킬대며 나눈 일화들, 유치한 농담, 저급한 우스갯소리라도 할 수 있었다……. 하지만 마침내 길을 하나 찾아낸 알베르는 심지어는 즐거움까지 느끼며 단호하게 그 방향으로 파고들었다. 그는 에두아르에 관련된 일화들을 가지고 웃음을 터뜨리게 했으며, 페리쿠르 씨는 눈가를 문지르며 실소를 흘렸다. 샴페인 기운에 대담해진 알베르는 자신의 이야기가 끊임없이 곁길로 새는 것을 의식하지 못한 채로 계속 떠들어 댔다. 그렇게 그는 보초에 대한 농담들에서 동상 걸린 발 이야기로, 카드놀이 이야기에서 토끼만큼이나 커다란 쥐들의 이야기와 의무병들이 더 이상 수거할 수 없게 된, 한갓 농담거리가 되어 버린 시체들의 악취에 대한 이야기로 넘어갔다. 알베르가 자신이 겪은 전쟁을 이야기하는 것은 이게 처음이었다.

「그러니까 말이죠, 에두아르가 어느 날 어떻게 말했는가 하면 말이죠…….」

상황이 지나치게 흐를 위험이 있었다. 다시 말해서 사실처럼 느껴지도록 너무 열을 내는 나머지 필요 이상으로 떠들어 대어 그가 에두아르라고 부르는 이 꾸며 낸 존재인 친구의 초상을 망쳐 버릴 수 있었다. 바로 앞에 페리쿠르 씨가 있는 게 천만다행이었다. 심지어는 미소 짓거나 웃을 때조차 그 회색 눈이 꼭 야수처럼 느껴지는 이 사내는 알베르의 열기를 가라앉히는 힘이 있었다.

「헌데 그 애는 어떻게 죽었소?」

이 질문은 마치 단두대의 칼날이 떨어지는 소리처럼 울렸다.

한창 말하고 있던 알베르의 입술은 그대로 얼어붙었고, 마들
렌은 평범하면서도 우아한 동작으로 그에게로 고개를 돌렸다.

「탄환 한 발이었습니다, 회장님. 113고지 공격전에서…….」

그는 말을 뚝 멈췄다. 〈113고지〉라는 표현만으로 충분하다
고 느꼈기 때문이었다. 이 표현은 각자에게 기이한 울림으로
다가왔다. 마들렌은 자신이 에두아르의 죽음을 알리는 편지를
들고 찾아간 동원 해제 센터에서 프라델 대위와 처음 만났을
때, 그가 해준 설명이 다시 생각났다. 페리쿠르 씨는 이 113고
지 때문에 자기 아들은 죽음을 맞았고, 미래의 사위는 십자 훈
장을 얻었다는 사실을 다시금 생각하지 않을 수 없었다. 그리
고 알베르의 머릿속에서는 이미지들이 줄지어 지나갔다. 그
포탄 구멍, 자기를 향해 맹렬히 달려들던 프라델…….

「네, 탄환 한 발이었습니다, 회장님!」 알베르는 그가 할 수 있
는 가장 확신에 찬 어조로 되풀이했다. 「우리는 113고지를 향
해 돌진했고, 그리고 아세요 회장님? 아드님은 가장 용맹스러
운 병사 중의 하나였습니다. 그리고…….」

페리쿠르 씨의 몸이 알베르 쪽으로 조금씩 기울어졌다. 알
베르는 말을 멈췄다. 마들렌도 흥미를 느끼는 표정으로, 그리
고 마치 어려운 단어를 찾는 그를 도와주려는 것처럼 그에게
로 몸을 기울였다. 알베르가 말을 잇지 못하는 것은 지금까지
페리쿠르 씨를 거의 쳐다보지 않고 있었는데, 갑자기 그의 시
선이 에두아르와 믿을 수 없을 만큼 똑같다는 사실을 발견했
기 때문이었다.

그는 잠시 버티다가 결국 울음을 터뜨리고 말았다.

그는 더듬더듬 사과의 말을 하면서 두 손으로 얼굴을 가리고

흐느껴 울었다. 격심한 고통이 가슴에 차올랐다. 세실이 떠났을 때에도 이런 비탄은 느껴보지 못했다. 종전(終戰)의 시간 전체와 그의 고독의 무게 전체가 이 아픔 속에서 만나고 있었다.

마들렌은 그에게 손수건을 내밀었고, 그는 사과를 하며 울기를 계속했다. 모두가 각자의 슬픔 속에서 침묵을 지켰다.

마침내 알베르가 요란하게 코를 풀었다.

「죄송합니다…….」

갓 시작된 저녁 시간은 이 진실의 순간으로 벌써 끝나 버렸다. 한 번의 만남에서, 한 번의 저녁 식사에서 더 이상 무엇을 바랄 수 있겠는가? 이제 무엇을 하든, 핵심은 말해진 것이다. 알베르가 모두를 대신하여 이를 선언한 것이다. 이 급작스러운 중단에 질문을 더 하고 싶었던 페리쿠르 씨는 조금 속이 상했다. 이 질문은 계속 입속에 맴돌고 있었으나 선뜻 꺼내지를 못하고 있었다. 에두아르는 자기 가족에 대해 얘기 하던가요? 뭐, 상관없었다. 어차피 대답을 알고 있었다.

피곤하지만 위엄 있는 얼굴로 그는 몸을 일으켰다.

「자, 갑시다.」 그는 알베르를 소파에서 일으켜 주려고 손을 내밀며 말했다. 「가서 좀 먹어요. 기분이 나아질 테니까.」

페리쿠르 씨는 알베르가 허겁지겁 먹는 모습을 지켜보았다. 달처럼 둥글고 허연 얼굴, 순진해 보이는 눈……. 어떻게 이런 사람들을 데리고 전쟁에서 이길 수 있었을까? 에두아르에 대한 그 모든 이야기들 중에서 과연 어느 것이 참일까? 선택은 그가 해야 했다. 중요한 것은 마야르 씨의 이야기는 에두아르의 삶 자체보다는 이 전쟁 동안 그가 겪은 분위기를 옮기고 있다는 점이었다. 젊은이들이 매일 목숨을 걸어야 했고, 저녁에는 발이 얼어붙는 추위 속에서 농담을 나누었다.

알베르는 천천히, 그리고 게걸스럽게 먹어 댔다. 그는 한상 잘 얻어먹을 권리를 얻은 것이다. 가져다주는 음식들은 도무지 이름이 뭔지 알 수 없었다. 눈 아래 메뉴라도 있으면 이 요리들의 신기한 발레극을 조금이나마 이해할 수 있을 텐데 말이다. 이것은 아마 사람들이 갑각류 무스라고 하는 것일 테고, 이것은 젤리, 이것은 냉육, 이것은 수플레…… 그는 구경거리가 되지 않기 위해, 궁티를 내지 않으려고 조심했다. 만일 자기가 에두아르였다면, 설사 얼굴 한복판이 망가졌다 해도, 이 달콤한 음식들과 이 환상적인 분위기를 마음껏 누리기 위해 1초도 망설이지 않고 달려왔으리라. 저 까만 눈의 귀여운 하녀는 차치하고라도 말이다. 그를 신경 쓰이게 만들고, 음식들의 맛에 몰입하는 데 방해가 되는 것은 서빙하는 사람들이 들락거리는 문이 그의 뒤쪽에 있다는 사실이었다. 문이 열릴 때마다 그는 흠칫 긴장하며 고개를 돌리곤 했다. 그런 동작들 때문에 더욱더 그는 새 요리가 들어오는지 열심히 살피는 굶주린 사람처럼 보였다.

페리쿠르 씨는 아들의 죽음에 관한 얼마 안 되는 부분을 포함한 이야기 중에서 어디까지가 진실인지 영원히 알 수 없을 거였다. 하지만 이제 그것은 더 이상 중요하지 않았다. 아마도 애도는 이런 종류의 포기로 시작되는 것이겠지…… 식사가 계속되는 동안, 그는 자기 아내에 대한 애도는 어떤 식으로 이뤄졌는지 기억해 보려 했으나, 그건 너무 오래전의 일이었다.

「그런데 마야르 씨, 이런 질문이 실례가 아닐지 모르겠지만,

당신은 어떤 분야에서 일하고 계시오?」

알베르는 입속에 가득한 암평아리 한 조각을 꿀꺽 삼키고 보르도 와인이 든 잔을 잡으며, 감탄하듯 조그맣게 웅얼거렸다. 대답하기 전에 시간을 벌려는 행동이었다.

「…… 광고요.」 마침내 그가 대답했다. 「전 광고 분야에서 일합니다.」

「오, 흥미롭네요!」 마들렌이 말했다. 「그러면……. 정확히 어떤 일을 하세요?」

알베르는 잔을 내려놓고 크흠 하고 목청을 골랐다.

「광고 그 자체를 한다기보다는, 광고를 하는 어떤 회사에서 일하고 있어요. 전 회계사랍니다.」

그건 별로인데, 하는 게 부녀의 얼굴에서 보였다. 덜 현대적이고 덜 흥미롭기 때문에 좋은 대화거리가 못 되었다.

「하지만 저도 사업을 아주 가까이서 함께 하고 있습니다.」 청중이 실망하는 것을 느낀 알베르가 덧붙였다. 「그것은 아주……, 음, 아주…… 네, 아주 재미있는 분야죠.」

이게 그가 말할 수 있는 전부였다. 그는 신중을 기하기 위해 디저트와 커피와 주류를 포기했다. 페리쿠르 씨는 고개를 약간 기울이고 그를 응시했고, 마들렌은 이런 상황을 많이 겪어 본 듯 자연스러운 방식으로 무미건조한 대화를 물 흐르듯이 이끌어 가고 있었다.

알베르가 홀에 나오자, 그들은 그의 외투를 가져오라고 지시했다. 젊은 하녀가 가지고 나오리라.

「마야르 씨, 너무나 감사합니다.」 마들렌이 말했다. 「이렇게 저희 집까지 와주셔서요.」

하지만 나타난 것은 그 예쁜 하녀가 아니라 어떤 못생긴 하녀였다. 마찬가지로 젊긴 했지만 못생기고 시골 냄새가 풀풀 나는 여자였다. 다른 하녀, 즉 예쁜 하녀는 오늘 근무를 끝낸 모양이었다.

이때 페리쿠르 씨는 조금 전에 얼핏 보았던 그의 구두가 생각났다. 손님이 염색한 군용 외투를 걸치고 있을 때, 그는 바닥 쪽으로 눈길을 내렸다. 마들렌은 쳐다보지 않았다. 그녀는 그가 반들거리는 싸구려 새 구두를 신고 있다는 것을 금방 알아챘던 것이다. 페리쿠르 씨는 생각에 잠긴 표정이 되었다.

「한데 말이오, 마야르 씨……. 회계사라고 하셨지…….」

「네.」

그래, 이 친구에게서 이 점을 보다 빨리 발견했어야 하는 건데……. 그가 진실을 얘기할 때는 그게 얼굴에 드러났다……. 하지만 너무 늦어 버렸고, 할 수 없는 일이었다.

「에 그러니까,」 그는 말을 이었다. 「마침 우리에게 회계사가 한 사람 필요하오. 요즘 대부업이 비약적으로 발전 중이오. 이 나라가 투자를 해야 하니까. 요즘은 이것저것 기회가 아주 많거든.」

알베르로서는, 이 말이 몇 달 전 그를 쫓아낸 위니옹 파리지엔 은행의 부장의 입에서 나오지 않은 게 유감스러울 뿐이었다.

「지금 보수를 얼마나 받으시는지 모르겠소만,」 페리쿠르 씨가 계속해 말했다. 「그건 중요하지 않소. 만일 우리 은행에서 한자리를 맡겠다고 하신다면, 최상의 조건을 제의드릴 거고, 내가 직접 책임지고 처리하겠소.」

알베르는 입술을 꽉 오므렸다. 그는 정신없이 쏟아지는 정보들과 제안에 숨이 막힐 지경이었다. 페리쿠르 씨는 그를 호의적인 눈으로 응시했다. 그 옆에서 마들렌은 마치 모래사장에서 노는 아기를 지켜보는 어머니처럼 인자하게 미소 짓고 있었다.

「그게……」알베르는 더듬거렸다.

「우린 역동적이고도 능력 있는 젊은이들이 필요하오.」

이 엄청난 형용사들에 알베르는 결국 겁을 집어먹었다. 페리쿠르 씨는 마치 그가 무슨 파리 고등 상업 학교 출신인 것처럼 얘기하고 있지 않은가? 이 양반이 사람을 잘못 보고 있기도 하지만, 무엇보다도 알베르는 이 집에서 살아 나가는 것만도 벌써 기적이라고 느끼고 있었다. 그런데 페리쿠르 집안에 — 그게 업무 때문이라 해도 — 다시 가까이 간다? 복도마다 프라델 대위의 그림자가 어른거리는 이 집을?

「고맙습니다, 회장님.」알베르가 대답했다. 「하지만 전 지금 아주 좋은 자리에 있어서요.」

페리쿠르 씨는 두 손을 으쓱 들어 올렸다. 오, 그렇군, 괜찮소. 문이 다시 닫혔을 때, 그는 잠시 생각에 잠겨 움직이지 않았다.

「자, 애야, 잘 자거라.」마침내 그가 말했다.

「잘 자요, 아빠.」

그는 딸의 이마에 키스를 했다. 남자들은 모두 그녀에게 그렇게 했다.

20

에두아르는 알베르가 실망했다는 것을 금방 알아챘다. 그는 우울한 얼굴로 돌아왔다. 여자 친구와의 일은 멋진 구두에도 불구하고 뜻대로 안 된 모양이었다. 〈혹은 다름 아닌 그 구두 때문에 안 됐겠지…….〉 에두아르는 생각했다. 뭐가 진정한 우아함인지를 아는 그는 알베르가 발에 신은 것을 보고는 성공할 가능성이 별로 없다고 생각했던 터였다.

집에 들어온 알베르는 소심한 사람처럼 에두아르를 외면했다. 평상시답지 않은 행동이었다. 평소에는 이와는 정반대로 〈잘 지냈어?〉라고 물으며 그를 빤히 쳐다보곤 했다. 거의 지나치게까지 느껴지는 그 시선은 친구가 이날 저녁처럼 마스크를 쓰고 있지 않아도 자기는 조금의 거리낌도 없이 그를 정면으로 볼 수 있다는 뜻을 담고 있었다. 이러는 대신, 알베르는 신발을 마치 보물을 숨기듯 상자 안에 정리해 넣었다. 하지만 조금도 기쁘지 않은 모습이었다. 보물은 실망스러운 것이었고, 그는 구두를 사고 싶은 욕구에 굴복한 자신이 원망스러울 따름이었다. 돈을 써야 할 데가 얼마나 많은데, 대체 이게 무슨 낭비인가! 고작 페리쿠르 집안에서 그 웃기는 허세를 부리려고 말이다! 심지어는 그 하녀마저도 킥킥대지 않았던가? 그는 움직이지 않았다. 에두아르에게는 꼼짝 않고 앉아 있는 그의 축 처진 등만 보였다.

바로 이 모습 때문에 에두아르는 해버리기로 마음먹었다. 계획이 완전히 마무리되기 전까지는 아무것도 얘기하지 말자고 생각했었고, 그러기에는 지금은 어림도 없었다. 더구나 그동안 작업한 것들이 아직은 만족스럽지 못했고, 또 지금 알베르는 이런 심각한 문제를 함께 논의할 만한 기분이 아니었다…….
비밀을 최대한 나중에 밝히자는 원래의 결정을 고수해야 할 이유가 한두 가지가 아니었다.

이 모든 것에도 불구하고 비밀을 털어놓기로 결심한 것은 친구가 너무도 슬퍼 보였기 때문이었다. 하지만 이것은 하나의 가면일 뿐, 진정한 이유는 따로 있었다. 사실 그는 마음이 급했던 것이다. 아이의 옆모습을 묘사한 데생을 완성한 이날 오후부터 그는 몸이 잔뜩 달아 있었다.

그러니 좋은 결심이고 뭐고 없었다.

「그래도 저녁은 잘 먹었어.」 알베르가 앉은 채로 말했다.

그리고 코를 팽 풀었다. 몸을 돌리고 싶지 않았다. 우스운 모습을 보이고 싶지 않았다.

여기서 에두아르는 강렬한 순간을 맛보았다. 승리의 순간이었다. 알베르에 대한 승리는 아니었다. 그런 건 아니었지만, 그의 삶이 망가진 후 처음으로 스스로의 힘이 느껴지는, 미래가 자신의 손에 달려 있다고 생각되는 승리였다.

알베르는 눈을 내리깐 채로 일어났다. 석탄을 가지러 가겠어······. 지금 알베르는 이런 꼬락서니였지만, 에두아르는 입술만 있었다면 그를 와락 부둥켜안고 입을 맞췄을 것이다.

내려가면서도 체크무늬 직물로 만든 커다란 슬리퍼를 벗지 않은 알베르는 〈다시 돌아올게〉라고 덧붙였다. 마치 이런 말이 필요하기라도 한 듯이. 오래된 커플들은 잘 들어 보면 깊은 의미가 들어 있는 말들을, 그 의미를 의식치 못한 채로 습관적으로 나누는 법이다.

알베르가 층계로 가자마자, 에두아르는 의자 위로 뛰어올라 천장의 뚜껑문을 열어 배낭을 꺼낸 다음, 다시 의자를 제자리에 놓고 재빨리 위에 묻은 먼지를 털었다. 그러고는 오토만 소파에 앉아 몸을 굽혀 소파 밑에서 새 마스크 하나를 꺼내어 뒤집어쓰고는, 데생북을 무릎 위에 올려놓고 기다렸다.

준비를 너무 일찍 마친 것일까, 석탄이 가득 담긴 양동이 때문에 무거워진 발소리가 들리는지 층계 쪽으로 귀를 기울이며 기다리는 시간이 무척이나 길게 느껴졌다. 크기가 커서 그 자체로도 끔찍하게 무거운 양동이를 든 알베르가 마침내 문을 열었다. 무심코 고개를 든 그는 엄청난 충격에 사로잡혀 양동이를 손에서 떨어뜨렸고, 철물은 커다란 쇳소리를 내며 바닥에 떨어졌다. 그는 몸을 가누려 했다. 팔을 뻗었지만 아무것도 잡히지 않았고, 정신을 잃지 않으려고 입을 크게 벌렸다. 하지만 더 이상 다리를 가누지 못하고 결국 마룻바닥에 털썩 무릎을 꿇었다.

에두아르가 쓴 마스크, 거의 실물 크기에 가까운 그것은 말 대가리였다.

에두아르가 지점토로 빚은 거였다. 모든 게 거기에 있었다.

군데군데 어두운 색들이 어른거리는 갈색, 아주 보드라운 감촉의 밤색 곰 인형을 뜯어 만든 듯한 약간 거무스름해진 털의 결, 아래로 처진 야윈 볼, 이마에서부터 구덩이처럼 벌어진 콧구멍에까지 이르는 각진 등성이……. 그리고 솜털로 덮여 반쯤 벌어져 있는 큼직한 두 개의 입술까지, 그것은 환각이 일 정도로 실제의 말과 흡사했다.

에두아르가 눈을 감자, 말 자체가 눈을 감았다. 바로 그 말이었다! 알베르는 지금껏 한 번도 에두아르와 그 말을 연결지어 본 적이 없었다.

그는 감격하여 눈물이 핑 돌았다. 마치 어린 시절의 친구를, 형제를 다시 만난 느낌이었다.

「세상에!」

그는 웃으면서 울었고, 〈세상에!〉를 반복했다. 무릎을 꿇은 상태에서 다시 일어서지 못하고 말을 쳐다보면서 〈세상에!〉를 되풀이했다. 그게 바보 같은 짓이라는 걸 의식하고 있었지만, 그 커다랗고 보드라운 입술에 쪽 소리가 날 정도로 입을 맞추고 싶었다. 하지만 그냥 다가가 검지를 뻗어 그 입술을 만지기만 했다. 에두아르는 전에 루이즈도 똑같이 했다는 걸 기억하면서, 감동이 물밀 듯 밀려왔다. 거기에는 하고 싶은 그 모든 말들이 녹아 있었다. 두 사람은 각자의 생각에 잠겨 아무 말이 없었다. 알베르는 말 대가리를 쓰다듬었고, 에두아르는 그 손길을 받아들였다.

「이 녀석 이름은 영원히 알 수 없겠지…….」 알베르는 중얼거렸다.

가장 큰 기쁨들조차 약간의 아쉬움을 남기고, 우리가 겪는 모든 것에는 뭔가가 결여되어 있는 것이다.

그리고, 마치 에두아르의 무릎 위에서 방금 생겨나기라도 했다는 듯이, 알베르가 데생북을 발견했다.

「오, 다시 시작했어?」

진심에서 우러나온 환성이었다.

「아, 내가 얼마나 기쁜지 모를 거야!」

그는 혼자서 웃음을 터뜨렸다. 마치 자신의 노력이 보상받은 것을 보고 즐거워하듯이. 그는 마스크를 가리켰다.

「그리고 이것도 그렇고! 오, 세상에! 아, 오늘 저녁은 정말 웬일이야?」

그는 간절한 눈빛으로 데생북을 쳐다봤다.

「하……. 한번 볼 수 있을까?」

알베르가 옆에 앉자, 에두아르는 마치 어떤 의식을 행하듯 천천히 데생북을 펼쳤다.

첫 번째 그림부터 알베르는 실망했다. 실망감을 숨길 수가 없었다. 그는 우물거렸다. 아, 그래……. 괜찮네……. 음, 괜찮아……. 거짓말처럼 들리지 않기 위해서는 무슨 말을 해야 할지 몰라 그냥 시간을 흘려보내려고 이렇게 말한 거였다. 이게 대체 뭐란 말인가? 커다란 종이 한 장에 달랑 병사 하나가 그려져 있는데, 아주 볼품이 없었다. 알베르는 데생북을 덮고는 표지를 가리켰다.

「근데 말이야.」 그는 깜짝 놀란 표정으로 물었다. 「이건 도대체 어디서 구했어?」

잠시 화제를 돌리기 위한 말일 뿐이었다. 당연히 루이즈였다. 이런 노트를 구하는 것은 그녀에겐 어린애 장난에 불과했다.

그러고 나서 다시 그림으로 돌아와야 했다. 무슨 말을 할 것인가? 알베르는 이번에는 그저 고개만 주억거렸다.

그의 시선은 두 번째 페이지에서 멈췄다. 아주 가는 선으로 그린 연필화로, 기념비 위에 놓인 석상을 묘사한 그림이었다. 정면으로 본 모습은 페이지의 좌측에, 옆모습은 우측에 있었다. 서 있는 프랑스 병사를 묘사한 석상이었다. 철모를 쓰고 소총을 멜빵으로 둘러멘 병사는 지금 어디론가 떠나는 중이었다. 머리를 꼿꼿이 세운 채로 먼 곳을 바라보는 병사의 손은 약간 뒤쪽으로 늘어져 있었는데, 아직 팽팽히 뻗은 그 손가락들 끝에 어떤 여자의 손이 맞닿아 있었다. 여자는 그의 뒤에 있었다. 앞치마인지 블라우스인지 모를 옷을 입은 그녀는 아이를 품에 안고 울고 있었다. 남녀 모두 젊은 나이였고, 그림의 위쪽에 〈전장으로의 출발〉이라는 제목이 적혀 있었다.

「아, 정말 잘 그렸네!」

이게 그가 말할 수 있는 전부였다.

이 미적지근한 논평에도 에두아르는 별로 기분이 상한 것 같지 않았다. 그는 몸을 조금 뒤로 빼어 마스크를 벗어서는 바닥에 내려놓았다. 그렇게 해놓으니 말은 마룻바닥에서 머리를 쭉 빼고 알베르에게 그 커다랗고 보드라운 입술을 불쑥 내밀고 있는 것처럼 보였다.

에두아르는 천천히 다음 페이지로 넘기며 알베르의 주위를 끌었다. 제목은 〈돌격 앞으로!〉였다. 이번에는 세 병사가 있었는데, 제목의 명령에 완벽히 부응하고 있었다. 그들은 무리를 이루어 나아가는 중이었다. 하나는 대검이 달린 소총을 높이 쳐들었고, 그의 곁에 있는 두 번째 병사는 한쪽 팔을 앞으로 쭉 뻗으며 수류탄을 던질 태세였으며, 약간 뒤에 처진 세 번째 병사는 방금 탄환이나 포탄의 파편에 맞았는지 몸이 활처럼 구부러지고 두 무릎이 아래로 떨어져 내리며 뒤로 쓰러지기 직전이었다······.

알베르는 계속 페이지를 넘겼다. 〈죽은 자들이여, 일어서라!〉 또 〈깃발을 수호하며 죽어 가는 프랑스 병사〉와 〈전우들〉이라는 그림들이 연이어 나타났다.

「이건 조각상들 같은데······.」

머뭇거리는 어조의 질문이었다. 알베르는 다른 것은 몰라도 이것은 전혀 예상치 못했던 것이다.

에두아르는 그림들을 내려다보며 고개를 끄덕였다. 그래, 맞아, 조각상들이야. 만족스러운 표정이었다. 음, 좋군, 좋군, 좋군······. 알베르는 그저 이렇게만 말했다. 그 나머지 말들은 차마 꺼내지 못하고 있었다.

그는 에두아르의 소지품 가운데서 발견한 크로키 수첩을 완벽하게 기억하고 있었다. 청색 연필로 급하게 포착한 장면들로 채워진 이 크로키 수첩을 그는 에두아르의 사망을 알리는 편지와 함께 가족에게 보냈다. 전쟁터의 병사들을 그렸다는 점에서 결국 같은 상황을 그린 것이라고 할 수 있겠지만, 크로키 수첩의 병사들에게서는 강렬한 진실과 깊은 진정성이 느껴졌었다······.

알베르는 예술에 대해서는 전혀 아는 바가 없었다. 단지 가슴에 와 닿는 것들이 있고, 그렇지 않은 것들이 있을 뿐이었다. 그가 지금 보는 것은 아주 잘 표현되었고, 많이 공들인 흔적이 역력했지만······. 뭐랄까······. 경직된 느낌을 주었다. 아, 그래,

적합한 표현이 생각났는데, 여기엔 진실성이 전혀 없었다. 바로 그거였다. 이 병사들 중의 한 명이었고, 그래서 모든 것을 몸소 겪은 그는 알고 있었다. 이 그림들은 거기에 가지 않은 사람들이 지어낸 이미지들에 불과하다는 것을. 그래, 이건 사람의 마음을 움직이기 위한 고결한 이미지들임에 틀림없지만, 약간 지나치게 과시적이었다. 알베르는 성격이 수줍은 편이었다. 그런데 여기에서는 선들이 끊임없이 과장되고 있었다. 마치 형용사들을 듬뿍듬뿍 발라 놓은 것 같았다. 그는 페이지를 넘기며 계속 훑어보았다. 여기엔 눈물에 젖은 얼굴로 죽은 병사를 품에 안은 젊은 여인을 그린 〈영웅들을 애도하는 프랑스〉가 있었고, 그리고 〈희생에 관하여 묵상하는 고아〉에서는 한 어린 소년이 손바닥에 뺨을 대고 앉아 있었고, 그의 옆에서는, 아마도 그가 꾸는 꿈이든지 아니면 그의 상념일 터인데, 한 병사가 길게 누워 아래쪽의 아이에게로 손을 뻗으며 죽어 가고 있었다…… 심지어는 그림에 대해 아무것도 모르는 사람이 보기에도 너무 단순했고, 추하기 이를 데 없었다. 그 그림들을 보면 무슨 말인지 이해할 수 있으리라…… 자, 이 〈독일 놈의 철모를 짓밟는 수탉〉을 한번 보라! 맙소사! 며느리발톱을 바짝 세우고서 부리를 하늘 높이 쳐든, 그 덕지덕지한 깃털들로 뒤덮인 수탉[37]이라니……

알베르는 그림이 전혀 마음에 들지 않았다. 목이 잠겨 말이 나오지 않을 정도였다. 그는 에두아르를 슬쩍 한번 쳐다봤다. 그는 자랑스러운 자식들을 보듯 자신의 그림들을 소중히 품듯이 내려다보고 있었다. 자식들이 아무리 못생겼어도 그걸 의

37 수탉은 프랑스의 상징적인 동물이다.

식하지 못하는 어버이처럼 말이다. 지금 알베르가 느끼는 슬픔은 ― 이 순간에는 그 의미를 이해하지 못했지만 ― 이 불쌍한 에두아르가 이 전쟁에서 모든 것을, 심지어는 그의 재능마저 잃어버렸다는 사실을 확인하는 데서 오는 거였다.

「그런데…….」그는 입을 열었다.

왜냐면 뭐라도 말해야 했기 때문이다.

「그런데 왜 조각상들을 그렸지?」

에두아르는 데생북을 끝부분까지 넘겨, 신문에서 오려 낸 기사들을 꺼내어 그중 하나를 보여 주었다. 거기엔 굵은 연필로 테두리를 쳐놓은 행들이 있었다. 〈…… 도시들, 마을들, 학교들, 심지어는 기차역들까지, 이 나라의 도처에서 그렇듯, 이곳에서도 모두가 전사자들에게 바치는 기념비를 갖고 싶어 한다…….〉

『레스트 레퓌블리캥』에서 오려 낸 기사였다. 또 다른 것들도 있었다. 알베르는 이 기사들을 모아 놓은 서류철을 이미 열어 본 적이 있었지만, 그때는 이해하지 못했다. 어떤 마을, 어떤 동업 조합의 전사자 명단들, 여기에선 무슨 기념식, 어떤 열병식, 또 저기에선 어떤 모금 운동, 이 모든 것들은 추모 기념비라는 개념과 연결되고 있었다.

「알겠어.」알베르는 이게 대체 무슨 얘기인지 완전히 이해하지 못한 채로 대답했다.

그러자 에두아르는 그가 페이지의 한 귀퉁이에 해놓은 계산을 손가락으로 가리켰다.

〈기념물 3만 개 × 1만 프랑 = 3억 프랑.〉

이번에는 감이 왔다. 이게 큰돈이었기 때문이다. 심지어는 어마어마한 돈이기도 했다.

그는 이런 금액으로 무엇을 살 수 있는지 좀처럼 상상이 되지 않았다. 그의 상상력은 마치 꿀벌이 유리창에 부딪쳐 떨어지듯 숫자에 부딪쳐 떨어졌다.

에두아르는 알베르의 손에서 데생북을 받아서는 마지막 장을 보여 주었다.

애국적 회상

우리의 영웅들과
승리한 프랑스의 영광을 기리는
기념비, 기념물 및 조각상

카탈로그

「자네, 전사자 기념비를 팔겠다는 거야?」

맞아. 바로 그거야. 에두아르는 자신이 찾아낸 것이 너무도 만족스러운 듯, 자신의 허벅지를 탁탁 치면서 목구멍으로 그 끼르르르륵 하는 소리를 냈다. 어디서, 어떻게 나오는 건지 알 수 없는 소리, 그 무엇과도 비슷하지 않지만, 듣기에 유쾌하지 않다는 것만은 확실한 소리였다.

알베르는 도대체 왜 기념물들을 만들려는 생각을 하는 건지 잘 이해가 되지 않았지만, 3억 프랑이라는 숫자만큼은 스멀스멀 그의 상상력을 자극하기 시작했다. 3억 프랑, 그것은 〈집〉, 일테면 페리쿠르 씨의 것과 같은 저택을 의미했고, 〈리무진〉을 의미했고, 심지어는 〈최고급 호텔〉을 의미하기도 했다. 그는

334

얼굴을 붉혔다. 방금 〈여자들〉이 생각난 것이다. 그 애간장을 녹이는 미소의 귀여운 하녀가 언뜻 눈앞을 스쳐 갔던 것이다. 돈이 있으면 함께 다닐 여자들을 원하게 되는 것, 이건 본능인 것이다.

그는 이어지는 몇 줄을 읽었다. 대문자로 쓴 광고 문구였다. 얼마나 또박또박 정성스럽게 썼는지 인쇄한 느낌이 들 정도였다. 〈…… 그리고 여러분은 자신의 가슴팍을 침략자들을 막는 방벽으로 삼은, 여러분의 마을과 도시의 아들들의 기억을 영원히 전하고픈 필요성을 뼈저리게 느끼고 있습니다.〉

「아, 그래, 다 괜찮은 것 같아.」 알베르가 말했다. 「심지어는 굉장히 좋은 아이디어라는 생각까지 들어…….」

그는 왜 그림들이 그렇게 실망스럽게 느껴졌는지 보다 잘 이해가 됐다. 그것들은 개인적 감수성을 표현하기 위해 그린 게 아니었다. 어떤 집단적 감정을 표현하기 위해, 감동이 필요하고, 영웅주의를 원하는 대중의 기분을 맞추기 위해 그려진 것들이었다.

조금 뒤에는 이런 문구가 보였다. 〈…… 여러분들의 마을에 걸맞은, 그리고 여러분들이 후대에 모범으로 남기고 싶은 영웅들에 걸맞은 기념비를 세우기 위함입니다. 여기에 소개된 모델들은 여러분의 예산 규모에 따라 대리석, 화강암, 청동, 석재와 규산 화강암, 도금 청동 등으로 다양하게 제공될 수 있습니다…….〉

「이 사업은 조금 복잡한 것 같은데…….」 알베르가 말을 이었다. 「먼저 말이야, 기념비를 팔기 위해서는 그걸 그리기만 해서는 안 되잖아. 또 그걸 판다 하더라도, 그 다음엔 그걸 실제로 만들어야 해! 그럼 자금과 인력과 공장과 원자재가 필요하고…….」

그는 그러려면 주물 공장을 세워야 한다는 생각에 깜짝 놀랐다.

「…… 그런 뒤에는 기념물들을 운송해야 하고, 또 현장에서 설치해야 해……. 돈이 엄청나게 들어가는 일이라고!」

결국 모든 게 이걸로 귀결된다. 돈 말이다. 심지어는 가장 부지런한 사람들이라도 에너지만으로 모든 걸 해결할 수는 없는 법이다. 알베르는 빙긋 웃으며 친구의 무릎을 탁탁 쳤다.

「좋아, 한번 생각해 보자고! 자네가 다시 일하려고 하는 게 아주 좋은 일이라고 생각해. 자네가 관심을 가질 방향은 어쩌면 이쪽이 아닌지도 몰라. 기념비는 아주 복잡한 거거든! 하지만 상관없어. 중요한 것은 자네가 일에 대한 흥미를 되찾았다는 거니까.」

아니! 에두아르는 주먹을 불끈 쥐고 마치 구둣솔로 구두를 문지르듯 허공에 흔들어 댔다. 그 메시지는 명확했다. 〈아니, 빨리 해야 돼!〉

「허허, 빨리 해야 한다고……?」 알베르가 실소를 흘렸다. 「자네 정말 웃기는군!」

커다란 데생북의 다른 페이지에 에두아르는 후딱 숫자 하나를 썼다. 〈기념비 3백 개!〉 그러더니 곧바로 숫자 3을 지워 버리고 다시 〈4백〉이라고 썼다. 완전히 열광해 있었다! 그는 〈4백 개 × 7천 프랑 = 3백만 프랑〉이라고 덧붙여 썼다.

이 친구, 완전히 돌아 버린 게 분명했다. 말도 안 되는 계획을 세운 것도 부족한지, 한술 더 떠서 그걸 당장에, 급히 해야 한단다. 좋다. 알베르는 3백만 프랑에 대해선 원칙적으로 반대할 게 전혀 없었다. 심지어 찬성하는 쪽이었다. 하지만 에두아르는 현실적인 감각을 잃어버린 게 분명했다. 그림 몇 장 그리고 나서는, 머릿속으론 벌써 공장까지 짓고 있는 것이다!

「이것 보라고, 난 말이 안 된다고 생각해. 기념비 4백 개를 만들겠다고? 그게 정말로 가능하다고 상상한다면…….」

앙! 앙! 앙! 에두아르가 이런 신음 소리를 낼 때는, 이게 매우 중요하다는 뜻이었다. 그들이 서로 알게 된 이후로 그는 이런 소리를 한 번인가 두 번인가 냈었는데, 극히 단호했다. 화를 내지는 않았지만 자신의 뜻이 절대적으로 관철되기를 원했다. 그는 연필을 잡았다.

「만들지 않아!」 그는 쓰기 시작했다. 「그것들을 파는 거야!」

「그래, 알겠어, 알겠다고!」 알베르는 폭발했다. 「하지만 이런 빌어먹을! 팔려면 먼저 만들어야 할 것 아냐?」

에두아르는 얼굴을 알베르의 얼굴에 가져다 댔다. 그는 알베르의 머리통을 마치 입을 맞추기라도 하듯 두 손으로 붙잡았다. 그는 아니라고 고개를 저으며 두 눈으로는 웃었다. 그러고는 다시 연필을 잡았다.

「그냥 팔기만 하는 거라고……!」

가장 고대하던 일은 종종 느닷없이 찾아온다. 알베르에게 일어난 일이 바로 그거였다. 미칠 듯한 기쁨에 사로잡힌 에두아르는 첫째 날부터 알베르를 끈질기게 괴롭혀 온 그 질문에 갑자기 대답하고 있었다. 그가 웃기 시작한 것이다! 그렇다. 웃고 있었다. 처음으로 웃고 있었다.

그리고 그것은 거의 정상에 가까운 웃음이었다. 목구멍에서

울리는 웃음, 높은 음색의 여성적인 웃음, 트레몰로와 비브라
토가 있는 진짜 웃음이었다.

숨이 멎을 정도로 놀란 알베르는 입을 딱 벌렸다.

그는 종이로, 에두아르가 쓰고 있는 마지막 단어들로 눈길
을 내렸다.

「그냥 팔기만 하는 거라고! 만들지는 않고! 돈을 버는 거야.
그뿐이야.」

「그러니까……?」 알베르가 물었다.

에두아르는 그의 질문에 대답하지 않았고, 알베르는 몹시
짜증이 났다.

「그러고 나서?」 그가 다시 물었다. 「그러고 나서 어떻게 하
는데?」

에두아르의 웃음이 두 번째로 폭발했다. 아까보다 훨씬 거
세게.

「돈을 들고 튀는 거야!」

21

아직 아침 7시가 안 된 시간이었고, 날씨는 지독하게 추웠다. 1월 말부터 더 이상 얼음은 얼지 않았지만(다행한 일이었으니, 땅이 얼면 곡괭이로 작업해야 하는데, 이는 규정상 금지된 일이었기 때문이다) 차갑고 습한 바람이 끊임없이 불었다. 이따위 겨울을 보내기 위해 전쟁을 끝내려고 그 개고생을 했단 말인가?

우두커니 서서 기다리고 싶지 않았으므로 앙리는 자동차 안에 남아 있었다. 그렇다고 해서 훨씬 나은 것은 아니었다. 이 차 안에서는 위쪽이 아니면 아래쪽만 데워지고 양쪽 다 데워지지는 않았다. 그리고 어차피 지금 앙리는 매사에 짜증이 난 상태였다. 도무지 되는 일이 하나도 없었다. 사업에 그 정도로 에너지를 쏟아부었으면, 지금쯤은 좀 마음 편히 쉴 수 있어야 하는 것 아닌가? 천만의 말씀이었다. 항상 어떤 장애물이, 예상 밖의 일이 튀어나왔고, 몸이 여러 개는 아니었으므로 혼자서 동에 번쩍 서에 번쩍 할 수는 없었다. 간단히 얘기해서, 그가 모든 일을 직접 해결하고 있었다. 만일 그가 항상 저 뒤프레의 뒤를 봐주지 않는다면…….

물론 항상은 아니다. 앙리도 인정했다. 뒤프레는 애를 쓰고 있었다. 부지런했고, 상당히 열심히 일하고 있었다. 자, 이 친구가 가져다주는 걸 생각해 보고 마음을 좀 가라앉히자고, 스스로를 다독거려도 봤지만, 지금 앙리는 온 세상에 화가 나 있었다.

피곤해서 이럴 수도 있다. 한밤중에 출발해야 했고, 그의 몸에서 정력을 마지막 한 방울까지 뽑아 내는 그 유대 계집년은…….
사실 그는 유대인들을 끔찍이 싫어했지만(도네프라델 가문은 중세 때부터 반(反)드레퓌스 파였다), 그 종족의 계집들은 그 짓을 할 때면 얼마나 기가 막힌지……!

그는 신경질적으로 외투 깃을 바짝 여미고, 뒤프레가 도청 청사의 문을 두드리는 것을 지켜보았다.

마침내 수위가 옷을 입고 나왔다. 뒤프레는 설명하며 자동차를 가리켰다. 수위는 몸을 구부려 고개를 삐죽 내밀고는, 마치 해라도 뜬 것처럼 손차양을 하고 바라보았다. 그는 이미 사정을 알고 있었다. 정보가 군사 묘지에서 도청까지 다다르기 위해서는 그렇게 오랜 시간이 필요치 않은 것이다. 도청 사무실들에 불빛이 하나씩 들어왔고 다시 문이 열렸다. 드디어 이스파노 승용차에서 내린 프라델은 재빨리 현관을 통과하며, 그에게 길을 가르쳐 주려 하는 수위에게 손을 휙 내저으며 그냥 지나쳐 버렸다. 나도 알아, 나도 알고 있다고! 여긴 내 집이나 마찬가지야!

도지사는 프라델의 이런 느낌에 공감할 수 없었으리라. 가스통 플레르제크[38]는 모든 사람에게 〈아니오, 난 브르타뉴 사람이 아니오〉라고 대꾸하며 40년을 살아온 사내였다. 그는 간밤에 잠을 이루지 못했다. 머릿속에서는 병사의 시체들이 중국인들과 뒤엉켰고, 관들이 발이라도 달린 듯 저절로 나아오는데, 어떤 것들은 조롱 어린 미소까지 짓고 있었다. 그는 직위의 중요성에 걸맞게 거만한 자세를 취하기로 했다. 한 팔은 벽난로 틀 위에 올려놓고, 다른 손은 정장 조끼 주머니 속에 찌른 채로 턱은 높이 치켜 올렸다. 도지사에게 턱은 아주 중요한 것이니까.

하지만 프라델은 도지사의 턱이나 벽난로 같은 것은 안중에도 없었다. 그는 폼 잡고 서 있는 도지사는 쳐다보지도 않고, 심지어는 인사도 건네지 않고, 방문객용 소파에 털썩 주저앉아 다짜고짜 물었다.

「자, 뭐요, 그 엿 같은 얘기는?」

플레르제크는 이 한마디에 기가 꺾여 버렸다.

이 두 남자는 두 번 만난 일이 있었다. 첫 번째는 정부 프로그램의 초기에 기술적 문제를 논의하는 미팅 때였고, 두 번째는 군사 묘지 착공식 때였다. 시장의 연설, 묵념…… 앙리는 참지 못하고 발을 쿵쿵 굴렀다. 내가 그렇게 한가한 인간인 줄 아나……? 도지사는 도네프라델 씨가 내무부 장관의 동창이며 친구인, 페리쿠르 씨의 사위라는 것을 알고 있었다(이 사실을 모르는 사람이 누가 있던가?). 페리쿠르 씨 딸의 결혼식에는 대통령도 친히 찾아왔다고 한다. 플레르제크는 이 이야기를 둘러싼 얽히고설킨 인맥들과 관계들을 감히 상상할 수도 없었다. 잠을 이룰 수 없었던 것은 바로 이 때문이었다. 이 골

38 Plerzec. 전형적인 브르타뉴 식 성(姓)이다.

치 아픈 사안 뒤에는 얼마나 많은 유력 인사들이 숨어 있을 것이며, 또 그들의 권력은 얼마나 막강할 것인가! 지금 그의 커리어는 자칫 불똥이 튀어 오를지도 모를 한 줌의 지푸라기나 다름없었다. 이 지방 각처에서 출발한 관들이 당피에르에 있는 미래의 공동묘지로 모여들기 시작한 지 몇 주밖에 안 되었을 때, 현장에서 유해 발굴 작업이 어떤 식으로 이뤄지는지를 알게 된 플레르제크 도지사는 금방 불안감에 사로잡혔다. 최초의 문제들이 발생했을 때, 그는 자신이 빠져나갈 구멍을 만들어 놓고 싶었다. 본능적인 반사 행동이었다. 그러나 지금, 그때 자기가 공황 상태에 빠져 실수를 범한 건지도 모른다고 뭔가가 속삭이고 있었다.

달리는 차 안에서 모두가 말이 없었다.

프라델은 자기가 욕심이 조금 과하지 않았나 자문하고 있었다. 아, 엿 같은 놈들!

도지사는 기침을 했고, 차가 도로에 팬 구멍을 지날 때는 머리를 부딪쳤지만, 아무도 말을 건네지 않았다. 뒷좌석의 뒤프레 역시 보스와 같이 다니며 수없이 머리를 부딪친 끝에 이제는 비결을 터득한지라, 두 다리를 쫙 벌리고 한쪽 손은 이쪽에, 다른 손은 저쪽에 받치고 있었다. 보스는 무시무시한 속도로 운전 중이었다.

시장은 도청 수위의 전화를 받고서, 미래의 당피에르 군사 묘지 철책 문 앞에서 장부를 팔 밑에 끼고서 기다리고 있었다. 무덤이 9백 기 정도로, 그렇게 큰 공동묘지는 아닐 거였다. 연금부가 군사 묘지 터를 어떤 식으로 정했는지는 전혀 알 수 없었다.

프라델은 멀리서 시장을 살펴보았다. 은퇴한 공증인, 혹은 초등학교 교사 같은 타입, 다시 말해서 최악의 부류였다. 그들은 자신의 직무며 특권 같은 것들을 매우 중요시하는 사람들, 아주 까다로운 사람들이다. 프라델은 그를 공증인 쪽으로 봤다. 초등학교 교사들은 좀 더 말랐으니까.

그는 차를 세우고 도지사와 함께 내렸다. 그들은 아무 말 없이 악수를 나눴다. 지금은 심각한 시간이었다.

그들은 임시 철책 문을 열었다. 그들 앞에 드넓은 벌판이 펼쳐져 있었다. 평탄하게 밀어 놓았지만 아직은 비어 있는 그 자갈투성이 벌판 위에는 먹줄로 완벽하게 똑바르고도 직각으로 교차하는 선들을 그어 놓았다. 군기 냄새가 물씬한 선들이었다. 가장 멀리에 있는 통행로들만이 완성되었고, 공동묘지는 끌어 올리는 이불에 몸이 덮이듯 무덤들이며 십자가들로 서서히 덮여 가고 있었다. 입구 근처에 세워진 막사 몇 개는 사무용으로 쓰이고 있었고, 팰릿들 위에는 수십여 개의 흰색 십자가가 무더기로 쌓여 있었다. 좀 더 멀리에 보이는 한 창고 아래에는 백 개는 됨직한 관들이 방수포에 덮여 층층이 쌓여 있었다. 정상적으로는 유해 발굴의 속도에 맞춰 관들이 들어오기로 되어 있었기 때문에, 이렇게 관들이 먼저 와 쌓여 있다는 것은 작업이 지체되고 있다는 뜻이었다. 프라델은 뒤프레를 힐끗 돌아다봤고, 당사자는 아닌 게 아니라 지금 작업이 빨리 진척되지 않고 있다고 시인했다. 그렇기 때문에 더욱 일들을 빨리 진행시켜야 할 필요가 있잖아! 하고 생각하며 앙리는 보폭을 넓혔다.

곧 동이 트려 하고 있었다. 주위 수 킬로미터 반경 안에는

나무 한 그루 없었다. 공동묘지는 전장을 연상케 했다. 네 남
자는 〈E13, 가만 있자, E13이……〉라고 웅얼거리는 시장의 인
도를 따라 걸었다. 그는 이 빌어먹을 E13 무덤에서 전날 한 시
간 가까이 보냈기 때문에 그 위치를 완벽하게 알고 있었으나,
이런 식으로 차근차근 찾지 않고 곧바로 간다는 것은 그의 꼼
꼼함에 심각한 모욕이 되는 모양이었다.

마침내 그들은 갓 파헤쳐 놓은 한 무덤 앞에 이르렀다. 얇은
흙층 아래에서 관 하나가 나타났는데, 그 아래쪽을 완전히 드
러내어 약간 높여 〈에르네스트 블라세-133 보병 연대 하
사-1917년 9월 4일 프랑스를 위해 전사〉라는 문구를 읽을 수
있게 해놓았다.

「그래서요?」 프라델이 물었다.

도지사는 시장의 장부를 가리켰고, 시장은 장부가 마치 마
법서나 성서라도 되는 것처럼 소중히 펼쳐 엄숙히 낭독했다.

「E13부지. 시몽 페를라트-제6군 이등병-1917년 6월 16일
프랑스를 위해 전사.」

그는 딱 소리가 나게 장부를 덮었다. 프라델은 미간을 찌푸
렸다. 그는 〈그래서요?〉라는 질문을 반복하고 싶었다. 하지만
계속 얘기를 들어 보자는 편을 택했다. 시장의 말을 이어받아
도지사가 얘기했다. 시와 도 사이 권한의 분배에 있어서, 상대
에게 결정적 일격을 가하는 일은 그의 몫인 듯했다.

「작업 팀들이 관들과 무덤들을 마구 뒤섞어 놓았소.」

프라델은 이게 무슨 말인지 모르겠다는 듯이 그를 돌아보
았다.

「작업은 당신의 중국인들이 했소.」 도지사가 덧붙였다. 「그

런데 그들은 올바른 위치를 찾으려 하지 않았단 말이오…….
관들을 아무 데나 넣고 파묻은 거지.」

앙리는 이번에는 뒤프레 쪽으로 고개를 돌렸다.

「그 등신 같은 중국 놈들이 왜 그렇게 한 거지?」

대답은 도지사가 했다.

「그들은 읽을 줄을 몰라요, 도네프라델 씨……. 당신은 이
작업을 하는데 글을 읽을 줄 모르는 사람들을 고용한 거요.」

앙리는 잠시 당황하는 듯했다. 그러더니 대답이 터져 나왔다.

「이런 빌어먹을, 그게 무슨 엿 같은 소리야! 그래, 부모들이
추모를 하러 오면, 죽은 놈이 자기 자식인지 확인하러 무덤을
파헤치나?」

모두가 경악하여 할 말을 잃었다. 자기 보스를 잘 아는 뒤프
레만이 예외였다. 이 일을 시작하고 나서 넉 달 동안, 그는 보
스가 갖가지 구멍들을, 아주 커다란 구멍들까지, 메우는 것을
보아 온 것이다. 곳곳에서 자잘한 문제들이 터졌다. 이 모든 것
을 감시하기 위해서는 사람들을 고용해야 하는데, 보스는 거
절했다. 그냥 이런 식으로 가면 된다고 말하곤 했다. 사람은
벌써 많지 않아? 그리고 뒤프레, 당신이 있잖아, 안 그래? 당신
한테 믿고 맡길 수 있는 거 아냐? 어떤 시신이 있어야 할 곳에
다른 시신이 누워 있다는 사실이 그에게는 조금도 문제가 되
지 않는 듯했다.

반면 시장과 도지사는 분개했다.

「잠깐, 잠깐, 잠깐…….」

시장이었다.

「이봐요, 사장님, 우리에겐 책임이 있어요. 이건 신성한 과업

345

이란 말입니다!」

「네, 물론입니다.」 약간 타협적인 어조로 프라델이 대꾸했다. 「물론 신성한 과업이지요. 하지만 이게 무슨 일인지 잘 아시잖습니까…….」

「그래, 맞소! 난 이게 무슨 일인지 아주 잘 알고 있단 말이오! 이건 우리의 전사자들에 대한 모독이오! 그래서 난 이 작업을 중단시킬 거요.」

도지사는 연금부에 전보로 미리 사정을 알린 게 천만다행으로 느껴졌다. 빠져나갈 구멍이 생긴 것이다. 휴우…….

프라델은 오랫동안 생각에 잠겼다.

「좋소.」 마침내 그가 내뱉었다.

시장은 한숨을 내쉬었다. 이렇게 쉽게 승리하리라곤 상상치 못했던 것이다.

「그럼 무덤들을 모두 열게 하겠소.」 시장이 강하고도 단호한 목소리로 말을 이었다. 「확인을 위해서.」

「오케이.」 프라델이 대답했다.

플레르제크 도지사는 시장이 일을 처리하는 것을 그냥 지켜보기만 했다. 도네프라델이 이렇게 순순히 나오는 것을 보고 깜짝 놀랐기 때문이다. 전에 두 번 만났을 때, 그는 도네프라델이 아주 조급하고도 거만한 인물이라고 느꼈다. 오늘처럼 이렇게 화통한 사람이 전혀 아닌 것이다.

「자, 그럼.」 프라델이 외투 깃을 여미며 다시 말했다.

그는 시장의 입장을 이해해서, 이 불운을 담담하게 받아들이려는 모양이었다.

「알겠소. 그럼 무덤들을 다시 여시오.」

그는 떠나려는 듯 뒤로 물러섰다. 그러더니 마지막 세부 사항을 하나 처리하고 싶은 듯이,

「작업을 재개할 수 있게 되면, 물론 우리에게 알려 주시겠죠? 그리고 당신, 뒤프레, 당신은 중국인들을 샤지에르말몽으로 옮기시오. 그쪽에 작업이 늦어지고 있으니까. 뭐, 어쩌면 잘된 일인지도 모르겠군.」

「어이, 잠깐만!」 시장이 고래고래 외쳤다. 「당신 인력이 다시 무덤을 열어야 하는 것 아니오?」

「아, 천만에!」 프라델이 대답했다. 「내 밑의 중국인들은 매장만 합니다. 그 일에 대한 임금만 받는 거예요. 물론 중국인들이 시체를 파내는 일을 맡아도 괜찮지요. 자, 어떻게 하는지 아십니까? 난 정부에다 작업별로 대금 청구를 해요. 하지만 이 경우에는 대금을 세 번 청구해야 해요. 첫 번째는 매장 건으로, 두 번째는 발굴 건으로, 그리고 당신이 시체와 무덤을 제대로 맞추는 작업을 끝내고 나면 세 번째는 다시 매장하는 건으로.」

「그건 안 돼요!」 도지사가 외쳤다.

보고서에 서명하고, 지출 내역을 보고하고, 정부가 준 예산을 관리하고, 그게 초과될 경우 불호령을 뒤집어써야 할 사람은 바로 그였다. 그는 이미 행정적 과실을 저지른 결과로 여기에 좌천된 사람이었다. 사실은 그를 깔보는 어느 장관의 애인과 문제가 있었던 것이지만, 어쨌든 일은 고약하게 흘러 일주일 후 이곳 당피에르로 쫓겨난 것이다. 그러니 이번에는 그럴 수 없었다. 그의 커리어를 어느 식민지에서 마칠 생각은 추호도 없었다. 그는 천식 환자인 것이다.

「대금을 세 번 청구할 수는 없소. 절대로 안 된다고!」

「자, 이 문제는 두 분이 알아서 해결하시오.」프라델이 말했다. 「난 내 중국인들을 어떻게 해야 할지 알고 싶소. 여기서 일하는 거요, 아니면 저쪽으로 가는 거요?」

시장의 얼굴이 일그러졌다.

「자, 여러분, 이것 좀 보라고요!」

그는 두 팔을 크게 저으며 동이 트고 있는 드넓은 공동묘지 터를 가리켰다. 참으로 을씨년스러운 풍경이었다. 풀도, 나무도, 경계도 없이 이 희뿌연 하늘 아래에 펼쳐진 이 광활한 벌판, 비가 오면 풀썩 주저앉을 것만 같은 저 흙무덤들, 여기저기 나뒹구는 삽들, 외바퀴 손수레들……. 처량하기 이를 데 없는 광경이었다.

시장은 다시 장부를 펼쳤다.

「자, 여러분, 이것 좀 보라고요…….」그가 아까의 말을 되풀이했다. 「우린 벌써 115명의 병사를 매장했다고요…….」

그는 이 사실에 스스로도 충격을 받은 듯 고개를 쳐들었다.

「그리고 우리는 이 모든 무덤이 누구 것인지 전혀 몰라요!」

도지사는 설마 시장이 울음을 터뜨리는 건 아니겠지 하는 생각이 들었다. 그럴 필요는 없는 일 아닌가.

「이 젊은이들은 프랑스를 위해 목숨을 바쳤어요.」시장이 덧붙였다. 「우리에겐 그들을 존중해야 할 의무가 있단 말입니다!」

「아, 그래요?」앙리가 되물었다. 「당신에겐 그들을 존중해야 할 의무가 있다고요?」

「아무렴요! 그리고…….」

「그렇다면 한번 설명해 보시오. 왜 지금 거의 두 달이 다 돼 가는데, 당신 시의 공동묘지에서 무식한 자들이 제멋대로 매장하도록 놔두는 거요?」

「엉망진창으로 매장하는 것은 내가 아니오! 그 중국……, 당신의 인력이오!」

「하지만 당신은 군 당국으로부터 위임을 받아 이 장부들을 관리하고 있지 않소?」

「시청 직원 한 사람이 매일 두 번씩 옵니다! 하지만 여기서 온종일 죽치고 있을 수는 없는 노릇 아닙니까?」

그는 구원을 요청하는 눈빛으로 도지사를 쳐다봤다.

돌아온 것은 침묵뿐이었다.

모두가 슬그머니 발뺌하고 있었다. 시장, 도지사, 군 관계자, 호적계 관리, 연금부……. 이 일에는 관계자가 한둘이 아니었다…….

두 관리는 이해했다. 이 일에서 책임자를 찾아내야 한다면, 모두에게 책임져야 할 몫이 있다는 것을. 중국인들만 빼놓고. 왜냐면 그들은 글을 읽을 줄 모르니까.

「자, 자……」 프라델이 제안했다. 「앞으로는 모두들 주의하자고요. 안 그런가, 뒤프레?」

뒤프레는 고개를 끄덕였다. 시장은 망연자실했다. 이제 그는 눈을 감아야 하는 것이다. 무덤 위의 이름들이 매장된 병사와 일치하지 않는 사실을 알면서도 그냥 놔둬야 하고, 혼자서 그 비밀을 간직해야 하는 것이다. 이 공동묘지는 그의 악몽이 될 것이었다. 프라델은 시장과 도지사를 차례로 쳐다보았다.

「자, 우리 이렇게 하면 좋을 것 같은데……」 그는 어떤 기밀을 얘기하는 듯한 어조로 말했다. 「이 조그만 불상사에 대해서는 소문을 내지 않는 거요.」

도지사는 침을 꿀꺽 삼켰다. 그의 전보는 지금쯤 장관에게 도착했을 거였다. 그것은 자신을 식민지로 인사이동시켜 달라는 요청서나 다름없었다.

프라델은 당황한 시장의 어깨에 팔을 둘렀다.

「가족들에게 중요한 것은」 그는 덧붙였다. 「그들만의 장소를 갖는 거요, 그렇지 않소? 어차피 그들의 아들은 여기 묻혀 있는 거잖소, 안 그렇소? 무엇보다도 그게 중요한 거요!」

이로써 문제는 해결되었다. 프라델은 다시 차에 올라 거세게 차 문을 닫았다. 평소와는 달리 화를 내지 않았다. 심지어는 아주 부드럽게 시동을 걸기까지 했다.

뒤프레와 그는 오랫동안 아무 말 없이 지나가는 풍경을 바라보기만 했다.

이번에도 위기를 모면하긴 했으나, 두 사람은 의혹에 사로잡혔다. 여기저기서 소소한 사건들이 터지고 있었다.

이윽고 프라델이 내뱉었다.

「나사를 좀 더 조여야겠어. 엉, 뒤프레? 당신을 믿어도 되는 거지?」

22

안 돼! 마치 자동차 와이퍼처럼, 하지만 좀 더 느린 속도로,
검지를 좌우로 흔들었다. 아주 단호하고도 결정적인 〈안 돼〉
였다. 에두아르는 눈을 감았다. 알베르가 어떻게 대답할지는
너무 뻔했다. 그는 소심하고 겁 많은 사내였다. 아무런 위험성
이 없을 때에도 조그만 결정 하나 내리는 데 며칠씩 걸리는 위
인인데, 전사자들을 위한 기념비를 팔고 돈 궤짝을 들고 튄다
고 했으니…….

에두아르 생각에 이 모든 것은 알베르가 적당한 시일 내에
이 제안을 받아들이느냐, 아니느냐에 달려 있었다. 왜냐면 기
막힌 아이디어는 금방 상하는 식품과도 같은 것이기 때문이었
다. 신문들을 열심히 읽으며 그는 예감했다. 시장이 기념비들
의 공급으로 포화되면, 이 수요에 모든 예술가들과 주물 공장
들이 몰려들면, 그때는 이미 늦어 버린다는 것을.

지금 아니면 영원히 기회가 없었다.

그리고 알베르는 영원히 기회가 없다는 쪽이었다. 그는 단
호히 검지를 흔들었다. 안 돼.

그럼에도 불구하고 에두아르는 집요하게 작업을 계속해 갔다.

추모 기념비 카탈로그가 한 장 한 장 만들어져 갔다. 그는 이번에는 〈승리의 여신〉 상을 내놓았는데, 사모트라케의 니케 상에서 영감을 받고 머리에는 프랑스 병사의 철모를 뒤집어 쓴 이 모델은 선풍적인 인기를 끌 거였다. 루이즈가 오후 늦게 올 때까지는 혼자였으므로, 에두아르에겐 곰곰이 생각해 보고, 제기되는 모든 문제들에 대해 답변을 시도해 보고, 그렇게 간단치만은 않다는 것을 자신도 알고 있는 이 계획을 좀 더 다듬어 볼 시간이 있었다. 생각만큼 잘 되지는 않았지만 어쨌든 난점들을 하나하나 해결해 보려 했고, 또 끊임없이 새로운 난점들을 스스로에게 제기해 봤다. 장애물들에도 불구하고 그의 확신은 강철처럼 단단했다. 그의 생각으로는 이것은 결코 실패할 수 없는 일이었다.

하지만 진정한 회소식은 자신이 뜻밖의, 거의 격렬하기까지 한 열정에 사로잡혀 작업한다는 사실이었다.

그는 이 장밋빛 전망에 즐거이 빠져들었고, 그 속에서 헤엄치며 그것을 들이마셨으며, 그의 존재 전체가 거기에 매달려 있었다. 그는 말썽꾼으로서의 쾌감들과 도발적인 본성을 되찾으며 그 자신으로 돌아온 것이다.

알베르도 기뻤다. 이런 에두아르의 모습은 참호에서 멀리서 봤을 때를 제외하고는 이제껏 한 번도 본 적이 없었다. 친구가 삶으로 돌아오는 것을 보는 것은 그로서는 진정한 보상이 아닐 수 없었다. 또 지금 그가 꾸미고 있는 일은 너무도 실현 가능성이 없는 것 같아서 별로 불안하게 느껴지지도 않았다. 그가 보기에 이것은 근본적으로 불가능한 일이었다.

이렇게 한 사람은 밀어붙이고, 한 사람은 저항하는 팽팽한 힘겨루기가 두 사람 사이에 시작되었다.

종종 있는 일이지만, 승리는 힘이 넘치는 쪽이 아니라 무기력한 쪽에게 돌아갈 거였다. 알베르가 이기기 위해서는 싫다고 오랫동안 버티고만 있으면 될 거였다. 그에게 가장 잔인하게 느껴지는 일은 이 말도 안 되는 일에 뛰어들기를 거부하는 게 아니었다. 그것은 에두아르를 실망시키는 것, 그가 모처럼 되찾은 힘찬 에너지를 싹부터 잘라 버리는 것, 그리하여 그를 그들의 공허한 삶으로, 계획이 없는 미래로 돌려보내는 거였다.

그에게 뭔가 다른 것을 제안해야 할 텐데……. 하지만 뭘?

그래서 매일 저녁, 그는 에두아르가 보여 주는 새 그림들을, 그의 석비(石碑)들이며 조각상들을 보며 정중하고도 상냥하게 — 물론 진심은 아니었지만 — 칭찬해 주곤 했다.

「자, 내 아이디어가 뭔지 잘 들어 봐!」 에두아르가 대화 노트에 쓰기 시작했다. 「고객은 기념비를 직접 만들 수 있어! 깃발 하나와 프랑스 병사 하나를 가져다 놓으면 기념비 하나가 돼. 여기서 깃발을 빼고 대신 〈승리의 여신〉을 놓으면 또 하나가 되지! 이런 식으로 아무 힘을 들이지 않아도, 또 아무런 재능이 없어도 창의성을 발휘할 수 있어! 분명히 사람들이 좋아할 거야!」

아, 그거……! 알베르는 속으로 혀를 찼다. 에두아르에게 여러 가지를 비난할 수 있겠지만, 적어도 아이디어들을 찾아내는 재주만큼은 정말 천재적이군. 특히나 재앙을 불러오는 아이디어들 말이야……. 신분을 바꿨고, 그래서 정부 보상금을 못 받게 해놓았고, 편안한 자기 집에 돌아가는 걸 거부했고, 이식 수술을 안 받겠다고 버텼고, 모르핀에 중독됐지……. 그런데 이제는 기념비를 가지고 전사자 유가족들에게 사기를 치겠다는 거야……. 에두아르의 아이디어들은 정말이지 엿 같은 결과들을 삽으로 퍼 올 뿐이었다.

「지금 자네가 뭘 제안하고 있는지 정말로 알고 있는 거야?」 알베르가 물었다.

그러고는 친구 앞에 딱 버티고 섰다.

「이건…… 신성 모독이야! 기념비를 미끼로 전사자 유가족의 돈을 훔치는 것은 공동묘지를 더럽히는 거고, 또…… 애국자들을 모독하는 거란 말이야! 왜냐면 정부가 주머닛돈을 조금 내놓는다 해도, 이런 기념비를 만드는 돈은 다 어디서 나오지? 결국은 희생자들의 가족들에게서 나와! 과부들, 부모들, 고아들, 살아남은 전우들에게서! 랑드뤼[39]도 자네 옆에 갖다 놓으면 순진무구한 아기처럼 보일 거야. 온 나라가 자넬 뒤쫓을 거고, 온 세상이 자넬 욕할 거야. 그리고 자네가 붙잡히면 재판은 순전한 형식에 불과하겠지. 왜냐면 그날 당장 단두대가 설치될 테니까! 그래, 난 자네가 자네 머리를 싫어한다는 걸 알고 있어. 하지만 아직 내 머리는 쓸 만하단 말씀이야!」

그는 〈별 참 한심한 계획이 다 있네〉라고 웅얼거리며 자기 일로 돌아갔다. 하지만 갑자기 행주를 손에 든 채로 몸을 홱 돌렸다. 페리쿠르 씨의 집에서 돌아온 이후로 그를 계속 괴롭혀 온 프라델 대위의 얼굴이 다시 떠오른 것이다. 그는 자신이 오래전부터 강렬한 복수의 계획을 품어 왔다는 사실을 불현듯 깨달았다.

39 Henri Désiré Landru(1869~1922). 당대의 유명한 사기꾼이자 연쇄 살인마.

그리고 이제 때가 되었다는 사실도.

갑자기 이 사실이 분명하게 느껴졌다.

「자, 내가 뭐가 윤리적인지를 말해 주지. 그건 프라델 대위, 그 개자식의 몸뚱이에 총알구멍을 내버리는 거야! 그게 바로 해야 할 일이라고! 왜냐면 이 엿 같은 삶은, 지금 우리의 이 한심한 꼬락서니는, 이 모든 것들은 바로 그놈한테서 왔기 때문이야!」

에두아르는 그의 새로운 계획에 그다지 관심을 두지 않는 기색이었다. 그는 손을 종이 위에 잠시 멈춘 채로 고개를 살짝 갸우뚱했다.

「아무렴, 그렇고말고!」 알베르는 말을 이었다. 「자넨 프라델을 잊어버린 것 같군! 하지만 놈은 우리와 같지 않아. 전쟁에서 영웅으로 돌아와 훈장이며 표창장을 수도 없이 받았고, 거기다 장교 연금까지 수령하고 있어! 난 놈이 전쟁 덕분에 이익 본 게 한두 가지가 아니라고 확신해…….」

여기서 한 걸음 더 가는 게 맞는 걸까? 그는 자문해 봤다. 문제를 제기하니 대답이 저절로 나왔다. 프라델에게 복수하는 것은 이제 너무나도 당연한 일로 느껴졌다…….

에라 모르겠다, 그는 말해 버렸다.

「그 훈장과 표창장들 덕분에 놈은 결혼을 아주 잘 했을 거라고 생각해……. 그런 영웅은 여자들이 서로 차지하려고 난리니까! 지금 우리는 이렇게 시름시름 뒈져 가고 있는데, 놈은 분명히 크게 사업을 벌였을 테지……. 자넨 이게 윤리적이라고 생각하나?」

놀랍게도 에두아르는 알베르의 기대와는 달리 시큰둥한 얼굴이었다. 그는 눈썹을 꿈틀 올리고는, 종이 위로 몸을 숙이고 이렇게 썼다.

「이 모든 것은 우선은 전쟁 탓이야. 전쟁이 없었다면 프라델도 없었을 테니까.」

알베르는 숨이 막힐 뻔했다. 물론 실망감도 느꼈지만, 무엇보다도 너무너무 슬펐다. 이 불쌍한 에두아르는 더 이상 이 땅에 사는 존재가 아니라는 사실을 인정해야 했다…….

이후에도 두 사람은 여러 차례 이 대화를 재개했지만, 언제나 같은 결과에 이를 뿐이었다. 알베르는 윤리의 이름으로 복수를 꿈꾸고 있었다.

「자넨 이 모든 걸 개인적인 복수로 만들고 있어.」 에두아르가 썼다.

「당연하지. 난 지금 일어나는 일이 아주 개인적이라고 생각하는데. 그럼 자넨 아니란 말이야?」

아니, 그는 아니었다. 복수는 정의 실현의 이상을 만족시키지 못했다. 한 사람에게 책임을 돌리는 것은 충분치 않았다. 비록 지금이 평화시이긴 하지만, 에두아르는 전쟁에 대해 전쟁을 선포했고, 이 전쟁을 그의 방식으로, 다시 말해서 그의 스타일로 하기를 원했다. 윤리는 그의 체질이 아니었다.

보다시피 두 사람은 더 이상 서로 같지 않을 각자의 소설을 쓰기를 원하고 있었다. 그들은 이제 각자 자신의 소설을 써나가야 하는 게 아닌가 고민하고 있었다. 각자의 방식으로, 따로따로 말이다.

이 사실이 분명해지자, 알베르는 차라리 다른 것이나 생각하기로 했다. 예를 들어, 아직도 눈에 선한 페리쿠르 가의 그 귀여운 하녀나 — 아, 그 앵두 같은 입술! — 혹은 그가 더 이상 신을 엄두를 못 내는 새 구두 말이다. 그가 저녁마다 에두아르를 위해 고기와 야채가 섞인 죽을 만들고 있노라면, 에두아르는 그놈의 〈계획〉 얘기를 다시 끄집어내곤 했다. 참으로 집요한 친구였다. 알베르는 한 발짝도 양보하지 않았다. 윤리를 내세워 봐야 아무 소용이 없었으므로, 이번에는 이성에 호소해 봤다.

「이걸 알아야 해. 자네가 구상하는 사업을 하려면, 회사를 만들고, 회사 설립에 필요한 서류를 제출해야 하는데, 그건 생각해 봤어? 그 카탈로그를 산속에다 뿌린다 해도 우린 오래 버티지 못해. 금방 붙잡히게 된다고. 그리고 체포되고 나면 숨 한 번 쉴 틈도 없이 사형당하고 말 거야!」

무슨 소리를 해도 에두아르는 흔들리는 기색이 전혀 없었다.

「사무실도 필요할 거란 말이야!」 알베르는 고함쳤다. 「그리고 자넨 그 아프리카 가면 같은 것들을 뒤집어쓰고 고객을 맞을 텐가?」

오토만 소파에 누운 에두아르는 아랑곳 않고 그 기념비들이며 조각상들이 그려진 종이들만 계속 넘길 뿐이었다. 이것은 일종의 〈문체 연습〉이었다. 이렇게 추한 것을 제대로 만들어 내는 것도 아무나 할 수 있는 일은 아닌 것이다…….

「또 전화도 한 대 필요할 거고! 또 전화를 받고, 우편물을 작성할 직원도……. 또 은행 계좌도! 만일 돈을 받길 원한다면 말이야…….」

에두아르는 속으로 웃지 않을 수 없었다. 친구의 목소리는 겁에 질려 있었다. 마치 이게 에펠 탑을 뜯어내어 백 미터 떨어

진 곳에다 다시 세우는 일이라도 되는 것처럼. 그는 완전히 공
포에 사로잡혀 있었다.

「자네에겐」 알베르가 덧붙였다. 「모든 게 간단해. 당연하지.
집 밖으로 나갈 일이 없으니까……!」

그는 아차 하며 입술을 깨물었으나, 너무 늦어 버렸다.

물론 옳은 말이었으나, 에두아르는 상처를 받았다. 마야르
부인은 종종 이렇게 말하곤 했다. 〈우리 알베르는 천성이 나쁜
애는 아니야. 심술을 부릴 때에도 그렇지. 하지만 속마음을 감
출 줄 몰라. 이것 때문에 절대로 출세하지 못할 거야.〉

요지부동으로 거부하는 알베르를 조금이라도 흔들어 놓을
수 있는 것은 단 하나, 바로 돈이었다. 에두아르가 약속하는
거금이었다. 사실 그쪽으로 많은 돈이 밀려올 거였다. 나라 전
체가 살아남은 자들은 혐오했지만, 죽은 자들에 대해서는 맹
렬한 추모의 열기에 휩싸여 있었다. 재정적인 논리는 귀를 솔
깃하게 했으니, 왜냐면 알베르가 살림을 꾸려 갔기 때문에 돈
이란 게 얼마나 벌기 힘들고 또 쉽게 없어져 버리는 것인지 잘
알고 있었기 때문이다. 모든 걸 하나하나 세어 가며 소비해야
했다. 담배, 지하철 티켓, 음식……. 그랬으니 에두아르가 호기
롭게 약속하는 것들은……. 거액의 돈……. 자동차……. 특급
호텔…….

그리고 여자들…….

알베르는 이 문제에 신경이 예민해지고 있었다. 당분간은
혼자서 해결할 수 있지만 그건 사랑이 아니었고, 결국엔 아무
도 만나지 못하여 시들시들 말라붙을 거였다.

하지만 말도 안 되는 일에 뛰어든다는 두려움은 여자에 대한

강렬한 욕구보다도 강했다. 전쟁에서 겨우 살아남아 결국에는 감옥에서 썩게 된다……? 그 어떤 여자가 그런 위험을 무릅쓸 가치가 있단 말인가? 물론 잡지에 나오는 여자들 가운데는 그런 위험을 감수할 만해 보이는 여자들이 꽤 있긴 하지만…….

「잘 생각해 봐!」 어느 날 저녁 그가 에두아르에게 말했다. 「난 문이 쾅 닫히기만 해도 소스라치는 사람이야. 그런 내가 이런 일에 뛰어들 수 있으리라고 생각해?」

처음에 에두아르는 대꾸하지 않고 그림이나 계속 그렸다. 가만히 두면 프로젝트가 자연스럽게 받아들여지리라 생각한 거였지만, 결국 시간이 모든 걸 해결해 주지 않는다는 걸 알게 되었다. 오히려 얘기하면 할수록 알베르는 반대의 이유들을 찾아내었다.

「그리고 말이야, 설사 그 상상 속의 기념비들을 판다고 해도, 또 지자체들이 선금을 지불한다 해도, 우리가 버는 게 대체 뭔데? 하루는 2백 프랑, 그다음 날은 또 2백 프랑, 이럴 건데 무슨 노다지 운운하고 앉았냐고! 그깟 몇 푼 얻겠다고 그 큰 위험을 감수하다니, 어이구, 고맙기도 해라! 한 밑천 만들어서 튀려면 돈이 한꺼번에 들어와야 하는데, 그건 불가능해! 그 사업은 안 되는 거라고!」

알베르의 말이 옳았다. 구매자들은 빠르게든 늦게든 이 모든 것 뒤에 유령 회사가 있다는 걸 알아채게 될 거고, 그러면 그때까지 번 것, 다시 말해서 몇 푼 안 되는 돈을 가지고 떠나야 할 거였다. 에두아르는 이 점에 대해 생각해 보았고, 그 해결책을 찾아내었다. 그가 보기엔 완벽한 해결책이었다.

오는 11월 11일, 파리에서 프랑스는…….

이날 저녁, 알베르는 일을 마치고 돌아오다가 거리에서 과일이 담긴 나무 상자 하나를 발견했다. 그는 상한 것은 추려서 버리고 남은 것으로 주스를 만들었다. 매일 먹는 고기 수프에 결국 질려 버렸지만, 그는 상상력이 풍부하지는 못했다. 에두아르는 주는 대로 받아먹었다. 이 점에 있어서는 그다지 까다롭지 않았다.

알베르는 앞치마로 손을 훔치며 에두아르가 보여 주는 종이 위로 머리를 기울였다(전쟁에서 돌아온 이후 그는 시력이 나빠졌고, 형편만 됐다면 안경을 샀을 것이다). 그리고 종이에 눈을 더욱 가까이 대야 했다.

오는 11월 11일, 파리에서 프랑스는 〈무명용사〉 묘지를 건립합니다. 이 행사에 여러분도 참여하십시오! 그리고 같은 날 여러분이 사는 마을과 도시에 기념물 하나를 건립함으로써 이 숭고한 행사를 거대한 국가적 교감의 장으로 승화시키십시오!

이렇게 하면 연말 이전에 모든 주문이 도착하게 돼. 에두아르가 결론을 내렸다.

알베르는 씁쓸한 표정으로 고개를 끄덕거렸다. 넌 정말 완전히 미쳤어. 이렇게 말하고 나서 만들고 있던 과일 주스로 돌아왔다.

이 문제에 대해 끝없이 이어지는 입씨름 중에, 에두아르는 이 기념비들을 팔면 그들이 식민지로 떠날 수 있다는 점을 강조했다. 거기서 우린 유망한 사업에 투자할 수 있어. 이 궁색한 삶을 영원히 벗어날 수 있는 거야. 그러면서 그는 루이즈가 가져다준 잡지에서 오려 낸 사진들이나 그림엽서들을 보여 주었다. 코친차이나의 풍경들, 원목을 올리는 원주민들 앞에서 뚱뚱한 몸집에 식민지 헬멧을 쓰고 흡족한 미소를 지으며 의기양양하게 서 있는 삼림 개발지의 식민들……. 바람에 휘날리는 하얀 스카프를 두른 여자들을 태우고 햇빛 찬란한 기니의 골짜기들을 누비는 유럽의 자동차들……. 그리고 카메룬의 강들, 두툼한 잎사귀 식물들이 넘쳐 나는 도자기 화분들로 꾸며진 통킹의 정원들, 그리고 프랑스 식민의 간판들이 눈부신 사이공의 해운 회사들……. 또 도시의 화려한 총독부 건물, 또 황혼 녘 테아트르 광장 앞의 야회복 차림의 남자들, 긴 실크 이브닝드레스를 입은 여자들, 그들의 담뱃대, 시원한 칵테일, 나른한 열대성 기후……. 그곳에서는 삶이 쉬워 보이고, 사업도 쉬워 보이고, 금방 큰 재산을 만들 수 있을 것만 같았다……. 알베르는 이 사진들에 단지 관광 차원의 관심만 보이는 척했지만, 가슴을 드러낸 조각 같은 몸매의 건장한 흑인 아가씨들이 지독하게 관능적이고도 여유 있는 모습으로 어슬렁거리고 있는 코나크리 시장의 사진들에는 필요 이상의 시간을 들여 살펴보고는, 다시 앞치마로 손을 훔치고 주방으로 돌아가곤 했다.

그가 갑자기 걸음을 멈추고 물었다.

「그리고 말이야, 카탈로그를 인쇄하고, 또 그걸 수백 개의 도시들과 마을들에 보내려면 돈이 필요한데, 돈이 얼마나 있어?」

수많은 다른 질문들에는 모두 답변했던 에두아르였지만, 이
번에는 꿀 먹은 벙어리가 되었다.

마지막 일격을 가하기 위해 알베르는 자기 지갑을 가지고
와서는 테이블보 위에 동전을 쏟아붓고는 하나하나 세었다.

「자, 난 자네에게 11프랑 73상팀을 꿔 줄 수 있어. 자넨 얼마
나 있나?」

비겁하고, 잔인하고, 불필요하고, 모욕적인 짓이었다. 에두
아르에겐 한 푼도 없었던 것이다. 알베르는 더 이상 몰아붙이
지 않고 준비하던 음식물로 돌아갔다. 그날 저녁, 그들은 더
이상 대화를 나누지 않았다.

마침내 어느 날, 에두아르는 여전히 친구를 설득하지 못한
채로 주장할 거리가 다 떨어져 버렸다.

싫다는 거였다. 알베르는 마음을 바꿀 생각이 전혀 없었다.

그동안 시간이 흘렀고, 카탈로그는 거의 완성되었다. 이제
몇 군데만 다듬으면 인쇄해 어딘가에 보낼 수 있었다. 하지만
그 나머지 것들이 문제였다. 구체적으로 일을 꾸미는 것은 엄
청난 작업이었다. 또 수중에는 땡전 한 푼 없었다……

이 모든 고생 끝에 에두아르에게 남은 것이라곤 쓸데없는
그림들뿐이었다. 그는 절망에 사로잡혔다. 이번에는 눈물이
나지도, 우울하지도, 언짢지도 않았다. 단지 모욕감이 느껴졌
다. 지금 일개 회계원이 그 알량한 현실주의를 내세워 자신의
생각에 퇴짜를 놓은 것이다! 예술가들과 부르주아들 간의 영
원한 싸움이 여기서 다시 반복되고 있었다. 아버지와 맞붙어
서 그가 패배한 전쟁의 재판(再版)이었다. 예술가는 몽상가이

고, 따라서 아무 쓸모없는 존재야! 알베르가 하는 말 뒤에 이 문장이 들리는 듯했다. 아버지 앞에서도 그랬지만 알베르 앞에 있으면 자신이 무슨 구호 대상자, 무익한 짓들에 시간을 허비하는 쓸데없는 존재로 폄하되는 느낌이 들었다. 그는 참을성 있게, 그리고 설득력 있게 차근차근 설명했지만, 결국엔 실패했다. 그와 알베르 사이에 가로놓인 것은 단순한 의견의 불일치가 아니요, 문화의 차이였다. 그는 알베르가 하찮고, 쩨쩨하고, 옹졸하고, 야심도 광기도 없는 존재로 느껴졌다.

알베르 마야르는 마르셀 페리쿠르의 변종일 뿐이었다. 돈만 없을 뿐 그와 똑같았다. 확신에 사로잡힌 두 사내는 에두아르가 가진 가장 생기발랄한 것을 무시해 버리고 있었다. 그를 죽이고 있었다.

에두아르는 고함쳤고, 알베르는 버텼다. 그들은 언쟁을 벌였다.

에두아르는 알베르를 노려보며, 또 거칠고도 위협적인 괴성을 내지르며 주먹으로 식탁을 내리쳤다.

알베르도 지지 않고 소리쳤다. 자기는 전쟁에는 갔지만, 감옥에는 절대로 가지 않을 거라고.

에두아르는 오토만 소파를 엎어 버렸고, 이 폭행에 소파는 살아남지 못했다. 알베르가 황급히 달려왔다. 그는 이 누추한 집구석에서 조금이나마 품위가 있는 유일한 물건인 이 가구를 애지중지하고 있었던 것이다! 에두아르는 놀라울 정도로 세찬 분노의 괴성을 내질렀고, 그 통에 그의 뻥 뚫린 목구멍에서는 배 속에서 올라온 침이 마치 화산이 분출하듯 온 사방으로 방울을 튀기며 줄줄 흘렀다.

알베르는 부서진 오토만 소파의 조각들을 주워 모으며 말했다. 그래, 부숴라! 다 때려 부숴! 하지만 그런다고 해서 바뀌는 건 아무것도 없어! 너나 나나 이런 일에는 적성이 안 맞는다고!

에두아르는 계속 소리를 지르면서 절뚝절뚝 방 안을 돌아다녔다. 그러다가 팔꿈치로 유리창을 깨고는 그들이 가진 몇 개 안되는 그릇들을 내던져 버리겠다고 위협했다. 알베르는 달려들어 그의 몸통을 붙잡았고, 그들은 함께 바닥에 나뒹굴었다.

그들은 서로를 증오하기 시작했다.

이성을 상실한 알베르는 에두아르의 관자놀이를 세차게 후려쳤고, 에두아르는 알베르의 가슴을 발로 차 벽으로 날려 하마터면 그를 죽일 뻔했다. 그들은 동시에 벌떡 일어나 마주 섰다. 에두아르는 알베르의 따귀를 후려쳤고, 알베르는 이에 맞서 주먹을 내질렀다. 얼굴 한복판에 말이다.

그런데 에두아르는 그를 정면으로 마주 보고 있었다.

알베르의 굳게 쥔 주먹은 그의 얼굴의 뻥 뚫린 공간에 들어가 박혔다.

거의 손목까지 들어갔다.

그리고 거기서 굳어 버렸다.

알베르는 소스라치게 놀라 친구의 얼굴에 박혀 버린 자신의 주먹을 쳐다봤다. 자기가 친구의 머리를 완전히 관통해 버린 것 같았다. 그의 손목 위로는 에두아르의 경악한 시선이 떠 있었다.

두 남자는 그렇게 몇 초 동안 마비되어 있었다.

비명 소리가 들렸고, 두 사람은 문 쪽으로 고개를 돌렸다.

손으로 입을 막은 루이즈가 눈물이 그렁그렁한 눈으로 그들을 쳐다보고 있었다. 그녀는 방을 뛰쳐나갔다.

그들은 할 말을 찾지 못하고 서로에게서 떨어졌다. 그들은 어설프게 몸을 부르르 흔들었다. 죄책감으로 얼룩진 어색한 순간이 한동안 계속되었다.

그들은 이로써 모든 게 끝나 버렸음을 깨달았다.

얼굴에 박힌 주먹에 박살 나버린 것처럼, 그들의 공동의 이야기는 더 이상 계속될 수 없을 거였다. 이 동작, 이 느낌, 이 끔찍이도 내밀한 순간, 이 모든 것은 어처구니없고도 현기증 나는 것이었다.

그들이 품은 분노는 서로 같지 않았다.

혹은, 이 분노는 각기 다른 방식으로 표현되었다.

에두아르는 다음 날 아침 짐을 쌌다. 그의 배낭 말이다. 그는 옷가지만 챙기고, 다른 것은 아무것도 가져가지 않았다. 알베르는 아무 말도 하지 못하고 일을 하러 나갔다. 그가 본 에두아르의 마지막 모습은 그의 등이었다. 선뜻 떠날 결심을 하지 못하는 사람처럼 아주 천천히 배낭을 꾸리는 그의 등 말이다.

온종일 등에다 광고판을 메고 대로를 걸어다니면서 알베르는 서글픈 생각들을 곱씹었다.

그날 저녁, 단 한마디가 남아 있었다. 〈고마워, 모든 게.〉

아파트는 세실이 떠났을 때의 삶처럼 휑하게 느껴졌다. 사람은 어떤 일이 일어나든 다시 회복된다는 걸 알고 있었지만, 전쟁에서 이기고 난 이후로 매일 조금씩 전쟁에 져가고 있다는 느낌이었다.

23

　라부르댕은 노르웨이 오믈렛이 식탁에 올라왔을 때와 비슷한 흡족한 표정으로 두 손을 책상 위에 올려놓았다. 레몽 양은 아이스크림과는 아무런 상관이 없었다. 하지만 이 노릇노릇한 머랭과의 비교는 전혀 의미 없는 것은 아니었다. 새하얀 피부에 뾰족한 두상의 그녀는 약간 붉은 기 감도는 가짜 금발의 소유자였던 것이다.[40] 방에 들어온 레몽 양은 상관이 그런 자세를 하고 있는 것을 보고는 역겨운 듯한, 그렇지만 체념한 듯한 표정으로 입을 삐죽 내밀었다. 왜냐하면 앞에 서자마자 그렇게 뚱뚱한 남자라고는 믿기지 않는 재빠른 동작으로, 그리고 다른 분야에서는 전혀 볼 수 없었던 능숙한 손놀림으로 그녀의 치마 속에 손을 쑥 집어넣었기 때문이다. 그녀는 엉덩이를 홱 돌렸지만, 라부르댕은 이 분야에는 거의 예지력에 가까운 직감이 있었다. 그녀가 어떻게 피하든 간에 그는 항상 목적을 달성했다. 이런 일을 운명으로 받아들인 지 오래인 그녀는 재

---

　40 노르웨이 오믈렛은 아이스크림의 일종으로 노릇노릇한 무늬가 있는 흰색 크림으로 덮여 있으며, 형태는 〈뾰족한 두상〉처럼 반구형도 있다.

빨리 몸을 뒤틀며 결재 서류를 내려놓고는, 방을 나가며 지친 한숨을 내쉬는 것으로 만족했다. 상관의 이런 행동에 대해 그녀가 맞세워 본 보잘것없는, 아니 불쌍하기조차 한 장애물들(점점 더 몸에 꼭 죄는 드레스나 치마)은 라부르댕의 쾌감을 더욱 짜릿하게 만들 뿐이었다. 그녀는 타이핑이나 철자법은 형편없었지만, 인내심만큼은 이 모든 결점들을 상쇄하고도 남았다.

서류철을 연 라부르댕은 혀를 딱 퉁겼다. 페리쿠르 씨께서 보시면 매우 흡족해하시리라.

그것은 〈1914~1918년 전쟁 전사자들을 기리는 기념비 건립 프로젝트를 선발하는 프랑스 국적 예술가들 간의 콩쿠르〉에 대한 규정집이었다.

이 긴 문서에서 라부르댕이 직접 쓴 것은 단 한 문장이었다. 제1조의 두 번째 문장이었다. 그는 이것만큼은 누구의 도움도 받지 않고 자신이 쓰기를 원했다. 이 문장에서 사용된 그 완벽한 단어 하나하나는, 이 문장에서 사용된 대문자들과 마찬가지로, 다 그의 작품이었다. 그는 너무나도 자랑스러운 나머지 이 문장은 굵은 활자로 표시하라고 지시했다. 〈이 기념비는 승리하신 우리 전사자들의 고통스럽고도 영광스러운 추억을 표현하기 위한 것입니다.〉 완벽한 운율이었다. 다시 한 번 혀를 딱 퉁겼다. 그는 다시금 자신을 기특하게 느끼며 문서의 나머지 부분을 재빨리 훑어보았다.

부지는 좋은 곳으로 찾아 놓았다. 전에 구립 주차장이 있던 곳이었다. 가로 40미터, 세로 30미터나 되고, 그 주위로는 조그만 공원까지 조성할 수 있었다. 규정집은 기념비의 규모가

〈선정된 부지와 조화를 이뤄야 한다〉고 명시하고 있었다. 그 많은 이름들을 다 새겨 넣으려면 넉넉한 공간이 필요할 테니까. 준비 작업은 거의 마무리되었다. 구 의원, 지역 예술가, 군인, 참전 용사 대표, 유가족 등이 포함된 14인 심사단을 구성하는 일 말이다. 라부르댕에게 뭔가를 빚지고 있거나 그에게서 뭔가를 바라고 있는 사람들 중에서 엄선된 사람들이었다(심사단을 주재하는 이는 라부르댕 자신으로 동수 의견일 경우 최종 결정권이 있었다). 이 지극히 예술적이고도 애국적인 사업은 그의 임기 중 업적 중에서도 맨 앞에 놓이게 될 거였다. 이 정도면 재선은 따놓은 당상이었다. 일정도 확정되었고, 콩쿠르는 곧 시작될 예정이며, 땅고르기 작업은 이미 시작되었다. 공고는 파리와 지방의 주요 일간지들에 게재될 거였다. 정말이지 멋진 사업이었고, 모든 게 잘 돌아가고 있었다…….

빠진 것은 하나도 없었다.

제4조에 빈칸으로 남겨진 곳을 제외하고는. 〈기념물 건립에 소모될 액수는…….〉

이 부분에서 페리쿠르 씨는 깊은 생각에 빠졌다. 그는 뭔가 멋진 것을 원하긴 했지만, 그렇다고 해서 엄청난 것을 원하는 것은 아니었다. 그리고 그에게 전달된 정보에 따르면, 이런 기념비를 짓는 데는 대략 6만 내지 12만 프랑이 필요하고, 심지어 유명 예술가들은 15만 프랑, 혹은 18만 프랑까지 요구하기도 한다는데, 대체 어느 정도에 선을 그어야 한단 말인가? 이건 돈이 아까워서가 아니라 중용의 문제였다. 곰곰이 숙고해볼 필요가 있었다. 그의 시선은 아들 쪽으로 향했다. 한 달 전, 마들렌이 에두아르의 사진을 액자에 넣어 그의 방 벽난로 위

에 놓아두었다. 다른 사진들도 있었지만 마들렌은 너무 얌전
해 보이지도 너무 도발적으로 보이지도 않고, 그 〈중간〉으로
보이는 이것을 골랐다. 다시 말해서 적당한 것이었다. 아버지
의 삶에서 일어나는 일들에 마음이 너무도 아팠고, 또 이로 인
해 그가 지나친 영향을 받을까 걱정이 된 그녀는 아주 조심스
럽게 행동했다. 하루는 에두아르의 크로키 수첩을, 다른 날에
는 사진 한 장을 보여 주는 식으로.

　페리쿠르 씨는 이틀이 지나서야 사진에 다가갔고, 사진을
책상의 한쪽 모퉁이에 올려놓았다. 그는 이 사진이 언제 적 것
인지, 또 어디서 촬영된 것인지 딸에게 묻고 싶지 않았다. 아버
지라면 응당 그런 것들을 알고 있어야 하지 않는가? 그가 생각
하기로는 이때가 에두아르가 열네 살 때니까, 사진은 1909년
거였다. 에두아르는 목제 난간 앞에 포즈를 취하고 있었다. 배
경은 잘 보이지 않았는데, 아마도 겨울철마다 그를 보내던 스
키장 별장의 테라스에서 찍은 듯했다. 페리쿠르 씨는 그곳이
항상 가던 그 휴양지라는 사실 외에는 정확히 기억나지 않았
다. 그게 북알프스 지방이었던가, 아니면 남알프스 지방이었던
가…… . 아무튼 알프스 지방이었다. 아들은 스웨터 차림으로
햇빛 때문인 듯 눈을 찡그리고 있었는데, 사진기 뒤에서 누군
가가 웃기는 짓을 했던 듯 활짝 미소를 머금고 있었다. 그 표정
을 보니 페리쿠르 씨도 재미가 있었다. 참 예쁜 아이였어…… .
장난꾸러기였고…… . 이날의 이 미소는 수많은 세월이 지난 후
에 자신과 아들이 한 번도 함께 웃은 적이 없었다는 사실을 상
기시켰다. 이 사실에 가슴이 미어졌다. 이때 그는 액자를 돌려
보고 싶은 생각이 들었다.

액자의 뒷면 아래쪽에 마들렌이 이렇게 써놓았다. 〈1906년, 뷔트쇼몽[41]에서.〉

페리쿠르 씨는 만년필 뚜껑을 돌려 열고는 〈20만 프랑〉이라고 적어 넣었다.

41 뷔트쇼몽은 파리 북동부의 19구에 위치한 녹지 공원이다.

24

조제프 메를랭을 기다리는 네 남자 중에 그가 어떻게 생겼
는지 아는 사람은 아무도 없었다. 기차가 도착하면 역장을 통
해 안내 방송을 하면 어떨까 생각해 보다가, 그의 이름이 적힌
팻말을 드는 방안도 고려해 보았다. 하지만 이 두 해결책 중
어느 것도 적절해 보이지 않았다. 정부가 파견한 관리를 맞을
때는 보다 품위 있고도 신중한 모습을 보여야 하지 않겠는가?

그들은 플랫폼의 출구 근처에 모여 서서 잘 살펴보기로 했
다. 왜냐하면 샤지에르말몽 역에서 내리는 사람은 보통 서른
명 남짓으로 별로 많지 않을 뿐 아니라, 파리에서 온 관리는
금방 눈에 띌 것이기 때문이다.

한데 그렇지가 않았다.

기차에서 내린 사람은 서른 명이 아니라 채 열 명도 되지 않
았는데, 그중에 정부가 파견한 관리는 눈을 씻고 봐도 없었다.
마지막 승객이 문을 통과하여 역사가 텅 비어 버리자, 투르니
에 특무 상사는 군화 뒤꿈치를 딱 소리가 나게 모았고, 샤지에
르말몽 시청의 호적계 직원 폴 샤보르는 요란하게 코를 풀었

으며, 실종자 가족들을 대표하는 전국 참전 용사 연맹의 롤랑 슈네데르는 자기가 분통을 터뜨리지 않으려 얼마나 애를 쓰는지를 보여 주기 위해 숨을 길게 내쉬었다. 그리고 모두가 밖으로 나왔다.

뒤프레는 별 반응을 보이지 않았다. 그렇지 않아도 회사의 다른 여섯 군데 작업장도 지휘해야 하기 때문에 눈코 뜰 새가 없었다. 그런데 결국 오지도 않은 감사관을 맞을 준비를 하느라 귀중한 시간을 허비한 것이다. 정말이지 맥 빠지는 일이었다. 밖으로 나온 그들은 자동차 쪽으로 걸음을 옮겼다.

애매한 기분이었다. 정부의 파견 관리가 오지 않았다는 사실을 알게 되었을 때, 그들 모두는 실망감과 함께…… 안도감을 느낀 것이다. 물론 겁날 것은 하나도 없었다. 감사 나온다는 소리를 듣고 꼼꼼하게 준비해 놓았으니까. 하지만 감사는 감사이고, 재수 없이 걸린 경우들이 풍문으로 떠돌고 있었다.

당피에르 군사 묘지의 그 중국인들 사건 이후로, 앙리 도네프라델은 신경이 극도로 예민해져 있었다. 성질을 건드리지 말아야 했다. 그는 앞뒤가 맞지 않는 지시들로 끊임없이 뒤프레를 닦달해 댔다. 작업을 더 빨리 진행시켜라, 지금보다 인력을 줄여라, 규정 같은 것은 대충 무시해 버려라, 눈에 띄지만 않으면 된다……. 그는 뒤프레를 채용할 때부터 봉급 인상을 약속했으나 그게 도대체 언제일지 알 수 없었다. 하지만 입만 열면 〈엉, 뒤프레? 당신을 믿어도 되는 거지?〉였다.

「아무리 그래도」 폴 샤보르가 투덜거렸다. 「전보 한 장 정도는 보내 줄 수 있는 거 아냐?」

그는 고개를 절레절레 흔들었다. 우릴 뭘로 보는 거야? 공화국을 위해 헌신하는 사람들이라고! 적어도 못 온다고 알려 줄 수는 있는 거 아니냐고 등등.

그들은 역에서 나왔다. 차에 올라타려 하고 있는데, 깊은 동굴에서 흘러나오는 것처럼 음산하고도 허스키한 목소리에 뒤를 돌아봤다.

「군사 묘지에서 오셨소?」

아주 작은 머리에, 식사가 끝나고 남은 닭 뼈처럼 텅 빈 듯한 느낌을 주는 커다란 몸뚱이의 늙수그레한 사내였다. 팔다리는 지나치게 길고, 얼굴은 시뻘겋고, 짧은 모발은 좁다란 이마의 아래에까지 나 있어 거의 눈썹과 혼동될 정도였다. 그리고 눈빛은 스산하기 그지없었다. 거기다가, 세상에……! 그 옷차림이라니! 전쟁 전에 유행했던 닳아 빠진 프록코트, 추위에도 불구하고 활짝 열린 앞섶 사이로 드러난 밤색 벨벳 재킷, 잉크로 얼룩지고 단추는 반은 떨어져 나간 그 추레한 재킷. 형체를 알아볼 수 없는 후줄근한 바지, 그리고 특히, 특히, 터무니없을 정도로 거대한, 거의 성서 시대까지 거슬러 올라갈 듯한 그 구두…….

네 남자는 할 말을 잃었다.

뤼시앵 뒤프레가 제일 먼저 정신을 추슬렀다. 그는 한 걸음 내딛고 손을 내밀면서 물었다.

「메를랭 씨이십니까?」

정부에서 나온 사내는 〈쭙〉 하는 소리를 냈다. 마치 음식 찌꺼기를 빼내기 위해 혓바닥을 잇몸에 대고 빠는 소리 같았다. 한참 후에야 사람들은 사실 이것은 그의 틀니가 움직여 내는 소리로, 아주 짜증 나는 습관이라는 사실을 알아차렸다. 차를 타고 오는 내내 그는 이 소리를 냈고, 사람들은 그에게 이쑤시개를 하나 찾아주고 싶은 심정이었다. 낡아 빠진 옷, 커다랗고 더러운 신발 등, 그의 몰골 전체에서 예감했던 바가 역에서 출발하자마자 사실로 확인되었다. 이 사내는 몸에서 고약한 냄새까지 풍겼다.

차를 타고 가면서 롤랑 슈네데르는 그들이 가로지르는 지방에 대한 전략적, 지리적, 군사적 논평을 늘어놓기 시작했다. 조제프 메를랭은 그의 말을 듣는 것 같지도 않은 얼굴을 하고 있다가, 별안간 중간에서 말을 끊으며 물었다.

「점심때…… 닭고기를 먹을 수 있겠소?」

코 막힌 소리가 섞인 아주 불쾌한 음성이었다.

1916년 베르됭 전투(열 달에 걸친 이 전투 끝에 30만 명이 전사했다) 초기에 샤지에르말몽의 몇몇 터들은 전선에서 멀지 않고, 아직은 도로가 통하며, 시체들이 쏟아져 나오는 병원에서 가깝다는 점들 때문에 한동안 병사들을 매장하기에 편리한 장소로 여겨졌다. 군사적 상황의 끊임없는 변동과 전략상의 우여곡절은 지금 2천 구 이상의 시신이 묻혀 있는(그 정확한 숫자는 아무도 몰랐다. 심지어는 5천 구라는 주장까지 있었는데, 불가능한 얘기는 아니었다. 이 전쟁은 기존의 모든 기록을 박살내 버렸으니까) 이 드넓은 사각형 땅의 몇몇 부분들을 여러 차례에 걸쳐 뒤죽박죽으로 만들어 놓았다. 이런 종류의 임시 묘지들은 각종 장부, 평면도, 목록 따위를 생겨나게 했지만, 열 달 동안 1천5백만 내지 2천만 발의 포탄이 — 어떤 날은 매 3초당 한 발씩 — 비처럼 쏟아지고, 지옥을 방불케 하는 악조

건 속에서 당초 예상보다 2백 배나 많은 시체들을 매장해야 하는 상황에서는 장부며 평면도며 기타 자료들은 절대적 가치를 가질 수 없는 게 사실이었다.

정부는 다르므빌에 거대한 군사 묘지를 하나 조성해, 인근 공동묘지들의 시신들, 특히 샤지에르말몽 공동묘지의 시신들을 이장하기로 결정했다. 발굴하고 운반하여 군사 묘지에 재매장해야 할 시신의 수가 얼마나 되는지 모르기 때문에 전체적인 공사비를 책정하기는 어려웠다. 정부는 시체 한 구당 얼마씩 돈을 지불했다.

프라델은 경쟁 입찰 없이 수의 계약을 따냈다. 그의 계산에 따르면, 시체 2천 구를 찾아내면 라살비에르 성 마사(馬舍) 골조의 반을 다시 할 수 있었다.

3천 구를 찾아내면 전체의 개축이 가능했다.

4천 구가 넘어갈 경우, 그는 비둘기 탑까지 개축할 생각이었다.

뒤프레는 샤지에르말몽에 20여 명의 세네갈인을 이끌고 갔고, 프라델 대위(뒤프레는 군대 시절의 습관에 따라 아직도 그를 이렇게 불렀다)는 당국의 기분을 맞추기 위해 현지에서 보조 인력 몇 명을 채용하는 것을 승낙했다.

그들은 먼저 유가족들이 요구하며, 또 분명히 찾아낼 수 있으리라 생각되는 시신들을 발굴하는 작업부터 시작했다.

유가족들이 샤지에르말몽에 몰려들었다. 눈물과 비통한 신음, 얼빠진 표정의 아이들, 진흙탕에 발이 빠지는 것을 막기 위해 한 줄로 이어 놓은 널판들 위에서 균형을 잡아 가며 걷는 꼬부라진 늙은 부모들의 행렬이었다. 마치 일부러 그런 것처럼 이때는 온종일 비가 내렸다. 이런 날씨에는 이점도 없지 않앉으니, 쏟아지는 빗속에서는 아무도 까다롭게 굴지 않았기 때문에 발굴 작업을 빨리 끝내 버릴 수 있었던 것이다. 뒤프레는 예의상 이 발굴 작업을 프랑스 인부들에게 맡겼다. 도무지 이유를 알 수 없는 일이었지만, 어떤 유가족들은 세네갈인들이 병사들을 파내는 것을 충격적으로 받아들였다. 그래, 우리 아들을 발굴하는 작업이 검둥이들에게나 맡기는 하천한 일이란 말이야? 공동묘지에 도착해 그 껑다리 검둥이들이 비에 흠뻑 젖은 몸으로 삽질을 하거나 관들을 운반하는 모습을 멀리서 발견한 아이들은 그들에게서 눈을 떼지 못했다.

이렇게 끊임없이 몰려오는 유가족들은 공사를 엄청나게 지체시켰다.

프라델 대위는 매일 전화를 걸어와 물었다.

「그래, 뒤프레, 그 엿 같은 짓거리는 곧 끝나는 거야? 작업은 언제 시작해?」

이어 본격적인 공사가 시작되었다. 당피에르 군사 묘지로 이장될 남은 모든 병사들의 시신을 발굴하는 작업이었다.

쉬운 일이 아니었다. 물론 아무 문제없이 제대로 정리될 수 있는 시신들도 있었다. 이름이 새겨진 십자 묘비며 신원 확인이 가능한 여러 다른 것들이 남아 있는 시신들 말이다.

인식표 반쪽과 함께 매장된 병사들도 꽤 있었지만, 모두가 그런 건 아니었다. 천만의 말씀이었다. 때로는 시신들에서, 혹은 그들의 호주머니에서 발견된 물건들에 기반해 골치 아픈 조사를 벌여야 하기도 했다. 이럴 때는 시신들을 한쪽에다 눕혀 놓고 목록에 올린 다음, 조사 결과가 나올 때까지 기다려야 했다. 땅속에서는 별것이 다 나왔고, 때로는 땅속이 너무 뒤죽박죽이 되어 거의 아무것도 없을 때도 있었다. 이런 경우에는 〈미확인 병사〉라고 기입했다.

공사는 상당히 진척되고 있었다. 벌써 4백 구에 가까운 시신이 발굴되었다. 관들을 가득 실은 트럭들이 도착하면 4인으로 이뤄진 팀 하나가 그것들을 가져다가 못을 박아 조립해 놓으면 또 다른 팀이 그것들을 구덩이 근처로 가져온 다음, 시신을 담아 덮개 차량들로 가지고 갔다. 그러면 덮개 차량들은 관들을 다르브빌 군사 묘지까지 운반하고, 거기서 프라델&Co사의 다른 인부들이 다시 매장했다. 그들 중 두 사람은 명단, 묘비명, 각종 증서 관리를 맡았다.

정부에서 파견된 조제프 메를랭은 예배 행렬의 선두에 선 성자처럼 공동묘지 안으로 들어갔다. 그의 거대한 구두는 웅덩이를 지나며 흙탕물을 튀겨 댔다. 이때서야 사람들은 그가 낡은 가죽 가방을 들고 있다는 사실을 알아챘다. 그 안에 문서가 가득 들어 있었지만, 그의 긴 팔 끝에서 종잇조각처럼 팔랑거리는 것처럼 느껴졌다.

그는 멈춰 섰다. 뒤따라오던 사람들은 불안한 표정으로 몸이 굳어졌다. 그는 오랫동안 풍경을 바라보았다.

공동묘지에는 언제나 시체 썩는 매캐한 냄새가 떠돌고 있었다. 바람에 실려 움직이는 구름처럼 이따금 얼굴에 부딪혀 오는 이 냄새는 땅속에서 꺼내 놓은, 그리고 망가졌거나 쓸모없게 되어 규정상 현장에서 소각해 버려야 하는 관들이 내뿜는 연기와 뒤섞이고 있었다. 낮게 드리운 하늘은 더러운 회색이었다. 여기저기서 사람들이 관들을 운반하거나 구덩이 위에 몸을 숙이고 있는 모습이 보였다. 또 어떤 이들은 트럭 두 대의 엔진을 켜놓은 채로 관들을 힘겹게 트럭 위로 들어 올리고 있었다. 메를랭은 틀니를 움직여 쭙, 쭙 소리를 내면서 두툼한 입술을 주름이 지도록 비틀었다.

자, 이게 그가 결국 다다른 곳이었다.

40년이나 공직에 몸을 담았고, 또 내일모레면 은퇴하는 이 시점에서 이렇게 파견되어 공동묘지들이나 돌아보고 있는 신세인 것이다.

메를랭은 식민지부, 물자 보급부, 상업, 산업, 우편 및 전신청, 농업부에서 차례로 일했다. 이 37년의 경력은 도처에서 내몰리고, 맡은 모든 직책에서 실패하고, 묵사발이 되어 온 37년이었다. 메를랭은 그렇게 호감이 가는 사람은 아니었다. 과묵하고, 약간 현학적이고, 1년 내내 얼굴을 잔뜩 찌푸리고 있는 그와 농담을 나누기란 쉽지 않은 일이었다……. 이 추하고도 혐오스러운 사내는 게다가 거만하고도 편협하기까지 하여 동료들의 적의와 상관들의 앙심을 자극했다. 그가 어딘가에 새로 들어가면 사람들은 그에게 일거리를 하나 맡기지만, 얼마 안 가 그를 피곤하게 여겼다. 왜냐면 그가 우스꽝스럽고도 불쾌하고도 구닥다리라는 것을 금방 알아챘기 때문이었다. 그러면 사람들은 뒤에서 그를 비웃고, 별명을 짓고, 그에 관한 우스갯소리를 만들기 시작했고, 그는 온갖 수모를 당해야 했다. 하지만 그가 이런 일을 당해야 할 이유는 전혀 없었다. 심지어 자신이 이룬 행정적 업적의 리스트를 조목조목 제시해 줄 수도 있었다. 완벽하게 업데이트된 이 리스트를 그는 늘 속으로 되씹곤 했는데, 이는 경력 전체가 우울한 일들로 점철되었고,

청렴함이 보답받기는커녕 멸시의 대상이 되었다는 사실을 잊기 위함이었다. 어떤 부처에서는 노골적인 집단 괴롭힘이 끝없이 이어지기도 했다. 그가 견디다 못해 지구 전체와도 한판 붙을 태세로 그 굵은 목소리로 벽력같이 고함치며 지팡이를 높이 치켜들고 빙빙 휘둘러야 했던 것이 한두 번이 아니었다. 이럴 때 그의 모습은 정말로 무시무시했으며, 특히나 여자들이 무서워했다. 여자들은 감히 그에게 다가가지 못했고, 그와 접촉할 때는 누군가 남자가 같이 있어 주기를 원했다. 어떻게 저런 작자를 데리고 있을 수 있죠? 게다가, 뭐라고 해야 할까, 솔직히 말해서 저 사람은 냄새가 아주 안 좋아요. 아주 불쾌한 남자예요……. 그래서 가는 곳마다 쫓겨나는 신세가 되었다. 그는 살아오는 동안 빛나는 시기가 딱 한 번 있었는데, 그것은 어느 해의 대혁명 기념일에 프랑신과 만났을 때부터 그해 만성절에 그녀가 한 포병 장교와 함께 떠나 버린 때까지였다. 34년 전에 있었던 그 일이 전부였다. 따라서 경력을 마무리하기 위해 공동묘지들을 감사하게 된 것은 조금도 놀랄 일이 아니었다.

1년 전에 메를랭은 연금부[42]에 들어왔다. 그가 이 부서에서 저 부서로 쫓겨나기를 계속하던 어느 날, 군사 묘지들에서 당혹스러운 정보들이 흘러들어 왔다. 모든 게 정상적으로 이뤄지는 것은 아닌 듯했다. 당피에르에 뭔가 문제가 있다고 한 도지사가 알려 왔다. 그는 자신이 보고한 내용을 바로 다음 날 철회했지만, 이미 행정부의 관심을 끈 뒤였다. 연금부는 국가가 조국의 아들들을 품위 있게, 그리고 법으로 정해진 조건들에 맞게 매장함으로써 납세자들의 돈을 합당하게 사용하고 있

42 군인 연금, 보상금 및 수당을 관리하는 행정 기관.

는지 확인하기를 원했다.

「에이, 빌어먹을!」메를랭은 그 황량한 풍경을 멍하니 바라보며 내뱉었다.

왜냐면 그가 선임되었기 때문이었다. 그는 아무도 원치 않는 일을 맡기에 가장 적합한 인간으로 여겨진 것이다. 공동묘지들을 감독하는 일 말이다.

투르니에 특무 상사가 그 소리를 들었다.

「네? 뭐라고 하셨죠?」

메를랭은 고개를 돌려 그를 쳐다보았다. 쭙, 쭙. 프랑신과 그 포병 장교의 일이 있은 후, 그는 군인들이 끔찍이도 싫었다. 그는 지금 자신이 어디에 있는지, 그리고 여기서 무엇을 해야 하는지를 갑자기 의식하고는 공동묘지로 되돌아왔다. 대표단의 다른 멤버들은 당황하여 어쩔 줄을 몰랐다. 결국 뒤프레가 용기를 내어 말해 보았다.

「자, 이것부터 시작해 보면 어떻겠습니…….」

하지만 메를랭은 노상 박해받는 자신의 삶과 기이하게도 일치하는 이 처참한 풍경 앞에서 나무처럼 못 박혀 있었다.

그러다 결국 일을 빨리 처리해 버리기로, 이 고역에서 빨리 벗어나기로 마음먹었다.

「…… 에이, 엿 같은 놈들.」

이번에는 모든 사람이 명확히 들었지만, 도대체 이게 누구에게 하는 말인지 아는 사람은 아무도 없었다.

호적부 기재는 1915년 12월 19일 자 법령 규정에 부합하고, 1916년 2월 16일 자 행정 공문에 언급된 문서들이 작성되고 있고, 1920년 7월 20일 자 재정법 제106조에 규정된 사망자들의 권리가 존중되고 있고……. 뭐, 됐고, 됐고……. 메를랭은 이렇게 중얼거리며 이쪽에는 확인 표시를 하고, 또 이쪽에는 서명을 해나갔다. 분위기는 아직 풀어지지 않았지만, 모든 게 정상적으로 진행되었다. 단지 이 사내가 스컹크처럼 내뿜는 지독한 냄새가 문제였다. 호적계 사무실로 쓰이는 가건물에 그와 마주 앉게 되었을 때, 그들은 더 이상 견딜 수 없었다. 결국 얼음 같은 바람이 거세게 몰아쳐 들어오고 있음에도 불구하고 창문을 활짝 열어 놓기로 했다.

메를랭은 구덩이들을 둘러보는 것으로 감사를 시작했다. 폴샤보르는 그의 머리 위에 우산을 씌우려 재빨리 팔을 뻗어 보았으나 정부 파견인의 동작은 종잡을 수가 없었고, 결국 호적계 직원은 호의를 접고 자신의 몸을 가리는 것으로 만족했다. 메를랭은 그 사실을 알아채지도 못했다. 머리통에서 빗물이 뚝뚝 떨어지는 그는 구덩이들을 내려다보며 대체 여기서 뭘 검사해야 하는지 모르겠다는 표정을 지었다. 쯥, 쯥.

이어 관들이 있는 쪽으로 갔다. 사람들은 그에게 작업의 절차를 상세히 설명했고, 그는 안경을 꺼내어 썼는데, 뿌연 색깔에 온통 잔금투성이인 렌즈는 양파 껍질을 연상케 했다. 그는 각종 서류며 목록이며 관에 부착된 표지판 등을 비교해 보았다. 좋소, 그래 이 정도면 됐소, 여기서 하루를 다 보낼 것은 아니니까……. 이렇게 웅얼거린 그는 호주머니에서 커다란 회중시계 하나를 꺼내더니, 어떻게 하겠다고 아무에게도 말하지 않은 채로 행정용 가건물 쪽으로 성큼성큼 걸어갔다.

정오에 그는 조사 보고서 작성을 마쳤다. 그가 일하는 모습을 보니 왜 그의 재킷이 그렇게 잉크 얼룩 투성이인지 이해할 수 있었다.

이제 모두가 서명을 해야 했다.

「자, 우리 각자의 의무를 다합시다!」 투르니에 특무 상사가 씩씩하고도 만족스러운 음성으로 외쳤다.

「맞소.」 메를랭이 대꾸했다.

그것은 요식 행위였다. 그들은 오두막 안에 빙 둘러서는 장례식 날에 성수채를 돌리듯 펜대를 돌렸다. 메를랭은 굵직한 집게손가락으로 장부 위를 짚었다.

「여기는 유가족 대표 란이오······.」

전국 참전 용사 연맹은 정부에 충분히 봉사를 했기 때문에 거의 모든 곳에 낄 권리가 있었다. 메를랭은 롤랑 슈네데르가 서명하는 것을 음울한 눈으로 지켜보았다.

「슈나이더라······.」 그가 마침내 입을 열었다(슈네데르를 독일식으로 〈슈나이더〉라고 발음한 것은 자신의 말을 뒷받침하기 위해서였다). 「이름에서 약간 독일 냄새가 나는구먼?」

그 즉시 당사자가 얼굴이 벌게지며 주먹을 불끈 쥐었다.

「뭐, 신경 쓰지 마시오.」 메를랭은 다시 장부를 가리키며 그의 움직임을 끊었다. 「자, 여기는 호적계 직원 서명란······.」

하지만 그가 슈네데르에 대해 한 발언에 분위기는 싸하게 얼어붙었다. 서명은 침묵 속에서 끝났다.

「감사관님.」 겨우 정신을 추스른 슈네데르가 말하기 시작했다. 「감사관님이 생각하시는 것은······.」

하지만 감사관은 이미 일어서 있었다. 슈네데르보다 키가 머리통 두 개는 더 큰 그는 몸을 굽혀 그 커다란 회색 눈으로 슈네데르를 똑바로 쳐다보며 물었다.

「식당에서 닭고기를 먹을 수 있겠소?」

닭고기는 그의 삶의 유일한 즐거움이었다. 그는 아주 지저분하게 먹으며, 잉크 얼룩에다 닭기름 얼룩을 추가했다. 그는 이 재킷을 벗는 법이 없었다.

식사하는 동안, 아직도 맞받아칠 말을 찾고 있는 슈네데르를 제외하고는 모두가 뭔가 대화를 시작해 보려고 했다. 메를랭은 접시에 코를 들이박은 채로 꿀꿀대듯 뭐라고 웅얼거리며 틀니로 쭙쭙거리기만 하여 사람들의 선의는 금방 꺾여 버렸다. 정부 파견인은 정말 불쾌하긴 했지만, 어쨌든 감사는 지나갔기 때문에 환희에 가까운 안도의 분위기가 금방 자리 잡았다. 이곳의 공사는 출발이 매우 어려웠다. 시작하기가 무섭게 자잘한 문제들이 튀어나왔다. 이런 종류의 공사에서는 아무것도 예상대로 이뤄지지 않고, 계획안들은 — 아주 상세하게 작성된 것들이라 할지라도 — 일을 착수했을 때 금방 나타나는 현실을 전혀 예상하지 못한다. 아무리 양심적으로 하려고 노력해도 예상 못 했던 요소들이 튀어나오기 때문에 그때그때 새로 결정을 내려야 하고, 또 어떤 식으로 일을 시작했을 경우에는 다른 식으로 다시 해야 하는 것이다…….

이 공동묘지에 대해 말하자면, 사람들은 빨리 시신들을 파내어 일을 마쳐 버리고 싶은 심정이었다. 감사는 긍정적이고도 마음이 놓이는 방향으로 마감되었다. 하지만 있었던 일들을 뒤돌아보면 조금 켕기는 것도 사실이었다. 그들은 꽤나 마셔 댔다. 어차피 공금으로 마시는 건데 마다할 이유가 있겠는가? 심지어는 슈네데르도 결국 모욕받은 일을 잊어버렸다. 그는 이 무례한 관리는 그냥 무시해 버리고 코트뒤론 와인이나 즐기기로 마음먹었다. 메를랭은 닭고기 요리를 세 번이나 다시 시켜 굶주린 사람처럼 먹어 댔다. 그의 굵은 손가락들은 닭기름 범벅이 됐다. 식사가 끝나자 그는 다른 사람들은 거들떠보지도 않고서, 한 번도 사용하지 않은 냅킨을 식탁 위에 휙 던진 다음, 자리에서 일어나 식당 밖으로 나가 버렸다. 모두가 어안이 벙벙해졌지만, 곧바로 난리가 났다. 마지막 한 입을 황급히 욱여넣고 와인 잔을 비운 다음, 계산서를 요구하고 금액을 확인하여 지불하고는 의자들을 넘어뜨려 가면서 문을 향해 뛰었다. 그렇게 밖으로 나와 보니 메를랭은 자동차 바퀴에 대고 소변을 갈기고 있었다.

역으로 가기 전에 메를랭의 가방이며 장부들을 가져오기 위해 공동묘지에 다시 들러야 했다. 공동묘지에 더 오래 있을 생각은 추호도 없었다. 기차가 40분 후에 출발하는 데다가, 식사하는 동안 잠시 멈췄던 비까지 다시 억수같이 퍼붓고 있는 이런 날씨에 말이다. 차 안에서 그는 누구에게도 아무 말도 건네지 않았다. 접대에 고맙다는 말 한 마디 없었다. 정말로 고약하기 짝이 없는 인간이었다.

공동묘지에 도착하자 메를랭은 빨리 걸었다. 물웅덩이들 위로 이어지는 널판이 그의 커다란 구두 아래서 위태롭게 휘었다. 비쩍 마른 적갈색 개 한 마리가 종종걸음으로 오다가 그와 마주쳤다. 메를랭은 예고도 없이, 심지어는 걸음을 늦추지도 않은 채로 왼쪽 발을 딛고 서서는 개의 옆구리를 엄청난 힘으로 걷어찼다. 개는 깨갱하며 공중에 붕 떠서 날아가 네 다리를 위로 하고 웅덩이에 첨벙 떨어졌다. 녀석이 다시 일어나기도 전에 메를랭은 발목까지 잠기는 웅덩이에 뛰어 들어갔다. 그러더니 그 커다란 구두로 녀석의 가슴을 꽉 눌러 꼼짝 못하게 만들었다. 익사의 공포에 사로잡힌 짐승은 더욱 자지러지게 짖어 댔고, 물속에서 요동을 치면서 사내를 물려고 했다. 이 광경에 모두가 경악하여 입을 딱 벌렸다.

메를랭은 몸을 굽혀 오른손으로는 개의 아래턱을, 왼손으로는 주둥이를 꽉 붙잡았다. 개는 깨갱거리면서 한층 거세게 몸부림쳤다. 벌써 녀석을 단단히 붙잡은 메를랭은 배를 다시 한 번 걷어찬 다음, 마치 악어에게 하는 것처럼 아가리를 벌리는가 싶더니만 갑자기 놔주었다. 개는 웅덩이에 데굴데굴 구르더니 몸을 일으키고는 배를 땅에 대고 부리나케 도망쳤다.

웅덩이는 제법 깊었고, 구두는 물속에 깊이 잠겨 있었지만 메를랭은 조금도 개의치 않았다. 그는 경악한 얼굴들을 하고서 널빤지 다리 위에 불안정하게 한 줄로 서 있는 대표단 쪽으로 몸을 돌렸다. 그러더니 약 20센티미터 정도의 뼈다귀 하나를 흔들어 보였다.

「이것에 대해서는 내가 좀 알지. 이건 닭 뼈가 아니란 말씀이야!」

조제프 메를랭은 아주 지저분하고도 혐오스러운 공무원이요 실패한 공직자이긴 했지만, 그는 또한 성실하고도 꼼꼼한, 요컨대 정직한 사람이기도 했다.

그는 전혀 내비치지 않았지만, 사실 이 공동묘지들은 그를 너무 가슴 아프게 했다. 이곳은 그가 아무도 원치 않은 이 직위에 임명되고 나서 세 번째로 감사하는 묘지였다. 전쟁을 식량 제한과 식민지부의 공문들로만 접했던 그에게 있어서 첫 번째 공동묘지 방문은 실로 충격적인 체험이었다. 그의 뿌리 깊은 인간 혐오증이 뒤흔들렸다. 그것은 사람들이 무더기로 죽었다는 사실 때문이 아니었다. 그런 것에는 익숙해져 있었다. 지구는 늘 대재앙이나 역병으로 황폐화되기 일쑤고, 전쟁은 이 둘의 조합에 불과하다. 그를 탄환처럼 꿰뚫은 것은 죽은 이들의 나이였다. 대재앙은 만인을 죽이고, 역병은 아이들과 노인들을 죽이지만, 젊은이들을 그렇게 대량으로 학살하는 것은 오직 전쟁뿐인 것이다. 메를랭은 이 사실을 발견하고 이렇게 충격을 받게 될 것을 전혀 예상치 못했다. 사실은 그 자신의 어느 부분이 프랑신을 만나던 시절 그대로 남아 있었던 것이다. 이 텅 비고 불균형적인 거대한 몸뚱이 속에는 죽은 이들과 나이가 같은 청년의 영혼의 한 조각이 아직 숨을 쉬고 있었던 것이다.

대부분의 동료들보다 훨씬 덜 멍청한 그는 첫 군사 묘지에 방문했을 때부터 꼼꼼한 공무원답게 비정상적인 점들을 찾아냈다. 장부들에는 머리를 갸우뚱하게 하는 것들, 앞뒤가 안 맞는데 엉성하게 가려 놓은 것들이 너무도 많았다. 하지만 어쩌겠는가? 이 공사가 얼마나 큰일인가를 생각해 본다면, 저 비에 흠뻑 젖은 불쌍한 세네갈인들을 한번 본다면, 이 믿을 수 없는 대량 학살극에 대해 한번 생각해 본다면, 이제 발굴하여 운반해야 할 시신들의 숫자를 한번 헤아려 본다면……. 과연 이들에게 꼬치꼬치 따지고 까다롭게 굴 수 있겠는가? 그냥 눈을 감아 버리고, 잊어버리는 편이 좋으리라. 이런 비극적인 상황에는 모종의 실용주의가 필요한 법, 메를랭은 여러 문제점들을 그냥 덮고 넘어가는 게 옳겠다고 판단했다. 이젠 끝내 버려야 해……. 아, 이놈의 전쟁을 이젠 끝내 버려야 한다고…….

하지만 샤지에르말몽에서는 불안감이 가슴을 옥죄어 왔다. 두세 개의 단서를 겹쳐 봤을 때……. 발굴된 관들 중에는 널판이 소각되지 않고 구덩이 속에 버려져 그대로 거기에 묻혀 버릴 듯한 것들이 보이고, 파헤친 무덤의 숫자와 발송된 관들의 숫자가 다르며, 또 어떤 날들에는 보고서가 대충 꾸며져 있고……. 이 모든 것들은 사람을 당혹스럽게 만들었다. 그리고 이런 상황에서는 이렇게 하는 게 옳다, 혹은 그르다 하는 생각도 흔들려 버렸다. 그러던 중에 입에다 프랑스 병사의 팔뼈 하나를 입에 물고 무용수처럼 팔짝팔짝 뛰고 있는 개 한 마리와 마주쳤을 때, 메를랭은 피가 거꾸로 솟고 말았다. 이제는 분명하게 이해하고 싶었다.

조제프 메를랭은 기차 타기를 포기하고는, 사실을 확인하고 설명을 요구하며 하루를 보냈다. 슈네데르는 마치 여름인 것처럼 땀을 줄줄 흘렸고, 폴 샤보르는 끊임없이 코를 풀어 댔다. 투르니에 특무 상사만이 정부 파견인이 말을 걸 때마다 딱하고 두 발꿈치를 붙이기를 계속했지만, 이것은 단지 그의 유전자에 새겨진 몸짓이었을 뿐, 특별한 의미가 있는 것은 아니었다.

모두가 뤼시앵 뒤프레 쪽으로 흘금흘금 시선을 돌렸고, 당사자는 자기 봉급이 눈곱만큼이나마 인상될 수 있는 가능성이 열어져 가는 것을 가슴 아프게 느끼고 있었다.

메를랭은 각종 장부, 보고서, 목록 등을 검토하면서 그 누구의 도움도 원치 않았다. 그는 관들의 재고가 있는 곳과 창고들과 심지어는 구덩이들까지 여러 차례 돌아보았다.

그러고는 다시 재고가 있는 곳으로 돌아왔다.

사람들은 그가 이렇게 마치 산수 문제의 열쇠를 찾는 것처럼 다가가고, 떠나고, 돌아오고, 머리를 긁적이고, 눈을 사방으로 돌리는 모습을 멀리서 지켜보았다. 그 위협적인 태도, 아무 말도 하지 않는 그 인간을 보고 있으려니 신경이 곤두서지 않을 수 없었다.

마침내 그가 입을 열었고, 이 말이 터져 나왔다.

「뒤프레!」

모두는 진실의 시간이 임박했음을 느꼈다. 뒤프레는 눈을 질끈 감았다. 프라델 대위는 이렇게 명시했다. 〈그는 작업하는 걸 지켜보고, 조사하고, 이런저런 잔소리를 늘어놓을 건데, 그런 건 조금도 신경 쓸 필요 없어, 알겠나? 재고만 안전한 곳에다 숨겨 놓으면 돼……. 자, 뒤프레, 당신을 믿어도 되겠지?〉

그게 뒤프레가 한 일이었다. 재고는 이틀간의 작업을 통해 시의 창고로 옮겨졌다. 그런데 문제는 정부의 파견인이 그 후줄근한 외모와는 달리 셈을 할 줄 안다는 사실이었다. 그는 셈을 해보고, 다시 셈을 해보고, 또 정보들을 대조해 봤다. 그리고 이 모든 것은 오래 걸리지 않았다.

「관이 부족해.」 메를랭이 지적했다. 「기재된 수량에 비해 관들이 많이 부족하고, 난 당신이 그것들을 어디다 쑤셔 박아 놨는지 좀 알아야겠어.」

이 모든 것은 그 염병할 개새끼 때문에 일어난 일이었다. 놈은 이따금 뭔가를 처먹으러 여기에 오곤 했는데, 왜 그게 하필이면 이날이란 말인가! 지금까지 놈에게 돌을 던지고 말았는데, 진즉 도살해 버렸어야 했다. 왜 그러니까 쓸데없이 인간적인 모습을 보여 가지고…….

하루가 끝나고, 그렇잖아도 조용하고 긴장된 분위기의 공사장에 사람들이 사라진 시간이 되었을 때, 시 창고에서 돌아온 메를랭이 자기는 아직도 해야 할 일이 있으며, 잠은 호적계의 사무용 가건물에서 자도 상관없다고 간단히 설명했다. 그러고 나서는 결의에 찬 늙은이의 큰 걸음으로 늘어선 묘지들 쪽으로 뚜벅뚜벅 걸어갔다.

뒤프레는 프라델 대위에게 전화하기 전에 마지막으로 고개를 돌려보았다.

저쪽 멀리에, 장부를 손에 든 메를랭이 공동묘지 북편의 한 장소에 걸음을 멈추는 게 보였다. 그는 드디어 재킷까지 벗더니만, 장부를 덮어 재킷으로 감싸 땅에 내려놓았다. 그러고는 삽을 들어서는 진흙투성이의 그 커다란 구두로 힘껏 밟아 삽날은 물론 삽자루까지 묻히도록 흙 속에 푹 박았다.

25

어디로 가버렸는가? 아직 내가 못 들어 본 사람들이, 그를 받아 줄 사람들이 있었단 말인가? 그리고 이제 모르핀도 없는데 어떻게 하려 하는가? 혼자서 구할 수 있을까? 어쩌면 가족에게 돌아가기로 결심했는지도 모른다. 그게 가장 분별 있는 해결책이니까……. 문제는 에두아르는 분별이라고는 전혀 없는 친구라는 점이었다. 이 친구는 전쟁이 일어나기 전에는 어땠을까? 어떤 사람이었을까? 그리고 왜 나는 그 저녁 식사 동안 페리쿠르 씨에게 더 많은 것을 물어보지 않았단 말인가? 나에게도 여러 가지 질문을 할 권리가, 서로 알기 전에 전우가 어떤 사람이었는지 알아볼 권리가 있지 않던가?

하지만, 무엇보다도, 그는 대체 어디로 갔단 말인가?

나흘 전에 에두아르가 집을 나간 이후로 아침부터 저녁까지 알베르의 머릿속에 맴도는 생각들이었다. 그는 마치 늙은이처럼 그들이 함께한 삶의 순간들을 이것저것 떠올려 보고, 또 되씹었다.

에두아르가 그립다는 말이 아니었다. 사실은 그가 사라지자

문득 안도감마저 느껴졌다. 친구가 있었기 때문에 짊어져야
했던 한 다발의 의무들이 갑자기 해결되어 버려 비로소 숨을
쉴 수 있었고 해방감을 느낀 것이다. 다만 마음이 편치가 않았
다. 무슨 상관이야? 녀석은 내 자식도 아닌데……! 이런 생각
도 들긴 했지만, 그의 의존 상태와 미성숙함과 고집은 그를 한
명의 아이와 비교하지 않을 수 없게 만들었다. 세상에! 전사자
기념비 사업이라니, 그 무슨 어처구니없는 생각이란 말인가!
알베르는 이게 다 그의 정신이 건강치 못한 탓이라고 보았다.
그래, 그런 아이디어를 가져 볼 수는 있다. 그 정도는 이해할
수 있다. 모든 사람과 마찬가지로 그도 복수하고 싶은 마음이
있을 테니까. 하지만 알베르가 경우에 맞는 얘기를 해도 들은
척도 안 하는 것은 도무지 이해할 수가 없었다. 그는 계획과
꿈의 차이도 이해하지 못한단 말인가? 이 친구는 두 발이 땅에
붙어 있지 않은 것이다. 부자들에게서 종종 볼 수 있는 일이지
만, 현실이 자신과는 아무 상관없다는 듯이 굴고 있는 것이다.
　　파리는 뼛속까지 파고드는 축축한 한기에 잠겨 있었다. 알
베르는 점점 부풀어 올라 저녁 무렵이 되면 끔찍하게 무거워지
는 광고판의 널판들을 갈아 달라고 요구했지만, 이 요구를 관
철시킬 방법이 없었다.
　　그는 아침마다 지하철역 근처에서 이 나무로 된 광고판을
받아서 메고 다니다가, 간단히 요기만 하는 점심시간에 다른
걸로 바꿨다. 아직 정상적인 일자리를 찾지 못한 제대 군인들
이 대부분인 직원들은 한 구(區)에 열 명 정도 됐으며, 여기에
감독관이 하나 있었는데, 항상 어딘가에 숨어 있다가는, 어깨
나 좀 주무르려고 잠시 멈춰 설라 치면 번개같이 튀어나와서

는, 당장에 다시 움직이지 않으면 해고해 버리겠다고 위협하는 사악하기 이를 데 없는 자였다.

그날은 화요일로, 오스만 대로의 라파예트 지하철역과 생오귀스탱 역 사이의 구간을 맡아야 하는 날이었다(한쪽 광고판에는 〈라비바─스타킹을 물들여 새것처럼 만드세요!〉, 다른 쪽에는 〈립…… 립…… 립……. 승리의 손목시계〉라고 적혀 있었다). 밤중에 멈췄던 비가 오전 10시경에 다시 내리기 시작했고, 알베르는 파스키에 가의 모퉁이에 막 이르렀다. 주머니 속의 모자를 꺼내기 위해 잠시 서는 것도 금지된 일이었다. 계속 걸어야 했다.

「걷는 게 바로 자네들 일이야.」 감독관은 말하곤 했다. 「자넨 군대에서 〈땅개〉였지 않았어? 이것도 마찬가지라고.」

하지만 빗발은 굵고 차가웠다. 알베르는 〈이런, 쯧쯧!〉 하면서 좌우를 둘러보다가 한 건물의 벽면에 몸을 바짝 붙이고는 무릎을 구부려 앞뒤의 광고판이 땅에 닿도록 했다. 그가 몸을 굽혀 광고판을 잇는 가죽 끈들 밑으로 빠져나오려 하고 있는데, 건물이 갑자기 그의 위로 무너져 내렸다. 그의 머리는 건물의 전면에 정통으로 부딪혔다.

너무나도 거센 충격에 머리가 뒤쪽으로 날아갔고, 몸의 나머지 부분도 뒤따라 날았다. 뒤통수가 석벽에 부딪혀 으깨졌고, 광고판은 허물어지고, 그 통에 가죽 끈이 꼬여 알베르의 목을 조였다. 숨이 막힌 그는 물에 빠진 사람처럼 허우적댔지만, 그렇잖아도 무거운 광고판이 그의 위로 층층이 쌓여 있어 옴짝달싹할 수 없었다. 일어나려고 해보니 가죽 끈이 목 주위를 꽉 조여 왔다.

이때 소름끼치는 생각이 머리를 스쳤다. 이것은 그가 포탄 구덩이에 빠졌을 때와 똑같은 장면이었다. 몸은 마비되고, 숨이 막히고, 꼼짝할 수 없고, 질식해 가는 상황……. 그는 결국 이렇게 죽을 운명인 모양이었다.

공황감에 사로잡혔고, 동작은 어지러워졌다. 비명을 지르고 싶었지만 소리가 나오지 않았고, 모든 게 빨리, 아주 빨리, 너무 빨리 진행되고 있었다. 누군가가 그의 발목을 움켜쥐고 그를 광고판 무더기 아래서 빼내려 하는 게 느껴졌고, 이에 따라 가죽 끈이 목 주위를 더욱 강하게 죄어 왔다. 조금이라도 공기를 확보하려 끈 밑으로 손가락을 밀어 넣으려 해보는데, 나무 광고판 한 짝 위로 아주 거센 타격이 한 방 가해졌다. 머리가 띵 울릴 정도로 강한 그 타격과 함께 갑자기 빛이 나타났고, 가죽 끈은 풀어졌다. 알베르는 허겁지겁 공기를 들이마셨다. 너무 많은 공기를 들이마시는 통에 콜록콜록 기침하기 시작했고, 하마터면 토할 뻔했다. 그는 자신을 방어하려 — 하지만 무엇에 대해? — 했고, 몸부림치려 했다. 마치 뭔가에 위협받는 눈 먼 고양이 같았다. 그는 눈을 뜨면서 마침내 이해했다. 조금 전에 무너진 건물은 이제 인간의 형체를 갖추고 있었다. 안구가 빠져나올 정도로 눈을 부릅뜨고서 그의 위로 들이대고 있는 누군가의 격노한 얼굴이었다.

안토나풀로스가 소리쳤다.

「이 개자식!」

그의 퉁퉁한 얼굴, 그 늘어진 살찐 볼때기는 분노로 시뻘게져 있었고, 눈빛은 알베르의 머리를 완전히 꿰뚫어 버릴 기세였다. 방금 전에 그를 쓰러뜨린 그리스인은 몸을 한번 뒤틀더니 펄쩍 뛰어올라서는 요란한 소리를 내며 망가진 광고판을 깔고 앉았다. 그의 거대한 궁둥이는 그가 머리칼을 움켜쥔 알베르의 가슴 위에 있는 널판을 박살 냈다. 이렇게 알베르를 확실하게 깔고 앉은 그는 얼굴에 사정없이 주먹질을 시작했다.

첫 번째 펀치에 눈썹께가 터졌고, 두 번째 펀치는 입술을 찢어 놓았다. 그 즉시 알베르는 입속에 비릿한 피 맛이 느껴졌지만, 계속 소리치며 한마디 할 때마다 얼굴에 짓이기는 주먹질로 박자를 맞추는 그리스인에 깔려 꼼짝도 할 수 없었다. 하나! 둘! 셋! 넷! 알베르는 호흡이 끊긴 상태에서 그의 고함 소리를 들었다. 고개를 돌리려 하다가 주먹이 관자놀이에 꽂히는 바람에 의식을 잃었다.

어떤 소리들, 사람들의 음성들, 주위에서 어수선한 움직임이 느껴졌다…….

행인들이 끼어든 것이다. 그들은 고래고래 욕설을 퍼붓는 그리스인을 간신히 밀어 땅바닥에 나뒹굴게 만든 다음(이를 위해 세 사람이 달려들어야 했다), 마침내 알베르를 빼내어 보도에 눕혔다. 곧이어 누군가가 경찰을 부르자고 말하자, 그리스인은 반발했다. 그는 경찰이 오는 걸 원치 않았다. 그가 원하는 것은 의심할 바 없이 의식을 잃고 피 웅덩이 속에 뻗어 있는, 그가 〈개자식!〉이라고 외치며 주먹으로 가리키는 저 남자의 목숨이었다. 〈어이, 진정하라고!〉 하는 소리들이 터졌고, 여자들은 피투성이가 되어 기절해 쓰러져 있는 남자에 시선을 고정한 채로 뒷걸음질했다. 거리의 영웅이 된 두 남자는 누워 있는 그리스인을 — 마치 엎어져 몸을 못 뒤집는 거북이처럼 — 꼼짝 못하게 제압하고 있었다. 어떻게 하라고 소리치는 사람도 있었지만, 아무도 누가 무엇을 해야 할지 몰랐고, 벌써 대화는 이 사건에 대한 논평으로 옮아가고 있었다. 여자 문제 때문에 이러는 거라는데, 당신도 그렇게 생각하시오? 꽉 잡고 있어! 꽉 잡고 있으라고? 아, 참 고맙기도 하셔라! 와서 나나 도와주시오! 왜냐면 이 머저리 같은 그리스 놈은 힘이 엄청 세거든! 몸을 뒤집으려 할 때는 꼭 향유고래 같다고. 하지만 몸뚱이가 너무 뚱뚱해서 그렇게 위험하진 않아. 그래도 — 다른 누군가 말했다 — 경찰이 오는 게 좋겠어!

「안 돼! 경찰, 안 돼!」 그리스인은 발버둥을 치며 고래고래 소리쳤다.

〈경찰〉이라는 말이 그의 분노와 투지를 배가시켰다. 그는 한 팔로 자원봉사자 중의 하나를 나뒹굴게 했다. 여자들은 일제히 외마디 비명을 질렀다. 사실은 즐거워 지르는 비명이었지만, 그래도 모두가 한 발씩 뒤로 물러섰다. 이 다툼의 결과에 대해서는 무관심한 몇몇은 멀찌감치 떨어져서 이렇게 물었다. 터키 놈이야? 무슨 소리야? 루마니아 놈이야! 에이, 아니야! 이 분야에 정통한 한 남자가 반박했다. 루마니아 사람은 프랑스 사람처럼 생겼다고. 아냐, 저건 터키 놈이야. 아, 그렇지! 첫 번째 남자가 신이 나서 외쳤다. 어쩐지 터키 놈 냄새가 난다고 생각했어! 이때 경찰이 드디어 도착했다. 두 명의 순경이었다. 여기서 무슨 일이 일어난 거요? 멍청한 질문이었으니, 한 사내가 거기서 4미터 떨어진 곳에 기절해 쓰러져 있는 다른 사내를 요절내려 하는 것을 사람들이 겨우 막고 있는 상황은 누가 봐도 뻔했기 때문이다. 좋아, 좋아, 좋아……. 순경이 말했다. 자, 무슨 일인지 한번 보자고……! 하지만 그의 말과는 달리 아무것도 볼 수 없었으니, 돌발 사태가 발생한 것이다. 그때까지 그리스인을 제압하고 있던 행인들이 경찰들이 온 것을 보고는 힘을 조금 풀었다. 그러자 기다렸다는 듯이 그리스인은 몸을 뒤집어 엎드린 다음, 무릎을 꿇고 일어났고, 모두가 속수무책인 가운데 가속하는 기차처럼 맹렬히 돌진했다. 걸리는 사람은 그대로 바스러트릴 기세여서 아무도, 특히나 경찰은, 막을 엄두를 못 냈다. 그리스인은 알베르에게 달려들었고, 당사자는 무의식 상태에서 자기가 다시 위험해지고 있다는 것을 감지한 모양이었다. 안토나풀로스가 막 덮치려는 순간, 알베르는 ── 사실 그는 하나의 몸뚱이일 뿐으로, 아직 눈을 감고서 몽유병자처럼 고개를 끄덕이고 있는 상태였다 ── 그러니까 알베르는 마찬가지로 몸을 굴려 엎드리더니 역시 벌떡 일어나서는 쫓아오는 그리스인을 뒤에 달고서 보도를 갈지자로 달리기 시작했다.

모두가 실망했다.

다시 한바탕 신나는 장면을 기대하고 있는데, 두 주인공이 사라져 버린 것이다. 체포도, 심문도 없다는 게 너무도 아쉬웠다. 이 정도로 사건에 참여했으면, 이야기의 결말을 알 권리가 있지 않은가? 경찰들만이 실망하지 않았다. 그들은 두 손을 으쓱 들어 올렸다. 어쩌겠어? 운명에 맡기는 수밖에! 그러면서 속으로는 두 사람이 충분히 오랫동안 쫓고 쫓기는 달음박질을 계속해 주길 바랐으니, 파스키에 가 바로 다음은 그들의 관할이 아니기 때문이었다.

그런데 추격전은 아주 빨리 끝나 버렸다. 알베르는 잘 보기 위해 피 묻은 얼굴을 소매로 훔치며, 저승사자에게 쫓기는 사람처럼 죽어라 달렸다. 그는 지나치게 무거운 그리스인보다 훨씬 빨랐기 때문에 이내 그들 사이에는 거리 두 개, 그리고 거리 세 개, 네 개에 해당하는 간격이 벌어졌다. 이제 같은 곳으로 돌아와 안토나풀로스와 마주치지 않는 한, 더 이상 위험은 없었다. 물론 이빨 두 개가 부러지고, 눈두덩이 찢어지고, 여기저기에 피멍이 들고, 옆구리가 쑤시고, 아직도 극도의 공포가 가시지 않았지만 말이다.

피투성이가 되어 비틀거리는 남자는 오래지 않아 다시 경찰을 끌어들이게 될 터였다. 벌써부터 행인들은 불안한 표정으로 옆으로 비켜섰다. 알베르는 이제 그리스인을 어느 정도 따돌리는 데 성공했으며, 지금 자신이 눈 뜨고는 못 볼 꼬락서니임을 의식하고는 스크리브 가의 분수대에 걸음을 멈추고, 얼굴을 물로 씻었다. 그때서야 얻어맞은 곳들이 아파 오기 시작했다. 특히 찢어진 눈두덩이 그랬다. 피는 줄줄 흘러내리는데, 멈추게 할 방법이 없었다. 소매로 이마를 꽉 누르고 있었지만, 온몸이 피범벅이었다.

화장을 하고 모자를 쓴 한 젊은 여자가 핸드백을 몸에 꼭 붙이고 혼자 앉아 있었다. 그녀는 알베르가 대기실에 들어오자마자 눈길을 돌려 버렸는데, 방에 그들 둘만 있고 두 의자가 마주 놓여 있는 탓에 지금 그녀가 외면하고 있다는 것을 쉽게 알 수 있었다. 그녀는 몸을 꼬면서 아무것도 보이지 않는 창밖을 내다보았고, 얼굴을 손으로 가리기 위해 헛기침을 했다. 출혈이 멈추지 않고(그는 머리에서 발끝까지 피로 젖어 있었다), 얼굴 하나만 봐도 방금 아주 고약한 일을 겪고 왔다는 게 당연한 이 남자를 쳐다보는 것보다도 그의 눈에 띄는 게 더 불안하게 느껴지는 모양이었다. 그렇게 몇 초나 흘렀을까, 아파트의 저쪽 끝에서 발소리와 누군가의 목소리가 들리더니 마침내 마르티노 의사가 나타났다.

젊은 여자는 벌떡 일어났지만 곧바로 동작을 멈췄다. 알베르의 상태를 본 의사가 그에게 손짓을 했기 때문이다. 알베르는 나아갔고, 젊은 여인은 아무 말도 없이 다시 자기 의자로 돌아가 마치 벌 받는 아이처럼 다시 앉았다.

의사는 아무것도 묻지 않았다. 다만 여기저기 만져 보고, 눌러 보고는 간략하게 진단을 내렸다. 〈되게 많이 얻어맞으셨구먼…….〉 그러고는 잇몸의 구멍들도 꾹꾹 눌러 보고는 치과 의사를 찾아가 볼 것을 권한 다음, 또 눈두덩의 상처를 꿰맸다.

「10프랑이오.」

알베르는 호주머니를 다 털고, 네 다리로 기어 의자 밑에 굴러떨어진 동전 몇 닢까지 주워 의사에게 주었다. 하지만 10프랑에 한참 못 미치는 액수였다. 의사는 체념한 듯 어깨를 으쓱하고는, 아무 말 없이 알베르를 출구까지 데려다주었다.

알베르는 즉시 공황감에 사로잡혔다. 그는 건물 정문의 손잡이에 매달렸다. 주위의 세상이 빙빙 돌기 시작하더니 심장이 쿵쿵 울리며 욕지기가 치밀었다. 선 채로 녹아내리는, 혹은 모래늪에 빠지듯 땅속으로 빠져들어 가는 느낌이었다. 끔찍한 현기증이 엄습했다. 그는 눈을 부릅뜨고 심장 마비에 걸린 사람처럼 가슴을 움켜잡았다. 곧바로 건물 관리인 여자가 달려왔다.

「설마 여기 보도에다 토하려는 건 아니겠죠?」

알베르는 대답할 수 없는 상태였다. 여자는 고개를 끄덕이며 봉합한 눈두덩을 쳐다보더니 눈을 하늘로 들어 올렸다. 하여간 남자들은 엄살이 심하다니까.

공황감은 오래가지 않았다. 격렬했지만 짧게 끝났다. 이런 공황 발작은 전에도 겪어 본 적이 있었다. 1918년의 11월과 12월, 그가 생매장되고 나서 몇 주 동안이었다. 심지어는 밤에도 그는 땅속에서 질식하여 죽는 악몽에 눌려 깨어나곤 했다.

다시 걷기 시작하자, 주위의 거리가 춤을 추었다. 현실이 새롭게 느껴졌다. 실제보다도 모호하고, 흐릿하고, 춤추듯이 흔들거리는 것처럼 느껴졌다. 그는 비틀거리며 지하철역 쪽으로 갔다. 어떤 소리가 들릴 때마다, 어디서 문 닫히는 소리가 들릴 때마다 그는 소스라치며 뒤를 돌아보았다. 어느 순간엔고 그거대한 풀로스가 불쑥 튀어나올 것만 같았다. 왜 이리 재수가 없는지! 이런 대도시에서는 20년을 살아도 옛 친구 하나 만나지 못하는 게 보통인데, 어쩌다가 그 그리스 놈과 정면으로 마주쳤단 말인가?

알베르는 치아에 끔찍한 통증을 느끼기 시작했다.

그는 칼바도스나 한 잔 마시려고 한 카페에 들어갔다. 그러나 주문을 하려는 순간, 수중의 돈을 모두 마르티노 의사에게 털어 주고 왔다는 사실을 기억했다. 다시 나와 지하철을 타려고 해보았지만, 밀폐된 분위기에 숨이 막히고 불안감에 가슴이 조여들어 다시 지상으로 올라와서는 걸어서 집으로 돌아왔다. 기진맥진한 그는 그날 일어난 일을 세세하게 곱씹으며 뒤늦게 덜덜 떨면서 하루의 나머지 시간을 보냈다.

이따금 거센 분노가 치밀어 올랐다. 그 그리스 개자식을 쳐음 만났을 때 죽여 버렸어야 했는데! 하지만 대부분의 시간은 이루 말할 수 없는 재난으로 느껴지는 자신의 삶을 들여다보며 보냈다. 그 한심함에 가슴이 저며 왔고, 그의 의지의 무언가가 부러져 버린 듯, 이제 집 밖으로 나가는 게 어려울 것처럼 느껴졌다.

그는 거울을 들여다보았다. 얼굴은 엉망이 되어 있었고, 피멍은 퍼렇게 변해 있었다. 완전히 도형수의 모습이었다. 전에 에두아르도 이렇게 거울을 들여다보며 그 안에서 폐허가 된 자신을 발견하곤 했다. 알베르는 별 분노의 감정도 없이 거울을 바닥에 던져 박살을 내버렸고, 다시 그 조각들을 주워서 쓰레기통에 버렸다.

다음 날, 그는 아무것도 먹지 않았다. 오후 내내 회전목마처럼 방 안을 빙빙 돌기만 했다. 전날의 일을 생각할 때마다 다시 공포로 오싹해졌다. 그리고 바보 같은 생각들이 떠올랐다. 그리스 놈은 나를 찾아냈다. 그러니 놈은 이제 조사를 해서 내 고용주를 찾아가고, 또 이곳까지 찾아와서는 자기에게 빚진 걸 내놓으라고 요구하고, 또 날 죽일 수 있지 않겠는가? 알베르는 창가로 달려가 봤다. 하지만 거기에서는 풀로스가 불쑥 출현할 수 있는 거리는 보이지 않았고, 늘 그렇듯 벨몽 부인이 멍한 눈과 추억에 잠긴 얼굴로 창 뒤에 앉아 있는 주인집이 보일 뿐이었다.

미래는 컴컴하기만 했다. 이제 직장도 없고, 뒤에는 그리스 놈이 쫓아오고 있었다. 이사를 하고, 다른 일거리를 찾아야 했다. 하지만 그게 또 얼마나 어려운 일인가!

그는 자신을 안심시키려 했다. 그리스 놈이 그를 찾아온다는 것은 완전히 말도 안 되는 소리다. 겁에 질린 자신의 망상에 불과하다. 우선 놈이 어떻게 행동하겠는가? 벌써 내용물을 다 빼먹었을 게 분명한 모르핀 앰풀 한 상자를 되찾겠다고 자기 가족 전체를, 자기 패거리 전체를 동원하겠는가? 그건 정말로 우스운 소리다.

하지만 알베르의 정신이 도달한 이 결론을 그의 몸은 공유하지 않았다. 몸은 계속 덜덜 떨기만 했다. 그의 두려움은 비합리적인 것, 이성이 끼어들 수 없는 것이었다. 이렇게 시간이 흐르고 밤이 되었다. 그리고 밤과 함께 극도의 공포가 유령처럼 찾아왔다. 어둠이 부풀린 이 유령은 그에게 남은 한 조각의 이성마저 파괴해 버렸고, 다시 공황감이 그를 사로잡았다.

알베르는 홀로 흐느꼈다. 알베르가 살아오면서 흘린 눈물들의 이야기를 써본다면 책 한 권은 나오리라. 지금 흘리는 눈물은 절망의 눈물로, 자신의 삶을 생각하면 슬픔의 눈물이 되었고, 미래를 생각하면 오싹한 공포의 눈물이 되었다. 식은땀이 나기도 하고, 의기소침해지기도 하고, 심장이 두근대기도 하고, 우울한 생각이 떠오르기도 하고, 숨이 막히기도 하고, 현기증이 일기도 했다. 이젠 다시는 이 아파트에서 나갈 수 없게 됐어⋯⋯. 하지만 여기에 남아 있을 수도 없는 노릇이잖아⋯⋯? 눈물이 더욱 뜨겁게 흘렀다. 그래, 도망가자! 지금이 밤이기 때문일까, 이 생각은 엄청난 크기로 커지면서 다른 모든 전망들을 눌러 버렸다. 이곳에서의 미래는 더 이상 상상할 수 없었다. 비단 이 방만이 아니라, 이 도시, 이 나라에서 산다는 것을 생각할 수 없었다.

그는 서랍으로 달려가 식민지의 풍경을 담은 사진이며 그림엽서 들을 찾아냈다. 그래, 처음부터 다시 시작하는 거야. 그러자 에두아르의 모습이 번쩍 떠올랐다. 알베르는 옷장으로 뛰어가 말 대가리 마스크를 꺼냈다. 그는 마치 귀중한 골동품을 다루듯이 조심해 가면서 그것을 뒤집어썼다. 그러자 곧바로 어떤 안전한 곳에 들어온 듯한, 보호받고 있는 듯한 느낌이 들었다. 자신의 모습이 보고 싶어진 그는 쓰레기통에서 그나마 큰 거울 조각을 꺼냈지만, 그걸로는 잘 보이지가 않았다. 이번에는 창유리에 자신을 비춰 보았다. 거기에는 말이 된 자신의 모습이 보였다. 그 즉시 두려움이 가라앉았고, 어떤 포근한 따스함이 그를 감쌌으며, 근육은 스르르 이완되었다. 마스크를 고쳐 쓰다가 시선이 아래로 내려가, 마당 저쪽 벨몽 부인 집의 창문을 보게 되었다. 그녀는 거기에 없었다. 대신 다른 방의 창에서 희미한 불빛이 새어 나오고 있었다.

갑자기 모든 게 명확해졌다.

알베르는 말 대가리 마스크를 벗기 전에 깊이 심호흡을 해야 했다. 마스크를 벗자 불쾌한 한기 같은 것이 느껴졌다. 오래전에 불이 꺼져 버렸지만 아직 온기를 간직하고 있는 난로처럼, 알베르에겐 약간의 기력이 남아 있었다. 덕분에 마스크를 팔 밑에 끼고 문을 열고 천천히 계단을 내려가 방수포를 들추고, 앰풀 상자가 사라졌다는 것을 확인할 수 있었다.

그는 마당을 가로지른 다음, 보도를 몇 미터 걸었다. 이제 캄캄한 밤이었다. 그는 말 대가리 마스크를 옆구리에 꼭 끼고서 초인종을 눌렀다.

벨몽 부인은 오래지 않아 도착했다. 알베르를 알아본 그녀는 아무 말도 하지 않고 문을 열어 주었다. 알베르는 들어가 그녀의 뒤를 따랐다. 복도 하나를 지난 후, 덧창이 모두 닫힌 어떤 방에 들어갔다. 루이즈가 곤히 잠들어 있었다. 잠들어 있는 아이는 너무도 아름다웠다. 바닥에는 어스름 속에 상앗빛으로 물든 흰색 시트를 덮고 누운 에두아르가 눈을 뚱그렇게 뜨고 알베르를 응시하고 있었다. 그의 옆에는 모르핀 앰풀 상자가 보였다. 알베르는 앰풀 양이 많이 줄지 않았음을 전문가답게 금방 확인했다.

그는 미소를 짓고, 어색한 분위기를 풀기 위해 말 대가리 마스크를 뒤집어쓰고 악수를 청했다.

자정 무렵, 에두아르는 창 밑에 앉았고, 알베르는 그 옆에서 기념비 그림들을 무릎 위에 올려놓고 열심히 들여다보았다. 그는 아까 친구가 지은 표정을 보았다. 엄청나게 놀란 표정이었다.

알베르가 말했다.

「자, 좀 더 잘 설명해 봐. 그 기념비 얘기 말이야……. 그래, 어떻게 하겠다는 건데?」

에두아르가 새 대화 노트에 글을 쓰고 있는 동안, 알베르는 고개를 끄덕이며 기념비 그림들을 뒤적거렸다. 그들은 문제를 검토했다. 모든 게 해결 가능해 보였다. 유령 회사를 설립할 필요가 없고, 그저 은행 계좌 하나만 열면 되었다. 사무실도 필요 없고, 사서함만 하나 있으면 되었다. 제한된 기간 동안 아주 매력적인 판촉 행사를 벌여서, 주문에 따른 선금을 최대한 거둬들인 다음……. 곧바로 금고를 들고 튀는 것, 이게 그들이 도달한 아이디어였다.

단, 문제가 하나 남는데, 이게 만만치 않았다. 일을 꾸미려면 그래도 어느 정도의 돈이 필요한 것이다.

에두아르는 왜 이 필수불가결한 자금 문제를 내세우며 펄펄 뛰던 알베르가 지금은 이것을 부차적인 장애물 정도로 여기고 있는지 정확히는 이해할 수 없었다. 물론 이것은 여기저기 피멍이 나 있고, 눈두덩은 찢어져 아직 시뻘겋게 벌어져 있고, 눈은 퍼렇게 멍이 든 저 몰골과 관련이 있으리라…….

에두아르는 며칠 전 알베르가 외출했다가 풀이 죽어 돌아왔던 일을 생각해 봤다. 그는 이게 실연 같은, 여자와 관련된 어떤 일이겠거니 상상했었다. 혹시 알베르는 일시적으로 화가 나서 이런 결정을 내린 게 아닐까? 내일이나 모레에는 생각이 바뀌지 않을까? 하지만 에두아르에게는 다른 선택이 없었다. 만일 이 모험을 시작하고 싶다면(그가 얼마나 여기에 집착하는지는 신만이 아시리라!), 친구의 결정이 충분한 숙고 끝에 나온 것이라고 받아들이는 수밖에 없었다. 그리고 그가 진심이기를 간절히 기도하는 수밖에 없었다.

이 대화 중에 알베르는 정상적이고도 합리적으로 보였고, 완전히 사리에 맞는 얘기들만 했다. 딱 한 번, 말을 하던 도중에 머리에서 발끝까지 부르르 떨더니 온도가 그렇게 높지 않음에도 불구하고 땀을 — 특히 손바닥에 — 비 오듯 흘리는 거였다. 이때 그는 동시에 두 사람인 것처럼 보였다. 하나는 토끼처럼 벌벌 떠는, 전에 생매장되었던 병사였던 사람이었고, 다른 하나는 생각하고 계산하는, 전에 회계원이었던 사람이었다.

자, 그렇다면 이 일을 진행하기 위한 자금은 대체 어디서 구할 것인가?

알베르는 그를 차분하게 응시하고 있는 말 대가리를 오랫동안 쳐다보았다. 그를 지켜보는 그 평정하고도 따스한 시선이 그에게 용기를 주었다.

그는 일어섰다.

「구할 수 있을 것 같아…….」

이렇게 말한 그는 식탁까지 걸어가 그 위를 천천히 치웠다.

그러고는 거기에 앉아 앞에다 종이 한 장, 잉크, 펜대를 놓고 한동안 생각하더니, 종이의 왼쪽 윗부분에 자신의 이름과 주소를 적은 다음, 이렇게 써내려 갔다.

회장님,

지난번 저를 초대하셨을 때, 회장님께서는 감사하게도 회장님의 한 기업체에 회계원 자리를 제안해 주셨습니다.

만일 그 제안이 아직도 유효하다면, 전…….

1920년 3월

26

 모든 것을 흑백 논리로 받아들이는 앙리 도네프라델은 대화에서 쉽게 상대를 누르곤 했는데, 그의 거침 앞에서 똑똑한 상대방이 주눅 드는 일이 많았기 때문이다. 예를 들어 그는 레옹 자르댕볼리외가 자기보다 체구가 작기 때문에 자기보다 똑똑하지 못하다고 생각했다. 이는 사실이 아니었으나, 작은 키에 콤플렉스가 있는 레옹은 기가 죽어 움츠러들었고, 이 때문에 늘 논쟁에서 이기는 쪽은 프라델이었다. 프라델이 주도권 쥔 것은 체구의 문제도 있었지만, 이본과 드니즈라는 이름의 다른 두 개의 이유도 있었다. 이들은 각각 레옹의 누이와 처로, 둘 다 앙리의 정부(情婦)였다. 첫 번째 여자와의 관계는 1년이 넘었고, 두 번째 여자와는 그녀의 결혼식 이틀 전부터 지금까지 관계를 지속해 왔다. 앙리는 결혼식 바로 전날, 혹은 당일 아침에 관계를 갖는 게 더 자극적이라고 생각했을지 모르지만, 상황상 그러기는 힘들었고, 결혼식 이틀 전에 관계를 가진 것만 해도 대단한 일이었다. 이날부터 그는 친한 이들에게 서슴없이 말하곤 했다. 〈자르댕볼리외 집안에서 내가 아직 안 먹은 것은 그 집 어머니뿐이야.〉이 농담은 큰 성공을 거뒀으니, 자르댕볼리외 부인은 남성의 욕망을 자극할 만한 점이 거의 없는 매우 엄숙한 여성이었기 때문이다. 프라넬은 그의 습관적인 상스러움으로 이렇게 덧붙이는 걸 잊지 않았다. 〈당연한 거 아니겠어, 내가 미치지 않고서야?〉

요컨대 앙리는 완벽한 멍청이인 페르디낭 모리외와 콤플렉스 때문에 꼼짝을 못하는 레옹 자르댕볼리외를 그가 경멸해 마지않는 두 동업자로 낙점했던 것이다. 지금까지 그는 아무런 구속 없이 자신의 방식으로, 즉 민첩하고도 신속하게 일들을 처리해 왔고, 그의 두 〈동업자〉는 그저 배당금을 챙기는 것으로 만족해 왔다. 앙리는 그들에게 아무것도 알리지 않았으니, 이것은 〈그의〉기업이었기 때문이다. 그는 그들에게 보고하지 않고 수많은 장애물들을 넘어 왔기 때문에, 지금에 와서 새로이 보고를 시작해야 할 이유는 없었다.

「다만 말이야.」레옹 자르댕볼리외가 말했다. 「이번에는 좀더 당혹스럽네…….」

앙리는 그의 전신을 쭉 훑어보았다. 그는 레옹과 뭔가를 논의할 때는 어떻게든 마주 서는 상황을 만들었는데, 레옹이 마치 천장을 올려다보듯 고개를 쳐들도록 하기 위해서였다.

레옹은 눈을 빠르게 깜빡거렸다. 지금 중요한 것들을 얘기해야 하는데, 이 사내 앞에만 서면 겁이 났다. 또 그는 이 사내를 증오했다. 그는 자기 누이가 그와 잠을 잤다는 사실을 알고 마음이 괴로웠지만, 마치 자기가 공범인 것처럼, 심지어는 자기가 그렇게 하라고 부추긴 것처럼 미소를 짓곤 했었다. 그의 처 드니즈에 관한 소문이 처음 들려왔을 때는 전혀 다른 일이었다. 너무도 심한 모욕감에 죽어 버리고 싶었다. 그가 미인과 결혼할 수 있었던 것은 재산 덕분이었기 때문에 아내의 정조가 유지되리라는 환상은 품은 적이 없지만, 이 나쁜 소식의 주인공이 다름 아닌 도네프라델이라는 사실을 알게 됐을 때는 가슴이 찢어지는 듯했다. 처 드니즈는 항상 레옹을 경멸해 왔다. 그녀는 레옹이 자신의 재력을 이용하여 목적을 이룬 것에 대해 앙심을 품어 왔다. 신혼 초부터 그녀는 그에게 거만하게 굴었고, 그는 각방을 쓰고 밤에는 방문을 잠가 놓겠다는 그녀의 결정에 끽소리도 못했다. 이 사람은 나와 결혼하지 않았어, 다만 나를 돈으로 샀을 뿐이야……. 이게 그녀의 생각이었다. 특별히 모진 여자는 아니었지만, 당시는 여자가 몹시 천대받던 시절이라는 점을 고려한다면 그녀의 이런 생각도 충분히 이해할 수 있으리라…….

한편 레옹에 대해 말하자면, 사업 때문에 앙리를 가까이하지 않을 수 없는 상황에 너무 자존심이 상했다. 아내와의 관계가 개판이 된 것만으로 충분치 않단 말인가? 프라델에 대한 그의 원한은 너무도 깊어서, 그들이 정부와 맺은 그 말도 안 되는 계약이 실패로 끝난다 해도, 그는 손가락 하나 까딱하지 않을 거였다. 설사 여기서 돈을 잃는다 해도 파산할 것은 아니니까. 심지어는 자기 동업자가 침몰하는 꼴을 아주 즐겁게 구경할 거였다. 하지만 이것은 단지 돈 문제만은 아니었다. 여기에는 그의 명성이 달려 있었다. 여기저기에서 매우 우려스러운 소문들이 들려오고 있었다. 도네프라델을 저버리는 것이 어쩌면 그와 함께 침몰하는 것일 수도 있는데, 이는 결코 받아들일 수 없는 일이었다! 사람들은 이 모든 것을 넌지시 암시했고,

정확한 사정을 아는 사람은 아무도 없었지만, 사람들이 법을 들먹일 때는 여기에 뭔가 범죄가 있다는 뜻이었다. 범죄라니! 레옹에게는 사정을 알아봐 줄 만한, 경찰청에서 한자리 맡고 있는 학교 동기가 하나 있었다.

「이봐.」 그가 걱정스러운 어조로 레옹에게 말했다. 「이거 풍기는 냄새가 별로 좋지 않아…….」

이게 도대체 무슨 일 때문일까? 레옹은 아무리 생각해 봐도 알 수가 없었다. 경찰청의 친구도 모른단다. 아니면, 구체적으로 얘기하지 않으려는 것인지도 몰랐다. 레옹은 법정에 소환된 자신의 모습을 상상해 봤다. 자르맹볼리외 집안의 사람이 법정에 선다고? 게다가 나는 아무 짓도 안했는데? 하지만 그걸 어떻게 증명한단 말인가…….

「당혹스럽다…….」 앙리가 레옹이 한 말을 차분하게 되풀이했다. 「뭐가 그렇게 당혹스러운데?」

「에 그러니까……. 잘 모르겠어……. 자네가 내게 말해 줘야지!」

앙리는 입술에 주름이 지도록 입을 쭉 내밀었다. 난 대체 무슨 말 하는지 모르겠는데…… 하는 표정이었다.

「어떤 보고서에 대해서 말하던데…….」 레옹이 말을 이었다.

「아!」 앙리가 탄성을 발했다. 「아, 그 얘기 하는 거야? 아냐, 그건 아무것도 아냐. 그건 해결됐어. 단순한 오해였어.」

레옹은 여기서 그만두고 싶지 않았다. 그는 계속했다.

「내가 아는 바에 의하면…….」

「뭐야?」 프라델이 빽 하고 소리쳤다. 「그래, 네가 아는 게 뭔데? 엉? 네가 뭘 아냐고?」

그는 아무런 경고도 없이 호인의 모습에서 시뻘겋게 달아오른 모습으로 넘어갔다. 지난 몇 주 동안 프라델을 관찰해 온 레옹은 그야말로 혼자 소설을 써왔다. 왜냐하면 프라델은 극도로 피곤해 보이는데, 여기엔 드니즈 쪽으로 어떤 이유가 있다고 생각하지 않을 수 없었기 때문이다. 하지만 지금 생각해 보니 앙리에겐 다른 골치 아픈 문제들이 있는 게 분명했다. 왜냐면 애인 때문에 피곤하다면 그것은 행복한 고민에 불과할 터인데, 앙리는 항상 긴장된 모습을 보이고, 전보다도 화를 더 잘 내고, 더 날카로워졌기 때문이었다. 또 이렇게 벌컥 화를 내는 것은……

「만일 문제가 해결됐다면,」 레옹이 용기를 내어 말했다. 「왜 그렇게 화를 내는 건가?」

「왜냐면 이젠 지겹기 때문이야, 레옹! 나 혼자서 모든 걸 해야 하는데, 이젠 보고까지 해야 하는 게 지겹다고! 왜냐면 페르디낭과 자네가 앉아서 배당금을 타 먹고 있는 동안, 누가 일을 계획하고, 지시하고, 감독하고, 계산하지? 자네가? 하하하!」

아주 불쾌하게 들리는 웃음이었다. 레옹은 후환이 두려워 아무것도 듣지 못한 척하며 말을 이었다.

「난 제발 자네 좀 도와줬으면 좋겠는데, 자넨 반대하잖아! 항상 누구의 도움도 필요하지 않다고만 말하지!」

앙리는 깊이 숨을 들이마셨다. 뭐라고 대답할 것인가? 페르디낭 모리외는 천치이고, 레옹은 아무것도 기대할 수 없는 무능한 인간이었다. 사실, 그의 이름, 인맥, 재력, 요컨대 그라는 인간 자체와는 아무 관계없는 것들을 빼고 나면 이 레옹에게 뭐가 남는가? 오쟁이 진 남편, 그게 전부다. 앙리가 그의 마누라를 놔두고 온 지 채 두 시간도 못 됐다……. 아주 힘들었다. 헤어질 때에는 늘 그녀의 두 팔을 두 손으로 잡아 떼놓아야 했다. 그리고 끝없는 아양이라니……. 정말이지 그는 이 집안에 신물이 나기 시작했다…….

「이봐, 레옹, 이 모든 것들은 자네에겐 너무 복잡해. 복잡하지만 심각한 건 아무것도 없으니, 제발 안심하라고.」

그는 안심되는 모습을 보이려 했지만, 하는 행동은 정반대의 느낌을 줄 뿐이었다.

「하지만,」 레옹은 쉽게 포기하려 들지 않았다. 「경찰청에서 들은 말로는…….」

「또 뭔데? 경찰청에서 뭐라고 하는데?」

「뭔가 불안한 일들이 벌어지고 있다고…….」

레옹은 알기 위해, 이해하기 위해 끝까지 싸울 각오가 되어 있었다. 왜냐면 이번에는 아내의 바람기나 프라델의 기업에 있는 자신의 주식의 주가가 떨어지는 게 문제가 아니었다. 자신의 의사와는 상관없이 더 치명적인 수렁에 휩쓸려 들어가는 게 두려웠다. 왜냐하면 이 일에는 정치적인 문제가 결부되어 있었기 때문이다.

그는 덧붙였다.

「군사 묘지는 아주 민감한 영역이라서…….」

「아, 그래? 흠, 〈아주 민감하다〉……!」

「그럼!」 레옹이 말을 이었다. 「심지어는 핵심적인 사안이기도 해! 요즘은 조금만 서투르게 행동하면 그대로 스캔들이 된다고! 그 청회색당은…….」

아, 새로 나온 그 당……! 휴전 후 처음으로 실시된 지난 11월의 총선에서 국민 연합은 압도적인 다수를 당선시켰고, 그중 거의 절반은 제대 군인들이었다. 지극히 애국주의적이고 국수 주의적인 이들에게는 프랑스군 군복의 색깔을 붙여서 〈청회색 당〉이라는 별명이 붙었다.

앙리는 레옹더러 〈걱정도 팔자다〉라고 말하곤 했지만, 사실 은 그가 옳게 본 거였다.

이 다수파는 앙리로 하여금 정부가 제공한 시장에서 가장 큰 몫을 차지하고, 또 빛의 속도로 부를 축적할 수 있게 해주 었다. 덕분에 그의 라살비에르 성은 넉 달 만에 3분의 1 이상 이 개축되었고, 어떤 날들에는 공사 현장에 마흔 명이나 투입 되기까지 했다. 하지만 이 국회 의원들은 가장 무서운 위험 요 소이기도 했다. 이런 전쟁 영웅들의 집단은 그들의 〈경외하는 전사자들〉에 관련된 모든 문제에 있어서 분명히 까다롭게 굴 거였다. 또 거창한 말들을 늘어놓을 거였다! 아, 전에 제대 군 인의 급료도 제대로 지불하지 않았고, 그들에게 일거리 하나 마련해 주지 못했던 작자들이 이제는 도덕이니 윤리니 떠들어 대리라!

이것은 앙리보고 와달라고 〈요청한〉 연금부에서 넌지시 암 시받은 내용들이었다. 그들은 그를 소환하지 않고, 한번 와달 라고 〈요청〉했다.

「자, 회장님, 사업이 뜻대로 잘 돼가고 있습니까?」

그가 페리쿠르 씨의 사위였기 때문에 담당관은 그를 아주 조심스럽게 대했다. 더구나 장군의 아들과 국회 의원 아들의 동업자이기도 했으니 조심스러운 어조는 극에 달했다.

「그 도지사의 보고서 말이에요, 가만 있자, 그게…….」

관리는 기억 속을 더듬는 척하다가, 갑자기 웃음을 터뜨리듯이 이렇게 말했다.

「아, 맞아, 플레르제크 도지사! 아니에요, 아무것도 아니에요, 정말로 별것도 아니에요. 약간 좀생이 같은 공무원들은 늘 있어 왔죠. 그건 피치 못할 성가신 존재들이에요……. 아니에요, 그리고 그 보고서는 이미 종결됐어요! 어땠는지 아세요? 그 도지사가 거의 사과하다시피 하더라고요. 네, 네, 맞아요, 회장님! 그건 정말로 옛날이야기입니다.」

그러고 나서는 속내를 털어놓는 듯한 어조로 바뀌었다. 아니면 어떤 비밀을 나누는 어조라고나 할까?

「하지만 그래도 조금은 주의하는 게 좋아요. 왜냐면 우리 연금부의 직원 하나가 지금 감사를 하고 있거든요. 꼬치꼬치 따지기 좋아하고, 편집증 기질도 좀 있는 사람이에요.」

이 일에 대해 더 이상은 알 수 없었다. 〈조금 주의하라〉…….

뒤프레의 묘사에 의하면, 메를랭은 남의 뒷구멍이나 쑤시고 다니는 자라는 거였다. 그리고 아주 보수적인 인물이란다. 행색은 지저분하고, 성격은 까다로운 듯했다. 프라델은 그가 대체 어떤 종류의 인간인지 감을 잡을 수 없었지만, 어쨌든 그가 아는 유형과는 전혀 상관이 없었다. 빛나는 커리어도, 장래도 없는 말단 관리, 항상 복수의 꿈만 꾸고 있는 최악의 하급 관리들 중의 하나이리라. 일반적으로 이런 사람들은 아무런 발언권이 없다. 아무도 그들의 말을 듣지 않고, 심지어는 그들이 속한 기관 내에서도 멸시받는 그런 부류이다.

「맞아요…….」 연금부 사람은 말했었다. 「그렇기는 하지만……. 이들은 때로는 사람을 해칠 수도 있어요…….」

뒤이은 침묵이 끊어지기 직전의 고무줄처럼 길게 늘어났다.

「이제는 빨리, 그리고 잘 하는 게 좋아요. 〈빨리〉는 이 나라가 다른 일들로 넘어갈 필요가 있기 때문이고, 〈잘〉은, 뭐 이해하시겠지만, 이 청회색당이 우리의 영웅들에 관련된 모든 것에 대해 아주 까다롭기 때문이에요.」

확실한 경고였다.

앙리는 자기도 잘 알고 있다는 듯, 미소만 지었다. 하지만 즉시 뒤프레를 위시한 작업반장들을 모두 파리로 불러 강력한 지침을 내리고, 주의 사항들을 설명하고, 경우에 따라서는 특별 수당도 주겠다고 약속했다. 하지만 그런 공사를 일일이 확인한다는 것은 결코 만만한 일이 아니었다! 프라델의 회사가 꼭대기에서 통제해야 하는 시골의 공동묘지는 모두 열다섯 군데가 넘었다! 여기에다 일곱 개, 아니 곧 여덟 개나 되는 군사묘지까지 합치면……!

프라델은 레옹을 훑어보았다. 이렇게 위에서 내려다보고 있으니까 문득 마야르 병사가 떠올랐다. 그가 포탄 구멍에 빠졌을 때, 그리고 몇 달 후에 마들렌의 환심을 사기 위해 파헤친 어느 무명용사 묘지의 구덩이에 들어갔을 때도 이런 식으로 내려다보았다.

벌써 멀게 느껴지는 그 일은 그에겐 항상 하늘의 은총으로 느껴졌다. 모리외 장군이 마들렌 페리쿠르를 그에게 보낸 것이다! 진짜 기적이었다. 그 만남은 엄청난 기회였고, 거기서부터 그의 성공이 시작되었다. 기회가 왔을 때 잡을 줄 아는 것, 여기에 모든 게 달려 있다.

앙리는 레옹을 짓누를 듯 내려다보았다. 그는 땅속으로 빠져들고 있는 마야르 병사와 꼭 닮았다. 어어 소리도 못 내고 생매장될, 그런 종류의 인간이다.

현재로서는 아직 쓸모가 있었다. 앙리는 그의 어깨에 손을 올려놓았다.

「레옹, 아무런 문제가 없어. 또 문제가 있다면, 자네 부친께서 장관에게 한 마디 해주시면 되고…….」

「하지만…….」 레옹의 목소리는 쉬어 있었다. 「그건 불가능해! 자네도 알다시피 우리 부친께선 자유행동당 소속 의원이시고, 장관은 공화연합당 편이잖은가?」

정말이지 ─ 앙리는 생각했다 ─ 자기 마누라를 내게 빌려주는 것 말고는 이 멍청이는 쓸데가 전혀 없군!

27

불안과 초조감 속에서 기다린 지 나흘째 되는 날, 고객 드우스레 씨가 마침내 다녀갔다!

만일 당신이 기껏해야 몇 프랑 정도밖에 훔친 적이 없는 사람이라면, 그 액수가 2주 만에 백 프랑으로, 또 천 프랑으로 치솟는다면 현기증을 느끼게 되리라. 그런데 알베르는 한 달 동안 세 번이나 그의 고용주와 고객을 등쳐 먹었다. 그는 이 한 달 동안 잠을 자지 못했고, 체중이 5킬로그램이나 빠졌다. 이틀 전에 은행의 객장에서 그와 마주친 페리쿠르 씨는 혹시 어디가 아픈 게 아니냐고 물으면서, 근무를 시작한 지 얼마 안 되는 그에게 병가를 내는 게 어떻겠느냐고 제안했다. 상관들과 동료들에게 밉보이기 위해서는 이보다 더 좋은 방법이 없으리라. 더구나 그는 페리쿠르 씨의 특별 추천으로 취직한, 이른바 〈낙하산〉이 아니던가……. 어쨌든 병가를 내는 것은 생각할 수 없는 일인 바, 알베르는 작업을 위해, 다시 말해서 은행 돈을 빼먹기 위해 여기 있는 것이다. 잠시도 허비할 시간이 없었다.

산업 할인 신용 은행에서는 털어 먹을 대상이 너무 많아 고르기 힘들 정도였다. 알베르는 은행에서 사용하는 방법 중 가장 오래되고도 확실한 것을 택했으니, 바로 고객의 모습을 보고 정한다는 거였다.

드우스레 씨는 아주 훌륭한 고객의 모습을 갖추고 있었다. 그의 실크해트며, 돈을새김한 명함, 그리고 둥근 금장식이 달린 지팡이 등에서는 전쟁 덕을 본 인간의 달콤한 냄새가 풍겼다. 극도의 불안감에 사로잡힌 알베르는 자기가 증오할 수 있는 누군가를 택하면 일이 한결 쉬워지리라는 순진한 생각을 품었던 것이다. 그야말로 아마추어들이나 하는 생각이었다. 물론 그에게는 불안감을 느껴야 할 이유가 충분히 있었다. 지금 그는 기념비 사기를 위한 자금을 마련하기 위해 은행을 털고 있는 거였다. 보다 명확히 말하자면, 더 많은 돈을 벌기 위한 수단을 얻기 위해 돈을 훔치고 있는 것으로, 초심자라면 누구나 현기증을 느낄 수밖에 없는 상황이었다.

첫 번째 도둑질은 입사한 지 닷새 후에 시작됐고, 이를 통해 7천 프랑을 얻었다.

그것은 펜대를 놀리는 장난에 불과했다.

고객의 돈 4만 프랑을 수납하여, 그 액수를 그의 예금 계좌에 기입한다. 수납 장부에는 3만 3천 프랑만 신고하고, 저녁에는 지폐를 가득 채운 가죽 서류 가방을 들고 퇴근 열차를 탄다. 대형 은행에서 근무하는 이점은, 유가 증권 결산, 이자, 변제, 대부, 상환, 차감, 보통 예금 등을 거의 사흘에 걸쳐 대조하는 주간 감사 전까지는 아무도 그 무엇도 알아챌 수 없다는 사실이다. 모든 게 이 사흘에 달려 있다. 감사 첫날이 끝나기를 기다렸다가 이날 확인된 한 계좌에서 돈을 빼내어 다음 날 확인하는 계좌에 채워 넣는다. 감사역들이 보기에 이 두 계좌는 아무 이상이 없고, 다음 주에도 영업비, 대부, 투자, 이자, 배당 등의 명목으로 다양한 계좌를 건드려 동일한 과정을 되풀이한다. 〈한숨의 다리〉라고 불리는 이 매우 고전적인 사기 수법은 극도로 신경을 써야 하고 전문적인 수완이 필요하지만, 비교적 쉽고, 그렇게 사악한 짓은 하지 않아도 되어, 알베르 같은 친구에게는 이상적인 방법이다. 반면 끝없는 수렁에 빠지게 되고, 매주 감사역들과 지옥과도 같은 추격전을 벌여야 한다. 이런 종류의 사기 행각이 오래 지속된 예는 찾아볼 수 없다. 몇 달 가지 못해 사기범은 외국으로 도주하거나 — 이 경우가 가장 많은데 — 철창 신세를 지게 되는 것이다.

어쩌다 도둑질을 한 사람들이 흔히 그러하듯, 알베르는 이게 그냥 잠시 빌리는 것일 뿐이라고 믿어 버렸다. 기념비로 돈이 들어오기만 하면, 도주하기 전에 은행에 돌려줄 생각이었다. 이러한 순진한 생각 덕분에 행동에 들어갈 수 있었지만, 뒤이은 다른 급박한 필요성들 앞에서 이 순진함은 물방울처럼 꺼져 버렸다.

처음 돈을 횡령했을 때부터, 그의 만성적인 불안증과 과민 상태로 이미 열려 있었던 틈새로 죄의식이 거세게 밀려들었다. 그의 망상증은 이제 확실한 범(汎)공포증으로 자리 잡았다. 알베르는 경련증에 가까운 열병에 사로잡혀 이 시기를 보냈다. 질문만 받으면 벌벌 떨고, 벽에 딱 붙어 다니고, 손에 땀을 얼마나 많이 흘리는지 항상 손을 닦아야 해서 업무에 지장이 있을 정도였다. 눈은 끊임없이 잔뜩 긴장한 빛을 띠고 문 쪽을 흘금거리고, 심지어는 책상 밑의 두 다리도 금방이라도 달아

날 준비가 되어 있는 자세를 취했다.

동료들은 그를 이상하게 여겼다. 하지만 모든 이들은 그가 위험하다기보다는 어딘가 아픈 것이라 생각했다. 다시 일터로 복귀한 프랑스 병사들은 다양한 병리 증상들을 보였고, 사람들은 이런 일에 익숙해져 있었다. 더구나 알베르는 든든한 배경이 있었기 때문에 좋은 낯으로 대하는 편이 나았다.

처음부터 알베르는 에두아르에게, 7천 프랑으로는 이 일을 하기에 충분치 않다고 경고했다. 카탈로그도 인쇄해야 하고, 봉투며 우표도 사야 하고, 주소를 쓸 사람들도 고용해야 했다. 또 보충 정보를 위해 문의하는 서신들에 답장하기 위해서는 타자기도 한 대 구해야 하고, 사서함도 개설해야 했다. 〈내가 회계원으로서 말하는데, 7천 프랑으로는 어림도 없어!〉 알베르는 단언했다. 에두아르는 애매한 몸짓을 했다. 〈뭐, 그럴지도 모르지…….〉 알베르는 다시 계산을 해봤다. 〈최소한 2만 프랑이 있어야 해, 이건 확실해!〉 그러자 에두아르는 초연하게 대답했다. 〈그럼 2만 프랑으로 하지 뭐…….〉 이런 반응에 알베르는 속으로 〈그래, 네가 그 돈을 훔쳐야 하는 건 아니니까…….〉 하고 투덜거렸다.

알베르는 자기가 어느 날 에두아르의 부친의 집에 가서 그의 누이와 마주 앉아 저녁 식사를 했다는 사실도, 그 가련한 마들렌이 그들의 모든 불행의 근원인 그 프라델 개자식과 결혼했다는 사실도 밝히지 않았기 때문에, 자기가 페리쿠르 씨가 설립자이자 대주주인 은행의 회계원 자리를 받아들였다는 사실을 털어놓을 수가 없었다. 이제 더 이상 샌드위치 맨 일은 하지 않지만, 은인이지만 등쳐 먹어야 할 아버지 페리쿠르 씨와, 이렇게 빼돌린 돈을 나눠야 할 아들 페리쿠르 사이에 샌드위치처럼 끼여 있는 것 같은 느낌이었다. 에두아르에게는 자기가 엄청나게 운이 좋게도 우연히 옛 동료 하나를 만났는데, 어떤 은행에 자리가 하나 비어 있다는 말을 그에게서 들었고, 면접을 아주 잘 봤다는 식으로 둘러댔다. 에두아르는 특별하게도 시의적절하게 일어난 이 기적을 별다른 의문 없이 받아들였다. 그는 천생 부잣집 도련님인 것이다.

사실 알베르는 이 은행에 기꺼이 남아 있고 싶었다. 처음 은행에 들어와 자기 책상에 앉았을 때, 가득 채워진 잉크병들, 뾰족하게 깎아 놓은 연필들, 순백의 상태로 기다리고 있는 장부들, 그의 외투와 모자가 걸려 있고 이제부터는 그의 것으로 여겨도 되는 입식 옷걸이, 그리고 순면 능직의 새 소매 토시 등을 보니 이제는 조용하고 편안하게 살고 싶은 마음이 일었다. 사실 꽤 유쾌한 삶이 될 수 있었다. 그가 전에 삶에 대해 지녔던 관념과 완전히 일치하는 삶이었다. 만일 보수도 아주 괜찮은 이 직장을 유지한다면, 페리쿠르 씨의 집에서 본 그 예쁜 하녀에게 접근해 볼 수도 있으리라……. 그렇다, 소박하지만 아주 멋진 삶이었다. 하지만 그러는 대신 이날 저녁, 알베르는 고액권 지폐로 5천 프랑이 채워진 가방을 어깨에 메고, 거의 욕지기마저 느껴지는 흥분 상태로 지하철을 탔다. 쌀쌀한 객차 안에서 땀을 뻘뻘 흘리는 승객은 그 혼자뿐이었다.

알베르가 빨리 집에 가고 싶어 하는 데에는 다른 이유가 있었다. 그의 외팔이 친구가 한 팔로 손수레를 끌어 인쇄소로 가서 카탈로그를 가져왔을 거였다.

마당에 들어서자마자, 노끈으로 묶은 꾸러미들이 눈에 들어

왔다……. 그것들이 거기에 있었다! 감동적이었다. 드디어 여기까지 이른 것이다. 지금까지는 준비만 해왔다면, 이제는 본격적인 시작이었다.

알베르는 아찔한 현기증을 느끼며 눈을 감았다. 그러고는 다시 눈을 뜨고 가방을 땅에 내려놓은 다음, 꾸러미 하나의 끈을 풀었다.

〈애국적 회상〉사의 카탈로그였다.

꼭 진짜 같았다.

사실 진짜였다. 아베스 가의 롱도 프레르 인쇄소에서 인쇄된, 더없이 점잖고도 무게 있는 카탈로그였다. 전부 1만 부였다. 인쇄 비용으로는 8천2백 프랑이 들어갔다. 한번 뒤적거려 보려고 맨 위에 있는 것을 뽑으려 하던 그는 어떤 말 울음 같은 소리에 동작을 멈췄다. 에두아르가 웃는 소리가 층계 아래쪽까지 들리고 있었다. 비브라토가 섞인 날카롭고도 폭발적인 웃음, 완전히 꺼지기 전에 공기 중에 한동안 머물러 있는 그런 종류의 웃음이었다. 어떤 미쳐 버린 여인이 터뜨리는 이상야릇한 폭소처럼 느껴지는 웃음이었다. 알베르는 가방을 집어 들고는 층계를 올라갔다. 문을 열자 귀청이 떨어질 듯한 괴성이 그를 맞았다. 〈하아아아아……!〉(글자로 옮겨 적기가 참 어려운 소리다) 하는 그 괴성은 그가 어서 오기만을 기다리는 조바심과, 마침내 도착한 그를 본 안도감을 동시에 표현하고 있었다.

이 괴성보다 더 놀라운 것은 상황 자체였다. 이날 저녁 에두아르는 아래쪽으로 구부러진 기다란 부리가 달린 새 대가리 형태의 마스크를 쓰고 있었다. 그런데 기이하게도 살짝 벌어진 부리 사이로 두 줄의 새하얀 치아를 드러내고 있어서, 마치 웃고 있는 어떤 육식 조류처럼 보였다. 그리고 붉은색 계통으로 칠해져 그 거칠고도 공격적인 양상이 강조된 이 마스크는 에두아르의 얼굴을, 눈알을 뒤룩거리며 웃는 듯한 두 눈구멍을 제외하고, 이마까지 온통 덮고 있었다.

알베르는 기쁘면서도 착잡한 마음으로 빳빳한 지폐들을 내보였지만, 이날의 주인공은 그가 아니었다. 방바닥 전체는 카탈로그에서 뜯어낸 종이들로 발 디딜 틈이 없었다. 에두아르는 관능적인 자세로 누워 있고, 그의 벗은 커다란 두 발은 끈으로 묶인 꾸러미 위에 놓여 있었는데, 루이즈는 에두아르의 발치에 무릎을 꿇고서 그의 엄지발톱에 아주 선명한 양홍색 에나멜을 바르고 있었다. 얼마나 집중하고 있는지, 알베르가 들어왔는데도 인사는커녕 눈도 제대로 들어 올리지 않았다. 에두아르는 다시금 그 명랑한 웃음을 요란스럽게 터뜨리면서 (〈하아아아아……!〉), 마치 마술이 특별히 성공적으로 끝났을 때의 마술사처럼 만족스럽게 마룻바닥을 가리켰다.

알베르는 자신도 모르게 미소를 지었다. 가방을 내려놓은 그는 외투와 모자도 벗었다. 그가 안전감을 느끼고 조금이나마 평정심을 되찾는 곳이 있다면, 그것은 오직 여기, 그들의 이 아파트뿐이었다. 밤은 예외였다. 밤마다 그는 꿈자리가 사나웠고, 이후로도 오랫동안 그럴 거였다. 그는 공황감에 사로잡힐 경우를 대비하여, 잠자리에 들 때 말 대가리를 옆에 두어야 했다.

에두아르는 한 손은 옆에 둔 카탈로그 꾸러미에 올려놓고, 다른 손으로는 승리의 표시로 주먹을 불끈 쥐어 올렸다. 여전히 말이 없는 루이즈는 이제, 마치 자기 삶이 여기에 달려 있는 것처럼 잔뜩 집중하고서, 조그만 셈가죽 조각으로 그의 커다

425

란 엄지발톱에 윤을 내고 있었다.

알베르는 에두아르 옆에 앉아서 카탈로그 한 부를 집어 들었다.

세로 길이가 가로 길이보다 거의 두 배인 아이보리 색상의 예쁜 종이에, 다양한 크기의 우아한 디돈 글꼴로 인쇄된, 16쪽의 얄팍한 카탈로그였다.

표지의 내용은 간략했다.

금속 설치물 카탈로그

애국적 회상

우리의 영웅들과
승리한 프랑스의 영광을 기리는
기념비, 기념물 및 조각상

첫 장을 펼치니, 그 왼쪽 상단의 구석에 멋들어진 서체로 이렇게 적혀 있었다.

쥘 데프르몽 ✳✶
조각가
예술원 회원

루브르 가 52번지
사서함 52
파리 (센)

「쥘 데프르몽은 누구야?」처음 이 카탈로그를 고안할 때, 알베르가 물었다.

에두아르는 눈을 하늘로 들어올렸다. 자기도 전혀 모른다는 뜻이었다. 어쨌든 이렇게 꾸며 놓으니 사뭇 무게가 있어 보였다. 십자 훈장, 종려나무 잎 모양의 예술원 훈장, 그리고 루브르 가의 주소지……

「그렇지만,」아무래도 이 쥘 데프르몽이라는 인물에 자꾸만 신경이 쓰이는 알베르가 이의를 제기했다.「이 사람이 존재하지 않는다는 사실을 금방 알아챌 거야. 정말 〈예술원 회원〉인지 아닌지, 쉽게 확인할 수 있다고!」

「바로 그 때문에 아무도 확인하려 하지 않을 거야!」에두아르가 글로 대답했다.「예술원 회원 앞에서 누가 감히 따지려 들겠어?」

알베르는 미심쩍은 기분도 들었지만, 아닌 게 아니라 인쇄된 이름을 보고 있으려니 의심하고 싶은 마음이 들지 않는다는 사실을 인정해야 했다.

페이지의 밑 부분에는 그의 경력을 간략하게 소개한 조그만 약주(略註) 하나가 붙어 있었다. 예술가가 가까이 있으면 불안해할 수 있는 사람들을 안심시키는 작품들을 생산하는 관학풍의 조각가의 전형이었다.

주소인 루브르 가 52번지는 다름 아닌 사서함을 개설한 우체국의 주소였다. 우연히도 그들은 사서함 번호로 52번을 얻게 되었고, 이 덕분에 뭔가 신중하고도, 공식적이고도, 견고한 느낌을 갖게 되었다.

표지의 하단에는 깨알만 한 글자로 간략하게 적혀 있었다.

가격에는 프랑스 본토 내에 위치하는
기차역까지의 인도비(引導費)가 포함됨.
그림에 나타난 문구는 실제 작품에는 포함되지 않음.

첫 번째 페이지에서 본격적인 사기가 시작되고 있었다.

시장님,

전쟁이 끝난 지도 어언 1년이 지난 지금, 프랑스와 식민
각지의 많은 코뮌[43]들은 영예로운 전장에서 쓰러져 간 조국
의 아이들의 기억을 기릴 생각을 하고 있는 바, 이는 지극히
당연한 일이라 하겠습니다.

하지만 대부분의 코뮌들이 아직 그러지 못하고 있는데,
이는 애국심이 부족해서가 아니라, 형편이 여의치 않기 때
문입니다. 이런 이유로 예술가이자 참전 용사이기도 한 저
는 이 훌륭한 일을 위해 자원해야 할 의무가 있다고 느끼게
되었습니다. 그래서 저는 추모 기념비 건립을 원하는 코뮌
들에게 제가 가진 경험과 노하우를 제공하고자 〈애국적 회
상〉사를 창립키로 결심했습니다.

보내 드리는 이 카탈로그에는 우리의 소중한 전사자들의
추억을 길이 남기기 위한 주제들과 상징들이 담겨 있습니다.

오는 11월 11일에 파리에서는, 희생된 모든 장병들을 대
표하는 한 〈무명용사〉의 묘소가 건립될 예정입니다. 이런
특별한 상황에서는 특별한 조치가 필요한 법입니다. 이 국
가적 기념 행사에 시장님께서도 동참할 수 있게 해드리기

43 시, 읍, 면을 포함하는 프랑스의 행정구.

위하여, 저는 이번 일을 위해 특별히 구상된 제 작품들 전체에 대한 32퍼센트의 할인과, 시장님의 코뮌에서 가장 가까운 역까지의 무료 운송을 제안드리는 바입니다.

제작 및 운송 기한을 준수하고, 흠잡을 데 없는 품질을 구현코자, 오는 7월 14일까지 들어오는 주문만 받아들이고자 합니다. 그래야 늦어도 1920년 10월 27일까지 작품을 인도하여, 사전에 건설된 좌대에 작품을 올릴 시간을 드릴 수 있을 것입니다. 7월 14일까지 들어온 주문량이 저희의 제작 능력을 넘어설 경우, 너무나도 아쉬운 일이지만 먼저 들어온 주문들만을 선착순으로 받아들이려 합니다.

제가 확신하는 바, 단 한 번뿐인 이 제안은 우리의 소중한 전사자들에게 그들의 영웅적 행동은 모든 희생의 모델로서 후손들에게 영원히 남게 될 것임을 표현할 수 있는 절호의 기회가 될 것입니다.

안녕히 계십시오.

쥘 데프르몽
조각가 ✽ ✠
예술원 회원
국립 미술 학교 졸업

「그런데 이 할인……. 왜 32퍼센트지?」 알베르가 물었다.

회계사로서의 질문이었다.

「아주 신중하게 책정된 가격이라는 인상을 주기 위해서!」 에두아르가 글로 대답했다. 「얼마나 유혹적이냐고! 그리고 이런 식으로 하면 7월 14일까지는 돈이 들어와. 그다음 날, 우리는 아파트 문을 잠그고 튀는 거야.」

그다음 페이지에는 아주 멋진 효과를 자아내는 글 상자가 짤막하게 설명하고 있었다.

우리의 모든 작품들은 끌로 다듬고 녹청 효과를 낸 청동,
혹은 끌로 다듬고 청동을 입힌 주철로 제작됩니다.
매우 우아한 이 재료들은
기념물들에 특별하고도 고상한 풍모를 부여함으로써,
비할 바 없는 프랑스 병사, 혹은 우리의 소중한 전사자들의
용맹함을 기리는 다른 모든 상징들을 완벽하게 구현해 줍니다.
이 작품들은 완전무결하게 제작될 것임을 보장 드리며,
5~6년마다 한 번씩 보수되는 조건으로
항구적 수명 또한 보장해 드립니다.
구매자가 책임져야 할 부분은 훌륭한 석공이라면
누구나 쉽게 제작 가능한 좌대뿐입니다.

그 밑에 작품 목록이 이어졌다. 전면, 측면, 혹은 원경으로 포착된 작품들, 그리고 또 이것들을 다양한 방식으로 조합한 작품들이 폭, 높이 등의 상세한 제원과 함께 제시되어 있었다. 〈전장으로의 출발〉, 〈돌격 앞으로!〉, 〈죽은 자들이여, 일어서라!〉, 〈깃발을 수호하며 죽어 가는 프랑스 병사〉, 〈전우들〉, 〈영웅들을 애도하는 프랑스〉, 〈독일 놈의 철모를 짓밟는 수탉〉, 〈승리의 여신〉 등등…….

소규모 예산을 위한 하급 모델 세 개를 제외하곤(〈십자 훈장〉 930프랑, 〈장례 횃불〉 840프랑, 〈병사의 흉상〉 1천5백 프

랑), 다른 모델들은 가격이 6천에서 3만 3천 프랑 사이에 걸쳐 있었다.

카탈로그의 말미에는 이렇게 명시되어 있었다.

애국적 회상사는 전화 문의에는 일절 응답치 못합니다.
하지만 서신으로 문의하시면 최대한
빠른 시일 내에 답신을 받으실 수 있습니다.
할인 폭이 매우 큰 관계로 주문장을 보내실 때는
애국적 회상사 앞으로 가격의 50%에 해당하는
선금을 보내 주셔야 합니다.

이론적으로는 주문 한 건당 2천에서 1만 1천 프랑을 먹을 수 있었다. 이론적으로는. 알베르와는 달리 성공을 추호도 의심치 않는 에두아르는 자기 허벅지를 두드려 댔다. 알베르는 불안해 죽겠는 반면에, 그는 신이 나서 죽겠는 모양이었다.

에두아르는 장애가 있는 다리 때문에 카탈로그 꾸러미들을 그들이 사는 2층까지 올려놓지 못했다. 과연 그럴 생각이 있었는지나 모르겠지만……. 이건 교육의 문제였다. 그에겐 어려서부터 항상 말 한마디로 부릴 수 있는 사람이 있었다. 이 문제에 있어서 전쟁은 하나의 스쳐 지나간 여담이었을 뿐이다. 그는 유감스럽다는 듯 움찔 몸짓을 해 보였다. 이게 마치 손톱 때문인 양, 웃음기 띤 눈을 하고서……. 그는 양 손을 흔들어 보였다. 아, 미안해! 이 매니큐어 때문에……. 아직 안 말랐어…….

「좋아, 내가 하지.」 알베르가 말했다.

사실 그는 그렇게 화가 나지 않았다. 손으로 하는 일이나 집안일 같은 것은 그에게 생각할 틈을 주기 때문이었다. 그는 오랫동안 왔다 갔다 하면서 인쇄물 꾸러미들을 방 안쪽에다 차곡차곡 쌓았다.

2주 전, 그는 일할 사람을 찾기 위해 구인 공고를 냈다. 써야 할 주소가 무려 1만 개나 되었다. 모두가 같은 형식이었다.

**군

**시 시청

『전국 코뮌 사전』에 의거해 작성하는데, 회사 소재지와 너무 가까운 파리와 그 주변은 제외했다. 멀리 떨어진 지방이나 중소 도시들에 보내는 편이 나았다. 주소 한 개 쓰는 데 15상팀을 지불했다. 실업자들이 넘쳐 나는 시절이어서 글씨를 잘 쓰는 사람을 구하는 것은 어렵지 않았다. 모두 다섯 명이었는데, 알베르는 모두 여자로 뽑았다. 여자들은 질문을 덜 할 거라고 상상한 것이다. 어쩌면 단순히 여자들을 접하고 싶었던 것인지도 모른다. 여자들은 자기들이 인쇄업자를 위해 일한다고 생각했다. 모든 것을 10여 일 내로 마쳐야 했다. 그전 주에 알베르는 새 봉투며 잉크며 펜 등을 가져다주었다. 내일부터는 은행에서 퇴근하는 길에 주소를 적은 봉투들을 수거해 올 터였다. 이 일을 위해 그는 전쟁 때 쓰던 군용 배낭을 다시 꺼냈다. 앞으로 배낭 이놈에겐 놀랄 일이 참 많으리라…….

이제부터는 카탈로그를 봉투에 넣으며 저녁 시간을 보낼 거였다. 루이즈도 도와주리라. 물론 계집애는 지금 무슨 일이 일어나고 있는지 몰랐지만, 아주 신이 나 있었다. 그녀는 이 일이 무척 마음에 들었는데, 왜냐면 자기 친구 에두아르가 아주 명랑해졌기 때문이었다. 그가 만드는 마스크들을 보면 알 수 있었다. 그것들은 갈수록 색상이 화려해지고, 형상은 희한해져 갔다. 이렇게 한두 달 지나면 완전히 몽환의 세계에서 헤엄칠 거였고, 그녀는 이게 너무 좋았다.

알베르는 그녀가 갈수록 자기 어머니와 달라지고 있다는 사실을 주목한 바 있었다. 이는 얼굴 모습을 말하는 게 아니다. 그는 그렇게 뛰어난 관상가는 아니었고, 사람들 간의 닮은 점을 전혀 분간해 내지 못했다. 그게 아니라, 창문 뒤의 벨몽 부인의 얼굴에 항시 드리워 있는 슬픔이 루이즈의 얼굴에는 더 이상 보이지 않는다는 얘기였다. 고치에서 빠져나오고 있는 곤충, 갈수록 예뻐지는 어떤 조그만 곤충 같았다. 알베르는 은밀히 그녀를 훔쳐보다가 가슴이 뭉클해지는 아름다움을 발견하곤 했는데, 그럴 때면 울컥 울고 싶은 마음이 치밀었다. 마야르 부인은 말하곤 했다. 〈내가 가만히 두면, 알베르 저 녀석은 울면서 세월을 보낼 거예요. 내게 딸이 있었다 해도, 지금과 다를 게 하나도 없겠죠.〉

알베르는 소인(消印)이 주소와 일치하도록 모든 우편물을 루브르 우체국에 가져가 부칠 거였다. 이제 여러 날 동안 수없이 왔다 갔다 해야 하리라.

그러고 나서 기다림이 시작되리라.

알베르는 수표들이 빨리 도착하기만을 바랐다. 마음 같아서는 처음 도착한 몇백 프랑을 긁어 가지고는 그대로 멀리 도망쳐 버리고 싶었다. 하지만 에두아르의 생각은 달랐다. 백만 프랑이 되기 전까지는 떠날 수 없다는 게 그의 생각이었다.

「뭐, 백만 프랑?」 알베르는 비명을 질렀다. 「자네, 완전히 돌았구먼?」

그들은 어느 정도의 액수에 만족할 것이냐에 대해 언쟁을 벌이기 시작했다. 이 일의 성공에 대해 전혀 의심치 않는 듯한 행동이었으나, 사실 아직 갈 길이 멀었다. 에두아르가 보기에 성공은 확실했다. 〈성공은 필연적이라고!〉하고 그는 커다란 글자로 쓰기까지 했다. 알베르는 쫓아냈던 장애인을 다시 받아들이고, 근무하는 은행에서 1만 2천 프랑이나 훔치고, 사형이나 종신형을 때려 맞을 수 있는 사기극을 꾸미고 있는 상황에서는 자기도 성공을 믿는 것처럼 행동하는 수밖에 다른 도리가 없었다. 그는 출발을 준비했다. 저녁마다 르아브르, 보르도, 낭트 혹은 마르세유로 떠나는 기차 시간표를 들여다보며 시간을 보냈다. 튀니스, 알제, 사이공, 혹은 카사블랑카로 떠나려면 우선 이 항구들을 거쳐야 하니까.

에두아르는 작업을 계속해 나갔다.

〈애국적 회상〉사의 카탈로그를 만들어 놓은 그는, 이제 마케팅의 결과를 기다리는 상황에서 쥘 데프르몽 같은 사람은 어떤 식으로 행동할 것인가를 자문해 보았다.

머릿속에 대답이 튀어나왔다. 그는 경쟁 입찰에 응모하리라.

공장에서 찍어 내는 조형물을 피할 재정적 여유가 있는 몇몇 중요 도시들은 독창적인 기념비를 세우기 위해 콩쿠르를 개최하기 시작하고 있었다. 신문에서는 8만, 10만, 심지어는 15만 프랑에 달하는 작품들에 대한 공고를 여럿 볼 수 있었다. 가장 군침이 도는, 그리고 가장 에두아르의 마음을 끄는 제안은 그가 태어난 구(區)의 것으로, 선발된 예술가에게 무려 20만 프랑의 예산을 준다는 거였다. 하여 그는 쥘 데프르몽이 심사위원회에 제출할 프로젝트를 준비하며 남는 시간을 보내기로 작정했다. 그것은 〈감사의 마음〉이라는 제목의 거대한 3부작으로, 한쪽에는 〈무리를 전장으로 이끄는 프랑스〉가, 다른 쪽에는 〈적에게 돌격하는 용맹스러운 프랑스 병사들〉이 배치되고, 이 두 장면이 집중되는 중앙부에는 〈조국을 위해 죽은 자식들에게 관을 씌우는 승리의 여신〉이 펼쳐지는데, 이는 고대풍의 헐렁한 옷을 길게 늘어뜨린 한 여인이 전사한 프랑스 병사를 마테르 돌로로사[44]의 그 비극적이고도 절망적인 시선으로 내려다보면서 오른손으로는 승리한 병사에게 관을 씌우고 있는, 비유적으로 묘사된 거대한 조각상이었다.

에두아르는 지원 서류의 첫 장을 장식할 주요 전경을 그 원근 효과에 특별히 공들이며 세심히 다듬으면서 낄낄거렸다.

「완전히 칠면조군!」 알베르는 그가 작업하는 모습을 보면서 농담을 했다. 「정말이야, 자넨 꼭 칠면조처럼 낄낄대고 있다고!」

에두아르는 한층 신나게 웃은 후에, 그의 그림 위로 게걸스레 몸을 굽혔다.

44 기독교 미술의 한 주제로, 슬픈 얼굴로 십자가 아래에 서 있는 성모의 모습을 표현한다.

28

모리외 장군은 적어도 2백 살은 더 나이 들어 보였다. 군인에게서 삶의 이유와 청년의 활기를 부여하는 전쟁을 제거하고 나면 고리타분한 노인네가 남을 뿐이다. 육체적으로 그에게 남은 것은 위쪽에 콧수염이 달려 있는 뚱뚱한 뱃살, 하루에 3분의 2는 선잠에 빠져 있는 그 물렁물렁하고도 둔해진 덩어리뿐이었다. 난처한 점은 그가 코를 곤다는 사실이었다. 그는 안락의자가 눈에 띄기만 하면 벌써 헐떡거리는 소리처럼 들리는 한숨을 몰아쉬면서 털썩 주저앉았고, 몇 분 후면 그의 둥근 복부는 체펠린 비행선처럼 부풀어 오르기 시작했다. 숨을 들이마실 때는 콧수염이 파르르 떨리고, 내쉴 때는 늘어진 볼살이 부르르 진동했으며, 이대로 몇 시간이고 지속될 수 있었다. 이 경이롭게도 무기력한 살덩어리에는 원시적인 뭔가가, 위협적인 뭔가가 느껴졌다. 그래서인지 아무도 감히 그를 깨우려 하지 않았다. 심지어 그에게 다가가기를 꺼리는 사람들까지 있었다.

동원 해제 이후로, 그는 헤아릴 수도 없는 각종 위원회의 위원으로 임명되었다. 제일 먼저 도착하는 이는 늘 그였다. 모임이 위층에서 열릴 때면, 계단을 오르느라 땀을 뻘뻘 흘리고 거친 숨을 몰아쉬며 나타나서는 안락의자에 털썩 주저앉아 뭐라고 퉁명스레 웅얼대거나 심술궂게 고개를 끄덕이며 인사를 받은 다음, 잠이 들어서는 코를 골기 시작했다. 투표 시간이 되면 그의 몸을 흔들어야 했다. 장군님, 어떻게 생각하십니까 하고 물으면, 아, 아, 물론이요, 당연하지, 난 찬성이오 하고 눈물이 괸 누리끼리한 눈을 하고서 대답했다. 물론이오, 물론이오……. 시뻘건 얼굴, 벌벌 떨리는 입술, 그리고 뚱그렇고 얼빠진 눈의 그에게 서명을 시키는 것도 큰일이었다. 그를 떨쳐 버리려는 시도도 있었으나, 〈우리 모리외 장군님〉에게 집착하는 장관 때문에 무산되었다. 때로는 거추장스럽고도 비생산적인 늙은 군인이 어쩌다가 눈곱만큼의 명석함을 되찾는 때도 있었다. 예를 들면 그가 (때는 4월 초였고, 장군은 알레르기성 비염에 걸려 어마어마한 재채기를 터뜨리곤 했는데, 심지어는 휴화산처럼 자면서도 재채기를 할 정도였다) 졸다가 잠시 깨어나서 자기 손자 페르디낭 모리외가 어떤 우려스러운 문제들에 봉착하게 될 거라는 얘기를 언뜻 듣게 되었을 때였다. 모리외 장군은 자기 아래에 있는 사람은 그 누구도 존중하지 않았다. 그가 보기에 자기 손자는 영예로운 무인의 길을 택하지 않았으므로 별 볼 일 없고도 퇴폐적인 인간일 뿐이었다. 뭐, 그건 넘어갈 수 있다 쳐도, 문제는 녀석이 모리외라는 이름을 달고 있다는 점이었다. 장군은 이 이름에 매우 집착하고 있었고, 또 후세의 일에 몹시 신경 쓰는 사람이었다. 그의 절대적인 꿈이 뭐냐고? 그것은 『프티 라루스 일뤼스트레』 백과사전에 자기 사진이 실리는 거였다. 이 희망 때문에 자기 이름에 털끝만큼이라도 얼룩이 묻는 것을 용납할 수 없었다.

「뭐야? 뭐야? 뭐야?」 그가 소스라치듯 잠에서 깨어나며 물었다.

그를 납득시키려면 한 말을 아주 크게 반복해야 했다. 페르디낭이 주주로 있는 프라델&Co사에 대한 얘기였다. 사람들은 그에게 설명하려고 애를 썼다. 그래요, 기억해 보세요, 정부가 전사한 병사들을 군사 묘지에 모으는 일을 맡긴 회사…….

「뭐라? 전사한 병사들의…… 시체……?」

귀에 들려온 정보에 그의 정신이 집중한 것은 페르디낭 때문이었다. 그의 대뇌는 〈페르디낭〉, 〈전사한 병사들〉, 〈시체〉, 〈무덤〉, 〈비정상적인 일들〉, 〈사건〉 같은 단어들을 배치해 가까스로 문제의 윤곽을 그리는 데 성공했다. 그에겐 너무도 고통스럽고 힘든 일이었다. 평화시에 그는 이해가 매우 더뎠다. 종마처럼 팔팔한 그의 부관 소위는 짜증도 나고 참을성도 없는 간병인 같은 심정으로 그를 쳐다보며 후우 한숨을 내쉬었다. 그런 다음, 다시 마음을 다잡고는 자세히 설명하기 시작했다. 장군님의 손자분인 페르디낭이 이 프라델&Co사의 주주입니다. 물론 거기서 배당금만 받고 있을 뿐이지만, 만일 이 회사가 연루된 스캔들이 터지면 장군님의 손자분은 골치 아프시게 되고, 장군님의 명성에 흠이 갈 수 있습니다……. 모리외는 깜짝 놀란 새처럼 눈을 뚱그렇게 떴다. 이런 염병할……. 『프티 라루스 일뤼스트레』에 이름이 실리는 일에 타격을 입을 위험이라니, 결코 용납할 수 없는 일이었다. 장군은 기분이 확 상했다. 일어서고 싶은 마음까지 들었다.

그는 안락의자의 팔걸이를 양손으로 꽉 움켜쥐고는 험상궂

고도 격노한 얼굴로 몸을 벌떡 일으켰다. 이런 염병할, 그 개고
생을 해서 전쟁을 이기고 났더니 이게 뭐냐고! 이제 나 좀 조
용히 놔두면 안 되는 거야?

　페리쿠르 씨는 일어날 때도 피곤했고, 잠자리에 들 때도 피
곤했다. 요즘 내가 왜 이리 힘이 없지 하는 생각이 들었다. 그
는 계속 일하고, 사람들을 만나고, 여러 가지 지시도 내리고 있
었지만, 그 모든 게 기계적이었다. 그는 딸을 보러 가기 전에
호주머니에서 에두아르의 크로키 수첩을 꺼내어 서랍에 넣었
다. 그는 이 수첩을, 사람들 앞에서는 결코 펼쳐 보지 않았지
만, 종종 가지고 다녔다. 그 내용은 다 외우고 있었다. 이런 식
으로 여기저기 가지고 다니다 보면 결국엔 망가지게 될 터, 수
첩을 보호해야 할 필요가 있었다. 장정을 하는 것도 괜찮은 방
법이리라. 하지만 물질적인 일들은 해본 적이 없는 그로서는
막막하기만 했다. 물론 마들렌이 있지만, 지금 그 애의 정신은
온통 딴 데에 가 있으니……. 페리쿠르 씨는 몹시 외로웠다. 그
는 서랍을 닫고, 딸에게 가려고 방을 나왔다. 내가 어떻게 살
아왔기에 이 모양이 되었단 말인가? 그는 사람들에게 두려움
만 안겨 주는 사람이었고, 주위에 친구는 하나도 없고 오직 인
맥만 있었다. 그리고 마들렌이 있었다. 하지만 그건 경우가 달
랐다. 여자에게는 할 수 없는 말들이 있는 법이다. 또 지금 그
녀의 몸 상태를 생각하면……. 그는 과거에 자신도 아버지가
되기를 앞두고 있던 때를 떠올려 보려고 몇 번이나 시도해 봤
지만 좀처럼 기억이 나지 않았다. 간직한 추억이 이렇게나 없
다는 게 놀랍기까지 했다. 직장에서 그의 뛰어난 기억력은 찬

양의 대상이었다. 15년 전에 흡수한 어느 회사의 이사회 임원들의 이름을 하나도 빠짐없이 댈 수 있을 정도였지만, 가족과 관련해서는 거의 아무것도 기억하지 못했다. 하지만 가족이 그에게 얼마나 큰 중요성을 갖는지는 오직 신만이 아시리라. 그리고 이것은 아들이 죽어 버린 지금에만 그런 게 아니었다. 그가 그토록 열심히 일하는 것은, 그렇게 힘들게 고생하는 것은 오직 이것을 위해서였다. 오로지 가족을 위해서였다. 그들을 안전하게 보호하기 위해서였다. 그들에게…… 그러니까 필요한 모든 것을 해주기 위해서였다. 그런데 기묘하게도 가족과 함께한 장면들은 그의 정신에 쉽사리 새겨지지 않았고, 모두가 비슷비슷하게만 느껴졌다. 성탄절 만찬, 부활절 파티, 생일 같은 것들은 몇 번의 휴지기를 제외하곤 끝없이 복제되기를 반복하는 어떤 동일한 상황 같았다. 아내와 함께 보낸 성탄절들과 그녀가 죽고 난 후의 성탄절들, 혹은 전쟁이 일어나기 전의 일요일들과 지금의 일요일들이 그러했다. 그것들 간의 차이는 별로 없었다. 이러했기에 아내가 임신했던 일들도 전혀 기억이 나지 않았다. 아마 모두 네 번이었던 것 같은데, 그것들은 단 하나의 기억에 녹아들어 있었다. 그게 어떤 임신이었더라? 성공한 임신 중의 하나였던가, 아니면 실패한 임신이었던가……? 이것도 정확히 말할 수가 없었다. 어쩌다가 비슷한 상황들이 겹쳐져 몇몇 이미지가 떠오를 뿐이었다. 예를 들면 벌써 둥글게 부풀어 오른 배 위에 손깍지를 하고 앉아 있는 마들렌의 모습을 발견했을 때 그랬다. 아내도 이런 자세를 하고 있던 게 생각났다. 이런 느낌에 그는 흐뭇했고, 심지어는 자랑스럽기까지 했다. 임신한 여자들은 모두가 다소 닮았다는 사실은 생각하지 않고서, 이 비슷한 느낌을 하나의 승리로, 자기에게도 인간적인 감정이, 가정적인 면이 있다는 증거로 여기기로 했다. 그리고 자기에게도 인간적인 감정이 있는 고로, 딸에게 또 다른 근심거리를 안겨 주고 싶지가 않았다. 그렇잖아도 임신해서 힘든 딸애에게 말이다. 하지만 평소처럼 모든 걸 혼자 감당하고 싶다 해도, 이젠 그게 더 이상 가능하지 않았다. 어쩌면 너무 오래 기다린 것인지도 모른다.

「내가 방해가 되는 건 아니니?」 그가 물었다.

부녀는 서로를 쳐다보았다. 피차 이 상황이 그렇게 편하지만은 않았다. 우선 그녀 쪽에서 보자면, 페리쿠르 씨는 에두아르의 죽음 때문에 괴로워한 이후로 갑자기 늙어 버렸기 때문이다. 또 그로서는 임신한 딸의 모습이 그렇게 아름답게 느껴지지 않았다. 임신한 여자들에게서는 무르익은 과일과 같은 원숙함이, 어떤 반짝이는 윤기 같은 게 느껴지는데, 딸에게는 그런 게 전혀 없었다. 단지 암탉들에게서 볼 수 있는 어떤 평온한 승리감, 혹은 자신감 같은 게 느껴질 뿐이었다. 마들렌은 그저 뚱뚱하기만 했다. 몸 전체는 물론 얼굴까지 갑자기 저렇게 불어나 버렸다. 저런 모습을 하고 있으니 심지어는 임신했을 때조차 아름답지 않았던 제 어미와 더욱 비슷해 보였고, 페리쿠르 씨는 그게 마음이 아팠다. 딸애는 행복해 보이지 않았다. 그저 모종의 차분한 만족감만 느껴질 뿐이었다.

아니에요(마들렌은 미소를 지어 보였다), 방해가 되지 않아요, 전 그저 쓸데없는 몽상에 잠겨 있었을 뿐이에요 하고 대답했지만, 사실 그녀는 몽상에 잠겨 있지도 않았고, 아버지의 방문이 그리 달갑지가 않았다. 그가 이렇게 조심스럽게 나오는 것은 뭔가 그녀에게 얘기할 게 있다는 뜻이고, 그녀는 그게 뭔지 알고 있었다. 그 얘기가 나오는 것이 두려웠다. 그녀는 억지로 미소를 지으며, 자기 옆자리를 손바닥으로 두드리며 거기 앉을 것을 청했다. 아버지가 앉았고, 그들은 지금까지 보통 그래 왔듯이 거기에서 그칠 수도 있었을 것이다. 만일 이게 두 사람만의 일이었다면, 그들은 그리했을 것이다. 그냥 몇 마디 대수롭지 않은 얘기들을 나누고, 각자는 주고받는 말들을 어떤 뜻으로 받아들여야 할지를 이해하고, 그러고 나면 페리쿠르 씨는 일어나서 딸의 이마에 키스를 하고는, 자신이 하고 싶은 말을 딸이 이해했다는 확신과 함께 방을 나올 수도 있었을 것이다. 하지만 이날만큼은 말을 꺼내야 했으니, 이게 그들 둘만의 문제가 아니었기 때문이다. 그리고 두 사람 모두 이런 부녀만의 내밀한 시간에, 그들에게만 속하지 않은 어떤 상황에 매여 있다는 사실에 마음이 언짢았다.

마들렌은 평소에는 가끔 아버지의 손 위에 자기 손을 올려놓기도 했지만, 지금은 그러는 대신에 살짝 한숨을 내쉬었다. 이제 그들은 서로에게 맞서고, 어쩌면 언쟁을 벌일 수도 있었지만, 그녀는 전혀 그러고 싶지 않았다.

「모리외 장군이 전화했다.」 페리쿠르 씨가 말을 꺼냈다.

「오, 그래요……?」 마들렌은 미소를 지으며 대꾸했다.

페리쿠르 씨는 어떤 식으로 나가야 할지 잠시 망설이다가, 그가 생각하기에 자기에게 가장 어울리는 모습, 다시 말해서 아버지로서의 위엄과 권위를 택하기로 했다.

「네 남편 말이다…….」

「아버지의 사위 말씀이시죠……?」

「뭐, 그렇다…….」

「네, 그렇게 말씀하시는 게 더 좋아요…….」

아들을 갖기를 원하던 시절에, 페리쿠르 씨는 자기와 닮은 아들을 꿈꾸었다. 그런데 딸에게서 자신과 닮은 모습을 느낄 때면 기분이 좋지 않았다. 왜냐면 말이나 행동에 있어 항상 간접적인 것이 남자와는 다른 여자의 특성이라는 걸 깨닫게 되기 때문이었다. 예를 들어, 지금 그들이 〈네 남편〉이 아닌 〈아버지의 사위〉가 저지른 엿 같은 짓거리들을 얘기하고 있는 거라고 음험하게 암시하는 방식 같은 거 말이다. 그는 입을 꽉 다물었다. 〈딸의 상태〉도 생각해 줘야 했다. 조심해야 했다.

「어쨌든, 좋아질 기미가 안 보여…….」 그가 다시 말을 이었다.

「뭐가 말이죠?」

「그놈이 사업을 처리해 가는 방식.」

이 〈사업〉이라는 말을 하는 순간, 페리쿠르 씨는 아버지이기를 멈췄다. 그리고 그 즉시 문제는 해결 가능한 것으로 느껴졌다. 왜냐면 사업의 영역에 있어서 온갖 상황을 다 알고 있는 그에게 결국 해결해 낼 수 없는 문제는 거의 존재하지 않기 때문이었다. 그는 항상 한 집안의 가장을 일종의 기업체의 장으로 여겨 왔다. 이 여자, 별로 자기 딸처럼 느껴지지 않고, 너무도 어른스럽고, 거의 낯설기조차 한 이 여자 앞에서 그는 문득 어떤 의혹에 사로잡혔다.

그는 언짢은 기분으로 고개를 끄덕였다. 그리고 이 소리 없이 치미는 분노와 함께, 그가 전에 그녀에게 말하고 싶었지만 그녀가 표현하지 못하게 막았던 모든 것들, 다시 말해서 페리쿠르 씨가 그녀의 결혼과 그놈에 대해 생각하는 것들이 다시 머릿속에 떠올랐다.

　마들렌은 그가 곧 잔인하게 굴 것을 느끼고는 보란 듯이 두 손을 배 위에 올려놓으며 깍지를 꼈다.

　「아빠, 제가 앙리와 얘기했어요.」 마침내 그녀가 말을 이었다. 「지금 그 사람은 일시적인 문제들에 봉착해 있어요. 〈일시적인 문제들〉, 그가 한 표현이에요, 조금도 심각한 게 아니에요. 그 사람이 확실히 말했다고요…….」

　「마들렌, 그놈이 확실히 말했든 어쨌든, 내겐 조금도 중요치 않아. 그놈은 널 보호하려고 편리한 대로 얘기하고 있는 거야.」

　「당연하죠. 그는 제 남편이니까요.」

　「바로 그게 문제야! 그놈은 네 남편인데, 널 안전하게 해주기는커녕 위험에 빠뜨리고 있어!」

　「위험에 빠뜨린다고요?」 마들렌이 웃음을 터뜨리며 외쳤다. 「세상에! 지금 제가 위험에 처한 사람처럼 보이나요?」

　그녀는 흐드러지게 웃어 댔다. 페리쿠르 씨는 딸의 이런 모습 앞에서 성질이 나지 않을 정도로 좋은 아버지는 못 되었다.

　「난 그놈 편을 들지 않을 거다.」 그가 내뱉었다.

　「하지만 아빠, 누가 아빠에게 그 사람 편을 들어 달라고 부탁했나요? 그리고 먼저, 왜죠? 누구와 맞서는데 편을 든다는 거죠?」

　부녀의 음험함은 서로 닮아 있었다.

　그렇지 않은 척했지만, 마들렌은 이게 무슨 일인지 잘 알고 있었다. 이 군사 묘지 일은 처음 생각했던 것만큼 그렇게 간단하지가 않았다. 앙리가 언짢은 표정을 짓거나, 멍하니 생각에 잠기거나, 혹은 화를 내거나 초조해하는 모습을 보이는 일이 갈수록 잦아졌다. 그의 잠자리 봉사가 더 이상 필요치 않게 되었으니 차라리 잘된 일이었다. 게다가 이번에는 그의 정부들조차 그에 대해 불평하고 있는 것 같으니 더욱 잘된 일이었고……. 예를 들어 일전에 만난 이본은 이렇게 말했다. 〈저번에 네 남편과 우연히 마주쳤는데 말이야, 사람이 얼마나 까칠한지 말도 못 붙이겠더라, 얘! 그는 부자가 될 성격은 아닌 것 같아…….〉

그는 정부를 위한 공사를 해가면서 이런저런 문제들과 사고들을 겪고 있는 모양이었다. 이것은 떠들썩하게 드러나진 않았지만, 그녀는 여기저기서 이런저런 말들을 들었다. 예를 들어 관련 부처에서 전화가 걸려 왔을 때였다. 앙리는 목소리에 한껏 무게를 깔면서 대답했다. 오, 아니에요, 하, 하, 하! 그건 벌써 옛날에 해결된 일입니다, 조금도 걱정하실 것 없어요! 이렇게 말하고는 이마에 굵은 주름을 잡으며 수화기를 내려놓았다. 지나가는 소나기에 불과한 것이리라. 마들렌은 이런 것에는 이골이 나 있었다. 살아오는 내내 아버지가 갖가지 풍파를 헤쳐 오는 것을 보았고, 또 전쟁도 거쳤다. 도청과 관련 부처에서 전화 두 통 걸려 왔다고 해서 겁에 질릴 그녀가 아닌 것이다. 그냥 아버지는 앙리를 싫어하는 것일 뿐이다. 그 사람이 무슨 일을 하든, 아버지의 마음에 들지 않는 것일 뿐이다. 남자들 간의 경쟁심이리라. 수컷들 간의 경쟁심……. 그녀는 배위의 손깍지를 더욱 세게 꼈다. 메시지는 전달되었다. 페리쿠르 씨는 마지못해 일어서서 멀어져 가다가, 자신도 어쩔 수 없는 충동에 이끌려 몸을 돌렸다.

「난 네 남편을 좋아하지 않는다.」

말해 버렸다. 하고 보니 그렇게 어려운 일도 아니었다.

「알고 있어요, 아빠.」 그녀는 미소를 지으며 대답했다. 「하지만 그건 조금도 중요하지 않아요. 그는 제 남편이니까요.」

그녀는 부드럽게 자기 배를 톡톡 두드렸다.

「그리고 이 안에 있는 것은 아빠의 손자고요. 분명히 손자일 거예요.」

페리쿠르 씨는 입을 벌렸지만, 그냥 말을 하지 않고 방을 나와 버렸다.

손자라…….

그는 처음부터 이 생각을 피해 왔었다. 때가 좋지 않았기 때문이다. 아들의 죽음과 손자의 탄생을 좀처럼 연결 지을 수가 없었던 것이다. 차라리 여자아이가 태어났으면 하는 마음이었다. 그러면 더 이상 이런 고민도 없을 테니까. 그리고 또 다른 아이가 태어날 때쯤에는 시간이 흘렀을 거고, 기념비가 완공되어 있을 거였다. 그는 이 기념비가 건립되고 나면 자신의 번민과 회한도 끝날 거라는 생각에 매달려 왔다. 그가 정상적으로 잠을 자지 못한 지 벌써 몇 주째였다. 시간이 갈수록 에두아르의 죽음은 엄청난 중요성을 띠게 되었고, 심지어는 그의 사업에까지 영향을 주기 시작했다. 예를 들어, 얼마 전, 그의 회사 중의 하나인 프랑세즈 데 콜로니의 이사회 때, 그의 시선은 방을 가로질러 회의 테이블 상판을 환히 비춘 비스듬한 햇살에 이끌렸다. 그것은 별것도 아니었다. 그저 한 줄기의 태양 광선일 뿐이었다. 하지만 그것이 최면을 걸듯 그의 정신을 사로잡았다. 한순간 현실과의 접촉이 끊기는 것은 모든 이에게 일어나는 일이지만, 이때 페리쿠르 씨의 얼굴에 나타난 것은 멍한 표정이 아니라, 뭔가에 홀린 표정이었다. 거기 있는 모두가 보았다. 그들은 회의를 계속했지만, 회장의 강렬한 시선도, 사람의 속을 꿰뚫는 그의 날카로운 정신도 없는 가운데서 이뤄지는 토의는 갑자기 휘발유가 떨어져 쿨럭대고 덜컹거리는 자동차처럼 조금씩 감속되었고, 느린 단말마를 거쳐 마침내는 텅 빈 상태로 끝을 맺었다. 사실 페리쿠르 씨의 시선이 못 박힌 것은 그 햇살이 아니라, 공중에 떠 있는 먼지들, 그 춤추는 뿌연 입자들이었고, 그것을 보는 그는 10년 전으로 — 아니 15년 전이었던가?, 아, 왜 이리 기억이 안 날까……! — 돌아갔다. 에두아르가 어떤 그림을 그렸다. 아마 열여섯, 아니, 열다섯 살이었으리라. 사실은 아주 조그만 색 점들을 촘촘히 찍어 놓은 것에 불과했다. 거기엔 단 한 줄의 선도 없고 오로지 점들만 있었다. 이런 기법에는 어떤 명칭이 있었는데, 그 이름은 생각이 날 듯 말 듯, 끝내 떠오르지 않았다. 그의 기억으로는, 그 그림은 아마 어떤 들판에 있는 소녀들의 모습을 재현하고 있었을 것이다. 그는 이런 방식의 회화를 너무도 터무니없다고 생각한 나머지, 무엇을 그렸는지 자세히 들여다보지도 않았다. 그때는 얼마나 어리석었던가! 어린 에두아르는 엉거주춤 서 있었고, 그의 아버지, 즉 자신은 방금 발견한 그림을, 엉뚱하고도 아무짝에도 쓸모없는 그것을 두 손으로 들고 있었다.

그때 자신이 무슨 말을 했던가? 모두가 침묵하고 있는 이사회실에서, 페리쿠르 씨는 자신이 역겨워 고개를 저었다. 그러고는 자리에서 일어나, 아무 말 없이, 누구도 쳐다보지 않고서, 방을 나와 집으로 돌아왔다.

그는 마들렌의 방을 나오면서도 고개를 저었다. 하지만 그 감정은 달랐다. 아니, 정반대였다. 그는 화가 나 있었다. 딸을 돕는 것은 결국 그녀의 남편을 돕는 거였다. 이런 일들에는 마음이 언짢아지는 법이다. 모리외는 비록 지금 늙은 멍청이가 되긴 했지만(하기야 언제 그러지 않은 적이 있었던가마는), 사위의 사업에 대해 그가 전하는 얘기들은 심히 불안스러웠다.

페리쿠르의 이름이 언급될 거였다. 사람들은 어떤 보고서에 대해 쑥덕대고 있었다. 깜짝 놀랄 만한 거란다. 그런데 그 문서는 대체 어디에 있는가? 누가 그것을 읽었단 말인가? 그리고 대체 누가 그걸 썼단 말인가?

난 너무 심각하게 생각하고 있어……. 왜냐면 결국 그건 내 일이 아니란 말이야. 사위 놈에겐 내 이름이 붙어 있지도 않고. 또 딸애에 대해 말하자면, 다행스럽게도 개는 결혼 계약서로 보호되어 있어. 어쨌든 그 도네프라델이란 놈에게(그는 이 이름을 머릿속으로 발음할 때에도, 비아냥대듯 각 음절을 과장되게 강조하곤 했다) 무슨 일이 일어나든 간에, 놈과 우리 사이에는 하나의 세계가 놓여 있어. 만일 마들렌에게 아이들이 생긴다면(그게 이번이든, 나중이든……. 왜냐면 여자들의 이런 일은 어떻게 될지 아무도 모르니까), 그들 모두에게 탄탄한 미래를 보장해 줄 능력을 아직 이 페리쿠르는 갖고 있지 않은가?

이 객관적이고도 합리적인 마지막 문장에 그는 마침내 결정을 내렸다. 사위놈은 침몰해 버려도 상관없다. 이 페리쿠르는 딸애와 손주들의 구조에 필요한 구명 튜브들을 갖추고서 눈을 부릅뜨고 둑 위에 서 있으리라.

하지만 그 놈은 아무리 몸부림을 치고 비명을 지른다 해도, 손가락 하나 까딱 않고 바라보고만 있으리라.

그리고 만일 놈의 정수리를 지그시 눌러 줘야 할 필요가 있다면, 못 할 것도 없다.

페리쿠르 씨는 긴 커리어를 이어 오는 동안 무수한 이들을 죽여 왔지만, 그 일의 전망이 지금처럼 힘을 솟게 한 적은 없었다.

그는 미소를 지었고, 그가 여러 가지 해결책들 중에서 가장 효과적인 방안을 선택했을 때 느끼곤 하던 그 특별한 전율을 다시 한 번 느꼈다.

29

조제프 메를랭은 한 번도 제대로 잠을 자본 적이 없었다. 자신의 불행한 증상의 이유를 평생 모르고 지내는 대부분의 불면증 환자들과는 반대로, 그는 완벽하게 알고 있었다. 지금까지 그의 삶은 아무리 겪어도 좀처럼 익숙해지지 않는 낙담스러운 일들의 연속이었다. 밤마다 그는 자기가 상대를 누르지 못한 언쟁을 재구성하기도 하고, 근무 중에 받은 질책이나 모욕을 상기하며 복수를 다짐하기도 하고, 또 실망스러운 일들, 실패한 일들을 곱씹기도 하면서 몸을 뒤척였고, 이러다 보면 밤을 꼴딱 새우기 일쑤였다. 그에겐 극히 자기중심적인 구석이 있었다. 조제프 메를랭의 삶의 중심은 조제프 메를랭 자신이었다. 그에겐 아무것도, 그 누구도 없었다. 심지어는 고양이 한 마리 없었다. 그의 삶은 일테면 메마른 잎사귀가 텅 빈 알맹이 주위를 감싸듯, 자신을 중심으로 똬리를 틀고 있었다. 예를 들어, 그 무수한 불면의 밤들에 그는 전쟁에 대해 한 번도 생각해 보지 않았다. 4년 동안 그는 전쟁을 지독하게 재수 없는 일 정도로 여겼다. 음식도 양껏 먹지 못해 부아를 치밀게 하는, 또 하나의 짜증 나는 일 정도로 말이다. 부처의 동료들, 특히 가까운 이가 전선에 나가 있는 사람들은 이 예민해진 사내가 교통 요금이 오를까, 혹은 닭고기가 부족해질까 걱정하는 것을 보고 입을 딱 벌렸다.

「하지만 여보쇼.」 어떤 이가 분개하며 그에게 말했다. 「아무리 그래도 이건 전쟁이 아니오?」

「전쟁? 아니, 무슨 전쟁?」 메를랭이 반문했다. 「전쟁은 항상 있어 왔어. 그런데 왜 우리가 이전 전쟁 말고 특별히 이 전쟁에 관심을 가져야 하는 거지? 혹은 다음번 전쟁 말고 이 전쟁이지?」

그는 패배주의자로 여겨졌다. 거의 반역자나 다름없었다. 만일 병사였다면 진즉 총살대에 섰으리라. 그나마 후방이라 다행이었지만, 전쟁에 대한 무관심 덕분에 그는 욕을 한 바가지 더 얻어먹어야 했다. 사람들은 그를 〈독일 놈〉이라고 불렀고, 이 별명은 이후에도 살아남았다.

전쟁이 끝나고 그가 공동묘지 감사관으로 임명되자, 〈독일 놈〉은 〈콘도르〉, 〈시체 먹는 짐승〉, 〈맹금류〉 등으로 바뀌었다.

샤지에르말몽은 프라델&Co사에 맡긴 군사 묘지들 중 그가 처음 방문한 곳이었다.

그가 올린 보고서를 읽은 당국자들은 상황을 매우 우려스럽게 느꼈다. 하지만 그 누구도 책임을 지기 싫었으므로, 보고서는 후딱후딱 윗선으로 올라갔고, 마침내는 각 부처의 같은 직위에 있는 관리들이 다 그렇듯 이런 종류의 사안을 은폐하는 전문가인 중앙 행정실 실장의 책상 위에 놓이게 되었다.

그러는 동안 메를랭은 매일 밤 침대에서 그가 호출될 날에 상관 앞에서 하게 될 말들을 다듬어 갔다. 이 말들이 담고 있는 결론은 하나로, 그것은 지금 수천 명의 프랑스 병사들을 너무 작은 관에 넣어 매장하고 있다는 간단하고도 충격적인, 그리고 매우 중대한 결과를 초래할 사실이었다. 그들의 신장이 어떠하든, 160센티미터든 180센티미터가 넘든 간에(메를랭은 참고 가능한 병역 수첩들에 의거하여 관련 병사들의 신장 목록을 작성했다), 모두가 130센티미터짜리 관에 욱여넣어지는 신세가 되고 말았다. 그들을 관 속에 집어넣기 위해 목을 꺾고, 다리를 톱으로 절단하고, 발목을 부러뜨려야 했다. 간단히 말해서, 병사들의 시신을 마치 잘라내고 토막 낼 수 있는 상품처럼 취급한 것이다. 보고서는 지독히도 음산한 기술적인 설명으로 들어가고 있었다. 《인부들은 해부학적 지식도, 적절한 도구도 없기 때문에 유골을 편평한 돌 위에 올려놓고 삽날로 치거나 발뒤꿈치로 짓밟아서, 때로는 곡괭이까지 사용하여 부서뜨리지 않을 수 없었으며, 그렇게 한다 하더라도 관이 너무 작아 몸집 큰 사람의 유해를 다 담을 수 없는 경우가 드물지 않기 때문에 관을 대충 채운 다음, 그 나머지는 쓰레기통 격인 관에다 한데 부어 넣고 그게 꽉 차면 뚜껑을 닫고는 〈무명용사〉라고 적어 넣었으며, 이 때문에 참배하러 온 가족들에게 고인의 유해 전체를 보장하는 게 불가능한 상황인데, 공사를 낙찰받은 회사가 인부들에게 부과한 속도는 이 인부들로 하여금 시신 중에서 쉽게 찾을 수 있는 부분들만을 관에 넣지 않을 수 없게 만들었으며, 따라서 이들은 규정에 따라 고인의 신원을 확인 또는 발견하기 위해 유골, 신분증, 기타 물품들을 찾아 무덤 속을 수색하는 작업을 아예 포기해 버렸으며, 이런 이유에서인지 여기저기서 누구의 것인지 알 수 없는 유골들이 빈번히 발견되었으며, 이 회사는 유해 발굴과 관련하여 하달된 지시 사항들을 체계적이고도 심각하게 위반하고 계약 내용과 전혀 일치하지 않는 관들을 인도한 것 외에도…… 등등.》보다시피 메를랭의 한 문장을 이루는 단어는 2백 개가 넘어가기도 했으며, 이런 점에 있어서 그는 부처 내에서 일종의 예술가로 여겨지기도 했다.

어쨌든 보고서의 내용은 폭탄이나 다름없었다.

프라델&Co사에겐 위험한 상황이었다. 페리쿠르 가에게도, 그리고 공사를 사후에야, 다시 말해서 너무 늦게 확인한 정부에게도 위험하기는 마찬가지였다. 만일 이 소문이 새어 나간다면 고약한 스캔들로 비화될 가능성이 컸다. 따라서 이 일에 관련된 정보들은 중간 단계를 거치지 않고 곧바로 중앙 행정실 실장의 책상으로 올라가야 했다. 그리고 공무원 메를랭을 진정시키기 위해 그의 보고서는 아주 주의 깊게 검토되었고, 매우 높게 평가되었으며, 최대한 빠른 시일 내에 적절한 후속 조치가 따를 것이라고 그를 안심시켰다. 40년의 경험이 있는 메를랭은 자기 보고서가 매장되었다는 사실을 곧바로 깨달았지만 별로 놀라지 않았다. 이 정부의 청부 계약에는 아마도 어두운 부분들이 감춰져 있을 것이고, 이건 매우 민감한 사안일 터였다. 행정부를 거북하게 만드는 것들은 모조리 제거되리라. 메를랭은 자신이 거추장스러운 존재가 되어서 좋을 게 하나도 없다는 것을, 그렇지 않을 경우 자기는 또다시 좌천될 수 있다는 것을 잘 알고 있었다. 아, 천만에! 그런 신세가 되고 싶은 마음은 추호도 없었다. 그는 책무가 있는 사람으로서 자신의 의무를 다했다. 이 정도 했으면 누구한테도 비난받을 게 없었다.

그리고 어차피 커리어가 끝나 가는 그로서는 오랫동안 기다려 온 정년퇴직밖에는 바랄 게 아무것도 없었다. 상부는 그에게 그냥 장부에 서명하고 검인만 찍는 순전히 형식적인 감사를 지시했다. 그러니 그는 아무 생각 없이 장부에 서명하고 검인을 찍고는, 지금의 식량 부족 상태가 끝나는 날을, 마침내 시장과 레스토랑 메뉴판에서 닭고기를 다시 볼 수 있게 될 날을 참을성 있게 기다리기만 하면 되는 것이다.

그는 이렇게 생각하고는 집에 돌아와 잠이 들었다. 밤새 한 번도 깨지 않고 깊은 잠을 잤는데, 태어나서 처음 있는 일이었다. 그의 정신이 맑아지기 위하여 이런 예외적인 시간이 필요했던 것일까?

그는 슬픈 꿈을 꾸었다. 부패가 상당히 진행된 병사들이 무덤 속에 앉아서 울고 있었다. 그들은 구조를 요청하고 있었지만, 목에서는 아무 소리도 나오지 않았다. 병사들의 유일한 위안은 거대한 체구의 세네갈인들로, 그들 역시 추위에 얼어붙은 알몸뚱이였음에도 불구하고, 물에서 건져 낸 사람에게 외투를 덮어 주듯 삽으로 흙을 떠 병사들 위로 뿌려 주고 있었다.

메를랭은 깊은 감동에 사로잡혀 잠에서 깨어났다. 그런데 이 감동은 자신에 관한 감정이 아니었고, 이 또한 그에겐 처음 있는 일이었다. 오래전에 끝난 전쟁이 마침내 그의 삶 가운데 출현한 것이다.

그다음에 일어난 일들은 메를랭에게 자신의 처참한 삶을 떠올리게 한 공동묘지들의 침울한 분위기, 답답하고 분통 터지는 일들만 이어진 공직 생활, 그리고 그의 습관적인 강경함(자기처럼 강직한 공무원은 눈을 감을 수 없는 법!)이 뒤섞인 기묘한 연금술의 결과였다. 그와는 아무런 공통점도 없는 이 젊은 전사자들은 억울한 희생자들이었고, 이 부당한 상황을 풀어 줄 사람은 오직 그뿐이었다. 이것은 며칠만에 그의 강박 관념이 되어 버렸다. 이 전사한 젊은 병사들은 사랑의 감정처럼, 질투처럼, 혹은 암처럼 다가와 그를 사로잡아 버렸다. 그의 감정은 슬픔에서 분개로 발전했다. 그는 분노하기 시작했다.

임무를 중단하라는 상부의 그 어떤 지시도 없었으므로, 그는 다르곤르그랑을 감사하러 간다고 당국에 알렸다. 이렇게 해놓고는 그 반대 방향, 다시 말해서 퐁타빌쉬르뫼즈로 가는 기차에 올랐다.

그는 역에서부터 군사 묘지가 있는 곳까지 6킬로미터의 길을 장대비를 맞으며 걸어갔다. 그 커다란 구두로 물웅덩이들을 맹렬히 철벅거리며 도로 한가운데를 따라 걷는 그는 자동차들이 빵빵거려도 마치 듣지 못한 것처럼 옆으로 비켜서지 않았다. 차들은 그를 추월하기 위해 바퀴 두 개를 갓길에 걸치지 않으면 안 되었다.

얼마 후, 그사이에 비가 그치긴 했지만 물에 흠뻑 젖은 외투의 호주머니에 두 손을 푹 찌른 기묘한 인물 하나가 위협적인 모습으로 철책 문 앞에 떡 버티고 섰다. 하지만 그 모습을 본 사람은 아무도 없었으니, 방금 전에 정오가 되어 공사장이 닫힌 것이다. 철책 문에는 게시판이 붙어 있었는데, 거기에 붙은 군사 묘지 관리국의 공고문에는 신원 불명의 시신들에서 발견되었으며, 시청에 가면 직접 확인할 수 있다는 물건들이 가족과 친지들을 위해 줄줄이 적혀 있었다. 어떤 젊은 여자의 사진 한 장, 파이프 하나, 우편환 한 장, 이니셜이 새겨진 속옷, 가죽 담배쌈지 하나, 라이터 하나, 둥그런 안경 하나, 〈사랑하는 자기야〉로 시작되는 서명 없는 편지 한 장……. 가소롭고도 비극적인 목록이었다. 메를랭은 이 모든 유물들이 너무나도 보잘것없는 데에 놀랐다. 모두가 가난한 병사들뿐이었다! 믿기지 않는 사실이었다.

그는 문에 얽어 놓은 쇠사슬로 눈을 내렸고, 발을 번쩍 들어 올려 황소도 때려죽일 만한 힘으로 조그만 자물쇠를 발뒤꿈치로 거세게 내리찍었다. 그런 다음 공사장에 들어가서는 또다시 발길질을 하여 사무실로 사용되는 가건물의 나무 문을 부숴 버렸다. 현장에서 식사를 하는 것은 바람에 부푼 방수포 아래에 있는 열두어 명의 아랍인뿐이었다. 그들은 메를랭이 입구의 철책과 사무실 문을 박살 내는 것을 멀리서 보았지만, 누구도 일어나서 그를 막으려 하지 않았다. 이 사내의 생김새며 자신에 찬 거동에서 뭔가 심상치 않은 낌새를 느꼈던 것이다. 그들은 계속 빵을 씹기만 했다.

이곳 사람들이 〈퐁타빌의 네모 땅〉이라고 부르는 것은 조금도 네모지지 않은 숲 언저리의 땅으로, 여기에는 약 6백여 명의 병사가 묻혀 있다고 추산되고 있었다.

메를랭은 공정이 낱낱이 기록되어 있을 장부들을 찾아 캐비닛들을 뒤졌다. 그는 일별 보고서들을 훑어보면서 창문 밖으로 힐끗 시선을 던졌다. 발굴 작업은 두 달 전에 시작되었다. 구덩이, 흙무더기, 방수포, 널판, 외바퀴 손수레, 자재가 보관된 임시 창고 등이 곳곳에 널려 있는 벌판이 눈에 들어왔다.

행정적으로는 모든 게 정상으로 보였다. 샤지에르말몽에서 보았던 구역질 나는 제멋대로의 행태가 여기에는 없으리라. 사용을 앞둔 새 관들 사이에 감췄지만 그가 결국 찾아낸, 유해의 찌꺼기들로 채워져 마치 정육점 쓰레기통을 방불케 하는 그런 관들은 여기엔 존재하지 않으리라.

보통 메를랭은 장부의 존재를 확인한 다음, 여기저기 어슬렁거리는 것으로 조사를 시작하곤 했다. 자신의 직감을 믿는 그는 이쪽에서는 방수포를 하나 들춰 보기도 하고, 또 저쪽으로 가서는 관에 부착된 표지판 하나를 살펴보기도 했다. 그런 후에 본격적인 작업에 뛰어들었다. 책무상 그다음에는 장부들과 늘어선 묘지들 사이를 끊임없이 왕복하는 게 마땅했지만, 이 일에 대한 개인적 열정 덕분으로 그는 어떤 사기 행위, 어떤 위반 행위를 숨기고 있는 미세한 단서를, 사소한 부정행위를 감지해 내는 모종의 육감을 금방 얻게 되었다.

관들을 땅에서 파내고, 시체들을 다시 꺼내는 임무를 맡은 공무원은 세상에서 그밖에 없겠지만, 확인을 위해서는 이 방법밖에 없었다. 그리고 메를랭의 거대한 체구는 이 일에 썩 잘 어울렸다. 그의 거대한 구두는 한 방에 삽날을 흙속에 30센티미터나 박아 넣었으며, 그의 솥뚜껑 같은 손은 곡괭이를 마치 포크처럼 다뤘다.

메를랭이 현장을 한번 둘러본 뒤 세부적인 확인 작업에 들어간 게 12시 반이었다.

오후 2시, 그가 공동묘지의 북쪽 끝, 뚜껑을 닫아서 쌓아 놓은 한 무더기의 관들 앞에 서 있을 때, 공사장 책임자가 그에게 다가왔다. 알코올 중독으로 얼굴이 보라색이 된 소뵈르 베니슈라는 대머리 사내로, 아마도 작업반장인 듯한 두 인부를 대동하고서였다. 노기등등한 그들은 턱을 휘저으며 강한, 아니거의 명령하는 어조로 말했다. 이곳은 일반에게 금지된 곳이오! 사람들이 이런 식으로 함부로 들어오는 곳이 아니오! 당장여길 떠나시오……! 메를랭이 눈을 돌려 쳐다보지도 않자 그들은 더욱 언성을 높였다. 계속 그렇게 버티면 군경대를 부를거요! 왜냐면 이곳은 정부의 보호하에 있는 장소니까…….

「내가 바로 그거요!」 메를랭은 그의 말을 끊으며 세 사내에게 몸을 돌렸다.

그리고 이어진 침묵 속에서 덧붙였다.

「여기선 내가 바로 정부라고!」

그는 바지 호주머니에 손을 깊이 넣어서는 꼬깃꼬깃 구겨진 종이 한 장을 꺼냈다. 그게 그다지 신임장 같아 보이지 않았을 뿐더러, 사람 자체도 정부 부처 파견인처럼 보이지 않았기 때문에, 도대체 어떻게 생각해야 할지 알 수 없었다. 하지만 그의 거대한 체구며 주름과 얼룩투성이인 낡은 옷, 그리고 어마어마한 크기의 구두 등은 위압감을 주기에 충분했다. 그들은 이 상황이 조금 수상쩍게 느껴지긴 했지만, 감히 항변할 수는 없었다.

메를랭은 잠자코 세 사내, 그러니까 자두로 빚은 독주의 지독한 냄새를 뿜는 소뵈르와 그의 두 똘마니를 자세히 뜯어보기만 했다. 첫 번째 똘마니는 칼날처럼 기름한 얼굴에, 너무 무성하고 담배로 누렇게 전 콧수염의 소유자로 가슴팍에 붙은 호주머니를 톡톡 두드리며 태연한 체 하고 있었다. 두 번째 똘마니는 아직도 군화와 군복 바지 차림에, 보병 하사의 군모까지 뒤집어 쓴 아랍 사내로 자신이 얼마나 중요한 직무를 맡은 사람인지를 증명하고 싶은 사람처럼, 마치 열병식 때처럼 뻣뻣하게 서 있었다.

「쭙, 쭙.」 메를랭은 증명서를 다시 호주머니에 쑤셔 넣으며 틀니로 소리를 냈다.

그런 다음, 쌓여 있는 관들을 가리켰다.

「그런데 말이오, 지금 정부에겐 몇 가지 풀리지 않는 의문점이 있거든?」

아랍인 작업반장의 몸은 조금 더 뻣뻣해졌고, 콧수염 기른 그의 동료는 담배를 한 개비 꺼냈다. 그는 담배를 나누고 싶지 않은 사람처럼, 얻어 피우는 인간들이 지겨운 사람처럼 담뱃갑 대신 담배 한 개비만 꺼냈다. 그에게서는 모든 것이 쩨쩨함과 인색함의 냄새를 풍겼다.

「예를 들어서,」 메를랭은 갑자기 세 장의 신원 카드를 내보이면서 말했다. 「지금 정부는 이 친구들에게 해당하는 관이 어떤 것들인지 궁금하거든?」

신원 카드들은 메를랭의 커다란 손 안에 있으니 우표보다도 작아 보였다. 그의 질문은 세 사내를 크나큰 당혹감에 빠뜨렸다.

한 줄로 늘어선 병사들의 무덤을 파헤쳐 얻게 되는 것은 한편으로는 한 줄의 관들이고, 다른 한편으로는 일련의 신원 카드들이다.

이론적으로는 양쪽이 같은 순서로 놓여 있다.

하지만 만일 이 신원 카드들 중 하나가 잘못 들어가거나 혹은 빠져 있다면, 이는 이 관들 전체의 순서가 어긋나 있고, 각각의 관은 내용물과는 상관없는 신원 카드를 갖고 있다는 뜻이다.

그리고 만일 메를랭의 손 안에 든 세 장의 신원 카드가 그 어떤 관과도 매치되지 않는다면……. 그것은 바로 모든 게 다 엉망이라는 얘기다.

그는 고개를 끄덕이고는, 공동묘지 중에서 이미 파헤쳐 놓은 부분을 물끄러미 바라보았다. 237명의 병사들이 발굴되어 80킬로미터 떨어진 곳으로 옮겨졌다.

폴은 쥘의 관 속에 들어 있고, 펠리시앵은 이지도르의 관에 들어 있고……. 계속 이런 식이다.

마지막 237번째 관까지.

그리고 이제는 누가 누구인지 알 수 없게 되었다.

「이 신원 카드들이 누구 거지?」 소뵈르 베니슈가 갑자기 헷갈리는 듯 주위를 돌아보며 더듬거리며 말했다. 「가만 보자…….」

갑자기 어떤 생각이 그의 머리에 스쳤다.

「아, 그래!」 그가 소리쳤다. 「지금 바로 그걸 정리하려던 참이었어요!」

그는 갑자기 조그맣게 줄어들어 버린 것 같은 그의 동료들에게 고개를 돌렸다

「여보게들, 그렇지 않아?」

아무도 그가 무슨 말을 하고 싶은 건지 이해하지 못했지만, 또 아무도 여기에 대해 깊이 생각해 볼 여유가 없었다.

「하, 하!」 메를랭이 소리쳤다. 「당신, 지금 바보로 생각하는 거야?」

「누굴요?」 베니슈가 되물었다.

「정부!」

그는 꼭 미친 사람 같아서, 베니슈는 그의 신임장을 다시 한 번 보여 달라고 할까 망설였다.

「자, 이 세 놈은 어디로 새버렸어, 엉? 그리고 이 작업이 다 끝나고 나서 당신네 손안에 떨어지게 될 세 친구는 대체 이름을 뭐라고 부를 건데?」

그러자 베니슈는 고심 끝에 생각해 낸 기술적 설명을 늘어놓았다. 다시 말해서 그들은 관들을 다 정렬해 놓은 후에 신원 카드를 다시 정리하여 장부에 기입하는 게 〈보다 확실하다〉고 생각했는데, 왜냐하면 먼저 신원 카드부터 정리하면…….

「엿 같은 소리!」 메를랭이 그의 말을 끊었다.

자신의 설명이 스스로도 별로 수긍이 안 가는 베니슈는 고개를 푹 숙였다. 그의 조수는 가슴팍의 호주머니를 만지작거렸다.

이어진 침묵 속에서, 메를랭의 머릿속에 어떤 기묘한 영상이 떠올랐다. 드넓게 펼쳐진 군사 묘지의 여기저기서 유가족들이 팔을 축 늘어뜨리거나 두 손을 모은 채로 묵념을 올리는 광경이었다. 그리고 오직 메를랭만이 땅 밑에서 유해들이 꿈틀대는 것을 투명하게 볼 수 있었다. 또 병사들이 찢어질 듯한 음성으로 저마다의 이름을 외치는 소리도 그에게만 들렸다…….

이 병사들은 이미 돌이킬 수 없는 불행을 당했을 뿐 아니라, 이제는 영원히 사라지게 된 것이다. 이 이름이 새겨진 십자 묘지들 아래에는 익명의 병사들이 잠들어 있었다.

이제 할 수 있는 유일한 일은 남은 일이나마 제대로 하는 거였다.

메를랭은 작업을 재정비하고, 큰 글씨로 지시 사항들을 써

났다. 그의 목소리는 권위적이고도 퉁명스러웠다. 자, 이리 와요! 당신, 내 말 잘 들어! 그는 일을 제대로 하지 않으면 벌금을 물리고 파면시키겠다고 위협했다. 그는 사람들을 겁에 질리게 했다. 그가 멀어져 갈 때면 〈한심한 놈들!〉이라고 내뱉는 말이 똑똑히 들렸다.

자기가 등을 돌리자마자 모든 게 다시 시작될 거고, 이런 작태는 계속될 거였다. 이 사실을 알고 있었지만 그는 굴하지 않고 더 사납게 굴었다.

「당신, 이리 와! 꾸물대지 말고!」

그가 부른 것은 콧수염이 담뱃진에 노랗게 전 사내였다. 이 50대의 남자는 얼굴이 얼마나 좁다란지 마치 물고기들처럼 두 눈이 양쪽 뺨 위에 붙어 있는 것 같았다. 메를랭의 1미터 앞에 선 그는 바짝 얼어붙어서 호주머니를 만지작거리려는 동작을 억누르고 대신 담배를 또 한 개비 꺼냈다.

뭔가를 말하려고 하던 메를랭은 오랫동안 잠자코 있었다. 생각이 날 듯 말 듯한 어떤 단어를 힘들게 찾고 있는, 아주 짜증 나는 상황에 처한 사람처럼 보였다.

콧수염을 단 작업반장은 입을 벌렸지만, 단 한 음절도 발음할 틈이 없었다. 메를랭이 그의 뺨을 세차게 후려친 것이다. 사내의 편평한 볼 위에서 터진 따귀 소리가 종소리처럼 크게 울렸다. 사내는 한 걸음 뒤로 물러섰다. 모든 사람들의 시선이 그들에게로 향했다. 평소 그가 기분이 꿀꿀할 때 애음하는 부르고뉴 독주를 숨겨 놓은 오두막에서 나온 베니슈가 목이 터져라 고함을 쳤지만, 이미 공사장의 인부들은 모두 움직이고 있었다. 콧수염의 사내는 깜짝 놀라 손으로 볼을 감쌌다. 메를랭은 사냥개 떼 같은 무리에게 둘러싸였고, 만일 그의 나이와 놀랄 만한 체격과 감사를 시작했을 때부터 보여 준 카리스마와 거대한 손아귀와 그 괴물 같은 구두가 아니었다면, 그는 자신의 운명을 걱정했을 수도 있었다. 하지만 그는 자신 있는 손짓으로 모든 사람을 비켜서게 하고는 한 발을 내딛어 콧수염 사내에게 다가갔다. 그런 다음 〈하, 하!〉라고 외치며 가슴팍의 호주머니를 뒤지더니, 꼭 쥔 주먹을 빼냈다. 다른 손으로는 사내의 목을 움켜쥐었다. 그대로 목 졸라 죽여 버릴 듯한 기세였다.

「어이구, 이게 뭐요!」 막 비틀거리면서 도착한 베니슈가 소리쳤다.

메를랭은 낯빛이 변하기 시작하는 사내의 목덜미를 틀어쥔 채로 공사장 책임자에게 주먹을 내민 다음, 펼쳐 보였다.

손바닥에 금팔찌 하나가 나타났다. 팔찌에 달린 명판의 이름이 새겨진 쪽은 돌려져서 보이지 않았다. 메를랭은 사내를 놓아주었고, 풀려난 사내는 허파를 토할 듯이 기침을 하기 시작했다. 메를랭은 베니슈에게 몸을 돌렸다.

「당신 똘마니, 이름이 뭐요?」 메를랭이 물었다. 「성 말고 이름 말이야.」

「어…….」

패배하고 무장 해제된 소뵈르 베니슈는 유감스러운 눈으로 작업반장을 쳐다보며 말했다.

「알시드.」 그는 마지못해 웅얼거렸다.

거의 들리지도 않았지만, 그건 전혀 중요치 않았다.

메를랭는 동전 앞뒤 맞추기 놀이를 하듯 팔찌를 휙 돌렸다.

명판에 이름이 새겨져 있었다. 〈로제〉였다.

30

아, 정말로 괜찮은 아침이야! 매일이 이렇다면 얼마나 좋을까! 모든 게 너무나 잘 풀릴 것 같아!

우선 작품들이 그랬다. 위원회는 다섯 점을 골랐다. 모두가 우열을 가리기 어려울 정도로 훌륭했다. 기가 막힌 것들이었다. 애국심의 결정체라 할 만했다. 들여다보고 있으면 눈물이 찔끔 맺힐 정도였다. 그래서 라부르댕은 자신의 개선식을 준비했다. 다시 말해서, 페리쿠르 회장에게 프로젝트들을 소개하는 자리를 말이다. 이를 위해 그는 구청 기술과에 커다란 사무실을 가로지르는 긴 철봉을 특별히 주문했다. 전에 그랑팔레의 한 전시회에서 본 대로, 여기에다 그림들을 걸어 돋보이게 할 요량이었다. 페리쿠르는 그림들 사이를 자유롭게 돌아다닐 수 있으리라. 뒷짐을 지고서 천천히 걸으면서 이 그림(〈눈물에 젖은, 하지만 승리한 프랑스〉) 앞에서는 탄성을 터뜨리고, 또 이 그림(〈승리한 전사자들〉)은 자세히 들여다보리라. 걸음을 멈추기도 하고, 머뭇거리기도 하면서……. 감탄에 찬, 그리고 어느 것을 선택해야 할지 몰라 당혹스러워하는 얼굴을 자신에게로 돌리는 회장의 모습이 벌써부터 눈앞에 그려졌다. 그러면 자신은 점잖게 말해 주리라. 그가 고심에 고심을 거듭하여 준비해 놓은 문장을. 미학 분야에 있어서 그의 취향과 그의 책임감을 한껏 돋보이게 하기에 충분한, 그 완벽한 리듬 속에 흘러가게 될 자신의 문장을.

「회장님, 제가 한 말씀 드리자면…….」

이렇게 말하며 〈눈물에 젖은 프랑스〉 쪽으로 다가가리라. 마치 그 앞에 서 있는 회장의 어깨에 한 손을 척 올려놓기라도 하려는 듯이.

「…… 이 위엄 있는 작품은 우리 국민들이 고통과 자부심에 대해 표현하고 싶어 하는 모든 것을 완벽하게 구현하고 있습니다.」

강조된 단어들은 문장에 내밀하게 녹아들어 있었다. 흠잡을 데 없었다. 우선 그가 찾아낸 절묘한 표현인 〈위엄 있는 작품〉, 그리고 〈유권자들〉보다 훨씬 듣기가 좋은 〈우리 국민들〉, 또 〈고통〉…… 라부르댕은 자신의 천재성에 어안이 벙벙해졌다.

오전 10시경, 사무실에 설치된 철봉에 그림을 거는 작업이 시작되었다. 그림을 걸고 균형을 맞추기 위해서는 접이식 사다리를 기어올라야 했다. 레몽 양이 호출되었다.

그녀는 방에 들어서는 순간 그가 원하는 것을 알아차렸다. 그녀는 본능적으로 두 무릎을 바짝 붙였다. 사다리 밑에 선 라부르댕은 입가에 미소를 머금고 교활한 브로커처럼 손바닥을 마주 비볐다.

레몽 양은 한숨을 푹 내쉬며 네 계단을 올라가서는 몸을 뒤틀기 시작했다. 아, 얼마나 흐뭇한 아침인가……! 작품을 걸자마자 여비서는 치맛자락을 여미며 재빨리 사다리를 내려왔다.

라부르댕은 몇 걸음 물러나 결과물을 감상했다. 그런데 오른쪽 모서리가 왼쪽 모서리에 비해 약간 내려온 것 같지 않소……? 레몽 양은 눈을 질끈 감고는 다시 올라갔고, 라부르댕은 허겁지겁 사다리 아래로 돌아왔다. 여태껏 그녀의 치마 밑에서 이렇게 오랜 시간을 보낸 적이 없었다. 모든 게 제자리를 잡았을 때, 구청장의 성적 흥분 상태는 극도에 달하여 뇌출혈을 일으키기 직전이었다.

그런데 이게 웬일인가! 이처럼 모든 게 완벽히 준비되었는데, 페리쿠르 회장은 방문을 취소하고는, 후보 작품들을 자기집으로 가져갈 심부름꾼만 하나 보낸 것이다. 이게 다 헛고생이었다니……. 라부르댕은 쩝쩝 입맛을 다셨다. 그는 마차를 타고 따라갔는데, 기대와는 달리 작품 심의에 참가할 수 없었다. 페리쿠르 씨는 혼자서 하길 원했다. 벌써 정오가 다 되어 있었다.

「여기 구청장께 먹을 것 좀 갖다 드리게!」 페리쿠르 씨가 지시했다.

라부르댕은 젊은 하녀에게로 달려갔다. 고운 눈매에 탄력 있는 가슴을 지닌 매력적인 갈색 머리 하녀는 금방 당황한 기색이 되었다. 그는 포르토를 조금 마실 수 없겠느냐고 물으며 슬그머니 그녀의 왼쪽 가슴을 더듬었다. 하녀는 그저 얼굴만 붉혔다. 이 하녀 자리는 보수가 괜찮았고, 또 이 집에 들어온 지 얼마 되지 않았기 때문이었다. 포르토를 가져오자 라부르댕은 이번에는 오른쪽 가슴을 공략했다.

아, 정말로 괜찮은 날이야!

마들렌은 드릉드릉 코를 골고 있는 구청장을 발견했다. 널브러져 있는 그의 비대한 몸, 그리고 그 곁의 나지막한 탁자 위에 그가 먹어 치운 닭고기 냉육 찌꺼기와 샤토마르고 와인 빈병이 흩어져 있는 광경에서는 음란하면서도 불쌍하기까지 한 분위기가 느껴졌다.

그녀는 아버지의 서재 문을 조심스럽게 두드렸다.

「들어오거라.」 그는 머뭇거리지 않고 대답했다. 딸의 행동 방식을 익히 알고 있었다.

페리쿠르 씨는 그림들을 서가에 기대어 놓고는, 안락의자에서 전체적으로 조망할 수 있게끔 방을 치워 놓았다. 그는 그렇게 한 시간이 넘게 꼼짝 않고 앉아서, 이 그림에서 저 그림으로 시선을 옮기며 깊은 생각에 빠져 있었다. 이따금 일어나서 세부를 관찰하고 다시 자리로 돌아오기도 하면서.

일단 그는 실망했다. 그래, 겨우 이것뿐이란 말인가? 제출된 기념비들은 그가 아는 다른 것들과 비슷했다. 크기만 더 클 뿐이었다. 그는 자신도 모르게 가격들을 찾아보았고, 그의 계산적인 두뇌는 크기며 비용 등을 비교해 보았다. 자, 정신을 집중해야 했다. 다시 말해서 하나를 선택해야 했다. 하지만 정말로 실망스러웠다. 그는 이 프로젝트에 대해 한껏 꿈에 부풀어 있었다. 그런데 지금 이 제안된 것들을 보니……. 하지만 대체 여기서 무얼 기대한단 말인가? 결국 이것은 다른 것들과 다를 것 없는 기념비, 끊임없이 그를 사로잡는 새로운 감정들을 가라앉혀 줄 구석이라곤 전혀 없는 하나의 평범한 기념비가 될 거였다.

마들렌도 같은 느낌이었다. 별로 놀랄 일도 아니었다. 전쟁들이 다 비슷비슷하듯이, 기념비들도 그런 것 아니겠는가.

「어떻게 생각하니?」그가 물었다.

「거창하긴 하지만 조금…… 과장적이지 않아요?」

「서정적이지.」

그러고 나서 그들은 입을 다물었다.

페리쿠르 씨는 옥좌에 앉아 죽은 신하들을 내려다보는 왕처럼 안락의자에 앉아 있었다. 마들렌은 프로젝트들을 좀 더 자세히 살펴보았다. 그들은 아드리앵 말랑드레의 〈희생자들의 승리〉가 가장 괜찮다는 데에 의견이 일치했다. 이 작품의 특징은 과부들(여기서는 검은 베일을 쓴 모습으로 표현되었다)과 고아들(두 손을 모아 기도하면서 병사를 쳐다보는 사내아이)을 병사들과 동일시함으로써, 이들 모두를 희생자로 간주한 데에 있었다. 예술가의 끌 밑에서 온 나라가 희생된 나라가 된 것이다.

「13만 프랑이야.」페리쿠르 씨가 말했다.

자신도 모르게 튀어나온 말이었다.

하지만 딸은 그의 말을 듣지 못한다. 그녀는 다른 작품 위로 고개를 굽히는 중이다. 그녀는 그림을 집어 빛을 받게끔 들어 올린다. 그녀의 아버지가 다가온다. 그는 이 〈감사의 마음〉이라는 프로젝트가 마음에 들지 않는다. 그녀도 마찬가지다. 지나치게 과장적이라고 생각한다. 하지만 여기에…… 바보 같은 얘기지만……. 별거 아니지만 뭔가 있는데……. 하지만 그게 뭐지? 여기, 이 3부작 중에서 〈적에게 돌격하는 용맹스러운 프랑스 병사들〉이라는 제목이 붙은 부분의 배경에 보이는 이 죽어 가는 젊은 병사, 아주 단정한 얼굴과 도톰한 입술과 우뚝한 콧날을 가진 이 병사는…….

「잠깐, 한번 보자.」 페리쿠르 씨는 이렇게 말하고 마찬가지로 고개를 굽히고 좀 더 자세히 관찰한다. 「…… 그래, 네가 잘 봤다.」

이 병사는 전에 에두아르의 그림들에서 때때로 등장하곤 하던 청년들과 어딘가 닮은 구석이 있다. 똑같은 것은 아니다. 에두아르의 그림들에 나오는 인물은 약간 사시 끼가 있어서, 시선이 이처럼 똑바르고 솔직하지 않았다. 그리고 그 인물에게는 턱을 가르는 보조개도 있긴 했지만, 어쨌든 뭔가 비슷한 점이 느껴졌다.

페리쿠르 씨는 일어나 안경을 접는다.

「미술에서는 종종 비슷한 형상들이 발견되는 법이야…….」

그는 마치 이 분야에 대해 뭔가 아는 사람처럼 말했다. 마들렌은 그보다도 교양이 깊었지만 반박하려 하지 않았다. 결국 이것은 하나의 세부에 불과할 뿐, 중요한 것은 아니었다. 아버지에게 필요한 것은 기념비를 건립하고, 그러고 나서 마침내 다른 일들에 관심을 갖는 일이었다. 예를 들어 딸의 임신 같은 것에.

「아빠의 그 바보 같은 라부르댕이 현관 홀에서 자고 있어요.」 그녀가 미소를 지으며 말했다.

그는 라부르댕의 존재를 잊고 있었다.

「자게 놔둬라. 그 인간은 차라리 그 편이 나으니까.」

그는 딸의 이마에 키스를 했다. 그녀는 문 쪽으로 향했다. 멀리서 보니 늘어놓은 프로젝트들이 어마어마하게 느껴졌다. 완성되고 나면 굉장한 규모이리라! 그 규격들이 언뜻 눈에 들어

왔다. 높이가 무려 12미터, 16미터……!

하지만 저 얼굴은…….

혼자가 되자 페리쿠르 씨는 다시 문제의 그림으로 돌아왔다. 또 그는 에두아르의 크로키 수첩에서 그 얼굴을 찾아보려 했지만, 아들이 스케치한 남자들은 가공의 인물들이 아니었다. 다시 말해서 도톰한 입술의 젊은 군인은 이상화된 인물인데 반해, 크로키 수첩의 병사들은 참호 속에서 맞닥뜨린 현실의 인간들이었다. 페리쿠르 씨는 아들의 〈정서적 취향〉들을 직시하는 것을 항상 스스로에게 금지해 왔다. 심지어는 깊은 속에서조차 〈성적 기호〉 같은, 그에겐 너무 충격적으로 들리는 용어들을 사용하여 생각해 본 적이 없었다. 하지만 어떤 생각들이 일견 놀랍게 보일지라도 사실은 오랫동안 무의식 속에서 움직이고 있다가 어느 순간 불쑥 떠오르게 되는 것처럼, 그는 이 보조개가 있는 사팔뜨기 청년이 어쩌면 에두아르의 〈친구〉가 아니었을까 자문하게 되었다. 그의 생각은 한층 구체적이었다. 혹시 에두아르의 애인이 아니었을까? 그리고 이 사실은 예전만큼 추잡스럽게 느껴지지 않았다. 다만 당황스러울 뿐이었다. 자세히 상상하고 싶지는 않았다……. 너무 구체적일 필요는 없으니까……. 그의 아들은 〈다른 사람들 같지〉 않을 뿐인 것이다……. 〈다른 사람들과 같은〉 사람들이라면 그의 주위에 많았다. 직원들, 동업자들, 고객들, 이 사람 저 사람의 아들, 형제들……. 그는 전처럼 그들이 크게 부럽지가 않았다. 심지어 당시에 에두아르에겐 없는 그들만의 장점처럼 느껴지던 것들이, 에두아르보다 그들이 낫다고 여기던 것들이 무엇이었는지 더 이상 기억도 나지 않았다. 돌이켜 보니 그토록 어리석었던 자신이 너무도 끔찍하게 느껴졌다.

페리쿠르 씨는 걸어 놓은 그림들 앞에 다시 자리 잡고 앉았다. 그의 정신 속에서 관점이 조금씩 바뀌어 갔다. 이 프로젝트들에서 어떤 새로운 미덕들을 찾아낸 게 아니었다. 프로젝트들은 여전히 과도하게 교훈적으로 보였다. 변한 것은 그의 시각이었다. 우리가 어떤 얼굴을 관찰함에 따라 인식이 변화하듯이, 가령 조금 전에는 아주 예뻐 보였던 어떤 여자가 평범해보이고, 혹은 어떤 추한 남자에게서 어떻게 그걸 놓쳤을까 할 정도로 기막힌 매력을 발견하게 되듯이 말이다. 이제 눈에 익고 보니, 기념비들은 그의 마음을 가라앉혀 주었다. 그 재료들 때문이었다. 어떤 것은 석재로, 어떤 것은 청동으로 되었는데, 파괴가 불가능하다고 상상되는 묵직한 재료들이었다. 에두아르의 이름이 새겨지지 않은 가족묘에 부족한 것은 바로 이것이었다. 영원의 환상 말이다. 페리쿠르 씨에게는 그가 추진하고 있는 사업, 다시 말해서 이 기념비는 지속 시간과 무게와 덩치와 부피에 있어서 그의 삶을 뛰어넘어야 했다. 그보다 훨씬 강해야 했다. 그래서 그의 슬픔을 그 본연의 크기로 돌려놓아야 했다.

제안서들에는 예술가의 이력서, 가격표, 공사 일정 등이 포함된 입찰 서류가 첨부되어 있었다. 페리쿠르 씨는 쥘 데프르몽의 프로젝트 제안서를 읽어 보았지만 특기할 만한 것은 전혀 없었다. 그는 다른 그림들도 모두 하나하나 들춰 보았다. 작품을 옆쪽에서, 뒤쪽에서, 앞쪽에서, 혹은 도시의 배경 가운데서 포착한 그림들이었다. 뒤쪽의 젊은 병사는 예의 그 심각한 얼굴을 하고서 늘 거기에 있었다……. 그걸로 충분했다. 그는 문을 열고 사람을 불렀지만, 허사였다.

「이보쇼, 라부르댕!」 그는 역정 난 얼굴로 구청장의 어깨를 흔들며 소리쳤다.

「엉? 뭐야? 누구야?」

흐릿한 눈을 한 라부르댕은 지금 자기가 어디에 있는지, 무얼 하고 있는지 생각이 나지 않는 모양이었다.

「이리 와요!」 페리쿠르 씨가 말했다.

「저요? 어디로요?」

라부르댕은 정신을 차리려고 눈을 비비면서 서재로 비틀비틀 걸어갔다. 뭐라고 사과의 말을 웅얼댔지만 페리쿠르 씨는 듣지도 않았다.

「이거요.」

라부르댕은 정신이 들기 시작했다. 그리고 채택된 프로젝트는 자기가 추천한 게 아니라는 것을 깨달았지만, 준비된 문장은 다른 기념물들에도 완벽하게 적용될 수 있었다. 그는 크흠하고 목청을 골랐다.

「회장님.」 그는 입을 열었다. 「제가 한 말씀 드리자면…….」

「뭐요?」 페리쿠르 씨는 그를 쳐다보지도 않고서 대꾸했다.

그는 다시 안경을 걸치고서 책상 한 모퉁이 옆에 서서 뭔가를 쓰고 있는 중이었다. 그는 자신의 결정이 만족스러웠다.

자기가 자부심을 가질 수 있는 뭔가를, 자신에게도 좋은 뭔가를 했다는 느낌이었다.

라부르댕은 크게 숨을 들이마시고는 가슴을 한껏 부풀렸다.

「이 작품은 말입니다, 회장님, 제 생각으론 이 작품은 말입니다…….」

「자,」 페리쿠르 씨가 그의 말을 끊었다. 「자, 여기에 수표가 있으니 프로젝트 계약을 하고 공사를 시작하시오. 물론 예술가에 대해 확실히 해두는 것도 잊지 말고! 또 시공할 회사에 대해서도! 그리고 이 서류는 도지사에게 보내시오. 만일 조금이라도 문제가 생기면 내게 말하시오. 내가 해결할 테니까. 자, 또 알고 싶은 것 있소?」

라부르댕은 수표를 받아들었다. 아니, 더 알고 싶은 것은 없었다.

「아,」 페리쿠르 씨가 다시 말했다. 「그 예술가를 한번 만나보고 싶소. 그……. (그는 머릿속에서 이름을 찾았다) 쥘 데프르몽이라는 사람. 내게로 오게 하시오.」

31

집안 분위기는 그렇게 좋지 못했다. 에두아르는 예외였지만, 워낙에 그는 다른 사람들처럼 행동하는 법이 없는 별종이었다. 몇 달 전부터 항상 킬킬대기만 할 뿐, 도무지 사람 말을 들으려 하지 않았다. 마치 지금 일어나고 있는 일들의 심각성을 이해하지 못하는 듯이 말이다. 알베르는 최근 들어 친구의 모르핀 사용량이 전에 없는 수준에 이르렀다는 사실은 오래 생각하고 싶지도 않았다. 그가 눈이 백 개도 아니고, 모든 걸 다 살필 수도 없는 노릇 아닌가. 그것 말고도 골치 아픈 문제들이 널려 있었다. 그는 근무하는 은행에서 돌아오자마자, 들어오는 수표들을 입금하는 〈애국적 회상〉사 명의의 통장을 펼쳐 보여 주었다.

68,220프랑. 자, 어때? 참 대단한 결과구먼…….

1인당 겨우 3만 4천 프랑.

알베르는 이렇게 큰돈을 만져 본 적이 없었지만, 수익을 위험성에 비교해 봐야 했다. 그는 한 노동자의 5년치 봉급도 안 되는 돈을 먹은 대가로 30년 형의 위험에 처한 것이다. 정말 어처구니없는 일이었다. 지금은 6월 15일이었다. 전사자 기념비 특별 할인은 한 달 후에는 종료되는데, 소득은 제로였다. 아니, 거의 제로였다.

「뭐? 제로?」에두아르가 글로 반문했다.

이날, 무더운 날씨에도 불구하고 그는 검둥이 가면을 쓰고 있었다. 아주 높직하여 머리 전체가 가려졌다. 정수리 위로는 숫양 같은 둘둘 말린 뿔 두 개가 솟아 있고, 눈 언저리에는 형광색에 가까운 청색의 점선 두 개가 부채꼴 모양으로 펼쳐진 알록달록한 수염까지 마치 즐거움에 겨운 눈물방울들처럼 점점이 내려오고 있었다. 가면 전체는 황갈색과 노란색, 그리고 밝은 적색으로 칠해져 있었다. 또 이마와 벙거지의 경계 부분에는 진녹색의 작은 뱀 한 마리가 부드러운 곡선을 그리며 둘려 있는데, 그게 얼마나 진짜 같은지 마치 놈이 자기 꼬리를 물 듯이 에두아르의 머리 둘레를 천천히 기어서 돌고 있는 것 같았다. 이 컬러풀하고 발랄하고 유쾌한 가면은 흑백 사진 같은, 아니 주로 시커먼 색인 알베르의 기분과는 극명한 대조를 이뤘다.

「그래, 제로!」그는 친구에게 회계 장부를 내밀면서 고함쳤다.

루이즈는 그냥 고개만 조금 숙였다. 다음 가면들을 만들기 위해 지점토 반죽을 두 손으로 부드럽게 주무르는 중이었다. 그녀는 몽상에 잠긴 눈으로 에나멜 대야를 내려다볼 뿐, 옆에서 터지는 고함 소리에는 신경도 쓰지 않았다. 이 두 남자에게는 노상 있는 일이었으므로…….

알베르의 계산은 명확했다. 〈십자 훈장〉 주문은 17건, 〈장례 횃불〉은 24건, 〈병사의 흉상〉은 14건인데, 모두 싸구려 모델들이어서 다 해봤자 몇 푼 되지 않았다. 기념비 주문으로 들어온 것은 9건밖에 되지 않았다! 어디 그뿐이랴! 그중 두 건에 대해 말하자면, 주문한 시청들은 선금으로 정가의 반을 보내지 않고, 선금의 4분의 1만 보내고서 잔금 지불은 연기해 달라고 부탁하고 있었다. 주문서 수령 증명서 용지를 3천 장 인쇄했지만, 지금까지 사용한 것은 고작⋯⋯.

에두아르는 백만 프랑을 뽑아 내기 전에는 이 나라를 뜰 수 없다고 박박 우겨 대는데, 들어온 돈은 그 10분의 1도 되지 않았다.

그리고 이 사기극이 발각될 때가 점점 다가오고 있었다. 어쩌면 경찰이 벌써 수사를 시작했을지도 모를 일이었다. 루브르 우체국에 우편물을 찾으러 갈 때마다 알베르는 등줄기에 식은땀이 흘렀다. 지금까지 사서함을 스무 번 열었는데, 그때마다 누군가가 자기 쪽으로 걸어오는 것을 보고 바지에다 오줌을 지릴 뻔했다.

「어차피」 그는 에두아르에게 내뱉었다. 「자넨 자기한테 불리한 것은 아무것도 믿으려 들지 않지만 말이야!」

그는 회계 장부를 바닥에다 내던지고는 외투를 걸쳤다. 루이즈는 지점토 반죽을 계속했고, 에두아르는 고개를 숙였다. 알베르는 종종 이렇게 사람을 질식시키는 감정을 제대로 표현하지 못해 버럭 화를 내고 집을 뛰쳐나가서는 밤이 이슥해서야 돌아오곤 했다.

요 몇 달 동안 그는 무척이나 힘들었다. 은행에서는 모두들 그가 어디가 아프다고 생각했다. 별로 놀랄 일은 아니었다. 참전 용사들은 모두 저마다의 상처를 품고 있으니까. 하지만 그들이 보기에 이 알베르는 다른 사람들보다도 큰 충격을 받은 듯했다. 그 끊임없는 신경증 하며, 그 강박적인 반사 행동들 하며……. 그래도 착한 동료였으므로, 사람들은 저마다 충고를 늘어놓았다. 발 마사지를 좀 받아 봐요……. 고기를 좀 먹어 봐요……. 보리수를 끓여서 마셔 봤어요……? 하지만 그는 아침마다 면도를 하며 손거울을 들여다보면서 자기 몰골이 무덤에서 파낸 시체 같다는 사실을 확인할 뿐이었다.

그러고 있을 때, 에두아르는 그 이른 시간부터 뭐가 그리 신이 나는지 킬킬대며 타자기를 두드려 댔다.

두 사람이 느끼는 것은 같지 않았다. 그들이 그토록 기다려 온 순간, 즉 그들의 말도 안 되는 계획이 성공하여 함께 교감과 도취감과 승리감을 만끽해야 할 순간은 오히려 그들을 나눠 놓고 있었다.

에두아르는 여전히 구름 위에 떠 있었다. 이 일이 초래할 결과들에 대해서는 무관심하고, 성공에 대해서는 조금도 의심치 않는 그는 몰려드는 서신들에 회신을 쓰며 신바람을 냈다. 이렇게 그가 쥘 데프르몽의 것이라 상상되는 행정적이고도 예술적인 문체를 꾸며 내며 희희낙락하고 있을 때, 알베르는 불안과 후회, 또한 원망에 사로잡혀 눈에 띄게 수척해져 갔다. 사람을 알아볼 수 없을 정도였다.

어느 때보다도 그는 벽에 바짝 붙어 다녔으며, 제대로 잠을 자지 못했다. 잠자리에서는 집 안 어디에나 들고 다니는 말 대가리 위에 손을 올려놓았다. 할 수만 있다면 이 말 대가리를 직장에도 가져가고 싶은 심정이었다. 왜냐하면 아침에 은행에 가야 한다는 생각만 해도 속이 뒤집히는데, 이 말 대가리는 그의 유일하고도 궁극적인 보호자, 그의 수호천사였기 때문이다. 그는 은행에서 모두 2만 5천 프랑을 빼돌렸는데, 첫 선금들이 들어오자마자 스스로에게 약속했던 대로 — 에두아르는 투덜댔지만 — 이 돈을 모두 반환했다. 하지만 감사역들이나 확인자들에게 걸릴 위험은 아직 그대로였으니, 횡령 사실을 드러낼 수 있는 허위 기장이 계속되고 있었기 때문이다. 이전의 허위 기장을 감추기 위해서는 또다시 허위 기장을 하지 않을 수 없었던 것이다. 만일 이상한 점이 발견되면 조사를 벌일 거고, 그러면 모든 게 들통나리라……. 당장 떠나야 했다! 은행 돈을 반환하고 남은 돈, 다시 말해서 각자 2만 프랑을 가지고서……! 알베르는 이렇게 어찌할 바를 모르고 허둥대면서 문득 깨달았다. 자기가 그리스 놈과 우연히 마주쳐 그 고통스러운 일을 겪은 후로 얼마나 쉽게 공황 상태에 빠져들곤 했는지를. 만일 마야르 부인이 이런 일들을 알았더라면 이렇게 말했으리라. 〈그게 바로 알베르예요! 걔는 천성적으로 너무나 겁이 많아서 말이에요, 항상 가장 용기 없는 해결책만 택한답니다. 당신은 말씀하시겠죠. 그 덕분에 걔가 전쟁에서 성한 몸으로 돌아올 수 있었다고요. 하지만 평화시에는 정말로 괴롭답니다. 걔가 만일 나중에 어떤 여자를 만나게 된다면, 그 불쌍한 여자는 아주 무던한 성격이어야지…….〉

〈걔가 만일 나중에 어떤 여자를 만나게 된다면…….〉 폴린을 생각하니까 갑자기 혼자 도망쳐 버리고 싶은 생각이, 더 이상 아무도 만나고 싶지 않은 생각이 들었다. 둘이서 같이 붙잡힌다면 어떻게 되겠는가? 이렇게 암울한 미래를 상상하고 있으니까, 매우 불건전한 기묘한 향수가 느껴졌다. 돌이켜 보니 전

478

선에서의 어떤 때들은 물론 괴롭기도 했지만 그래도 평화로웠던 시간, 단순하면서도 거의 행복하기까지 한 시기로 느껴졌다. 또 말 대가리를 내려다보고 있노라면, 그 포탄 구덩이마저도 들어가고 싶은 어떤 피신처로 느껴지는 거였다.

아, 지금 벌이는 이 일은 얼마나 한심한 짓거리인가…….

하지만 시작은 아주 좋았다. 각 시청에 카탈로그를 보내자마자 문의 서신이 밀려들었다. 서신이 열두 통, 스무 통, 어떤 날에는 스물다섯 통이나 날아왔다. 에두아르는 여기에 모든 시간을 쏟아부었다. 도무지 지칠 줄을 몰랐다.

서신이 하나 도착하면 그는 환성을 지르며 〈애국적 회상〉사의 이름이 찍힌 편지지 한 장을 타자기에 끼워 넣었다. 그러고는 축음기에 「아이다」의 「개선 행진곡」 음반을 올려놓고 볼륨을 한껏 올리고는, 어디서 바람이 불어오는지 감지하려는 듯이 검지를 번쩍 쳐든 다음, 피아니스트같이 황홀한 표정으로 자판 속으로 뛰어드는 거였다. 그가 이 일을 상상해 낸 것은 돈 때문이 아니라 이 지고의 행복, 이 비할 바 없는 도발의 쾌감 때문이었다. 이 얼굴 없는 사내는 세상에 대고 주먹 감자 한 방을 먹인 거였고, 이것은 그에게 미칠 듯한 행복감을 안겨 주었고, 그가 잃을 뻔했던 과거의 자신과 다시 연결될 수 있도록 도와주었다.

고객들의 문의는 거의 모두가 현실적인 문제들에 관한 거였다. 기념비를 고정하는 방식, 보증 문제, 포장 시스템, 좌대가 따라야 할 기술적 사양들……. 에두아르의 펜 끝에서 쥘 데프르몽은 어떤 질문에도 척척 대답했다. 그가 작성한 서신들은 지극히 상세하고, 아주 자신만만하면서도 개성적인 것들이었다. 한마디로 신뢰감을 일으키는 글들이었다. 시청의 토목 담당관이나 교사 겸 행정관이[45] 그들의 프로젝트를 설명하는 일이 종종 있었는데, 그럴 때면 에두아르가 벌이는 이 사기극이 얼마나 비윤리적 행위인지 부지불식간에 드러나곤 했다. 당시 정부는 이 기념물 구입에 〈……의 영광을 기리기 위해 각 시(市)들이 동의한 노력과 희생의 정도에 따라〉 단지 명목상으로만 기여할 뿐이었다. 따라서 각 지자체는 각자 능력껏 기금을 마련해야 했는데, 많은 경우 그게 변변치가 못했다. 주로 서민들의 성금에 의지했기 때문이었다. 개인들, 초등학교들, 교구 신도들, 그리고 가족들이 그들의 형제, 아들, 아비, 사촌의 이름을 마을 한가운데 우뚝 서게 될 기념물에 새겨 영원히 남기기 위해 몇 푼씩 기부금을 내고 있는 실정이었다. 〈애국적 회상〉사가 제안하는 특별 할인 행사의 혜택을 받기 위해서는 기금을 빨리 모아야 하는데 그게 용이치가 않아서, 많은 서신들이 지불과 관련하여 편의를 봐달라고 부탁하고 있었다. 〈어떤 청동 모델을 선금 660프랑으로 계약하는 게〉 가능하나요? 이게 선금으로 요구되는 50퍼센트는 아니지만, 그래도 44퍼센트는 되지 않느냐는 거였다. 〈하지만 말씀입니다, 이 기금이 조금 천천히 들어오고 있습니다. 우리는 분명히 지불 기한을 지킬 수 있을 거고, 또 그걸 확실히 약속드리겠습니다.〉〈초등학교 아이들을 동원하여 주민들에게 모금 운동을 벌이고 있습니다〉라고 설명하는 편지도 있었다. 또 이렇게 하소연하는 사람도 있었다. 〈드마르상트 부인께서 우리 시에 재산의 일부분을 유증하실 뜻을 품고 계십니다. 우리는 그분이 부디 오래오

45 프랑스에선 초등학교 교사가 시청의 행정관을 겸직하는 제도가 있었다.

래 사시기만을 바라고 있지만은, 이러한 사실은 50명에 가까운 청년을 잃었고 80명의 고아를 보살펴야 할 책임이 있는 우리 샤빌쉬르손 시가 멋진 기념비를 구입하는 데 있어 납득할 만한 보증이 될 수 있지 않을까요?〉

주문 기한으로 제시된 7월 14일은 바로 코앞이었기 때문에 당황하는 사람이 한둘이 아니었다. 시의회에 문의해 볼 시간조차 없었다. 하지만 가격이 너무도 매력적이었으니!

에두아르-쥘 데프르몽은 통 크게도 특별 할인, 지불 연기 등 원하는 모든 것을 들어주었다. 무엇을 부탁하든 도무지 거절하는 법이 없었다.

그는 보통 상대의 탁월한 선택에 대해 뜨거운 찬사를 늘어놓는 것으로 서신을 시작했다. 상대가 원하는 게 〈돌격 앞으로!〉든, 〈장례 횃불〉이든, 〈독일 놈의 철모를 짓밟는 수탉〉이든 상관없이, 그는 사실은 자신도 이 모델을 가장 좋아한다고 은근히 인정했다. 에두아르는 미술학교의 뻣뻣하고도 자만에 찬 교수들에게서 보았던 그 우스꽝스러운 모습을 한껏 패러디하며, 이런 젠체하는 고백의 순간을 더없이 즐겼다.

복합적인 프로젝트들(예를 들어 고객이 〈승리의 여신〉과 〈깃발을 수호하며 죽어 가는 프랑스 병사〉를 결합하는 방안을 고려할 때)에 대해서 쥘 데프르몽은 언제나 열렬한 반응을 보였다. 그는 서슴없이 문의자의 예술적 접근의 세련됨을 칭찬하고, 이 조합의 창의성과 훌륭한 취향에 깜짝 놀랐다고 고백하기까지 했다. 그는 재정적 면에 있어서의 동정심과 한없는 이해심, 그리고 자신의 작품을 기술적으로 완벽히 파악하고 있는 탁월한 전문가로서의 모습을 차례로 보여 주었다. 아님니다, 겉에 시멘트를 발라도 아무 문제가 없어요……. 네, 좌대는 프랑스식 벽돌로도 가능합니다……. 네, 당연하지요, 화강암으로도 됩니다……. 물론입니다, 〈애국적 회상〉사의 모든 모델은 당연히 인가받은 것들입니다, 내무부 검인이 찍힌 인증서도 작품이 인도될 때 함께 갈 거고요……. 그는 친절하게도 고객들에게 쥐꼬리만 한 국가 보조금 취득에 필요한 서류 목록을 알려 주기도 하고, 이를 위한 충고를 몇 가지 해주기도 하고, 또 아직 선금을 지불하지 않았어도 멋들어진 주문서 수령증을 써주기도 했다.

마지막 터치는 그 하나만으로도 〈완벽한 사기의 연보(年報)〉에 수록될 만했다. 그것은 〈저는 귀하의 취향의 탁월함과 선택하신 조합의 기발함에 감탄을 금치 못합니다〉로 시작되는 부분의 말미에 있었다. 에두아르는 뭔가 주저하는 듯한, 고민하는 듯한 표현들을 사용해 가며, 그리고 이 구절을 각 서신의 조금씩 다른 내용에 맞추어 가며 이렇게 써놓곤 했다. 〈귀하의 프로젝트는 고도로 예술적인 취향과 지극히 애국적인 의미가 놀랍게 결합된 구성을 보여 주고 있는 바, 저는 귀하께 올해 제공된 할인 외에도 15퍼센트의 추가 할인을 해드리고 싶습니다. 이 너무도 예외적인 저희 측의 노력(이 사실을 절대로 다른 분들에게 누설치 말 것을 간곡히 부탁드립니다)을 감안하셔서, 애초에 얘기된 선금을 전액 지불해 주실 것을 부탁드리는 바입니다.〉

에두아르는 이따금 팔을 쭉 뻗어 자신이 쓴 글을 들고 바라보면서 만족에 겨워 킬킬거리곤 했다. 이 다량의 우편물들, 그가 엄청나게 시간을 들이고 있는 이 우편물들은 그의 말에 따르면 성공의 전조라는 거였다. 그것들은 계속해서 날아들었고, 사서함은 결코 비는 법이 없었다.

하지만 알베르는 얼굴을 찌푸렸다.

「자네, 너무하는 것 아냐?」 그가 물었다.

체포될 경우, 이 자비로 가득한 서신들이 얼마나 그들의 기소 내용을 가중시킬지, 그의 눈에는 환히 보였다.

에두아르는 마치 자기가 관대한 군주라도 되는 것처럼, 자못 우아하게 두 팔을 펼쳐 보였다.

「이봐, 동정심을 좀 갖자고!」 그는 종이에 연필을 휘갈겨 알베르에게 대답했다. 「이게 무슨 돈이 드는 일도 아니고, 또 이 사람들은 격려가 필요하잖아? 이들은 아주 훌륭한 사업에 참여하고 있단 말이야! 이 사람들이야말로 영웅 아니야?」

알베르는 머리가 아찔했다. 세상에! 기념물 건립을 위해 한 푼 두 푼 성금을 내고 있는 사람들을 조롱 삼아 〈영웅〉이라고 하다니…….

이때 에두아르가 갑자기 가면을 벗어 얼굴을 드러냈다. 그 흉물스럽게 뻥 뚫린 구멍, 그리고 그 위에서 상대를 뚫어지게 응시하는 두 눈, 그가 살아 있는 인간임을 나타내는 유일한 흔적인 두 눈으로 이뤄진 그 얼굴을 말이다.

알베르는 얼마 전부터 이 얼굴의 남은 부분을, 그 끔찍한 몰골을 보는 일이 드물었다. 왜냐하면 에두아르는 끊임없이 이 가면 저 가면을 바꿔 쓰곤 했기 때문이다. 심지어는 인디언 전사나 신화 속의 새, 혹은 즐거워하는 야수의 모습을 하고서 잠이 드는 적도 있었다. 매시간 잠이 깨는 알베르는 그에게 다가가 젊은 아버지처럼 조심스레 그의 가면을 벗겨 보곤 했다. 그

483

러고는 방의 어스름 속에서 자고 있는 친구의 모습을 내려다보면서, 그의 얼굴에서 남은 부분이 그 온통 시뻘건 색깔만 빼면 어떤 두족류 동물들과 섬뜩할 정도로 흡사하다는 사실에 놀라곤 했다.

에두아르가 이러고 있는 동안, 그 수많은 문의 서한들에 정력적으로 답장하고 있음에도 불구하고, 확정적인 주문장들은 날아들지 않았다.

「왜 이렇지?」 알베르는 겁에 질린 목소리로 물었다. 「어떻게 되고 있는 거지? 사람들이 답신에 확신을 갖지 못하는 모양이야…….」

에두아르는 알베르를 놀리듯 일종의 머리가죽 춤[46]을 흉내 냈고, 루이즈는 풋 하고 웃음을 터뜨렸다. 알베르는 토할 듯이 답답한 기분으로 다시 계산을 해보고, 확인해 보았다.

그다음에 찾아온 불안감에 모든 게 잠겨 버려, 처음에 느꼈던 기분은 더 이상 기억도 나지 않았다. 5월 말의 그 첫 선금들이 그를 들뜨게 했던 것은 사실이었다. 알베르는 이 돈으로 먼저 은행 돈을 갚을 것을 요구했고, 에두아르는 역시나 이의를 제기했다.

「은행에 돈은 뭐하려고 돌려주는데?」 그는 커다란 노트에다가 썼다. 「어차피 돈을 가지고 튈 건데 말이야! 게다가 은행 돈을 훔치는 것이 그나마 덜 비윤리적인 일이라고!」

알베르는 물러서지 않았다. 그는 산업 할인 신용 은행에 대해 얘기하려다가 중간에 말을 끊었다. 하지만 에두아르는 자기 아버지의 사업에 대해 아무것도 모르는 것 같았고, 이 은행

46 아메리카 인디언들이 적에게서 베어 낸 머리 가죽을 흔들면서 추는 춤.

의 이름도 그에겐 생소한 듯했다. 자신의 주장을 정당화하기 위해서는, 페리쿠르 씨가 감사하게도 그 일자리를 제의하셨고, 자신은 더 이상 그분께 사기 치는 게 거리껴진다고 덧붙여야 했지만, 당연히 그런 말은 할 수 없었다. 물론 알베르가 내세우는 윤리에는 일관성이 없었다. 지금 그 자신도 저마다 망자를 추모하는 기념비를 건립하기 위해 성금을 내고 있는 모르는 이들(그들 가운데는 서민도 많았다)의 돈을 사취하려 하고 있지 않은가……? 하지만 그가 개인적으로 아는 페리쿠르 씨는 경우가 달랐다. 더구나 폴린을 만난 이후로는……. 간단히 말해서, 알베르는 그를 약간은 은인으로 여기지 않을 수 없었던 것이다.

에두아르는 알베르가 늘어놓는 이상한 이유들이 별로 수긍이 가지 않았지만 결국 양보했고, 처음 들어온 선금들은 은행 돈을 갚는 데 사용되었다.

그런 후에 그들은 각자의 방식으로 상징적인 지출을 행했다. 그들이 스스로에게 허락한 이 조그만 쾌락, 그것은 어쩌면 그들을 기다리고 있을지도 모를 풍요한 미래에 대한 약속이었는지도 모른다.

에두아르는 성능이 뛰어난 축음기와 군사 행진곡 몇 개를 비롯하여 상당수의 음반을 샀다. 그는 뻣뻣한 다리에도 불구하고 아주 우스꽝스럽게 희화화된 병사의 가면을 쓰고서 루이즈와 함께 아파트 안을 발맞추어 행진하는 것을 좋아했다. 또 알베르로서는 전혀 이해할 수 없는 오페라와 마치 음반에 흠집이 난 것처럼 어떤 날에는 끝없이 반복되는 모차르트의 「클라리넷을 위한 콘체르토」도 있었다. 에두아르는 항상 같은 옷만 입었다. 바지 두 벌, 상의 내의 두 벌, 스웨터 두 벌을 한 주씩 돌려 가며 입었고, 벗어 놓은 것은 알베르가 세탁소에 가져다 맡기곤 했다.

알베르는 구두를 샀다. 그리고 정장 한 벌과 셔츠 두 벌도 샀다. 이번에는 최고급의, 진짜 양복이었다. 그는 이 무렵에 폴린을 만났기 때문에 엄청난 영감을 받았던 것이다. 그 후로 일은 엄청나게 더 복잡해졌다. 은행에서 있었던 일이 여자와의 관계에서도 일어나고 있었다. 최초의 거짓말 하나가 그를 끔찍한 비탈길로 몰아넣은 것이다. 또 기념비들도 그렇지 않았던가? 도대체 하나님께 무슨 죄를 지었기에, 이렇게 그를 삼키려 드는 맹수에 쫓기며 끝없이 앞으로만 내달려야 하는 신세가 되었단 말인가? 이 때문에 그는 에두아르에게 말했다. 그의 〈사자〉 가면(사실 그것은 어떤 신화적 동물이었지만, 에두아르는 그런 자잘한 표현 때문에 뭐라고 하지 않았다)은 물론 아주 멋지고, 심지어는 굉장하기까지 한 게 사실이지만, 그것만 보면 악몽을 꾸게 되니 제발 어딘가에 치워 영원히 보이지 않게 해 준다면 대단히 고맙겠다고. 에두아르는 분부대로 거행했다.

자, 폴린의 얘기로 돌아와 보자.

모든 것은 은행의 집행 위원회가 내린 한 결정으로부터 시작되었다.

얼마 전부터 사람들은 페리쿠르 씨가 일에 전념하지 않는다는 것을 알고 있었다. 그는 전보다 얼굴을 보기 힘들어졌고, 그와 마주친 사람들은 그가 부쩍 늙었다는 것을 느꼈다. 어쩌면 딸의 결혼 때문이 아닐까? 혹은 어떤 근심거리, 혹은 어떤 의무 때문에 고민하는 것일까? 아들의 죽음을 원인이라고 생각한 사람은 아무도 없었다. 그는 아들의 사망 소식을 들은 다음 날에도 한 중요한 주주 총회에 평소의 그 빈틈없는 모습으로 나타났다. 그 불행에도 불구하고 자신의 책무를 아주 씩씩하게 처리해 나가는 모습을 모두가 보았다.

하지만 시간이 흘렀다. 페리쿠르 씨는 더 이상 예전의 그가 아니었다. 바로 지난주, 그가 갑자기 양해를 구했다. 나 없이 계속하시오……. 중요한 결정을 내려야 할 사안은 없었다. 하지만 이렇게 불쑥 자리를 뜨는 것은 회장의 습관이 아니었다. 오히려 그에게는 모든 것을 혼자서 결정하려 하는 경향이 있었다. 그저 부수적인 문제들, 어차피 그가 사전에 결정을 내린 문제들에 대해서만 토론을 허용하는 경향이 있었다. 그런데 오후 3시경에 그는 떠나 버린 것이다. 잠시 후에 사람들은 그가 집에 들어가지 않았다는 사실을 알게 되었다. 어떤 이들은 그가 주치의를 보러 갔다고 말하기도 했고, 또 어떤 이들은 여자 문제일 거라고 추측하기도 했다. 이런 대화들에 초대받지 못한 공동묘지 관리인만이 그가 실제로 어디에 있었는지 말해 줄 수 있었으리라.

오후 4시경, 그의 지시 사항이 재가되고, 최대한 빨리 집행되기 위해서는 이날 총회의 의사록에 페리쿠르 씨의 서명이 반드시 필요했기 때문에, 사람들은 서류를 그의 자택으로 보내기로 결정했다. 이때 사람들은 알베르 마야르를 떠올렸다. 은행의 그 누구도 회장과 이 직원 사이에 어떤 관계가 있는지 몰랐고, 다만 전자 덕분에 후자가 취직을 했다는 사실만 확실할 뿐이었다. 여기에 대해서도 별의별 소문이 다 떠돌았으나, 그의 느닷없이 붉어지는 얼굴이며, 모든 것을 두려워하고 늘 신경이 곤두서 있는 상태며, 조그만 소리에도 소스라치듯 놀라는 모습 등 앞에서는 그 어떤 가설도 유지되기 힘들었다. 은행장은 기꺼이 페리쿠르 회장 댁에 방문할 용의가 있었지만, 사환이나 할 일을 맡는 것은 자신의 위치에 걸맞지 않다고 판단하고는 대신 알베르를 보내게 했다.

그렇게 지시를 내리자마자 알베르는 부들부들 떨기 시작했다. 정말이지 이해할 수 없는 친구였다. 사람들은 그를 재촉하고, 그의 외투를 건네고, 출구 쪽으로 떠밀어야 했다. 그가 얼마나 얼이 빠져 있는지, 도중에 어딘가에서 서류를 잃지나 않을까 걱정이 될 정도였다. 사람들은 택시를 한 대 불러 왕복 운임을 지불하고, 기사에게는 그를 잘 지켜봐 달라고 은밀히 부탁했다.

「여기서 세워 줘요!」 택시가 몽소 공원 부근에 이르자 알베르는 고래고래 외쳤다.

「하지만 아직 다 못 왔는데요……?」 기사가 항변해 보았다.

자기는 아주 미묘한 임무를 부여받았는데, 이렇게 문제가 시작되고 있는 것이다.

「상관없어요!」 알베르가 소리쳤다. 「여기 서라고요!」

고객이 이렇게 맹렬히 화를 낼 때 가장 좋은 해결책은 그를 내려 주는 것, 기사는 알베르를 차에서 내려 주었다. 그리고 나서는 그가 차에서 몇 걸음 멀어질 때까지 기다리는 게 좋다. 기사는 알베르가 그가 가야 할 주소와 정반대 방향으로 휘청대며 걸어가는 것을 보았다. 그리고 요금이 미리 계산되었다면, 정당방위 차원에서 최대한 빨리 시동을 걸고 떠나는 게 현명하다.

알베르는 그 사실을 알아채지 못했다. 은행에서 출발했을 때부터, 프라델과 정면으로 마주하게 되리라는 생각에 온통 사로잡혀 있었기 때문이다. 벌써부터 그 장면이 상상이 되었다. 대위는 그의 어깨를 꽉 움켜쥐고 고개를 숙이며 이렇게 물어보리라.

「아니, 이게 누구신가? 마야르 병사 아니신가? 이 도네프라델 대위님을 방문하러 오신 건가? 음, 고맙기도 하지……. 자, 잠깐 이쪽으로 와보셔…….」

이렇게 말하면서 대위는 어느 복도를 통해 지하실로 그를 데려간다. 우리끼리 할 말이 있다면서. 프라델은 그의 따귀를 때린 다음, 결박하고는 고문하기 시작한다. 알베르가 견디다 못해 자신은 에두아르 페리쿠르와 같이 살고 있노라고, 은행 돈을 훔쳤노라고, 지금 둘이서 말도 안 되는 사기극을 벌이고 있노라고 고백하자, 프라델은 껄껄껄 광소를 터뜨린다. 그러고는 하늘을 올려다보며 신들께 노여움을 청하자, 그 즉시 신들은 95밀리미터 포탄이 뿌렸던 것과 같은 양의 흙더미를 알베르에게 내려 보낸다. 그는 이미 구덩이 밑바닥에 있는데, 말대가리 가면 하나를 꽉 끌어안고서 그것과 함께 머저리들의 낙원으로 떠날 준비를 하고 있는데 말이다.

알베르는 프라델 대위와 마주칠 수도 있는 위험에, 자기가 돈을 훔친 페리쿠르 씨와 대화를 나누게 될 수도 있는 위험에, 에두아르의 누나를 대면하게 되어 그녀의 동생이 아직 살아 있다는 사실을 밝히게 될 수도 있는 위험에 몸이 바짝 얼어붙어서는 전번처럼 빙빙 돌고 망설이다가 다시 돌아왔다. 그는 지금 사력을 다해 꽉 끌어안고 있는 서류를 집 안에 들어갈 필

489

요 없이 페리쿠르 씨에게 전달할 수 있는 방법을 찾아보았다.

그렇다, 자신을 대신할 수 있는 누군가를 찾아야 한다.

그는 택시 기사를 보내 버린 게 후회되었다. 차를 조금 떨어진 곳에 세워 놓고, 기사가 심부름을 하고 돌아올 동안, 자기는 택시를 지키고 있으면 됐을 텐데……

바로 이때 폴린이 나타났다.

알베르는 맞은편 보도에, 어깨를 담벼락에 바짝 붙이고 서 있었다. 그는 그녀를 보았고, 그녀가 문제의 해결책이라는 사실을 깨닫기도 전에, 그녀는 또 다른 고민거리가 되어 버렸다. 그동안 그는 그녀를 종종 생각했었다. 바보 같은 구두를 신은 그를 보면서 몹시도 웃었던 그 귀엽고도 예쁜 하녀를 말이다.

그 즉시 그는 자신도 모르게 불구덩이 속으로 뛰어들고 있었다.

그녀는 바쁜 듯했다. 아마도 근무 시간에 늦은 것이리라. 걸으면서 그녀는 벌써부터 외투 앞자락을 반쯤 열었고, 그 바람에 종아리까지 내려오는 하늘색 원피스와 칠보 장식 허리띠가 언뜻 보였다. 또 의상에 맞춘 스카프도 두르고 있었다. 그녀는 현관의 몇 계단을 재빨리 올라가 건물 안으로 사라졌다.

몇 분 뒤, 알베르는 초인종을 눌렀다. 그녀는 문을 열었고, 그를 알아보았다. 그는 가슴을 한껏 폈다. 왜냐하면 그들이 처음 만나고 난 이후로, 그는 새 구두를 샀기 때문이다. 그리고 눈치 빠른 폴린은 그가 새 외투와 멋진 셔츠와 고급 넥타이를 갖춰 입은 것을, 또 전에 그랬듯 바지에다 오줌을 싼 것처럼 어쩔 줄 모르는 표정을 짓고 있는 것을 한눈에 알아보았다.

이때 머릿속으로 어떤 생각을 했는지는 아무도 모를 일이지만, 그녀는 웃음을 터뜨렸다. 여섯 달의 거리를 두고 거의 똑같은 장면이 재연되고 있었다. 하지만 그때와는 같을 수 없었고, 그들은 서로를 마주 보며 서 있었다. 마치 그가 그녀를 보러 온 듯한 분위기였고, 어떤 의미에서는 그게 사실이었다.

침묵이 감돌았다. 폴린은 정말이지 예쁘기도 했다! 마치 사랑의 여신 같았다. 스물두 살? 스물세 살? 온몸에 소름이 돋게 하는 미소, 새틴 같은 입술 아래 드러난 눈부신 치아, 그 기막히게 가지런한 치아, 그리고 그 두 눈, 또 요즘 유행에 따라 아주 짧게 커트한, 목덜미며 가슴을 한껏 돋보이게 한 머리……. 잠깐, 그 가슴에 대해 말하자면, 앞치마 아래 하얀 블라우스를 입고 있어서 그녀의 젖가슴을 상상하기란 그리 어려운 일이 아니었다. 머리는 갈색이었다. 세실과 헤어진 이후로 그는 갈색 머리 여자를 생각해 본 적이 없었다. 아니 그 어떤 것도 생각하지 않았다.

폴린은 그가 두 손으로 만지작거리고 있는 서류를 쳐다보았다. 그때서야 알베르는 자신이 방문한 이유가 생각났지만, 고약한 만남들에 대한 두려움 역시 다시 일었다. 그는 집 안으로 들어갔다. 이제 시급한 것은 빨리 이곳을 다시 나가는 일이었다.

「저는 은행에서 왔어요.」 그가 바보처럼 말했다.

그녀는 입을 동그랗게 벌렸다. 그는 자신도 모르게 조금 점수를 딴 것이다. 이래 봬도 제가 은행에서 왔다고요…….

「페리쿠르 회장님을 뵈러 왔습니다.」 그가 덧붙였다.

그리고 그녀의 눈에 자신이 무게를 갖기 시작했다는 사실을 의식하고는 이렇게 상술하지 않을 수 없었다.

「이걸 제가 직접 전해 드려야 합니다…….」

페리쿠르 회장님은 집에 없었다. 그녀는 그에게 기다리면 어떻겠느냐고 제안하고는 살롱 문을 열었다. 알베르는 다시 현실로 돌아왔다. 여기서 꾸물대는 것은 미친 짓이야……. 이렇게 들어온 것부터가…….

「아뇨, 아뇨, 괜찮습니다.」

그는 서류를 내밀었다. 두 사람은 그것이 땀으로 젖어 있는 것을 보았다. 알베르는 소매로 문질러 땀을 닦으려 했다. 그러다 서류가 바닥에 떨어져 어지러이 흩어졌고, 두 사람 모두 네 발로 엎드려……. 어떤 광경인지 가히 상상이 가리라…….

이렇게 그는 폴린의 삶 속으로 들어가게 되었다. 스물다섯 살이라고? 그렇게 보이진 않았는데……. 처녀는 아니었지만 정숙했다. 열일곱 살 때 약혼자를 잃었고, 그 후로는 아무도 없었다고 그녀는 단언했다. 폴린은 거짓말을 참 예쁘게도 잘했다. 그들은 금세 스킨십을 하게 됐지만, 그녀는 더 이상은 원하지 않았다. 자기는 이 관계를 진지하게 생각한다면서. 그녀는 알베르의 그 순진하고도 왠지 가슴을 짠하게 만드는 얼굴을 마음에 들어 했다. 그는 그녀의 모성 본능을 자극한 데다가, 은행 회계원이라는 멋진 후광까지 있었다. 게다가 은행 최고위 임원들까지 알고 있어서 아마도 탄탄대로를 걷게 되리라…….

그녀는 그가 얼마나 버는지는 몰랐지만, 충분히 많이 버는 걸로 짐작했다. 왜냐하면 그가 곧바로 그녀를 괜찮은 레스토랑들에 초대했기 때문이다. 최고급이라곤 할 수 없지만, 음식도 훌륭하고 여유 있는 사람들이 찾는 곳들이었다. 그는 적어도 집에 바래다줄 때에는 택시를 이용했다. 그는 그녀를 연극에도 데려갔다. 이런 곳은 처음이라는 말은 물론 하지 않았다.

또 에두아르의 자문을 받아 오페라 관람도 제의했지만, 폴린은 뮤직홀을 선호했다.

알베르의 돈은 줄줄 새 나가기 시작했다. 그의 봉급으로는 턱도 없었고, 그는 보잘것없는 전리품의 자기 몫에서 벌써 꽤 많은 돈을 빼먹었다.

그래서, 더 이상 선금이 전혀 들어오지 않는 것을 보고 그는 고민했던 것이다. 이번에만큼은 누구의 도움도 없이 혼자서 뛰어든 이 덫에서 대체 어떻게 빠져나가야 하나?

계속 폴린의 환심을 사기 위해서는 다시 페리쿠르 씨의 은행 돈을 좀 〈빌려야〉 하는 게 아닐까 하는 생각이 들었다.

32

앙리는 몰락한 가문에서 태어났다. 그는 어린 시절 내내 집
안이 점점 쇠락해 가는 모습을, 허물어져 가는 모습을 보아 왔
다. 운명에 대해 결정적 승리를 거두려 하는 지금, 어떤 비루먹
은 똥개 같은 공무원에게 막혀 버린다는 것은 있을 수 없는 일
이었다. 개처럼 짖어 대는 그 웃기는 감사관을 다시 개집에다
처넣으리라! 아니, 그자는 자기가 뭐라도 되는 줄 아는가?

이런 외관상의 자신감 뒤에 숨어 있는 것은 상당 부분 자기
암시였다. 앙리는 자신의 성공을 믿어야 했고, 천운을 타고 난
사람들에게 유리한 이런 위기의 시기에 자기가 이 난관을 멋
지게 헤쳐 나올 수 없으리라고는 단 1초도 상상하지 않았다.
전쟁이 이를 증명해 주었지 않은가. 그는 역경을 두려워하지
않았다.

하지만 이번에는 분위기가 조금 달랐다…….

그를 불안하게 만드는 것은 장애물들의 성격이 아니라, 그
것들이 연속된다는 사실이었다.

페리쿠르와 도네프라델이라는 이름에 결부된 명성을 감안

하여, 지금까지 관련 부처는 지나치게 까다롭게 굴지 않았다. 그런데 그 거지 같은 관리가 퐁타빌쉬르뫼즈를 불쑥 찾아가더니만 거기서 문제가 되고 있다는 사유물 절도와 불법 거래 등에 대한 보고서를 내놓은 것이다.

그런데 이자에게 예고도 없이 감사할 권리가 있기나 하단 말인가?

어쨌든 관련 부처는 전만큼 협조적으로 나오지 않았고, 앙리는 곧바로 면담을 요청했다. 하지만 그게 가능하지가 않단다.

「그게 말이죠……. 우리가 모든 걸 다 덮어 줄 순 없어요.」 담당자는 전화로 설명했다. 「지금까지는 자잘한 기술적인 문제들이었어요. 물론 그것도…….」

수화기 저쪽에서는 한층 거북스러워하며 더 목소리를 낮췄다. 마치 지금 남이 들으면 안 되는 어떤 비밀을 이야기하고 있는 것처럼.

「…… 공개 입찰에서 정해진 규격에 맞지 않는 그 관들도 그렇고 말이죠…….」

「하지만 그건 벌써 설명했잖소!」 앙리가 소리쳤다.

「네, 알고 있어요! 물론 공장 측의 실수겠죠……. 하지만 이번 퐁타빌쉬르뫼즈에서는 문제가 달라요. 수십여 명의 병사들이 잘못된 이름으로 매장되었어요. 이것만 해도 아주 난처한 일인데, 그들의 귀중품들이 사라진 것은…….」

「아이쿠, 이거야 원!」 앙리는 요란한 웃음을 터뜨렸다. 「지금 나를 시체들을 벗겨 먹는 절도범으로 모는 겁니까?」

이어진 정적에 그의 눈썹이 찌푸려졌다.

지금 일이 심각해지고 있는 것은 사라진 물건이 하나가 아니고, 심지어는 두 개도 아니기 때문이란다…….

「이게 완전히 시스템으로 움직이고 있다는 겁니다……. 공동묘지 전체에 걸친 조직이라는 거예요. 이 보고서는 내용이 아주 심각해요. 물론 이 모든 일들은 당신 등 뒤에서 일어났을 테니, 당신은 개인적으론 문제될 게 없어요.」

「하하하! 그나마 다행입니다!」

하지만 목소리에 맥이 없었다. 개인적 차원이든 아니든 간에, 상대의 질책은 엄중한 것이었다. 당장이라도 이놈의 뒤프레를 잡아서 한 15분 동안 박살을 내주고 싶었다. 그래, 시간은 나중에도 얼마든지 있으니까…….

이때 앙리는 나폴레옹이 전략을 바꿔 전쟁에서 승리하곤 했다는 사실을 상기했다.

「정말로 그렇게 생각하십니까?」 그가 물었다. 「정부가 주는 그 액수로 완벽하게 능력 있고, 나무랄 데 없는 인력을 채용할 수 있다고요? 그게 사람을 엄격하게 선발할 수 있는 돈이, 엄선된 인부들만을 쓸 수 있는 돈이 될 수 있다고 믿으시냔 말입니다.」

앙리는 깊은 속에서는 알고 있었다. 자기가 채용에 있어서 약간 졸속했었다는 것을, 항상 가장 싼 쪽을 골랐다는 것을. 그렇지만 뒤프레가 작업반장들만큼은 확실하다고 안심시키지 않았는가 말이다, 빌어먹을! 그리고 인부들을 적당히 이끌 수 있다고!

연금부의 친구는 갑자기 급하게 굴었고, 대화는 소나기 쏟아지기 직전의 하늘처럼 시커먼 내용의 통고로 끝을 맺었다.

「도네프라델 씨, 중앙 행정실은 더 이상 이 건을 다룰 수가 없어요. 이제는 장관실로 직접 올려야 할 것 같습니다.」

이건 노골적인 결별 선언이었다!

앙리는 거칠게 수화기를 내려놓고는 맹렬한 분노에 휩싸였다. 그는 중국 도자기 하나를 붙잡아서는 상감 세공된 작은 탁자 위에 집어 던져 박살을 냈다. 뭐야? 내가 지들에게 먹인 돈이 얼마인데 이제 와서 슬그머니 꽁무니를 빼? 그는 손등으로 크리스털 꽃병 하나를 내던졌고, 꽃병은 벽에 부딪혀 산산조각이 났다. 그리고 내가 만일 장관에게 그 밑의 고위 관리들이 그의 관대함을 어떻게 이용해 먹었는지 다 까발리면 어떻게 되지? 엉?

앙리는 다시 숨을 골랐다. 그가 이렇게 화가 난 것은 상황의 심각성 때문이었으니, 사실 이런 일을 발설할 생각은 추호도 없었기 때문이다. 그래, 선물을 몇 가지 하긴 했다. 고급 호텔의 객실, 계집들, 호화로운 식사, 시가 상자, 여기저기서 계산서도 대신 지불해 주고……. 하지만 그들의 배임 행위를 고발하는 것은 곧 자신이 매수자임을 자백하는 것, 다시 말해서 자기 다리에 총알을 박는 짓이었다.

소음에 놀란 마들렌이 노크도 하지 않고 방에 들어왔다.

「아니, 무슨 일이에요?」

몸을 돌린 앙리는 문턱에 서 있는 마들렌을 발견했다. 몸이 많이 불어나 있었다. 임신 6개월이지만, 만삭처럼 보였다. 그녀의 모습이 추하게 느껴졌다. 새삼스러운 일은 아니었다. 그녀를 보아도 더 이상 아무런 욕구가 느껴지지 않은지 오래였다. 사실은 피차일반이었다. 마들렌의 불같은 열정은 지나간 일이었다. 그때 그녀는 아내라기보다는 정부처럼 굴었다. 끊임없이 사랑을 요구했던 그때의 그 허기라니! 이 모든 것은 너무도 멀리에 있었지만, 요즘 들어 그는 그녀에게 좀 더 애착을 느꼈다. 그녀 자신에게라기보다는 그가 태어나기를 바라는 아들의 어머니에 대한 애착이었다. 그녀는 자신의 이름과 재산과 가문의 영지에 자부심을 느끼게 될 아들, 아비처럼 생존하기 위해 치열하게 싸울 필요가 없는, 하지만 아비가 꿈꾸는 상당한 유산을 가지고 가문을 빛낼 도네프라델 2세를 낳아 줄 어머니였다.

마들렌은 고개를 옆으로 기울이며 미간을 찌푸렸다.

앙리에게 장점이 하나 있다면, 그것은 어려운 상황에서 즉각 결정을 내릴 수 있다는 점이었다. 그는 가능한 해결책들을 순식간에 훑어보고는, 자기 아내가 유일한 구원의 배라는 사실을 깨달았다. 그는 그가 가장 혐오하는, 그에게 가장 어울리지 않는 표정, 다시 말해서 걷잡을 수 없는 상황에 처해 난감해하는 사내의 표정을 지었다. 그는 낙담 어린 한숨을 길게 내쉰 다음, 안락의자에 털썩 주저앉아 두 팔을 축 늘어뜨렸다.

즉시로 마들렌의 마음은 복잡해졌다. 그녀는 남편을 누구보다도 잘 알고 있었기 때문에, 그가 벌이는 이 코미디는 그녀를 어떻게 할 수 없었다. 하지만 어쨌든 그는 자기 아이의 아버지였고, 그들은 서로 묶여 있었다. 출산이 몇 주 남지 않은 지금, 그녀는 골치 아픈 일들을 마주하고 싶지 않았고, 그저 평온하게 지낼 수 있기만을 원했다. 그녀는 앙리가 필요하지 않았지만, 남편이라는 존재는 필요했다.

그녀는 무슨 일인지 물어보았다.

「사업.」 그는 애매하게 대답했다.

이는 페리쿠르 씨가 즐겨 쓰는 표현이기도 했다. 그는 자세히 설명하고 싶지 않을 때는 그저 〈사업이야〉라고 말하곤 했다. 모든 의미가 함축되어 있는 말, 남자들의 말이었다. 이보다 편리한 말이 또 있을까.

앙리는 다시 고개를 들고 입을 꽉 오므렸다. 마들렌은 그가 여전히 잘생겼다고 생각했다. 그가 그러길 바라고 있는 듯했으므로, 그녀는 다시 물어보았다.

「오, 그래요?」 그녀는 다가서며 말했다. 「그래서요?」

그는 쉽게 털어놓지 않으리라 결심했지만, 언제나 그렇듯 목적은 수단을 정당화하는 법이다.

「당신 아버지가 필요할 것 같아…….」

「왜요?」 그녀가 캐물었다.

앙리는 손으로 허공을 내저었다. 너무 복잡해…….

「아하!」 그녀가 미소를 지으며 말했다. 「나한테 설명하기엔 너무 복잡하지만, 나한테 개입해 달라고 부탁하기엔 충분히 간단한 일?」

앙리는 곤경에 처해 힘들어하는 남자답게, 그가 유혹할 때 자주 쓰는 그 짠해 보이는 시선으로 대답했다. 지금까지 그에게 숱한 행운을 가져다준 시선이었다…….

만일 마들렌이 계속 캐물었다면 앙리는 거짓말을 했을 것이다. 그는 늘, 심지어는 그럴 필요가 없을 때에도 거짓말을 했다. 이것은 그의 본성이었다. 그녀는 그의 뺨을 어루만졌다. 심지어는 속일 때조차도 그는 멋있었다. 이렇게 어쩔 줄 몰라 하는 표정을 흉내 내고 있으니까 한층 젊어 보였고, 얼굴의 선들은 더욱 섬세해 보였다.

마들렌은 잠시 생각에 잠겼다. 그녀는 남편이 하는 말을 한 번도 경청한 적이 없었다. 심지어는 사귀기 시작했을 때에도 그랬다. 그를 선택한 것은 대화 때문이 아니었다. 하지만 임신한 후로 이런 경향은 더욱 강해졌다. 그가 말하는 내용은 아무런 중요성도 없는 수증기처럼 공기 중에 떠다니다 흩어질 뿐이었다. 그래서 그가 이렇게 마음의 혼란과 동요를 흉내 내고 있는 동안 ─ 그녀는 그가 정부들 앞에선 코미디를 좀 더 그럴싸하게 할 수 있길 바랐다 ─ 마치 남의 집 애들을 바라보고 있을 때처럼 약간의 따스함을 느끼며 그를 지켜보았다. 그는 미남이었다. 그녀는 그와 같은 아들을 갖고 싶었다. 거짓말은 덜 하지만, 그만큼 잘생긴 아들을 말이다.

그러고 나서 그녀는 말없이 방을 나왔다. 아기가 배 속에서 발길질을 할 때마다 짓곤 하는 그 옅은 미소와 함께. 그녀는 곧바로 아버지의 방으로 올라갔다.

오전 10시였다.

페리쿠르 씨는 노크하는 방식에 딸임을 알아보고는 자리에서 일어나 나와서 그녀를 맞았다. 그녀의 이마에 키스를 하고는 그녀의 배를 가리키며 미소 지었다. 그래, 계속 잘 지내냐? 마들렌은 가볍게 애교 섞인 표정을 지었다. 뭐, 그럭저럭요…….

「아빠, 앙리를 한번 만나 주셨으면 해요.」 그녀가 얘기를 꺼냈다. 「요즘 힘든 일들이 있나 봐요.」

사위의 이름을 듣는 것만으로도 페리쿠르 씨의 상체가 미세하게 곧추섰다.

「그놈은 힘든 일들을 혼자서 해결할 수 없는 거냐? 그리고 그 힘든 일들이란 게 대체 뭐냐?」

마들렌은 이 일에 대해 앙리가 생각하는 것보다는 많이 알고 있었지만, 아버지에게 상세하게 설명해 줄 정도는 아니었다.

「정부와의 그 계약 건…….」

「또 그거냐?」

대답하는 페리쿠르 씨의 목소리는 강철처럼 단단했다. 그가 원칙적 입장을 고수할 때 취하는 어조였다. 이런 경우, 그는 다루기 힘들어진다. 아주 완고해진다.

「아빠가 그 사람을 안 좋아한다는 건 알고 있어요. 아빠가 제게 말씀하셨죠.」

마들렌은 화를 내지 않고 이렇게 말했다. 심지어는 아주 부드러운 미소를 머금기까지 했다. 그리고 평소에는 아무것도 요구하는 법이 없기 때문에, 이제 아껴 두었던 카드를 유유히 내보일 수 있었다.

「아빠, 부탁드려요. 그 사람을 만나 주세요.」

그녀는 다른 때처럼 배 위에 두 손을 교차하여 올려놓을 필요도 없었다. 벌써 아버지가 손짓을 한 것이다. 좋다, 올라오라고 해라.

사위가 문을 두드렸을 때, 페리쿠르 씨는 일하고 있는 척도 하지 않았다. 앙리는 방 저쪽 끝에서 장인이 책상 뒤에 마치 아버지 하나님처럼 떡 버티고 앉아 있는 것을 보았다. 손님용 의자와 장인을 나누고 있는 거리는 한없이 길게 느껴졌다. 앙리는 곤경에 처하면 한층 힘을 부풀리고, 더 힘을 모아 돌진하곤 했다. 장애물이 강하면 강할수록 그는 사납게 변했고, 그 누구라도 죽여 버릴 수 있었다. 하지만 이날 그가 처치해 버리고 싶은 자는 그에게 꼭 필요한 사람이었고, 이런 종속적인 상황이 그는 끔찍이도 싫었다.

두 남자는 서로를 알게 된 이후로 경멸의 전쟁을 치러 왔다. 페리쿠르 씨는 머리만 까닥하여 사위에게 인사를 건넸고, 앙리 역시 똑같은 동작으로 화답했다. 처음 만난 순간부터 각자는 자신이 우위를 점하게 될 날을 기다려 왔다. 그동안에 양진영 사이에 탄환들이 오갔다. 한번은 앙리가 그의 딸을 유혹하고, 그다음에는 페리쿠르 씨가 결혼 계약서를 건네는 식으로……. 마들렌이 아버지에게 임신 사실을 알렸을 때, 부녀 사이에만 이뤄진 은밀한 일이어서 앙리는 그 광경을 직접 보진 못했지만, 이때 그는 결정적인 포인트를 딴 것이었다. 이로써 상황은 역전된 듯 보였다. 앙리의 골치 아픈 문제들은 지나가고, 마들렌의 아이는 계속 남으리라. 그리고 아이의 탄생은 페리쿠르 씨에게 사위에게 뭔가를 해줘야 할 의무를 부과하고 있었다.

페리쿠르 씨는 마치 사위의 이런 속마음을 다 꿰고 있는 듯이 희미한 미소를 지었다.

「으흠……?」 그가 짤막하게 물었다.

「연금부 장관에게 한 말씀 해주시는 게 가능합니까?」 앙리가 명확한 목소리로 물었다.

「가능하고말고. 나와 아주 가까운 친구니까.」

페리쿠르 씨는 짧은 순간 동안 생각에 잠겼다.

「나한테 빚진 게 많은 친구지. 어떤 의미에서는 개인적인 빚 같은 거야. 아주 오래전의 얘기이긴 하지만, 평판을 만들기도 하고 부수기도 하는 그런 종류의 일이었지. 한마디로, 그 장관은 일테면 내 것이라고도 할 수 있어.」

앙리는 이렇게 쉽게 승리를 거두리라곤 예상치 못했었다. 그의 진단은 기대 이상으로 들어맞은 것이다. 페리쿠르 씨는 책받침 쪽으로 시선을 떨어뜨리며 자신도 모르게 그의 생각을 굳혀 주었다.

「그래, 어떤 일인가?」

「별것도 아닌 일입니다……. 그게…….」

「별것도 아닌 일이라면,」 페리쿠르 씨는 다시 고개를 쳐들며 말을 끊었다. 「왜 장관을 귀찮게 하는가? 혹은 나를 말이야?」

앙리는 이런 순간이 너무도 좋았다. 적수는 몸부림을 치면서 자기를 궁지에 몰아넣으려고 무진 애를 쓰지만, 결국엔 굴복하지 않을 수 없으리라. 시간만 충분하다면 이 짜릿한 대화를 오래 음미하고 싶었지만, 지금은 상황이 급했다.

「묻어 버려야 할 보고서가 하나 있습니다. 제 사업에 관한 건데, 순전히 거짓말이고, 또…….」

「거짓말이라면, 두려워할 게 뭐가 있는가?」

앙리는 입가에 미소가 번져 나오는 것을 스스로도 어쩔 수가 없었다. 이 늙은이가 더 오래 싸우고 싶단 말인가? 머리에 호되게 한 방을 얻어맞아 봐야 정신 차리고 행동을 취할 건가?

「얘기가 좀 복잡합니다.」

「그래서?」

「그래서, 이 사안을 묻어 버리기 위해 장인어른께서 장관님께 한 말씀 해주십사 부탁드리는 겁니다. 제 쪽에서는, 지금 문제가 되고 있는 일들이 다시는 재발하지 않을 거라고 약속드리겠습니다. 그것들은 그저 일을 조금 소홀히 해서 일어난 결과일 뿐입니다.」

페리쿠르 씨는 사위의 눈을 똑바로 들여다보며 오랫동안 기다렸다. 〈정말 그게 다인가?〉 하고 묻는 듯한 눈빛이었다.

「그것뿐입니다.」 앙리가 단언했다. 「절 믿어 주세요.」

「자넬 믿어 달라…….」

앙리는 자신의 미소가 꺼져 가는 것을 느꼈다. 이 늙은이는 지금 나불거리며 자신을 엿 먹이기 시작하고 있는 것이다. 하지만 그에게 선택의 여지가 있는가? 이렇게 만삭이 된 딸을 데리고서? 자기 손자를 망쳐 버릴 위험을 무릅쓸 건가? 정말 웃기고 있군! 프라델은 마지막으로 한 번 더 양보하기로 했다.

「저와 장인어른의 따님을 위해 이걸 부탁드리는 겁니다…….」

「이보게, 내 딸은 이 일에 끌어들이지 말게!」

이번에는 앙리의 인내심이 한계에 달했다.

「하지만 지금 바로 그게 문제란 말입니다! 제 명성과 제 사업이, 그리고 따라서 장인어른의 따님과 손자의 장래가…….」

페리쿠르 씨도 언성을 높일 수 있는 상황이었다. 그는 검지 손톱으로 책받침을 톡톡 두드리는 것으로 만족했다. 산만한 아이에게 교사가 주의를 환기시킬 때 내는 것처럼 딱딱한 소리였다. 페리쿠르 씨는 지극히 평온했고, 그의 음성에서는 차분함이 느껴졌으며, 얼굴에는 웃음기도 없었다.

「이보게, 도네프라델 씨, 이건 자네만의 문제일 뿐이야.」 그가 말했다.

앙리는 약간의 불안감을 느꼈다. 하지만 아무리 생각해 봐도 장인이 어떻게 이 일에 개입하지 않을 수 있는지 이해가 되지 않았다. 그래, 자기 친딸을 저버리겠다는 말인가?

「난 벌써 자네의 문제에 대해 전해 들은 바 있네. 어쩌면 자네보다도 먼저일 수도 있어.」

장인의 이런 허두는 앙리에겐 좋은 징조로 느껴졌다. 만일 페리쿠르 씨가 자길 모욕하기 위해 이런 말을 하는 거라면, 그것은 그가 무너질 시간이 얼마 남지 않았다는 뜻이다.

「하지만 조금도 놀랍지 않았지. 난 자네가 천하의 못된 인간이란 걸 전부터 알고 있었거든. 귀족 이름을 달고 있지만, 그렇다고 해서 달라지는 것은 하나도 없지. 자넨 양심도 없고, 탐욕으로 똘똘 뭉친 인간이고, 난 자네가 가장 비참한 최후를 맞을 거라고 예언하네.」

앙리는 벌떡 일어나 나가 버리려고 몸을 움찔 했다.

「아냐, 아냐, 도네프라델 씨, 내 말을 계속 듣게. 난 자네가 어떻게 나올지 예상하고는 곰곰이 생각해 봤어. 그리고 이제 내 생각이 뭔지 말해 주겠네. 며칠 후, 자네 건이 장관에게 올라갈 거고, 그러면 장관은 자네의 활동에 관련된 보고서 내용들을 모두 알게 되고, 그러고 나면 자네가 정부와 맺은 모든 계약을 취소하게 될 걸세.」

앙리는 더 이상 처음처럼 의기양양하지 못했다. 그는 질겁한 눈으로 멍하니 앞을 보고 있었다. 마치 홍수에 집이 무너지는 광경을 바라보는 듯한 눈빛이었다. 그의 집, 그의 생명 말이다.

「자넨 공동체가 관심을 갖는 계약들을 가지고 사기를 쳤어. 따라서 신속한 조사가 이뤄져 국가가 입은 물질적 피해의 액수가 얼마인지 밝혀질 거고, 자네의 개인 재산으로 그 돈을 갚아야 할 걸세. 만일 자네에게 필요한 만큼의 돈이 없다면 ── 내 계산에 따르면 그렇네 ── 자넨 아내에게 도움을 요청할 테지만, 난 그에 대한 법적 권리가 있는 고로 그것에 반대할 걸세. 그러면 자네는 가문의 영지와도 결별하지 않을 수 없게 되겠지. 하기야 그게 더 이상 필요치도 않게 될 것인즉, 정부는 자네를 법정으로 넘길 거고, 또 각종 참전 용사 협회들이며 전사자 가족들이 필히 제기하게 될 소송에서 자네에게 손해 배상을 청구하지 않을 수 없게 될 것이기 때문이야. 그리고 자네는 결국 감옥으로 가게 되겠지.」

앙리가 노인네에게 도움을 요청하기로 결심한 것은 상황이 어렵다는 걸 알기 때문이었지만, 지금 들은 내용은 최악이었다. 갑갑한 생각들이 빠르게 쌓이는데, 여기에 미처 반응할 시간이 없었다. 그리고 의혹이 일었다.

「혹시 장인어른이……?」

만일 손 안에 총이 있었다면 대답도 기다리지 않았을 것이다.

「아니, 왜 그럴 거라고 생각하나? 자넨 아무도 도와주지 않아도 혼자서도 똥통에 잘 빠질 사람 아닌가? 내가 자넬 만난 것은 마들렌이 부탁해서였고, 자네에게 이렇게 말해 주고 싶어서였네. 마들렌도 나도 자네의 일과는 아무런 관련이 없을 거라고. 그 애는 자네와 결혼하고 싶어 했어. 뭐, 그건 할 수 없는 일이지만, 자네는 그 애를 끌고 갈 수 없어, 내가 계속 지켜 줄 거니까. 그리고 나로 말하자면, 자네가 모든 걸 다 잃고 망한다 해도, 손가락도 까딱 않겠네.」

「나하고 전쟁을 벌일 작정입니까?」 앙리가 고함쳤다.

「도네프라델 씨, 내 앞에서는 절대 소리 지르지 말게.」

앙리는 이 말을 다 듣지도 않고 방을 나와 등 뒤로 문을 거세게 닫았다. 문이 박살 나듯 닫히는 소리에 건물 전체가 진동하리라. 하지만 애석하게도 시도는 불발에 그쳤다. 이 문에는 압축 공기로 작동하는 장치가 달려 있어 웁…… 웁…… 웁…… 하는 리듬으로 천천히 닫힌 것이다.

앙리가 1층에 내려왔을 때에야 문은 아주 작은 소리와 함께 부드럽게 닫혔다.

페리쿠르 씨는 조금도 자세를 바꾸지 않은 채로 자리에 앉아 있었다.

33

「여기 참 좋네요…….」 폴린이 주위를 둘러보며 말했다. 알베르는 대답하고 싶었지만, 말이 목구멍에 걸려 나오지 않았다. 그는 어찌할 바를 몰라 그냥 두 손을 펼쳐 보이기만 했다.

사귀게 된 이후로, 그들은 항상 바깥에서 만났다. 그녀는 주인집, 즉 페리쿠르 씨 저택의 다락방에 기거했다. 그녀가 들어올 때 직업소개소는 명확히 말했다. 〈외부인 방문은 절대 금지예요, 아가씨!〉 이는 〈만일 누군가와 그 짓을 하고 싶으면 다른 곳에서 해야지, 이곳에선 절대 안 돼요, 여긴 점잖은 집이에요……. 등등〉이라고 하인들에게 설명하고 싶을 때 사용하는 표현이었다.

또 한편으로 알베르는 폴린을 자기 집으로 데려갈 수 없었다. 에두아르는 외출하는 법이 없었다. 하기야 그가 어딜 갈 수 있겠는가? 그리고 설혹 에두아르가 하루저녁 아파트를 내주는 걸 받아들인다 해도, 처음부터 폴린을 속여 온 알베르가 이제 와서 어떻게 할 수 있겠는가? 그는 이렇게 말했었다. 나는 하숙을 하고 있어. 그런데 하숙집 주인은 아주 까다롭고 의심이 많은 여자야. 누가 방문하는 것은 꿈도 못 꿔. 자기의 주인집처럼 금지됐어. 하지만 난 하숙집을 바꿀 생각이야. 다른 곳을 찾고 있어…….

폴린은 놀라지도 않았고, 초조해하지도 않았다. 오히려 안도하기까지 했다. 그녀는 어차피 자기는 〈그런 여자〉가 아니라고 말했다. 다시 말해서 〈난 같이 잠은 안 자요〉라는 뜻이었다. 자기는 〈진지한 관계〉를 원한단다. 즉 결혼 말이다. 알베르는 이 모든 것에서 무엇이 참이고 무엇이 거짓인지 분간할 수 없었다. 자, 이렇게 그녀는 원하지 않는단다……. 그런데 문제는 요즘 그가 그녀를 집에 데려다줄 때마다, 헤어질 때가 되면 둘이 정신없이 키스를 나눈다는 점이었다. 대문에 몸을 붙이고 서서는, 마치 미친 사람들처럼 서로 몸을 비비대고 다리를 얽었다. 폴린은 알베르의 손을 붙잡아 제지하곤 했는데, 그 타이밍은 갈수록 늦어지는 경향이 있었고, 저번 저녁에는 몸을 활처럼 뒤로 젖힌 그녀가 허스키한 비명을 길게 발하며 그의 어깨를 깨물었다. 그는 폭발물로 가득 채워진 사내처럼 되어가지고 택시를 탔다.

〈애국적 회상〉사의 사업이 드디어 비상하기 시작한 6월 22일 경에 그들은 이런 단계에 와 있었다.

갑자기 돈이 쏟아져 내리기 시작했다.

콸콸 쏟아져 내렸다.

일주일 만에 네 배가 되었다. 30만 프랑이 넘었다. 닷새 후, 57만 프랑이 들어왔고, 6월 30일에는 62만 7천 프랑이 됐다…….
도무지 멈출 줄을 몰랐다. 십자 훈장에 대한 주문이 백 건 넘게 들어왔고, 장례 횃불, 병사의 흉상, 그리고 복합적인 기념물들에 대한 주문이 각각 120건, 182건, 111건에 달했다. 심지어 쥘 데프르몽은 그가 태어난 구(區)에 세워질 기념물에 대한 공개 입찰까지 따냈고, 구청은 그 선금으로 10만 프랑을 보내 왔다⋯⋯.

그리고 다른 주문들이 선금과 함께 매일같이 쇄도했다. 에두아르는 영수증을 작성하며 오전 시간을 모두 보내곤 했다.

이 예상치 못한 축복은 그들에게 기묘한 느낌을 안겨 주었다. 마치 자신들의 행위의 의미를 이제야 깨달은 듯이 말이다. 그들은 벌써 아주 부자였고, 에두아르가 세운 백만 프랑의 가설은 더 이상 공허한 환상이 아니었으니, 마감일이 7월 14일이 되려면 아직 한참 남았는데 〈애국적 회상〉사의 계좌는 계속 불어나고 있었기 때문이다. 1만, 5만, 혹은 8만 프랑이나 되는 돈이 매일같이 들어왔다. 눈으로 보고도 믿기지 않을 정도였다. 그리고 어느 날 아침에는 단 한 번에 11만 7천 프랑이 날아들어 왔다.

에두아르는 먼저 환성을 질렀다. 처음 알베르가 지폐로 가득한 손가방을 들고 저녁에 집에 들어왔을 때, 그는 지폐들을 두 손에 가득 쥐어서는 마치 은혜의 비처럼 공중에 던져 댔다. 그러고는 곧바로 물었다. 자기 몫을 얼마간 지금 당장 가져가도 되냐고. 알베르는 즐겁게 웃으며 〈물론이야, 아무 문제없어〉라고 대답했다. 다음 날 에두아르는 나선 형태로 이어 붙인 2백 프랑 지폐들만으로 이루어진 아주 멋들어진 마스크를 하나 만들어 썼다. 그것이 주는 느낌은 기가 막혔다. 마치 돈의 소용돌이 같았고, 그 고액권들이 연소되며 그의 얼굴을 후광 같은 연기로 감싸고 있는 것 같았다. 알베르는 매혹된 동시에 충격을 받았다. 세상에, 돈을 가지고 이런 짓을 하다니! 그는 수백 명의 사람들에게 사기를 치고 있었지만, 모든 윤리를 포기한 것은 아니었던 것이다.

에두아르는 좋아서 팔짝팔짝 뛰었다. 그는 결코 돈을 세는 법이 없었지만, 주문장들은 전리품처럼 소중하게 간직했고, 저녁이면 피펫을 사용하여 독주를 홀짝거리면서 그것들을 읽고 또 읽었다. 이 서류철은 그의 기도서라 할 수 있었다.

이런 속도로 부자가 되는 데서 느끼는 경이감이 지나가자, 알베르는 위험의 크기를 의식하게 되었다. 돈이 들어오면 들어올수록, 밧줄이 목 주위를 바짝바짝 죄어 오는 느낌이었다. 30만 프랑이 들어왔을 때부터 그는 한 가지 생각밖에 없었다. 바로 도망가는 거였다. 에두아르는 반대했다. 그의 백만 프랑 원칙은 협상 불가였다.

그리고 폴린의 문제가 있었다. 어떻게 할 것인가?

알베르는 사랑에 빠져 있었다. 그리고 젊은 여자가 선을 그은 탓에 갈수록 격렬해지는 열정으로 그녀를 갈망했다. 그에겐 그녀를 포기할 마음이 없었다. 문제는 그가 이 아가씨와의 관계를 나쁜 기반 위에서 시작했다는 점이었다. 하나의 거짓말이 또 다른 거짓말을 낳은 것이다. 이제 와서 그녀에게 — 그녀를 잃게 될 위험 없이 — 이렇게 말할 수 있겠는가? 〈폴린, 내가 은행 회계원이 된 유일한 목적은 은행 돈을 털어먹기 위해서야. 왜냐면 난 한 친구(전쟁 중에 얼굴이 똑바로 쳐다보기도 힘들 정도로 망가졌고, 약간 맛이 간 친구지)와 함께 프랑스의 거의 절반을 완전히 비윤리적인 방식으로 사기 쳐먹고 있는 중이거든. 그리고 모든 게 잘되면, 보름 후인 7월 14일에

는 지구의 반대편으로 튀어 버릴 계획이야. 어때, 나랑 같이 떠나겠어?〉

그녀를 사랑하느냐고? 그녀에게 거의 미쳐 있었다. 하지만 자기 안에서 어느 것이 더 강한지 알 수 없었다. 그녀에 대해 느끼는 격렬한 욕망이 강한지, 아니면 체포되고, 재판받고, 유죄 판결을 받을지 모른다는 그 머릿속이 하얘지는 공포가 더 강한지……. 그는 프라델 대위의 가차 없는 눈이 지켜보는 가운데 모리외 장군과 가졌던 면담 뒤에 이어진 1918년의 그날들 이후로는 더 이상 총살대에 서는 꿈을 꾸지 않았다. 그런데 이제 거의 매일 밤 그 악몽이 다시 찾아왔다. 꿈속에서 폴린의 몸을 즐기지 않을 때에는, 프라델 대위와 똑같이 생긴 열두 명으로 이루어진 소대에 의해 사살되곤 했다. 쾌락을 느끼든 죽든 결과는 동일했다. 땀에 흠뻑 젖은 기진맥진한 몸으로 비명을 지르면서 소스라치듯 잠에서 깨어났다. 그러고는 유일하게 그의 격심한 불안감을 가라앉혀 줄 수 있는 말 대가리를 어둠 속에서 더듬어 찾곤 했다.

처음에는 계획의 성공으로 인한 엄청난 기쁨이었던 것이 곧 ― 두 남자에게 서로 다른 이유로 ― 어떤 기이한 차분함으로 변했다. 이루는 데 많은 시간이 필요했지만, 한 걸음 물러서서 보니 기대했던 것만큼 본질적인 것은 아니라는 게 느껴지는 어떤 중요한 과업을 끝냈을 때 사람들이 느끼는 그런 차분함 말이다.

폴린과 함께든 아니든 간에, 알베르는 언제나 떠나는 얘기만 했다. 이제는 돈이 콸콸 쏟아져 들어오고 있었기 때문에 에두아르는 더 이상 반대할 근거를 찾지 못했다. 그는 마지못해 동의했다.

그들은 〈애국적 회상〉사의 할인 판매를 7월 14일에 끝낸다고 합의했다. 그리고 15일에 떠나리라.

「왜 다음 날까지 기다려?」 알베르가 질겁하며 물었다.

「좋아.」 에두아르가 노트에 썼다. 「14일.」

알베르는 부리나케 해운 회사 카탈로그들을 펼쳤다. 그러고는 파리에서부터 출발하는 노선을 손가락으로 따라가 보았다. 새벽녘에 마르세유에 도착하는 야간열차, 그다음에는 트리폴리로 가는 첫 번째 여객선의 항로를 그어 봤다. 휴전협정 체결 며칠 후에 행정실에서 훔쳐 낸 그 불쌍한 루이 에브라르의 병역 수첩을 간직해 둔 것은 너무도 잘한 일이었다. 그는 다음 날에 당장 배표를 샀다.

모두 세 장이었다.

첫 번째 것은 외젠 라리비에르 씨 명의로, 두 번째와 세 번째는 루이 에브라르 부부의 명의로 되어 있었다.

폴린에 대해 어떻게 해야 할지에 대해서는 아무런 생각도 없었다. 어떤 아가씨에게 당신과 함께 모든 것을 떠나 3천 킬로미터 떨어진 곳으로 도망치자고 보름 만에 설득하는 게 과연 가능할까? 갈수록 회의적인 느낌이 들었다.

그해 6월은 정말이지 연인들을 위한 달이었다. 날씨는 낙원처럼 온화하고, 저녁 시간들은 끝나지 않을 것처럼 길었다. 폴린이 비번일 때에는 그들은 공원 벤치에 앉아 서로를 애무하며, 혹은 이런저런 얘기를 나누며 시간을 보냈다. 폴린은 젊은 처녀의 장밋빛 꿈들에 빠져들면서, 자기가 바라는 아파트며 아이들이며 남편을 묘사해 보곤 했다. 이렇게 그려지는 남편의 초상은 그녀가 알고 있는 알베르와 점점 더 닮아갔고, 사실은 해외로 도망칠 준비를 하고 있는 사기꾼에 불과한 실제의 알베르와는 갈수록 멀어졌다.

어쨌든 지금은 돈이 있었다. 알베르는 폴린을 — 그녀가 승낙해야 하겠지만 — 맞이할 수 있는 하숙집을 구하기 시작했다. 호텔은 대상에서 제외했다. 이런 상황에서 호텔은 왠지 상스럽게 느껴졌기 때문이다.

이틀 후, 그는 생라자르 가에서 두 자매가 운영하는 깔끔한 하숙방 하나를 찾아냈다. 둘 다 과부이고 매우 융통성 있는 이 자매는 건실한 공무원들에게 아파트 두 개를 임대하고 있으면서도, 같은 건물 1층에 있는 조그만 방 하나는 불법적인 커플들에게 내주고 있었다. 자매는 밤이든 낮이든 공모자의 미소를 지으며 이들을 맞곤 했는데, 방의 벽에다 침대 높이로 각자의 구멍을 하나씩 뚫어 놓았기 때문이다.

폴린은 망설였다. 이번에도 〈난 그런 여자가 아니에요〉라고 노래를 부르다가, 결국 동의했다. 그들은 택시를 타고 왔다. 알베르가 문을 열자 가구가 갖춰져 있는 방이 나타났다. 바로 폴린이 꿈꾸는 종류의 방이었다. 부잣집 같은 분위기가 나는 묵직한 커튼, 예쁜 벽지로 장식된 벽……. 더구나 자그마한 원탁과 팔걸이 없는 안락의자까지 있어 방은 그렇게 침실 같아 보이지 않았다.

「여기 참 좋네요…….」 그녀가 말했다.

「응, 괜찮네!」 알베르도 우물쭈물 맞장구쳤다.

그는 구제불능의 바보였던가? 어쨌든 그는 아무 낌새도 못챘다. 방 안에 들어가고, 둘러보고, 외투를 벗는 데 3분, 여기에다가 반장화의 끈을 푸는 데 1분……. 어느새 폴린은 새빨간 알몸이 되어 방 한가운데 서 있었다. 미소 지으며 자신을 완전히 내맡긴, 그러면서도 자신만만한 모습이었다. 울고 싶을 정도로 새하얀 가슴, 감미롭게 굴곡진 엉덩이, 완벽하게 다듬어진 삼각주……. 이 모든 것들은 이 아가씨가 이런 일에 처음이 아니라는 것을, 몇 주일 동안 자기는 이러이러한 여자라고 열심히 설명하며 관습에 따라 행동해 왔지만, 지금은 상대를 좀더 가까이서 확인하기 위해 안달이 나 있다는 것을 적나라하게 말해 주고 있었다. 알베르는 정신이 하나도 없었다. 4분이 더 흐르자 알베르는 쾌락에 울부짖고 있었다. 폴린은 의문과 불안이 감도는 눈빛으로 고개를 들었다가 곧 안도하며 다시 눈을 감았는데, 다행히 알베르에게 여분의 힘이 남아 있었기 때문이다. 그는 이와 유사한 일을 입대 전날에 겪은 바 있었다. 세실과 함께였고, 그야말로 까마득한 옛날의 일이었다. 그는 그동안 너무도 굶주렸던 나머지 결국 폴린이 자기야, 벌써 새벽 2시야, 우리 조금 자야 하지 않겠어? 하고 말하지 않으면 안 되었다. 그들은, 알베르가 뒤에서 폴린을 안고, 몸을 꼭 맞대고 나란히 누웠다. 폴린은 벌써 잠들었는데, 알베르는 그녀를 깨우지 않으려고 아주 조그맣게 울기 시작했다.

알베르는 폴린과 데이트를 시작하던 때부터 벌써 저녁 늦게 귀가하곤 했었다. 가구 딸린 그 조그만 방에서 그녀와 같이 잔 이후로, 에두아르는 그를 보기가 한층 힘들어졌다. 폴린이 비번인 날 그녀를 만나러 가기 전에 알베르는 지폐가 든 가방을 들고 자기 아파트에 들르곤 했다. 수만 프랑, 아니 수십만 프랑이 그가 더 이상 눕지 않는 침대 밑에 밀어 넣어 둔 트렁크에 쌓여 갔다. 그는 나가기 전에 에두아르가 뭔가 먹었는지 확인하고는 루이즈에게 볼 키스를 했다. 계집애는 늘 다음 날 쓸 가면에 고개를 숙인 채로 건성으로 대답하곤 했는데, 자기들을 내팽개치는 것을 질책하는 것인지 눈에는 원망 비슷한 것이 어려 있었다.

어느 날 저녁, 정확히 말해서 7월 2일이었는데, 알베르가 7만 3천 프랑이 든 가방을 들고 집에 들어와 보니 아파트에 아무도 없었다.

각양각색의 가면들이 사면의 벽에 걸려 있을 뿐, 텅 비어 있는 아파트는 박물관의 보관 창고와도 흡사했다. 아주 작은 나무껍질 조각들로 만들어졌고, 어마어마하게 커다란 뿔이 달린 순록 한 마리가 그를 뚫어지게 쳐다보고 있었다. 어느 쪽으로 고개를 돌려 보아도, 가령 진주와 인조 보석들이 박힌 뱀 입술 등으로 요란하게 꾸며진 인디언 쪽을 보든, 아니면 마치 딱 들통이 나버린 거짓말쟁이처럼 엄청나게 커다란 코를 달고서 부끄러움에 몸부림치는 그 기묘한 존재 쪽을 보든, 이 모든 인물들은 가방을 들고서 문턱에 못 박혀 있는 그를 측은하게 쳐다보는 거였다.

그가 얼마나 놀랐는지 가히 상상할 수 있으리라. 이사 온 이후로 에두아르는 한 번도 집을 나간 적이 없었다. 더구나 루이즈도 보이지 않았다. 탁자 위에 쪽지 한 장 안 보이고, 이렇게 급하게 사라진 것에 대한 설명 한 줄 없었다. 알베르는 침대 밑으로 다이빙하듯 기어 들어갔다. 트렁크는 여전히 거기에 있

었다. 설사 돈이 얼마간 없어졌다 해도 그걸 알아낼 수는 없었
다. 그 안에 지폐가 너무 많았기 때문에 예를 들어 5만 프랑을
빼낸다 해도 조금도 표시 나지 않았다. 때는 저녁 7시였다. 알
베르는 트렁크를 제자리에 밀어 넣고 벨몽 부인 집으로 달려
갔다.

「루이즈를 주말 동안 데리고 나갈 수 있게 해달라고 내게 부
탁했어요. 그래서 그러라고 했죠……」

이게 마치 익숙한 일인 것처럼 무덤덤하게 대답했다. 뉴스
를 전하는 신문의 단신 기사처럼 담담한 어조였다. 몸과 넋이
완전히 분리된 여자 같았다.

알베르가 불안해하는 것은 에두아르에게는 어떤 일이라도
일어날 수 있기 때문이었다. 그가 자유롭게 시내를 활보하는
모습을 상상만 해도 몸이 오싹해졌다……. 알베르는 그에게
수없이 설명했다. 지금은 아주 위험한 상황이라고, 가급적 빨
리 떠나야 한다고 말이다! 그리고 만일 기다려야 한다면(백만
프랑에 집착하는 에두아르에게 그전에 떠난다는 것은 있을 수
없었다), 항상 정신을 바짝 차리고, 특히 사람들의 눈에 띄지
말아야 했다.

그는 설명했다.

「우리가 한 짓이 발견되면, 수사는 그렇게 오래 걸리지 않는
다고! 은행에 내 흔적들이 남아 있고, 내가 매일 루브르 우체
국에 가는 것을 사람들이 다 봤고, 우체부는 여기다 우편물을
한 보따리씩 가져다 놓지. 그뿐이야? 우리는 인쇄소도 거쳤어.
거기 사장이 우리 때문에 자기가 어떤 일에 엮이게 되었는지
알게 되면 우릴 고발할 거야. 경찰이 우릴 찾아내는 것은 며칠

이면 된다고. 어쩌면 몇 시간이면 끝날 수도 있어⋯⋯.」

에두아르는 고개를 끄덕였다. 맞아, 며칠이면 끝날 수 있지. 그래, 조심하지. 그런데 출발을 2주 남기고서, 그는 집을 나가 계집애 하나와 함께 파리, 혹은 다른 곳을 싸돌아다니고 있는 것이다. 그 망가진 면상이 여기저기에서 보이는 유사한 다른 면상들보다 더 흉측하고 눈에 잘 띈다는 사실을 몰라서 그러는가?

도대체 어딜 갔단 말인가?

34

「제가 받은 편지에 의하면, 그 예술가는 지금 아메리카들에 있답니다.」

라부르댕은 아메리카를 지칭할 때 항상 복수 형태를 썼다. 대륙 전체를 포괄하는 표현을 쓰면 자신이 훨씬 그럴듯한 사람으로 보인다고 확신했기 때문이다. 페리쿠르 씨의 얼굴에 역정의 빛이 떠올랐다.

「그는 7월 중순에 돌아옵니다!」 구청장이 그를 안심시켰다.

「너무 늦어지는군…….」

이런 반응을 예상했던 라부르댕은 미소를 지었다.

「아, 회장님, 절대 그렇지 않습니다! 글쎄 말입니다, 그가 우리 주문에 얼마나 열광했는지 당장에 작업에 들어갔답니다! 그리고 작업이 급속도로 진척되고 있어요! 한번 생각해 보세요! 우리의 기념비는 뉘이요르크(그는 뉴욕을 이렇게 발음했다)에서 구상되어 파리에서 실현될 게 아니겠습니까? 상징적 의미가 정말 훌륭하지 않습니까?」

보통은 어떤 푸짐한 요리나 자기 여비서의 엉덩이를 앞에

뒀을 때 짓곤 하는 그 탐욕스러운 표정으로 그는 안주머니에서 큼직한 봉투 하나를 꺼냈다.

「자, 그 예술가가 우리에게 추가적인 스케치 몇 장을 보내 줬습니다.」

페리쿠르 씨가 손을 내밀었을 때, 라부르댕은 자신도 모르게 봉투를 짧은 순간 동안 꼭 잡고 놓지 않았다.

「회장님, 이건 훌륭한 것 이상입니다! 이건 그야말로 완벽의 극치예요!」

이 희한한 점층법은 대체 무얼 의미하는 것일까? 그걸 알아내기란 불가능했다. 라부르댕은 문장을 만들 때 오로지 음절을 고려하지, 그 안에 담기는 생각을 고려하는 적은 거의 없으니……. 라부르댕은 일테면 원구형의 천치라고 할 수 있었다. 어느 방향에서 보아도 항상 멍청한 모습만 보이니까 말이다. 그에게선 아무것도 이해할 게 없고, 기대할 것도 없었다.

페리쿠르 씨는 봉투를 열기 전에 라부르댕을 내보냈다. 혼자 있고 싶어서였다.

쥘 데프르몽이 그려 보낸 데생은 모두 여덟 점이었다. 그중 두 점은 기념비 전체를 묘사하고 있었는데, 그 포착된 각도가 특이했다. 대상에 너무도 가깝게 접근한 나머지 마치 그것을 아래서 올려다보는 듯했고, 그렇게 묘사된 기념비는 매우 뜻밖의 느낌으로 다가왔다. 첫 번째 그림은 3부작의 우측 작품인 〈무리를 전장으로 이끄는 프랑스〉를, 두 번째 그림은 좌측 작품 〈적에게 돌격하는 용맹스러운 프랑스 병사들〉을 보여 주고 있었다.

페리쿠르 씨는 충격을 받았다. 지금까지 정적(靜的)이었던 기념비가 전혀 다른 것으로 변해 있었다. 이 익숙지 않은 전망 때문일까? 아니, 이것이 보는 이를 굽어보고, 왜소하게 만들고, 압도하는 듯한 느낌을 주기 때문일까……?

그는 자신이 받은 인상을 규정해 보려고 했다. 단어가 떠올랐다. 단순하고도 거의 멍청하게까지 느껴지는, 하지만 최선의 단어였다. 〈생생한〉이었다. 라부르댕의 입에서나 나옴직한 형편없는 형용사였지만, 이 두 개의 그림은 완전한 리얼리즘을 보여 주고 있었다. 다시 말해서 전장의 병사들을 보여 주는 어떤 일간지 사진들보다도 사실적이었다.

다른 여섯 점 그림은 헐렁한 고대 의상을 걸친 여인, 병사들 중 하나의 옆모습 등, 세부를 클로즈업한 것들이었다. 페리쿠르 씨가 이 프로젝트를 선택하게 만들었던 그 청년의 얼굴은 여기에 없었다……. 화딱지가 났다.

그는 그림들을 뒤적여 보기도 하고, 이미 있는 도판들과 비교해 보기도 했다. 또 자신이 실제의 기념물 주위를 돌고 있다고 상상해 보려고 하면서 많은 시간을 보냈다. 심지어는 자신이 기념물 안으로 들어가 보기도 했다. 이런 식으로 표현할 수밖에 없는 것이, 이제 페리쿠르 씨는 그의 기념물 안에서 살기 시작했던 것이다. 마치 그가 이중적인 삶을 살고 있는 것처럼, 그의 가구들 안에 정부(情婦) 하나를 숨겨 놓고서 아무도 모르게 거기서 많은 시간을 보내는 것처럼 말이다. 이렇게 며칠이 지나자 그는 자신의 프로젝트를 너무도 완벽하게 알게 된 나머지 심지어는 스케치되지 않은 각도들에서까지 상상할 수 있게 되었다.

그는 이런 것들을 마들렌에게 구태여 숨기지 않았다. 쓸데

없는 일이었다. 만일 아버지에게 여자가 생긴다면 한눈에 눈치 챌 사람이 바로 그녀였다. 그녀가 아버지의 서재에 들어가면, 그는 방 중앙의 바닥에 그림들을 모두 다 둥글게 늘어놓고는 그 가운데 서 있곤 했다. 혹은 안락의자에 앉아 돋보기로 스케치를 들여다보고 있는 모습도 발견할 수 있었다. 그림들을 얼마나 만지작거렸는지 그것들이 망가질까 봐 스스로도 걱정이 될 정도였다.

액자장이 하나가 와서 치수를 쟀고(페리쿠르 씨는 단 하루도 그림들과 떨어지려 하지 않았다), 그 다다음 날에는 액자와 판유리 등을 가져왔고, 저녁에는 모든 게 끝났다. 그사이에 인부 두 명이 와서 그림을 걸 공간을 내기 위해 서가의 여러 부분을 뜯어냈다. 이렇게 서재는 액자 공방이 되었다가, 다시 단하나의 작품, 다시 말해서 그의 기념비를 위한 전시장으로 변했다.

페리쿠르 씨는 여전히 일하고, 모임에 참석하고, 이사회를 주재하고, 시내에 있는 그의 여러 사무실들에서 주식 중개인들이며 지점장들을 접견하기를 계속했다. 하지만 그가 무엇보다도 좋아하는 일은 집에 들어와 자기 방에 틀어박히는 거였다. 그는 보통 혼자 식사를 했고, 음식을 방으로 가져오게 했다.

그의 내부에서 뭔가가 서서히 무르익어 갔다. 그는 마침내 어떤 것들을 이해하게 되었고, 오래전의 감정들을 되찾게 되었다. 아내가 죽었을 때 느꼈던 것과 비슷한 슬픔을, 당시에 그를 괴롭혔던 그 공허하고도 비극적인 감정을 말이다. 또한 그는 에두아르와 관련하여 덜 자책하게 되었다. 아들과 화해를 하면서 자기 자신과, 과거의 자기 자신과 화해하게 되었다.

이렇게 마음이 평화로워짐과 동시에 어떤 발견이 이루어졌다. 에두아르가 전선에 있을 때 그린 크로키 수첩과 그의 기념비를 위한 스케치들을 번갈아 보면서, 페리쿠르 씨는 그가 결코 알 수 없었을 것, 다시 말해서 전쟁을 거의 육체적으로 느끼게 되었다. 여태까지는 상상력이라고는 눈곱만큼도 없었던 그가 어떤 병사의 얼굴이나 프레스코화의 동작 가운데서 여러 가지 감정을 느끼게 된 것이다. 그러자 일종의 감정적 전이 같은 것이 일어났다. 이제 더 이상 자신이 눈멀고 무정한 아비였다고 자책하지는 않고, 아들과 그의 삶을 모두 받아들이게 되었지만, 그만큼 아들의 죽음이 더욱 고통스럽게 느껴졌다. 휴전을 불과 며칠 앞두고 죽다니! 다른 사람들은 살아 돌아왔는데 에두아르만 죽은 것으로도 너무도 억울한데 말이다! 그 애는 마야르 씨가 단언한 대로 즉사했을까? 때때로 페리쿠르 씨는 그의 은행 어느 부서에서 근무하고 있는 그 병사를 다시 불러 진실을 알아내고 싶은 충동을 꾹 눌러야 했다. 하지만 에두아르가 죽는 순간에 느꼈을 것에 대해 그 친구가 과연 무엇을 알 수 있을까……?

앞으로 오게 될 작품, 즉 그의 기념비를 계속 들여다봄에 따라, 페리쿠르 씨는 마들렌이 지적했고 그가 아주 잘 기억했던 그 기이하게도 낯익은 얼굴보다는 프레스코화의 우측에 누워 있는 죽은 병사와 그를 내려다보고 있는 승리의 여신의 그 비탄 어린 시선에 점점 더 마음이 이끌렸다. 예술가는 단순하면서도 심오한 무언가를 포착한 것이다. 그리고 페리쿠르 씨는 그림을 볼 때 속이 울컥해지는 것은 역할이 뒤바뀌었기 때문이라는 사실을 깨닫고는 콧등이 시큰해졌다. 지금 죽은 자는 바로 자신이었다. 그리고 승리의 여신은 보는 이의 마음을 찢어지게 하는 고통스럽고도 침통한 시선으로 아비를 내려다보고 있는 그의 아들이었다.

5시 반이 지났는데도 오후의 기온은 조금도 내려가지 않았다. 렌터카 안은 몹시 더웠다. 심지어는 도로 쪽으로 열어 놓은 차창을 통해서도 참아 내기 힘든 훈풍 한 줄기만 새어 들어올 뿐, 서늘함이라곤 전혀 없었다. 앙리는 초조하게 무릎을 손끝으로 두드렸다. 라살비에르 성을 팔게 될 거라는 페리쿠르 씨의 암시는 그의 정신을 온통 사로잡고 있었다. 만일 그런 일이 일어난다면, 내가 이 두 손으로 그 개 같은 영감을 목 졸라 죽이리라! 내가 이 똥통에 빠진 것에 대한 영감의 책임은 실제로 어느 정도나 될까? 그놈들을 부추겼을까? 왜 그 하급 공무원 놈이 뜬금없이 튀어나와 저렇듯 고집스레, 악착스레 설친단 말인가? 여기에 장인은 정말 아무 관련도 없는 걸까? 앙리의 억측은 끝없이 이어졌다.

이렇게 머릿속은 우울한 생각들과 터질 듯한 분노로 가득했지만, 두 눈은 저쪽에 있는 뒤프레를 지켜보고 있었다. 뒤프레는 뭔가 머뭇거리는 사람처럼 크지만 조심스러운 걸음으로 보도 위를 걷고 있었다.

앙리는 사람들이 자기를 보지 못하게끔, 알아보지 못하게끔 차창 유리를 바짝 올려 놓았다. 거리에 나오자마자 눈에 띄어 버린다면 차를 렌트한 게 무슨 소용이란 말인가……? 답답함이 목구멍까지 차올랐다. 전쟁 때는 적어도 어떤 놈을 조져야 할지 분명했는데……. 그는 앞으로 닥칠 시련들에 집중해 보려 했지만, 생각은 자꾸만 라살비에르 성 쪽으로 돌아갔다. 그것을 포기한다는 것은 절대 있을 수 없는 일이었다. 바로 전주에도 그곳을 다녀왔다. 개수 작업은 완벽하게 이루어졌고, 건물들 전체는 기가 막히게 멋이 있었다. 그걸 보고 있노라면, 그 웅장한 건물 앞에서 엄청난 규모의 기마 수렵단이 출발하는 광경, 혹은 아들의 결혼식 때 행렬이 돌아오는 광경이[47] 곧바로 상상되었다……. 이런 희망들을 포기한다는 것은 불가능했다. 누구도 그에게서 이것들을 빼앗을 수는 없었다.

페리쿠르와의 면담 후에 그에게는 단 하나의 실탄이 남아 있었다.

난 뛰어난 사수야……. 그는 자신을 안심시키려고 속으로 이렇게 되뇌었다.

그가 뒤프레 한 사람뿐인 그의 보잘것없는 병력과 함께 반격을 준비할 수 있는 시간은 단 세 시간뿐이었다. 할 수 없지! 하지만 그는 끝까지 싸울 거였다. 만일 이번에 이기면 — 어려운 일이지만 그는 능히 할 수 있었다 — 그의 유일한 표적은 그 개 같은 늙은 영감, 페리쿠르가 될 거였다. 시간이 좀 필요하겠지만, 그 늙은이를 요절내 버리겠어! 이런 식의 맹세를 하면 다시 정신이 바짝 들곤 했다.

갑자기 뒤프레가 고개를 쳐들었다. 그러고는 급히 도로를 건넌 다음, 재빨리 반대 방향으로 걸어 연금부 건물 정문을 지나쳐서는 한 사내의 팔을 붙잡았고, 붙잡힌 사내는 깜짝 놀라 고개를 돌렸다. 앙리는 이 장면을 멀리서 지켜보면서, 사내의

---

47 프랑스에서는 결혼식이 우선 성당에서 거행된 후, 다시 집으로 돌아와 세속적으로 거행되는데, 여기서는 성당에서 돌아오는 결혼식 행렬을 말한다.

모습을 살펴봤다. 만일 그가 자신의 삶에 신경 쓰는 사람이라면 모든 게 가능하겠지만, 그는 완전히 노숙자 같은 모습이었다. 그렇다면 일이 복잡할 것 같았다.

그는 어리둥절한 표정으로 보도 한복판에 서서는, 그의 머리 아래, 아니 어깨 아래에 있는 뒤프레를 내려다보았다. 그러고는 뒤프레가 슬그머니 가리키는, 그리고 안에서 앙리가 기다리고 있는 자동차 쪽으로 머뭇거리며 눈을 돌렸다. 그의 어마어마하게 크고, 더럽고, 후줄근한 구두가 앙리의 눈에 띄었다. 정말이지 구두와 주인이 이렇게까지 서로 닮은 경우는 처음이었다. 마침내 두 사내는 천천히 걸어 온 길을 되돌아왔다. 앙리에게 있어서 첫 번째 세트는 따낸 셈이었지만, 아직 승리를 외치기에는 어림도 없었다.

이런 예상은 메를랭이 차에 올라타자마자 굳어졌다. 그에게선 아주 고약한 냄새가 났고, 까다로운 인상이 느껴졌다. 몸을 잔뜩 굽혀 겨우 차 안에 들어온 그는 마치 빗발치는 탄환을 예상하고 있는 것처럼 머리를 거북이처럼 어깨 사이에 단단히 집어넣었다. 그리고 가방을 두 다리 사이의 바닥에 내려놓았다. 어깨끈 달린 그 커다란 가방에는 세월의 흔적이 역력했다. 그는 은퇴가 얼마 남지 않은 지긋한 나이였다. 이 싸움닭처럼 사나우면서도 흐릿한 눈빛의 사내에게서는 모든 게 늙고 추하게 느껴졌다. 도대체 왜 이런 자를 아직 자리에 남겨 놓는지, 이유를 알 수 없었다.

앙리는 손을 내밀어 악수를 청했으나 메를랭은 반응하지 않고 상대의 얼굴을 훑어보기만 했다. 곧장 본론으로 들어가는 편이 나았다.

앙리는 마치 그들이 오래전부터 아는 사이이고, 별로 중요치 않은 일에 대해 얘기하려는 것처럼 짐짓 친밀한 어조로 말을 꺼냈다.

「선생께서 보고서 두 건을 작성하셨죠……. 샤지에르말몽 공동묘지와 퐁타빌 공동묘지에 대해 말이에요……. 그러시죠?」

메를랭은 불만스레 웅얼대는 듯한 소리로 대답을 대신했다. 그는 부자 냄새가 나고, 어느 모로 보나 협잡꾼처럼 느껴지는 이 사내가 별로 마음에 들지 않았다. 이런 식으로 찾아와서, 누가 볼까 무서운지 차 안에 꽁꽁 숨어 자기를 만나려 하는 자라면…….

「세 건이오.」

「뭐라고요?」

「보고서가 두 건이 아니라 세 건이라고. 그 세 번째 보고서를 곧 제출할 참이오. 다르곤르그랑 공동묘지에 관한 거요.」

그가 말하는 방식을 보면서 프라델은 자신의 사업이 한층 갑갑해졌다는 것을 깨달았다.

「하지만……. 언제 거기 간 거죠?」

「지난주에. 거긴 별로 보기에 아름답지가 못하더구먼.」

「뭐라고요?」

두 개의 사안에 대해 해명을 준비하고 있던 프라델은 이제 세 번째 사안이 뭔지를 알아내야만 하는 상황이 되어 버렸다.

「참, 그렇다니까……!」 메를랭이 대꾸했다.

그의 입에서는 썩은 내가 났고, 목소리는 코가 막힌 것처럼 들리는 게 몹시 불쾌했다. 정상적이라면 앙리는 부드러운 미소를 잃지 않으며 상대에게 신뢰감을 불어넣는 얼굴을 유지해야 옳겠지만, 지금 다르곤이 그를 당황시켰다……. 그곳은 묘지가 기껏해야 2백에서 3백 기 정도고, 그 시신들은 베르됭 쪽으로 이전될 예정인 하찮은 공동묘지였다. 도대체 거기서는 또 무슨 엿 같은 짓거리를 저질렀단 말인가? 또 자기에게는 왜 아무 말도 하지 않았는가? 그는 기계적으로 밖을 내다봤다. 뒤프레는 아까 있었던 건너편 보도로 돌아가서는, 두 손을 호주머니에 찌른 채로, 역시 초조한 기색으로 담배를 뻐끔대며 상점 진열창들을 쳐다보고 있었다. 오직 메를랭만이 차분했다.

「당신 직원들 관리 좀 잘 해야 할 것 같소…….」그가 불쑥 내뱉었다.

「네, 당연히 그래야죠! 그리고 선생님, 그게 바로 문제예요! 공사장이 한두 군데가 아닌데, 어떻게 그걸 다 합니까?」

메를랭은 그에게 공감해 주고 싶은 용의가 전혀 없었다. 그는 입을 다물어 버렸다. 앙리로서는 무슨 일이 있어도 이자의 입을 열어야 했다. 입을 다문 자에게서는 아무것도 얻어 낼 수 없으므로. 그는 개인적으로 관계가 없는 어떤 일에, 대수롭지는 않지만 매우 흥미로운 어떤 일에 관심을 느끼는 사람처럼 이렇게 물었다.

「왜냐면……. 다르곤에서는……. 그런데 대체 거기서 무슨 일이 있었던 겁니까?」

메를랭은 한동안 아무 대꾸도 하지 않았다. 그가 듣지 못한 게 아닌가 의심이 들 정도였다. 마침내 메를랭이 입을 열었는데, 얼굴은 살점 하나 흔들리지 않고, 오직 입술만 달싹거렸다. 그의 의중을 파악하기 힘들었다.

「당신은 단위별로 돈을 받죠, 그렇죠?」

앙리는 양 팔을 크게 벌려 손바닥을 활짝 펼쳐 보였다.

「물론이죠. 당연히 우리는 일한 만큼 돈을 받습니다.」

「당신 직원들도 개수별로 돈을 받고…….」

앙리는 입을 삐죽 내밀었다. 그래, 물론이다, 그래서 어쨌다는 건가……? 도대체 무슨 말을 하고 싶은 건가?

「관들 속에 흙이 들어 있는 것은 바로 그 때문이지.」 메를랭이 말했다.

앙리의 두 눈이 둥그레졌다. 이 염병할 얘기는 또 뭐야?

「속에 사람이 안 든 관들이 있어요.」 메를랭이 말을 이었다. 「당신 직원들은 돈을 벌려고 속에 아무도 안 든 관들을 운반해서 매장하고 있다고. 무게를 나가게 하려고 흙만 가득 채워 놓은 관들을.」

프라델의 순발력은 실로 놀라웠다. 그는 이렇게 생각했다. 아, 그 머저리 놈들! 이거야 정말 지겨워서 살겠나! 그래 몇 푼더 벌겠다고 그 한심한 짓거리들을 하고 있어? 뒤프레 놈이나 현장에 있는 그 천치들이나 다 똑같은 놈들이야……! 몇 초 동안 그는 더 이상 이 사업과 아무런 관련이 없는 사람이 되었다. 마치 유체 이탈을 한 것 같았다. 아, 난 더 이상 지겨워서 못 하겠으니까, 너희들끼리 알아서 하라고!

하지만 메를랭의 음성에 그는 현실로 돌아왔고, 자신은 업체의 우두머리로서 모가지까지 똥통에 빠져 버렸다는 사실을 깨달았다. 책임을 모조리 뒤집어씌우고 싶은 아랫것들에 대해서는 나중에 생각해야 했다.

「에, 또……. 독일 놈들이 문제요.」 메를랭이 뜬금없이 내뱉었다. 여전히 입술만 달싹거리면서.

「독일 놈들?」

앙리는 앉아 있던 좌석 위로 상체를 벌떡 일으켰다. 처음으로 희망의 빛이 반짝 비치는 것 같았다. 만일 그게 문제라면, 이건 자신의 전문 분야였다. 독일 놈들을 다루는 문제라면 아무도 그를 따라올 수 없었다. 메를랭은 고개를 설레설레 저었다. 하지만 너무도 미세한 움직임이라서 앙리는 처음에는 알아차리지 못했다. 이어 의혹이 떠올랐다. 독일 놈들……. 그래 맞아, 어떤 독일 놈들을 말하는 거지? 그놈들은 대체 뭘 하러 여기 온 거지? 이런 생각이 얼굴에 나타난 것일까, 메를랭은 마치 그의 혼란스러운 머릿속을 읽은 것처럼 대답했다.

「다르곤에 가면 말이오…….」 그가 설명을 시작했다.

그러고는 말을 멈췄다. 앙리는 재촉하듯 턱짓을 했다. 자, 내놔 보라고! 대체 무슨 얘기야?

「거기에 프랑스 병사 무덤들이 있는데…….」 메를랭이 다시 말을 이었다. 「그 안에 독일 병사들이 들어 있소.」

이 소식에 앙리는 경악하여 입을 물고기처럼 딱 벌렸다. 이건 완전히 재앙이었다. 프라델에게 시체는 그저 시체일 뿐이었다. 일단 죽으면, 그 친구가 프랑스 놈이건, 독일 놈이건, 아니면 세네갈 놈이건 간에, 그에겐 아무 상관없었다. 이런 종류의 공동묘지들에서 어떤 길 잃은 외국인 병사의 시신을 발견하는 것은 드문 일이 아니었다. 심지어 때로는 여러 명이 발견되기도 했다. 양측 부대들이 끊임없이 이동하는 가운데 남게 된 돌격대 병사들이며 척후병들의 시신들이었다……. 이 문제에 대해서는 아주 엄격한 지시가 내려져 있었다. 독일군 병사의 시신들은 승리한 영웅들의 시신들과 완전히 분리되어야 했고, 정부가 조성한 군사 묘지들에는 그들만을 위한 특별 구역이 마련되어 있었다. 독일 정부와 독일 군사 묘지 관리국은 이 수만 구의 〈외국인 시신〉들의 최종적 운명에 대해 프랑스 당국과 협의 중이었지만, 어쨌든 지금으로서는 프랑스 병사와 독일 병사를 혼동한다는 것은 신성모독에 해당하는 일이었다.

독일 놈을 프랑스군 묘지에 묻는다? 유가족들이 적국의 병사들, 다시 말해서 그들의 자식들을 살해한 자들의 시신이 묻혀 있는 묘지 앞에서 묵념을 올린다? 이건 상상할 수조차 없는 일이었다. 신성한 묘소를 더럽히는 일이었다.

확실한 스캔들 감이었다.

「음……. 내가 처리하도록 하겠소…….」 프라델은 이렇게 중얼거리긴 했지만, 이 재앙의 규모에 대해서나 그것을 복구할 방법에 대해 전혀 감이 오지 않았다.

대체 그런 게 몇 개나 되지? 언제부터 프랑스 병사 관들에 독일 놈들을 넣었지? 그것들을 어떻게 찾아내지?

상황이 이렇다면 더더욱 이 보고서는 사라져 버려야 했다. 반드시.

앙리는 메를랭을 더 유심히 살폈고, 그가 처음에 느꼈던 것보다도 훨씬 늙었다는 것을 알게 되었다. 얼굴은 바짝 말랐고, 흐릿한 두 눈은 백내장을 예고하고 있었다. 그리고 머리통은 곤충들처럼 정말로 조그맸다.

「선생, 공무원직에 오래 계셨소?」

이렇게 질문하는 목소리는 차갑고도 권위적이었으며, 어조는 군대식이었다. 메를랭이 듣기에는 뭔가 자기를 힐책하는 것처럼 느껴졌다. 그는 이 도네프라델이 정말로 마음에 들지 않았다. 이자는 그가 상상했던 그대로였다. 목소리 크고, 교활하고, 돈 많고, 뻔뻔스러운 인간…… 〈모리배〉라는 요즘 아주 유행하는 말이 떠올랐다. 메를랭이 이 차에 오른 것은 그러는 게 나을 것 같아서였지만, 지금은 마치 관 속에 갇힌 것처럼 불편하기 그지없었다.

「공무원직?」 그가 대답했다. 「평생을 해왔소.」

이렇게 말하는 그의 어조에서는 자부심도, 씁쓸함도 느껴지지 않았다. 이 일 말고는 다른 것을 상상해 보지도 않은 사람의 단순한 사실 묘사일 뿐이었다.

「지금 직위는 어떻게 되죠, 메를랭 선생?」

아주 효과적으로 아픈 곳을 쑤시는 말이었다. 왜냐면 은퇴가 몇 달 남지 않은 이 시점에 행정부 피라미드 조직의 밑바닥에서 꼼지락대고 있다는 사실은 메를랭에게는 쓰라린 상처요 더없는 모욕이었기 때문이다. 그는 오로지 연공서열에 따라 겨우겨우 진급해 왔고, 지금은 이등병 계급장을 달고 제대하게 될 병사나 다름없는 상황이었다.

「작업을 너무나도 훌륭하게 해주셨소!」 프라델이 다시 말했다. 「그 조사 말입니다!」

찬탄에 가까운 어조였다. 만일 메를랭이 여자였더라면 그의 손을 덥석 붙잡았을지도 모른다.

「선생의 노력과 선생의 깨어 있음 덕분에 우린 이 모든 것을 올바르게 시정할 수 있을 겁니다. 그 불성실한 직원들은…… 우린 당장 내쫓을 겁니다. 선생의 보고서는 우리에겐 너무도 유용한 거예요. 덕분에 우린 상황을 다시 확실하게 통제할 수 있게 됐어요.」

메를랭은 프라델이 말하는 〈우리〉가 과연 누구일까를 자문해 보았다. 답은 금방 떠올랐다. 이 〈우리〉는 프라델이 갖고 있는 파워였다. 그 자신과 그의 친구들과 그의 가족과 그의 인맥 전체였다…….

「장관님도 관심을 가지실 겁니다.」 앙리는 말을 이었다. 「아니, 심지어는 선생께 고마워할 겁니다! 그래요, 선생의 능력과, 그리고 선생의 신중함에 대해 무척 고마워할 거예요! 왜냐면 선생의 보고서는 물론 우리에겐 반드시 필요한 것이 되겠지만, 이 일에 대한 소문이 퍼지게 되면 누구에게도 좋을 게 없기 때문이에요……. 안 그렇습니까?」

이 〈우리〉 안에는 권력과 영향력을 지닌 자들, 최고 수준의 인맥들, 결정권자들, 이 사회의 최상위 계층이 모여 있었다. 대략 말해서, 메를랭이 증오해 마지않는 모든 것들이었다.

「메를랭 선생, 이 일에 대해서는 내가 개인적으로 장관님께 말씀드리겠어요…….」

그런데……. 그런데……. 그것은 이 모든 것들 중에서도 가장 서글픈 사실이었다! 메를랭은 자기 안에서 뭔가가 스물스물 올라오는 게 느껴졌다. 자신의 의지와는 상관없이, 마치 발기하듯 치밀어 오르는 그것……. 그 오랜 굴욕의 세월 끝에 마침내 보란 듯이 승진하고, 비웃던 주둥이들을 쑥 들어가게 만들고, 심지어는 자신을 능멸하던 자들까지 지휘하게 되리라…….

그는 몇 초 동안 극도의 희열을 맛보았다.

프라델은 이 인생 낙오자의 얼굴에서 명확히 보았다. 이자는 아무 자리나 하나 안겨 주면 끝난다는 것을. 식민지 검둥이들에게 유리 장신구 몇 개만 던져 주면 끝나듯이 말이다.

「그리고……」 프라델은 말을 이었다. 「선생의 공로와 능력이 잊히지 않고, 오히려 응분의 보상을 받을 수 있게끔 내가 각별히 신경 쓰겠어요!」

메를랭은 알겠다는 듯이 고개를 끄덕였다.

「아참, 여기 이렇게 계신 김에……」 메를랭이 나지막한 목소리로 말했다.

그는 그의 커다란 가죽 가방 쪽으로 몸을 굽히고는 오랫동안 그 안을 뒤졌다. 앙리는 이제 좀 숨을 쉴 수 있을 것 같았다. 문제의 열쇠를 찾아낸 것이다. 이제는 이자로 하여금 보고서들을 철회하고 모든 것을 취소하게 하면 되리라. 심지어는 찬사로 가득한 새 보고서를 쓰게 만들리라. 자리 하나 내주거나, 한 직급 올려 주거나, 상여금 봉투 하나 주는 걸로 충분하리라. 이런 하찮은 인간들에겐 특별한 게 필요 없는 법이다.

메를랭은 한참 더 뒤지다가, 꼬깃꼬깃 구겨진 종이 한 장을 들고 몸을 일으켰다.

「여기 이렇게 계신 김에……」 그가 되풀이했다. 「이 문제도 좀 정리해 주시죠.」

앙리는 종이를 받아들어 읽어 봤다. 광고 전단지였다. 앙리의 얼굴이 창백해졌다. 프레파즈사(社)가 〈모든 종류의 중고 틀니를, 그게 부서졌든 사용할 수 없는 상태든 상관없이, 좋은 가격으로〉 구입하겠다고 제안하는 내용이었다.

이 감사 보고서의 폭발력은 점점 더 커지고 있었다.

「이게 꽤 짭짤한 장사죠.」 메를랭이 말을 이었다. 「뭐, 틀니 하나당 몇 상팀 정도 들어오니, 별거 아닐 수도 있죠. 하지만 티끌 모아 태산이라고……」

그는 프라델이 들고 있는 종이를 가리켰다.

「그건 가지셔도 돼요. 내 보고서에 다른 사본을 하나 넣어 놨으니까.」

그는 가방을 집어 들었고, 프라델에게는 더 이상 대화에 아무런 흥미를 느끼지 못하는 사람의 어조로 말했다. 그리고 그것은 사실이었으니, 그가 잠시 느꼈던 유혹은 너무 늦게 찾아왔기 때문이었다. 그 번쩍 스쳐 간 욕망, 그 승진과 새로운 지위의 전망은 과녁에서 빗겨났다. 그는 곧 공직을 떠날 거고, 성공의 희망을 포기한 지 오래였다. 그가 살아온 40년의 세월은 그 무엇으로도 지워 버릴 수 없었다. 그리고 설사 자기가 어떤 부서장의 안락의자에 앉는다 한들, 거기서 대체 뭘 하겠단 말인가? 언제나 경멸해 마지않았던 그 인간들을 지휘하겠다고……? 그는 가방을 탁 쳤다. 자, 죄송하지만 난 그만…….

프라델이 그의 팔을 와락 붙잡았다.

외투 아래로 그의 앙상한 팔뚝이 느껴졌다. 그리고 곧이어 전해지는 뼈의 감촉이 지극히 불쾌한 느낌으로 다가왔다. 이 사내는 넝마를 입혀 놓은 커다란 해골이었다.

「당신, 월세를 얼마나 내시오? 돈을 얼마나 버시오?」

질문이 위협처럼 튀어나왔다. 이제 빙빙 도는 말은 집어치우고, 논점을 명확히 해야 할 때였다. 메를랭은 그렇게 기가 약한 편이 아니었음에도 불구하고 흠칫 몸을 뒤로 뺐다. 프라델의 온 존재에서 난폭한 기운이 뿜어져 나오고 있었다. 그는 무시무시한 힘으로 메를랭의 팔뚝을 움켜쥐었다.

「돈을 얼마나 버냔 말이야?」

메를랭은 정신을 가다듬으려 애를 썼다. 물론 그는 액수를 정확히 알고 있었다. 월 1,044프랑에, 연 1만 2천 프랑. 그는 평생 이걸로 목숨을 부지해 왔다. 완전히 빈털터리인 그는 익명으로 가난하게 죽을 거였고, 아무에게도 아무것도 남기지 못할 거였다. 어차피 그에게는 아무도 없었다. 급여에 대한 질문은 직위에 대한 것보다도 훨씬 모욕적이었다. 직위는 부처 내에 한정된 문제인 반면, 궁핍은 전혀 다른 것이다. 그것은 사람을 어디에나 따라다니면서 삶을 직조하고, 삶을 완전히 결정해 버린다. 그것은 매순간 당신의 귀에 대고 속삭이고, 당신이 무엇을 하든 더러운 액체처럼 밖으로 새어 나오는 것이다. 궁핍은 오히려 극빈보다도 나쁜 것인데, 왜냐면 폐허 속에서도 위대함을 간직할 수 있는 반면, 부족함은 당신을 쩨쩨함과 치사함과 비열함과 인색함으로 이끌기 때문이다. 그것은 당신을 비천하게 만드는 바, 왜냐면 그것 앞에서 온전한 상태로 남아 있는 게, 자긍심과 존엄을 유지하는 게 불가능하기 때문이다.

메를랭에게 바로 이런 일이 닥쳤고, 머릿속이 캄캄해졌다. 다시 정신을 차렸을 때, 이번에는 아찔한 현기증이 일었다.

프라델의 손에 플라타너스 잎사귀만큼이나 커다란 지폐들로 터질 듯 채워져 있는 어마어마한 봉투 하나가 들려 있었다. 이제 그는 노골적이었다. 전에 대위였던 사내는 칸트를 읽은 적이 없었지만 모든 사람에겐 저마다의 값이 있다고 확신하고 있었다.

「자, 더 이상 말을 빙빙 돌리지 맙시다!」 그는 메를랭에게 단호하게 말했다. 「이 봉투 속에 5만 프랑이 들어 있소……」

이번에 메를랭은 휘청거렸다. 경주가 끝나 가는 인생 낙오자에게 5년치의 봉급을 주겠다는 말이었다. 이런 금액 앞에서 초연할 수 있는 사람은 아무도 없다. 그것은 자신도 어쩔 수 없는 힘이다. 곧바로 여러 가지 영상들이 어른거리고, 두뇌는 팽팽 돌기 시작하고, 그 액수의 등가물들을 찾는다. 가만 있자, 아파트 한 채, 자동차 한 대 가격이 얼마나 되더라……?

「그리고 이 안에도…….」 프라델은 미소를 지으며 안주머니에서 두 번째 봉투를 꺼냈다. 「같은 액수가 들어 있지.」

10만 프랑! 10년치의 봉급! 제의는 즉각적인 효과를 낳았다. 메를랭이 20년은 젊어진 것처럼 말이다.

그는 1초도 망설이지 않고, 프라델의 손에서 봉투 두 개를 말 그대로 낚아챘다. 그야말로 전격적인 행동이었다.

그는 바닥 쪽으로 몸을 숙였다. 아마도 울음을 터뜨린 듯 코를 훌쩍거리면서 가방 위로 몸을 굽히고 그 안에 봉투들을 쑤셔 넣었다. 마치 가방이 찢겨 있어 밑바닥을 막으려는 듯한 모습이었다.

이 번개 같은 움직임에 프라델 자신도 깜짝 놀랐다. 하지만 10만 프랑은 엄청난 돈이었고, 그는 지불한 만큼 받기를 원했다. 그는 다시 메를랭의 팔뚝을 뼈를 으스러뜨릴 듯이 꽉 움켜쥐었다.

「당신의 그 보고서들은 변기통에다 처넣어!」 프라델은 이를 꽉 물고서 으르렁댔다. 「그리고 상부에다는 당신이 잠시 착각했다고 써 올리라고! 무슨 말을 쓰든 상관하지 않겠지만, 어쨌든 모든 걸 당신 책임으로 돌리란 말이야! 내 말 이해했어?」

명확한 내용이었고, 분명히 이해했다. 메를랭은 눈물, 콧물을 흘리면서 네, 네, 네 하고 더듬거렸다. 그는 차 밖으로 뛰쳐나갔다. 뒤프레는 거대한 뼈다귀 같은 메를랭의 몸이 마치 샴페인 마개처럼 보도 가운데 불쑥 솟아나는 것을 보았다.

프라델은 만족의 미소를 지었다.

그러고는 곧바로 자기 장인을 다시 떠올렸다. 이제 먹구름은 걷혔으니 가장 중요한 문제를 검토하리라. 어떻게 하면 그 쓰레기 같은 늙은이를 요절낼 수 있을까?

뒤프레는 몸을 굽히고서, 대체 무슨 일이냐는 듯한 시선으로 차창을 통해 자기 보스를 찾고 있었다.

이런 그를 보며 프라델은 생각했다.

그리고 이놈은 군기 좀 잡아야겠어…….

35

객실 담당 하녀는 자신이 서커스 곡예를 처음 배우고 있는 풋내기 곡예사 같다는 불쾌한 느낌에 사로잡혔다. 샛노란 색깔의 큼직한 레몬이 끊임없이 은쟁반 위를 구르는 것이, 금방이라도 떨어져 떼굴떼굴 계단으로 굴러떨어질 것만 같았다. 그렇게 빙글빙글 돌고 통통 튀어 내려가 지배인의 사무실까지 이르리라. 혼나기 딱 좋은 일이었다. 주위에 보는 사람이 아무도 없었으므로, 그녀는 레몬을 호주머니에 슬쩍 집어넣었다. 그리고 쟁반은 옆구리에 끼고는 다시 계단을 올랐다(뤼테시아 호텔에서 종업원은 엘리베이터를 사용할 수 없는데, 이건 좀 너무하지 않은가?)

보통 그녀는 이렇게 걸어 올라가야 하는 7층까지 달랑 레몬 하나만 올려 달라고 주문하는 고객들에게 아주 불쾌한 모습을 보이곤 했다. 하지만 외젠 씨에겐 물론 아니었다. 외젠 씨의 경우는 전혀 달랐다. 절대로 말하는 법이 없는 사람이었다. 그는 뭔가가 필요하면 7층 담당 벨 보이가 보게끔 종이에 큰 글씨로 써서 스위트룸 문 앞의 신발 털개 위에 올려놓곤 했다. 그리고 항상 아주 정중하고, 아주 예절 발랐다.

하지만 정말로 희한한 사람이었다.

이 집에서(다시 말해 이 뤼테시아 호텔에서) 외젠 씨가 모든 사람에게 알려지는 데는 단 2~3일이면 충분했다. 그는 스위트룸 객실료를 현금으로, 그것도 여러 날분을 미리 지불했다. 또 모든 것을 바로바로 계산했으므로 따로 청구서를 넣을 필요가 없었다. 보기 드문 괴짜로, 아무도 그의 얼굴을 보지 못했다. 목소리로 말할 것 같으면, 어떤 짐승이 꿀꿀대는 것 같은 소리, 혹은 새된 웃음소리뿐이어서 듣는 이로 하여금 웃음을 터뜨리거나 몸이 오싹 얼어붙게 했다. 그가 실제로 무슨 일을 하고 있는지는 아무도 몰랐다. 항상 기상천외한 가면을 — 볼 때마다 모양이 달렸다 — 쓰고 다녔으며, 온갖 종류의 괴상한 짓들을 하곤 했다. 머리 가죽 춤을 추며 복도를 돌아다녀 여종업원들이 풋 하고 웃음을 터뜨리게 하는가 하면, 말도 안 되게 엄청난 양의 꽃을 주문하기도 했다. 또 그는 호텔 바로 맞은편에 위치한 봉마르셰 백화점에 사환을 보내 갖가지 엉뚱한 물건들을 사 오게 했는데, 깃털, 금박지, 펠트, 물감 같은 것들은 그의 가면들에서 다시 발견할 수 있었다. 그의 기행은 이것만이 아니었다! 지난주에 그는 8인조 실내악단을 주문했다. 악단이 도착했다는 소리를 듣자마자 내려온 그는 프런트 맞은편 층계의 첫 번째 계단에 서서는, 악단이 연주하는 륄리의 「터키 행진곡」에 지휘하듯 박자를 맞춘 다음, 다시 올라가 버렸다. 외젠 씨는 이렇게 소란을 피운 데 대한 사과 조로 호텔 전 직원에게 50프랑짜리 지폐를 한 장씩 돌렸다. 이에 지배인이 직접 그를 찾아가 그의 후한 씀씀이는 감사하지만, 이런 돌출적인 행동은 제발……. 외젠 씨, 여기는 큰 호텔입니다, 다른 고객분들과 저희의 입장도 생각해 주세요……. 이에 외젠 씨는 알겠다고 고개를 끄덕였다. 그는 사람을 기분 나쁘게 만드는 타입은 아니었다.

특히 가면은 사람들의 호기심을 자아냈다. 호텔에 처음 왔을 때 쓴 가면은 거의 정상에 가까운 것이었다. 어떤 사람 얼굴을 나타낸 것이었는데, 얼마나 정교하게 만들어졌는지 마비증에 걸린 남자의 얼굴처럼 보였다. 표정은 고정되어 있었지만 얼마나 생생한지……. 그레뱅 밀랍 박물관의 가면들을 능가할 정도였다. 이 가면은 그가 가끔 외출할 때 사용했다. 그가 밖에 나간 것은 지금까지 단 두 번으로, 항상 밤이 이슥한 시간이었다. 이런 걸 보면 사람들과 마주치기 싫어한다는 걸 짐작할 수 있었다. 어떤 이들은 그가 추잡한 장소들을 출입한다고 수군거렸다. 그런 시간에 미사에 갈리는 없을 테고 말이다!

소문은 갈수록 무성해졌다. 어떤 종업원이 그의 스위트룸에서 돌아올라 치면 사람들이 몰려들어 질문을 퍼부었다. 이번에는 어떤 걸 봤어? 그가 레몬 하나를 요구했다는 사실을 알게 되면, 그걸 서로 가져다주려고 난리였다. 여종업원이 레몬을 전달하고 다시 내려가면 무수한 질문들에 시달릴 터인데, 왜냐면 올라간 이들은 모두가 놀라운 광경을 목격했기 때문이었다. 어떤 때는 아프리카 새 형상의 가면을 쓰고 날카로운 괴성을 내지르며 열린 창문 앞에서 춤을 추기도 하고, 어떤 때는 관객을 대신하여 옷을 입혀 놓은 20여 개의 의자 앞에서 어떤 비극이 공연되는데, 배우라고는 기다란 죽마를 신고서 아무도 이해할 수 없는 말을 지껄이고 있는 남자가 유일했다……. 따라서 문제는 이거였다. 외젠 씨가 비정상적인 존재라는 사실은 아무도 의심하지 않았다. 하지만 그의 진정한 정체는 무엇인가?

어떤 이들은 그가 꾸르륵거리는 것 같은 알아들을 수 없는 소리만 내고, 지시 사항은 종이에 써서 전달한다는 점에서 벙어리라고 주장했다. 또 어떤 이들은 그가 전쟁 중에 얼굴이 날아가 버린 〈깨진 얼굴〉[48]이라고 단언했다. 그런데 말이야, 왜 그런지는 잘 모르겠지만, 내가 아는 깨진 얼굴들은 모두가 서민들이고, 저렇게 부자는 없어, 그래, 참 희한한 일이지…….아, 맞아! 자네 말이 맞아! 그러고 보니 그렇네……. 하지만 특급 호텔에서 30년 동안 잔뼈가 굵은 리넨 담당 여실장은 풍부한 경험을 바탕 삼아 반박하고 나섰다. 천만에! 여기선 뭔가 수상쩍은 냄새가 풍기고 있어! 그는 도주 중인 강도거나, 어디서 한몫 잡은 전과범이라고……. 이 말에 객실 담당 하녀들은 입을 가리고 킥킥댔으니, 외젠 씨는 미국에서는 아주 유명하지만 지금 정체를 감추고 파리에 체류하는 배우라고 확신했기 때문이다.

그는 프런트에 자신의 병역 수첩을 제시했다. 이런 수준의 고급 호텔에 경찰이 체크하러 오는 경우는 드물었지만, 체크인할 때 신원을 밝히는 것은 의무 사항이었던 것이다. 외젠 라리비에르라고 했다. 아무도 들은 적 없는 이름이었다. 약간 가짜 냄새가 나기도 하는……. 사실 아무도 믿으려 들지 않았다. 세상에 병역 수첩만큼 위조하기 쉬운 건 없어, 리넨 담당 여실

48 제1차 세계 대전 중에 특히 얼굴에 큰 부상을 입어 심각한 후유증을 앓는 병사를 일컫는 말.

장은 덧붙였다.

어쩌다 밤중에 외출하여 사람들의 궁금증을 자아내기도 하지만, 외젠 씨는 7층의 스위트룸에서 모든 시간을 보냈다. 그를 찾아오는 사람은 단 하나로, 처음 호텔에 왔을 때 같이 왔었고, 마치 가정 교사처럼 근엄한 분위기마저 느껴지는, 기이하고도 조용한 계집아이였다. 그는 의사소통을 위해 그녀를 이용할 수도 있을 테지만, 천만의 말씀, 그녀도 벙어리처럼 말이 없었다. 아마 열두 살쯤 됐을 것이다. 오후가 끝날 즈음에 나타나서는 항상 프런트 앞을 인사도 없이 휙 지나가 버리는데, 그래도 사람들은 광대뼈가 도드라진 역삼각형의 얼굴 하며, 생기 있는 검은 눈 하며, 계집애가 아주 예쁘다는 것을 알수 있었다. 옷은 검소하지만 매우 청결하여 어느 정도 교육을 받은 게 느껴졌다. 어떤 이들은 그의 친딸이라고 말했고, 다른이들은 그보다는 양녀일 거라고 추측했지만, 여기에 대해서도 아는 바는 아무것도 없었다. 그는 저녁마다 갖가지 이국적인 음식들을 주문했는데, 언제나 고기 수프, 과일 주스, 과일 절임, 셔벗, 그리고 기타 걸쭉한 음식 같은 것들을 빼놓지 않았다. 그러고 나서 저녁 10시경이 되면 아이는 차분하고도 엄숙한 얼굴로 다시 내려와서는, 라스파유 대로로 꺾어지는 모퉁이에서 택시를 잡아타는데, 타기 전에는 항상 요금을 묻는 걸 잊지 않았다. 요금이 지나치게 높다고 느껴지면 흥정을 했지만, 목적지에 도착했을 때 택시 기사는 아이의 호주머니 안에 요금을 서른 번이나 지불할 수 있는 돈이 들어 있는 걸 알게 되었다…….

외젠 씨가 묵고 있는 스위트룸의 방문 앞에 이른 하녀는 앞치마 주머니에서 레몬을 꺼내어 은쟁반 위에 균형을 잡아 잘 올려놓았다. 그러고 나서 초인종을 누르고, 좋은 인상을 주기 위해 옷매무새를 매만진 다음, 기다렸다. 아무런 대답이 없었다. 다시 한 번 노크했다. 서비스를 제대로 하되 방해는 하지 않기 위해 좀 더 살며시 문을 두드렸다. 여전히 아무 대답이 없었다. 아니, 있었다. 종이 한 장이 닫힌 문 아래로 빠져나와 있었다. 〈레몬을 여기다 놓으세요, 고맙습니다!〉 그녀는 실망했지만, 그 실망은 오래가지 않았다. 레몬이 담긴 쟁반을 내려놓으려고 몸을 굽히는 순간, 50프랑짜리 지폐가 자기 쪽으로 쑥 미끄러져 나오는 걸 봤기 때문이다. 그녀는 지폐를 주머니에 넣고는 마치 한번 받은 생선 가시를 다시 빼앗길까 두려운 고양이처럼 층계를 후다닥 뛰어 내려갔다.

에두아르는 문을 빠끔히 열고 손을 내밀어 쟁반을 잡아당겼다. 그런 다음 다시 문을 닫고 테이블까지 가서는 레몬을 내려놓고 나이프를 집어 들어 과일을 두 조각 냈다.

이 스위트룸은 호텔에서 가장 큰 객실이었다. 봉마르셰 백화점 쪽으로 나 있는 커다란 창문들에서 파리 전체가 내려다보이는 이 방에 묵으려면 큰돈이 필요했다. 에두아르가 수프용 수저에 섬세한 손길로 짜 넣은 레몬즙 위로 강렬한 빛줄기가 내려왔다. 푸른 기마저 감도는 레몬즙의 그 영롱한 노란빛은 정말로 예뻤다. 수저 밑바닥에는 충분한 양의 헤로인을 미리 깔아 놓았는데, 이걸 구하기 위해 한밤중에 두 번이나 외출해야 했다. 그리고 그 값은……. 에두아르가 가격을 의식한다는 것은 그게 정말로 비싸다는 얘기다. 하지만 그런 것은 별로 중요하지 않았다. 지금 침대 밑에 있는 제대군인용 배낭 속에는 출발을 대비하여 개미처럼 돈을 쌓아 놓고 있는 알베르의 트렁크에서 뭉텅 집어 온 지폐 뭉치들이 가득했다. 만일 청소부가 그중에서 얼마만큼 가져다 쓴다 해도 에두아르는 알아채지 못할 거였다. 그리고 그 사람들도 먹고살아야 하니까…….

나흘 후면 출발이다.

에두아르는 용해되지 않은 결정 입자들이 남아 있지 않은지 확인해 가면서 갈색 분말과 레몬즙을 조심스레 섞었다.

나흘.

사실 에두아르는 이 출발이 실제로 이뤄지리라고 진정으로 믿은 적이 한 번도 없었다. 기념비들을 둘러싼 이 모든 놀라운 이야기, 이 농담의 걸작, 더 이상 짜릿할 수 없고 더 이상 즐거울 수 없는 이 장난은 그에게 시간을 보내고 죽음을 준비할 수 있게 해주었지만, 그 이상의 의미는 없었다. 심지어 그는 이 말도 안 되는 이야기에 알베르를 끌어들인 것을 자책하지도 않았다. 각자 조만간에 이 일을 통해 뭔가 좋은 것을 얻게 되리라고 확신했기 때문이다.

분말을 정성껏 저은 뒤, 그는 떨리는 손으로 액체가 쏟아지지 않게 조심해 가며 수저를 테이블 위에 균형을 잡아 올려놓았다. 그런 다음 라이터를 집어 심지를 잡아 뺀 다음, 엄지손가락으로 점화용 톱니바퀴를 돌려 심지에 불이 붙도록 불똥을 일으켰다. 이렇게 연신 톱니바퀴를 돌리면서 — 왜냐면 이건 끈기가 필요한 일이었으므로 — 드넓은 스위트룸을 둘러보았다. 정말이지 집에 와 있는 듯한 느낌이었다. 그는 늘 널찍한 방들에서 살아왔고, 이곳에서 세계는 그에게 걸맞은 크기였다. 자기가 이런 호화로운 곳에 앉아 있는 것을 아버지가 보지 못하는 게 유감스러웠다. 왜냐면 자기는 아버지보다 훨씬 더 빨리, 그리고 반드시 더 더럽다고 할 수 없는 방법으로 큰 돈을 벌었기 때문이다. 그는 아버지가 정확히 어떤 방법으로 부자가 됐는지 알 수 없었지만, 모든 부(富) 뒤에는 필연적으로 범죄들이 숨어 있다고 확신하고 있었다. 적어도 자신은 아무도 죽이지 않았지 않은가? 기껏해야 몇몇 사람의 환상들이 사라지게끔 도왔을 뿐이다. 시간의 피할 수 없는 효과를 가속시켜 주었을 뿐이다. 단지 그뿐인 것이다.

마침내 심지가 타오르기 시작하면서 열기가 발산되었다. 에두아르는 수저를 불꽃 위에 올려놓았고, 혼합액은 가볍게 지글거리면서 파르르 떨리기 시작했다. 이 순간에 모든 게 결정되기 때문에 아주 조심해야 했다. 드디어 혼합액이 준비되었지만, 식을 때까지 기다려야 했다. 그는 일어나서 창가로 갔다. 파리는 아름다운 빛 속에 잠겨 있었다. 혼자 있을 때는 가면을 쓰지 않는 그는 문득 유리창에 비친 자신의 모습을 보게 되었다. 1918년, 그가 입원했을 때, 그리고 알베르는 그가 단지 창가에서 바람을 쐰다고 생각하고 있었을 때 발견했던 것과 동일한 모습이었다.

에두아르는 자신의 모습을 자세히 들여다보았다. 이제는 더 이상 거센 충격에 휩싸이진 않았다. 사람이란 모든 것에 익숙해지는 법이니까. 하지만 슬픔은 그대로였다. 그의 내부에 벌어진 어두운 균열은 시간이 흐름에 따라 더욱 커졌을 뿐이고, 앞으로도 계속 커져 가리라. 문제는 그가 삶을 너무 사랑한다는 사실이었다. 그만큼 삶에 애착을 갖지 않는 이들에게는 이 현실이 보다 간단해 보일 수도 있을 테지만, 그는…….

혼합액은 적당한 온도가 되었다. 그런데 왜 아버지의 모습이 계속 뇌리를 떠나지 않는 걸까?

왜냐면 그들의 이야기는 아직 끝나지 않았기 때문이다.

이 생각에 에두아르는 흠칫 동작을 멈췄다. 어떤 깊은 비밀을 깨달은 것처럼.

모든 이야기는 그 끝에 이르러야 한다. 그것이 삶의 본질이다. 심지어는 비극적일지라도, 심지어는 견딜 수 없는 것일지라도, 심지어는 우스꽝스러운 것일지라도 모든 것에는 끝이 있어야 하는 법이거늘, 아버지와는 아직 끝이 없었다. 그들은 원수로 헤어진 후에 다시 보지 못했다. 하나는 죽었고, 다른 하나는 죽지 않았지만, 둘 중 누구도 아직 〈끝〉이란 말을 하지 않았다.

에두아르는 팔뚝에 지혈대를 졸라매었다. 액체가 정맥 안으로 흘러들어 가고 있을 때, 그는 이 아름다운 도시에, 이 찬란한 빛에 여전히 경탄하지 않을 수 없었다. 섬광이 그를 휩싸며 호흡을 멈추게 했고, 빛이 망막 위에 폭발했다. 한 번도 꿈꿔 보지 못한 숭엄한 빛이었다.

36

뤼시앵 뒤프레가 들이닥친 것은 저녁 식사 바로 전이어서, 마들렌은 이미 아래층으로 내려와 식탁에 막 자리 잡고 있던 중이었다. 앙리가 집에 없어서 그녀는 혼자 식사할 참이었고, 아버지는 식사를 자기 방으로 올려 달라고 주문했다.

「오, 뒤프레 씨⋯⋯.」

마들렌의 태도는 얼마나 세련되고도 예절 바른지, 그 모습을 본 사람은 그녀가 뒤프레를 보게 되어 진심으로 기뻐하고 있다고 단언했으리라. 두 사람은 어마어마하게 널따란 현관홀에서 마주 보고 있었다. 뒤프레는 망토를 걸치고 손에는 모자를 들고서 뻣뻣하게 서 있는 품이 흑백 문양의 바닥과 어울려 마치 체스판에 놓인 졸(卒)과도 비슷해 보였는데, 이게 꼭 엉뚱한 생각만은 아니리라⋯⋯.

그는 이 차분하면서도 강단 있는 여자에 대해, 보면 겁이 난다는 사실 외에는 아무것도 알 수 없었다.

「방해 드려서 죄송합니다.」 그가 말했다. 「전 사장님을 찾고 있어요.」

마들렌은 미소를 지었다. 그가 말한 내용 때문이 아니라, 말하는 방식 때문이었다. 이 사내는 남편의 가장 중요한 동료임에도 불구하고, 마치 하인처럼 말하고 있는 것이다. 그녀는 그냥 무력한 미소만을 지어 보이며 대답을 하려 했는데, 바로 그 순간에 배 속의 아기가 발길질을 하는 바람에 숨이 턱 막히며 무릎이 휘청 꺾였다. 뒤프레는 급히 다가가 손을 어디다 두어야 할지 몰라 쩔쩔매면서 그녀를 부축했다. 어쨌든 다리는 짤막하지만 매우 건장한 이 남자의 품속에서 그녀는 안전감을 느꼈다.

「사람을 불러 도움을 청할까요?」그가 현관 홀의 가장자리에 놓인 의자들 중 하나로 그녀를 부축해 가며 물었다.

그녀는 웃음을 터뜨렸다.

「오, 우리 불쌍한 뒤프레 씨……. 그럼 하루 종일 사람을 불러야 할 거예요! 이 아기는 얼마나 장난꾸러기인지 체조를 보통 좋아하는 게 아니에요. 특히 한밤중에요.」

의자에 앉은 그녀는 두 손으로 배를 꽉 누른 자세로 다시 호흡을 되찾았다. 뒤프레는 여전히 그녀 위로 몸을 구부리고 있었다.

「고마워요, 뒤프레 씨…….」

그녀는 그에 대해 거의 아는 바가 없었다. 안녕하세요? 잘 계셨어요? 어떻게 지내세요? 하지만 그에게서 대답을 들은 적은 없었다. 그녀는 문득 의식하게 되었다. 그는 충직한 아랫사람이기 때문에 입이 무겁긴 하지만, 아마도 앙리의 삶에 대해 많이 알고 있을 테고, 따라서 그녀의 부부 생활에 대해서도 많이 알고 있을 거라는 사실을. 이런 생각은 그녀를 불쾌하게 만들었다. 사람 때문이 아니라 이런 상황 자체가 모욕적으로 느껴진 그녀는 입술을 꽉 오므렸다.

「남편을 찾는다고 하셨죠…….」 그녀가 얘기를 시작했다.

뒤프레는 흠칫 몸을 곧추세웠다. 그의 본능은 더 이상 캐묻지 말고 최대한 빨리 이곳을 뜨라고 명하고 있었지만, 너무 늦어 버렸다. 마치 폭탄의 심지에 불을 붙여 버렸는데, 비상구는 이중으로 튼튼히 잠겨 있는 것을 발견한 듯한 심정이었다.

「사실은」 마들렌이 말을 이었다. 「나도 그 사람이 어디 있는지 잘 몰라요. 혹시 그 사람의 정부들의 집을 한 바퀴 돌아보셨나요?」

상대를 진심으로 돕고 싶은 것처럼 동정적인 어조였다. 뒤프레는 외투의 마지막 단추를 잠갔다.

「원하신다면 그 목록을 뽑아 드릴 수도 있지만, 시간이 좀 걸릴 거예요. 만일 이 여자들 집에서도 찾지 못한다면, 그가 드나드는 사창가들에 가보라고 권하고 싶어요. 노트르담들로레트부터 시작해 보시죠. 앙리가 아주 좋아하는 곳이니까. 만일 거기에도 없으면 생플라시드 가의 집도 있고, 데쥐르쉴린 동네의 집도 있죠. 거리 이름은 잘 생각나지 않지만.」

그녀는 잠시 입을 다물었다가 다시 말을 이었다.

「난 왜 갈보집들이 그렇게나 기독교적인 이름을 가진 거리들에[49] 그토록 많이 자리 잡고 있는지, 그 이유를 모르겠네요……. 아마도 악덕이 미덕에 바치는 오마주겠죠.」

---

49 노트르담돌로레트는 로레트의 성모, 생플라시드는 6세기에 살았던 베네딕투스 수도회의 승려 성 플라시드, 데쥐르슐린은 성 우르술라 수녀회의 수녀들이라는 뜻이다.

기품 있고, 임신 중이며, 이 큰 집에 혼자 있는 이 여자의 입에서 튀어나온 〈갈보집〉이라는 단어는 충격적이진 않았지만, 끔찍이도 짠하게 느껴졌다. 속으로는 얼마나 마음이 아플까…… 하지만 뒤프레의 생각은 틀렸다. 마들렌은 조금도 마음이 아프지 않았다. 상처를 입은 것은 그녀의 사랑이 아니라(이 사랑은 차갑게 식어 버린 지 오래였다), 그녀의 자존심일 뿐이었다.

병사의 단단한 영혼을 지닌 뒤프레의 표정에는 변화가 없었다. 마들렌은 자기가 이런 연극을 한 게 기분이 나빠졌다. 이건 우스꽝스러운 짓이야…… 그녀가 어떤 몸짓을 하려 하는데 그가 가로막았다. 괜찮습니다, 사과하실 필요 없습니다…… 이거야말로 최악이었다. 그는 그녀를 이해하고 있는 것이다. 그녀는 거의 들리지도 않는 소리로 웅얼거리듯 작별을 고하고는 홀을 나갔다.

카드를 뒤집어 다이아몬드 5를 보여 주는 앙리는 〈어쩌겠어, 이렇게 짝짝 달라붙는 날이 있잖아〉라는 듯한 겸연쩍은 표정을 지었다. 테이블 주위에서 웃음이 터져 나왔다. 특히 오늘 가장 많이 잃은 레옹 자르댕볼리외가 크게 웃었다. 페어플레이, 초연함 등을 표시하기 위한 웃음이었다. 뭐, 오늘 저녁에 5만 프랑 날렸는데…… 별거 아냐…… 그리고 이건 사실이었다. 그를 속 쓰리게 하는 것은 잃은 돈보다도 앙리의 뻔뻔스러울 정도의 운이었다. 이 사내는 그에게서 모든 걸 빼앗고 있었다. 5만 프랑이라…… 앙리는 흩어진 카드 패들을 긁어모으면서 속으로 계산했다. 이런 식으로 한 시간만 더 하면 그 연금부의 비루먹은 개 같은 자에게 준 액수를 모두 회수할 수 있겠어.

그 늙은이는 그 낡아 빠진 커다란 구두 대신에 새 신발을 사 신을 수 있겠지…….

「앙리!」

그는 고개를 들었다. 한 사람이 그에게 눈짓을 했다. 자네 차례야. 패스! 그는 아까 자기가 한 일에 대해 약간 속이 상해 있었다. 왜 10만 프랑이나 주었단 말인가? 그 반만 주어도 같은 결과를 얻을 수 있었는데……. 심지어는 그 이하로도 가능했을 텐데……. 하지만 그는 긴장한 상태여서 서둘러 일을 처리했다. 그렇게 사람이 냉정하지 못해서야! 어쩌면 3만 프랑으로도……. 다행히도 오쟁이 진 레옹이 와주었다. 앙리는 손에 쥔 카드들 위로 그에게 미소를 지었다. 그가 쓴 돈은 저 레옹이 메워 주리라. 전부는 아닐지라도 최소한 상당 부분을. 하지만 여기에다 그의 마누라와 이 훌륭한 쿠바산 시가들을 더하면 10만 프랑이 넘치고도 남았다. 그를 동업자로 고른 것은 얼마나 잘한 일인가! 그는 엄청나게 토실토실한 씨암탉이라고 할 수는 없어도, 적어도 매우 드문 즐거움을 선사하는 자였다.

게임이 몇 판 더 돌아가자 딴 돈이 약간 줄어들었다. 4만 프랑. 그의 직감은 여기서 멈추는 편이 낫다고 속삭였고, 그는 보란 듯이 기지개를 켰다. 모두가 무슨 뜻인지 이해했고, 어떤 이가 피곤해서 그만 가봐야겠다고 하자, 사람들은 자기 외투를 가져다 달라고 말했다. 그렇게 밤 1시에 앙리와 레옹은 밖으로 나와 각자의 자동차로 향했다.

「정말이지 난 그로기 상태야!」 앙리가 말했다.

「시간이 좀 늦긴 했지…….」

「그것보단 말이야……. 요즘 난 기똥찬 애인이 하나 있거든?

(우리끼리 얘긴데, 유부녀야.) 젊은 데다가 얼마나 밝히는지 자넨 상상도 못 할 거야! 도무지 지칠 줄 모른다니까!」

레옹의 발걸음이 느려졌다. 그는 숨이 막혀 왔다.

「그럴 수만 있다면 말이야.」 앙리가 말을 이었다. 「오쟁이 진 남편들에게 훈장을 하나씩 달아 주고 싶은 심정이야. 그들은 받을 만한 자격이 있잖아, 안 그런가?」

「하지만……. 자네 부인은…….」 레옹이 콱 잠긴 목소리로 더듬거렸다.

「오, 마들렌은 종류가 달라. 그녀는 벌써 한 가정의 어머니 아닌가? 자네도 겪게 되면 다 알게 될 거야. 그건 여자와는 아무 관계가 없다고.」

그는 마지막 남은 담배에 불을 붙였다.

「그리고 자네는 부부 생활에 만족하나?」

만일 드니즈가 자기 여자 친구를 방문한다고 핑계를 대고 나와 호텔에 가 있어서, 지금 당장 찾아가 합류할 수만 있다면 이 행복이 완벽해질 텐데……. 하지만 상황상 그럴 순 없었고, 노트르담들로레트는 한 번 들러도 시간이 그렇게 많이 걸리지 않을 거라고 계산했다.

아니, 그래도 한 시간 반은 걸릴 거였다……. 항상 똑같았다. 잠깐 들르고 간다고 생각하고 들어가지만, 고를 수 있는 아가씨가 둘이나 앉아 있고, 에라 모르겠다 둘 다 데리고 들어가면…….

그는 집 근처인 쿠르셀 대로에 도착했을 때에도 아직 미소를 짓고 있었지만, 그 미소는 뒤프레를 본 순간 굳어져 버렸다. 이렇게 야심한 시간에 나타났다는 것은 좋은 징조가 아니었다. 대체 언제부터 이렇게 기다리고 있었을까?

「다르곤이 폐쇄됐습니다.」 뒤프레는 인사도 하지 않고 다짜고짜 알렸다. 마치 이 두 마디가 모든 상황을 설명하기에 충분한 것처럼.

「뭐야? 폐쇄돼?」

「그리고 당피에르도요. 또 퐁타빌쉬르뫼즈도 마찬가지입니다. 제가 여기저기다 다 전화를 해봤어요. 모두와 통화를 하진 못했지만, 모든 공사장들이 폐쇄된 것 같습니다…….」

「하지만……. 누가 폐쇄했는데?」

「도청이요. 하지만 더 윗선에서 지시가 내려왔다고 하네요. 우리가 작업하는 공동묘지들마다 정문 앞에 군경이 한 명씩 지키고 서 있어요…….」

앙리의 얼굴이 일그러졌다.

「군경? 도대체 뭐야, 이 엿 같은!」

「네. 그리고 곧 조사관들이 들이닥칠 것 같습니다. 그때까지 올 스톱이죠.」

대체 무슨 일인가? 연금부의 그 비루먹은 개가 보고서를 철회하지 않았단 말인가?

「모든 공사장들이라고 했나?」

사실 되풀이해서 확인해 줄 필요도 없었다. 사장은 완벽하게 이해한 것이다. 하지만 문제의 심각성에 대해서는 아직 감을 잡지 못하고 있었다. 뒤프레는 목청을 골랐다.

「대위님, 또 말씀드릴 게 있는데……. 전 며칠 동안 자리 좀 비워야 할 것 같습니다.」

「이봐, 지금은 당연히 안 되지. 난 자네가 필요하다고.」

앙리의 대답은 정상적인 상황에 준하는 것이었으나, 지금 뒤프레의 침묵은 복종의 의미로 묵묵히 있는 평소와는 사뭇 달랐다. 그는 작업반장들을 지휘할 때 내는 아주 단호한 목소리로, 다시 말해서 평소보다 훨씬 명확하고도 덜 공손한 소리로 말을 이었다.

「제 가족에게로 가봐야 합니다. 거기에 얼마 동안 붙잡혀 있을지 모르겠지만, 사장님도 아시다시피……」

앙리는 보스답게 그를 엄하게 노려보았지만, 오히려 뒤프레의 반응에 가슴이 서늘해졌다. 이번에는 상황이 생각했던 것보다 훨씬 심각하다는 것을 깨달았다. 왜냐하면 뒤프레가 대답을 기다리지도 않고 고개만 한 번 까딱해 보이고는 돌아서서 떠나 버렸기 때문이다. 그는 단지 정보를 전달하러 온 거고, 이제 할 일은 끝난 것이다. 완전히. 다른 놈 같았으면 그를 모욕하기까지 했으리라. 프라델은 어금니를 꽉 깨물었다. 그는 전에 속으로 수없이 했던 말을 다시 한 번 되풀이했다. 이놈에게 월급을 너무 짜게 준 것은 실수였어. 보다 충성스러운 놈으로 만들 수 있었는데 말이야……. 하지만 너무 늦은 일이었다.

앙리는 손목시계를 들여다보았다. 새벽 2시.

계단을 오르면서 그는 1층에 불이 켜져 있는 것을 발견했다. 현관문을 열려고 하는데 문이 저절로 열리며 갈색 머리 하녀의 모습이 나타났다. 얘 이름이 뭐였더라? 맞아, 폴린. 꽤 예쁘장한 년인데, 왜 내가 지금껏 건드리지 않았을까? 하지만 오래 생각하고 있을 시간은 없었다.

「자르댕볼리외 씨께서 여러 차례 전화하셨어요……」 그녀가 이렇게 시작했다.

앙리 때문에 겁이 나는 것인지, 그녀의 가슴이 빠르게 들썩였다.

「⋯⋯ 하지만 부인께서 전화벨 때문에 잠이 깨시자, 전화선을 뽑아 놓고는 저더러 사장님을 기다렸다가 알려 주라고 하셨어요. 사장님께서 들어오시는 즉시, 자르댕볼리외 씨에게 전화하시라고요.」

뒤프레 다음에, 이번에는 헤어진 지 두 시간도 안 되는 레옹이다. 앙리는 하녀의 가슴을 기계적으로 응시했지만, 속으로는 당황하기 시작했다. 레옹의 전화와 공사장들이 모두 폐쇄된 것 사이에 어떤 연관성이 있는 걸까?

「그래.」 그가 대답했다. 「오케이.」

자신의 목소리가 그를 안심시켰다. 자기가 바보같이 공황감에 사로잡힌 것이다. 그리고 확인해 볼 필요가 있었다. 어쩌면 한두 개의 공동묘지를 일시적으로 폐쇄시킨 것이리라. 하지만 전부 폐쇄시켰다는 것은 그다지 개연성이 없어 보였다. 그것은 별것도 아닌 문제를 본격적인 스캔들로 비화시키는 짓이지 않은가.

폴린은 현관 홀의 의자에 앉아서 잠시 잠이 들었던 모양으로, 얼굴이 부스스했다. 앙리는 머릿속으로는 다른 것을 생각하면서 계속 그녀를 응시했다. 하지만 이 시선은 그가 모든 여자들에게 보이는, 사람을 거북하게 만드는 시선이었다. 그녀는 한 걸음 뒤로 물러섰다.

「사장님, 아직 제가 필요하신가요?」

그는 고개를 저었고, 그녀는 즉시 물러났다.

그는 재킷을 벗었다. 레옹에게 전화를 하라니! 이렇게 늦은 시간에! 그렇잖아도 일이 많아서 죽을 지경인데, 거기에다 이 난쟁이까지 돌봐야 한단 말인가?

그는 서재에 들어가 다시 전화선을 연결하고는 교환수에게 레옹의 번호를 연결해 달라고 요청했다. 그리고 대화가 시작되기 무섭게 그는 버럭 소리를 질렀다.

「뭐야? 또 그 보고서 얘기야?」

「아니,」 레옹이 대답했다. 「다른 보고서……..」

레옹의 목소리에서는 당황한 빛이 느껴지지 않았다. 오히려 매우 차분하게 느껴졌는데, 이런 상황에서는 놀라운 일이 아닐 수 없었다.

「음, 그러니까……. 가르돈에 관한 거야.」

「아냐!」 레옹이 짜증을 내며 말을 끊었다. 「가르돈이 아니라 다르곤이라고! 그리고……..」

다음 순간, 앙리는 이 소식에 내포된 의미를 퍼뜩 깨닫고는 입을 다물었다.

그가 10만 프랑을 주고 산 보고서였다.

「두께가 8센티미터나 돼.」 레옹이 설명했다.

앙리는 미간을 찌푸렸다. 10만 프랑이나 챙겨 가지고 꺼져 버린 그 개 같은 공무원 놈이 도대체 거기다가 뭘 써놨기에 그렇게 부피가 크단 말인가?

「연금부에서는」 레옹의 설명이 이어졌다. 「그렇게 희한한 것은 한 번도 본 적이 없다는군. 이 보고서 안에 10만 프랑이 들어 있대. 전부 고액권 지폐들로. 그 지폐들을 모두 다 페이지들에 정성껏 붙여 놨다는 거야. 심지어는 지폐의 일련번호들을 적어 놓은 부록까지 있고.」

그자는 돈을 돌려준 것이다. 기가 막힌 일이었다!

이 정보에 머리가 멍해진 앙리는 퍼즐 조각들을 제대로 맞출 수 없었다. 보고서, 연금부, 돈, 폐쇄된 공사장들…….

이것들 사이의 연관 관계를 분명히 보여 주는 일은 레옹이 맡았다.

「감사관은 다르곤 공동묘지에서의 매우 심각한 사실들을 묘사하면서, 이 10만 프랑을 증거물로 공무원에 대한 매수 시도를 고발하고 있어. 이 돈이 곧 자백이 되는 셈이지. 이것은 보고서의 고발 내용들이 근거가 있음을 의미하는 바, 어떤 공무원을 이유 없이 매수하지는 않기 때문이야. 특히 이 정도의 액수로 말이야.」

파국이었다.

레옹은 한동안 침묵을 지켰다. 프라델이 지금 이 정보들의 중요성을 충분히 인식하게 하기 위해서였다. 그의 음성은 너무나도 차분해서 앙리는 모르는 사람과 얘기하고 있는 듯한 느낌이 잠시 들었다.

「우리 부친은」 레옹이 다시 말을 이었다. 「어제저녁에 이 내용을 전해 들으셨어. 장관이 어떻게 했는지 알아? 단 1초도 망설이지 않았어. 왜냐면 자신을 보호해야 하니까. 즉시 공사장들을 폐쇄할 것을 지시했지. 논리적으로 예측해 보자면, 장관은 고소를 뒷받침하기 위한 모든 요소들을 모으고, 공동묘지들에서 확인 작업을 하기 위해 시간을 좀 가질 거야. 이게 한 열흘 정도 걸릴 거고, 그러고 나면 자네 회사를 법정에 소환해야 할 거야.」

「이봐, 〈우리〉 회사겠지!」

레옹은 곧바로 대답하지 않았다. 정말이지 이날 밤에 핵심은 침묵 속에서 오가고 있었다. 뒤프레의 침묵 뒤에 지금의 이 침묵…… 레옹은 마치 어떤 속내를 털어놓듯이 아주 부드럽고도 절제된 목소리로 말을 이었다.

「아냐, 앙리. 내가 자네에게 얘기하는 걸 잊어버렸는데 말이야, 그건 내 잘못이야……. 난 저번 달에 내 주식을 모두 팔아버렸어. 소액 주주들에게 팔았는데, 그들은 모두 자네의 성공을 기대하고 있고, 나 역시 자네가 그들을 실망시키지 않기를 바라. 따라서 이 일은 나와는 개인적으로는 상관없어. 내가 이렇게 전화를 걸어 자네에게 알려 주는 것은, 자넨 내 친구이기 때문이야…….」

다시 침묵이 뒤를 이었다. 매우 의미심장한 침묵이었다.

앙리는 이 난쟁이를 죽여 버릴 거였다. 자기 손으로 직접 때려 죽일 거였다.

「페르디낭 모리외도 지분을 팔았어.」 레옹이 덧붙였다.

앙리는 반응하지 않았다. 이 소식에 말 그대로 속이 텅 비어 버리는 것을 느끼며 천천히 수화기를 내려놓았다. 지금 자르댕볼리외가 눈앞에 있어 그를 죽여 버리고 싶다 해도, 칼을 들어 올릴 힘조차 없었으리라.

장관, 공사장 폐쇄, 매수 시도에 대한 고소……. 모든 것이 미쳐 날뛰고 있었다.

상황이 완전히 그의 통제력을 벗어나고 있었다.

그에겐 잠시 생각해 볼 여도도, 지금이 몇 시인지 시계를 들여다볼 여유도 없었다. 이렇게 그는 새벽 3시가 다 된 시간에 마들렌의 방에 불쑥 들이닥쳤다. 그녀는 자기 침대에 앉아 있었고, 자고 있지 않았다. 오늘 밤은 집 안이 얼마나 소란스러운지 도무지 눈을 붙일 수가 있어야지! 그리고 레옹은 5분마다 전화를 걸어 대고, 당신이 그 사람에게 뭐라고 좀 해……. 그래서 전화선을 뽑아 놨는데, 그래, 전화는 해봤어……? 여기서 마들렌은 말을 뚝 멈췄는데, 넋이 나가 버린 듯한 앙리의 모습을 봤기 때문이었다. 전에 그녀는 그가 걱정하는 모습을 보았다. 그렇다, 화를 내고, 창피해하고, 근심에 잠겨 있는 모습을, 심지어는 괴로워하는 모습까지 보았다. 예를 들어 궁지에 몰린 남자의 넋두리를 지겹게 늘어놓던 저번 달에 그런 모습들을 보았다. 하지만 이튿날이 되면 어떻게 문제를 해결해 버렸는지, 그런 모습들은 말끔히 사라지곤 했었다. 그런데 이날 밤, 그는 극도로 창백하고 경직되었으며, 목소리가 이렇게 떨리는 것은 본 적이 없었다. 그리고 가장 불안한 점은 따로 있었다. 습관적인 교활함과 속임수를 드러내곤 했던 그의 얼굴에 거짓말이 전혀 써 있지 않았다. 평소에는 스무 걸음 떨어진 곳에서도 어떤 가식이 느껴졌지만, 지금은 너무도 진솔한 얼굴이었다…….

간단히 말해서, 마들렌은 남편이 이런 상태에 있는 것을 한 번도 본 적이 없었다.

앙리는 한밤중에 그녀의 침실에 들이닥친 것에 대해 사과도 하지 않고는 침대 언저리에 털썩 앉아 말했다.

그는 내용을 자신의 이미지를 완전히 망가뜨릴 위험이 없는 것들로 국한했다. 하지만 필요한 최소한의 것으로 국한했음에도 불구하고, 이런 얘기들을 하고 있으려니 기분이 너무도 고약했다. 너무 작은 관들, 무능하면서도 탐욕스러운 직원들, 프랑스어도 제대로 할 줄 모르는 그 외국 놈들……. 그리고 맡은 일은 또 얼마나 어려운 점이 많은지……! 아, 정말 상상할 수도 없어……! 하지만 또 인정하지 않을 수 없었다. 프랑스군 공동묘지에서 나온 독일군 시신들, 흙으로 채워진 관들, 현장에서 행해진 불법 거래들……. 또 보고서들이 있었고, 그는 나름대로 잘해 보려고 담당 공무원에게 돈을 조금 제안했고, 물론 이게 바보 같은 실수였긴 하지만, 어쨌든…….

마들렌은 아주 집중해서 들으며 고개를 주억거렸다. 그녀가 생각하기에 이 모든 게 그만의 잘못은 아니었다.

「하지만 앙리, 왜 이 일에서 책임이 당신에게만 있겠어? 그건 너무 부당하잖아…….」

앙리는 몹시 놀랐다. 우선은 자기 자신에게 놀랐다. 이렇게 모두 다 얘기할 수 있다는 게, 자기가 멍청하게 굴었다는 것을 인정할 수 있다는 게 놀라웠다. 그다음에는 마들렌에게 놀랐다. 이렇게 자기가 하는 말을 주의 깊게 경청하고, 두둔은 아닐지언정 이해를 해주는 게 놀라웠다. 마지막으로는 자기들 부부가 놀라웠다. 왜냐면 그들이 이렇게 성숙한 어른처럼 행동한 것은 서로를 알고 난 이후로 처음이었기 때문이다. 그들은 화도 내지 않고, 감정에 휩싸이지도 않고 대화를 나눴다. 마치 집 안에서 해야 할 어떤 공사에 대해 의견을 나누듯이, 여행이나 가정사에 대해 대화를 나누듯이 말이다. 한마디로 그들은 처음으로 서로를 이해하고 있었다.

앙리의 눈에 그녀가 다르게 보였다. 가장 눈에 띈 것은 물론 엄청난 볼륨의 가슴이었다. 그녀는 가벼운 나이트가운을 입고 있어서, 그 어둡고 커다랗고 활짝 핀 유륜이며, 둥그스름한 어깨가 눈에 들어왔다……. 앙리는 잠시 말을 멈추고 그녀를 물

561

끄러미 쳐다보았고, 그녀는 미소를 지었다. 아주 잠깐이었지
만 강렬한 순간, 교감의 순간이었다. 그는 끔찍이도 그녀를 안
고 싶었고, 갑작스레 치미는 욕구는 그에게 엄청난 행복감을
안겨 주었다. 이 격렬한 성적 욕구는 지금 마들렌이 보이는 모
성적이고도 보호적인 태도, 그녀 안으로 숨어들고 싶고, 그 안
에 받아들여지고 싶고, 녹아들고 싶게 하는 어머니 같은 모습
과도 관련이 있었다. 대화 내용은 무겁고도 심각했지만, 그녀
가 듣는 방식에는 뭔가 가볍고도 단순하고도 사람을 안도시
키는 것이 있었다. 앙리는 자신도 모르게 긴장이 풀렸고, 그의
음성은 한결 평온해졌으며, 어조는 더 이상 조급하지 않았다.
그녀를 보면서 그는 생각했다. 이 여자는 내 거야……. 그러면
서 새롭고도 예상치 못한 자부심을 느꼈다. 그는 손을 내밀어
그녀의 가슴에 얹었고, 그녀는 부드러운 미소로 화답했고, 그
의 손은 그녀의 복부를 따라 미끄러져 내려갔다. 마들렌은 크
게 숨을 쉬기 시작했다. 고통스러운 호흡처럼 느껴지는 숨이
었다. 앙리의 동작에는 약간의 계산도 없지 않았으니, 마들렌
을 언제나 이런 식으로 잘 다뤄 왔기 때문이다. 하지만 지금은
단지 그것만은 아니었다. 그가 한 번도 진정으로 만난 적이 없
었던 누군가와의 재회와도 같은 것이었다. 마들렌은 본능적으
로 다리를 벌리면서도, 그의 손목을 붙잡아 제지했다.

「아냐, 지금은 때가 아닌 것 같아.」 그녀가 속삭였다. 목소리
자체는 정반대의 욕구를 거세게 외치고 있었지만.

앙리는 천천히 고개를 끄덕였다. 그는 자신이 강하다고 느
껴졌고, 자신감을 되찾았다.

마들렌은 호흡을 되찾으며 베개들을 쌓아 등을 받치면서 편

안한 자세를 찾았다. 그리고 그 자세가 되자 아쉬움의 한숨을 내쉬고는, 그가 하는 말을 들으며 생각에 잠긴 얼굴로 그의 불끈 튀어나온 푸른 정맥들을 매만졌다. 그는 너무도 멋진 손을 가지고 있었다.

앙리는 정신을 집중했다. 이제는 본론으로 돌아와야 했다.

「레옹이 날 배신했어. 그의 아버지에게서 어떤 도움도 받을 수 없게 됐어.」

마들렌은 레옹이 그를 도와주지 않는다는 사실에 충격을 받았고, 또 분개했다. 아니, 그 사람도 이 일에 관련되지 않았어?

「아니,」 앙리가 대답했다. 「그는 더 이상은 관련이 없어. 페르디낭도 그렇고.」

마들렌의 입술이 〈아!〉 모양으로 동그랗게 벌어졌다.

「당신에게 설명하기엔 너무 길어.」 그가 잘라 말했다.

그녀는 미소를 지었다. 그녀의 남편이 돌아온 것이다. 본래의 모습 그대로. 그녀는 그의 볼을 어루만졌다.

「불쌍한 우리 자기⋯⋯.」

이렇게 말하는 그녀의 목소리는 부드럽고도 내밀했다.

「이번엔 일이 좀 심각한 모양이네? 그래서⋯⋯?」

그는 긍정의 표시로 잠시 눈을 감았다가 다시 떴다. 그러고는,

「자기 아버지는 여전히 나를 도와주길 거부하고 있어. 하지만⋯⋯.」

「그래. 그리고 내가 다시 부탁한다 해도 또 거절하실 거야.」

앙리는 여전히 마들렌의 손을 잡고 있었지만, 이제 그들의 손은 그들의 무릎 위로 떨어져 있었다. 그는 그녀를 설득해야 했다. 그녀가 거절한다는 것은 절대로 불가능한 일이었다. 생

각할 수 없는 일이었다. 그래, 장인은 날 깔아뭉개고 싶었겠지. 하지만 그 소원을 이뤘고, 이제는……. (그는 적당한 표현을 찾았다) 그래, 의무가 있단 말이야! 현실적인 모습을 보여야 할 의무! 왜냐면 만일 이렇게 스캔들이 터지면 자기 이름도 땅바닥에 굴러떨어질 텐데, 그러면 자기에게 무슨 이득이 있느냐 말이야! 아니, 정확히 말하자면 스캔들은 아니지. 그럴 만한 거리도 없으니까. 그냥 사소한 사건이라고나 할까? 그 양반이 자기 사위를 도와주지 않으려는 것은 이해할 수 있다 쳐도, 자기 딸을 기쁘게 해주는 게 그렇게 힘들 것도 없잖아, 안 그래? 항상 자기하고 크게 관계가 없는 일들에도 끼어들어서, 이 사람 저 사람 찾아다니며 중재해 주지 않는가 말이야!

마들렌은 인정했다.

「맞는 말이야.」

하지만 앙리는 그녀에게서 뭔가 뻣뻣한 기운을 느꼈다. 그는 몸을 굽혔다.

「당신이 그 양반에게 부탁하고 싶지 않은 것은……. 그 양반이 거절할까 두려워서야? 그런 거야?」

「오, 아니야!」 마들렌이 급히 대답했다. 「자기야, 그런 건 절대로 아니야.」

그녀는 손을 빼어 손가락들을 약간 벌려서 자기 배 위에 올려놓았다. 그러고는 그에게 미소를 지었다.

「내가 개입하지 않는 것은 나 자신이 개입하길 원치 않기 때문이야. 사실은 말이야, 앙리……. 난 자기가 하는 말을 듣고는 있지만 이 모든 것들에 조금도 관심이 없어.」

「나도 이해해.」 앙리는 수긍했다. 「그리고 난 자기에게 이 일에 관심을 가지라고 요구하지도 않아. 다만……」

「아냐, 앙리, 자기는 잘못 이해하고 있어. 내가 관심이 없는 것은 자기의 사업이 아니라, 바로 당신 자체야.」

그녀는 조금도 자세를 바꾸지 않은 채로, 여전히 미소 띤 얼굴로 솔직하고도, 내밀하고도, 너무나도 친근한 태도를 잃지 않은 채로 이렇게 말했다. 앙리는 얼음물을 뒤집어쓴 듯한 충격에 지금 자기가 제대로 들었는지 의심이 들었다.

「…… 무슨 말인지 이해 못 하겠는데?」

「아니, 자기야. 분명히 자긴 완벽히 이해했을 거야. 내가 관심이 없는 것은 자기가 하는 일이 아니라, 자기라는 사람 자체라고.」

그는 그대로 일어나 나가 버려야 옳았으나, 마들렌의 시선이 그를 붙잡았다. 그는 더 이상 듣고 싶지 않았지만, 마치 판사에게서 판결을 들어야 하는 피고인처럼 상황의 포로가 되어 있었다.

「내가 자기라는 사람에 대해 큰 환상을 가진 적은 한 번도 없었어.」 마들렌이 설명했다. 「그리고 우리의 미래에 대해서도 환상을 갖지 않았지. 난 한순간 사랑에 빠졌었지만 — 그래, 그건 인정해 — 이 모든 게 어떻게 끝나게 될지 금방 깨달았어. 내가 이 관계를 계속해 온 것은 자기가 필요했기 때문이야. 내가 자기하고 결혼한 것은 내가 나이가 찼고, 자기가 내게 결혼을 신청했고, 또 도네프라델이라는 이름이 아주 멋졌기 때문이지. 만일 자기 아내 노릇 하는 게 그렇게 우스꽝스러운 일이 아니었더라면, 자기의 바람기에 끊임없이 모욕당하는 일이 없었더라면, 난 기꺼이 이 이름으로 불리길 원했을 거야. 뭐,

할 수 없지.」

앙리는 일어섰다. 이번에는 억지로 체면을 세우려고 하지도 않았다. 항변하지도 않았고, 더 이상 의미 없는 거짓말을 늘어놓지도 않았다. 마들렌은 너무도 담담한 어조로 말하고 있었고, 그녀가 말하는 것은 결정적이었다.

「지금까지 자기를 구해 준 것은, 자기가 아주 잘생겼다는 사실이야.」

두 손을 배에 얹고 누운 침대에서부터 그녀는 방에서 나가려 하는 남편의 모습을 경탄 어린 눈으로 바라보았고, 마치 내밀하고 다정한 대화를 나눈 후에 밤 동안에만 헤어져 있으려하는 사람들처럼 그에게 말했다.

「자긴 내게 분명히 아주 예쁜 아기를 주었을 거야. 난 자기에게서 그 이상의 것을 바란 적은 없어. 이제 아기가 여기 있으니(그녀가 배를 부드럽게 두드리자 배는 흐릿한 소리로 응답했다), 자기가 무엇이 되든 난 괜찮아. 아니, 심지어 아무것도 안 된다 할지라도 내겐 아무 상관없어. 물론 실망스러운 일이지만, 내게는 위안거리가 있기 때문에 극복할 수 있었어. 자기에 대해서 말하자면, 내가 아는 얼마 안 되는 사실들로 판단해 보건대, 이제 파국의 시간이 되었고 여기서 자긴 일어설 수 없을 거라고 생각해. 하지만 이것도 나와는 상관없는 일이지.」

이와 비슷한 상황에서 앙리가 뭔가를 부순 적이 스무 번도 넘었다. 꽃병, 가구, 유리창, 혹은 자질구레한 장식품……. 이날 저녁에는 그러는 대신에 그는 일어서서 방을 나와서는 배우자의 침실 문을 천천히 닫았다.

복도에 선 그의 머릿속에는 라살비에르 성의 영상들이 며칠 전에 봤던 모습 그대로 나타났다. 멋지게 복원된 거대한 전면, 드넓은 프랑스식 정원을 꾸미기 시작한 원예사들, 홀들과 방들의 천장에 덤벼들 준비를 하고 있는 칠장이들…… . 아기 천사 상들이며 목공 장식들을 복원할 참이었는데…… .

몇 시간 사이에 찾아온 잇따른 배신에 머리가 멍해진 앙리는 이 느닷없는 재앙을 구체적으로 이해해 보려 필사적으로 애를 썼지만 허사였다. 그것들은 단지 단어들, 이미지들일 뿐, 전혀 현실적으로 느껴지지 않았다.

이 모든 것을 얻은 것만큼이나 빠르게 잃어버린다는 게 도대체 무슨 의미인지 알 수 없었다.

복도에 혼자가 되어 소리 내어 내뱉은 한마디 덕분에 마침내 그 의미를 깨달을 수 있었다.

「난 죽었어.」

37

마지막으로 들어온 금액들까지 합치면 〈애국적 회상〉사의 계좌 잔액은 17만 6천 프랑이 되었다. 알베르는 재빨리 머리를 굴려 봤다. 영리하게 행동해야 하며, 너무 많은 액수를 출금해서는 안 되었다. 하지만 이 정도 규모의 은행에서는 하루에 7백에서 8백만 프랑이 거래되는 일이 드물지 않았고, 파리의 수많은 상점들과 백화점들이 몰려드는 창구들에서는 매일 40~50만 프랑, 때로는 그 이상이 출납되는 일이 허다했다.

6월 말, 알베르는 더 이상 제정신이 아니었다.

아침부터 연신 헛구역질을 해대며 독일군의 공격을 받고 난 후보다도 더 심하게 탈진해 버렸고, 쓰러지기 직전의 상태가 되어 출근을 하곤 했다. 만일 사법부가 페리쿠르 씨를 위시한 모든 관계자가 모인 앞에서 그를 즉결 처형하기 위한 단두대를 밤사이에 은행 건물 앞뜰에다 세워 놨다 하더라도 놀라지 않았을 것이다.

하루 종일 그는 안개처럼 몽롱한 상태로 돌아다녔고, 사람들이 하는 말은 그에게 엄청나게 늦게 도달하는 모양이었다.

그에게 말을 하려면 그의 불안의 벽을 통과해야 했다. 알베르는 마치 소방 호스의 물줄기를 맞은 것처럼 화들짝 놀라며 상대방을 쳐다보는 거였다. 언제나 그의 입에서 튀어나오는 첫마디는 〈엉, 뭐라고요?〉였다. 하지만 그를 잘 아는 사람들은 더 이상 신경도 쓰지 않았다.

오전 중에 그는 전날 도착한 수표들을 〈애국적 회상〉사 계좌에 입금하고, 오늘 현금으로 빼낼 액수를 안개에 잠긴 듯 흐릿한 머리로 간신히 계산해 냈다. 그런 다음, 창구들에서 점심 휴식을 위한 교대가 시작될 때, 그는 각 창구에 앉게 될 때마다 마치 고객 본인이 점심시간에 은행에 방문한 것처럼 떨리는 손으로 쥘 데프르몽의 서명을 기입하고 돈을 인출해 냈다. 이렇게 인출한 지폐들은 가방 속에 쑤셔 넣었고, 이런 작업을 계속하다 보면 오후 초에는 가방이 오전보다 네 배는 뚱뚱해지기 일쑤였다.

저녁 때 그는 황당한 일을 겪기도 했다. 그것도 두 번씩이나. 한 번은 퇴근하며 회전문 쪽으로 향하다가 한 동료가 부르는 소리를 들었을 때였고, 다른 한 번은 어떤 고객의 시선에서 의심의 빛을 감지했을 때였다. 그는 바지 속에 오줌을 지리기 시작했고, 집에 돌아가기 위해 택시를 잡아야 했다.

또 어떤 때는 은행을 나가기 전에 출입문 밖으로 고개를 삐죽 내밀곤 했다. 지하철역 앞에 아침에 없었던 단두대가 낮 동안에 세워지지는 않았는지 확인하기 위해서였다. 모를 일 아닌가?

직원들 대부분이 점심 도시락을 넣어 오는 데 사용하는 가방에 알베르는 이날 저녁 9만 9천 프랑을 고액권으로 넣어 가지고 왔다. 왜 딱 10만 프랑을 채우지 않았을까? 여러분은 이게 어떤 미신의 문제라고 생각하겠지만, 전혀 그렇지 않고 우아함의 문제였다. 일종의 미학이 작용했던 것이다. 물론 회계사의 미학이긴 했지만, 어쨌든 미학은 미학이었다. 왜냐하면 이 금액으로 〈애국적 회상〉사는 도합 111만 1천 프랑을 사취한 게 되기 때문이었다. 어쨌든 알베르에게는 이 줄줄이 이어진 1자들이 너무 예뻤다. 이렇게 에두아르가 정한 최소한의 금액은 충분히 초과되었고, 알베르 개인적으로는 일종의 전승일인 셈이었다. 이날이 7월 10일이었는데, 그는 공휴일인 7월 14일 대혁명 기념일을 끼워 나흘간의 특별 휴가를 은행에 요청했다. 그리고 모든 게 순조롭다면 7월 15일, 은행이 다시 문을 여는 시간에 그는 배를 타고 트리폴리로 향하고 있을 것이므로, 이날은 은행에서의 마지막 날이었다. 1918년의 휴전 때처럼, 이 모험에서 살아서 빠져나왔다는 사실에 그는 어안이 벙벙했다. 다른 사람 같았으면 자신을 불사의 존재로 여겼으리라. 하지만 알베르는 자기가 두 번째로 살아남는다는 게 좀처럼 상상이 되지 않았다. 식민지로 떠나는 배를 탈 시간이 가까워지고 있었지만, 자기가 정말로 그럴 수 있으리라고 확신하지 못했다.

「마야르 씨, 다음 주에 봅시다!」

「엉? 뭐요? 어……. 네, 안녕히 계세요.」

여하튼 그는 아직 살아 있었고, 또 상징적인 백만 프랑은 달성되고 심지어는 초과되기까지 했기 때문에, 알베르는 기차표와 배표를 바꾸어 출발을 앞당기는 게 옳은 게 아닌가 자문하게 되었다. 하지만 다른 것들에 대해서도 그렇지만 특히 이 문제에 있어서 그의 마음은 극심한 갈등에 사로잡혔다.

떠나야 한다. 그래, 아주 빨리 떠나야 한다. 만일 가능하다면 지금 당장에라도……. 하지만 폴린은?

그녀에게 말하려고 해본 게 백 번은 되었지만, 그때마다 포기해 버렸다. 폴린은 기가 막힌 여자였다. 겉은 비단 같고, 속은 벨벳 같은 데다가, 머리는 또 얼마나 영리한지! 게다가 그녀는 마누라로 삼을 수 있는 서민의 딸이었다. 전통적인 결혼식, 아파트, 아이들, 세 명, 어쩌면 네 명, 이 모든 게 손에 잡힐 듯했다. 만일 이게 그에게 달린 거라면, 폴린과 아이들 — 네 명도 안 될 것 없었다 — 과의 소박하고도 평화로운 삶을 받아들일 수 있었다. 심지어는 은행의 그 자리도 기꺼이 유지하고 싶었다. 하지만 명백한 사기꾼이 되었고, 만일 그게 신의 뜻이라면 국제적 수준의 사기꾼 등극까지 목전에 둔 지금, 이러한 전망은 물거품이 되었고, 그와 함께 폴린과 결혼과 아이들과 아파트와 은행원으로서의 커리어도 사라져 버렸다. 이제 남은 해결책은 단 하나였다. 그녀에게 모든 사실을 고백하고, 자기와 함께 떠나자고 설득하는 것이다. 사흘 후에, 고액권 백만 프랑이 든 트렁크와, 반으로 쪼갠 수박처럼 얼굴이 활짝 열려 버린 친구와, 추적해 올 프랑스 경찰의 반과 함께 말이다.

다시 말해서, 불가능했다.

혼자 떠나야 했다.

에두아르에게 충고를 구한다? 그건 벽에 대고 말하는 거나 마찬가지였다. 알베르는 에두아르를 무한히, 그리고 매우 모순적인 갖가지 이유들로 좋아하긴 했지만, 궁극적으로는 그가 아주 이기적이라고 생각하고 있었다.

그는 돈을 안전한 곳에 숨겨 두고 또 폴린을 만나 가면서 이틀에 한 번씩 에두아르를 보러 갔다. 페르 가의 아파트에는 이제 아무도 살지 않기 때문에 알베르는 그들의 미래가 걸려 있는 재산을 거기 두는 것은 신중치 못하다고 판단했다. 그는 해결책을 찾아보았다. 은행에서 금고를 임대할 수도 있었지만 믿음이 가지 않았고, 대신 생라자르 역의 수하물 임시 보관소를 택했다.

매일 저녁 그는 트렁크를 찾아서는 구내식당 화장실로 가 그날의 수입금을 집어넣은 다음, 그걸 다시 임시 보관소 직원에게 돌려주었다. 그는 거기서 어떤 회사의 세일즈맨으로 통했다. 다른 적당한 게 생각나지 않았으므로, 여성용 거들과 코르셋을 취급하는 회사라고 둘러댔다. 임시 보관소 직원들이 그에게 공모자처럼 윙크를 하면 그는 어깨를 한 번 으쓱하기만 했는데, 이런 〈시크한〉 제스처는 물론 그의 명성을 높여 주었다. 또 알베르는 꽁지가 빠지게 도망쳐야 할 때를 대비하여 커다란 모자 케이스도 하나 맡겨 놓았는데, 그 안에는 에두아르가 그렸고 아직 깨진 유리판도 갈지 않은 말 대가리 그림 액자와 박엽지로 감싼 말 대가리 마스크가 들어 있었다. 그는 급히 도망쳐야 할 경우가 생길 경우, 자기는 이 판지 상자보다는 차라리 지폐가 든 트렁크를 버릴 거라는 걸 알고 있었다.

이렇게 역 수하물 보관소를 거친 후 폴린에게 가기 전에 알베르는 뤼테시아 호텔로 들르곤 했는데, 이럴 때면 그는 두려움에 질려 목불인견의 상태가 되곤 했다. 파리의 특급 호텔에서 사람들의 눈에 띄지 않으려면…….

「걱정 마!」 에두아르가 글로 썼다. 「잘 보일수록 눈에 띄지 않는 법이야. 쥘 데프르몽을 한번 보라고! 아무도 그를 보지 못했지만 모두가 그를 철석같이 믿고 있잖아?」

이렇게 쓰고는 말 울음 같은 웃음을 터뜨리는데, 그 소리가 얼마나 기괴한지 머리털이 쭈뼛 설 정도였다.

알베르는 처음에는 주들을, 그리고 나중에는 날들을 세었다. 하지만 에두아르가 외젠 라리비에르라는 가명으로 특급 호텔에 투숙하며 온갖 괴상한 짓들을 하기 시작한 이후로는 출발까지 남은 시간을 시간 단위로, 심지어는 분 단위로 세게 되었다. 정확한 출발 시각은 마르세유 행 열차가 파리를 떠나는 7월 14일 오후 3시로, 이리하면 이튿날에는 메사주리마리팀 해운사 소속의 트리폴리행 SS다르타냥호에 올라탈 수 있을 거였다.

배표는 세 장이었다.

이날 저녁, 은행에서 보낸 마지막 몇 분은 해산의 순간만큼이나 힘들었다. 한 걸음 한 걸음이 칼날 위를 걷는 것 같았다. 그리고 그는 마침내 바깥에 나와 있었다. 이 사실을 정말로 믿을 수 있을까? 날씨는 화창했고, 가방은 무거웠다. 오른쪽에는 단두대가 보이지 않았고, 왼쪽에도 군경들은 없었다…….

단지 맞은편 보도에 루이즈의 조그맣고 가냘픈 실루엣만이 어른거렸다.

그녀의 모습은 충격으로 다가왔다. 그것은 늘 매대 뒤에서 봐온 어떤 상인을 거리에서 마주쳤을 때와 같은 느낌이었다. 그를 알고는 있지만, 이런 식으로 마주치는 것은 정상이 아닌 것이다. 루이즈는 한 번도 그를 찾아온 적이 없었다. 알베르는 급히 도로를 건너며 이 꼬마가 어떻게 은행 주소를 알아냈을까 속으로 중얼거렸다. 하지만 계집애는 노상 두 남자가 하는 말을 들으며 시간을 보냈고, 심지어는 그들이 벌이고 있는 일에 대해서도 상당 부분 알고 있을 터였다.

「에두아르가…….」 그녀가 말했다. 「당장 가봐야 해요.」

「에두아르가 왜? 무슨 일인데?」

하지만 루이즈는 대답하지 않았다. 다만 손을 들어 택시를 세웠다.

「뤼테시아 호텔로 가요.」

차 안에서 알베르는 가방을 두 다리 사이에 내려놓았다. 루이즈는 마치 자신이 택시를 운전하는 것처럼 앞을 똑바로 쳐다보고 있었다. 한 가지 알베르에게 다행이었던 점은, 이날 폴린은 저녁 늦게까지 근무하고, 다음 날도 일찍부터 일해야 하기 때문에 〈자기 집〉에서 자야 한다는 사실이었다. 하녀에게 있어서 〈자기 집〉이란 곧 주인집을 의미했다.

「아니 대체…….」 알베르가 잠시 후에 다시 물었다. 「대관절 무슨 일이야, 에두…….」

그는 백미러를 통해 택시 기사의 시선과 흘깃 마주쳤고, 황급히 말을 바꿨다.

「외젠에게 무슨 일이 있는 거냐고?」

루이즈의 얼굴은 수심에 잠긴 어머니나 아내들처럼 그늘져 있었다.

그녀는 그에게로 몸을 돌리고 두 손을 으쓱 펼쳐 보였다. 두 눈이 촉촉이 젖어 있었다.

「죽은 것 같아요.」

알베르와 루이즈는 걸음걸이가 사람들의 눈에 정상적으로 보이기를 바라면서 뤼테시아 호텔 로비를 가로질렀다. 하지만 그보다 더 눈에 띄는 것은 없었다. 엘리베이터 보이는 그들의 흥분 상태를 알아채지 못한 척했다. 그는 아직 젊었지만 이미 프로 중의 프로였다.

그들은 바닥에 널브러진 에두아르를 발견했다. 등은 침대에 기대고 두 다리는 쭉 뻗은 자세였다. 상태가 극히 나빴지만 죽은 것은 아니었다. 루이즈는 늘 그렇듯 침착하게 대응했다. 토사물 냄새가 가득한 방을 환기시키기 위해 창문들을 하나하나 모두 열었고, 욕실의 수건들을 죄다 찾아내어 바닥 닦는 걸레를 만들었다.

알베르는 무릎을 꿇고는 친구 위로 몸을 굽혔다.

「어이, 이봐! 어디 안 좋아?」

에두아르는 고개를 끄덕끄덕 흔들면서 간헐적으로 눈을 떴다 감았다를 반복했다. 가면을 쓰지 않은 얼굴의 벌어진 구멍에서 발산되는 악취가 얼마나 지독한지 알베르는 몸을 뒤로 젖혀야만 했다. 그는 길게 숨을 들이마신 다음, 친구의 양 겨드랑이를 붙잡아 그를 침대 위에 끌어 올려 눕히는 데 성공했다. 볼을 탁탁 쳐보고 싶었으나, 입도 턱도 없고 다만 구멍 하나와 위쪽 치아만 있는 친구에게는 어떻게 해야 할지 난감할 따름이었다. 어쨌든 눈을 뜨게 해야 할 필요가 있었다.

「내 말 들려?」 알베르는 되풀이했다. 「어이, 내 말 들려?」

그래도 아무 반응이 없자 그는 곧바로 강력한 방법으로 넘어갔다. 벌떡 일어나 욕실로 가서는 큼직한 유리잔에 물을 가득 채웠다.

방으로 돌아가려고 몸을 돌렸을 때, 얼마나 놀랐는지 잔을 손에서 떨어뜨렸고, 맥이 탁 풀리는 것을 느끼며 그대로 풀썩 주저앉았다. 옷걸이에 걸린 실내 가운처럼, 문짝에 가면 하나가 걸려 있었다.

그것은 어떤 남자의 얼굴이었다. 에두아르 페리쿠르의 얼굴이었다. 진짜 에두아르 말이다. 과거의 그가 완벽하게 재현되어 있었다! 없는 것은 두 눈동자뿐이었다.

알베르는 지금 자기가 어디 있는지를 잊어버렸다. 그는 참호 안에 있었다. 공격을 위해 완전 무장을 한 채로 나무 계단에서 몇 걸음 떨어진 곳에 있었다. 다른 친구들도 모두 거기 있다. 그의 앞과 뒤에서, 활처럼 팽팽히 긴장한 몸으로 113고지를 향해 뛰어나갈 준비를 하고서 말이다. 저쪽에는 프라델 중위가 쌍안경으로 적진을 관찰하고 있다. 그의 앞에는 베리가 있고, 베리의 앞에는 그와는 별로 친하지 않았던 그 친구, 즉 페리쿠르가 고개를 뒤로 돌리고 그에게 미소를 짓는다. 눈부신 미소다. 알베르에게는 그가 어떤 못된 장난을 치려는 아이처럼 느껴진다. 그가 채 응답을 하기도 전에 페리쿠르는 벌써 고개를 돌려 버린다.

이날 저녁, 지금 그 앞에 있는 것은 바로 그 얼굴이었다. 미소만 빠졌을 뿐, 그 얼굴 그대로였다. 알베르는 꼼짝할 수 없었다. 당연한 일이지만 그는 꿈속에서 말고는 그 얼굴을 다시 본 적이 없었는데, 그게 지금 여기에 있는 것이다. 마치 어떤 유령같이 에두아르 전체가 나타날 것처럼 문에다 얼굴을 불쑥 내밀고 있는 것이다. 그 모든 이미지들의 줄줄이 이어지기 시작했다. 등짝에 총알 한 발씩을 맞고 쓰러져 죽은 두 병사,

113고지 공격전, 그의 어깨를 거세게 밀치는 프라델 중위, 포탄 구덩이, 그를 덮어 오는 흙의 파도…….

알베르는 비명을 질렀다.

루이즈가 깜짝 놀라 문에 나타났다.

그는 머리를 부르르 흔들고 수돗물을 틀어 얼굴을 문지른 다음, 다시 잔에 물을 채웠다. 그리고 나서 더 이상 에두아르의 가면을 쳐다보지 않고 다시 방으로 건너와 친구의 목구멍에다 떠 온 물 전부를 단번에 들이부었다. 그러자 에두아르는 캑캑캑 미친 듯이 콜록대기 시작했다. 과거에 알베르가 다시 살아날 때 맹렬히 기침했던 것처럼.

알베르는 에두아르가 토할 것을 대비하여 상체를 앞으로 기울여 주었지만, 그런 일은 일어나지 않았고, 발작적인 기침은 한참이 지나서야 잦아들었다. 에두아르는 의식을 되찾았다. 하지만 눈 주위가 새카매지고 온몸이 축 늘어진 것으로 보건대 완전히 탈진한 듯했고, 다시 혼수상태에 빠져들었다. 알베르가 귀 기울여 보니 호흡은 정상이었다. 루이즈가 옆에 있는 것도 개의치 않고 그는 친구를 발가벗겨 눕히고는 이불을 덮어 주었다. 침대는 아주 널찍하여 그는 에두아르 가까이에 베개를 깔고 앉을 수 있었고, 그 반대쪽에는 루이즈가 앉았다.

이렇게 두 사람은 마치 한 짝의 책 지지대처럼 거기 앉아 있었다. 목구멍에서 불안스러운 소리를 내며 잠에 빠져드는 에두아르의 손을 각기 한 쪽씩 붙잡고서.

루이즈와 알베르가 앉은 위치에서는 방 한가운데 놓인 커다란 원탁 위에 흩어진 것들이 눈에 들어왔다. 가느다란 바늘이 달린 긴 주사기, 반으로 잘린 레몬, 종이에 담긴 흙 같은 밤색 가루의 찌꺼기, 그리고 구부러지고 매듭진 삼끈이 단어 아래 찍힌 쉼표처럼 보이는 부싯깃 라이터.

그리고 원탁의 발치에 떨어진 고무 지혈대 하나……

그들은 각자의 상념에 잠겨 말없이 앉아 있었다. 알베르는 비록 그 방면의 전문가는 아니었지만, 종이에 담긴 제품은 전에 그가 모르핀을 구하러 다닐 때 제의받았던 것과 매우 흡사해 보였다. 그것은 모르핀의 다음 단계, 바로 헤로인이었다. 이것을 구하기 위해 에두아르는 누구의 도움도 받지 않았다……

기묘하게도 알베르는 〈그렇다면 난 도대체 무슨 소용이람?〉 하고 자문했다. 마치 이제껏 그 숱한 골치 아픈 일들을 떠맡아 온 그가 이것까지 관리해 주지 못한 것이 못내 유감스러운 듯이.

언제부터 에두아르는 헤로인을 복용해 왔을까? 알베르는 지금까지 아무것도 모르고 있다가 어떤 일이 저질러진 것을 — 너무 늦게 — 알게 되고는 허둥대는 부모 같았다.

출발을 겨우 나흘 남기고서……

하기야 나흘 전이든 나흘 후든, 무슨 차이가 있단 말인가?

「아저씬 떠날 건가요?」

루이즈의 어린 정신도 같은 궤적을 좇았던 것일까, 그녀는 생각에 잠긴 듯한, 그리고 멀리서 들려오는 듯한 목소리로 물었다.

알베르는 침묵으로 대답했다. 그것은 〈응〉이었다.

「언제요?」 그녀가 여전히 그를 쳐다보지 않은 채로 다시 물었다.

알베르는 대답하지 않았다. 〈곧〉이라는 뜻이었다.

그러자 루이즈는 에두아르 쪽으로 몸을 돌렸다. 그러고는 검지를 뻗어 첫날 했던 것과 똑같이 했다. 그녀는 벌어진 상처를, 숨김없이 노출된 점막과도 같은 그 부풀고 벌건 살의 윤곽을 꿈꾸듯이 따라갔다⋯⋯. 그런 다음, 일어서서는 가서 외투를 걸치고는 침대 쪽으로 다시 돌아와 몸을 숙여 알베르의 볼에 길게 키스를 했다.

「작별 인사를 하러 올 거예요?」

알베르는 고갯짓으로 〈그럼, 물론이지〉라고 대답했다.

〈아니〉라는 뜻이었다.

루이즈는 자기는 이해한다고 표시를 했다.

그녀는 그에게 다시 한 번 키스를 한 뒤, 방을 나갔다.

그녀의 부재는 뒤에 커다란 공기 구멍을 남겼다. 비행기를 탈 때 겪곤 하는 에어 포켓 같은 것 말이다.

38

　너무나도 예외적인 일이라서 레몽 양은 숨이 막힐 지경이었다. 그녀가 구청에서 일하기 시작하고 나서 정말이지 이런 일은 처음이었다. 그녀가 방을 세 번이나 가로질렀건만 그는 그녀를 쳐다보지도 않았다. 뭐, 그건 그렇다 쳐도…….세 번이나 그의 자리에 다녀왔는데도 그는 중지를 뻣뻣이 세운 손으로 치마 속을 더듬지도 않았다…….

　며칠 전부터 라부르댕은 눈빛은 흐릿하고, 입은 힘없이 벌어져 있는 것이 마치 딴 사람이 된 것 같았다. 레몽 양이 옷을 하나하나 벗어 마침내 알몸이 되는 춤을 췄다 하더라도 그는 알아채지 못했을 것이다. 안색은 새하얗고, 움직임은 무겁기 그지없었다. 금방이라도 심장마비가 올 사람 같았다. 잘 됐지 뭐, 그녀는 생각했다. 뒈져라, 이 더러운 놈아! 상관의 갑작스러운 쇠약은 그녀가 비서로 채용된 후로 처음 맛보는 위안이었다. 아니, 축복이었다.

　라부르댕은 일어섰다. 천천히 재킷을 걸치고는 모자를 들고 아무 말 없이 사무실을 나왔다. 셔츠 한쪽 자락이 바지 위로 삐져나와 있었다. 그 어떤 남자라도 단숨에 상거지로 둔갑시켜 버리는 종류의 디테일이었다. 그의 무거운 거동에서는 뭔가 도살장으로 향하는 소 같은 것이 느껴졌다.

페리쿠르 씨의 집에 가니 회장님이 안 계신단다.
「기다리겠소…….」 라부르댕이 말했다.
그러고는 살롱 문을 열고 들어가 처음 보이는 소파에 멍한 눈을 하고서 털썩 주저앉았다. 그리고 세 시간 후에 페리쿠르 씨가 그를 발견했을 때에도 똑같은 자세였다.
「아니, 여기서 뭐하고 있는 거요?」 페리쿠르 씨가 물었다.
페리쿠르 씨의 등장은 그를 혼란에 빠뜨렸다.
「아! 회장님……. 회장님…….」 라부르댕은 일어서려고 버둥대면서 되풀이했다.
이게 그가 찾아낸 전부였다. 이 〈회장님〉이라는 단어로 모든 걸 말했고, 모든 걸 설명했다고 확신하는 것일까.
페리쿠르 씨는 라부르댕을 대할 때면 짜증에도 불구하고 농부와도 같은 관대함을 보여 주곤 했다. 〈자, 한번 차분히 설명해 보시오〉라고 그는 암소들이나 바보들에게나 보이는 종류의 인내심을 가지고 말하곤 했다.
하지만 이날 그의 표정이 얼음장 같아서 라부르댕으로선 소파에서 몸을 빼내고 제대로 설명하기 위해서는 에너지를 배가해야만 했다. 회장님, 그러니까 말씀입니다, 세상에 그럴 줄 누가 알았겠습니까, 분명히 회장님 자신도 모르셨겠죠, 그리고 모든 사람이 다 그랬습니다, 어찌 상상이나 할 수 있었습니까, 어떻게 세상에 그런 일이…… 등등.

상대방은 이 쓸데없는 말들이 계속 흘러나오게 놔두었다. 그는 더 이상 듣고 있지도 않았다. 사실 더 이상 들을 필요조차 없었다. 하지만 라부르댕은 계속 우는소리를 이어 나갔다.

「회장님, 그 쥘 데프르몽이 말입니다, 그 사람이 존재하지 않는다니, 세상에 어떻게 이럴 수가 있습니까?」

그의 어조에서는 거의 경탄의 빛마저 느껴졌다.

「아니, 뭐라고요? 아메리카에서 작업하는 예술원 회원이 어떻게 존재하지 않을 수 있단 말입니까? 하지만 이 스케치들, 이 기막힌 그림들, 이 놀라운 프로젝트는 분명 누군가가 만든 것 아닌가요?」

이쯤 되자 라부르댕에게는 적절한 호응이 절실해 보였다. 그렇지 않으면 그의 정신은 헛바퀴를 돌기 시작할 것이고, 그 헛바퀴는 몇 시간이고 계속될 수 있었다.

「그래서, 그는 실존하지 않는다고?」 페리쿠르 씨가 요약했다.

「바로 그겁니다!」 자기 말이 이렇게나 잘 이해된 것에 진심으로 기쁨을 느낀 라부르댕이 소리쳤다. 「루브르 가 52번지라는 주소도 말입니다, 세상에, 그것도 존재하지 않는다니, 상상이 가십니까? 그리고 회장님, 그게 뭔지 아세요?」

침묵. 상황이 어떻든 간에 이 라부르댕은 수수께끼 내기를 무척이나 좋아하는 친구였다. 천치들은 멋진 효과들을 좋아하는 법이다.

「우체국이랍니다!」 그가 고래고래 부르짖었다. 「우체국 사무실이래요! 그런 주소는 없고, 그건 단지 사서함이랍니다!」 그는 계책의 교묘함에 눈이 부신 듯했다.

「그런데 당신은 이제 와서 그걸 알아챘다……」 페리쿠르 씨

582

가 한마디 했다.

라부르댕은 이 힐책을 자신에 대한 격려로 해석했다.

「바로 그겁니다, 회장님! 자, 보세요(그는 자신의 예리한 시각을 강조하려는 듯 검지를 우뚝 세웠다), 사실 전 조금 의심이 들었습니다. 물론 저는 영수증을 받았습니다. 예술가 양반이 아메리카에 계시다고 설명하는 타자로 친 서신도, 또 회장님께서도 잘 아시는 그 모든 그림들도 받았습니다. 그렇지만 저는……」

이렇게 말한 그는 의심스럽다는 듯 입을 쭉 내민 다음, 고개를 설레설레 저었다. 말로는 도저히 옮겨 낼 수 없는 것, 즉 자신의 깊은 통찰력을 표현하기 위함이었다.

「그리고, 지불은 했소?」 페리쿠르 씨가 차갑게 말을 끊었다.

「하지만, 하지만, 하지만, 하지만……. 어떻게 하겠습니까? 물론 지불 완료했습니다, 회장님!」

그의 입장은 분명했다.

「지불하지 않으면 주문이 성립되지 않아요! 그리고 주문이 안 되면 기념비도 없고요! 다른 수가 없었어요! 우리는 〈애국적 회상〉사에 선금을 지불할 수밖에 없었단 말입니다!」

이렇게 말하면서 그는 호주머니에서 일종의 신문 같은 것을 꺼냈다. 페리쿠르 씨는 그것을 낚아챘다. 그러고는 신경질적으로 뒤적여 보았다. 그의 입에서 질문이 튀어나오려 하는데 라부르댕은 그럴 시간조차 주지 않았다.

「이 회사는, 존재하지 않아요!」 그가 소리쳤다. 「이 회사는……」

그는 갑자기 말을 멈췄다. 이틀 전부터 그의 머릿속에서 계속 맴돌았던 그 단어가 갑자기 사라져 버린 것이다.

「이 회사는……. 이 회사는…….」 그는 되풀이했다. 자신의 두뇌가 마치 자동차 엔진 같아서 다시 시동을 걸기 위해서는 시동용 크랭크를 몇 번이고 돌려야 한다는 사실을 깨달은 바 있기 때문이다. 「가공의 회사예요! 맞아요, 가공의 회사!」

그는 이빨을 활짝 드러내고 미소를 지었다. 이 언어적 역경을 극복해 낸 자신이 자못 대견했던 것이다.

페리쿠르 씨는 얄따란 카탈로그를 계속 넘겼다.

「하지만……. 이것은 공장에서 대량 생산되는 모델들 아니오?」

「어……. 네.」 라부르댕은 회장이 무슨 뜻으로 이렇게 묻는 것인지 이해하지 못하고 그냥 되는대로 대답했다.

「라부르댕, 우리는 독창적인 작품을 주문했던 것 아니냐고?」

「아아아아아!」 라부르댕이 소리 질렀다. 이 질문을 잊어버리고 있다가, 자신이 답변을 준비해 놨다는 사실을 기억한 것이다. 「그렇습니다, 회장님! 심지어는 지극히 독창적이기까지 하죠! 왜냐면 예술원 회원이신 쥘 데프르몽 씨께서 말입니다, 이분께서 공장 모델들뿐 아니라, 〈맞춤형〉이라 할 수 있는 작품들도 디자인하시기 때문이에요! 이 양반은 못 하는 게 없는 분입니다!」

이때 그는 자기가 순전히 허구적인 인물에 대해 말하고 있다는 사실을 깨달았다.

「그러니까……. 이 양반은 못 하는 게 없으셨던 분이셨죠.」 그는 마치 지금 죽은 예술가에 대해 말하는 것처럼, 따라서 주문을 이행하는 것이 이제 불가능해진 것처럼 목소리를 낮추며 덧붙였다.

카탈로그의 페이지들을 뒤적이며 거기에 소개된 모델들을

훑어보면서 페리쿠르 씨는 이 사기극의 규모를 가늠할 수 있었다. 전국적인 사기극이었다.

끔찍한 스캔들이 터질 거였다.

두 손으로 바지를 추어올리는 라부르댕은 거들떠보지도 않고서 페리쿠르 씨는 몸을 돌려 서재로 돌아갔고, 거기서 그의 참담한 실패와 마주했다.

그를 온통 둘러싼 기념비의 그림 액자들, 스케치들, 예상도들은 견디기 힘든 모욕으로 다가왔다.

그것은 허비한 돈도 아니었고, 심지어는 그 같은 사람이 멋지게 사기 당했다는 사실도 아니었다. 아니, 그의 속을 뒤집어놓는 것은 자신의 불행이 놀림감이 되었다는 사실이었다. 그의 돈, 그의 명성, 이런 것들은 넘어갈 수 있었다. 이 정도 가지고 그가 쓰러질 사람도 아니고, 비즈니스의 세계는 화를 내는 게 얼마나 어리석은 일인지를 가르쳐 주었다. 하지만 그의 불행을 조롱하는 것은 곧 그의 아들의 죽음을 우습게 보는 것이었다. 전에 그 자신이 그랬던 것처럼 말이다. 이 전사자 기념비는 그가 아들에게 범한 잘못들을 씻어 내기는커녕, 오히려 그것들을 배가한 것이다. 기대했던 속죄는 기괴한 것이 되어 버렸다.

〈애국적 회상〉사의 카탈로그는 일련의 공장 제품들을 유혹적인 세일가로 제의하고 있었다. 이 가공의 기념비들을 얼마나 팔아먹었을까? 얼마나 많은 가족들이 이 허깨비들을 사느라 돈을 갖다 바쳤을까? 얼마나 많은 코뮌들이 순진한 죄로 난데없이 도둑질을 당했을까? 그 불행한 사람들을 털어먹을 만큼 대담할 수 있다는 게, 아니 그런 생각 자체를 할 수 있다는 게 놀라울 뿐이었다.

페리쿠르 씨는 꽤 많을 것이라 예감되는 피해자들을 동정할 수 있을 만큼, 그들을 돕고 싶은 마음이 들 만큼 너그러운 사람은 아니었다. 그는 오직 자신만을, 자신의 불행만을, 그의 아들만을, 자신의 이야기만을 생각하고 있었다. 그를 괴롭게 하는 것은 그가 한 번도 아버지 노릇을 못 했는데, 앞으로도 영원히 그럴 수 없다는 사실이었다. 하지만 이보다도 더욱 이기적인 이유가 있었다. 그는 마치 자신이 개인적인 표적이 된 것처럼 화가 났다. 이 공장 제품들을 위해 지불했던 사람들은 불특정 다수를 대상으로 한 기만극에 멍청하게 당한 거라면, 맞춤형 기념비를 주문한 자신은 어떤 개인적인 갈취의 대상처럼 느껴진 것이다.

이것은 패배였고, 이 패배는 그의 자존심에 깊은 상처를 냈다.

그는 허탈하고도 속 쓰린 상태로 자리에 앉았고, 의식도 못 한 채로 손안에 구겨 버렸던 카탈로그를 다시 펼쳤다. 그러고 는 사기꾼이 도시와 마을의 시장들에게 전하는 장문의 편지를 면밀하게 읽어 보았다. 교묘하고도 마음을 놓이게 하는, 지극히 공식적으로 느껴지는 말들이었다! 페리쿠르 씨는 특히 사람들을 넘어가게 만들었을 논거 부분에서 잠시 눈을 멈추었다. 이 예외적인 가격 할인은 변변치 못한 예산을 지닌 이들에게 매우 매력적으로 작용했으리라. 뜻밖의 횡재로 느껴졌을 테니까⋯⋯. 그리고 7월 14일이라는 아주 상징적인 날짜까지 써먹었고⋯⋯.

그는 다시 고개를 들었고, 손을 뻗어 달력을 확인해 봤다.

사기꾼들은 시간을 거의 주지 않음으로써 고객들이 적절히 대응하거나 상대가 누구인지 확인하기 어렵게 만들었다. 주문장을 보내고 나서 정식 영수증을 받기만 하면, 그들은 이른바 〈할인 행사〉의 종료 기한인 7월 14일 이전에는 특별히 불안해할 이유가 없었다. 오늘은 7월 12일이었다. 이제 며칠 남지 않았다. 아직까지는 그들에 대한 얘기가 전혀 나오지 않았으므로, 사기꾼들은 마지막 선금을 긁어 들일 때까지 도망치지 않고 기다릴 게 분명했다. 한편 고객에 대해 말하자면, 가장 신중하고 의심 많은 이들은 얼마 안 있어 자신이 믿은 회사가 확실한지 확인해 보려 할 것이다.

그러면 무슨 일이 벌어지겠는가?

스캔들이 터지리라. 하루나 이틀 후, 혹은 사흘 후에. 어쩌면 이건 며칠의 문제가 아니라, 몇 시간의 문제인지도 모른다.

그러고 나면?

신문들이 앞다투어 격정을 토로하고, 경찰은 법석을 떨리라. 국회 의원들은 국가의 이름으로 분개하며 저마다 애국자연할 테고…….

「웃기는 짓거리들…….」 페리쿠르 씨는 나직이 중얼거렸다.

또 설사 이 악당들을 찾아낸다 해도, 놈들을 체포한다 해도, 그다음에는? 3~4년 정도 예심을 거친 후 재판이 열릴 거고, 그때까지는 모두가 진정이 되리라.

심지어는 나마저도…….

이 생각은 그의 마음을 가라앉혀 주지 못했다. 내일은 중요치 않았다. 그의 가슴이 쓰라린 것은 바로 지금이었다.

그는 카탈로그를 덮고, 손바닥으로 구겨진 주름을 폈다.

쥘 데프르몽과 공범들이 체포되면(만일 그들이 언젠가 체포

된다면), 그들은 더 이상 개인이 아닐 거였다. 그들은 세간의 화젯거리, 호기심거리가 될 거였다. 과거에 라울 빌랭[50]이 그랬고, 지금은 랑드뤼가 그리되고 있는 것처럼.

만인의 분노에 넘겨지면 죄인들은 더 이상 몇몇 피해자들에게 속하지 않게 된다. 이 도둑놈들이 만인의 소유가 되어 버리면, 페리쿠르는 누구를 증오할 수 있단 말인가?

더 고약한 것은 그의 이름이 이 재판의 중심에 놓이게 될 거라는 사실이었다! 그리고 재수 없게도 그가 맞춤형 작품을 주문한 유일한 사람이라면, 사람들은 그를 손가락질하며 떠들어대리라. 뭐야, 저 사람? 대단한 인간인 줄 알았더니 별거 아니었구먼! 그는 모두의 눈에 자기가 순진한 얼간이로 비칠 거라는 생각에 숨이 막혔다. 승승장구해 온 실업가이며 모두가 벌벌 떠는 은행가인 그가 삼류 사기꾼들에게 완전히 당한 것이다.

더 이상 아무 생각도 나지 않았다.

상처받은 자존심은 그의 눈을 멀게 했다.

그의 내부에서 뭔가 신비스럽고도 결정적인 일이 일어났다. 그는 이 범죄를 저지른 자들을 원했다. 이렇게 무언가를 미친 듯이 맹렬하게 원한 적은 드물었다. 그들을 잡아서 어떻게 할 건지는 자신도 몰랐지만, 어쨌든 그들을 원했다.

도둑놈들. 조직 범죄단. 놈들은 벌써 이 나라를 떴을까? 아마 아니리라.

경찰에 앞서 놈들을 잡을 수 있을까?

지금은 정오였다.

---

50 Raoul Villain(1885~1936). 국수주의적 신념에 사로잡혀 1914년에 사회주의자 정치가 장 조레스를 암살했으며, 1936년에 총살형에 처해졌다.

그는 초인종 끈을 당겼고, 그의 사위에게 자기를 찾아오라고 전하라고 명했다.

모든 일을 중단하고.

39

앙리 도네프라델은 오후 중반에 루브르 가에 위치한 드넓은 우체국에 들어가서는, 2층으로 올라가는 어마어마한 층계에서 멀지 않은 곳에서, 벽을 뒤덮은 사서함들을 관찰할 수 있는 벤치를 골랐다.

52번 사서함은 그에게서 약 15미터 떨어진 곳에 위치해 있었다. 그는 들고 있는 신문에 빠져드는 척하고 있었지만, 자신이 이 자리에 오래 앉아 있을 수만은 없다는 것을 이내 깨달았다. 그 도둑놈들은 사서함을 열기 전에 뭔가 비정상적인 점은 없는지 살펴볼 공산이 클 뿐 아니라, 만일 온다면 이렇게 한낮에 올 리가 없고 차라리 오전에 왔을 거였다. 요컨대 이렇게 현장에 나와 앉아 있으니 자꾸 고약한 걱정들만 떠오르는 거였다. 사기꾼들 입장에서 보자면, 오늘 마지막 지불금을 찾으러 오는 것보다는 유럽 저쪽 끝으로 가는 기차나 아프리카행 배를 타고 내빼는 편이 훨씬 안전하지 않겠는가?

놈들은 오지 않을 거야.

한데 내게 주어진 시간은 얼마 없어…….

이런 생각은 힘이 쭉 빠지게 만들었다.

부하는 떠나가고, 동업자들에겐 배신당하고, 장인에겐 외면 당하고, 아내에겐 버림받은 그는 다가오는 파국을 무력하게 기다리고 있을 뿐, 아무런 희망이 보이지 않았다. 이렇게 생애 최악의 사흘을 보내고 있는데, 마지막 순간에 심부름꾼이 급히 찾아와서는, 〈즉시 나를 보러 오게〉라고 휘갈겨 써진 페리 쿠르 씨의 명함을 전한 것이다.

하여 그는 즉시 택시를 잡아타고 쿠르셀 가에 달려왔고, 위 층에서는 마들렌과 마주쳤는데……. 이 여자는 마치 알을 낳고 있는 암거위처럼 더없이 만족스러운 미소를 짓고 있었다. 이틀 전에 자기를 차갑게 내친 사실은 기억도 나지 않는 모양이었다.

「오, 그래, 자길 찾아냈나 보네?」

마치 안심한 듯이 이렇게 말했다. 이런 개 같은 년……. 그녀는 그를 찾으러 마틸드 드보세르장의 침실에까지 심부름꾼을 보냈다. 도대체 어떻게 알아냈는지 귀신이 곡할 노릇이었다.

「오르가즘에 도달하기 전에 방해했으면 어떡하나? 그러진 않았겠지?」 마들렌이 물었다.

앙리가 대답 없이 그녀 앞을 지나자, 그녀는 덧붙였다.

「아 참, 자긴 아빠를 보러 올라가지? 또 남자들끼리의 문제 인 모양이군. 둘 다 못 말린다니까…….」

이렇게 말하고는 두 손을 배 위에 올려놓고 그녀가 좋아하 는 활동으로 돌아왔다. 이렇게 불룩 튀어나온 부분들이 발인 지, 뒤꿈치인지, 팔꿈치인지 짐작해 보는 일 말이다. 그 조그만 동물은 마치 물고기처럼 꿈틀대고 있었다. 그녀는 그것과 애기하는 걸 무척 좋아했다.

　시간이 흐르고, 수많은 고객들이 창구들에 몰려들고, 그가
감시하는 것을 제외한 모든 사서함들이 차례로 열려 가고 있
을 때, 앙리는 자세와 벤치를 바꾸었고, 또 1층을 내려다보면
서 담배를 피울 수 있는 2층으로 올라가기도 했다. 이렇게 아
무 일도 하지 않고 있으려니 몸에 좀이 쑤셔 왔지만, 다른 수
가 없지 않은가? 그는 자기를 이렇게 무기력하게 기다리게 만
든 페리쿠르 영감을 저주하기 시작했다. 그는 극히 쇠약해진
모습이었다. 이 영감은 죽어도 서서 죽을 위인이었지만, 기력
이 다했다는 게 온몸에서 느껴졌고, 어깨는 축 처지고, 눈 주위
는 자줏빛이었다……. 얼마 전부터 쇠약해진 기미를 보이기 시
작한 것은 사실이었지만, 지금은 상태가 한층 나빠진 것 같았
다. 조케 클럽에서는 그가 지난해 11월에 쓰러진 이후로 더 이
상 예전 같지 않다는 말들이 떠돌았다. 블랑슈 의사는 결코 속
내를 드러내지 않는 사람임에도 불구하고 페리쿠르 씨에 대해
얘기하면서 두 눈을 내리깔았는데, 이 정도면 더 이상의 말이
필요 없었다. 또 하나의 명백한 징후는 그의 그룹에 속한 주식
몇 종목이 하락했다는 점이었다. 그 후 주가가 다시 반등하기
는 했지만…….

　만일 그가 망하고 나서, 다시 말해서 너무 늦게, 고집불통 영
감이 죽는다면, 그건 견디기 힘든 일이었다. 영감이 여섯 달
후, 혹은 1년 후가 아니라 지금 당장 뒈져 준다면 얼마나 좋겠
는가……! 물론 결혼 계약서와 마찬가지로 유언장은 접근이
차단되어 어떻게 해볼 수 없었지만, 앙리는 여자들에게서 원하

는 것을 얻어 낼 수 있는 능력에 대해 확고한 자신감을 갖고 있었다. 이 능력이 실패를 맛본 것은 오직 그의 아내뿐이었다(기가 막힌 일이었다). 하지만 필요하다면 비장의 힘까지 끌어낼 거고, 그러면 마들렌 정도는 가볍게 요리할 수 있었다. 맹세컨대, 영감의 재산 중에서 자기 몫은 반드시 챙길 거였다. 일이 어떻게 이렇게 개판이 되어 버렸단 말인가? 너무 많이, 혹은 너무 조급하게 욕심낸 게 탈이었다……. 하지만 과거를 후회한들 무슨 소용이겠는가? 앙리는 행동하는 사람이지, 앉아서 한탄하고 있는 유형은 아니었다.

「자네는 조금 있으면 아주 골치 아픈 문제들과 마주하게 될 거야.」 페리쿠르 씨가 이렇게 말했을 때, 앙리는 그를 마주 보고 앉아 있었다. 페리쿠르 씨가 보낸 명함을 손에 꽉 쥔 채였다.

앙리는 대꾸하지 않았는데, 상대의 말이 사실이었기 때문이다. 아직은 어떻게 해볼 수 있는 것이 ─ 공동묘지들에서의 그 자잘한 문제들 ─ 공무원 매수 혐의로 고발됨에 따라 극복하기 거의 불가능한 난관으로 발전하고 있었다.

거의. 다시 말해서 극복하기 완전히 불가능한 것은 아니었다.

그런데 바로 이런 상황에서 페리쿠르가 그를 불렀다면, 자세를 낮춰 그를 보자고 했다면, 심지어는 그의 정부 중 하나의 침대에까지 가서 찾아오게 했다면, 이것은 영감에게 그가 끔찍이도 필요하다는 뜻이었다.

대체 무슨 일이기에 이렇게 나를, 이름도 경멸스럽게 발음하던 이 앙리 도네프라델을 불러야만 했을까? 앙리는 전혀 짐작할 수 없었다. 지금 자신이 영감의 서재에 있고, 더 이상 서 있지 않고 앉아 있고, 자기는 아무것도 부탁한 게 없다는 사실

외에는 아무것도 알 수 없었다. 어떤 빛이, 한 줄기 희망의 빛이 보이는 것 같았다. 그는 아무 질문도 하지 않았다.

「나 아니면 자네의 문제들은 해결할 수 없어!」

앙리는 울컥하는 자존심 때문에 첫 번째 실수를 범했다. 〈과연 그럴까〉 하는 식으로 입을 약간 비쭉거린 것이다. 그러자 페리쿠르 씨는 사위로서는 처음 보는 격렬한 반응을 보였다.

「자넨 죽었다고!」 그는 고함을 쳤다. 「내 말 듣나? 죽었어! 지금 자네에게 얹혀 있는 것들 때문에, 정부는 자네에게서 모든 것을 빼앗을 거야! 자네의 재산, 자네의 명성, 모든 것을! 자넨 절대로 다시 일어서지 못해! 그리고 자넨 결국 감옥에 들어가게 될 거야.」

앙리는 어떤 치명적인 전술적 실수를 범하고 나서도 탁월한 직감을 발휘할 줄 아는 그런 종류의 사내였다. 그는 벌떡 일어나 방을 나갔다.

「거기 서!」 페리쿠르 씨가 소리쳤다.

앙리는 조금도 머뭇거리지 않고 휙 돌아서서 뚜벅뚜벅 다시 방을 가로질러 와 장인의 책상을 두 손바닥으로 꽉 누르고 서서는 허리를 굽히며 말했다.

「자, 이제 나한테 엿 같은 짓거리는 그만해요! 장인어른에겐 내가 필요해요. 난 그게 뭔지는 잘 모르겠지만, 어쨌든 우리 분명히 합시다. 장인어른이 내게 원하는 게 뭐든 간에, 내 조건은 동일해요. 장인어른이 장관을 손안에 틀어 쥐고 있어요? 좋습니다. 그렇다면 개인적으로 접촉해서, 지금 날 엿 먹이고 있는 모든 것들을 쓰레기통에 처넣게 하세요! 난 더 이상 그 어떤 혐의도 받고 싶지 않아요!」

이렇게 말한 다음에 그는 안락의자에 다시 앉아 다리를 꼬았다. 마치 조케 클럽에서 급사장이 자기 코냑 잔을 가져다주기를 기다리는 듯한 모습이었다. 이런 상황에서는 그 누구라도 자신의 요구의 대가로 어떤 요구가 떨어질지 몰라 떨었을 것이나, 이 앙리는 아니었다. 사흘 전부터 그는 자기에게 몰아닥칠 파산에 대해 생각하면서, 무슨 짓이라도 저지를 각오가되어 있었다. 자, 나보고 누굴 죽이라고 해봐!

페리쿠르 씨는 모든 것을 설명해야 했다. 전사자 기념비를 주문한 일. 전국적 규모의 사기극. 그리고 자신이 아마도 가장 큰 피해자, 가장 주목받을 피해자가 되리라는 사실⋯⋯. 앙리는 다행히도 미소는 짓지 않았다. 그리고 그는 장인이 자기에게 무얼 요구하게 될지 이해하기 시작했다.

「지금 스캔들이 터지기 직전이야.」 페리쿠르 씨가 설명했다. 「만일 경찰이 놈들을 도망치기 전에 체포한다면, 모두가 달려들어 놈들을 빼앗아 버리겠지. 정부, 사법부, 언론, 각종 협회, 피해자들, 참전 용사들⋯⋯. 난 그걸 원치 않아. 자네가 놈들을 찾아 주게.」

「그들을 어떻게 하려는 거죠?」

「자네하곤 상관없는 일이야.」

앙리가 느끼기에 페리쿠르 자신도 이에 대해 전혀 모른다는 게 확실했지만, 그건 자신의 문제가 아니었다.

「왜 날 시키는 거죠?」

이 말을 내뱉자마자 혀를 깨물었으나 너무 늦어 버렸다.

「이런 악당들을 잡으려면, 그만큼 고약한 다른 악당이 필요하기 때문이지.」

앙리는 잠자코 듣기만 했다. 페리쿠르 씨가 후회한 것은 자신의 모욕이 지나쳤기 때문이 아니라, 이 말이 역효과를 낼 수 있었기 때문이다.

「게다가 시간이 촉박해.」 그는 보다 타협적인 어조로 덧붙였다. 「이건 시간에 달린 문제야. 그리고 지금 내가 쓸 수 있는 사람은 자네밖에 없고.」

저녁 6시경, 열 번이 넘게 위치를 바꾼 후에야 그는 인정하지 않을 수 없었다. 루브르 우체국에서 기다리는 전략은 통하지 않을 거였다. 적어도 이날은. 그리고 다음 날이 있으리라고는 아무도 장담할 수 없었다.

그렇다면 죽치고 앉아서 52번 사서함의 고객들이 오기만을 기다리는 것 외에 앙리에게 어떤 해결책이 있었던가? 카탈로그를 제작한 인쇄소?

「거긴 가지 말게.」 페리쿠르가 잘라 말했다. 「거기 가면 여러 가지 질문들을 해야 할 터인데, 만일 이 인쇄소에 대해 뭔가 알아보고 있다는 얘기가 퍼지면, 인쇄소 고객들과 그 회사와 사기극까지 거슬러 올라가게 되고, 그러면 결국 스캔들이 터져.」

인쇄소를 제외하면 남는 것은 은행이었다.

〈애국적 회상〉사는 고객들로부터 돈을 받았는데, 이렇게 모은 돈을 어느 은행에다 넣었는지 알아보기 위해서는 시간과 각종 허가서 등이 필요할 터인데, 지금 앙리에게는 없는 것들이었다.

결국 돌아오게 되는 곳은 한군데였다. 우체국 말고는 아무데도 없었다.

결국 그는 자신의 기질에 따라 위반을 택했다. 페리쿠르 씨가 금지했음에도 불구하고 그는 택시를 잡아타고 아베스 가의 롱도 인쇄소로 향한 것이다.

　택시 안에서 그는 장인이 넘겨준 〈애국적 회상〉사의 카탈로그를 다시 한 번 뒤적여 보았다. 페리쿠르 씨가 보인 반응은 사기를 당한, 하지만 산전수전 다 겪은 사업가의 그것을 훨씬 넘어서는 것이었다. 그는 이것을 어떤 개인적인 문제로 받아들이고 있었다. 그렇다면 이게 대체 어떤 것이기에?

　택시는 클리냥쿠르 가에서 한동안 발이 묶였다. 다시 카탈로그를 덮는 앙리의 얼굴에는 감탄의 빛이 희미하게 떠올랐다. 지금 그는 단서가 거의 없을 뿐 아니라 시간은 더욱 없어 찾아낼 가능성이 희박한 닳고 닳은 사기꾼들, 조직적이고도 노련한 패거리의 뒤를 쫓고 있는 거였다. 그는 이 사기극의 높은 클래스에 대해 모종의 찬탄의 감정을 느끼지 않을 수 없었다. 이 카탈로그는 그야말로 걸작이었다. 만일 지금 인생 전체가 걸린 이 일의 결과에 온 정신이 쏠려 있는 상태가 아니었더라면, 미소까지 머금었을 것이다. 대신 그는 만일 이게 그들의 목숨과 자기 목숨을 맞바꾸는 일이라면, 필요하다면 수류탄과 겨자탄과 기관총을 동원해서라도 이 패거리를 박살내 버리리라 굳게 다짐했다. 바늘구멍만 한 틈이라도 있으면 비집고 들어가 모조리 도살해 버리리라. 그는 복부와 가슴의 근육들이 딴딴해지고, 입술이 꽉 오므라드는 것을 느꼈다.

　그래! 내게 단 1만 분의 1의 기회만 주어져도 너희들은 죽은 목숨이야……

40

외젠 씨에게서 아무런 소식이 없는 것을 불안해하는 뤼테시아 호텔의 모든 이들에게 알베르는 〈그는 조금 아파요〉라고 대답하곤 했다. 이틀 전부터 그는 모습을 드러내지 않았고, 사람을 부르는 일도 없었다. 입이 딱 벌어지는 액수의 팁에 익숙해져 있던 사람들은 갑자기 그게 끊기자 실망을 금치 못했다.

알베르는 호텔 의사를 부르는 것을 거부했다. 그래도 의사는 왔는데, 알베르는 문을 빠끔히 열고는, 지금 상태가 나아졌어요, 고마워요, 그는 지금 쉬고 있어요 하고 다시 닫아 버렸다.

에두아르는 상태가 나아지지 않았고, 쉬고 있지도 않았다. 먹은 것을 죄다 토해 냈고, 목구멍에서는 대장간 풀무 같은 소리가 났으며, 열은 떨어지지 않았다. 약 기운에서 깨어나는 데 시간이 한참 걸렸다. 이런 상태로 여행을 할 수 있을까? 알베르는 자문했다. 이 친구는 대관절 어떻게 헤로인을 구했을까? 알베르는 그가 많은 양을 투여했는지 알 수 없었다. 이 분야에 대해선 아는 바가 전혀 없었다. 그리고 만일 그게 충분치 않다면, 만일 에두아르가 며칠 동안 항해하는 중에 다시 그게 필요하게 된다면 어떻게 할 것인가? 배를 한 번도 타본 적이 없는 알베르는 뱃멀미를 두려워하고 있었다. 만일 뱃멀미로 친구를 돌볼 수 없는 상태가 된다면, 누가 그를 맡아 주겠는가?

에두아르는 잠을 자지 않거나, 알베르가 간신히 넣어 준 미량의 음식을 목구멍을 온통 열고 토해 내지 않을 때에는, 천장을 올려다보며 꼼짝 않고 누워 있었다. 화장실에 갈 때만 몸을 일으켰다. 알베르는 그에게서 눈을 떼지 못했다. 〈이봐, 화장실 문을 잠그지 마! 무슨 일이 생기면 내가 도우러 들어가야 하니까.〉 화장실에 있을 때까지…….

그야말로 한시도 눈을 뗄 수가 없었다.

일요일에는 하루 종일 친구를 간호해야 했다. 에두아르는 대부분의 시간에는 침대에 누워 있었다. 땀에 흠씬 젖은 몸으로 격렬히 경련하다가는 헐떡거림으로 끝을 맺곤 했다. 알베르는 깨끗한 수건이며 속옷 등을 준비하느라 부지런히 침실과 욕실 사이를 오갔고, 에그 밀크, 고기 수프, 과일 주스 등을 주문했다. 하루가 끝날 무렵이 되자, 에두아르는 헤로인을 요구했다.

「날 도와줘.」 그는 떨리는 손으로 글을 썼다.

친구의 상태에 겁이 나고, 출발해야 할 때가 얼마 남지 않아 공황 상태에 빠진 알베르는 마음이 약해져 받아들였지만, 이내 후회했다. 헤로인에 대해서는 전혀 몰랐을 뿐만 아니라, 이것은 헤어나기 힘든 늪 속으로 또다시 빠져드는 짓이었다.

흥분과 극도의 피로로 동작은 서툴기 짝이 없었지만, 에두아르가 이 일에 익숙하다는 걸 알 수 있었다. 알베르는 친구의 또 다른 배신행위를 발견한 거고, 이에 깊은 상처를 받았다. 어쨌든 그는 조수 역할을 수행했다. 주사기를 잡아 주고, 심지에 대고 점화용 톱니바퀴를 돌리고…….

그들의 관계가 처음 시작되던 때와 무척 닮은 장면이었다. 물론 뤼테시아 호텔의 호화로운 스위트룸은 2년 전에 에두아르가 파리의 병원으로 후송되기를 기다리면서 패혈증으로 죽을 뻔했던 군사 병원과는 아무런 상관이 없었다. 하지만 두 남자의 밀착된 생활이며, 알베르가 에두아르를 아버지처럼 보살피는 것이며, 에두아르의 의존적 상태며, 그의 깊은 불행감이며, 또 알베르가 열심히, 스스로도 믿지 못하는 채로, 서투르게 달래 보려 애쓰는 그의 비탄 등은 두 사람 모두에게 이게 힘을 주는 것인지 아니면 불안스러운 것인지 말하기 힘든 추억들을 떠오르게 했다. 그것은 마치 끝이 출발점으로 되돌아오는 닫힌 고리와도 같았다.

주사를 놓자마자 에두아르의 몸은 세차게 흔들렸다. 마치 누군가가 그의 머리끄덩이를 뒤로 홱 잡아채면서 등짝을 후려친 것 같았다……. 이 경련은 오래가지 않았고, 에두아르는 몸을 모로 눕혔다. 그의 얼굴에서는 다시 행복한 표정이 떠올랐고, 그는 기분 좋은 몽롱한 상태에 빠져들었다. 알베르는 그가 두 팔을 축 늘어뜨리고서 자는 것을 바라보았다. 자신의 비관론이 승리하고 있음을 느꼈다. 그는 지금까지도 은행과 기념비 예약 신청자들에 대한 이중의 사기극이 성공하리라고, 또 설사 성공하더라도 프랑스를 무사히 떠날 수 있으리라고 한 번도 믿은 적이 없지만, 이제는 이렇게 상태가 좋지 않은 친구를 데리고서 사람들의 눈에 띄지 않고 마르세유행 기차를 타고, 또 여러 날 동안 배를 탄다는 게 도무지 가능해 보이지 않았다. 이 모든 것 외에도, 생각만 하면 골치가 지끈거리는 폴린이 있었다. 다 털어놔? 그냥 이대로 도망쳐? 그녀를 포기해? 전쟁은 끔찍한 고독의 시련이었지만, 그것은 지옥으로 떨어져 내리는 것 같은 이 제대 후의 시기에 비교하면 아무것도 아니었다. 어떤 때는 그냥 자수하여 이 모든 것을 완전히 끝내 버리고 싶은 충동이 일었다.

그러나 이렇게 앉아 있을 수만은 없는 노릇이었다. 알베르는 오후가 끝나 갈 무렵에 에두아르가 잠든 틈을 타서 프런트로 내려와서는 라리비에르 씨가 14일 정오에 호텔을 떠날 거라고 컨펌했다.

「뭐라고요? 당신이 〈컨펌〉한다고요?」

체구가 크고 엄하게 생긴 얼굴의 사내는 참전을 했고, 포탄 파편이 지나가는 것을 너무 가까이서 바라보다가 그만 한쪽 귀를 잃고 말았다. 몇 센티미터만 더 가까웠더라면 에두아르 같은 몰골이 되었을 것이나, 그보다는 운이 좋았다. 그는 안경의 오른쪽 다리를 접착 테이프로 머리 옆쪽에다 붙여 놓을 수 있었는데, 색깔이 제복 견장과 잘 어울리는 그 테이프는 파편이 두개골 안으로 파고든 구멍의 흉터를 가리고 있었다. 그를 보고 있으려니 전에 들은 어떤 풍문이 떠올랐다. 어떤 병사들은 뇌 속에 포탄 파편이 박혔는데, 빼내지 못하여 그냥 거기 박아 놓은 채로 살고 있다고…… 하지만 이런 부상병들을 개인적으로 만나 본 사람은 아무도 없었다. 어쩌면 이 수위는 그런 좀비들 중의 하나인지도 몰랐다. 만일 그렇다면, 이 사내는 그렇게 뇌기능이 떨어지지는 않은 듯했다. 왜냐면 세상의 강자와 약자를 기가 막히게 구별해 냈기 때문이다. 사내는 보일 듯

말 듯 입을 삐죽 내밀었다. 알베르는 무슨 말을 하든 간에, 또
그의 깨끗한 양복과 왁스 칠한 구두에도 불구하고, 서민 티를
감출 수 없었다. 그건 그의 몸짓들에서, 어쩌면 어떤 억양에서,
혹은 제복 차림의 — 심지어 그게 수위의 제복이라 해도 —
모든 이 앞에서 자신도 모르게 보이곤 하는 공손한 태도 등에
서 감지되는 모양이었다.

「그래서 외젠 씨가 우리 호텔을 떠나신다고요?」

알베르는 확답했다. 그렇다면 에두아르는 호텔을 나간다고
예고하지 않은 모양이었다. 아니, 과연 떠날 생각이나 있었을까?

「아무렴!」 잠에서 깨어났을 때 질문을 받은 에두아르는 이
렇게 글로 답변했다.

그는 벌벌 떨리는, 하지만 읽을 수는 있는 글자들을 써 내려
갔다.

「물론이지! 우린 14일에 떠나는 거야!」

「하지만 자넨 아무것도 준비하지 않았잖아…….」 알베르가
추궁했다. 「그러니까, 트렁크도 없고, 옷도 없고…….」

에두아르는 자신의 이마를 탁 쳤다. 아, 나 왜 이렇게 멍청하
지……?

에두아르는 알베르와 함께 있을 때는 가면을 쓰는 일이 거
의 없었다. 덕분에 이따금 목구멍과 뒤집힌 위장에서 올라오
는 악취가 장난이 아니었다.

한 시간 한 시간 지남에 따라 에두아르의 상태는 점점 나아
졌다. 그는 다시 음식물을 섭취했고, 아직 오래 서 있지는 못했
지만 월요일에는 상태가 좋아진 게 분명해 보였고, 대체적으
로 안심이 되는 수준이었다. 알베르는 나가면서 헤로인과 남

은 모르핀 앰풀들과 관련된 기구들을 어디다가 넣고 잠가 버릴까도 망설였지만, 그게 어렵겠다고 판단했다. 첫째는 에두아르가 보고만 있지 않을 거고, 둘째는 그럴 엄두 자체가 나지 않았다. 그에게 남아 있는 몇 방울의 기력은 출발을 기다리고, 남은 시간을 세는 데나 사용하리라.

에두아르가 아무것도 준비해 놓지 않았으므로, 알베르는 그를 위해 옷을 사러 봉마르셰 백화점으로 갔다. 센스 없는 옷을 고르는 실수를 범하지 않기 위해 한 판매원에게 문의하자, 서른 살 가량으로 보이는 남자는 그를 머리에서 발끝까지 유심히 훑어봤다. 알베르는 뭔가 〈아주 세련된〉 것을 원한단다.

「어떤 종류의 〈세련된〉 것을 찾으시는데요?」

판매원은 어떤 대답이 나올까 몹시 궁금한 듯, 알베르에게로 몸을 굽히고 두 눈을 빤히 들여다보았다.

「에……」 알베르가 더듬거렸다. 「그러니까…….」

「네, 그래서요……?」

알베르는 열심히 생각해 보았다. 〈세련된〉에 〈세련된〉 말고 다른 뜻이 있을 수 있다는 사실은 한 번도 생각해 본 적이 없었다. 그는 오른쪽에 있는 마네킹을 가리켰다. 모자로 시작해서 신발까지, 또 외투까지, 그야말로 머리끝에서 발끝까지 옷이 입혀진 마네킹이었다.

「저거요, 저게 세련되어 보이는데요…….」

「아, 이제 무슨 말씀인지 좀 알겠습니다.」 판매원이 말했다.

그는 마네킹이 걸친 것 전체를 조심스럽게 빼내어 카운터 위에 펼쳐 놓았다. 그런 다음, 마치 어떤 거장의 회화 작품을 감상하듯 한 걸음 물러서서 내려다보았다.

「선생께선 센스가 대단하시네요.」

그는 다른 넥타이며 셔츠들을 추천했고, 알베르는 망설이는 시늉을 하다가 다 받아들였다. 그리고 점원이 그것들을 포장하는 것을 보며 안도감을 느꼈다.

「그리고 또……. 또 한 벌이 필요해요.」 그가 말했다. 「현지에서 입을 옷…….」

「현지에서 입을 옷, 네, 좋습니다.」 판매원은 꾸러미를 끈으로 묶기를 마치며 그의 말을 되풀이했다. 「그런데 현지가 어디죠?」

알베르는 목적지를 밝히고 싶지 않았다. 절대로 그럴 수는 없고, 약게 행동해야 했다.

「식민지요.」

「오, 그렇군요…….」

판매원의 얼굴에 갑자기 흥미의 빛이 떠올랐다. 어쩌면 이 사람 역시 한때는 거길 가고 싶어 했고, 또 계획들도 세웠던 게 아닐까.

「그렇다면 어떤 종류의 옷을 원하시죠?」

식민지에 대한 알베르의 관념은 그림엽서, 어디서 들은 말, 잡지에서 본 이미지 같은, 잡다한 것들로 이뤄져 있었다.

「뭔가 거기에서 잘 어울릴 수 있는 거요…….」

판매원은 잘 이해했다는 듯 입을 꽉 다물어 보였다. 선생에게 필요한 게 우리에게 있을 것 같아요. 하지만 이번에는 실제로 어떤가 볼 수 있게끔 완전히 갖춰서 입혀 놓은 마네킹은 없어요. 자, 이 재킷 어떻습니까. 천을 한번 만져 보세요. 그리고 이쪽은 바지인데 이렇게 세련되면서도 이렇게 기능적인 옷은 없지요. 그리고 물론 모자도 쓰셔야죠.

「확실해요?」 알베르가 감히 되물었다.

판매원은 단호했다. 네, 모자가 남자를 결정하는 거예요. 알베르는 남자를 결정하는 것은 구두라고 믿었지만, 제안을 묵묵히 받아들였다. 판매원은 큼지막한 미소를 지었다. 식민지 생각이 났기 때문일까? 아니면 옷을 두 세트나 팔아 치웠기 때문일까? 한데 이자는 기묘하게도 육식동물적인 뭔가를 가지고 있었다. 알베르는 이런 모습을 은행의 어떤 책임자들에게서 본 적 있었다. 그는 이게 전혀 마음에 들지 않았고, 하마터면 그걸 말할 뻔했다. 하지만 여기서, 호텔이 바로 옆인 이곳에서 소동을 벌여서는 안 됐다. 이틀만 지나면 떠나는데, 그동안의 모든 노력을 물거품으로 만드는 실수를 범할 필요는 없지 않은가.

알베르는 또 황갈색 가죽으로 된 대형 트렁크 하나와, 이것에 어울리는 새 가방 두 개(그중 하나는 돈 운반에 쓸 요량으로), 그리고 말 대가리를 넣을 새 모자 케이스도 하나 사서, 이 모든 것을 뤼테시아 호텔로 배달하게 했다.

마지막으로 그는 아주 여성스럽고도 예쁜 상자를 하나 골라서는 그 안에 4만 프랑을 집어넣었다. 친구를 보살피러 돌아가기 전에 세브르 가의 우체국에 들러 그 전부를 벨몽 부인 앞으로 부쳤다. 거기다 첨부한 쪽지에다는 이 돈은 〈아이가 컸을 때〉 루이즈를 위한 것이며, 자신과 에두아르는 〈아이가 돈을 쓸 수 있는 나이가 될 때까지 부인께서 최대한 현명하게 투자해 줄 것〉을 기대한다고 적었다.

물건이 배달되어 오자 에두아르는 옷들을 쳐다보면서 만족스러운 듯 고개를 끄덕였다. 심지어는 엄지를 번쩍 치켜 올리기까지 했다. 브라보! 아주 좋아! 그 모습에 알베르는 생각했다. 그래 맞았어. 그래, 이 친구는 어찌 되든 전혀 관심이 없는 거야…….

알베르는 폴린을 보러 갔다.

택시 안에서 그는 할 말을 다시 한 번 검토해 보았고, 목적지에 도착했을 때는 반드시 모든 사실을 밝히리라 단단히 마음먹은 상태였다. 왜냐면 이번에는 더 이상 빠져나갈 구멍이 없기 때문이었다. 오늘은 7월 12일이고, 만일 그때까지 목숨이 붙어 있다면 7월 14일에는 떠날 것이기 때문에, 지금 아니면 영원히 기회가 없었다. 하지만 그의 결심은 일종의 주문이나 다름없었으니, 깊은 곳에서는 자신이 그런 고백을 할 수 없다는 걸 잘 알고 있었기 때문이다.

그는 지금까지 이렇게 결심하지 못하게 막은 이유들에 대해 곰곰이 생각해 봤다. 그 모든 이유들의 귀착점은 결국 하나, 도저히 극복할 수 없는 것으로 느껴지는 도덕의 문제였다.

폴린은 서민 출신이었다. 인부인 아버지와 직공인 어머니 사이에서 태어나 교리문답을 외우며 자라났다. 이런 범주의 빈민들만큼 덕성과 정직성에 신경 쓰는 사람들은 없으리라.

이날 그녀는 그 어느 때보다도 매력적으로 보였다. 알베르가 사준 모자를 쓰고 있으니 그 완벽한 삼각형의 얼굴과 마음을 사르르 녹이는 눈부신 미소의 아름다움이 숨김없이 드러났다.

알베르가 뭔가 거북해하고, 평소보다도 이날 저녁은 한층 말이 없고, 계속 뭔가를 얘기할 듯하다가는 결국에는 말을 삼키고 있다고 느끼면서 폴린은 그와의 관계 중에서 가장 달콤한 순간을 맛보고 있었다. 그녀에겐 의심의 여지가 없었다. 지금 그는 결혼 신청을 하고 싶은데 좀처럼 말을 꺼내지 못하는 거였다. 알베르는 단지 소심할 뿐 아니라 조금 겁이 많은 성격이야, 하고 그녀는 생각했다. 더없이 사랑스럽고, 정말로 착하지만, 억지로 입을 열게 하지 않으면 여자가 늙어 죽을 때까지 기다리게 만드는 타입이었다.

현재로서는 그녀는 자신이 욕망의 대상이 되고 있음을 느끼며, 그가 말을 빙빙 돌리며 쭈뼛대는 것을 즐기고 있었다. 그의 접근을 받아들인 것도, 자신의 욕구에 굴복한 것도 후회되지 않았다. 그녀는 별로 신경 쓰지 않는 척 했지만, 그가 심각하다고 확신하고 있었다. 여러 날 전부터 몸을 배배 꼬고 있는 알베르를 보고 있노라면 너무도 기뻤지만 겉으로는 딴전을 피웠다.

이날 저녁만 해도(그들은 코메르스 가의 한 레스토랑에서 저녁 식사 중이었다) 그는 이런 식으로 말하는 거였다.

「폴린, 그런데 말이야, 난 은행에 있는 게 그다지 재미있지가 않아서 말이야, 다른 걸 한번 해보면 어떨까 하는 생각도 드는데 말이야……」

맞아, 그녀는 생각했다, 아이가 서넛 생기고 나면 이런 건 생각해 볼 수도 없지. 아직 나이가 젊을 때 용감하게 시도해 보는 거지.

「아, 그래?」 그녀는 앙트레를 가져오는 웨이터에게 시선을 두며 무심한 듯 대꾸했다. 「그래, 어떤 것?」

「에 그러니까…… 글쎄 잘 모르겠어……」

그는 문제에 대해선 엄청나게 생각해 본 반면, 답에 대해선 전혀 생각하지 않는 듯했다.

「어떤 장사 같은 거 하면 어떨까……」 그가 슬쩍 떠보았다.

폴린의 얼굴이 새빨개졌다. 장사……. 그거야말로 성공의 정점이었다. 생각해 보라……. 〈폴린 마야르. 장식품 및 각종 여성 제품〉…….

「푸우……」 그녀는 대답했다. 「어떤 장사를 하겠다는 건데?」

아니면, 그렇게 거창한 것까지는 아니더라도, 〈마야르 상점. 식료품, 봉제 재료, 포도주 및 각종 주류〉.

「에 그러니까……」

종종 이랬다. 그는 혼자 뭔가를 골똘히 생각하는데, 그녀는 그게 뭔지 알 수 없었다…….

「그러니까 그게 어떤 장사냐 하면……. 아니 그보다는 어떤 사업 같은 것……」

눈으로 직접 보는 것만을 이해할 수 있는 폴린에게 〈사업〉의 개념은 훨씬 막연했다.

「어떤 사업?」

「이국적인 목재 같은 걸 생각해 봤어.」

폴린의 동작이 딱 멈췄다. 포크에 꽂힌 초절임 대파가 입술에서 몇 센티미터 떨어진 곳에서 대롱거렸다.

「그건 어디다 쓰는 건데?」

알베르는 곧바로 뒷걸음질 쳤다.

「아니면 바닐라, 커피, 카카오, 뭐 그런 것들……」

폴린은 굳은 얼굴로 고개를 끄덕였다. 보통 이해가 잘 안될 때 하는 동작이었다. 정말이지 〈폴린 마야르. 바닐라와 카카오〉가 정확히 무얼 하는 건지 알 수 없었다. 또 어떤 사람이 이런 것에 관심을 갖는지도.

알베르는 자기가 길을 잘못 들었음을 깨달았다.

「아니, 그냥 한번 해본 생각이야……」

이렇게 그는 슬그머니, 그리고 어색하게 말을 바꿔 가면서 화제를 돌렸고, 결국 포기해 버렸다. 폴린이 그에게서 멀어지고 있었다. 그는 끔찍이도 후회가 되었고, 일어서서 가버리고 싶었다. 어디 가서 땅속에 콱 묻혀 버리고 싶었다.

맙소사, 땅속에 묻힌다니……

결국 돌아오는 곳은 항상 거기였다.

41

7월 13일부터 일어난 일들은 점진적 점화 폭발 상황의 한 훌륭한 예로서 화약 기술자 학교 혹은 뇌관 제거 전문가 학교의 프로그램에 포함될 만했다.

『르 프티 주르날』지가 아침 6시 반경에 발행됐을 때, 그것은 1면에 실리긴 했지만 아직은 신중하고도 짤막한 기사에 불과했다. 제목이 말하는 것은 하나의 가설에 불과했지만, 아주 의미심장했다.

가짜 전사자 기념비들……
우리는 국가적 스캔들로 가고 있는가?

서른 줄 남짓의 짧은 분량이었지만, 〈스파 회의,[51] 결론에 이르지 못하고 연장되다〉, 전쟁 결산 기사 〈유럽은 3천5백만 명을 잃었다〉, 그리고 빈약한 〈7월 14일 기념제 프로그램〉(올해

---

51 1920년 벨기에의 스파에서 전쟁 배상금 문제를 논의하기 위해 제1차 세계대전 승전국들과 독일 사이에 열린 국제회의.

의 기념제는 오랫동안 기록적인 행사로 남게 될 지난해의 7월 14일 기념제와는 전연 딴판이라고 언론은 귀가 닳도록 떠들고 있었다) 사이에서 이 뉴스는 독자의 시선을 끌었다.

기사가 전하고 있는 내용? 아무것도 없었다. 이게 바로 이 기사의 힘이었다. 집단적 상상력이 마음껏 파고들 수 있는 여지를 남겨 둔 것이다. 기자는 아무것도 모른다고 하면서도, 〈어쩌면〉 코뮌들이 〈유령 회사〉가 아닌가 〈우려되는〉 한 회사에 전사자 기념비들을 주문〈했을지도 모른다〉고 말하고 있었다. 이보다 더 조심스러울 수는 없었다.

앙리 도네프라델은 이 기사를 가장 먼저 읽은 사람 중의 하나였다. 택시에서 내린 그는 인쇄소가 열리기를 기다리면서 『르 프티 주르날』을 사서 보다가 그 짧은 기사를 발견한 것이다. 화가 치민 그는 일간지를 도로변의 도랑에 집어 던질 뻔하다가 가까스로 참았다. 그는 읽고 다시 한 번 읽어 보았고, 한 단어 한 단어 음미해 보았다. 아직 시간이 조금 남아 있었고, 이 사실이 그를 안심시켰다. 하지만 결코 많은 시간은 아니어서 울화통이 터졌다.

작업복 차림의 직공이 인쇄소 문의 빗장을 열고 있었다. 벌써 그의 뒤에 선 앙리는 〈안녕하시오〉라고 인사하며 〈애국적 회상〉사의 카탈로그를 내밀었다. 당신이 이걸 인쇄했죠? 당신 고객들이 누구요? 하지만 그는 사장이 아니란다.

「자, 사장님이 저기 오시네요.」

도시락 반합을 옆에 찬 30대의 사내는 전에 작업반장이었다가 여주인과 결혼한 부류였다. 손에는 『르 프티 주르날』 한

부를 둘둘 말아 쥐고 있었는데, 다행히도 아직 펼쳐 보지 않은
듯했다. 인쇄소 사람들은 앙리에게서 위압감을 느꼈다. 왜냐
면 그에게서 가격 따위는 신경 쓰지 않는, 까다로우면서도 돈
많은 냄새가 풍겼기 때문이다. 그래서 앙리가 얘기 좀 나눌 수
있겠느냐고 묻자, 전 작업반장은 〈아, 물론입죠!〉라고 대답했
고, 식자공, 연판공, 조판공들이 하루 일과를 시작하고 있는
가운데, 그는 고객 응접실로 사용하는 사무실의 유리문을 가
리켰다.

흘끔거리는 직공들의 시선을 피하기 위해 앙리는 몸을 돌리
고는 대뜸 품에서 2백 프랑을 꺼내어 탁자 위에 올려놓았다.

직공들은 차분한 거동의 손님 등짝밖에 볼 수 없었는데, 두
사람의 대화는 오래가지 않았고 그는 금방 떠났다. 좋지 않은
신호였다. 그는 주문하지 않은 것이다. 하지만 직공들에게로
온 사장의 얼굴에는 희색이 가득했다. 그가 건수 놓치는 걸 좋
아하지 않는다는 점에서 놀라운 일이 아닐 수 없었다. 그는 4백
프랑이나 받았고, 놀란 입을 다물지 못하고 있었다. 그는 단지
다음과 같이 설명해 줬을 뿐이었다. 자신은 그 고객의 이름을
모른다. 그는 중간 키의 남자로 초조해하고, 뭐랄까 불안해 보
이고, 흥분되어 있었다. 그는 빳빳한 현금으로 지불했다. 주문
할 때 반을 지불했고, 잔금은 물건 인도일 전날에 지불했다.
하지만 물건이 어디로 갔는지는 알 수 없는 바, 왜냐면 심부름
꾼이 와서 꾸러미들을 찾아갔기 때문이다. 심부름꾼은 외팔로
수레를 끌고 다녔다. 대단한 친구였다.

「그는 이곳 사람이에요.」

이게 앙리가 얻은 전부였다. 그 수레를 끄는 심부름꾼은 개

인적으로는 모르지만, 전에 본 적이 있는 사람이란다. 요즘 세상에 외팔이가 특별한 것은 아니지만, 팔 하나로 수레를 끌어먹고산다는 것은 흔한 일이 아니었다.

「어쩌면 정말로 이곳 사람은 아닐 수도 있어요.」 인쇄소 사장이 덧붙였다. 「그러니까, 요 동네 사람은 아닐 수도 있단 얘기죠. 하지만 이 근방에는 있을 거예요.」

아침 7시 15분이었다.

홀에서는 라부르댕이 마치 뇌출혈 직전에 이른 사람처럼 새하얘진 얼굴로 헐떡거리면서 페리쿠르 씨 앞에 우뚝 섰다.

「회장님! 회장님!」 아직 인사조차 하기 전이었다. 「제가 이일에 아무 책임이 없다는 걸 알아주셨으면 합니다!」

그는 『르 프티 주르날』을 불쑥 내밀었다. 마치 불붙은 신문을 내던지기라도 하듯 호들갑스럽기 짝이 없었다.

「이게 대체 웬일이란 말입니까, 회장님! 하지만 제가 약속드리는데…….」

마치 그의 약속이 어떤 의미를 가질 수 있기라도 한 듯이.

그의 눈에서 금방이라도 눈물이 뚝뚝 흘러내릴 듯했다.

페리쿠르 씨는 신문을 받아들고는 서재에 틀어박혔다. 라부르댕은 이제 무엇을 해야 할지 몰라 홀에서 서성거렸다. 떠나야 하나? 내가 뭔가 할 거라도 있나? 하지만 회장이 그에게 늘당부하던 말이 떠올랐다. 〈라부르댕, 절대로 개인적으로 어떤 일을 벌이지 마시오. 항상 내가 말할 때까지 기다리시오…….〉

하여 그는 지시가 내려오기를 기다리기로 하고 살롱에 자리 잡고 앉았다. 하녀가 나타났다. 얼마 전 그에게 가슴을 꼬집힌

적 있는 그 새끈한 갈색 머리 하녀였다. 그녀는 멀찌감치 떨어
져서는 뭔가 원하는 거라도 있냐고 물었다.

「커피.」그는 지친 목소리로 대답했다.

라부르댕은 아무것에도 의욕도 없었다.

페리쿠르 씨는 기사를 다시 한 번 읽어 보았다. 오늘 저녁이
나 내일쯤에 스캔들이 터지리라. 그는 책상 위에 신문을 툭 던
져 버렸다. 더 이상 화도 나지 않았다. 너무 늦어 버렸다. 이렇
게 나쁜 소식을 하나 들을 때마다 키가 1센티미터씩 줄어드는
느낌이었다. 어깨는 움츠러들고, 등은 구부러들고, 몸집은 졸
아들고 있었다.

책상에 앉으면서 그는 거꾸로 놓인 신문을 봤다. 이 기사가
튀긴 불똥은 폭탄 심지에 불을 붙이기에 충분하리라……

그의 생각은 틀린 게 아니었다. 『르 프티 주르날』의 이 짧막
한 기사를 보자마자, 『르 골루아』, 『랭트랑지장』, 『르 땅』, 『레
코 드 파리』의 리포터들은 정신없이 뛰기 시작했다. 택시를 부
르고, 정보원들과 연락을 취했다. 질문을 받은 관계 부처는 아
무 말이 없었다. 다시 말해서, 여기에 뭔가 숨어 있다는 얘기였
다. 모두가 비상경계 태세에 돌입했다. 화재가 일어나면 제일
먼저 달려가는 자에게 두둑한 상금이 떨어질 것이므로.

전날, 에두아르는 환성을 터뜨렸다. 봉마르셰 백화점의 고
급스러운 상자를 열고, 박엽지 포장을 펼치고, 알베르가 그를
위해 산 기막힌 것들을 발견했을 때였다. 그것들은 처음 보는
순간부터 마음에 들었다. 무릎까지 내려오는 카키색 반바지,

베이지색 셔츠, 삽화에 나오는 카우보이의 재킷들에서 볼 수 있는 술 장식이 달린 허리띠, 높직이 올라오는 상아색 양말, 옅은 밤색의 재킷, 탐험용 장화, 에두아르가 매우 조심해야 할 햇볕을 가려 줄 것으로 기대되는 챙이 엄청나게 넓은 모자……. 이 모든 것들에는 여기저기 주머니가 달려 있었고, 정말로 굉장했다! 가장무도회에 입고 가도 괜찮을 사파리 복장이었다! 여기에다 탄띠를 하나 두르고 1미터 40센티미터짜리 엽총만 한 자루 든다면 타르타랭[52]의 환생이 따로 없으리라! 당장에 옷들을 걸쳐 본 그는 거울에 비친 자신의 모습을 감상하며 행복감에 괴성을 내질렀다.

주문한 레몬, 샴페인, 야채 수프 등을 가지고 올라온 뤼테시아 호텔의 직원이 본 것은 이런 기상천외한 옷을 입은 에두아르의 모습이었다.

그는 이 복장을 한 채로 팔뚝에 모르핀 한 방을 놓았다. 모르핀을 맞고, 헤로인을 맞고, 그리고 또 모르핀을 맞으면 어떤 결과가 될는지 전혀 알 수 없었다. 어쩌면 끔찍한 일이 벌어질지도 모를 일이었지만, 어쨌든 당장에는 기분이 한결 나아지고, 긴장이 풀리고, 마음이 편안해졌다.

그는 여행 트렁크를 한번 돌아보았다. 글로브트로터 모델이었다. 그런 다음, 창가로 가서 창문을 활짝 열었다. 그는 일드프랑스 지방[53]의 하늘, 그가 보기에 전 세계를 통틀어도 필

---

52 알퐁스 도데의 소설 『타르타랭 드 타라스콩』(1872)의 주인공. 용맹하고도 순진한 사냥꾼으로 고향 타라스콩에 사냥감이 없는 것을 한탄하여 알제리로 떠나 사자 사냥을 한다.
53 프랑스 북부에 위치한 지방으로, 그 가운데 파리 시가 위치해 있다.

적할 게 몇 개 없을 이 아름다운 하늘에 대해 특별한 애정을 품고 있었다. 언제나 파리를 사랑해 온 그는 전쟁 때 말고는 이 도시를 떠난 적이 없었고, 또 다른 곳에 가서 살 것을 고려해 본 적도 없었다. 심지어는 오늘까지도 그랬다. 참 이상하게도 무엇도 현실처럼 느껴지지 않고, 확실하지도 않았다. 보이는 것들은 도무지 현실 같지 않고, 생각들은 연기처럼 흩어져 버리고, 계획들은 신기루처럼 느껴졌다. 자신이 어떤 꿈속에, 자신의 것이 아닌 어떤 이야기 속에 살고 있는 것 같았다.

그리고 내일은 존재하지 않았다.

알베르는 요즈음 그럴 정신은 별로 아니었지만, 어쨌든 지금만큼은 홀딱 넋이 나가 있었다. 침대에 앉아 있는 폴린의 자태를 한번 상상해 보라. 감미롭게 접힌 배꼽으로 이르는 편편한 배, 완벽하게 둥글고 눈처럼 흰 두 개의 젖무덤, 울고 싶을 정도로 섬세한 핑크빛 유륜, 그리고 달랑거리며 자기 자리를 찾고 있는 앙증맞은 금빛 십자가……. 이 광경이 더욱 뭉클하게 느껴지는 것은 그녀가 자신의 이런 모습에 조금도 신경 쓰지 않고, 머리를 아직 헝클어뜨린 채로 무심히 앉아 있었기 때문이다. 조금 아까 그녀는 침대 위에서 알베르를 덮쳐 왔었다. 〈전쟁이다!〉 하며 깔깔대고 외치면서 용감무쌍하게 정면으로 공격해 왔다. 그녀는 쉽게 우위를 점했고, 그가 패배하여 즐거이 항복하는 데는 그다지 오랜 시간이 걸리지 않았다.

그들이 이렇게 침대에서 한가로이 뒹굴 수 있는 날은 그리 많지 않았다. 기껏해야 두세 번 정도였다. 페리쿠르 씨 집에서 일하는 폴린은 빡빡한 시간표에 걸리는 적이 많았지만, 오늘은 그렇지가 않았다. 알베르로 말하자면 그는 지금 정식 〈휴가〉 중이었다. 하지만 그는 〈7월 14일 때문에 은행이 모두에게 하루 휴무일을 줬어〉라고 설명했다. 만일 폴린이 평생을 온갖 잡일을 하는 하녀로 일해 오지 않았더라면, 은행이 뭔가를 준다는 얘기를 듣고 적이 놀랐을 것이나, 어쨌든 그녀는 그쪽 고용주는 참으로 신사답다고 생각했다.

알베르는 거리로 내려가서 우유빵과 신문을 사 왔다. 하숙집 주인은 풍로(風爐)를 사용하게 허락하고 있었는데, 단 〈음료를 데우기 위한 용도로만〉이었다. 따라서 커피는 만들 수 있었다.

완전히 발가벗은 알몸이 아까 전쟁놀이에 힘을 쓴 탓으로 반짝반짝 빛나는 폴린은 커피를 마시며 다음 날에 있을 축제 행사들을 자세히 훑어보고 있었다. 그녀는 프로그램을 읽기 위해 신문을 접어 놓았다.

〈주요 기념물 및 공공건물을 작은 깃발들과 조명으로 장식.〉 어머, 참 예쁘겠다······.

알베르는 면도를 마쳐 가는 중이었다. 폴린은 콧수염이 있는 남자를 좋아했다(당시에는 콧수염을 안 기른 남자가 없었지만). 하지만 까칠까칠한 볼은 싫어했다. 따갑다는 거였다.

「아침 일찍 출발해야겠어.」 그녀가 신문 위로 몸을 굽힌 채로 말했다. 「열병식은 아침 8시에 시작해. 뱅센에서. 뱅센이 바로 옆 동네는 아니니까······.」

알베르는 거울을 통해 폴린을 관찰하고 있었다. 너무나도 아름답고 터무니없을 정도로 젊었다. 우리는 퍼레이드를 보러 가겠지. 그리고 나서 그녀는 다시 근무하러 들어가고, 난 그녀와 영원히 헤어지는 거야…….

「앵발리드와 발레리앵 언덕에서 포병이 예포를 발사할 거래!」 그녀는 커피 한 모금을 삼키면서 덧붙였다.

그녀는 알베르를 찾을 거였다. 여기로 와서 사람들에게 물어볼 거였다. 하지만 마야르 씨를 봤다는 사람은 아무도 없을 거였다. 그녀는 결코 이해 못 할 거였다. 마음이 너무 힘들 거고, 그가 갑작스레 사라진 것에 대해 별의별 이유를 다 생각해 볼 거였다. 그가 자기에게 거짓말할 수 있다고는 상상조차 거부할 거였다. 아니, 그건 말도 안 돼 하고 고개를 세차게 저을 거였다. 이 일의 결말은 좀 더 낭만적이어야 했다. 그는 납치되었거나, 어딘가에서 누군가에게 살해되었을 거야……. 좀처럼 발견되지 않는 그의 시체는 분명히 센 강에 던져졌을 거야…….
이렇게 폴린은 슬픔에서 헤어나지 못하리라…….

「오!」 그녀가 말했다. 「왜 이리 난 운이 없담? 〈다음의 극장들에서 오후 1시에 무료 공연. 오페라, 코메디프랑세즈, 오페라코미크, 오데옹, 포르트 생마르탱…….〉 오후 1시면 내가 일하러 가야 하는 시간이잖아.」

알베르는 자기가 비밀스럽게 사라져 버리는 이 픽션이 좋았다. 이 픽션은 자기에게 너무도 비윤리적인 현실 대신에 신비하고도 낭만적인 배역을 부여하기 때문이었다.

「〈그리고 나시옹 광장에서 무도회〉라! 난 일이 저녁 10시 반에 끝나는데, 어쩌라고! 우리가 거기까지 가면 거의 다 끝날 건데!」

이렇게 말하면서도 별로 아쉬워하는 기색이 아니었다. 그녀가 침대에 앉아 조그만 빵들을 먹어 치우는 모습을 보면서 알베르는 자문했다. 과연 폴린은 슬픔에서 헤어나지 못할 여자일까? 아니었다. 그녀의 저 기막힌 가슴과 저 탐욕스러운 입, 전도양양함 그 자체인 모습들을 보면 답은 절로 나왔다. 자기가 그녀에게 아픔을 안겨 줄 것이지만 그 아픔은 오래가지 않을 거라 생각하자 마음이 편해졌다. 그러고는 〈난 누가 슬픔에서 헤어나지 못할 정도로 대단한 남자는 아냐〉라는 생각에 잠시 빠져 있는데,

「세상에!」 갑자기 폴린이 외쳤다. 「아, 어떻게 이렇게 고약할 수가……! 어떻게 이렇게 악할 수가……!」

알베르는 얼결에 고개를 돌리다가 그만 턱을 베고 말았다.

「뭔데?」 그가 물었다.

벌써 그는 수건을 찾고 있었다. 이 부근을 조금 베었을 뿐인데, 어떻게 이렇게 피가 많이 날 수 있나! 집에 지혈용 백반은 있었던가?

「상상이 가?」 폴린이 계속 말했다. 「어떤 인간들이 전사자 기념비들을 팔아먹었다는 거야……. (그녀는 믿기지 않는다는 표정으로 고개를 들었다) 가짜 기념비들을 말이야!」

「뭐야? 뭐야?」 알베르는 침대 쪽으로 몸을 돌리며 물었다.

「그래. 존재하지도 않는 기념비들을!」 폴린은 신문 위로 몸을 숙인 채로 말을 이었다. 「하지만 자기야 조심해! 피가 흐르고 있어. 피가 사방에 묻고 있다고!」

「그것 좀 줘 봐! 좀 줘 봐!」 알베르가 소리쳤다.

「오, 자기야…….」

그에게 신문을 넘기는 그녀는 알베르의 반응에 감동해 있었다. 그녀는 이해했다. 그는 전쟁을 치렀고, 전우들을 잃었다.

그러니 인간들이 이런 사기극을 벌일 수 있다는 사실에 울컥하는 게 당연했다. 하지만 이 정도까지……! 그녀는 그가 그 짤막한 기사를 읽고 또 읽고 있는 동안 피가 흐르는 턱을 닦아 주었다.

「자기야, 정신 차려! 아무리 그래도 이 지경까지 될 필요는 없잖아?」

앙리는 구(區) 전체를 헤매며 하루를 보냈다. 이 동네에 심부름꾼 하나가 산다고 했다. 그게 라마르크 가 16번지던가, 13번지던가……. 잘 모르겠다고 했다. 그런데 13번지에도 16번지에도 그런 사람은 없었다. 앙리는 택시를 수도 없이 탔다. 어떤 다른 이의 생각으로는, 어쩌면 콜랭쿠르 가에 수레 하나를 가지고 짐 운반해 주는 친구가 있을지도 모른다는 거였는데, 막상 가보니 옛날엔 가게였지만 지금은 문이 닫혀 있었다.

앙리는 거리 모퉁이에 있는 한 카페로 들어갔다. 오전 10시였다. 외팔로 수레를 끄는 남자라고요? 배달부를 말하는 거요? 아니, 그런 사람을 아는 이는 아무도 없단다. 그는 기나긴 콜랭쿠르 거리의 양쪽 중에서 번지수가 짝수인 쪽을 따라 내려가면서 탐문을 계속했다. 필요하다면 홀수 쪽도 훑고 올라올 작정이었다. 아니, 구의 거리들을 모조리 뒤져서라도 반드시 찾아내고야 말리라.

「외팔이라면 찾기가 그렇게 어렵지 않을 텐데……. 확실합니까?」

11시경, 당레몽 거리에 접어들었는데, 사람들은 오르드네르 가 모퉁이에 손수레를 가진 석탄 장수 하나가 있다고 단언했다. 그가 외팔인지는 확실치 않았다. 그렇게 오르드네르 거리를 한 시간이 넘게 헤매고 있는데, 뒤노르 공동묘지 부근에서 한 노무자가 자신 있게 말했다.

「아, 그 사람 당연히 알고말고요! 아주 재미있는 사람이죠! 뒤엠 거리 44번지에 삽니다. 난 그 사람을 잘 알아요. 내 사촌 중 하나의 이웃이거든요.」

하지만 뒤엠 거리에는 44번지가 존재하지 않았다. 그곳은 어떤 건설 공사 현장이었고, 그 사내가 지금 어디 사는지 말해 주는 사람은 아무도 없었다. 게다가 그 사내는 두 팔이 다 있단다.

에두아르의 스위트룸에 알베르가 바람처럼 뛰어 들어왔다.

「이것 좀 봐! 이것 좀 봐! 이거 좀 읽어 보라고!」 그는 잠에서 좀처럼 빠져나오지 못하는 에두아르의 눈앞에 구겨진 신문을 흔들면서 고래고래 외쳤다.

뭐야, 11시나 됐는데……! 하지만 알베르는 침대 머리맡 탁자 위에 놓인 주사기와 빈 앰풀을 발견하고, 비몽사몽하는 에두아르의 상태는 시간과는 큰 관계가 없음을 깨달았다. 친구와 사귄 지 2년 가까이 되어 가는 지금, 알베르는 그 풍부한 경험 덕분에 지금 그가 가볍게 한 방을 맞았는지, 아니면 심각한 해를 끼칠 수 있는 분량인지 한눈에 구별할 수 있었다. 그는 에두아르가 고개를 부르르 흔드는 모습을 보고, 이번에는 가장 파괴적인 금단현상들을 약화시켜 상태를 안정시켜 주는 정도의 분량임을 알아챘다. 하지만 루이즈와 그의 가슴을 덜컥 내려앉게 만들었던 그 대량의 투여 이후에, 또 몇 번이나 주사를 맞았을까?

「괜찮아?」 그가 불안스레 물었다.

왜 이 친구는 봉마르셰 백화점에서 산 옷들을 입고 있을까? 그것들은 식민지에 가서 입으려고 산 거였다. 파리에서는 전혀 어울리지 않았고, 심지어는 우스꽝스럽기까지 했다.

알베르는 여기에 대해서는 아무 질문도 하지 않았다. 지금 화급한 현안은 신문이었다.

「읽어 보라고!」

에두아르는 몸을 벌떡 일으켜 신문을 읽었고, 잠에서 완전히 깨어났다. 그러더니 신문을 공중으로 던지면서 〈하아아아아!〉 하는 괴성을 내질렀다. 그에게는 극도의 환희의 표현이었다.

「하지만……」 알베르가 더듬거리며 말했다. 「지금 자넨 이게 뭔지 이해 못 하고 있어! 사람들은 다 알고 있어! 이제 우릴 잡아낼 거란 말이야!」

에두아르는 침대에서 뛰어내렸다. 그리고 원탁 위의 얼음양동이에 담긴 샴페인 병 하나를 집어 들고는 엄청난 양을 목구멍 속에 들이부었다. 그 요란한 소리라니! 그는 배를 붙잡고 격렬하게 기침하기 시작했지만, 그래도 춤추고, 소리 지르는 것은 멈추지 않았다. 하아아아아아!

어떤 부부들처럼, 그들의 역할은 가끔 뒤바뀌곤 했다. 에두아르는 친구가 당황하여 제정신이 아닌 것을 보고 대화용의 커다란 메모지철을 집어 들어 이렇게 썼다.

「걱정 마! 우린 떠나!」

정말이지 이 친구는 책임감이라고는 눈곱만큼도 없어, 알베르는 생각했다. 그는 신문을 흔들었다.

「하지만 좀 읽어 보라고, 빌어먹을!」

이 말에 에두아르는 열렬한 동작으로 여러 차례 성호를 그었다. 그가 무척 즐기는 농담이었다.[54] 그런 다음 다시 연필을 잡았다.

「그들은 아무것도 몰라!」

알베르는 잠시 머뭇거렸지만, 기사 내용이 매우 모호하다는 것을 인정하지 않을 수 없었다.

「그럴 수도 있겠지.」 그는 인정했다. 「하지만 지금 우리는 시간과 경주하고 있다고!」

전쟁이 일어나기 전에 그는 이것을 파리 시립 경륜장인 시팔에서 본 적이 있었다. 경륜 선수들은 치열한 각축을 벌이는데, 누가 누구를 추격하는 것인지 모르는 상황은 관중을 열광시켰다. 지금 에두아르와 그는 늑대의 아가리가 그들의 등짝을 물어뜯기 전에 최대한 빨리 달려야 하는 것이다.

「맞아, 떠나야 해! 근데 뭘 기다리고 있지?」

그가 몇 주 전부터 해온 말이었다. 왜 기다리냐고! 원하던 백만 프랑을 얻었어, 그렇다면 이제 뭐야?

「배를 기다려야지.」 에두아르는 글로 대답했다.

당연한 얘기였다. 하지만 알베르는 미처 생각하지 못한 점이었다. 그들이 지금 당장 마르세유로 떠난다 해도, 배가 이틀 먼저 출항하는 것은 아니지 않은가?

「그럼 배표를 바꾸자! 다른 곳으로 가자고!」

「눈에 띄려고?」 에두아르가 지적했다.

---

54 〈빌어먹을〉은 원문에서 bon dieu로, 직역하자면 〈좋으신 하나님〉이라는 뜻이다.

거두절미한 말이었지만, 이 또한 명백한 사실이었다. 경찰이 그들을 찾고 있고, 언론이 이 사건에 열을 내고 있는 이 시점에서, 알베르가 해운사 직원에게 이렇게 말하고도 과연 무사할 수 있겠는가? 〈전 원래 트리폴리로 가기로 돼 있는데요, 하지만 만일 조금 일찍 코나크리로 떠나는 배가 있다면 그거 괜찮아요, 자, 차액은 현금으로 지불할게요.〉

또 폴린은 어쩐단 말인가…….

별안간 그의 얼굴이 창백해졌다.

만일 그녀에게 진실을 밝혔는데 그녀가 분개하여 그를 고발해 버린다면? 〈이렇게 악할 수가!〉라고 그녀는 말했다. 〈이렇게 고약할 수가!〉

뤼테시아 호텔의 스위트룸이 갑자기 조용해졌다. 알베르는 사면초가의 심정이었다.

에두아르는 애틋하게 그의 어깨를 잡아 자기에게로 끌어당겼다.

불쌍한 알베르, 하고 말하듯이.

아베스 가의 인쇄소 사장은 점심시간을 이용하여 신문을 펼쳤다. 첫 번째 담배를 피우며 반합이 데워지는 동안 짤막한 기사를 읽었다. 그리고 기절할 듯이 놀랐다.

아침부터 어떤 신사 양반이 찾아오더니만, 지금은 신문에 이게 뭔가? 아, 염병할! 이 일 때문에 인쇄소의 평판이 땅에 떨어지게 생겼잖은가! 이 카탈로그를 내가 인쇄해 버렸으니, 사람들은 날 이 도둑놈들과 한통속으로 여기고, 내가 공범이라고 떠들겠지……. 그는 담배를 짓누르고 풍롯불을 껐다. 그러고는 재킷을 걸쳐 입고는 사무장을 불렀다. 자기는 이제부터 자리를 비울 터인데, 다음 날은 휴일이므로, 목요일에 보자는 거였다.

앙리는 여전히 택시를 갈아타며 이리 뛰고 저리 뛰고 있었다. 그렇게 지칠 줄 모르고 뛰어다니며 어둡고도 성난 얼굴로 탐문을 계속했지만, 그 질문들은 갈수록 거칠어지고, 얻는 대답은 갈수록 줄어들었다. 오후 2시경에는 포토 가를 누비고 다녔고, 도르셀 가와 르토르 가를 거친 후에 라마르크 가로 돌아왔다. 여기저기 팁도 뿌렸다. 10프랑, 20프랑⋯⋯. 몽스니 가에서는 한 여인에게 30프랑을 주었는데, 그녀는 그가 찾는 인물은 파졸 씨라는 사람으로, 쿠아즈보 가에 산다고 잘라 말했다. 앙리로서는 또다시 실패한 셈이었는데, 이때가 오후 3시 반이었다.

한편, 『르 프티 주르날』 기사의 파괴력은 서서히 그 힘을 발휘하고 있었다. 여기저기에서 전화를 거는 사람들이 생겨났다. 너, 신문 읽어 봤어⋯⋯? 오후 초가 되자, 지방의 몇몇 독자들은 신문사 편집국들에 전화를 걸어 자기도 어떤 기념비 건립을 위한 성금을 냈는데, 혹시 신문에 나온 게 자기들 얘기가 아닌지 궁금하다는 거였다. 왜냐면 기사는 누군가가 피해를 입었다는 식으로 얘기하고 있으므로.
『르 프티 주르날』 신문사에서는 프랑스 지도를 걸어 놓고는 전화가 걸려 오는 도시와 마을들 위에 색깔 있는 핀들을 꽂아 나갔다. 그것은 알자스, 부르고뉴, 브르타뉴, 프랑슈콩테, 생비지에드피에를라, 빌프랑슈, 퐁티에쉬르가론 등 전국 각지에 걸쳐 있었고, 심지어는 오를레앙의 한 고등학교에서도 전화가 걸려 왔다.

오후 5시, 마침내 한 시청에서(그때까지는 아무런 답변도 얻을 수 없었고, 라부르댕 같은 시장들은 이를 딱딱 부딪히며 떨고 있기만 했다) 〈애국적 회상〉사의 이름과 주소, 그리고 인쇄소의 주소를 얻을 수 있었다.

기자들은 루브르 가 52번지 앞에서 경악하여 우뚝 섰다. 거기에는 그런 회사가 없었던 것이다. 다음에는 아베스 가의 인쇄소로 달려갔다. 저녁 6시 반, 첫 번째로 도착한 리포터를 맞은 것은 굳게 닫힌 문이었다.

오후에 일간지들이 발행되었을 때, 새로운 사실들이 크게 추가되지는 않았다. 하지만 지금 알고 있는 내용만으로도 아침보다는 훨씬 자신 있는 태도를 취하기에 충분했다.

기사들은 확신에 찬 어조로 말하기 시작했다.

모리배들이
가짜 전사자 기념비를 판매
사기극의 규모는 아직 모르는 상황

그리고 몇 시간 더 작업하고, 전화 걸고, 응답하고, 문의한 끝에, 저녁에 나온 석간지들은 완전히 단정적인 어조를 취할 수 있었다.

우리 영웅들의 기념비가 조롱당하다!

무수한 익명의 성금 기부자들

후안무치한 악질들에게 사취당해

기념비 도둑들은 부끄러움도 없는가!

조직적 사기단이 순전히 허구적인 기념비를

수백 개나 팔아먹어

전사자 기념비 스캔들

우리는 정부의 해명을 기다린다!

외젠 씨가 주문한 신문들을 가지고 스위트룸으로 올라간 호텔 보이는 머리에서 발끝까지 식민지복으로 차려입은 그를 발견했다. 거기에다 깃털까지 달고 있었다.

「뭐라고, 깃털?」 보이가 엘리베이터에서 내리자마자 사람들이 에워싸고 물었다.

「아, 그렇다니까!」 청년은 긴장감을 높이기 위해 느릿느릿 설명했다. 「깃털을 달고 있었다니까!」

그의 손에는 심부름의 대가로 받은 50프랑이 쥐여 있었고, 사람들의 눈은 거기에만 쏠려 있었지만, 이 깃털의 이야기도 궁금하기는 마찬가지였다.

「등에다 천사 날개 같은 것을 달고 있었어. 초록색의 커다란 날개 두 짝을. 아주 커다란 거였어.」

사람들은 상상해 보려 했지만, 그게 쉽지가 않았다.

「내가 보기엔」 보이가 덧붙였다. 「깃털 빗자루들을 뜯어서 모은 깃털을 한데 붙여 놓은 것 같았어.」

사람들이 청년을 부러워하는 것은 단지 그 깃털 이야기 때문만은 아니고, 그가 챙겨 온 50프랑 때문이기도 했다. 외젠 씨가 다음 날 정오에 떠난다는 소문이 급속도로 퍼지고 있었던 것이다. 모두가 이로 인해 자신이 잃게 될 것을 상상하고 있었다. 더구나 이런 고객은 이 바닥에 몸담은 이후로 한 번도 만나 본 적이 없지 않은가! 각자는 동료 중 누구누구가 얼마만큼 벌었는지 속으로 계산해 보았고, 이들이 받은 돈은 공동 재산으로 모아 놨어야 했다고 속으로 분통을 터뜨렸다. 그들의 눈에는 아쉬움과 원망의 빛이 가득했다……. 외젠 씨는 어딘지 모를 곳으로 떠나기 전에 몇 번이나 더 주문할 것인가? 그리고 그 서비스는 누가 맡을 것인가?

에두아르는 신문들을 열렬히 읽어 내려갔다. 우리가 다시 영웅이 됐어, 영웅이 됐다고!를 되풀이하면서.

지금 알베르도 신문을 읽고 있으리라. 하지만 다른 생각을 하면서.

신문들은 이제 〈애국적 회상〉사의 존재를 알고 있었다. 그들은 한편으론 분개하면서도, 다른 한편으로는 범인들의 교묘함과 대담함에 경의를 표하고 있었다(〈이 보통이 아닌 사기꾼들〉 등등). 남은 것은 이 사기극의 전모를 구체적으로 밝히는 일이었다. 이를 위해서는 은행까지 추적해 올라가야 할 터인데, 7월 14일인 지금, 관청 문을 열고 또 장부들을 열람하게 해 줄 사람으로 과연 누구를 찾아냈겠는가? 아무도 찾아내지 못했으리라. 경찰은 15일에는 새벽부터 뛰어나갈 준비가 되어 있겠지만, 알베르와 자신은 이미 먼 곳에 있으리라.

〈먼 곳에〉 하고 에두아르는 되뇌었다. 그리고 신문들과 경찰이 1918년에 실종된 두 병사, 외젠 라리비에르와 루이 에브라르를 추적하여 찾아냈을 때쯤이면……. 그들은 중동 지방 전체를 유유히 구경하고 난 후일 거였다.

일간지들이 방바닥을 온통 뒤덮고 있었다. 전에 막 인쇄되어 나온 〈애국적 회상〉사 카탈로그들이 그러했듯이.

에두아르는 별안간 피로를 느꼈다. 열이 화끈 올라왔다. 이처럼 갑작스레 치미는 열기는 약 기운이 떨어져 다시 현실로 돌아올 때 종종 나타나는 증상이었다.

그는 식민지 재킷을 벗었다. 두 천사 날개도 바닥으로 떨어져 내렸다.

심부름꾼의 이름은 코코였다. 그는 베르됭 전투에서 잃은 팔의 부재를 메우기 위해 특수한 기구를 하나 만들어 냈다. 가슴 앞을 지나고 양 어깨를 감싸면서 수레 앞쪽에 덧붙인 목봉에 연결되어 수레를 끌 수 있게끔 한 기구였다. 수많은 불구자들, 특히나 국가 연금밖에 다른 밥줄이 없는 이들은 발명의 천재들이 되어 있었다. 매우 편리한 앉은뱅이용의 조그만 수레, 손과 발과 다리를 대신하기 위해 나무, 쇠, 가죽 등으로 자가 제작한 다양한 장치들……. 정말이지 이 나라에는 매우 창의적인 제대병들이 수두룩했지만, 애석하게도 그들 대부분은 일자리가 없었다.

다시 코코 얘기로 돌아와 보자면, 기구의 특성상 고개를 푹 숙이고 몸을 구부정하게 굽힌 자세로 수레를 끌 수밖에 없어 한층 더 마차 끄는 말이나 쟁기질하는 소처럼 보이는 이 사내를 앙리는 카르포 가와 마르카데 가가 만나는 모퉁이에서 찾아냈다. 온종일 이 거리 저 거리를 돌아다니고 구 전체를 샅샅이 뒤지고 다니느라 녹초가 되어 버린 프라델은 상당한 돈을 뿌리고 다녔지만 얻은 것은 엉터리 정보들뿐이었다. 코코를 발견한 순간, 그는 드디어 잭팟을 터뜨렸음을 깨달았다. 자신이 이렇게 강하게 느껴진 적이 별로 없었다. 이제는 아무도 날 꺾지 못하리라.

페리쿠르 영감에게 무척이나 중요한 이 기념비 사건을 둘러싸고 범인 사냥이 시작되려 하고 있었지만(앙리도 석간지들을 읽은 터였다), 그는 누구보다도 앞서 있었다. 이제 그는 모두를 따돌리고 그 고집불통 영감에게 정보를 가져다줄 수 있을 거였다. 그러면 영감은 약속대로 장관에게 전화 한 통을 넣을 거고, 또 그러면 장관은 자신의 허물 전체를 몇 분 안에 깨끗이 지워 주리라.

앙리는 다시 눈처럼 희어지고, 명예를 회복하고, 새롭게 출발할 수 있게 될 거였다. 그가 이미 얻은 것, 즉 개축 중인 라살비에르 성과 나랏돈을 펌프처럼 쭉쭉 빨아들이고 있는 그의 은행 계좌는 차치하고라도 말이다. 그는 이 일에 자신의 모든 것을 쏟아부었다. 그리고 이제 자기가 칼자루를 쥐게 된 이상, 사람들은 이 앙리 도네프라델이 누구인지를 똑똑히 보게 되리라.

앙리는 호주머니 속에 손을 넣어 50프랑짜리 지폐들을 잡았다. 하지만 고개를 쳐드는 코코의 모습을 보고는 20프랑짜리 지폐들과 동전들이 든 다른 쪽 호주머니로 손을 옮겼다. 왜냐하면 몇 푼만 써도 동일한 결과를 얻게 될 거였기 때문에. 그렇게 그는 바지 주머니에 오른손을 쑤셔 넣고는 동전을 짤랑거리며 물었다. 여보쇼, 당신이 아베스 가의 인쇄소에서 신고 온 카탈로그들 말이오…… 〈아, 네〉 하고 코코가 대답했다……. 그걸 어디다 내려놓고 왔소……? 4프랑……. 앙리는 동전 4프랑을 심부름꾼의 손에다 던졌고, 사내는 〈고맙습니다, 고맙습니다〉를 연발했다.

뭐, 천만에……. 벌써 택시에 몸을 싣고 페르 가로 달리고 있는 앙리는 생각했다.

코코가 묘사한 대로 옆쪽에 목책이 쳐진 커다란 집 한 채가 나타났다. 계단 아래까지 손수레를 대야 했어요. 뭔가 기억나는 게 없냐고요? 전에도 그 집에 등걸이 없는 소파를 하나 배달하러 간 적이 있어요. 그런 식의 소파를 뭐라고 부르더라……. 뭐 어쨌든, 어떤 등걸이 없는 소파였죠. 아주 오래전 얘기예요. 도대체 몇 달 전 얘기더라……. 하지만 그날에는 어떤 사람이 도와줬던 반면, 그 카탈로그……. 제목은 잘 모르겠고요……. 코코는 글을 잘 읽지 못했다. 그래서 수레를 끄는 거였다.

앙리는 택시 기사에게 여기서 기다려 달라고 부탁하며 10프랑짜리 지폐를 건넨다. 기사는 만족한 표정을 짓는다. 원하시는 만큼 일 보고 오십쇼.

그는 목책 문을 열고 마당을 가로지른다. 계단 아래에 이른 그는 층계 위쪽을 올려다본다. 주변에 아무도 보이지 않는다. 위험을 감수하고 계단을 오른다. 잔뜩 긴장한 채로, 무슨 일이라도 벌일 각오가 되어 있다. 아, 지금 수류탄 한 발만 가지고 있다면! 하지만 그럴 필요는 없다. 문을 밀어서 연다. 아파트에는 사람이 살고 있지 않다. 차라리 황량하다는 표현이 더 어울리리라. 허옇게 쌓인 먼지와 그릇들에서 느껴진다. 방이 어지럽지는 않았지만, 더 이상 사용되지 않는 가구들 특유의 휑한 느낌이 강하게 다가온다.

갑자기 뒤에서 어떤 소리가 들린다. 그는 몸을 휙 돌려 문으로 달려간다. 탁, 탁, 탁 소리를 내면서 조그만 계집애 하나가 구르듯이 계단을 뛰어 내려가는 게 보인다. 그에겐 아이의 등밖에 보이지 않는다. 몇 살이나 먹었을까? 앙리는 도무지 가늠할 수가 없다. 그에게 애들이란······.

그는 아파트를 샅샅이 뒤진다. 모든 것을 바닥에 꺼내 놓는다. 종이는 한 장도 없지만, 〈애국적 회상〉사의 카탈로그 한 부가 가구를 괴는 데 사용되고 있다!

앙리는 미소를 짓는다. 그의 사면(赦免)이 성큼성큼 다가오고 있다.

그는 한 걸음에 네 계단씩 뛰어 층계를 내려간다. 목책 문을 통해 나가서는 거리를 따라 다시 올라와 집의 초인종을 누른다. 한 번, 두 번······. 손에 든 카탈로그는 꼬깃꼬깃 구겨지고, 그는 초조해진다. 몹시 초조해진다. 하지만 마침내 문이 열리고 여자 하나가 나타난다. 나이를 짐작할 수 없는 여자다. 침울한 표정에 대꾸할 줄도 모른다. 앙리는 카탈로그를 보여 주고는 마당 안쪽에 서 있는 건물을 가리킨다. 난 저기 사는 사람들을 찾고 있소······. 그는 돈을 꺼낸다. 이번에는 상대가 코코가 아니므로, 그는 직감에 따라 50프랑 지폐 한 장을 꺼낸다. 여자는 그를 빤히 응시하기만 할 뿐, 손도 내밀지 않는다. 그의 말을 이해하기나 한 것일까? 하지만 그는 분명히 느낀다. 이 여자는 내 말을 이해했다. 그는 다시 한 번 질문한다.

그런데 또다시 탁탁탁 하는 그 조그맣고도 조심스러운 발소리가 들린다. 저쪽 오른쪽에 계집아이가 거리 끝을 향해 달려가는 게 보인다.

앙리는 나이도, 목소리도, 시선도 없는 여자, 허깨비와도 같은 여자에게 미소를 짓는다. 고맙소. 뭐, 괜찮소. 그는 지폐를 다시 호주머니에 집어넣는다. 하기야 오늘은 돈을 쓸 만큼 썼지……. 그는 다시 택시에 오른다. 이제 어디로 모실까요?

거기서 백여 미터 떨어진 라메 가에 삯마차며 택시들이 늘어서 있다. 보아 하니 계집애는 이 일이 이력이 난 모양이다. 아이는 기사에게 뭐라고 말하고는 돈을 보여 준다. 이런 꼬마가 택시를 잡으려는 것을 보면 의문이 드는 것이 당연하지만, 기사는 오래 생각하진 않는다. 어쨌거나 꼬마에겐 돈이 있고, 서비스는 서비스니까. 자, 꼬마야, 타거라! 그녀는 기어오르고, 택시는 출발한다.

콜랭쿠르 가, 클리시 광장, 생라자르 역을 거쳐 마들렌 성당을 끼고 돈다. 도시 전체가 7월 14일 축제를 위해 한껏 장식되어 있다. 앙리는 국가 영웅의 자격으로 고개를 끄덕인다. 콩코르드 다리를 지날 때에는 바로 근처에 있는, 그리고 내일 축포가 발사될 앵발리드를 생각한다. 하지만 계집애가 탄 택시에는 눈을 떼지 않는데, 택시는 생제르맹 대로로 들어선 다음, 얼마 후 생페르 가를 따라 올라간다. 앙리는 속으로 쾌재를 부른다. 꼬마의 택시는 어디론가 들어가는데……. 세상에! 그게 어디인 줄 아는가……? 무려 뤼테시아 호텔이다.

고맙습니다! 앙리는 코코에게 준 액수의 두 배를 기사에게 던져 준다. 기분이 좋을 때는 계산하지 않는 법.

계집애는 여기가 아주 익숙한 모양으로, 조금도 머뭇대지 않고 택시비를 치르기가 무섭게 보도로 팔짝 뛰어나온다. 호텔 보이는 그녀에게 고갯짓으로 인사를 건네는데, 이 대목에서 앙리는 잠시 생각해 본다.

두 가지 방법이 있다.

기다렸다가 계집애가 나오면 붙잡아 반으로 접어 호주머니에 욱여넣은 다음, 가장 가까운 건물의 으슥한 대문 통로에서 죽도록 팬다. 이렇게 원하는 것을 알아낸 다음, 꼬마의 유해는 센강에 던진다. 싱싱한 살이니 물고기들이 아주 좋아하리라…….

또 다른 옵션은 직접 호텔에 들어가 알아보는 거다.

그는 들어간다.

「무엇을 도와 드릴까요?」 수위가 묻는다.

「도네프라델이오. (그는 명함을 내민다) 헌데 내가 예약을 못 해서…….」

수위는 명함을 받아 든다. 앙리는 난처함과 유감스러움, 그리고 어떤 공모 의식을 내비치는 표정을 지으며 두 손을 으쓱 펼쳐 보인다. 상대의 도움 덕분에 곤경에서 벗어나게 될 사람, 그 경우 자신은 고마움을 표시할 줄 아는 사람이라는 것을 미리 보여 주는 사람의 제스처다. 수위 입장에서 볼 때, 오직 훌륭한 고객들만이 이런 너무나도 세련된 태도를 취한다. 다시 말해서 돈 많은 고객들만이 이렇게 한다. 여기는 뤼테시아 호텔인 것이다.

「뭐, 어렵지 않게 해결될 수 있을 것 같습니다. 가만있자, 성함이……. (그는 명함을 들여다본다) 네, 도네프라델 씨……. 자, 보자……. 일반 객실을 원하시는지요, 아니면 스위트룸을……?」

귀족과 종놈은 늘 통하게 마련이다.

「스위트룸.」 앙리가 대답한다.

오, 물론 그러시겠죠······. 수위는 감미로운 목소리로 계속 지껄이지만, 노련한 손으로는 조용히 50프랑을 받아 호주머니에 챙긴다.

42

다음 날 아침, 7시밖에 되지 않았는데도 뱅센 쪽으로 가는 지하철, 전철, 버스들은 엄청나게 많은 사람들로 콩나물시루가 되었다. 도메닐 로를 따라서는 택시, 삯마차, 유람 마차 등 각종 차량의 행렬이 끝없이 늘어섰고, 자전거들은 지그재그로 달리고, 행인들은 걸음을 재촉했다. 알베르와 폴린은 자신들도 모르게 희한한 구경거리가 되고 있었다. 그는 뭔가 불만이나 근심이 있는 사람처럼 고집스레 땅만 쳐다보며 걷고 있는 반면, 그녀는 고개를 하늘로 쳐들고 나아가면서, 연병장 위 상공에서 천천히 흔들거리는 계류 비행선을 계속 살펴보고 있었다.

「자기야, 서둘러!」 그녀가 부드럽게 짜증을 냈다. 「이러다 시작 부분을 놓치겠어!」

하지만 큰 의미는 없고 그냥 해보는 말에 불과했다. 관람석은 몰려든 인파로 이미 꽉 차 있었다.

「저 동물들은 대체 몇 시부터 나와 있는 거지?」 폴린이 탄성을 올렸다.

질서 정연한 대오를 이뤄 부동자세로 서 있지만, 마치 조바심을 내듯 파르르 떨고 있는 각종 특수 부대, 사관생도단, 식민지 부대, 그리고 그 뒤의 포병대와 기병대의 모습들이 벌써부터 보였다. 이제는 꽤 떨어진 곳을 제외하곤 남아 있는 자리가 없었으므로, 약삭빠른 노점상들은 뒤늦게 도착한 사람들에게 올라서서 구경할 수 있는 나무 궤짝들을 1내지 2프랑을 받고 빌려주고 있었다. 폴린은 협상 끝에 궤짝 두 개를 1프랑 50상팀에 얻어 냈다.

벌써 해가 뱅셴 위에 걸려 있었다. 여인들의 화사한 옷들이며 각종 제복들의 선명한 색깔은 관리들의 시커먼 프록코트들, 실크해트들과 대조를 이뤘다. 일반 대중의 상상에 불과한 것이었는지도 모르지만, 지도층 인사들의 얼굴은 근심이 가득해 보였다. 어쩌면 그게 사실이었는지도 모른다. 어쨌든 몇몇 지도층 인사는 실제로 그랬다. 왜냐면 그들 모두는 아침 일찍 『르 골루아』지와 『르 프티 주르날』지를 읽었기 때문이었다. 이 전사자 기념비 사건으로 모두가 동요하고 있었다. 이 사건이 정확히 국경일에 터졌다는 사실은 우연의 결과로 보이지 않았다. 이것은 어떤 신호, 어떤 도발 같은 것이었다. 어떤 신문들은 〈치욕을 당한 프랑스!〉라고 제목을 붙였다. 또 어떤 신문들은 한술 더 떠서 굵직한 대문자로 〈모욕당한 우리의 영광스러운 전사자들!〉이라는 제목을 내걸었다. 왜냐하면 이제는 확실해졌기 때문이다. 수치스럽게도 〈애국적 회상〉사라는 이름을 붙인 어떤 회사가 수백 개의 기념비를 팔아먹고는 돈을 들고 튀었다는 것이다. 그게 백만 프랑이라는 말도 있고, 2백만 프랑이라는 말도 있었지만, 아무도 정확한 피해 액수를 산정할 수 없었다. 스캔들을 둘러싸고 소문이 무성하게 피어올랐고,

사람들은 열병식을 기다리며 어디서 나온 것인지 알 수 없는 정보들을 교환했다. 이것은 의심의 여지없이 〈또 독일 놈들의 소행이야!〉 〈에이, 아냐!〉라고 더 많이 아는 것도 아닌 다른 이들은 손사래를 쳤다. 〈하지만 사기꾼들은 천만 프랑이 넘는 돈을 가지고 튀었어. 이건 확실해!〉

「천만 프랑이래! 상상이 가?」 폴린이 알베르에게 물었다.

「내 생각으로는, 그건 좀 과장된 것 같은데.」 그는 거의 들리지도 않는 나지막한 소리로 대답했다.

사람들은 벌써 책임자 처벌을 요구하고 있었다. 이러한 요구는 프랑스인들의 습관이기도 했지만, 또한 정부가 〈연관되었기〉 때문이기도 했다. 이에 대해 『뤼마니테』지는 아주 잘 설명하고 있었다. 〈이런 전사자 기념비들이 건립되기 위해서는 거의 항상 보조금의 형태로 — 나와 봤자 쥐꼬리 만큼이지만 — 국가의 참여가 요구되는 상황에서, 정부 윗선에서 아무도 이일에 대해 모르고 있었다고 그 누가 믿겠는가?〉

「어쨌든」 폴린 뒤에 있는 한 남자가 단언했다. 「대단한 프로들이니까 이렇게 한탕 해먹지!」

다들 기금 사취를 비열하게 생각했지만, 모종의 감탄을 느끼지 않는 사람은 아무도 없었다. 얼마나 배짱이 좋은가!

「맞아.」 폴린이 말했다. 「그 사람들 정말로 대단해. 인정할 건 인정해야 한다고.」

알베르는 안절부절못했다.

「자기야, 왜 그래?」 폴린이 그의 뺨에 손을 대며 물었다. 「왜, 기분이 안 좋아? 저 부대들이며 군인들을 보니까 옛날 생각이 나서 그래?」

「응.」 알베르가 대답했다. 「맞아.」

그리고 공화국 수비대가 연주하는 「상브르와 뫼즈 연대 행진곡」의 첫 소절이 힘차게 울려 퍼지고, 분열 행진을 지휘하는 베르둘라 장군이 군도를 높이 쳐들어 최고 참모부 장성들에게 둘러싸인 페탱 원수에게 경례하고 있을 때, 알베르는 속으로 중얼거렸다. 뭐, 천만 프랑을 챙겼어? 웃기고 있네! 그것의 10분의 1밖에 안 되는 액수로 내 모가지가 달아날 판이라고!

이제 8시였다. 에두아르와 12시 반에 리옹 역에서 만나기로 약속이 되어 있었고(〈더 늦게 오면 절대 안 돼! 너도 알겠지만 그러면 내가 불안해진다고…….〉), 마르세유행 열차는 오후 1시에 출발이었다. 그리고 폴린은 혼자가 될 거였다. 그리고 알베르에겐 폴린이 없을 거였다. 그래, 결국 요걸 얻겠다고 이 짓을 한 거야?

이어 터져 오르는 환성 속에서 폴리테크니크 생도대, 군모에 삼색 깃털 장식을 꽂은 생시르 육군 사관 학교 생도대, 공화국 수비대, 그리고 소방대가 행진했고, 청회색 군복 차림의 참전 용사들이 군중의 박수갈채를 받으며 그 뒤를 이었다. 사람들은 〈프랑스 만세!〉를 외쳤다.

앵발리드에서 발사된 축포 소리가 울려 퍼지고 있을 때, 에두아르는 거울을 마주 보고 서 있었다. 그는 얼마 전부터 목구멍 안쪽의 점막부가 진홍빛으로 변해 가는 것을 보고 불안해하고 있었다. 그는 피로감을 느꼈다. 아침에 조간지들을 읽었지만 전날만큼의 기쁨은 느껴지지 않았다. 감동이란 얼마나 빨리 늙어 버리는지! 그리고 이 목구멍처럼 얼마나 형편없이 늙어 버리는지!

그가 나이가 들면 어떤 모습이 될까? 주름살이 자리 잡아야 할 공간은 이 뻥 뚫린 구멍이 모두 차지해 버리고, 오직 이마만 남게 되리라. 에두아르는 없어져 버린 뺨과 입 주위에서 자리를 찾지 못한 주름살들이 죄다 이마 쪽으로 몰려가리라는 생각에 스스로도 우스웠다. 출구를 찾다가 조금이라도 빠져나갈 곳이 생기면 그쪽으로 물줄기를 트는 강들처럼 말이다. 늙으면 진홍빛 구멍 위에 덩그러니 걸린, 마치 연병장 땅처럼 줄줄이 패인 한 조각 이마에 불과하게 되리라.

그는 시계를 들여다보았다. 9시였다. 그런데 왜 이리 피곤한지! 객실 담당 하녀는 침대 위에 그의 식민지복을 가지런히 펼쳐 놓았다. 그렇게 길게 뻗어 있으니, 죽어서 알맹이가 빠져 버린 어떤 사람 같았다.

「이렇게 해놓으면 되나요?」 하녀는 미심쩍은 듯이 물었었다.

이제 그녀에겐 더 이상 놀랄 일도 없긴 하지만……. 커다란 초록 깃털을 등에다 바느질로 달아 놓은 이 식민지 풍의 재킷은 정말…….

「밖으로……. 나가시려고요?」 그녀는 놀란 표정을 지었다.

그는 그녀의 손안에 꼬깃꼬깃한 지폐 한 장을 넣어 주며 대답을 대신했다.

「그럼,」 그녀가 말을 이었다. 「층 담당 보이에게 와서 트렁크를 가져가라고 할까요?」

그의 짐은 11시경에 그보다 먼저 출발하여 열차에 실릴 거였다. 그는 그의 배낭만을, 그가 가진 몇 개 안 되는 물건을 쑤셔 넣은 그 골동품 같은 것만을 들고 갈 거였다. 중요한 것들

은 언제나 알베르가 가져가 버렸다. 네가 잃어버릴까 너무 걱
정이 되기 때문이야 하고 말하면서.

친구를 생각하니 기분이 좋아졌다. 심지어는 이해할 수 없
는 어떤 자부심까지 느껴졌다. 마치 그들이 서로 알게 된 지 처
음으로 그가 부모가 되고, 알베르는 아이가 된 것 같았다. 왜
냐하면 사실 겁이 많고, 악몽을 많이 꾸고, 깜짝깜짝 놀라기
잘하는 알베르는 한낱 어린아이일 뿐이기 때문이었다. 루이즈
처럼 말이다. 그녀는 어제 갑자기 찾아왔었다. 그 아이를 보니
얼마나 기쁘던지!

계집애는 숨이 턱 끝에 차 있었다.

어떤 남자가 집에 찾아왔다고 했다. 에두아르는 몸을 기울
였다. 그래, 얘기해 봐.

그 남자는 아저씰 찾았어요. 여기저기 뒤지고, 이것저것 물
어봤어요. 물론 아무 얘기도 안 해줬죠. 그 남자 혼자였어요.
그래요, 택시를 타고 왔어요. 에두아르는 루이즈의 볼을 쓰다
듬고, 검지로 입술의 윤곽을 따라 그었다. 자, 그래 고맙다, 아
주 잘했어, 이제 시간이 늦었으니 어서 가보렴. 그는 그녀의 이
마에 키스를 하고 싶었다. 그녀도 그걸 바랐다. 그녀는 두 어
깨를 움찔 들어 올리고 잠시 머뭇거리다가는, 결국 떠나기로
마음먹었다.

남자가 택시를 타고 혼자서 왔다면 경찰은 아니었다. 다른
사람보다 수완이 좋은 기자이리라. 그가 그들의 집을 찾아냈
다지만, 그래서 어떻단 말인가? 이름을 모르는데, 그가 무얼
할 수 있겠는가? 설사 이름을 안다 해도 어쩌겠는가? 어떻게
하숙집에 숨어 있는 알베르를, 그리고 여기 있는 자기를 찾아

널 것인가? 게다가 몇 시간 후면 둘 다 기차 안에 있을 건데?

〈조금만 하자〉라고 그는 속으로 중얼거렸다. 오늘 아침에는 헤로인은 말고, 모르핀을 아주 조금만. 왜냐면 정신이 맑아야 하기 때문이다. 호텔 직원들에게 감사를 표하고, 수위에게 인사를 하고, 택시에 올라타 역으로 가서 기차를 찾고, 또 알베르를 찾아야 한다. 그리고 거기서……. 생각만 해도 기분이 좋은 깜짝쇼가 벌어지리라. 알베르는 에두아르의 기차표밖에 보여 주지 않았지만, 에두아르는 뒤지다가 루이 에브라르 부부의 이름이 찍힌 또 다른 표를 발견했던 것이다.

그러니까 숙녀가 한 분 계시다는 말씀이렸다! 에두아르는 오래전부터 의심을 품어 왔다. 도대체 왜 알베르는 별것도 아닌 것을 이렇게까지 숨긴단 말인가? 그는 천생 어린애였다.

에두아르는 주사를 놓았다. 곧바로 행복감이 밀려들었다. 잔잔하면서도 가벼운 행복감이었다. 투여량에 주의를 기울였던 것이다. 그는 침대로 가서 쭉 누웠다. 그러고는 검지로 얼굴의 구멍 주위를 천천히 따라갔다. 내 식민지복과 나, 이렇게 나란히 누워 있으니 마치 두 시체 같군. 하나는 속이 텅 비고, 하나는 휑하게 파인 두 시체…….

아침저녁으로 세밀하게 훑어보는 주식 시세와 여기저기에 눈에 띄는 경제 기사 몇 편을 제외하곤 페리쿠르 씨는 신문을 읽지 않았다. 다른 사람들이 대신 읽어 주었다. 대신 읽고 보고서를 써서 올리고, 중요한 뉴스가 있으면 그에게 알려 주곤 했다. 그는 이 규칙을 깨고 싶지 않았다.

아까 홀을 지나다가 서빙 바 위에 놓인 『르 골루아』지의 제목 하나를 보게 되었다. 쓰잘머리 없는 얘기들이리라. 그는 곧 스캔들이 터지리라 예상했었고, 굳이 신문들을 들추지 않아도 기자들이 뭐라고 써냈을지 짐작할 수 있었다.

사위의 사냥은 결국 헛수고로 끝났다. 사실 너무 늦게 시작하기도 했다. ……아니, 꼭 그렇지만은 않은 모양으로, 지금 그들은 서로를 마주 보고 있었다.

페리쿠르 씨는 아무 질문도 하지 않고, 두 손을 앞에다 포개어 올려놓기만 했다. 그는 필요한 시간만큼 기다릴 거고, 아무것도 묻지 않을 거였다. 반면, 동기부여가 될 수 있는 정보는 던져 줄 수 있었다.

「전화로 연금부 장관과 얘기했네. 자네의 사안에 대해서.」

앙리는 대화가 이런 식으로 진행되리라곤 상상하지 못했다. 하지만 안 될 것도 없었다. 중요한 것은 자신의 얼룩을 지워 버리는 거니까.

「그 친구가 말하더군.」 페리쿠르 씨는 말을 이었다. 「아닌 게 아니라 사안이 심각하다고. 내게 몇 가지 구체적으로 말해 줬는데……. 심지어는 매우 심각하다는 거야.」

앙리는 속으로 자문해 봤다. 이 영감이 경매가를 올리려고 하는 건가? 내가 줄 정보에 대해 협상하겠다고?

「장인어른이 원하는 자를 찾아냈습니다.」 앙리가 불쑥 말했다.

「그게 누군가?」

대답이 즉각 튀어나왔다는 것은 좋은 징조였다.

「그러면 장인어른의 친구이신 장관께서 내 〈심각한〉 사안에 대해 뭐라고 했는데요?」

두 남자는 잠시 침묵을 지켰다.

「그게 해결하기가 쉽지 않겠다고 했지. 어쩌겠는가……. 그 보고서들은 벌써 여기저기 돌아다녔고, 그건 더 이상 비밀이 아니니…….」

앙리로서는 포기한다는 것은 있을 수 없는 일이었다. 여기서 포기할 수는 없었다. 대가가 필요하다면 내 목숨이라도 팔리라.

「해결하기가 쉽지 않다는 것은 〈해결 가능하다〉라는 말인데요?」

「그자는 어디 있나?」 페리쿠르 씨가 물었다.

「파리에요. 현재로서는.」

그러고 나서 그는 입을 다물고 자기 손톱들을 들여다보았다.

「그자인 게 확실한가?」

「물론이죠.」

앙리는 전날 저녁 시간을 뤼테시아 호텔의 바에서 보냈다. 귀가하지 못한다고 마들렌에게 알릴까 하다가 그만뒀다. 쓸데없는 일이었다. 그녀는 남편의 행방을 수소문하는 법이 없었다.

첫 번째 단서들은 바텐더에게서 나왔다. 거기서는 온통 그 사람 얘기뿐이란다. 보름 전에 도착한 그 외젠 씨 말이다. 그의 존재로 인해 일반적인 뉴스들이며 7월 14일 축제를 비롯한 모든 게 묻혀 버렸고, 모든 관심을 그가 독점하고 있단다. 바텐더는 원망을 내비쳤다. 〈세상에 말이죠, 그 고객은 자기가 보는 사람에게만 팁을 줘요. 그래서 샴페인을 주문할 때는 그걸 가져다주는 사람, 술상을 차려 주는 사람에게만 돈을 주죠. 내가 보기엔 말이죠, 정말 아무 짝에도 쓸데없는 인간이에요. 혹시 사장님께서 그 사람 친구는 아니시겠죠? 아, 그 계집애도 있어요. 호텔 사람들이 그 꼬마 얘기도 많이 하죠. 하지만 여기는 들르지 않아요. 바는 애들이 출입하는 곳이 아니니까요.〉

앙리는 아침 7시부터 일어나 호텔 직원들에게 물어보았다. 아침 식사를 가져다준 층 담당 보이에게, 객실 담당 하녀에게……. 또 다른 사람도 만나 보려고 일간지들도 주문했다. 모두의 증언은 일치했다. 정말이지 그 고객은 조심성이라곤 전혀 없었다. 자기는 붙잡힐 리 없다고 확신하는 것인가.

전날 저녁에 들른 계집애는 그가 뒤좇았던 아이와 외모가 완전히 일치했다. 그런데 그 애는 단 한 사람만, 항상 똑같은 사람만 보러 온다는 거였다.

「그는 파리를 떠납니다.」 앙리가 말했다.

「행선지는?」 페리쿠르 씨가 물었다.

「내 생각으로는 이 나라를 뜨는 것 같습니다. 남프랑스 쪽으로 가요.」

그는 이 정보에 담긴 의미를 상대가 충분히 이해하도록 잠시 뜸을 들였다. 그러고는,

「내 통빡으론 말이죠, 이 시간을 넘기면 그자를 다시 찾는 것은 힘들어질 겁니다.」

〈내 통빡으론〉……. 그 같은 부류의 인간들만이 이런 표현을 쓸 수 있었다. 기묘하게도, 그리고 어휘의 문제에 있어 그렇게 엄격하지 않은 편임에도 불구하고, 페리쿠르 씨는 자기 딸을 준 사내의 입에서 이런 저속한 표현이 튀어나왔다는 사실에 충격을 느꼈다.

어떤 군악곡 하나가 창 밑을 지나갔고, 두 사람은 잠시 기다려야만 했다. 행진대 뒤로 군중의 작은 무리 하나가 따라가는

듯, 아이들이 시끄럽게 떠드는 소리와 폭죽 터지는 소리가 들렸다.

사방이 다시 잠잠해지자, 페리쿠르 씨는 대화를 빨리 매듭 짓기로 마음먹었다.

「내가 장관에게 얘기하겠네. 그래서…….」

「언제요?」

「내가 원하는 것을 자네가 말해 주는 즉시로.」

「이게 본명인지는 모르겠지만, 사람들은 그를 외젠 라리비에르라고 부릅니다. 지금 뤼테시아 호텔에 투숙해 있죠…….」

자신의 정보에 살을 좀 붙여 줄 필요가 있었다. 영감이 지불하는 만큼 이쪽도 내놔야 하지 않겠는가. 앙리는 상세히 설명했다. 인생을 신나게 즐기는 이 사내의 무분별한 행동들, 실내 악단, 자신의 진짜 얼굴을 드러내지 않기 위한 기발한 가면들, 어마어마한 팁들……. 그리고 그가 마약을 한다는 소문까지 있었다. 전날 저녁 객실 담당 하녀는 식민지복을 보았으며, 특히 트렁크를…….

「뭐라고?」 페리쿠르 씨가 말을 끊었다. 「깃털?」

「네. 초록 깃털이요. 날개 같은 거랍니다.」

페리쿠르 씨가 사기꾼에 대해 갖고 있는 관념, 이런 종류의 범죄자에 대해 그가 알고 있는 모든 것들로 이뤄진 관념은 지금 사위가 묘사하는 것과는 아무 관련이 없었다. 앙리는 페리쿠르가 반신반의한다는 것을 깨달았다.

「그자는 호화로운 생활을 하고, 돈을 물 쓰듯 쓰고, 보기 드물게 통 큰 씀씀이를 보여 주고 있습니다.」

바로 이거다. 이 영감은 돈 얘기를 하니까 정신이 번쩍 드는 모양이다. 실내악단이나 천사 날개 따위는 집어치우고 돈 얘기나 하자. 돈을 훔쳐서 펑펑 쓰는 사내, 이렇게 말해야 장인 같은 인간은 비로소 이해를 한다.

「자네, 그자를 봤나?」

아, 그것은 유감스럽게 됐다. 뭐라고 대답해야 할까? 앙리는 문제의 장소에 있었고, 스위트룸의 방 번호(40호실)를 알고 있었다. 그는 처음에는 사내의 얼굴을 한번 보고 싶었다. 심지어는 붙잡고도 싶었다. 혼자 있는 그를 제압하는 것은 조금도 어려운 일이 아니었다. 방문에 노크를 하고, 그자가 문을 열면 곧바로 바닥에 나뒹굴게 할 자신이 있었다. 그러고 나서 허리띠로 손목을 묶어……. 하지만 그다음엔……?

페리쿠르 씨는 정확히 뭐라고 말했던가? 그자를 경찰에 넘기겠다고? 영감은 자기 의도에 대해 아무것도 밝히지 않았고, 그래서 앙리는 그냥 쿠르셀 가로 돌아온 것이다.

「그는 정오에 뤼테시아 호텔을 떠납니다.」 앙리가 말했다. 「그때까지 얼마든지 체포할 수 있을 겁니다.」

페리쿠르 씨는 전혀 그런 생각은 해보지 않았다. 그자를 찾으려 했던 것은 자신을 위해서였던 것이다. 심지어는 그를 다른 사람들과 공유하느니 차라리 도망갈 수 있도록 보호해 주고 싶은 심정이었다. 달갑지 않은 영상들이 뇌리를 스쳤다. 요란스러운 체포, 끝없이 계속되는 심리, 재판…….

「알겠네.」

그가 보기에 이 대화는 끝이 났지만, 앙리는 꿈쩍도 하지 않았다. 오히려 다리를 꼬았다가 풀기를 반복할 뿐이었다. 자기는 계속 여기에 앉아 있을 거라는 걸, 받아야 할 것을 지금 받아야지 그 전에는 절대로 떠나지 않겠다는 것을 표시하기 위함이었다.

페리쿠르 씨는 수화기를 들어서 교환수에게 연금부 장관과 연결시켜 달라고 요청했다. 자택이든, 연금부든 어디에 있든지 찾아 달라고 했다. 급한 사안이고, 지금 당장 통화하고 싶다고 했다.

두 사람은 무거운 침묵 속에 기다려야 했다.

마침내 전화벨이 울렸다.

「좋소.」 페리쿠르 씨가 천천히 말했다. 「행사가 끝나면 내게 곧바로 전화 달라고 해주시오. 그렇소. 극히 긴급한 사안이라고.」

그러고 나서 앙리에게 말했다.

「장관이 뱅센의 열병식에 가 있다는군. 한 시간 후에 자택에 돌아올 거야.」

앙리는 한 시간, 혹은 그 이상을 여기 앉아 있어야 한다는 게 생각만 해도 끔찍했다. 그는 벌떡 일어섰다. 결코 악수를 나누는 법이 없는 두 남자는 서로를 쳐다보았다. 그렇게 마지막으로 서로를 재어 보고 나서 헤어졌다.

페리쿠르 씨는 사위가 멀어져 가는 발소리를 들었다. 그러고 나서 자리에 앉아 고개를 돌려 창밖을 내다보았다. 하늘은 티 없이 푸르렀다.

한편, 앙리는 마들렌의 방을 들러야 하나 자문해 보고 있었다.

자, 한 번쯤 들른다고 해서 큰일이 나는 것도 아니잖아.

트럼펫 소리가 울렸고, 기병대는 이동하면서 먼지를 구름처럼 일으켰다. 그다음에는 중포대의 어마어마한 대포들을 끄는

견인차들, 기관포며 중기관총 등이 장착된 장갑차들이 뒤를 이었고, 마지막으로 전차들이 등장했다. 오전 10시였고, 이게 끝이었다. 열병식은 불꽃놀이가 끝났을 때와도 같은, 흐뭇한 동시에 허무한, 기이한 느낌을 남겼다. 군중은 천천히 몸을 돌려 자리를 뜨기 시작했다. 거의 침묵에 가까운 조용함 속에서. 마침내 뛸 수 있게 되어 마냥 즐겁기만 한 아이들만이 예외였다.

폴린은 걸으면서 알베르의 팔을 꼭 잡았다.

「어딜 가야 택시를 잡을 수 있지?」 그가 겁에 질린 목소리로 물었다.

폴린이 일을 가기 전에 옷을 갈아입어야 하기 때문에, 그들은 하숙집에 들러야 했다.

「음…….」 그녀가 말했다. 「우리 오늘 돈을 너무 많이 썼어. 지하철로 가. 시간이 충분하잖아, 응?」

페리쿠르 씨는 장관의 전화를 기다리고 있었다. 11시가 거의 다 됐을 때 전화벨이 울렸다.

「아, 자넨가? 전화를 못 받아 미안하네…….」

하지만 장관의 목소리는 미안해하는 사람의 목소리가 아니었다. 며칠 전부터 그는 전화가 빨리 오지 않는 데에 놀라면서, 이 통화를 두려워하고 있었던 것이다. 페리쿠르 씨는 자기 사위를 위해 조만간에 개입하지 않을 수 없으리라…….

그리고 그것은 끔찍이도 난처한 일이 될 거였다. 장관은 그에게 진 빚이 많은 게 사실이었지만, 군사 묘지 사건은 이미 자기 손을 벗어났고, 수상부터가 흥분해 있는 상황에서 자신이 무얼 할 수 있단 말인가?

「내 사위에 대한 문제일세.」페리쿠르 씨가 허두를 떼었다.

「아, 그래⋯⋯. 참으로 유감스러운 일이네⋯⋯.」

「심각한가?」

「대단히 심각하지. 그게⋯⋯. 기소될 것 같네.」

「아, 그래? 그 정도인가?」

「그렇다네. 공공사업 계약 부정 수주, 불법 행위 은폐, 절도, 불법 거래, 매수 시도⋯⋯. 이보다 더 중한 죄는 없어!」

「알았네.」

「알았다니, 무슨 뜻인가?」

장관은 어리둥절했다.

「난 단지 이 참사의 규모를 알고 싶었을 따름이야.」

「친애하는 페리쿠르, 이건 중대한 참사라네. 스캔들이 터질 게 확실해. 게다가 요즘은 아주 사방에서 터지고 있단 말이야! 그 전사자 기념비 얘기도 그렇고, 지금 우린 아주 고약한 시기를 보내고 있어⋯⋯. 그래서 자네도 이해하겠지만, 난 자네 사위를 위해 개입해 보려고도 생각했는데⋯⋯.」

「아무것도 하지 말게!」

장관은 자기 귀를 의심했다⋯⋯. 아무것도 하지 말라고?

「난 단지 정보를 얻고 싶었을 뿐이야.」페리쿠르 씨가 말을 이었다.「내 불쌍한 여식에 대해선 내가 적당한 조치를 취할 거야. 하지만 도네프라델은 그냥 법에다 맡기고 싶네. 그 편이 나아.」

그러고는 의미심장한 한마디를 덧붙였다.

「모두에게 낫지.」

장관으로서는 이렇게 쉽게 곤경에서 빠져나올 수 있다는 게 그야말로 기적처럼 느껴졌다.

페리쿠르 씨는 수화기를 내려놓았다. 지금 자기 사위에게 일말의 주저도 없이 사형 언도를 내렸지만, 떠오르는 생각은 단 하나였다. 지금 마들렌에게 알려 줘야 하나?

그는 손목시계를 들여다보았다. 나중에 하리라.

그는 차를 가져오라고 했다.

「기사 없이. 내가 운전하겠네.」

11시 반, 폴린은 아직도 열병식과 음악과 폭발음들과 그 모든 엔진 소리들이 준 행복감에 잠겨 있었다. 그들은 방금 전에 하숙집에 돌아왔다.

「아무리 그래도」 그녀는 모자를 벗으면서 말했다. 「그 형편없는 나무 궤짝 빌리는 값으로 1프랑을 요구하는 건 너무했어!」

알베르는 방 한가운데 돌처럼 굳어 서 있었다.

「그런데 자기야, 어디 아파? 얼굴이 아주 창백하네?」

「나야.」 그가 말했다.

그러고는 폴린을 응시하며 침대 위에 뻣뻣하게 앉았다. 됐다……. 이제 털어놨다……. 그는 이 갑작스러운 결정에 대해 어떻게 생각해야 할지, 또 어떤 말을 덧붙여야 할지 알지 못했다. 정신이 미처 개입할 틈도 없이 불쑥 말이 입에서 튀어나온 것이다. 마치 어떤 다른 사람이 말해 버린 것처럼.

폴린은 아직 모자를 손에 든 채로 그를 쳐다봤다.

「나라니, 무슨 말이야?」

알베르가 뭔가 불편해 보였으므로, 그녀는 가서 자기 외투를 걸고는 그에게로 돌아왔다. 얼굴이 백짓장처럼 하얬다. 어딘가 아픈 게 분명했다. 그녀는 그의 이마에 손을 대봤다. 맞아, 열이 있어.

「자기, 감기 걸렸어?」 그녀가 물었다.

「폴린, 난 갈 거야. 난 떠난다고.」

그는 겁에 질린 어조로 말하고 있었다. 그의 건강에 대한 오해는 1초도 지속되지 못했다.

「떠난다고……」 그녀는 금방이라도 울음을 터뜨릴 듯한 얼굴로 그의 말을 반복했다. 「뭐야? 떠난다고? 날 버리겠다는 거야?」

알베르는 침대 아래쪽에 놓인, 그리고 아직 기념비 스캔들에 관한 기사가 보이게 접혀 있는 신문을 집어 들어 그녀에게 내밀었다.

「나야.」 그가 되풀이했다.

그녀는 다시 몇 초가 흐른 후에 마침내 이해했다. 그러자 그녀는 자기 주먹을 깨물었다.

「맙소사……」

알베르는 일어서서 서랍장의 서랍을 열어 마리팀 해운사의 배표들을 꺼내었고, 그중 한 장을 그녀에게 내밀었다.

「나하고 같이 가겠어?」

폴린의 두 눈은 마치 밀랍 인형의 유리구슬 눈처럼 고정되었고, 입은 반쯤 벌어졌다. 그녀는 배표를 보고 다시 신문을 보았지만, 여전히 경악에서 헤어나지 못했다.

「맙소사……」 그녀는 되풀이했다.

그러자 알베르는 그가 유일하게 할 수 있는 것을 했다. 그는 일어나 몸을 굽혀서는 침대 밑에서 트렁크를 꺼내어 그것을 새털 이불 위에 올려놓았다. 그것을 열자 빽빽한 묶음들로 차곡차곡 쌓여 있는 어마어마한 양의 고액권들이 나타났다.

폴린은 비명을 질렀다.

「한 시간 후에 마르세유행 열차가 출발해.」알베르가 말했다.

부자가 되느냐, 아니면 온갖 잡일에 시달리는 하녀로 남느냐……. 그녀는 3초 안에 선택해야 했다.

그녀는 딱 1초만을 썼다.

물론 돈으로 가득한 트렁크라는 요인도 있었지만, 그녀의 마음을 결정적으로 움직인 것은 기묘하게도 파란 글씨로 〈일등 선실〉이라고 표시된 배표들이었다. 이것이 의미하는 그 모든 것들…….

그녀는 단 한 번의 동작으로 트렁크 뚜껑을 탈칵 닫았고, 부리나케 달려가 외투를 몸에 걸쳤다.

페리쿠르 씨에게 있어서 기념비의 모험은 이미 끝났다. 그런데 왜 지금 뤼테시아 호텔로 가고 있는지 자신도 알 수 없었다. 그는 호텔 안에 들어갈 생각도, 그 남자를 만나 얘기를 나눌 생각도 없었다. 그를 경찰에 고발하거나, 도망치지 못하게 막으려는 생각은 더더욱 없었다. 아니었다. 평생 처음으로 그는 자신의 패배를 받아들이고 있었다.

자기가 졌다는 데에는 이론의 여지가 없었다.

기이하게도 이로 인해 그는 거의 안도감마저 느끼고 있었다. 그래, 패배하는 게 인간적인 것이야…….

그리고 또 패배는 하나의 결말이었고, 그에게는 결말이 필요했다.

그는 어떤 차용증의 하단에 — 왜냐면 그게 필요한 용기이고, 또 그러는 수밖에 없기 때문에 — 서명을 하려는 듯이 뤼테시아 호텔로 향하고 있었다.

귀빈을 맞이하기 위해 도열해 있는 것은 아니었지만 — 특급 호텔에서는 이런 식으로 행동하지 않는다 — 이와 매우 비슷한 상황이었다. 외젠 씨에게 봉사했던 모든 이들이 지금 1층에서 그를 기다리고 있었다. 그는 미친놈처럼 괴성을 지르며 엘리베이터에서 나왔다. 등에 깃털로 만든 천사 날개가 달린 그 괴상망측한 식민지복 차림이었다. 이제 사람들은 그의 모습을 분명히 볼 수 있었다.

또 가면도 쓰고 있었는데, 그것은 지금까지 직원들을 즐겁게 해준 그 기상천외한 것들 중의 하나가 아니라, 〈정상적인 사람〉의 얼굴, 즉 너무나도 사실적이되 돌처럼 굳어 있는 그 자신의 얼굴이었다. 그가 처음 여기 왔을 때 쓰고 있던 가면이었다.

앞으로 다시 보지 못할 광경임에 틀림없었다. 사진사를 한 명 불렀어야 했는데, 수위는 후회했다. 외젠 씨는 그 어느 때보다도 아낌없이 지폐를 나눠 주고 있었다. 〈외젠 씨, 고맙습니다〉, 〈다음에 봬요〉. 모두에게 고액권을 골고루 쥐여 주었다. 마치 성자처럼. 날개를 단 것은 어쩌면 이 때문인지도 몰랐다. 하지만 왜 하필 초록색일까? 사람들은 궁금해했다.

그 날개부터가 말이야, 그게 얼마나 웃기는 생각이냔 말이야……. 페리쿠르 씨는 사위와의 대화를 곱씹어 보고 있었다. 지금 그가 달리는 생제르맹 대로는 자동차와 삯마차 몇 대가

다닐 뿐 막히는 데가 없었다. 날씨는 더 없이 화창했다. 사위는 사내의 〈괴상망측한 행동들〉에 대해 말했었다. 물론 이 날개 얘기도 했었고…… 가만, 악단 얘기도 하지 않았던가……? 페리쿠르 씨는 마침내 깨달았다. 자신이 느끼는 안도감은 자기가 이길 수 없는 싸움에서 패배했기 때문이라는 것을. 이 세계, 이 적수는 그의 세계, 그의 적수가 아니었다. 이해할 수 없는 뭔가를 이길 수는 없지 않은가.

이해할 수 없는 것은 그냥 받아들여야 하는 법이지. 등에 배낭을 메고 여전히 괴성을 지르며 대로 쪽으로 열린 문을 향해 무릎을 높직이 치켜들며 성큼성큼 걸어가는 외젠 씨가 뿌려주는 은총을 호주머니에 집어넣으며 뤼테시아의 직원들은 속으로 개똥철학을 늘어놨을 수도 있으리라.

사실 페리쿠르 씨는 여기에 오는 것도 피할 수 있었다. 왜 이 우스꽝스러운 짓을 자원해서 하고 있는가? 자, 그냥 돌아가는 게 낫겠어, 하고 그는 결정했다. 차가 벌써 라스파유 대로를 달리고 있기 때문에 뤼테시아 호텔을 그냥 지나친 다음, 곧바로 우회전하여 집으로 돌아가기로 마음먹었다. 이제 그만 끝내 버리자고…… 이렇게 결정하니 안도감이 느껴졌다.

뤼테시아 호텔의 수위 역시 이 코미디가 빨리 끝나기만을 고대하고 있었다. 다른 고객 분들은 로비에서 벌어지는 이 우스꽝스러운 쇼를 〈매우 상스럽게〉 느끼고 있지 않은가. 그리고 이 비처럼 뿌려지는 돈은 직원들을 거지새끼들로 만들고 있고…… 참으로 점잖지 못한 광경이었다. 아, 이제 그만 좀 가버렸으면!

외젠 씨도 이를 느낀 모양이었다. 왜냐면 마치 포식자의 존재를 감지한 사냥감처럼 갑자기 동작을 딱 멈췄기 때문이다. 그의 헝클어진 자세는 마치 마비된 것처럼 얼굴선들이 고정된 마스크의 무표정함과 대조를 이뤘다.

갑자기 그는 〈으어어어어어!〉 하는 괴성을 거침없이 내지르면서 한 팔을 앞으로 쭉 뻗었다. 그러고는 하녀 하나가 낮은 탁자들의 정리를 마쳐 가고 있는 로비 한구석을 가리켰다. 그는 하녀에게로 뛰어갔고, 그녀는 커다란 초록 날개가 달린 식민지복 차림에 얼굴은 대리석상 같은 이 사내가 자기에게로 돌진하는 것을 보고는 기절초풍을 했다. 〈맙소사, 그때 내가 얼마나 무서웠던지! 하지만 그다음에는 얼마나 웃었는지 몰라. 그가 원한 것은 다른 게 아니라……. 내 빗자루였다니까! ─ 빗자루? ─ 그렇다니까!〉 아닌 게 아니라 외젠 씨는 빗자루를 잡았다. 그러고는 자루 부분을 마치 기다란 소총처럼 어깨에 걸쳐 멘 다음, 소리는 없지만 모두의 귀에 들리는 것 같은 어떤 음악 소리에 맞춰 꽥꽥 괴성을 발하며 절뚝이면서 군대식으로 행진하기 시작했다.

그렇게 군대식으로 걸으며 커다란 날개를 펄럭이며 에두아르는 뤼테시아 호텔의 문턱을 넘어 햇빛이 쏟아지는 보도로 불쑥 튀어나왔다.

왼쪽으로 고개를 돌린 그는 자동차 한 대가 대로의 모퉁이 쪽으로 빠른 속도로 달려오는 것을 보았다. 이에 그는 빗자루를 공중에 내던지고 달려갔다.

그렇게 에두아르가 펄쩍 튀어 나간 것은 페리쿠르 씨가 호텔 앞에 사람들이 몇 명 모여 있는 것을 보고는 막 가속 페달을 밟았을 때였다. 페리쿠르 씨가 본 유일한 것, 그것은 우리의 상상처럼 그의 앞으로 날아드는 어떤 천사는 아니었다. 왜냐하면 에두아르는 그 질질 끌리는 다리로는 땅에서 실제로 뛰어오를 수 없었기 때문이다. 그는 차도 한가운데 버티고 서더니 자동차가 오자 하늘을 쳐다보며 두 팔을 활짝 펴서 공중으로 날아오르려 했으나, 거기까지가 전부였다.

혹은 거의 전부였다.

페리쿠르 씨는 차를 멈춰 세울 수는 없었다. 하지만 적어도 브레이크는 밟을 수 있었을 것이다. 어디서 튀어나왔는지 알 수 없는 이 갑작스러운 출현 — 식민지복을 입은 천사가 아니라 그 꼭 감긴 두 눈이 엄청난 경악을 표현하고 있는 어떤 데스마스크처럼 온전하면서도 움직이지 않는, 다시 말해 조각상같이 되어 버린 그의 아들 에두아르의 얼굴 — 에 마비되어 버린 그는 아무런 반응도 할 수 없었다.

자동차는 청년을 거세게 들이받았다.

둔탁하고도 불길한 소리가 났다.

그러자 천사는 실제로 날아올랐다.

에두아르는 공중 높이 던져졌다. 비록 그게 팽글팽글 추락하는 비행기처럼 아주 볼썽사나운 비행이긴 했지만, 아주 짧은 순간 동안 마치 승천하듯이 시선을 하늘로 향한 채 몸을 뒤로 젖히고 두 팔을 활짝 편 그의 모습을 모두가 똑똑히 볼 수 있었다. 그런 다음 그는 차도 위로 다시 떨어져 내렸다. 두개골이 보도의 모서리에 세차게 부딪혔고, 그걸로 끝이었다.

알베르와 폴린은 정오가 되기 직전에 열차에 올라탔다. 그들은 가장 먼저 좌석에 앉은 승객이었다. 그녀는 무수한 질문을 퍼부었고, 그는 간단간단하게 대답했다.

알베르의 입을 통해 드러난 현실은 너무도 엄청난 것이었다.

폴린은 때때로 자기 맞은편의 선반에 얹어 놓은 트렁크를 힐끗힐끗 쳐다보았다.

알베르는 말 대가리가 든 커다란 모자 케이스를 꼭 끌어안고 있었고.

「그런데 자기 친구라는 사람은 대체 누구야?」 그녀가 참지 못하고 속삭였다.

「그냥 어떤 친구야……」 그는 막연하게 대답했다.

알베르에겐 그를 묘사할 만한 힘이 남아 있지 않았다. 직접 보면 알겠지……. 그는 그녀가 겁을 집어먹고서, 이제 아무 힘도 남아 있지 않은 자기를 버리고 도망가는 것을 원치 않았다. 그는 탈진 상태였다. 하숙집에서 다 털어놓고 나서 택시, 역, 기차표, 짐꾼, 검표원……. 이 모든 것을 폴린이 도맡아 처리했다. 할 수만 있다면 곧바로 잠들어 버리고 싶었다.

시간이 지나갔다.

다른 승객들도 탑승하여 기차가 채워졌다. 차창을 통해 올리는 가방과 트렁크들의 왈츠, 아이들이 외치는 소리, 출발을 앞둔 들뜬 분위기, 플랫폼에 선 친구들, 배우자들, 부모들, 서로에게 당부하는 말들, 자기 자리를 찾는 사람들……. 어, 여기네? 실례하겠습니다…….

알베르는 창유리를 완전히 내리고 그 앞에 자리 잡고 서서는, 머리를 플랫폼 쪽으로 내밀고 하염없이 뒤쪽을 바라보고 있었다. 주인이 오기를 기다리는 개와도 비슷한 모습이었다.

사람들은 통로를 지나다가 거치적거리는 그의 몸에 비스듬히 부딪히곤 했다. 객차는 승객들로 가득 찼고, 비어 있는 좌석은 단 하나, 도착하지 않은 그의 친구의 자리였다.

출발 시간이 되기 훨씬 전에, 알베르는 에두아르가 오지 않으리라는 걸 깨달았다. 너무도 가슴이 아팠다.

그의 마음을 이해하는 폴린은 그의 품 안에 몸을 웅크리고는 두 손을 꼭 잡아 주었다.

검표원들이 플랫폼을 따라 걸으며 곧 열차가 출발할 것이니 모두 다 기차에서 멀어지라고 소리치기 시작했을 때, 알베르는 고개를 떨어뜨리고 흐느끼기 시작했고, 그 울음을 도저히 멈출 수가 없었다.

가슴이 부서지는 것 같았다.

나중에 마야르 부인은 이렇게 말할 것이다. 〈알베르 걔는 식민지에 가고 싶었던 거고, 뭐, 난 괜찮아요. 하지만 만일 걔가 여기서처럼 한다면, 다시 말해서 원주민들 앞에서도 훌쩍거리기 시작한다면, 내가 걔를 잘 알아서 하는 말인데, 별걸 이룰 수 없을 거예요! 하지만 그게 바로 알베르죠, 뭐. 원래 그런 녀석인 걸 어떡하겠어요?〉

에필로그

　다다음 날인 1920년 7월 16일 아침 8시, 앙리 도네프라델은 자기 장인이 게임의 마지막 수를 뒀다는 것을 깨달았다. 자신을 끝내 버리는 외통수였다. 할 수만 있었다면 장인을 죽여 버렸으리라.

　검거는 그의 자택에서 이루어졌다. 그에 대한 기소 내용이 위중했으므로 사법부는 즉각 그를 임시 구금에 처했다. 그는 재판이 시작된 1923년 3월에야 출감할 수 있었다. 징역 5년에 확정 금고형 3년을 언도받았고, 자유롭지만 파산한 몸으로 법정을 나왔다.

　그사이에 마들렌은 이혼 판결을 얻어 냈다. 아버지의 인맥 덕분으로 절차는 빨리 진행되었다.

　라살비에르 성은 압류되었고, 앙리의 모든 재산은 가압류되었다. 판결 후에 부당 이득 반환금, 벌금, 소송비 등을 제하고 나니 거의 빈털터리가 됐지만, 그래도 조금은 남은 게 있었다. 그런데 국가는 그의 모든 복권 청원에 대해 귀를 막았다. 지칠 대로 지친 앙리는 1926년에 어떤 소송을 벌이며 쥐꼬리만큼 남아 있는 돈을 모두 써버렸지만, 승소하지는 못했다.

그는 몹시 초라한 삶을 이어 가야만 했으며, 1961년에는 일흔한 살의 나이로 외롭게 세상을 떠났다.

영세민 구호청 산하의 한 협회에 맡겨진 라살비에르 성은 고아원으로 바뀌어 1973년까지 운영되었다. 이해에 이곳에서 입에 담기조차 민망한 아주 추잡한 스캔들이 발생하여 시설이 폐쇄되었던 것이다. 그러고 나서, 건물을 제대로 이용할 수 있기 위해서는 너무 많은 공사가 필요하게 되었다. 결국 성(城)은 학술회의와 강연회를 전문으로 하는 한 회사에 매각되었다. 여기서 1987년 10월에 〈1914~1918 ─ 전쟁의 장사〉라는 제목의 매우 흥미로운 역사 세미나가 개최되었다.

마들렌은 1920년 10월 1일에 사내아이를 낳았다. 갓난애에게 전사한 친척의 이름을 부여하는 게 당시의 일반적인 관습이었지만, 그녀는 아들에게 에두아르라는 이름을 붙이기를 거부했다. 〈아버지만 해도 문제가 많은 사람인데, 더 복잡하게 하지는 말자고요〉라고 그녀는 말했다.

페리쿠르 씨는 아무 말도 하지 않았다. 이제 그는 상당히 많은 사실들을 알게 된 것이다.

마들렌의 아들은 아버지와 한 번도 긴밀한 관계를 맺지 않았고, 그의 소송 비용도 대지 않았다. 단지 많지 않은 액수의 연금을 지급하는 것에만 동의했고, 1년에 한 번씩만 방문했다. 이렇게 매년 방문하다가 1961년에 그의 시체를 발견하게 되었다. 그의 아버지는 이미 2주 전에 죽어 있었다.

에두아르의 사망에 있어서의 페리쿠르 씨의 책임은 금방 면제되었다. 목격자들의 일치된 증언에 따르면, 청년은 달려오는 자동차에 스스로 몸을 던졌다는 거였다. 이 사실은 이 믿기지 않는 놀라운 우연의 신비를 한층 두텁게 만들었다.

페리쿠르 씨는 이 비극적인 결말의 상황들을 끝없이 반추해 봤다. 평생 처음으로 아들을 꼭 끌어안고 싶었던 그 여러 달 동안 아들이 아직 살아 있었다는 사실은 그를 완전한 절망에 빠뜨렸다.

또 그는 에두아르가 자신이 1년에 네 번 핸들을 잡을까 말까 한 자동차의 바퀴 아래로 와서 죽게 된 그 기막힌 우연의 실타래도 도저히 이해할 수 없었다. 하지만 한 가지 사실만큼은 분명했다. 비록 설명할 수는 없지만, 여기엔 그 어떤 우연도 없으며, 이것은 한편의 비극이라는 사실을 말이다. 결말은 이미 오래전에 쓰여 있었기 때문에 이런 식으로든 아니면 다른 식으로든 와야 했던 것이다.

페리쿠르 씨는 아들의 시신을 수습하여, 가족묘에 안장했다. 묘비에는 〈에두아르 페리쿠르 1895~1920〉이라고 새겼다.

그는 사기당한 모든 기부자들에게 환불했다. 기묘하게도 산정된 사기 금액은 모두 120만 프랑이었는데, 피해자들이 제출한 증거 자료에 따르면 140만 3천 프랑이었다. 약삭빠른 인간들은 어디에나 숨어 있었다. 페리쿠르 씨는 따지지 않고 그냥 환불해 주었다.

그는 점차로 직위들을 내려놓고 사업에서 손을 떼었으며, 많은 것들을 팔고, 딸과 손자의 명의로 투자를 해놓았다.

자동차가 에두아르를 하늘에 띄워 올렸을 때 정면으로 보았던 아들의 시선은 그가 살아 있는 동안 계속 떠올랐다. 그는 오랫동안 그 시선에 적합한 표현을 찾아보았다. 거기에서 어떤 기쁨을 읽을 수 있었고, 어떤 안도감 같은 것도 느껴졌지만, 또 뭔가 다른 것도 있었다.

그리고 어느 날, 그 단어가 마침내 떠올랐다. 그것은 〈감사(感謝)〉였다.

물론 순전한 상상에 불과했지만, 일단 한번 이런 생각을 하게 되면 그다음에는 떨쳐 버리기가 쉽지 않은 법이다…….

그가 이 단어를 찾은 것은 1927년 2월의 어느 날이었다. 식사를 하고 있을 때였다. 식탁을 떠난 그는 평소처럼 마들렌의 이마에 키스를 한 뒤 자기 방으로 올라가 잠자리에 들어 숨을 거뒀다.

알베르와 폴린은 트리폴리에 도착했고, 그 뒤에는 그 너무나도 전도유망한 레바논의 중심에 있는 베이루트에 정착했다. 알베르 마야르에 대한 국제 영장이 발부되었다.

한편 루이 에브라르는 3만 프랑을 써서 아주 쉽게 신분증을 만들었는데, 폴린은 이 액수가 너무 비싸다고 생각했다.

그녀는 흥정하여 2만 4천 프랑으로 깎았다.

벨몽 부인은 죽으면서, 수리를 하지 않은 탓에 가치가 너무 많이 떨어져 버린 페르 가의 주택을 딸에게 물려주었다. 이것 외에도 루이즈는 공증인으로부터 상당한 액수의 돈과, 어머니가 그녀의 이름으로 행한 은행 거래 및 투자의 내용을 상팀 단위까지 꼼꼼하게 기록해 놓은 노트 한 권을 받았다. 그때서야 루이즈는 최초의 자본금이 알베르와 에두아르가 남긴 돈(알베르는 4만, 에두아르는 6만 프랑)으로 조성되었다는 사실을 알게 되었다.

루이즈의 운명은 그다지 특별하지 않았다. 우리가 그녀를 다시 만나게 될 1940년대 초반까지는.

이제 남은 사람은 조제프 메를랭이다. 아무도 더 이상 생각하지 않는 그 사람 말이다.

물론 여러분 자신을 포함해서.

너무 걱정하진 마시라. 그것은 조제프 메를랭을 평생 따라다닌 상수였으니까. 사람들은 그를 끔찍이 싫어했고, 그가 사라지는 순간 까맣게 잊어버렸다. 간혹 대화 중에 그의 얘기가 나올 때도 있었지만, 항상 나쁜 추억들에 관한 거였다.

그는 앙리 도네프라델이 제공한 고액권을 커다란 노트 장들에 종이테이프로 한 장 한 장 붙이느라 하룻밤을 꼬박 새웠다. 각각의 지폐는 여러분도 잘 아시다시피 그의 이야기와 그의 실패의 한 조각, 한 조각이었다.

앙리가 유죄 판결을 받는 데 지대한 역할을 한 이 폭발적인 보고서를 제출한 뒤, 메를랭은 동면에 들어갔다. 이제 자신의 경력은 마감되었고, 더불어 자신의 삶 역시 끝났다고 그는 믿었다. 하지만 이는 틀린 생각이었다.

그는 1921년 1월 29일에 은퇴했다. 그때까지 그는 이 부서 저 부서를 전전해 왔지만, 그가 군사 묘지 관련 보고서와 일련의 조사들을 통해 정부에 입힌 타격은 진실이었음에도 불구하고, 결코 용서받지 못할 성격의 것이었다. 이 무슨 창피스러운 스캔들인가! 고대에는 나쁜 소식들을 가져오는 사람은 처벌을 하고, 돌로 쳐 죽였다. 그러는 대신에 이 인간은 매일 아침 정시에 꼬박꼬박 출근하지 않는가! 그의 동료들은 모두 다 10년 치 봉급에 상당하는 돈이 앞에 있으면 어떻게 했을까 상상해 보곤 했다. 사람들은 메를랭이 그 커다란 구두에 왁스라도 한 번 바르고, 그 얼룩투성이 재킷을 세탁이라도 한 번 하고, 새 틀니라도 하나 사서 끼기 위해 20프랑이라도 챙길 수 있었으련만 그러지 않았기에 더욱 그를 싫어했다.

이렇게 그는 1921년 1월 29일에 거리로 나오게 되었다. 다시 말해서 은퇴한 것이다. 그의 직급에 따라 책정된, 폴린이 페리쿠르 집안에서 받던 급료와 거의 같은 쥐꼬리만 한 연금을 들고서.

오랫동안 메를랭은 자신이 노다지를 포기했던 그 밤의 추억을 떠올리곤 했다. 노다지를 포기함은 그보다 더 가치가 있다고는 할 수 없어도, 적어도 윤리의 편에 가깝다고 느껴진 뭔가를 위해서였다. 평소 고담준론을 좋아하지 않는 그였지만 말이다, 은퇴하고 나니 발굴된 병사들의 사건이 계속 그의 마음을 사로잡았다. 세상사에 관심을 갖고, 신문들을 읽기 위해서는 은퇴가 필요했던 것일까. 이 신문들을 통해 그는 앙리 도네 프라델의 체포 소식, 그리고 이른바 〈죽음의 모리배들〉에 대한 떠들썩한 재판 소식을 접할 수 있었다. 그는 짜릿한 만족감을 느끼며 자신의 법정 진술을 보고한 기사를 읽었다. 그런데 이 기사는 그에게 전혀 경의를 표하지 않고 있었다. 기자들은 인상이 너무 고약한 데다가, 최고 재판소 앞 계단에서 그를 인터뷰하려는 자신들을 거칠게 밀쳐 버린 이 음산한 증인을 좋아하지 않았다.

그러고 나서 세상의 관심사는 바뀌었고, 사람들은 이 사건에 흥미를 잃어 갔다.

기념식들, 전사자들, 그리고 영광은 남았다. 그리고 조국도 남았다. 메를랭은 그 알 수 없는 의무에 이끌려 일간지들을 계속 읽어 갔다. 매일 아침 여러 종류의 신문을 살 형편이 못 됐으므로, 돈을 쓰지 않고 열람할 수 있는 도서관, 카페, 호텔 로비 같은 다양한 장소로 향했다. 거기서 그는 1925년 9월에 조그만 구인 광고를 하나 발견했고, 거기에 지원했다. 생소뵈르 군사 묘지에서 관리인을 한 명 구한다는 광고였다. 그는 자신의 경력 증명서를 보여 주었고, 채용되었다.

여러 해 동안, 생소뵈르[55]에 가게 되면, 날씨가 좋든 궂든 간에 화단과 산책로들을 가꾸기 위해 그 낡아 빠진 구두를 힘차게 눌러 비로 무거워진 땅에 삽을 박고 있는 그의 모습을 틀림없이 볼 수 있었다.

2012년 10월, 쿠르브부아에서

---

55 Saint-Sauveur. 실재하지 않는 장소이며, 〈성(聖) 구세주〉라는 뜻이다.

감사의 말

내가 감사를 드리고 싶은 모든 분들께서는, 이른바 이 〈실화〉 소설 가운데서 사실과 부합하지 않는 점들에 대해 전혀 책임이 없다. 모든 것은 내 책임이다.

전사자 기념비 사기는, 적어도 내가 아는 범위에서는, 허구다. 난 전사자 기념비에 관한 앙투안 프로스트의 유명한 논문[1]을 읽고 아이디어를 얻었다. 반면 앙리 도네프라델이 저지르는 착복 행위는 1922년에 터졌으며, 베아트리스 포에리에스가 두 편의 탁월한 논문[2]에서 소개하고 분석한 〈전사자 발굴 스캔들〉에서 대부분의 소재를 가져왔다. 이렇게 하나는 역사적 사실이고, 다른 하나는 허구이지만, 그 반대의 경우였다

1 Antoine Prost, «Les monuments aux morts, culte républicain? culte civique? culte patriotique?» in Pierre Nora, *Les Lieux de mémoire*, tome 1 (Paris: Gallimard, 1984).

2 Béatrix Pau-Heyriès, «La dénonciation du scandale des exhumations militaires par la presse française dans les années 1920», *Les Médias et la Guerre*, sous la direction de Hervé Coutau-Bégarie (Paris: Economica, 2005). «Le marché des cercueils (1918~1924)», *Mélanges*, Revue historique des armées, 2001.

해도 조금도 이상하지 않다.

나는 아네트 베케르, 스테판 오두앵루조, 장자크 베케르, 프레데리크 루소의 논문들을 읽었고, 거기서 제공된 정보들과 분석들이 귀중한 도움이 되었다.

보다 특별한 감사드리고 싶은 분은 흥미롭기 그지없는 『상복 입은 승리의 여신』[3]을 쓴 브뤼노 카반이다.

『오르부아르』는 앙리 바르뷔스와 쥘 로맹에서 모리스 주느부아와 가브리엘 슈발리에에 이르는 전후 문학에 큰 빚을 지고 있다. 내게 특별히 유용했던 두 권의 소설은 롤랑 도르즐레스의 『죽은 자들의 깨어남』[4]과 장 발미베스의 『율리시스의 귀환』[5]이었다.

프랑스 국립 도서관의 디지털 도서관 갈리카[6]와 문화성의 데이터 센터 아르카드와 데이터 센터 메리메,[7] 그리고 특히 감사를 표하고 싶은 프랑스 국립 도서관의 사서님들이 아니었다면 어떻게 이 책을 쓸 수 있었을까 싶다.

또 전사자 기념비들에 대한 흥미로운 조사를 해준 알랭 슈바르 씨[8]에게도 빚이 있다. 나를 도와주고 따스하게 맞아 준 그분께 감사를 드린다.

작업이 진행되는 동안 내게 도움을 주신 분들도 물론 여기에 언급해야 한다. 이 작품에 대한 첫인상을 말해 주고 격려해

---

3 Bruno Cabanes, *La Victoire endeuillée* (Seuil: L'Univers historique, 2004).
4 Roland Dorgelès, *Le Réveil des morts* (Paris: Albin Michel, 1923).
5 Jean Valmy-Baysse, *Le Retour d'Ulysse* (Paris: Albin Michel, 1921).
6 http://gallica.bnf.fr/
7 http://www.culture.gouv.fr/culture/inventai/patrimoine/
8 http://www.monumentsauxmorts.fr/

준 클로드 아놀, 항상 친절하게 핵심적인 부분들을 짚어 준 베로니크 지라르, 너무나도 적확한 감상평과 충고와 우정을 아끼지 않은 제랄드 오베르, 주의 깊게 또 열심히 작품을 읽고 또 읽어 준 티에리 비야르 씨 등이다. 시간을 아끼지 않고 도움을 준 내 친구 나탈리와 베르나르 장산에게도 감사를 드린다. 그들의 분석과 지적은 언제나 너무나도 풍요로운 것들이어서, 여기서 아주 특별한 언급할 자격이 있다. 내 아내 파스칼린도 마찬가지고.

이 텍스트를 써가면서 나는 몇몇 작가들을 차용했다. 에밀 아자르, 루이 아라공, 제랄드 오베르, 미셸 오디아르, 호메로스, 오노레 드 발자크, 잉마르 베리만, 조르주 베르나노스, 조르주 브라상, 스티븐 크레인, 장루이 퀴르티스, 드니 디드로, 장루이 에진, 가브리엘 가르시아 마르케스, 빅토르 위고, 가즈오 이시구로, 카슨 매컬러스, 쥘 미슐레, 안토니오 무뇨스 몰리나, 앙투안 프랑수아 프레보, 마르셀 프루스트, 파트리크 랑보, 라로슈푸코 등등.

이분들께서 내 차용을 당신들에 대한 오마주로 받아들여 줬으면 한다.

크리퓌르에게서 영감을 받은 조제프 메를랭의 캐릭터와 동명의 인물에게서 영감을 받은 안토나풀로스의 캐릭터는 루이 기유와 카슨 매컬러스에 대한 나의 애정과 경의의 표시이다.

또 나는 알뱅 미셸 출판사의 팀 전체에게 깊은 감사의 마음을 표하고 싶다. 내가 많은 빚을 지고 있는 친구 피에르 시피옹을 필두로 한 사람도 빠짐없이 거명해야 할 것이다.

마지막으로, 자신도 모르게 이 소설의 제목을 제공해 준 그 불행한 장 블랑샤르를 생각할 때 내 마음이 가장 뭉클해지는 것을 여러분도 충분히 이해하시리라 믿는다. 그는 1914년 12월 4일 국가 반역죄로 총살형을 받았고, 1921년 1월 29일에 복권되었다.

이러한 뭉클한 감정은, 넓게는 국적을 불문한 모든 제1차 세계 대전 전사자들에게도 해당된다.

소설이라는 이름의 천국

난센스 퀴즈 하나. 『밀레니엄』의 스티그 라르손, 『창문 넘어 도망친 100세 노인』의 요나스 요나손, 그리고 『오르부아르』의 피에르 르메트르의 공통점은? 첫째, 이들은 모두 다른 업종에 종사하다가 쉰 살 전후의 나이에 소설가로 늦깎이 데뷔하여 세계적 대박을 터뜨렸다는 점. 두 번째로는…… 이분들에게 행인지 불행인지는 모르겠지만, 국내에 소개될 때 세 분 모두 우연히도 나의 손을 거쳤다는 점이다.

물론 나에겐 다시없는 행운이었다. 우선, 나도 저들처럼 언젠가는 멋진 소설을 써서 부와 명예를 거머쥘 수 있으리라는 늙다리 신데렐라의 꿈을 꿔볼 수 있었고 둘째, 작품들이 워낙 재미있어서 작업이 조금도 지루하지 않았으며 셋째, 책들이 벽돌처럼 두툼하여 경제적으로도 〈개이득〉이었기 때문이다…….

사실 나는 피에르 르메트르의 작품을 이 『오르부아르』 이전에도 두 작품을 번역했는데(『웨딩드레스』, 『실업자』), 이때 벌써 55세에 데뷔한 이 늦깎이 작가의 예사롭지 않은 재능에 감탄한 바 있다. 숨 막히는 서스펜스, 충격적인 반전, 술술 읽히는 재미 등 추리 소설의 덕목들을 갖추고 있을 뿐 아니라, 이런 종류의 소설로는 보기 드문 문학성까지 느껴져 이 작가의 성공이 결코 일회성으로 그치지 않으리라 예상했다. 아니나 다를까, 지난 2013년 그가 이 소설 『오르부아르』로 공쿠르상을 수상했다는 소식이 들려오는 게 아닌가! 나로서는 기분 좋은 충격이었다……. 물론 그는 프랑스 문단에서 이미 〈듣보잡〉은 아니었다. 아니, 2006년에 『이렌』으로 등단한 이후로 그의 작품들은 상이란 상은 다 휩쓸고(『이렌』 2006년 코냑 페스티벌 최고 소설상, 『웨딩드레스』 2009년 상당크르 추리 문학상, 『실업자』 2010년 르푸앵 유럽 추리 문학상, 『알렉스』 2013년 CWA 대거상 인터내셔널 부문) 다수의 작품이 영화화되고 15개국 언어로 번역되었다. 그는 어느덧 프랑스 추리 소설계의 간판이 되어 있었다. 하지만 공쿠르상이라니! 세계 3대 문학상의 하나, 역대 수상자 명단에 프루스트, 말로, 보부아르, 투르니에, 뒤라스, 모디아노 같은 거장들이 포함된 최고 권위의 문학상이 아니던가? 다시 말해서 이른바 〈본격 문학〉에만 주어지는 보수적인 이 상이 〈장르 문학〉 전문 작가에게 주어졌다는 것이다……. 이것은 스티븐 킹이나 베르나르 베르베르가 어느 날 노벨 문학상 수상 작가로 선정되었다는 것만큼이나 놀라운 사건이다. 이분이 뜰 줄은 알았지만, 그게 이렇게나 빨리, 그리고 이렇게나 크게 뜨게 될 줄이야…….

아무튼, 소식을 접한 나는 그 수상작의 내용을 몹시 궁금해하던 차였는데(제1차 세계 대전 직후 프랑스의 두 남자가 기상천외한 사기극을 벌이는 얘기라는데……), 어느 날 이 책의 번역 의뢰가 들어온 것이다! 아, 세상에는 정말로 인연이란 게 존재하는 모양이다! 마침내 원서가 도착했고, 그 두툼한 책을 먹음직스러운 스테이크처럼 앞에 펼쳐 놓고 〈폭풍 흡입〉을 시작했는데…… 오, 그 맛 또한 괜찮았다! 내가 소설에서 바라는 요소들이 다 들어 있었다. 첫 페이지부터 독자의 멱살을 붙잡아 백 년 전 프랑스의 진흙탕 참호 속으로 휙 끌어들이는 강렬한 액션, 영화만큼이나 생동감 넘치는 장면들, 역동적인 서사, 복선과 반전, 개성 만점의 캐릭터들, 그리고 깨알 같은 유머와 감동까지……. 며칠 만에 그 두꺼운 원서를 독파하고는 두 손을 맞비비면서 본격적인 번역 작업에 돌입했는데……. 그게 작년 가을의 일이었으니까 이 책을 끝내는 데 무려 1년이 걸려 버렸다. 이 정도 분량의 책은 적어도 서너 달 안에 끝내야 하는 나로서는 이건 〈개이득〉이 아니라…….

번역하는 데 시간이 오래 걸린 것은 번역이 생각만큼 쉽지 않았기 때문이다. 물론 일신상의 문제들로 작업이 지체된 점도 있었다. 또 제1차 세계 대전 직후의 프랑스라는 특정한 시대를 치밀한 역사적 고증으로 그린 작품이다 보니 구글을 수십, 수백 번 돌려 보는 끊임없는 리서치가 필요하기도 했다. 하지만 무엇보다도 어려웠던 점은 이 작품의 만만치 않은 문학적 밀도를 처리하는 문제였다. 어디서나 유머와 아이러니가 튀어나오는 작가 특유의 약간 〈삐딱한〉 문체, 호흡이 긴 문장, 그리고 상징과 은유와 함의 들로 점철된 텍스트……. 한마디로 술술 읽히는 외관과는 달리, 씹을수록 가을철 꽃게처럼 속이 꽉 찬, 촘촘하고도 묵직한 작품이었고, 이 문학적 뉘앙스와 무게를 포기하지 않으려니 한 문장 한 문장이 고민이요 가시밭길이었다…….

결론은 재미와 깊이를 겸비한 좋은 작품이었다는 얘기다. 그리고 천신만고 끝에 작업을 마치고 나니, 내 피 같은 시간을 과도하게 썼다는 억울한 감정보다는, 21세기 프랑스 문학이 생산한 탁월한 성과 중의 하나를 내 손으로 번역해 냈다는 뿌듯한 보람이 앞선다. 또 나를 매혹시켰던 이 작품이 우리 독자들에겐 어떻게 받아들여질까 하는 설렘과 기대도 느껴진다. 제발 역자의 졸렬한 솜씨가 이 책의 재미와 가치를 흐리는 일은 없어야 할 텐데 말이다…….

작품의 내용에 대해서는 길게 언급하지 않겠다. 왜냐하면 이 책에서 묘사되고 이야기된 모든 사실들, 행위들을 어떻게 느끼고 어떻게 판단하느냐는 오롯이 독자의 몫이기 때문에. 이 책은 정치적 성명서처럼 어떤 메시지를 명확히 전달하지 않고, 진실을 있는 그대로 제시할 뿐, 그에 대한 해석과 판단의 가능성은 활짝 열어 놓고 있다. 예를 들어 에두아르의 행위 같은 것 말이다. 이에 대해 역자가 이러쿵저러쿵 늘어놓는 것은 적절치 않으므로 삼가겠지만, 다만 개인적으로는 그에게 짠한 감정을 느낀다는 점만은 밝히고 싶다.

탐욕스러운 자본가들과 시스템에 의해 영문도 모르고 전쟁터로 끌려와 거기서 젊음과 삶을 송두리째 빼앗긴 〈깨진 얼굴〉들……. 전쟁이 끝나고 사회에 복귀했을 때, 여전히 돈에 미쳐 날뛰는 엘리트들은 전쟁을 정당화하려 성대한 기념식을 벌이고 죽은 〈영웅〉들의 〈기념비〉를 세우기에 바쁠 뿐, 불편한 진실을 증언하는 〈깨진 얼굴〉들은 사회의 언저리로 내몬다. 전장에서 생매장되었던 병사들이 또 다시 생매장되는 것이다. 이렇게 젊음을 빼앗기고, 사랑하는 이들을 빼앗기고, 일자리를 빼앗기고, 생존의 가능성마저 빼앗겨, 살았지만 죽은 거나 다름없는 이 창백한 유령들, 이 살아 있는 원혼들이 할 수 있는 일이 과연 무엇이었던가? 모리외 장군 앞에서 알베르는 〈억울합니다〉라고 깩 소리라도 할 수 있었지만, 턱과 함께 혀마저 날아가 버린 에두아르는 과연 무슨 말을 할 수 있었던가……?

이 책의 후기에서 작가는 이 억울한 원혼들을 위로하는 것이 이 책을 쓰게 한 동기 중의 하나였음을 암시한다. 〈마지막으로, 자신도 모르게 이 소설의 제목을 제공해 준 그 불행한 장 블랑샤르를 생각할 때 내 마음이 가장 뭉클해지는 것을 여러분도 충분히 이해하시리라 믿는다.〉 이 장 블랑샤르가 총살대에서 마지막으로 남긴 말은 이 책의 제사(題詞)로 인용되는데(〈신께서 우릴 다시 만나게 해주시길 바라는 천국에서 만나요. 나의 사랑하는 아내여, 천국에서 다시 봐요…….〉), 이 소설의 또 다른 주인공, 생매장되어 죽어 가는 알베르의 입에서도 같은 말이 흘러나온다. 〈그렇다면 안녕, 천국에서 다시 봐. 아주 오랜 시간이 지난 후에. 안녕, 나의 세실.〉 장 블랑샤르, 에두아르, 알베르……. 이 모든 〈깨진 얼굴〉들의 원통함을 풀어줄 수 있는 곳은 정녕 저 위, 〈천국〉밖에는 없단 말인가?

하지만 다락방에서 산송장처럼 지내던 에두아르는 어느 날혼자서 낄낄거리기 시작하는데, 이게 그의 매우 특별한 한풀이의 서막이다. 마치 유령이 돌아와 집 안의 가구며 물건들을 마구 뒤흔드는 형국이라고나 할까? 이 유령의 표적은 명확하다. 사회와 시대의 위선과 거짓이 축약된 〈전쟁 영웅 기념비 건립 사업〉이다. 그는 마지막 남은 힘을 이 위선을 고발하고 조롱하고 파괴하는 데 쏟아붓는다. 이보다 더 멋진 복수를 꿈꿀 수 있을까? 사실은 가장 멋진 동시에 유일한 복수이기도 하다. 왜냐면 이것 말고는 다른 수가 없기 때문에.

하지만 우리가 마냥 에두아르를 동정할 수만은 없는 것은, 이게 명확히 범죄 행위이기 때문이다. 그의 행위는 국가와 엘리트들뿐 아니라, 멋모르고 기념비 사업에 끌려들어 간 무고한 서민들에게까지 피해를 입힌다. 에두아르는 악행을 저지르기로 모질게 결심한 것이다. 소시민적 윤리 의식의 덩어리라 할 수 있는 알베르는 두려워하고, 분개하고, 항의하지만, 에두아르는 괴상한 웃음을 터뜨릴 뿐 아무 말이 없다. 정녕 그는 악마가 되기로 작정한 것일까? 아무리 한풀이라고는 하지만, 과연 악마가 동정의 대상이 될 수 있을까……? 이에 대한 판단은 독자의 몫이겠지만, 에두아르의 영혼이 온전히 악마에게 넘어간 것은 아니라는 점만은 지적하고 싶다. 언어를 잃은 에두아르는 대체적인 표현 수단을 만들어 내는데, 바로 그의 가면들이다. 상황에 따라 다양한 모습으로 나타나는 이 가면들은 그의 복잡한 운명과 심정을 드러내는 상형 문자들이라 할 수 있을 터인데, 여기에는 분명 악마적인 요소들도 있지만(숫양의 뿔, 뱀, 육식 조류……) 또한 영혼의 순수성을 암시하는 부분들도 없지 않다(눈물방울……). 왜냐면 에두아르의 행위에는 양면성이 있기 때문이다. 그것은 명확한 범죄이지만, 동시에 친구를 살릴 유일한 방법이기도 하다. 세상에서 설 자리를 잃은 〈깨진 얼굴〉이 새 삶을 얻기 위해서는 다른 방도가 없지 않은가……. 이 경우, 에두아르의 행위는 법과 윤리를 벗어난 본능적 행위, 선악을 따지기보다는 죽어 가는 사람을 먼저 살리고 보려는 인간으로서의 원초적인 제스처라고 볼 수 있다. 그의 가면들이 각종 동물이나 아프리카 원주민 같은 원초적 존재의 형상으로 나타나는 것은 이런 맥락에서 이해돼야 할 것이다. 결국 문명이 학살한 알베르를 살린 것은 한 마리의 죽은 말이 아니었던가? 또 그들을 구원할 수 있는 〈프로젝트〉를 처음 설명할 때, 에두아르가 뒤집어쓰고 있던 것도 바로 이 말 대가리 가면이 아니었던가? 그가 마지막 순간에 등에 걸치고 나온 날개의 색깔이 초록색, 즉 선악을 초월한 생명의 색깔인 것도 결코 우연만은 아니리라.

하지만 현실 가운데서 이 모든 것은 결국 범죄이고, 범죄에는 처벌이 따라야 하는 법이며, 에두아르도 그 사실을 잘 알고 있다. 그는 자신의 목숨으로 죗값을 치른다. 또 이 모든 비극, 이 모든 죄악의 근원인 아버지 페리쿠르 씨도 가만히 있지 않는다. 그는 사기극의 모든 피해자들에게 배상한다. 피해자들은 보상을 받고, 원통한 자는 복수를 하고, 악인은 지옥에 떨어지고(프라델), 죄지은 자들은 죗값을 치르고, 억울하게 생매장당한 자는 신세계에서 부활한다. 이렇게 정의는 온전히 이루어진다. 적어도 소설의 세계에서는. 어떤 의미에서 이 작품은 해피엔드이며, 읽고 났을 때 뭔가 개운한 느낌이 있었다면 그것은 아마도 이 때문일 것이다.

하지만 사랑하는 친구에게 새 삶을 마련해 준 뒤, 자신은 〈깃털 빗자루〉를 뜯어 얼기설기 만든 그 우스꽝스러운 초록 날개를 달고 아버지의 차에 몸을 던져 잠시나마 하늘로 비상하는 그 에두아르의 영상은 계속 내 마음을 아프게 한다. 에두아르가 영영 오지 않으리라는 것을 알게 되고는 펑펑 눈물을 흘리는 알베르의 심정이 이렇지 않았을까? 악인에겐 온정을 베풀 가치가 없는가? 하지만 흐느끼는 또 다른 죄인 알베르의 옆에 살그머니 다가가 등을 토닥여 주고 싶고, 손을 꼭 잡아 주고 싶다. 나도 그와 함께 어린애처럼 실컷 울고 싶다. 쓸데없는 감상인가? 하지만 메말라 죽어 가는 우리네 삶에서 죄인을 진심으로 용서하고, 불행한 타인을 위로하고, 그를 위해 진심으로 눈물을 흘리고, 그렇게 흘리는 눈물로 자신의 영혼을 조금이나마 정화할 수 있는 유일한 공간은, 우리의 유일한 천국은 바로 문학이 아니던가……? 이런 문학의 소중한 가치를 다시 한 번 일깨워 준 이 아름다운 작품이 다만 뭉클하고도 감사할 따름이다…….

마지막으로, 피에르 르메트르가 이 작품에 이어 1920년에서 2020년까지 백 년의 시간에 걸친 일종의 연대기를 몇 권의 소설로 계획하고 있다는 반가운 소식을 독자 여러분께 전해 드린다.

2015년 10월 13일
남양주에서
임호경

옮긴이 **임호경** 서울대학교 불어교육과를 졸업했다. 파리 제8대학에서 문학 박사 학위를 취득했으며, 현재 전문 번역가로 활동하고 있다. 옮긴 책으로는 요나스 요나손의 『킬러 안데르스와 그의 친구들』, 『셈을 할 줄 아는 까막눈이 여자』, 『창문 넘어 도망친 100세 노인』, 베르나르 베르베르의 『신』(공역), 『카산드라의 거울』, 조르주 심농의 『리버티 바』, 『센 강의 춤집에서』, 『누런 개』, 『갈레 씨, 홀로 죽다』, 앙투안 갈랑의 『천일야화』, 로렌스 베누티의 『번역의 윤리』, 스티그 라르손의 〈밀레니엄 시리즈〉, 파울로 코엘료의 『승자는 혼자다』, 기욤 뮈소의 『7년 후』, 아니 에르노의 『남자의 자리』 등이 있다.

오르부아르

발행일	2015년 11월 10일 초판 1쇄
	2023년 6월 10일 초판 9쇄
지은이	피에르 르메트르
옮긴이	임호경
발행인	홍예빈 · 홍유진
발행처	주식회사 열린책들

경기도 파주시 문발로 253 파주출판도시
전화 031-955-4000 팩스 031-955-4004
www.openbooks.co.kr

Copyright (C) 주식회사 열린책들, 2015, *Printed in Korea.*
ISBN 978-89-329-1733-7 03860

이 도서의 국립중앙도서관 출판예정도서목록(CIP)은 서지정보유통지원시스템 홈페이지(http://seoji.nl.go.kr)와 국가자료공동목록시스템(http://www.nl.go.kr/kolisnet)에서 이용하실 수 있습니다.(CIP제어번호: CIP2015029421)